Karl May · Old Surehand

—

KARL MAYs HAUPTWERKE

IN 33 BÄNDEN

»ZÜRCHER AUSGABE«

—

15. AMERIKA-BAND

KARL MAY

Old Surehand

ZWEITER BAND

—

REISEERZÄHLUNG

ZÜRCHER AUSGABE

DER TEXT DIESER AUSGABE
FOLGT DEN ZEITSCHRIFTEN-ERSTDRUCKEN,
STUTTGART 1887 UND 1887/88.
DIE ORIGINALE ORTHOGRAPHIE UND INTERPUNKTION
WURDEN RESPEKTIERT.

UMSCHLAGBILD VON
KLAUS DILL
KONZEPTION UND GESTALTUNG VON
URS JAKOB

HERSTELLUNG: EBNER ULM
ISBN 3 251 20224 3

Inhalt

OLD SUREHAND

2. Band

Reiseerzählung

ERSTES KAPITEL

Bei Mutter Thick

Jefferson-City, die Hauptstadt des Staates Missouri und zugleich der Hauptort des County Cole, liegt am rechten Ufer des Missouri auf einer anmutigen Höhe, welche einen sehr interessanten Blick auf den unten strömenden Fluß und das auf demselben herrschende rege Leben und Treiben bietet. Die Stadt hatte damals viel weniger Einwohner als jetzt, war aber trotzdem bedeutend durch ihre Lage und durch den Umstand, daß hier die regelmäßigen Sitzungen des Distriktsgerichts abgehalten wurden. Es gab mehrere große Hotels da, welche für gutes Geld passable Wohnung und genießbares Essen gewährten; ich verzichtete aber darauf, in einem derselben einzukehren, weil ich erstens das Hotelleben nicht liebe, sondern lieber dahin gehe, wo ich die Menschen in ihrer Ursprünglichkeit kennen lernen kann, und weil es zweitens einen Ort gab, an welchem man für viel weniger Geld sehr gut wohnte und vortrefflich verpflegt wurde. Das war Firestreet No. 15 bei Mutter Thick, in dem von den Seen bis zum mexikanischen Golfe und von Boston bis San Francisco wohlbekannten Boardinghouse, an welchem gewiß kein echter Westmann, falls er einmal nach Jefferson-City kam, vorüberging, ohne einen kürzeren oder längeren *drink* zu halten und dabei den Erzählungen zu lauschen, welche im Kreise der anwesenden Jäger, Trapper und Squatter die Runde machten. Mutter Thicks Lokal war bekannt als ein Ort, in welchem man auf diese Weise den wilden Westen kennen lernen konnte, ohne die *dark-and-bloody-grounds* selbst aufsuchen zu müssen.

Es war Abend, als ich den Gastraum betrat, wo ich noch nie gewesen war. Mein Pferd und meine Gewehre hatte ich auf einer aufwärts am Flusse liegenden Farm gelassen, wo Winnetou meine Rückkehr erwarten wollte. Er liebte es nicht, in der Stadt zu wohnen und sich auf den Straßen herumzutreiben, und hatte deshalb für einige Tage diesen Aufenthalt auf dem Lande genommen. Ich hatte in der City verschiedene Einkäufe zu machen, und auch mein Anzug, der außerordentlich mitgenommen war, bedurfte einiger Aufbesserung oder vielmehr er bedurfte derselben sehr, besonders was die langen Stiefel betraf, die an vielen Stellen höchst »offenherzig« geworden waren und ihren früheren Gehorsam in der Weise verloren hatten, daß sie, ich mochte die Schäfte herauf bis an den Leib ziehen, so oft ich wollte, doch immer wieder bis auf die Füße herunterrutschten.

Zugleich wollte ich meinen kurzen Aufenthalt hier in der Stadt dazu benutzen, eine Erkundigung nach Old Surehand einzuziehen. Als ich ihn bei unsrer Trennung gefragt hatte, ob, wann und wo ich ihn vielleicht wiedersehen könne, war er nicht imstande gewesen, mir eine bestimmte Antwort zu geben, hatte mir aber gesagt:

»Wenn Ihr einmal zufälligerweise nach Jefferson-City, Missouri, kommt, so geht in das Bankgeschäft von Wallace und Co., wo Ihr erfahren werdet, wo ich mich zu der betreffenden Zeit befinde.«

Nun war ich da und wollte diese Gelegenheit natürlich nicht vorübergehen lassen, ohne Wallace und Co. aufzusuchen.

Also es war abends, als ich bei Mutter Thick eintrat. Ich sah einen langen und ziemlich breiten Raum, der von mehreren Lampen hell erleuchtet war. Es standen wohl gegen zwanzig Tische da, von denen die Hälfte besetzt war, und zwar von einer sehr gemischten Gesellschaft, wie ich trotz des außerordentlich dichten Tabakqualmes sah. Es gab da einige fein gekleidete Gentlemen – die Papiermanschetten weit aus den Aermeln hervorstrebend, den Cylinder tief im Nakken und die in glanzledernen Stiefeletten steckenden Füße auf dem Tische; Trappers und Squatters in allen Formen und Farben und in die unbeschreiblichsten Gewandungen gehüllt; farbige Leute vom tiefsten Schwarz bis zum hellen Graubraun, mit wolligem, lockigem und schlichtem Haare, mit wulstigen und schmalen Lippen, mit gestülpten Negernasen oder solchen von mehr oder weniger kaukasischem Schnitte; Flößer und Schiffsknechte, die Stiefelschäfte hoch heraufgezogen und das blitzende Messer neben dem heimtückischen Revolver im Gürtel; Halbblutindianer nebst andern Mischlingen von allen möglichen Sorten und Schattierungen.

Dazwischen fegte die wohlbeleibte, ehrbare Mutter Thick umher, und sorgte mit behender Gewandtheit dafür, daß keinem ihrer Gäste das mangelte, wonach sein Begehr ging. Sie kannte alle, nannte jeden bei seinem Namen, warf dem einen freundlichen Blick zu und drohte jenem, der zum Streite aufgelegt zu sein schien, heimlich warnend mit dem Finger. Sie kam auch zu mir, als ich mich gesetzt hatte, und fragte nach meinem Wunsche.

»Kann ich ein Glas Bier bekommen, Mutter Thick?« fragte ich.

»*Yes,*« nickte sie, »sehr gutes sogar. Habe es gern, wenn meine Gäste Bier trinken; ist besser und gesünder und auch anständiger als Brandy, der oft tolle Köpfe macht. Seid wahrscheinlich ein Deutscher, Sir?«

»*Yes.*«

»Dachte es mir, weil Ihr Bier verlangt. Die Deutschen trinken immer Bier, und sie sind klug, daß sie es thun. Ihr waret noch nicht bei mir?«

»Nein, möchte aber heut Eure Gastfreundlichkeit in Anspruch nehmen. Habt Ihr ein gutes Bett?«

»Meine Betten sind alle gut!«

Sie musterte mich mit prüfendem Blicke. Mein Gesicht schien ihr besser zu gefallen als mein sonstiges Aeußere, denn sie fügte hinzu:

»Scheint lange keine Wäsche gewechselt zu haben; aber Eure Augen sind gut. Wollt Ihr billig boarden?«

Billig boarden heißt, das Bett mit noch andern teilen.

»Nein,« antwortete ich. »Es würde mir sogar lieb sein, wenn ich nicht im gemeinschaftlichen Saal schlafen müßte, sondern ein separates Zimmer haben könnte. Zahlungsfähig bin ich trotz meines schlimmen Anzuges.«

»Glaube das, Sir. Sollt ein Zimmer haben. Und wenn Euch hungern sollte, da ist der Speisezettel.«

Sie gab mir das Papier und ging fort, um das Bier zu holen. Die gute Dame machte ganz den Eindruck einer sehr verständigen, freundlichen und besorgten Hausmutter, deren Glück es ist, Zufriedenheit um sich zu sehen. Auch die Einrichtung des Lokals heimelte mich an; sie war mehr deutsch als amerikanisch zu nennen.

Ich hatte an einem leeren Tische Platz genommen, welcher in der Nähe einer langen Tafel stand, die von Gästen vollständig besetzt war. Es gab da einige Herren, die man mit dem ersten Blicke als wirkliche Gentlemen erkannte, wahrscheinlich Einwohner der Stadt und Stammgäste der Mutter Thick, daneben aber auch Gestalten von der Art, wie ich sie soeben beschrieben habe. Diese Leute hatten, als ich eintrat und mich unfern von ihnen niedersetzte, eine sehr animierte Unterhaltung unterbrochen, um ihre Aufmerksamkeit auf mich zu richten; das dauerte aber nur so lange, als Mutter Thick mit mir sprach; dann schienen sie einzusehen, daß ich kein würdiger Gegenstand ihres ferneren Interesses sei, und derjenige von ihnen, welcher zuletzt gesprochen hatte, nahm seine unterbrochene Rede wieder auf:

»Ja, es ist so, wie ich sage: Es hat in den Vereinigten Staaten niemals einen größeren Schurken gegeben wie den Kanada-Bill. Wer das nicht glaubt, dem will ich es gern und sogleich mit einigen Zoll kalten Eisens in den Leib beweisen. Wünscht einer von euch diesen Beweis, Mesch'schurs?«

»Nein; wir glauben es gern; wir wissen es ja,« antwortete einer von den erwähnten Gentlemen.

»Besser wie ich könnt Ihr es nicht wissen, Sir!«

»Ihr habt wohl eine Rechnung mit ihm gehabt?«

»Eine Rechnung? *Pshaw!* Ein ganzes, großes, vollgeschriebenes Schuldbuch, muß ich sagen. Er war so berüchtigt, daß man sogar drüben im alten Lande in den Zeitungen über ihn geschrieben hat, wie ich erfahren habe. Keinem aber hat er in der Weise mitgespielt als wie mir.«

Er schien, wie ich, zum ersten Male hier zu sein, denn als

er diese Worte sagte, betrachteten ihn die Anwesenden mit besonderen Blicken. Er war ein langer, sehr hagerer Mann und trug einen Büffellederrock, der so viel Dienste geleistet hatte, daß er nur noch aus Flicken und Flecken bestand. Die Leggins waren ihm viel zu kurz; sie reichten lange nicht hinab bis zu den Mokassins, die mit vielen Kreuz- und Querstichen von Hirschsehne ausgebessert waren, und auf dem Kopfe trug er eine Mütze, die früher vielleicht einmal eine Pelzmütze gewesen war, jetzt aber alle Haare verloren hatte und ihm wie ein umgestülpter Bärenmagen auf dem Haupte saß. Im Gürtel, der mit allen möglichen Requisiten behangen war, steckten Bowiekneif, Revolver und Tomahawk; den Lasso hatte er sich in Schlingen unter dem linken Arm bis über die rechte Schulter geworfen, und neben ihm lehnte eine alte Büchse, welche vom Kolben bis zum Laufteile mit zahlreichen Einschnitten, Kerben und sonstigen für Fremde rätselhaften Charakteren versehen war.

»Ihr macht uns neugierig, Sir,« sagte der Gentleman. »Dürfen wir vielleicht erfahren, in welcher Weise er Euch mitgespielt hat?«

»Hm! Man läßt am liebsten so blutige Sachen ruhen; aber da wir hier an diesem Tische einmal beim Erzählen sind, so will ich Euch den Willen thun. Wißt Ihr, Gent's, die Staaten sind ein eigentümliches Land, wo das Größte hart neben dem Kleinsten, das Gute gleich beim Schlimmen steht, und ich sage Euch, alle drei Male, die ich mit diesem berüchtigtsten Manne des Landes zusammengekommen bin, ist auch stets der berühmteste dabei gewesen, den wir aufzuweisen haben.«

»Wer?«

»Lincoln, Abraham Lincoln, Sir!«

»Lincoln und der Kanada-Bill? Erzählt, Master, das müssen wir hören!«

»Ja, erzählt!« rief es rundum. »Und laßt uns auch Euern Namen ein wenig hören!«

»Mein Name ist kurz und leicht zu merken, Gent's, und vielleicht habt ihr ihn hier oder da schon einmal gehört. Er heißt Tim Kroner.«

»Tim Kroner? Alle Wetter, Tim Kroner, der Coloradomann! *Welcome,* Sir! Ihr seid der beste von allen Jägern weit und breit; trinkt, trinkt!«

So viele Leute hier waren, so viele Gläser wurden ihm entgegengehalten.

»So kennt ihr mich also?« fragte er, indem er aus allen Gläsern trank. »Ja, ich bin der Coloradomann, und ihr sollt meine Erzählung hören.«

Er schob sich in eine bequeme Stellung und begann:

»Eigentlich bin ich in Kentucky zu Hause, war aber noch ein Bube, der die Büchse kaum zu halten versteht, als wir hinunter nach Arkansas gingen, um zu sehen, ob das Land dort wirklich so gut sei, wie es beschrieben wurde. Ich sage: wir, und meine damit nämlich die Eltern mit mir und dem Nachbar Fred Hammer mit seinen beiden Töchtern Mary und Betty. Er war ein Deutscher und erst vor einigen Jahren aus Germany herübergekommen, und ich will auf der Stelle geteert und gefedert werden, wenn es in den ganzen Staaten ein schöneres und besseres Mädchen giebt, als diese deutschen Ladies waren. Wir wuchsen zusammen empor, thaten einander allen möglichen Gefallen, und als ich mich eines Tages besinne, finde ich, daß die Mary zu nichts anderem geschaffen ist, als zu meiner Frau.

Na, ihr könnt euch denken, daß ich diesen Gedanken nicht an die Wand klebte, sondern ihn so eilig wie möglich in die Welt hineinposaunte, und richtig, es stimmte ganz genau: die Mary dachte gar nicht daran, daß ich etwas anderes sein könne, als ihr Mann. Die Eltern waren natürlich einverstanden, und nun wurde gesorgt und geschafft, uns in die gehörige Ordnung zu bringen.

Das war ein Leben wie im Himmel, Mesch'schurs, und ich will es jedem von Euch herzlich gönnen, der solche glückliche Tage aufzuweisen hat; nur mögen sie bei ihm länger gedauert haben als bei mir.

Eines Tages war ich in den Wald gegangen, um mir eine gute Zahl Fenzstangen zu zeichnen. Da kam einer durch die Tannen geritten und hielt seinen Gaul bei mir an.

»*Good day,* Boy! Ist da herum eine Farm zu finden?« fragte er.

»Zwei für eine, wo jeder gern einen Unterschlupf findet,« antwortete ich.

»Wo liegt die nächste?«

»Kommt; ich werde Euch führen!«

»Ist nicht nötig. Ihr seid hier beschäftigt, und wenn ich die Richtung erfahre, werde ich nicht fehl gehen.«

»Ich bin fertig. Kommt!«

Der Mann war noch jung, vielleicht kaum zwei oder drei Jahre älter als ich, trug ein fast neues Jagdgewand aus Hirschleder, hatte vorzügliche Waffen und ein Pferd, welches so munter war, als sei es eben erst aus der Umzäunung genommen. Große Anstrengungen konnte er nicht hinter sich haben, sonst hätte er und sein Tier weniger frisch ausgesehen. Es wäre ganz gegen den Gastgebrauch gewesen, wenn ich ihn nach seinem Namen und andern Dingen gefragt hätte; ich schritt also still und schweigsam neben seinem Pferde hin, bis er selbst begann:

»Wie weit habt Ihr bis zum nächsten Nachbar, Boy?«

»Nach den Bergen hin fünf und über den Fluß hinüber acht Meilen.«

»Seid Ihr schon lange hier im Lande?«

»Nicht allzu sehr. Wir haben noch mit der ersten Block zu thun.«

»Und Euer Name, Boy?«

Was hatte er nur mit seinem Boy? War ich etwa ein Knabe, der seine Strümpfe noch trägt? Ich machte die Sache so kurz wie möglich:

»Kroner.«

»Kroner? Schön! Ich heiße William Jones und bin da oben in Kanada zu Hause. Wer ist der Besitzer der zweiten Farm, von der Ihr sprecht?«

»Er ist ein Deutscher, der sich Fred Hammer nennt.«

»Hat er Söhne, Boy?«

»Zwei Töchter.«

»Hübsch?«

»Weiß nicht, Boy. Seht sie Euch selber an!«

Es ärgerte ihn, daß ich ihn auch Boy genannt hatte, das konnte ich deutlich sehen. Er wurde ruhig und sprach nicht wieder, bis wir vor dem Thore des Farmhauses anlangten.

»Wen bringst du hier, Tim?« fragte der Vater, der grade im Hofe stand und die Truthühner fütterte.

»Weiß nicht, was er ist; ein Master William Jones aus Kanada, glaube ich.«

»*Welcome,* Sir! Steigt herunter und kommt herein!«

Er gab ihm die Hand, führte ihn in die Stube und überließ es mir, für das Pferd Sorge zu tragen. Als ich damit fertig war und nachfolgte, stand der Fremde vor Mary, die während meiner Abwesenheit auf Besuch gekommen war, und kniff sie in die Wangen, indem er zu ihr sagte:

»*Damn,* seid Ihr eine allerliebste hübsche Miß!«

Sie errötete über diese Beleidigung, hatte aber sofort das rechte Wort auf der Zunge:

»Habt Ihr vielleicht einen Schluck Whiskey zu viel, Sir?«

»Wohl kaum, denn in der Prairie ist dieses Labsal nicht zu finden.«

Er wollte den Arm um sie legen, bekam aber einen Stoß von ihr, daß er zurücktaumelte und den Stuhl, an welchem er sich zu halten versuchte, beinahe umgerissen hätte.

»*Zounds,* seid Ihr ein couragiertes Weibsbild! Mögt wohl ein ander Mal zahmer sein!«

Das ging mir an die Galle. Ich trat ihm näher und ließ ihn meine Fäuste ein ganz klein wenig sehen.

»Diese Miß ist meine Braut, und wer sie ohne meine Erlaubnis anrührt, kann sehr leicht einige Zoll Bowiekneif zu kosten bekommen. Hier zu Lande gilt das Gastrecht heilig, und wer dies vergißt, wird danach behandelt, Boy!«

»Alle Wetter, versteht Ihr eine Rede zu halten, mein Junge! Also eine Braut habt Ihr schon? *Well,* so trete ich zurück!«

Er hing seine Büchse an die Wand und machte es sich so bequem, als ob er zur Familie gehöre. Der Mann gefiel weder mir noch dem Vater, und auch die Mutter machte sich nicht viel mit ihm zu schaffen. Das schien ihn aber nicht zu kümmern; er that, als habe ihm kein Mensch etwas zu sagen, und als am Abend Fred Hammer mit Betty auf eine Stunde kam, führte er das große Wort und erzählte von den Abenteuern, die er in der Prairie erlebt haben wollte.

Ich wette zehn Bündel Dickschwanzfelle[1] gegen einen einzigen Kaninchenbalg, daß der Mensch mit keinem Fuße in der Savanne gewesen war, denn dazu war sein ganzes Habit zu sauber. Wir ließen ihn das auch merken, und um sich aus der Affaire zu ziehen und etwas anderes auf das Tapet zu bringen, griff er in die Tasche und zog ein Packet Spielkarten hervor.

»Spielt ihr gern, Mesch'schurs?« fragte er dabei.

»Zuweilen,« meinte der Vater. »Der Nachbar Fred stammt aus Germany, wo man ein schönes Spiel macht, welches Skat genannt wird. Er hat es uns gelehrt, und da giebt es des Abends einen Zeitvertreib, wenn man sonst nichts Besseres vorzunehmen weiß.«

»Habt Ihr auch von dem Spiele gehört, welches man da drüben ›Kümmelblättchen‹ nennt, Master Hammer?« fragte Jones.

»Nein.«

»Hier im Lande heißt es ›*three carde monte*‹ und ist das schönste Spiel, welches es giebt. Ich habe es zwar nur ein einziges Mal gesehen und bin ein Lehrling dabei; aber ich werde es Euch doch einmal zeigen.«

Es ist wahr, dieses *three carde monte* gefiel uns allen, und es dauerte gar nicht lange, so hatten wir uns darein vertieft, und selbst die Frauen wagten einige Cents zu setzen. Es schien wirklich so, daß Jones nichts davon verstand; wir gewannen, und es dauerte nicht lange, so mußte er in die Goldstücke greifen, deren er eine ganze Menge bei sich trug. Wir wurden mutiger, und setzten mehr; das Glück begann zu wanken, so daß wir das Gewonnene verloren und zum eigenen Gelde greifen mußten. Einzelne Treffer lockten uns immer weiter. Die Frauen hatten längst wieder aufgehört, und

[1] Biberhäute.

auch ich zog mich zurück. Vater und Fred Hammer wollten ihr Geld wieder gewinnen; sie setzten immer größere Summen, und trotz meiner Mahnungen und der Bitten der Ladies gewann das Spiel für beide immer größere Gefährlichkeit.

Da bemerkte ich plötzlich eine eigentümliche Bewegung von Jones: im Nu hatte ich seinen linken Arm ergriffen und zog ihm das Treffblatt aus dem Aermel hervor. Er hatte mit vier Blättern gespielt und war ein Falschspieler. Er sprang empor.

»Was geht Euch meine Karte an, Boy?« rief er zornig.

»Ebenso viel wie uns unser Geld, Sir!« antwortete der Vater und strich sofort den ganzen Gewinn, den Jones vor sich liegen hatte, zu sich herüber.

»Her mit den Dollars! Sie gehören mir, und wer sich daran vergreift, ist ein Dieb!«

»Stop, Sir! Wer die Karte fälscht, ist ein Betrüger, der wieder hergiebt, was er nahm. Geht zu Bett, und macht Euch morgen früh von dannen! Nur das Gastrecht verhindert mich, Euch zu zeigen, wie man ehrlich ›*three carde monte*‹ spielt.«

»Euer Gast? Ich bin es keinen Augenblick länger. Ich werde sofort Euer Haus verlassen, nachdem ich das geraubte Geld zurückbekommen habe!«

»*Well!* Ich lege Eurem Gehen nicht das mindeste in den Weg. Geht dorthin, woher Ihr gekommen seid; die Prairie ist es sicher nicht. Eure Kasse sollt Ihr zurückerhalten, von dem Unsrigen aber nicht einen Penny. Tim, führe sein Pferd vor das Thor!«

»*Damn*, wollt ihr so? Dann sollt ihr den Kanada-Bill kennen lernen!«

Er griff zum Messer. Da erhob sich auch Fred Hammer und legte ihm die Hand schwer auf die Schulter. Er war eine gewaltige Figur und liebte zu schweigen; aber wenn er einmal ein Wort sagte, so wußte man auch ganz genau, was seine Meinung sei.

»Thut den Kneif weg, Mann, sonst zerdrücke ich Euch

hier zwischen meinen zehn Fingern wie Pfefferkuchen,« warnte er. »Nehmt Eure Kasse, packt Euch von hinnen und kommt uns nicht wieder unter die Augen. Wir sind ehrliche Leute und verstehen gar wohl, einem Menschen Eures Gelichters zu zeigen, wohin der Weg zum Paradiese geht!«

Jones merkte, wie sein Stecken zu schwimmen begann. Er mußte auf alle Fälle den kürzeren ziehen und gab nach.

»So zeigt her! Aber merkt euch dieses ›*three carde monte*‹; ihr werdet den Gewinn doch noch bezahlen!«

»Eure Drohung gilt uns gerade so viel wie der Spinnenfaden in der Luft. Zähl ab, Nachbar; dann mag er sich trollen!«

Er bekam, was er zu fordern hatte, und ging. Unter der Thüre wandte er sich noch einmal um und drohte:

»Also denkt daran! Das Geld hole ich mir, und – und spreche auch noch mit dieser hübschen Miß!«

Hätten wir ihm doch auf der Stelle eine Kugel gegeben! –

Einige Zeit später mußte ich hinunter nach Little Rock, um Verschiedenes für die Hochzeit einzukaufen. Ich hatte es bei der Rückkehr sehr eilig und war sogar des Nachts geritten, so daß ich am Morgen auf der Farm anlangte. Sie war verschlossen und weder Pferd noch Rind zu sehen. Ich eilte voll Besorgnis hinüber zu Fred Hammer und fand es bei ihm ebenso. Mich erfaßte eine entsetzliche Angst; ich gab dem Pferde die Sporen und jagte hinauf zu Nachbar Holborn. Er wohnte, wie ich schon dem Kanada-Bill gesagt hatte, fünf Meilen entfernt. Ich legte diese Strecke in nicht einer Stunde zurück. Als ich an der Fenz abstieg, kamen Betty und die Mutter aus dem Hause geeilt.

»Um Gottes willen, ihr weint! Was ist geschehen?« fragte ich sie.

Unter vielem Jammern und Schluchzen erzählten sie mir, was geschehen war.

Betty hatte mit dem Vater Maiskolben geknickt, und Mary war allein daheim geblieben. Das Feld lag in ziemlicher Entfernung von dem Hause, dennoch aber war es ihnen gewesen, als ob sie von dort her den unterdrückten Schrei einer weiblichen Stimme gehört hätten. Sie sprangen hinzu und kamen grade zur rechten Zeit, um zu sehen, daß ein Trupp Männer davonsprengte, von denen einer das gefesselte Mädchen vor sich quer über dem Sattel liegen hatte. Sie waren am hellen Tage eingebrochen und hatten meine Braut entführt. Im Hause lag alles durcheinander; das Geld, Kleider und Waffen nebst der vorhandenen Munition waren verschwunden und die Pferde aus der Umzäunung getrieben worden, um eine sofortige Verfolgung unmöglich zu machen.

Fred Hammer lief zum Vater. Auch hier fehlten die Pferde. Man fing mit Mühe zwei derselben ein; die beiden Männer bewaffneten sich; Mutter und Betty mußten aufsteigen; die Farmen wurden verschlossen und sämtliche Rinder und sonstige Tiere hinüber zu Holborn getrieben, wo sie bis auf weiteres bleiben sollten. Auch der Nachbar nahm seine Kentuckybüchse zur Hand, stieg auf, und dann machten sich die drei Männer, nachdem sie die Weisung zurückgelassen hatten, daß ich ihnen bei meiner Rückkehr sofort folgen solle, ungesäumt hinter den Räubern her.

»Welche Richtung haben sie eingeschlagen?« fragte ich.

»Den Fluß hinauf. Sie wollen dir deutliche Zeichen zurücklassen, damit du sie nicht verfehlen kannst.«

Ich nahm ein frisches Pferd und jagte davon. Es war schon öfters von einer Bande Bushheaders erzählt worden, welche von dem Mittellaufe des Arkansas bis hinauf zum Gebiete des Missouri ihr Wesen trieben, doch waren wir immer ohne Sorge geblieben, da sie sich niemals in unserer Nähe gezeigt hatten. Sollte der Kanada-Bill sie beredet haben, ihm zur Befriedigung seiner Rache behilflich zu sein? Ich hatte in mir einen Grimm, Mesch'schurs, der seinesgleichen sucht, so daß ich mich ohne Bedenken mitten unter sie hineingestürzt hätte, und wenn es ihrer hundert gewesen wären.

Ich fand die versprochenen Zeichen. Es war von Zeit zu Zeit ein Ast abgebrochen oder ein Schnitt in die Baumrinde gemacht worden, und ich kam also ohne großen Aufenthalt immer schnell vorwärts. So ging es bis zum Abend, wo mich die Dunkelheit zwang, Halt zu machen. Ich pflockte mein Pferd an und wickelte mich in die Decke. Die Wipfel des Waldes rauschten über mir, und in mir tobte der Sturm; ich konnte weder Schlaf noch Ruhe finden. Schon beim Tagesgrauen nahm ich den Weg wieder unter die Hufe und kam noch am Vormittag an die Stelle, wo der Vater mit den andern beiden gelagert hatte. Die Asche ihres Feuers war feucht vom Morgentau, ein sicheres Zeichen, daß auch sie sich früh erhoben hatten.

So ging es bis zur Mündung des Kanadian. Der Wald ward hier dichter; die Zeichen wurden immer deutlicher und frischer. Ich drang in größter Eile vorwärts, und mein gutes Tier zeigte trotz des angestrengten Rittes noch keine Spur von Ermüdung.

Da vernahm ich plötzlich eine laute tiefe Männerstimme, welche mit mächtigem Schalle in den Forst hineinsprach. Die Worte waren englisch; es mußte also ein Weißer sein, der sich so unvorsichtig vernehmen ließ. Ich lenkte mein Tier der Stelle zu, an welcher er sich befand. Was denkt ihr wohl, was ich erblickte?

Auf einem alten Baumstumpfe in der Mitte einer kleinen Lichtung stand ein Mann, fuhr mit den Händen in der Luft herum und hielt den Sykomoren- und Hikorystämmen eine Rede, die er bei einem Campmeeting nicht besser und schöner hätte anbringen können. Ich bin ein ziemlich eigener Kopf und gebe nicht viel auf das, was mir vorgesprochen wird, aber dieser Mann hatte eine Stimme und eine Art des Ausdruckes, die mir das Lachen benahm, in das ich beinahe ausgebrochen wäre, weil es mir ganz verteufelt wunderlich vorkam, daß einer mitten im Urwalde den Käfern und Mosquitos eine Predigt hielt.

Ich konnte schon in der Ferne sein Gesicht deutlich erkennen. Er war lang und stark, frisch, derb und zähe, wie ein echter, richtiger Yankee, hatte eine scharf hervorspringende Nase, spiegelblanke Augen ohne Lug und Trug, einen breiten, scharfen Mund, ein eckiges, kräftiges Kinn und konnte trotz der Gutmütigkeit, die ihm anzusehen war, doch vielleicht auch ein wenig verschmitzt und listig sein, wenn er es für gut hielt.

Vor dem Stumpfe, auf welchem er stand, lagen eine gewaltige Axt, eine gute Büchse und noch einiges andere, was man in jenen Gegenden vonnöten hat. Es war augenscheinlich, daß sich der Mann im Reden übte, und er schien mir ganz zu einem *Self-man* gemacht zu sein, der es versteht, sich durch Not, Kampf und Arbeit zu einer besseren Stelle, als sie der Westen bietet, emporzuringen.

Ich vernahm jedes seiner Worte:

»Was meint ihr? Die Sklaverei sei eine heilige und notwendige Sache, welche weder durch Gewalt noch Gründe abzuschaffen sei? Ist die Bedrückung eines Menschen, die Verachtung und Peinigung einer ganzen Menschenrasse heilig? Ist es notwendig, ein abscheuliches Eigentumsrecht auf Menschenkräfte zu legen, welche für guten Lohn weit besser und weit treuer arbeiten würden? Ihr wollt weder Gründe hören, noch irgend eine Gewalt anerkennen? Nun wohl, ich werde euch dennoch Gründe sagen, und laßt ihr sie nicht gelten, so wird sich dennoch eine unwiderstehliche Gewalt erheben, die euch die Negerpeitsche zerbricht, den Eigennutz aus dem Herzen reißt und alles zermalmen und vernichten wird, was sich ihr in den Weg zu stellen wagt. Ich sage euch, es wird eine Zeit kommen, in – – – «

Er hielt mitten in seiner Rede inne; er hatte mich bemerkt. Im nächsten Augenblick war er vom Baumstumpf herunter, hatte die Büchse zum Schusse erhoben und rief:

»Stopp, Mann, keinen Schritt weiter! Wer seid Ihr?«

»*Pshaw!* Legt das Schießzeug nur immer beiseite. Ich habe keine Lust, Euch aufzufressen, oder ein rundes Stück Blei in den Leib zu bekommen!« antwortete ich.

Ein zweiter, schärferer Blick mußte ihn von der Friedfertigkeit meiner Person überzeugt haben. Er nahm das Gewehr nieder, nickte mit dem Kopfe und forderte mich auf:

»*Well!* So kommt einmal her und sagt, wer Ihr seid!«

»Ich heiße Tim Kroner, Sir, und komme seit gestern längs des Flusses herauf, um eine Bande Bushheaders zu verfolgen, welche mir die Braut geraubt haben.«

»Und mein Name ist Lincoln, Abraham Lincoln. Ich

komme von den Bergen herunter und will mir hier ein Floß zimmern, um das Holz im Süden zu verkaufen. Ich bin erst seit einer Stunde hier. Eine Bande Bushheaders, die Eure Braut geraubt haben, sagt Ihr? Wie stark sind sie wohl?«

»Zehn bis zwölf Köpfe.«

»Zu Pferde?«

»Ja.«

»Bounce! Ich habe vor ganz kurzer Zeit eine Spur von grade so viel Pferden quer durchschnitten und eine ähnliche ganz hier in der Nähe wiedergefunden; doch schien es mir, als ob die letztere ein Dutzend Hufe mehr gezeigt hätte.«

»Das ist mein Vater mit zwei Nachbarn, die ihnen schon vor mir gefolgt sind.«

»Stimmt! Ihr seid also vier gegen zwölf. Wollt Ihr meine Arme haben?«

»Gern, wenn Ihr sie mir leiht!«

»Gut. *Come on!*«

Er nahm seine Sachen zu sich, hing die Büchse auf die eine und warf die Axt über die andere Schulter. Dann schritt er vorwärts, als ob es sich ganz von selbst verstehe, daß ich ihm folgen müsse.

»Wohin, Sir?« fragte ich, da er eine Richtung einschlug, die meine frühere im Winkel schnitt.

»Den Männern nach; was sonst! Ein Stück weiter oben haben sich die Bushheaders vom Flusse weg nach Norden gewandt, und wir kürzen den Weg, wenn wir schon jetzt dasselbe thun.«

Er hatte eine so eigene, sichere Art und Weise, daß es mir gar nicht einfiel, ihm zu widersprechen. Ich ließ ihn daher voranschreiten und hielt mein Pferd hart hinter ihm. Sein Schritt war lang und ausgiebig, wie man ihn selten findet, und wäre ich nicht beritten gewesen, so hätte es mich sicher nicht wenig Mühe gekostet, ihm zu folgen. So ging es fort, bis er an einer Stelle halten blieb und auf den Boden zeigte.

»Hier ist die Fährte wieder. Zwei, sechs, neun, elf, fünfzehn Pferde! Als ich die Spur vorhin überschritt, waren es nur zwölf. Die Eurigen sind also auch vorüber, und das kaum vor einer Viertelstunde, denn die niedergebogenen Halme haben sich noch nicht wieder empor gerichtet. Laßt Euer Tier ausgreifen, damit wir sie bald erreichen!«

In gewaltigen Schritten eilte er vorwärts. Wahrhaftig, ich mußte mein Tier in einen kurzen Trab setzen, um nicht zurückzubleiben.

Der Wald hatte schon längst aufgehört und war in ein niedriges, durchbrochenes Gebüsch übergegangen. Jetzt kamen wir auf eine lichte, offene Bucht, welche die Prairie tief in das Gehölz hineinschob; in der Ferne jedoch bemerkten wir wieder einen dichten Streifen starken Holzes, und zwischen ihm und uns bewegten sich drei Reiter, nach Indianersitte einer hinter dem andern. Die Sonne war verschwunden, und es wollte sich zur Dämmerung neigen, doch konnten wir sie deutlich erkennen. Lincoln hob den Arm.

»Dort sind sie. *Go on!*«

Er warf sich in weiten Sprüngen vorwärts, indem er den Schwerpunkt immer auf das eine Bein legte und, wenn dies müde wurde, ihn auf das andere überwechselte. Das ist die einzige Art, einen solchen Lauf lange auszuhalten. So wurde die Entfernung zwischen uns und ihnen schnell kleiner, und da sie uns bemerkten und nun stehen blieben, hatten wir sie bald erreicht.

»Endlich, Tim!« rief uns der Vater entgegen. »Wer ist dieser Mann?«

»Ein Mister Abraham Lincoln, den ich am Flusse traf und der uns helfen will. Aber erzählt nichts; ich weiß schon alles. Macht nur vorwärts, daß wir die Räuber einholen!«

»Sie sind nicht mehr weit und werden dort im Walde ihr Lager aufschlagen wollen. Vorwärts, ehe es dunkel wird und wir ihre Spur verlieren!«

Es ging weiter, ohne Worte, aber das Messer locker und die Büchse schußgerecht in der Hand. Als wir die ersten Bäume erreichten, bog sich Lincoln nieder, um die Fährte genau zu untersuchen. Dabei sagte er:

»Laßt uns noch einmal sehen, woran wir sind, Gentlemen! Im Dunkel des Forstes läßt sich das nicht mehr sehen. Hier diese Hufeindrücke sind die tiefsten; das Pferd hat eine schwerere Last zu tragen als die andern; es wird also dasjenige sein, welches den Reiter und das Mädchen zu schleppen hat. Und seht, es lahmt; der linke Hinterfuß stößt nur mit der vordern Schärfe auf den Boden. Sie werden ihm Ruhe gönnen müssen und bald absteigen.«

»*Well,* Sir, ich gebe Euch recht,« meinte der Vater. »Macht rasch weiter, Leute!«

»Stopp, Mister! Das wäre ein ganz gewaltiger Fehler. Ich rechne, daß sie höchstens eine Viertelstunde vor uns sind, und vielleicht haben sie sich schon gelagert. Wollt Ihr Euch durch die Pferde verraten und uns den schönen Spaß verderben?«

»Richtig, wir müssen die Tiere zurücklassen! Aber wo?«

»Da drüben ist ein Wildkirschengebüsch; dort sind sie sicher, wenn Ihr sie fest anhobbelt[1].«

So geschah es, und dann gingen wir zu Fuß wieder vorwärts. Lincoln schritt voran; wir mußten ihn ganz unwillkürlich als unsern Führer anerkennen. Seine Vermutung hatte ihn nicht getäuscht, denn wir waren noch nicht weit vorgedrungen, so witterten wir einen brenzlichen Geruch und sahen dann auch einen hellen Rauch, der sich droben zwischen den Kronen der Bäume einen Ausweg suchte.

Jetzt galt es, auch das kleinste Geräusch zu vermeiden. Hinter jedem Baume Deckung suchend und die Zwischenräume blitzschnell überspringend, schlichen wir uns immer näher und bemerkten nun das Feuer und elf Männer, welche sich um dasselbe gelagert hatten. Zwischen ihnen saß Mary, totenbleich, an den Händen gefesselt und mit tief zur Erde gesenktem Kopf.

Diesen Anblick konnte ich nicht ertragen. Ohne nach der Ansicht der andern zu fragen, erhob ich das Gewehr.

»Halt,« warnte Lincoln, »es fehlt einer und – –«

Da krachte aber schon mein Schuß. Die Kugel war dem Manne, auf den ich gezielt hatte, mitten in die Stirn gedrun-

[1] Mit einem Riemen die Vorderbeine zusammenbinden, daß sie zwar grasen, aber nicht fortlaufen können.

gen. Im Nu standen die andern auf den Füßen und hatten die Waffen ergriffen.

»Feuer und dann drauf!« kommandierte Lincoln.

Mir galt dieser Ruf nicht mehr, denn ich hatte schon die Büchse fortgeworfen, war zu Mary hingesprungen und kniete bei ihr, um den Riemen zu durchschneiden, der ihre Hände umschlungen hielt.

»Tim, ist's möglich!« rief sie und schlug vor Entzücken die befreiten Arme um mich, daß ich mich kaum zu rühren vermochte.

»Laß los, Mary, es giebt jetzt mehr zu thun!« bat ich sie.

Ich zog das Messer und sprang auf. Gerade vor mir schlug Lincoln einem die Axt über den Kopf, daß der Mann lautlos zusammenbrach. Es war der letzte der Elf. Man hatte von beiden Seiten nur einmal geschossen und dann zur Klinge gegriffen.

»Tim, um Gottes willen!« rief in diesem Augenblick Mary und stürzte sich, nach einem Baume zeigend, an meine Brust.

Ich warf den Blick hinüber und gewahrte den Lauf eines Gewehres, welches gerade gegen uns gerichtet war. Der Schütze stand hinter dem Stamme verborgen.

»Das ist für das ›*three carde monte*‹!« rief eine Stimme.

Noch ehe ich eine Bewegung machen konnte, blitzte es auf; ein schneller Ruck ging mir durch die Muskel des Oberarmes, ein Schrei von Marys Lippen: ihre Arme ließen mich los, und sie glitt zu Boden. Die Kugel war mir durch den Arm und ihr in das Herz gegangen.

»Drauf!« knirschte es neben mir.

Es war der Vater. Den Büchsenkolben erhebend, stürzte er sich gegen den Stamm, ich ihm nach. Da blitzte es aus dem zweiten Laufe; eine Gestalt, die ich nicht genau erkennen konnte, eilte von dannen; der Vater lag, durch die Brust getroffen, zu meinen Füßen. Fast wahnsinnig vor Wut, stürzte ich mich dem Entfliehenden nach. Zu sehen vermochte ich ihn nicht mehr, aber die Richtung wußte ich doch. Schon nach wenigen Sprüngen kam ich an den Platz, wo sie die Pferde angehobbelt hatten. Die Tiere waren weg, und nur die

Enden der rasch durchschnittenen Lassos staken an den Pflöcken in der Erde. Ich mußte erkennen, daß ich den Mann nun nicht mehr erreichen könne; er war beritten und ich nicht.

Als ich zum Kampfplatze zurückkehrte, hatte man die beiden Leichen nebeneinander gelegt, und Lincoln war beschäftigt, sie zu untersuchen.

»Kein Leben mehr, Mesch'schurs, keine Spur von Leben!« sagte er.

Ich konnte kein Wort hervorbringen, auch Fred Hammer nicht; es giebt eine Qual, die das Herz verkohlt, ohne daß nach außen ein einziger Laut zu hören ist. Lincoln erhob sich, bemerkte, daß ich wieder zurück war, und sagte zürnend zu mir:

»Das wäre nicht geschehen, wenn Ihr mit dem Schusse bis zur rechten Zeit gewartet hättet. Ich rechne, das wenige Pulver und die kleine Kugel kosten Euch die Braut und den Vater, und es wird gut sein, wenn Ihr ein anderes Mal die Vorsicht mehr zu Rate zieht!«

»Könnt Ihr es beweisen, Sir?« fragte ich.

»Beweisen? *Pshaw!* Nach dem Tode hört der Beweis auf! Wir mußten sie umzingeln und auf ein Zeichen unsere Büchsen alle zugleich losdrücken. Jeder von uns hatte einen Doppellauf, macht zehn Mann, ehe sie nur an Widerstand hätten denken können. Und Euren, ›*three carde monte*-Mann‹ hätten wir während des Umschleichens sicher auch abgefangen, so daß er nicht zum Schuß gekommen wäre!«

Das war die rechte Lehre, im rechten Augenblick gegeben, Gentlemen. Ich habe sie und diesen Augenblick niemals vergessen, darauf könnt Ihr Euch verlassen.« –

Der Erzähler seufzte tief auf, machte eine Pause und strich sich dabei mit der Hand über das Gesicht, als ob er die traurige Erinnerung fortwischen wolle. Dann trank er sein Glas aus und begann von neuem:

»Wenn das Wild über die Savanne saust oder durch den stillen Busch schleicht, so hinterläßt auch der kleinste, leiseste Huf eine Spur, welcher der Jäger zu folgen vermag, das wißt ihr alle, Gentlemen. Und wenn die Tage, Monate und Jahre wie im Sturme über den Menschen dahinfliegen oder langsam und heimtückisch durch sein innerstes Leben schleichen, so gibt es Fährten im Gesicht und Fährten im Herzen, denen man nur nachzugehen braucht, um die Ereignisse aufzustöbern, welche ein Menschenkind gerade zu dem machen, was es geworden ist.

Ich wollte ein fleißiger Farmer sein und ein fleißiger Farmer bleiben, aber mein Stecken war doch nach einer andern Richtung hin geschwommen. Mary war tot, der Vater tot; die Mutter nahm sich das so sehr zu Herzen, daß sie bald zu kränkeln begann und sich dann zum Sterben hinlegte; ich konnte es nicht länger da aushalten, wo ich früher so glücklich gewesen war, verkaufte die Farm um ein Billiges an Fred Hammer, der sie an die seine zog, warf die Büchse über die Schulter und ging nach dem Westen, gerade eine Woche vorher, ehe die Betty Hammer einen Mulatten heiratete, der ein sehr hübscher Kerl war und braver, als die Farbigen gewöhnlich zu sein pflegen.

Das war damals ein reges, munteres Leben dahinten in den *dark and bloody grounds*, besser, viel besser als jetzt; das sage ich euch, und darum könnt ihr's glauben. Die Rothäute kamen um ein Beträchtliches weiter ins Land herein als heutzutage, und man mußte die Augen offen halten, wenn man sich nicht eines Abends zum Schlafe hinlegen und dann des Morgens ohne Skalp in den ewigen Jagdgründen erwachen wollte. Doch, das war nicht so schlimm, denn etliche drei, vier und auch mehr Indsmen kann man sich schon noch vom Leibe halten; aber es trieb sich neben den Roten auch allerlei weißes Gesindel dort herum, so etwa was man im Osten Runners und Loafers nennt, oder wie die Tramps, die in neuerer Zeit dem ordentlichen Manne so viel zu schaffen machen, und diese Kerls waren bösartig und durchtrieben genug und mehr zu fürchten, als alle Indianer zwischen dem Missisippi und dem großen Meere zusammengenommen.

Einer besonders machte viel von sich reden, der ein so verwegener Satan war, daß sein Ruf sogar bis hinüber in die

Länder des europäischen Kontinentes gedrungen ist. Ihr werdet erraten, wen ich meine, nämlich den Kanada-Bill. Wißt ihr denn aber auch, daß er von Geburt nichts anderes ist, als ein englischer Zigeuner? Er kam zuerst nach Kanada und trieb dort einen ganz leidlichen Pferdehandel, bis er gewahrte, daß mit der Karte doch ein Merkliches mehr zu verdienen sei. Er legte sich auf das ›*three carde monte*‹ und machte mit demselben zunächst die britischen Kolonien unsicher, bis er es zu einer solchen Meisterschaft gebracht hatte, daß er sich auch über die Grenze herüber zu den offenköpfigeren Yankees wagen konnte. Nun trieb er sein Wesen zunächst im Norden und Osten, beutelte die pfiffigsten Gentlemen bis auf den letzten Penny aus und suchte dann den Westen auf, wo er außer dem Spiele noch allerhand Allotria trieb, die ihn zehnmal an den Strick gebracht hätten, wenn er nicht so schlau gewesen wäre, stets den richtigen Beweis abzuschneiden. Hatte er's bei mir nicht grad ebenso gemacht? Ich wußte, wer der Mörder Marys und des Vaters war; ich konnte tausend Eide auf ihn schwören; aber hatte ich ihn gesehen, als er schoß? Nein, und darum war es unmöglich, eine regelrechte Jury über ihn zusammenzubringen. Aber geschenkt war ihm nichts, darauf könnt ihr euch verlassen; eine gute Büchse ist die beste Jury, und ich wartete bloß darauf, daß mich mein Weg einmal mit ihm zusammenführen werde.

Ich war schon lange nicht mehr grün im Fache, hatte eine gute Faust, ein helles, offenes Auge, einen gesunden Körper und hinter mir einige Jahre voller Mühe und Erfahrung. Zuletzt war ich am oberen Laufe des alten Kansas auf Biber gewesen, hatte einen hübschen Fang gemacht, die Felle an einige Companymänner, welche mir begegneten, verkauft und suchte mir nun eine passende Gelegenheit nach dem Missisippi, denn ich wollte ein wenig hinüber nach Texas, von dem damals so viel erzählt wurde, daß einem die Ohren ordentlich klangen.

Freilich gab es dabei mancherlei Schwierigkeiten, denn die Gegend, durch welche in den Pfad nehmen mußte, war ganz verteufelt unsicher. Die Creeks, Seminolen, Choctaws und Komantschen lagen einander in den Haaren, bekämpften sich bis auf die Messerspitzen und behandelten dabei jeden Weißen als gemeinschaftlichen Feind. Es galt also, die Augen und Ohren offen zu halten. Mein Weg führte mich mitten durch das Kampfgebiet, und ich war ganz allein, also nur auf meine eigene Vorsicht und Ausdauer angewiesen. Sogar ein Pferd mangelte mir; die Companymänner hatten es mir abgeschachert, und ich war darum gezwungen, auf meinen alten Mokassins zu reiten. So hielt ich ungefähr immer auf Smoky-Hill zu und konnte nach meiner Berechnung nicht mehr weit vom Arkansas sein. Ich traf immer mehr Wasserläufe, die sich nach ihm hinzogen, und stieß auf allerlei Getier, welches nur an den Ufern großer Flüsse zu finden ist.

So schritt ich durch den Wald und stieß ganz unerwartet auf die Spur menschlicher Fußtritte. Sie rührten von einem Weißen her, denn die Zehenteile der Fußstapfen standen auswärts und nicht, wie es bei einem Indianer der Fall gewesen wäre, einwärts. Ich folgte den Spuren mit der größten Vorsicht und blieb nach einer Weile verwundert stehen. Eine laute menschliche Stimme ertönte, und ich vernahm aus den Worten, daß eine zahlreiche Zuhörerschaft vorhanden sein müsse.

»So ist vorhin von dem Prokurator gesagt worden, Gentlemen und Ladies, die ihr vor dem Richterhofe versammelt seid, um zu sehen und zu hören, in welcher Weise sich ein Mann, der des Mordes beschuldigt wird, auf der Anklagebank benimmt. Jetzt nun komme endlich auch ich, der Verteidiger dieses Mannes, an die Reihe und werde euch beweisen, daß er vollständig unschuldig ist. Denn das muß ich euch sagen, ich heiße Abraham Lincoln, und der ehrenwerte Sir, dem dieser Name gehört, nimmt nur dann das Mandat eines Klienten an, wenn er die Ueberzeugung gewonnen hat, daß damit nicht die Verteidigung eines Schurken verbunden ist – – –«

»Lincoln, Abraham Lincoln?« dachte ich. »Da brauche ich

nicht zu zögern. Vorwärts, hin zu den Gent's und Ladies, mit denen er spricht!«

Ich schritt rasch vorwärts. Wahrhaftig, da glänzte mir die helle Fläche des Stromes zwischen die Bäume hindurch entgegen, und auf dem Wasser bemerkte ich die erste Stammlage eines angefangenen Floßes. Darauf stand Lincoln, nicht mit Gentlemen und Ladies, sondern allein, ganz allein, hielt ein aufgeschlagenes Buch in der Linken und focht zur Begleitung seiner Rede mit der Rechten in der Luft herum, als wolle er die Schnaken und Libellen fangen, die über den Wogen spielten.

Er bemerkte mich, als ich an das Ufer trat, ließ sich aber nicht im mindesten stören.

»*Good day,* Master Lincoln! Darf ich ein wenig hinüber zu Euch?«

»Wer ist das? *By god,* das ist Master Kroner, der sich um seine Braut geschossen hat! Bleibt noch zwei Minuten am Lande, damit ich meine Rede erst vollenden kann! Es kommt sehr viel darauf an, daß ich sie fertig bringe, denn ich habe einen Unschuldigen zu retten, der einen Mord begangen haben soll!«

»So macht fort! Ich werde mich bis dahin hier niedersetzen.«

Ich kann euch sagen, Mesch'schurs, die Rede, welche er that, war ausgezeichnet, und hätte die Sache auf Wirklichkeit beruht, so wäre der Mann ganz sicher freigesprochen worden. Der ganze Vorgang kam mir keineswegs lächerlich vor, denn ich mußte ja bemerken, daß Lincoln sich hier in der Wildnis auf das Amt eines Lawyer vorbereitete. Als er fertig war, sprang ich zu ihm hinüber. Er streckte mir die Hand entgegen.

»*Welcome,* Master Kroner! Wie kommt Ihr hierher zum alten Kansas?«

»Ich war einige Zeit lang droben in Colorado und den Spanish Peaks, habe eine gute Biberernte gehalten und will nun hinunter zum Missisippi, um ein wenig nach Texas zu gehen.«

»Ja, warum geht Ihr denn eigentlich nach dem Westen und bleibt nicht daheim auf Eurer Farm, wo es mir damals trotz der beiden Toten für mehrere Tage so wohl behagte?«

Ich erzählte ihm das Nötige. Er schüttelte mir darauf noch einmal die Hand.

»So ist's recht! Das Herzeleid ist ein schlimmer Gesell, und man darf sich nicht mit ihm an einen Ort fesseln und zusammenbinden lassen, sondern man schafft es hinaus in das Weite, wirft es hin und kehrt dann als freier Mann zurück. Ich bin noch immer, was ich damals war: ich fälle Holz, wo es mich nichts kostet, und schaffe es dahin, wo ich einen guten Dollar dafür erhalte. Aber dieses soll mein letztes Floß sein, welches ich zusammenhänge; dann gehe ich nach dem Osten und sehe, ob ich dort etwas Besseres zu schaffen vermag. Wäre ich hier fertig, so könntet Ihr mit mir fahren, leider aber werde ich noch gegen vierzehn Tage zubringen.«

»Das thut nichts, Sir! Wenn es Euch recht ist, bleibe ich doch bei Euch. Einem Westmanne kommt es auf eine Woche mehr oder weniger nicht an, und wenn Ihr mir erlaubt, Euch zu helfen, so werden wir in der halben Zeit fertig, was Ihr gewiß nicht für einen Schaden halten werdet.«

»Mir ist's sehr recht, wenn Ihr bleiben und ein wenig helfen wollt, denn das wird mir auch in anderer Beziehung von Nutzen sein. Die Indsmen schwärmen nämlich seit kurzem wie die Mücken hier umher, und da gelten zwei Männer mehr als einer, wie Ihr wohl wißt. Oder habt Ihr die Büchse immer noch fünf Minuten vor der rechten Zeit bei der Hand?«

»Keine Sorge, Sir! Tim Kroner ist ein besserer Kerl geworden und wird Euch keine Schande machen.«

»*Well,* ich hoffe es! Aber an einer Axt fehlt es, wenn Ihr mit zugreifen wollt. Man müßte da hinunter nach Smoky-Hill gehen, um sie zu holen, und könnte da auch gleich etwas Munition mitbringen, die mir auf die Neige geht.«

»Wie weit ist es hinab?«

»Zwei gute Tagreisen. Doch ließe sich die Sache auch besser und schneller machen. Man hängt noch ein Feld an das

Floß, damit es mehr Widerstandskraft besitzt und sich besser regieren läßt, und fährt dann den Strom hinunter, was nicht ganz einen Tag erfordert. Die Stämme läßt man dort vor Anker und hängt sie später hinten an.«

»So werde ich gehen und holen, was wir brauchen.«

»Ihr? Könnt Ihr ein Floß regieren?«

»Wenn ich eins habe, ja, sonst aber nicht. Es wird ja klein genug werden und also nur einen Mann erfordern.«

»Aber der Rückweg ist gefährlich, falls die Indsmen sich nicht in eine andere Richtung schlagen. Es wundert mich, daß sie mir hier noch keinen Besuch abgestattet haben.«

»Es wird gehen, Sir; darauf könnt Ihr Euch verlassen!«

»Gut. So ruht Euch von der Wanderung aus; ich werde mich sofort an die Arbeit machen, denn morgen muß das Floß fertig sein!«

»Ich bin nicht müde und werde helfen.«

»*Bounce!* Ich sehe, daß Ihr ein brauchbarer Mann geworden seid. *Come on* also, ans Geschäft!«

Am andern Morgen schon schwamm ich auf dem Wasser. Der Strom war immer frei, hatte ein gutes Gefälle, und so sah ich, als der Abend hereinbrach, das Fort vor mir liegen. Ich lenkte an das Ufer, befestigte meine Stämme und schritt auf die Einfassung zu, welche die festen Blockhäuser umgab, die man hier Festung nannte.

Ein Posten stand vor dem Eingange. Er ließ mich passieren, als ich den Zweck meines Besuches angegeben hatte. Im ersten Hause zog ich nähere Erkundigung ein.

»Da müßt Ihr mit Colonel Butler, welcher hier befehligt, selber sprechen,« wurde mir geantwortet. »Er befindet sich drüben im Offiziershause.«

»Wer wird mich melden?«

»Melden? Mann, Ihr befindet Euch nicht vor dem weißen Hause in Washington, sondern beim letzten Posten vor der Indianergrenze; da treibt man nicht derlei überflüssige Allotria! Wer durch die Palissaden gelassen wird, darf seine Nase grad dahin stecken, wo schon andre Nasen gewesen sind.«

Ich schritt auf das mir bezeichnete Gebäude zu und trat

durch die Thür in ein Parlour, in welchem sich kein Mensch befand. Aber aus dem Nebenraume erklangen mehrere Stimmen und das Geräusch von Gold- und Silberstücken.

Die Thüre war nur angelehnt. Ehe ich eintrat, wollte ich erst sehen, mit wem ich es zu thun bekam, und warf einen Blick durch die Spalte. Inmitten des Zimmers stand eine roh zubehauene Tafel, an welcher vielleicht zehn Offiziere verschiedener Grade saßen und bei dem Lichte von einigen Hirschtalgkerzen Karten spielten. Und grad gegenüber dem Colonel, wahrhaftig, er und kein anderer war es, da saß der Kanada-Bill vor einem mächtigen Haufen von Geld, Goldstaub und Klumpen und warf die drei Blätter hin und her, daß es eine Art hatte.

Sie spielten ›*three carde monte*‹.

Keiner von den Männern konnte mich sehen; ich zögerte, einzutreten, und überlegte eben noch, wie ich den Bill begrüßen solle, als ich dieselbe blitzschnelle Bewegung bemerkte, mit welcher er schon damals die vierte Karte in den Aermel geworfen hatte. Im Nu stand ich hinter ihm und hatte seinen Arm erfaßt.

»Verzeihung, Gentlemen, dieser Mann spielt falsch!« sagte ich.

Er wollte aufspringen, kam aber nicht dazu, denn während meine Linke seinen Arm gefaßt hielt, hatte ich ihm die Rechte so fest um den Hals geschnürt, daß ihm der Atem verging und er keine Bewegung erzwingen konnte.

»Spielt falsch?« fuhr der Oberst auf. »Beweist es! Wer seid Ihr, und was wollt Ihr hier? Wie kommt Ihr in diesen Raum?«

»Ich bin ein Trapper, Sir, und komme, mir einiges aus Eurem Store zu nehmen. Ich kenne diesen Menschen sehr genau; er heißt William Jones oder, wenn Euch der andre Name vielleicht geläufiger ist, der Kanada-Bill.«

»Der Kanada-Bill? Ist's wahr? Er nannte sich hier Fred Fletcher. Laßt ihn doch einmal los!«

»Nicht eher, als bis Ihr Euch überzeugt habt, daß ich die Wahrheit rede. Er spielt nicht mit drei, sondern mit vier Blättern.«

»Wo ist das vierte?«

»Nehmt es ihm hier einmal aus dem Aermel!«

Einer der Lieutenants griff zu und brachte die Karte zum Vorschein.

»*Zounds,* Ihr habt recht, Mann, und wir sind Euch allen Dank schuldig, denn der Kerl hat uns ausgesogen beinahe bis auf den leeren Tisch. Laßt ihn nun los; jetzt hat er es mit uns zu thun.«

»Und auch so ein wenig mit mir, Gentlemen. Er hat mir zwei Personen erschossen, die mir die liebsten waren in meinem ganzen Leben, und soll jetzt still halten, bis ich mit ihm abgerechnet habe.«

»Steht es so? Wenn Ihr Eure Behauptung beweisen könnt, so ist es um ihn geschehen!«

Ich ließ die Hand von ihm. Er war beinahe erwürgt und sog die Luft in hastigen, kurzen Zügen ein, ehe ihm das volle Bewußtsein seiner Lage zurückkehrte. Dann sprang er auf.

»Was wollt – – – «

Er hielt mitten in seiner Frage inne; denn erst jetzt bekam er mich vor die Augen und hatte mich sofort erkannt.

»Was dieser Mann von Euch will, werdet Ihr zu hören bekommen,« meinte der Colonel. »Ihr seid William Jones, der Kanada-Bill?«

»*Damn!* Geht mir mit Eurem Kanada-Bill! Ich kenne ihn nicht und heiße Fred Fletcher, wie ich Euch ja längst gesagt habe.«

»Auch gut! Der Name ist uns gleichgültig, denn nicht er, sondern die That wird gerichtet. Ihr habt falsch gespielt!«

»Ist mir nicht eingefallen, Sir! Oder haltet Ihr Euch oder diese Gentlemen etwa für Leute, bei denen man dergleichen Kunststücke riskieren kann?«

»Wir sind ein ehrliches Spiel gewohnt, und in der Voraussetzung, daß Ihr kein Gauner seid, haben wir Euch nicht auf die Finger gesehen. Hätten wir gewußt, wen wir vor uns haben, so wäre Euch der Streich nicht gelungen.«

»Hier kann von keinem Streiche die Rede sein. Ich habe ehrlich gespielt.«

»Und die Karte in Eurem Aermel?«

»Geht mich nichts an; ich habe sie nicht hineingesteckt. Oder habt Ihr dies vielleicht gesehen, Colonel?«

»So ist sie Euch von selbst hineingeflogen!«

»Oder hineingesteckt worden. Wer mir den Arm gehalten hat, wird wohl wissen, wie sie hineingekommen ist!«

Ich konnte nicht anders, ich erhob den Arm und schlug ihm die Faust auf den Kopf, daß er auf den Stuhl niederfiel.

»Ihr führt einen guten Hieb, Master,« meinte der Oberst lachend; »aber laßt das lieber sein; es gehört nicht notwendig zur Sache. Wir werden ihn schon zwischen die Hände nehmen, daß er genug bekommt.«

»Ich verlange, daß Ihr mich gegen solche Angriffe schützt, Sir,« meinte Jones, indem er sich langsam wieder empor zu richten versuchte. »Ich klage diesen Menschen an, mir die Karte in den Aermel eskamotiert zu haben!«

»Ja, ganz dieselbe Karte, welche Ihr uns einige Sekunden früher vorzeigtet. Laßt Euch wenigstens nicht auslachen! Was meint ihr, Kameraden: erkennt ihr diesen Master Jones oder Fletcher für schuldig?«

»Er hat falsch gespielt; daran ist kein Zweifel!« erklang es rund im Kreise.

»So laßt uns ihm sein Urteil geben, und das auf der Stelle!«

Sie traten beiseite, um zu beraten. Der Kanada-Bill verriet sich. Er warf einen Blick auf den noch vor ihm liegenden Geldhaufen und einen zweiten nach dem offen stehenden Fenster. Mit einem raschen Griffe erfaßte er von der Münze so viel, als er in der Schnelligkeit zu erlangen vermochte, dann sprang er zum Fenster. Aber schon hatte ich die Büchse erhoben.

»Stopp, Master Jones! Noch einen Schritt und Ihr seid kalt!« rief ich ihm zu.

Er blickte sich um, sah, daß es Ernst war, und blieb stehen.

»Ich zähle bis drei; liegt dann das Geld nicht wieder an seinem Platze, so gebe ich Feuer. Eins – «

Er setzte den Fuß zögernd zum Tische retour.

»Zwei – –!«

Er legte das Geld zu dem andern.

»So, jetzt setzt Ihr Euch nieder, und wartet ruhig, was geschieht!«

Ich ließ den Lauf des Gewehres sinken. Die Offiziere waren mit ihrer Beratung fertig; sie hatten natürlich den Vorgang beobachtet und traten nun wieder herbei. Der Oberst reichte mir, abermals lachend, die Hand.

»Ihr seid ein ganzer Kerl, Master -- ja, wie nennt Ihr Euch denn eigentlich?«

»Tim Kroner ist mein Name, Sir!«

»Also, Master Kroner, Ihr seid ein ganzer Kerl. Schade, daß Ihr nicht eine Stelle oder so etwas bei meinem Regimente habt!« Und sich zu Jones wendend, fuhr er fort: »Ihr werdet für Eure Posse fünfzig gute Streiche auf die glatte Haut erhalten, Gem'man, und ich hoffe, daß sie Euch gut bekommen!«

»Fünfzig Streiche? Ich bin unschuldig und erkenne sie nicht an!«

»*Well,* Mylord, so erhaltet Ihr sie unschuldig, und wenn Ihr sie habt, werdet Ihr sie wohl anerkennen müssen. Wollt Ihr aber nachher beim Präsidenten der Vereinigten Staaten dagegen appellieren, so will ich Euch zu diesem Zwecke einen Kreditbrief auf weitere fünfzig oder hundert schreiben. Lieutenant Welhurst, nehmt den Mann hinaus auf den Hof, und sorgt dafür, daß er auch ganz und voll erhält, was er zu beanspruchen hat!«

»Ihr dürft Euch da ganz gehörig auf mich verlassen, Cornel!« meinte der junge Offizier, indem er auf Jones zutrat. »*Go on,* Mann; die Fünfzig warten draußen!«

»Ich gehe nicht von der Stelle. Ich will mein Recht!« rief Jones.

Da fuhr der Oberst auf den Absätzen herum.

»Er ist nicht zufrieden mit seiner Ration, Lieutenant. Gebt ihm zehn mehr, also sechzig! Ich kann das wohl sagen, weil ich die Verantwortung auf mich nehme. Und geht er auch nun nicht mit, so erhält er für jede Minute weitere zehn mehr!«

»Nun?« fragte der Lieutenant mit drohendem Blick.

»Ich muß gehen; aber dieses ›*three carde monte*‹ werdet Ihr vielleicht nicht vergessen, denn ich werde mich an einen Richter wenden, an den jetzt keiner von euch denkt!«

Er schritt voran, und der Lieutenant folgte mit gespanntem Revolver. Jetzt wandte sich der Oberst wieder zu mir.

»Was ist's mit dem Morde, Sir? Wenn Eure Beweise gut sind, so bilden wir auf der Stelle eine Jury und geben ihm den Strick. Ihr wißt, auf welchem Territorium wir uns befinden, und daß ich das Recht habe, kurzen Prozeß zu machen!«

Ich erzählte ihm das Nötige.

»Da steht Ihr auf schwachen Füßen, wie ich höre,« meinte der Offizier. »Wir müssen entweder sein Geständnis oder wenigstens einen guten Zeugen haben, auf den man sich verlassen kann. Ich gebe Euch mein Wort: wenn ich ihn verhöre, so heißt er Fred Fletcher und kennt Euch nicht. Und gesehen habt Ihr ja gar nicht, daß der Kanada-Bill derjenige war, welcher geschossen hat; ja, Ihr könnt gar nicht einmal beweisen, daß er bei den Bushheaders gewesen ist. Ich werde mein möglichstes versuchen; das verspreche ich Euch; aber ich weiß genau, daß wir ihn laufen lassen müssen. Das andere ist dann allerdings Eure Sache. Sobald er und Ihr das Fort im Rücken habt, könnt Ihr ja ganz ungestört in Eurer Weise mit ihm sprechen!«

Nach einer Weile wurde der Kanada-Bill wieder hereingebracht. Sein Aussehen war ein entsetzliches. Mit blutunterlaufenen Augen stierte er im Kreise umher und schien die Züge eines jeden Einzelnen seinem Gedächtnisse einprägen zu wollen. Der Oberst begann das Verhör; es führte allerdings zu dem vorausgesagten Resultate.

»Gebt dem Manne alles wieder, was er bei sich trug, und schickt ihn dann unter sicherer Bedeckung stromabwärts fünf Meilen von dem Fort hinweg. Mag er Fred Fletcher oder William Jones heißen; er soll keinen Augenblick länger in unsern Grenzen bleiben!«

So lautete der Schlußbescheid des Colonel. Dann wandte er sich zu mir:

»Ihr seid unser Gast, so lang es Euch beliebt, Master Kroner, und nehmt dann aus unserm Magazine unentgeltlich alles, was Ihr braucht. Oder wollt Ihr dem Manne sofort nach?«

»Ja, wenn Ihr ihn nach einer anderen Richtung geschickt hättet. Aber mein Maat wartet zwei Tagereisen stromauf von hier auf mich; ich muß zu ihm und werde, da die Sachen nicht anders gefallen sind, aufbrechen, sobald ich eine gute Axt und einige Munition bekommen habe. Der Kanada-Bill, so rechne ich, wird meine Spur schon wieder kreuzen!«

»*Well,* Sir, laßt ihn laufen! Solch' Ungeziefer kommt sicher wieder vor den Schuß. Die Axt und Munition sollt Ihr haben, und weil Ihr unser Geld gerettet habt, werde ich Euch ein Kanoe mit sechs Ruderern zur Verfügung stellen, welche Euch bis morgen früh wohl über den Halbstrich Eueres Weges hinausbringen werden. Das ist für Euch ein Vorteil und für sie eine Uebung, die ihnen bei dem faulen Leben hier recht gut bekommen wird. Doch, nehmt Euch vor den Indsmen in acht! Ich habe weite Außenposten stehen, welche mir melden, daß unsre guten roten Brüder das Kriegsbeil ausgegraben haben.«

Er war also schon gewarnt, und ich konnte meine Bemerkungen sparen. Kaum eine Viertelstunde später saß ich, mit allem Nötigen wohl versehen, schon in der Pirogue und ließ mich von den sechs Männern im schnellsten Tempo gegen die Wogen des alten Arkansas rudern. Der Kanada-Bill war mir so schnell entgangen, wie ich ihn gefunden hatte, doch lag mir der brave Lincoln jetzt mehr am Herzen als er, und, wie ich ja auch bereits zum Colonel gesagt hatte, ich hoffte, ihn schon noch einmal wiederzusehen.

Ich bedurfte der Ruhe und schlief die ganze Nacht im Boote bis weit in den Morgen hinein, und als ich erwachte, bemerkte ich, daß die gute Hälfte meines Weges bereits zurückgelegt sei. Trotz meiner Mahnung setzten mich aber die Ruderer nicht eher an das Ufer, als bis ich ihnen sagte, daß ich unsern Lagerplatz nun noch am heutigen Tage erreichen werde. Dann kehrten sie um, und ich trat schwer bepackt meine Wanderung an.

Am späten Abend traf ich bei Lincoln ein. Er war überrascht über meine schnelle Rückkehr und hörte meinem Berichte über das Geschehene mit außerordentlicher Teilnahme zu.

»Recht so, Tim Kroner, daß Ihr den Jones gehen ließet,« sagte er. »Ihr trefft schon noch bei einer besseren Gelegenheit auf ihn. Wundern freilich sollte es mich, wenn er die Schläge hinnähme, ohne wenigstens einen Racheversuch zu machen. Es wird mir hier zu schwül; wir wollen fest an die Arbeit gehen, damit wir baldigst von hier wegkommen!«

Wir arbeiteten nun wie die Bären; Stamm um Stamm mußte fallen, und als die Woche vergangen war, hatten wir nur noch das Schlußfeld an das Floß zu fügen.

Ich war eine ziemliche Strecke landeinwärts gegangen, um gute, haltbare Bandruten zu schneiden. Ich hatte ein hinreichendes Bündel zusammen bekommen und streckte mich zu einer kurzen Ruhe auf den Boden nieder. Es war so still rundum, daß ich jedes Blatt fallen hören konnte.

Da vernahm ich aus einiger Entfernung ein leises, ganz leises Rascheln. Es war nicht in den Zweigen, sondern auf dem Boden. War es eine Schlange, ein sonstiges Reptil oder ein Mensch? Nur mit den Finger- oder Zehenspitzen den Boden berührend, kroch ich geräuschlos auf die Stelle zu, und was meint ihr, Gentlemen, was ich sah? Einen Indianer in voller Kriegerrüstung. Es war ein Choctaw, noch jung, denn ihr wißt ja, daß manche Stämme nur die jungen Leute, um deren Mut und ihre List zu erproben, zu Kundschaftern verwenden. Jedenfalls hatte er den Auftrag, das Ufer des Flusses abzusuchen. Er hatte noch keine von unsern Spuren bemerkt und wand sich mit ziemlichem Geschicke durch die Büsche. Ich hatte nicht nur einmal schon eine rote Haut geritzt und wußte, daß ich ihn nicht entkommen lassen durfte, wenn ich nicht unser Leben auf das Spiel setzen wollte. Da galt kein Zögern. Ich zog das Messer, zwei Sprünge – er wandte sich nach mir, gab dadurch die Brust frei, und in demselben Augenblick fuhr ihm die Klinge in das Herz.

Der arme Bursche konnte mich eigentlich dauern; er war ohne Kampf und auf seinem ersten Kriegspfade gefallen. Aber die Prairie ist eine grausame, unerbittliche Herrin, die keine andere Schonung kennt, als nur die eigene. Er war so gut getroffen, daß er nicht den geringsten Laut hatte ausstoßen können. Ich ließ ihn liegen, nahm mein Bündel und eilte zu Lincoln.

»Habt Ihr ein wenig Zeit, Sir?« fragte ich ihn.

»Wozu?«

»Einen Indsman in das Wasser zu schaffen; ich traf ihn zwei Gänge von hier beim Spionieren und gab ihm das Messer.«

Ohne ein Wort zu sagen, ergriff er die Büchse und folgte mir. Bei der Leiche angekommen, bog er sich zu ihr nieder.

»Tim Kroner, Ihr habt einen famosen Stoß. Hättet Ihr den Spion nicht getroffen, so wären wir verloren gewesen. Ich sehe nun, Ihr seid wirklich ein ganzer Mann geworden. Hier meine Hand; wir sagen Du!«

»Topp! Für diese Ehre lasse ich sogar den Kanada-Bill laufen. Aber was nun?«

»Was nun? Sag' deine Meinung, Tim; ich möchte sehen, ob du das Richtige triffst!«

»Wir machen das Floß, so weit wir es fertig haben, ganz fertig; das erfordert keine halbe Stunde; dann sehen wir uns nach den Indsmen um, damit wir wissen, woran wir sind. Es ist möglich, daß sie das Fort überfallen wollen, und dann müssen wir den Colonel warnen.«

»Richtig! Greif' zu!«

Die Waffen des Indianers wurden unter Moos und Laub versteckt und er dann selbst so unter das Wasser befestigt, daß der Leichnam nicht emporsteigen und vor der Zeit zum Verräter werden konnte. Dann ging es über das Floß her. Die Stämme des Schlußfeldes lagen bereit. Sie bekamen einstweilen Notbänder, da wir diese später mit festeren vertauschen konnten; die bereits fertigen Ruderstangen wurden befestigt; dann brachten wir alles auf Vorrat geschossene Wild nebst den vorhandenen Kien- und Feuerspänen auf das Floß und waren nun, wenn die Not eine schnelle Abfahrt erforderte, zu derselben bereit.

Jetzt kehrten wir zu der Stelle zurück, an welcher ich den Choctaw getroffen hatte, und verfolgten von hier an seine Fährte. Sie war sehr deutlich zu erkennen, was bei einem alten Krieger sicherlich nicht der Fall gewesen sein würde, und wir kamen daher, den Blick immer zur Erde senkend, schnell vorwärts.

So waren wir bereits weit über eine Stunde durch den Wald dahingeschritten, und da es allmählich zu dunkeln begann, besorgten wir schon, daß wir die Spur nicht mehr erkennen und die Indianer nicht finden würden, als wir plötzlich bemerkten, daß wir uns nicht mehr im tiefen Forste, sondern innerhalb einer schmalen Waldzunge befanden, welche sich tief in eine freie Grasfläche schob, die entweder eine größere Lichtung oder eine weite, einschneidende Savannenbucht sein mußte.

Draußen lagen die Gesuchten im Grase oder tummelten ihre mutigen Mustangs umher. Wir zählten über dreihundert Krieger, und da es nur Choctaws waren, konnten wir vermuten, daß die ihnen verbundenen Komantschen auch in der Nähe seien. Wir standen zwischen hohen Farnkräutern und konnten das ganze Lager überblicken, wo man schon die Abendfeuer angezündet hatte. Sie wurden nicht in der unvorsichtigen Weise der weißen Jäger genährt, welche Scheit auf Scheit türmen und so zwar viel Wärme, aber auch eine hohe, verräterische Flamme und dichten Rauch erzielen, sondern nach der vorsichtigen Indianersitte, daß man die Hölzer nur mit den Spitzen in die Flamme legt und sie langsam, Rauch und Flamme regelnd, nachschiebt.

Ein Aasgeier kam über den Wald gezogen und begann, Beute witternd, seine Kreise über der Lichtung zu beschreiben. Einer der Indsmen erhob sich, richtete sein Gewehr empor, drückte los und traf so gut, daß der Raubvogel in einer immer enger werdenden Schneckenlinie zur Erde fiel. Wer der Schütze war, sollten wir sofort hören, denn:

»Uff!« ertönte es da seitwärts von unserm Standpunkte. »Der Sohn des ›schwarzen Panthers‹ ist ein großer Krieger. Seine Kugel holt die Schwalbe aus den Wolken!«

Die Worte waren in jenem wunderlichen Gemisch von Englisch und Indianisch gesprochen, dessen sich die Rothäute bedienen, wenn sie mit einem Weißen sprechen. Es steckte also jemand ganz nahe bei uns im Gebüsch, und es waren das nicht eine, sondern zwei Personen, denn wir hörten gleich darauf eine andere Stimme in demselben Idiome antworten:

»Aber auch ein unvorsichtiger Mann. Der Kundschafter ist noch nicht zurück, und wir wissen nicht, ob sich vielleicht Feinde in der Nähe befinden, welche durch den Schuß auf die roten Männer aufmerksam werden könnten.«

»Ein Weißer!« flüsterte Lincoln. »Der Schuft ist ebenso unvorsichtig wie der Sohn des ›schwarzen Panthers‹. Er predigt ja so laut, daß man es drüben in San Francisco hören kann. *By god,* ohne das gute ›Uff‹ wären wir den beiden ganz gemütlich in die Hände gelaufen!«

»Fürchtet sich mein weißer Bruder?« fragte der Indianer mit stolzem Tone. »Er ist zu uns gekommen, um uns das Haus des Kriegshäuptlings zu öffnen, und Manitou hat uns eine gute Medizin gesandt, die unsre Tomahawks scharf und unsre Messer spitz und sicher macht. Das feste Haus der Weißen wird verbrannt, ihr Haupt skalpiert und ihr Pulver von uns genommen werden!«

»Und jeder Offizier muß vorher hundert Streiche leiden; so hat es mir mein roter Bruder versprochen!«

»Der schwarze Panther hat es gesagt, und er bricht nie sein Wort. Deine weißen Feinde sollen die Streiche erhalten, Howgh! Aber der rote Mann kämpft nur mit der Waffe; er schlägt keinen Feind mit der Rute. Du mußt die Streiche selbst geben!«

»Desto besser. Die Krieger der Komantschen kommen noch diese Nacht; dann sind wir stark genug, und wenn die

Sonne noch einmal im Westen gesunken ist, wird das Fort vernichtet!«

»*Zounds,* der Kanada-Bill!« meinte ich leise.

Lincoln nickte und nahm mich bei der Hand.

»Zurück und fort von hier! Wir könnten die beiden niederstechen, hätten aber damit nichts gewonnen, sondern viel verloren. Wir müssen sofort abfahren und den Colonel warnen. Wir kennen jetzt die Zeit des Ueberfalles, und das ist die Hauptsache. Der Tod dieser beiden Halunken würde eine Aenderung darin hervorbringen, die uns nicht lieb sein kann.«

Wir zogen uns leise und vorsichtig zurück und eilten, als wir außer Hörweite gekommen waren, mit raschen Schritten unserm Landeplatze zu. Wir wußten, daß nur ein Kundschafter ausgeschickt worden war; dieser war gefallen, und so hatten wir keine feindliche Begegnung zu fürchten.

Es war kaum eine Stunde vergangen, so schwammen wir bereits auf dem Wasser. Das Floß war größer als dasjenige, mit welchem ich nach dem Fort gekommen war, und seine Führung nahm, besonders da es Nacht war, unsere ganze Kraft und Aufmerksamkeit in Anspruch. Doch ging die Fahrt ganz glücklich von statten, und der Mittag war noch ziemlich fern, als wir bei Smoky-Hill anlegten.

Ein Peloton Infanterie hielt in der Nähe des Wassers Schießübung, welche der Colonel selbst überwachte. Er erkannte mich, bevor ich noch das Land betreten hatte.

»Ah, Master Kroner! Braucht Ihr wieder Axt und Pulver?«

»Heute nicht, Sir, sondern wir kommen, weil ich denke, daß Ihr uns braucht.«

»Ich euch? Wozu?«

Wir sprangen an das Ufer.

»Die Choctaws und Komantschen wollen heute nacht das Fort überfallen.«

»Alle Teufel! Ist's wahr? Ich habe gewußt, daß sie sich in der Nähe umhertreiben, doch meinte ich, sie hätten mit den Creeks und Seminolen genug zu thun, denen sie noch vor drei Tagen ein hübsches Treffen geliefert haben, wie mir meine Leute berichteten.«

»Der Kanada-Bill hat sie gegen Euch gehetzt.«

»Wißt Ihr das genau, Mann? Dann ist er wieder stromauf gegangen, als ihn seine Bedeckung verlassen hat. Hätte ich dem Menschen doch die Kugel geben lassen! Erzählt!«

»Da seht Euch erst einmal meinen Maat an! Abraham Lincoln heißt er und ist ein Kerl, der es noch zu etwas bringen kann!«

»*Well,* Master Lincoln, will es Euch wünschen! Aber nun macht, daß ich die Hauptsache erfahre!«

Wir erzählten ihm das gestrige Abenteuer.

»Schön, gut!« lachte er, als wir zu Ende waren, in seiner sichern, überlegenen Weise. »Ich danke euch, Mesch'schurs, für den Wink und werde ihn ganz gehörig benutzen. Wollt ihr das mitansehen, oder schwimmt ihr weiter?«

»Wir bleiben hier, wenn Ihr's erlaubt, Sir. Ein seltenes Vergnügen darf man nicht versäumen.«

»So kommt herein, und macht es euch bequem!«

»Später!« meinte Lincoln. »Wir werden unser Floß eine halbe Meile weiter unten anlegen, damit es den Roten nicht vor die Augen kommt. Sie werden auf alle Fälle erst die Umgebung des Forts absuchen, und da ist es nicht nötig, sie wissen zu lassen, daß jemand von oben herabgeschwommen ist. Sie könnten, da ihnen der Kundschafter verloren ging, Verdacht schöpfen.«

Dieses durch die Vorsicht gebotene Vorhaben wurde ausgeführt; dann kehrten wir zum Fort zurück, wo bereits alle Vorkehrungen zum Empfange der Wilden im Gange waren. Die Außenposten wurden eingezogen, um den Indianern das Anschleichen so leicht wie möglich zu machen, die vier Kanonen mit Kartätschen geladen, und jeder Mann erhielt außer der Doppelbüchse oder dem zweiläufigen Karabiner eine Pistole und ein scharfes Bowiemesser. Die Offiziere waren ohne Ausnahme jeder mit mehr als einem Revolver bewaffnet. Es galt, gleich beim ersten Angriffe mit so viel Schüssen wie möglich die Feinde zu begrüßen.

Wir saßen am Abend mit an der Offizierstafel, und es war ganz erstaunlich, was Lincoln in der Unterhaltung für außerordentliche Kenntnisse entwickelte. Trotz seiner Bescheidenheit schlug er einen der Gentlemen nach dem andern, und als die Rede dann auf den Ueberfall kam, meinte er:

»Die Hauptsache wäre, sie nicht bloß zu empfangen, sondern in der ersten Verwirrung mitten unter sie hineinzufahren. Ich rechne, wenn wir erfahren könnten, wo sie die Pferde lassen, so sind sie auf alle Fälle verloren. Ihr habt ein Detachement Dragoner zur Verfügung, Cornel; laßt diese Leute nach der ersten Salve aufsitzen und sich der Pferde bemächtigen, oder – *bounce,* da kommt mir ein Gedanke! Habt Ihr Raketen oder sonst ein Feuerwerk in der Hand, vielleicht einige Schwärmer?«

»Die könnt Ihr haben, Sir. Was wollt Ihr damit?«

»Die Pferde versprengen. Tim, gehst du mit?«

»Natürlich!« antwortete ich.

»So brauche ich weiter keinen, Cornel. Besorgt das Zeug, und laßt uns dann hinaus!«

»Das könnt Ihr doch unmöglich wagen!«

»*Pshaw!* Man hat noch andre Dinge zu wagen als das. Eine Lunte oder zwei müssen wir haben, um uns nicht durch Feuerschlagen zu verraten.«

Aus Rücksicht auf uns wollte man nicht auf diesen Vorschlag eingehen; Lincoln überwand alle Bedenken, und bald schlichen wir, jeder mit einer Lunte und den nötigen Feuerwerkskörpern versehen, hinaus in den Wald.

Die Aufgabe, welche wir uns gestellt hatten, war schwer und gefährlich, aber mit einiger Vorsicht konnte ihre Lösung gelingen. Es war anzunehmen, daß sie ihre Pferde nicht im Walde anhobbeln, sondern im Freien unter der Aufsicht einiger Leute zurücklassen würden; darum wandten wir uns so bald wie möglich nach rechts, wo sich eine Reihe von Lichtungen, wie kleine Binnenseen, in den Forst hineinzog.

Als wir am Rande der ersten dahinglitten, faßte der voranschreitende Lincoln plötzlich meinen Arm und zog mich in das Gebüsch. Er hatte sehen können, was seine Gestalt mir verdeckte: ein Indianer kam im Schatten der Bäume dahergeschlichen, neben ihm ein Weißer.

»Der Kanada-Bill mit dem schwarzen Panther!« flüsterte Lincoln.

Es war so dunkel im Schatten, daß man das Gesicht von Jones nicht deutlich erkennen konnte, aber es verstand sich ganz von selbst, daß es kein anderer war. Die beiden gingen als Beobachter voran. In einiger Entfernung von ihnen bewegte sich eine unabsehbare Schlange von Indsmen, von denen immer einer hinter dem andern ging, und wir mußten eine sehr lange Zeit warten, bis der letzte vorüber war.

»Ein schöner Zug, Tim! Erst die Choctaws und dann die Komantschen, zusammen wenigstens sechshundert rote Felle. Der Cornel wird einen harten Stand bekommen und wir nicht minder. Ich hoffe, daß unser Feuerwerk ausreicht!«

Wir setzten unsern Weg fort und hatten kaum den Rand der zweiten Lichtung erreicht, so sahen wir im Halbdunkel der Sternennacht, was wir suchten. Mitten auf dem freien Platze lag eine dunkle Masse. Es waren die Pferde.

»Nur die von dem einen Stamme! Der andre wird die seinen weiter hinten gelassen haben. Komm!« sagte Lincoln.

Wieder ging es vorwärts bis zu der dunklen Ecke, welche die nächste Lichtung verbarg.

»*Well,* dort sind die andern, und auch die Wächter dabei, hier drei Mann und dort vier. Denkst du, daß wir an sie herankommen können?«

»Warum nicht? Das Gras ist hoch, und wenn wir ihnen den Wind abgewinnen, so daß uns die Tiere nicht verraten, so wird es gehen.«

»Der Indsman überfällt den Feind am liebsten gegen Morgen; diese aber dünken sich so sicher und stark, daß sie schon jetzt beginnen. Ich rechne, sie sind bereits in der Nähe des Forts angekommen; wir können also anfangen. Aber, Tim, nur Messer und Tomahawk darf arbeiten; nur keine laute Waffe!«

Er legte sich zu Boden und wand sich, unsichtbar und geräuschlos wie eine Schlange, durch das Gras. Ich folgte dicht hinter ihm. Wir kamen den drei an der Erde sitzenden Indianern so nahe, daß wir beinahe ihren Atem zu hören vermochten. Ein kleines Hufgefecht zwischen zwei Pferden verursachte ein Geräusch, welches es uns ermöglichte, bis auf Griffweite an den Rücken der ahnungslosen Männer zu kommen. Ich sah das Messer Lincolns blitzen, nahm auch das meine zwischen den Zähnen hervor und stieß zu. Zwei waren still.

»Ugh!« rief der dritte, emporspringend, sank aber sofort, von dem Tomahawk Lincolns getroffen, wieder zusammen.

»Tot, alle drei! Tim, der Handel fängt nicht unrecht an. Nun zu den vier da drüben! Oder sind's zu viel?«

»Für dich und mich nicht. Vorwärts!«

Dieses Mal wurde es uns nicht so leicht. Wir mußten, um den Wind gegen uns zu bekommen, einen Umweg machen, und einer von den vier Männern stand aufrecht da, so daß wir von ihm leicht bemerkt werden konnten. Unter Anwendung aller Vorteile kamen wir dennoch immer weiter an sie heran und – ja, da erscholl aus weiter Ferne ein satanisches Geheul, dem ein fürchterlicher Schwall von Schüssen folgte. Die Indianer hatten ihren Angriff auf das Fort begonnen.

»Jetzt ist alles gleich, Tim,« flüsterte Lincoln. »Nimm den Revolver; aber keiner darf entkommen. *Go on!*«

Im nächsten Augenblick war er mitten unter ihnen, ich an seiner Seite. Vier leichte Knalle, einige nachhelfende Hiebe und Stiche, und wir waren auch hier Herren des Platzes.

»Das ging! Jetzt brauchen wir weder Lunte, noch Feuerwerk, Tim, um ein Meisterstück auszuführen, von dem man hier noch lange erzählen soll. Es sind Indianerpferde, merk's wohl, und gewohnt, eins hinter dem andern zu gehen. Schnell die Riemen an die Schwänze!«

Das war allerdings ein Gedanke, den nur ein Lincoln haben konnte, aber er kam nicht zur Ausführung, denn wir vernahmen jetzt die tiefen Stimmen der Kanonen und gleich darauf einen hundertstimmigen Schrei, der uns von dem Stande der Dinge sofort überzeugte.

»Es ist keine Zeit dazu; sie fliehen und werden gleich hier

sein. Heraus mit den Schwärmern. Spring schnell zur andern Herde. Du brauchst die Tiere gar nicht loszupflöcken, sie reißen sich selbst los. Da drüben bei den Hickorys treffen wir uns!«

Ich eilte zu der ersten Pferdetruppe zurück, riß Feuerzeug und Lunte heraus, setzte die Zünder in Brand und warf dann alles mitten unter die Tiere hinein. Als ich zu den Hickorys kam, wartete Lincoln schon auf mich.

»Paß auf, Tim; es wird gleich losgehen!« lachte er.

Beide Herden ließen ein verdächtiges Schnauben hören; die Tiere erkannten am Geruche die Gefahr. Da prasselte, knallte und sprühte es los, erst drüben, dann hüben; im Funkenregen sahen wir die glühenden Augen, schnaubenden Nüstern und gesträubten Mähnen der erschreckten und an den Lassos zerrenden Tiere. Dann bäumte es sich empor mit aller Kraft, wogte erst ratlos hin und her, bis es im vollen enggeschlossenen Trupp ausbrach und in der Richtung grad nach dem Fort zu dahinsauste.

»Herrlich, prächtig, Tim! Sie reißen, stürmen und treten ihre eigenen Herren nieder, von denen sicher kein einziger wieder zu seinem Tiere kommt. Ich wette, sie werfen sich in den Fluß und werden dann vom Fort aus leicht gefangen!«

Wir konnten jetzt nichts Besseres thun, als uns in das Gebüsch verbergen. Augen und Ohren blieben offen, und wenn wir auch nichts zu sehen vermochten, so hörten wir desto mehr: das Wutgeheul der enttäuschten Indsmen, welche statt ihrer Pferde die Leichen der Wächter fanden, den Galoppschlag der Dragoner, welche hinter den Fliehenden hergestürmt kamen, das Krachen der Karabiner und Pistolen, welches sich nach und nach in die Ferne verlor, und dann zuweilen ein leises Rascheln, welches von einem Flüchtlinge herrührte, der sich in das Dickicht geworfen hatte.

Erst als der Morgen zu grauen begann, verließen wir unser Versteck und traten auf die Lichtung, wo die Leichen der Getroffenen lagen. Um das Fort herum sah es wie auf einem Schlachtfelde aus; Indsman lag an Indsman, getroffen von den Kugeln der Soldaten, welche hinter den Palissaden jeder seine zwei, drei Mann genommen hatten, und vor dem Thore lag ein entsetzlicher Haufe von Leichen und zerrissenen Gliedern hochaufgetürmt; das hatten die Kartätschen gethan.

Der Colonel empfing uns strahlenden Blickes.

»Kommt herein in den Hof, wenn ihr euer Werk sehen wollt! Ich glaubte euch beinahe verloren, da ihr so spät kommt. Seht hier den Leichenturm! Das ist das Werk des Kanada-Bill, denn kein anderer hat die Roten verführt, einen geschlossenen Angriff zu unternehmen, als der erste Anprall so glanzvoll abgewiesen wurde.«

»Ist er unter den Toten?«

»Hier nicht; er müßte sich weiter draußen finden.«

Im Hofe stand eine ganze Herde eingefangener Indianerpferde.

»Schaut her, Mesch'schurs, euer Eigentum, welches ich euch abkaufen werde, wenn ihr die Tiere nicht mit auf das Floß nehmen könnt. Ich glaube, die Roten lassen es sich nicht gleich wieder einfallen, Smoky-Hill anzugreifen, und das haben wir euch zu verdanken, ohne die wir wohl verloren gewesen wären. Kommt herein, damit ihr seht, wie hoch wir den Gewinn bei diesem ›*three carde monte*‹ rechnen können!« – – –

Der Erzähler machte eine Kunstpause, leerte sein Glas, welches ihm inzwischen wieder gefüllt worden war, sah seine Zuhörer einen nach dem andern an, welchen Eindruck er auf sie gemacht habe, nickte befriedigt und fuhr dann fort:

»Wißt ihr, Gentlemen, was ein gutes, schnelles und ausdauerndes Pferd für den Prairiemann zu bedeuten hat? Nehmt dem Luftschiffer seinen Ballon und dem Seemann sein Schiff, und beide haben aufgehört, zu existieren. Ebenso ist auch ein Savannenjäger ohne Pferd rein undenkbar. Und welch' ein Unterschied ebensowohl unter den Schiffen als auch unter den Pferden! *Pshaw,* ich will euch darüber keine Rede halten; aber wenn ich euch sage, daß ich das beste Pferd der weiten Steppe jahrelang zwischen den Leggins gehabt habe, so werdet ihr wissen, was ich meine. Ich habe es gehalten wie mich selbst, ja weit besser noch; wir hatten einander nicht nur ein- oder etlichemal das Leben zu verdanken, und als es endlich unter der Kugel eines roten Halunken stürzte, habe ich es begraben und den Skalp seines Mörders dazu gelegt, wie es sich schickt für einen Westmann.

Und von wem ich es habe, fragt ihr? Von wem anders als von dem schwarzen Panther damals in Smoky-Hill! Es befand sich unter den eingefangenen Tieren, hatte eine dunkle Pantherdecke auf dem Rücken und die Mähne voll eingeflochtener Adlerfedern, Beweis genug, daß es das Tier des Häuptlings gewesen war. Ich bestieg es und fand, daß es die feinste indianische Dressur hatte, die mir vorgekommen ist. Darum konnte ich mich nicht wieder von ihm trennen, brachte es auf das Floß, wo ich ihm einen ganz artigen und trockenen Stand herrichtete, und nahm es dann, als wir den Missisippi erreichten und ich mich von Lincoln trennte, unter den Sattel. Da hat es sich so bewährt, daß mich alle Welt um den ›Arrow‹ beneidete, wie ich den Hengst nannte, und ich niemals auch nur die geringste Klage über ihn zu führen hatte.

Ich ging nach Texas, trieb mich dann einige Jahre in Neu-Mexiko, Colorado und Nebraska herum und ritt dann sogar nach Dacota hinauf, um mich ein wenig mit den Sioux herumzuschlagen, von denen selbst der schlaueste Trapper noch Klugheit lernen kann.

Da kam ich an den Black-Hills mit einigen Jägern zusammen, von denen ich eine ganz absonderliche Kunde erfuhr. Damals hatte das Oelfieber den höchsten Grad erreicht; die Quellen brachen nur so aus der Erde heraus, und wo es kein Oel gab, da gab es wenigstens viel öliges Geschrei. Freilich gab es ganze Gegenden, die von dem Brennfette trieften, und wer da das Glück hatte, sich das Vorkaufsrecht zu sichern, konnte in einem einzigen Jahre Millionen zusammenwerfen.

Davon sprachen wir, als wir um das Feuer lagen und ein saftiges Stück Büffellende über demselben brieten. Da meinte einer von den Männern:

»Kennt ihr die Hochebene, welche sich von Yankton am

Missouri rechts von dem Flusse grad nach Norden zieht und sich dann in die Hudsons-Bai-Länder steil hinunterwirft? Man nennt sie das Coteau du Missouri?«

»Warum sollte man das Coteau nicht kennen? Freilich wagt sich niemand gern hinauf in die finstern, steilen Bluffs und Schluchten, wo der Redman, Bär und Luchs die Herrschaft führen und man nichts erjagen kann als einen elenden Skunk oder eine Wildkatze, die keinen Nutzen bringt.«

»Und dennoch bin ich droben gewesen und habe etwas gefunden, was ich dort nicht gesucht hätte, nämlich den größten Oelmann, den es in den Vereinigten Staaten giebt.«

»Einen Oelmann? Da droben? Wie soll das Oel hinauf auf das Coteau kommen?«

»Es ist oben, das ist genug; wie es hinaufgekommen ist, das geht mich nichts an. Ich bin drei Tage bei ihm gewesen, denn, müßt ihr wissen, der Mann hegt Gastfreundschaft wie selten einer, und hat mich gehalten wie den Präsidenten selbst. Das Oel läuft bei ihm nur so aus der Erde; trotzdem hat er aus Chicago einen Erdbohrer kommen lassen, um es aus größerer Tiefe emporzuholen; Fässer giebt es da zu Hunderten, und so groß, daß man sich mit dem Gaule darin herumtummeln kann, und Geld, ich habe es nicht gesehen, aber Geld muß der Mann haben ganze Säcke voll!«

»Wie heißt er denn?«

»Guy Willmers. Nicht wahr, ein ganz absonderlicher Name? Aber der Mann selbst ist schöner, ein Mulatte zwar, aber ein Kerl wie ein Bild. Und seine Frau, die er Betty nennt, stammt aus Germany drüben. Ihr Vater, ein Master Hammer, hat drunten am Arkansas gewohnt und viel Herzeleid erfahren. Die Bushheaders haben ihm eine Tochter ermordet und – – – «

Ich sprang empor.

»Guy Willmers –? Ein Mulatte –? Fred Hammer – nicht wahr, Fred hieß der Mann?«

»Ja, Fred Hammer, eine lange, breitschulterige Figur mit schneeweißem Kopf- und Barthaar. Aber, was ist mit Euch? Kennt Ihr vielleicht diese Leute?«

»Ob ich sie kenne? Besser als euch alle! Fred Hammer wohnte neben uns, und Mary, seine älteste Tochter, war meine Braut, wurde mir von den Bushheaders geraubt und, als wir die Bande verfolgten, mit meinem Vater von dem Kanada-Bill erschossen!«

»Das stimmt, das stimmt! So seid Ihr also der Tim Kroner, von dem mir der Oelprinz so viel Gutes erzählt hat?«

»Der bin ich! Ich ging dann in die Prairie und fand, als ich nach Jahren einmal zurückkehrte, fremde Leute auf der Stelle.«

»Fred Hammer hat gut verkauft und dann ein Geschäft in St. Louis gehabt. Guy Willmers ist für dasselbe gereist und dabei einmal auf das Coteau gekommen, wo er das Petroleum entdeckte. Natürlich sind sie sofort alle hinauf und wissen auch, warum. Ihr müßt sie besuchen, Master Kroner, und werdet damit eine ganz heillose Freude anrichten, das kann ich Euch versichern!«

»*Zounds*, ich will gespießt und gebraten werden wie dieses Stück Büffellende, wenn ich nicht gleich morgen früh aufbreche! Ich habe die Black-Hills satt und will einmal hinauf zu den Redmen, Luchsen und Bären. Vielleicht gelingt es mir auch, ein Loch zu finden, wo ein Michigansee voll Petroleum herausläuft.«

»Vorher aber müßt Ihr die Geschichte von den Bushheaders erzählen. Der Kanada-Bill soll kürzlich in Des Moines gewesen sein und zwölftausend Dollars im ›*three carde monte*‹ gewonnen haben. Ein ganz verteufeltes Spiel, wie mir scheint, viel schlimmer noch als das *Monte*, welches man in Mexiko und da herum treibt.«

»Mich kostete es viel mehr als einen ganzen Berg voll silberne Dollars. Und wie das zugegangen ist, nun, *well*, Ihr sollt es hören!«

Ich erzählte die Geschichte, und dann wickelten wir uns in unsere Decken, stellten die erste Wache aus und machten die Augen zu. Aber ich konnte keine Ruhe finden. Der Gedanke an Fred Hammer, Betty und Guy Willmers ging mir im Kopfe herum; die alten Bilder waren in neuer Frische wieder erwacht, und als endlich doch ein kleiner Schlummer über mich kam, träumte ich vom fernen Arkansas, von den beiden kleinen Farmen, von Vater und Mutter, von Mary, die vor mir stand in der ganzen Schönheit und Güte, wie ich sie früher gesehen hatte. Auch der Kanada-Bill war dabei; er wollte mich erwürgen, und als er nach mir faßte, erwachte ich.

»Tim Kroner, Ihr habt die letzte Wache. Die Zeit ist da, wie mir scheint!«

Es war der alte Fallensteller gewesen, der meinen Arm ergriffen hatte; aber, ich sag's euch, ich hätte viel darum gegeben, wenn ich wirklich den William Jones vor mir gehabt hätte!

Ich hatte mir, um früh zum Aufbruche gerüstet zu sein, mit Vorbedacht die letzte Wache geben lassen. Als sie vorüber war und ich die Leute weckte, erkundigte ich mich bei dem Trapper nach dem Weg, den ich einzuschlagen hatte.

»Ihr reitet immer gradaus nach Osten zum Missouri, geht da, wo der Green-Fork einmündet, über das Wasser und haltet Euch dann am rechten Ufer stromauf. Das Coteau tritt in hohen Vorgebirgen, die wie riesenhafte Kanzeln aussehen und leicht zu zählen sind, an das Thal des Flusses heran. Zwischen der vierten und fünften Kanzel steigt Ihr empor und kommt erst durch einen zwei Tagereisen haltenden Urwald, den Ihr grad nach Norden durchschneidet; dann kommt eine weite Büffelgrasprairie, durch die Ihr in derselben Richtung geht, vielleicht vier Tage lang, bis ein kleiner Fluß kommt, an dessen Ufer Willmers wohnt.«

»Was für Redmen giebt es in der Gegend?«

»Sioux, meist vom Stamme der Ogellallah und das schlimmste Volk, welches ich kenne. Doch kommen sie nur zur Zeit der Frühlings- und Herbstwanderung der Büffel hinauf. Jetzt ist es Hochsommer, und Ihr seid vielleicht vor ihnen sicher. Sie werden sich zwischen den Platte und Niobrara zurückgezogen haben.«

»Ich danke Euch und werde Euch, wenn wir uns irgendwo wiederfinden sollten, von diesem Ritt erzählen.«

»Schön! Grüßt die Leute von mir, und sagt ihnen, daß ich ihnen ihr Glück und Oel von Herzen gönne!«

Ich nahm Abschied von der Gesellschaft, bestieg meinen Arrow und wandte mich dem Osten zu. Ich fand und that alles grad so, wie der Mann mir gesagt hatte. Am Green-Fork schwamm ich über den Missouri und sah die einzelnen hohen, runden Bergmassen, zwischen denen tief geklüftete, wirre Thäler zur Höhe führten. Als ich den vierten Riesen hinter mir hatte, bog ich rechts ein. Die Schlucht war so von herabgestürzten Felsblöcken, Steingeröll und umgestürzten, halb faulen und von allerlei Schlinggewächsen überwucherten Baumstämmen angefüllt, daß ich meine Mühe und Not hatte, mit dem Pferde vorwärts zu kommen, und ich dankte es meinem guten Tomahawk, mit dem ich mir den Weg hauen mußte, daß ich endlich die hohe Ebene erreichte.

Hier befand ich mich mitten im prächtigsten Urwalde, der keine Spur von Unterholz zeigte, so daß ich schnell vorwärts kam. Ich brauchte mit meinem wackern Arrow nicht zwei volle Tagereisen, um die Prairie zu erreichen, vor welcher ich erst Halt machte, um mich mit Dürrfleisch zu versehen, da ich nicht wußte, ob ich auf der Savanne ein jagbares Wild antreffen würde.

Als dies geschehen war, ging es frisch dem Norden zu. Der erste Tag verging ohne ein besonderes Ereignis, der zweite ebenso. Am dritten Morgen hatte ich mich nicht gar zu früh aus der Decke gewickelt und stand eben im Begriffe, Arrow den Sattel aufzulegen, als ich in der Ferne einen Reiter bemerkte, welcher auf meiner Fährte dahergeritten kam.

Wer konnte der Mann sein, der Gründe hatte, diese abgelegene Savanne zu durchreisen? Ich lockerte, mehr aus alter Gewohnheit als aus gebotener Vorsicht, Messer und Revolver und erwartete ihn im Sattel. So war ich auf alle Fälle gerüstet.

Je näher er kam, desto deutlicher konnte ich die Einzelheiten seiner hohen, breiten Figur unterscheiden. Er ritt einen sehr hochbeinigen Klepper, der einen außerordentlich großen Kopf, aber einen desto kleineren und höchst ärmlich behaarten Schwanzstummel hatte; doch vollführte das Tier einen Schritt, vor welchem man alle Achtung haben mußte. Auf dem Kopfe trug er einen Filzhut mit unendlich breiter Krempe; der Leib stak in einem engen Lederkoller, dessen einfacher Schnitt keine Bewegung hemmte, und die Beine steckten in einem Paar Aufschlagestiefel, die bis an den Leib herangezogen waren. Ueber die Schulter hing die Doppelbüchse und an dem Gürtel der Pulver-, Schrot- und Mehlbeutel; ein Revolver stak neben dem Bowiemesser, und außerdem bemerkte ich zwei sonderbare Gegenstände dort angebracht, die sich später als eiserne Handschellen erwiesen.

Das Gesicht konnte ich wegen der breiten Hutkrempe nicht erkennen. Ich ließ ihn bis innerhalb Schußweite herankommen, und erhob dann die Büchse.

»Stopp, Master! Was thut Ihr hier in dieser Gegend?«

Er hielt das Pferd an und lachte.

»*Heigh-day,* ist das ein Spaß! Tim Kroner, alter Waschbär, willst du mich etwa erschießen?«

»Alle Wetter, diese Stimme sollte ich kennen,« erwiderte ich, indem ich das Gewehr sinken ließ. »Aber der verfluchte Hut ist mir im Wege. Abraham Lincoln, bist du es wirklich, der hier auf solch einem Ziegenbock in den Morgen hineinreitet?«

»Freilich bin ich es, wenn du nichts dagegen hast! Darf ich jetzt nun hin zu dir?«

»Komm her, und sag', was du hier treibst!«

»Erst muß ich wissen, was dich auf deinem Arrow in diese schöne Gegend führt!«

»Ich will einen Bekannten von dir und mir besuchen.«

»Einen Bekannten von uns beiden? Wer ist es?«

»Rate!«

»Sag' erst, wo?«

»Da vorn in irgend einem Bluff, wo das Oel wie Wasser laufen soll.«

»Ah, Guy Willmers, den Oelprinzen!«

»*Good lack,* du kennst ihn?«

»Persönlich nicht, aber du hast ja mir den Namen von Fred Hammers Schwiegersohn in Smoky-Hill genannt.«

»So hast du gewußt, daß Fred Hammer nach dem Coteau du Missouri gezogen ist?«

»Nein. Ich weiß, daß Fred Hammer hier wohnt; doch daß es der unsrige ist, ahnte ich erst, als du von einem Bekannten sprachst, denn da fiel mir auch der Name Guy Willmers wieder ein.«

»*Well,* also zu ihnen will ich. Und du?«

»Auch zu ihnen.«

»Was -? Auch -? Was willst du dort?«

»Das ist ein Geheimnis, doch dir kann ich es sagen. Aber nimm die Zügel, und komm vorwärts! Sieh mich einmal an. Für was hältst du mich?«

»Hm, für den tüchtigsten Kerl zwischen Neuschottland und Kalifornien.«

»Das ist eine sehr überflüssige Antwort. Ich meine das Metier.«

»Laß raten, wen du willst, nur mich nicht! Ich schlage lieber einen Büffel nieder, als daß ich ein Rätsel auseinander schieße.«

»Nun, siehst du nichts an mir, was sonst wohl nicht zu einer Trapperausrüstung gehört?«

»Ja, hier die beiden Mausefallen. Ich glaube gar, du bist Policeman geworden!«

»So eigentlich nicht; aber wenn es dir recht ist, so kannst du mich für einen Lawyer halten, der bereits einen kleinen Namen hat. Du hast mich am alten Kansas mit dem Gesetzbuche und bei der Rede getroffen; das war meine Universität, und, schau, ich habe sie nicht umsonst besucht!«

»Ein Lawyer also! Ja, ich hab's gewußt, daß du einen guten Weg emporsteigen wirst, und glaube, du wirst auf dem jetzigen Punkte nicht lange stehen bleiben. Doch was hat der Lawyer mit deinem Ritt zu thun?«

»Sehr viel! Der Westmann mit seinem scharfen Spürsinn steckt noch im Lawyer, und da ist es mir einige Male gelungen, ganz besonders raffinierten Verbrechern, die selbst dem geschultesten Policeman gewachsen waren, das Handwerk zu legen. Nun hat sich da unten in Illinois und Iowa ein ausgefeimter Loafer den Spaß gemacht, verschiedene Geld- und Verwaltungsgrößen gehörig an der Nase zu führen, und weil ihn kein Detective bisher zu fangen vermochte, ist mir der schöne Auftrag geworden, ihn zu suchen und ihn wo möglich lebendig der Gerechtigkeit zu überliefern. Dieses ›wo möglich‹ giebt mir natürlich die Erlaubnis, nach Befinden Gebrauch von der Waffe zu machen.«

»Wie heißt der Kerl?«

»Er trägt einige Dutzende von Namen, von denen man nicht weiß, welcher der richtige ist. Seinen letzten Geniestreich, die Fälschung bedeutender Wechsel, hat er in Des Moines ausgeführt, und von da schien seine Spur nach dem Coteau zu gehen. Jeder Verbrecher hat eine schwache Stelle, die ihn kenntlich macht und früher oder später vor den Richter bringt; bei diesem ist es die Vorliebe für Oelmänner; er scheint in diesem Fache gut bewandert zu sein, und ich vermute, daß er zu Guy Willmers gegangen ist.«

»*Heigh-ho,* das sollte ihm nicht gut bekommen! Ich hoffe, wenn er dort zu finden ist, werde ich ein Wörtchen mit ihm sprechen. Der Kanada-Bill wird's doch nicht sein?«

»Nein. Warum?«

»Weil dieser zuletzt in Des Moines gesehen wurde, wo er zwölftausend Dollars gewonnen haben soll.«

»Ich weiß es. Er ist von dort spurlos verschwunden und wird, wie immer, an einem andern Orte wieder auftauchen, wo man ihn am wenigsten vermutet. Er ist ein ganz gefährlicher Mensch, und zwar ganz besonders deshalb, weil man ihm das Spiel nicht verbieten kann und er seine andern Streiche in einer Weise vollführt, daß man seine Handhabe findet. Es sollte mich wundern, wenn wir ihm nicht begegneten, denn so oft wir beide uns getroffen haben, ist er es gewesen, mit dem wir es zu thun hatten.«

Der Ritt wurde natürlich nun in Gemeinschaft fortgesetzt. Wir hatten noch ein Nachtlager hinter uns zu legen und mußten dann dem Flusse nahe sein. Freilich war es unmöglich, ihn aus der Ferne zu bemerken; wir schauten fleißig nach Spuren aus, bemerkten aber nichts Nennenswertes als endlich einen eigentümlichen Geruch, welcher von Viertelstunde zu Viertelstunde auffallender wurde.

»*Lack-a-day!* Was ist das wohl für ein Parfüm, welches meine Nase infiziert, als hätte mich ein zweielliger Skunk angespritzt?« fragte ich. »Kannst du mir's sagen, Abraham? Das ist nicht Truthahn-Bussard, auch nicht Boudinsgeruch, Kammas-Odeur noch weniger. Ich weiß wahrhaftig nicht, was ich aus diesem Veilchenduft machen soll!«

»Sagen könnte ich dir's schon; aber soll ich wirklich so einen erfahrenen Woodsman, wie du bist, belehren? Mach' nur die Nase noch ein wenig weiter auf, dann kannst du gar nicht fehl riechen!«

Ich sog die Luft stärker ein, aber vergebens.

»Ich bring's nicht weg, Abraham. Das riecht wie Leiche, wie Harz und Kien, meinetwegen auch wie Firniß oder Lack.«

»Bist du noch nicht im Venango-County gewesen oder am Oil-Kanawha?«

»Nein, aber Oil-Kanawha? Ja, jetzt hab ich's; das ist Petroleumgeruch, und ich glaube, der Fluß muß sich nun bald zeigen!«

Es war allerdings vor uns nichts zu sehen als die weite, ebene Prairie, doch nach einiger Zeit bemerkten wir einen Dunststreifen, welcher sich von Ost nach West über die Savanne zog; wir kamen ihm schnell näher, und als wir ihn erreichten, hielten wir auch an dem Ufer des Flusses. Seine Ufer waren mit Anlagen, wie sie die Petroleumgewinnung mit sich bringt, bedeckt. Oben, einige hundert Pferdelängen vom Wasser entfernt, stand neben umfangreichen Fabrikräumlichkeiten ein außerordentlich stattliches Wohngebäude; weiter unten sah ich hart am Wasser einen Erdbohrer in voller Thätigkeit, und seitwärts davon zog sich eine Reihe kleiner Häuschen hin, welche jedenfalls als Arbeiterwohnungen dienten. Wo das Auge nur hinblickte, waren Dauben, Böden, Reifen und fertige Fässer, teils leer, meist aber mit dem vielbegehrten Brennstoffe gefüllt, zu sehen.

»*Good lack,* hier ist's!« sagte ich. »Nur möchte ich wissen, auf welche Weise dieser Guy Willmers das Oel unter die Leute bringt. Das Coteau bietet doch weder Weg noch Steg für die schweren Fuhrwerke, welche dazu nötig sind!«

»Siehst du nicht die großen Kähne unten im Wasser? Auf ihnen bringt er die Fässer in den Missouri, von wo aus dann der Weg offen steht.«

Lincoln schnallte die Handschellen vom Gürtel los und fuhr fort:

»Ich will die Armspangen nun unter die Decke nehmen. Es ist nicht notwendig, daß sie verraten, weshalb ich komme!«

Als wir das Haus erreichten, trat ein Arbeiter aus der Thür.

»*Good day,* Mann! Ist hier der Ort, wo ein Master Willmers wohnt?« fragte Lincoln.

»*Yes,* Master. Geht nur hinein. Die Gent's und Ladies sitzen soeben beim Essen!«

Wir pflockten die Pferde an und traten ein. Im Speisesaale saßen Fred Hammer, Guy Willmers und Betty; ich erkannte sie sofort wieder. Zwei junge Ladies, welche dabei waren, mußten die Töchter sein, zwischen denen ein Gentleman saß, den ich nicht kannte. Willmers erhob sich.

»Nur näher, Mesch'schurs! Was bringt ihr uns?« fragte er.

»Einen ganzen Kürbis[1] voll Grüße von einem gewissen Tim Kroner, wenn ihr den Mann vielleicht kennt!« antwortete ich.

»Von unserm Tim? Das ist ja - - *heigh-ho,* du bist's ja selber, alter Bär! Beinahe hätte ich dich nicht wieder erkannt. Die Prairie hat dir ja einen Bart gemacht, daß nur die Nasenspitze zu erkennen ist. *Welcome* tausendmal! Hier, gieb auch den andern deine Hand!«

Na, das wurde ein Empfang, mit dem ich herzlich zufrieden sein konnte! Ich wurde beinahe erdrückt und fand kaum Zeit, an meinen Gefährten zu denken:

[1] Trapperausdruck für »sehr viel«.

»Und hier habe ich euch einen mitgebracht, den ihr auch noch kennen müßt! Oder habt ihr Abraham Lincoln vergessen, der uns damals hinter den Bushheaders herführte?«

»Abraham Lincoln? Wahrhaftig, er ist's! Willkommen, Sir, und nehmt es nicht übel, daß wir nicht sofort an Euch dachten! Ihr habt Euch um ein weniges verändert, seit wir uns nicht sahen.«

Wir mußten uns, so wie wir da standen, mit zur Tafel setzen, und erst jetzt wurde des fremden Mannes Erwähnung gethan.

»Hier ist unser Sir David Holmann aus Young-Kanawha, der uns seit einer Woche mit seinem Besuche beehrt,« wurde er uns vorgestellt. »Er ist Besitzer einer ganzen Reihe von Oil-Creeks und zu mir gekommen, um wegen des Exportes einige Fragen mit mir zu erörtern,« meinte Willmers. »Später kann ich euch auch Master Belfort vorstellen, der ins Thal gegangen ist, um unsere Arbeiterwohnungen kennen zu lernen. Ein feiner Gentleman, sage ich euch, voll Erfahrung und Geschicklichkeit, wie selten einer. Er versteht, mit der Karte die ganze Hölle herbeizuzaubern.«

Es entspann sich eine sehr lebhafte Unterhaltung, und es wunderte mich, daß Lincoln während derselben so außerordentlich einsilbig blieb. Warum warf er zuweilen, wenn Master Holmann es nicht bemerkte, einen so scharfen, forschenden Blick auf ihn? War er vielleicht der Mann, den er suchte?

Da ging die Thür auf, und ich konnte nicht anders, ich mußte aufspringen und den Eintretenden mit stieren Augen betrachten. Das dunkle Haar und der dichte, schwarze Vollbart machten mich irre, vielleicht auch die Kleidung, welche die eines wohlhabenden Gentleman war; aber ich hätte schwören mögen, daß – – doch ich kam nicht dazu, meinen Gedanken Worte zu geben; Guy Willmers erhob sich.

»Hier kommt Master Belfort, den ich euch hiermit vorstelle, Gentlemen! Er ist – – –«

»Master Belfort?« sagte Lincoln. »Ich meine, der Mann kann ebenso gut Fred Fletcher oder William Jones heißen, wenn er nur zugiebt, der Kanada-Bill zu sein!«

»Der Kanada-Bill?« fragte Fred Hammer, indem er nach dem ersten besten Messer griff und sich erhob.

»Nehmt Eure Zunge in acht, Sir!« meinte Jones; denn er war es wirklich; ich erkannte ihn auch jetzt an der Stimme. »Einen Gentleman beleidigt man nicht ungestraft.«

»Das ist richtig,« antwortete Lincoln, »doch bin ich gewiß, keinen Gentleman beleidigt zu haben. Wie viel Klettenwurzel und Höllenstein habt Ihr verbraucht, um Euer Haar schwarz zu färben? Ich gebe Euch den guten Rat, bei späterer Gelegenheit einen Bleikamm mit zu gebrauchen, dann werden auch die Haarwurzeln schwarz, die bei Euch vollständig hell geblieben sind. Master Willmers, Ihr sagtet, daß er mit der Karte zu zaubern verstehe. Hat er Euch nicht ein wenig ›*three carde monte*‹ gezeigt?«

»Ja, und ein schönes Geld abgenommen,« antwortete Fred Hammer. »Ich bin alt, und meine Augen sind schwach geworden, sonst müßte ich ihn sofort erkannt haben; jetzt aber ist kein Zweifel mehr, daß ich Marys Mörder vor mir habe, und, *by god*, er soll seine Bezahlung auf der Stelle erhalten!«

»Wollt Ihr Euern Gast erstechen, Fred Hammer?« fragte der Kanada-Bill. »Könnt Ihr mir nachweisen, daß ich es wirklich gewesen bin, der Eure Tochter erschossen hat?«

»Und meinen Vater auch!« fiel ich ein. »Nein, nachweisen nicht, aber beschwören können wir es. Und ebenso, daß Ihr in Smoky-Hill sechzig aufgezählt bekamt und dann die Indsmen brachtet.«

»Ich? Die Sechzig kann ich nicht wegleugnen,« lachte er grimmig, »und ich werde eines schönen Tages ihretwegen mit Euch abrechnen; aber beweist mir einmal das von den Rothäuten! Könnt Ihr es?«

»Wir, nämlich ich und Master Lincoln hier, standen hart bei Euch, als Ihr mit dem ›schwarzen Panther‹ den Schuß seines Sohnes beobachtetet und Euern Plan bespracht, und wir standen an der Lichtung, als Ihr die Indsmen geführt brachtet, Ihr mit dem Häuptling voran. Wir teilten natürlich dem Cornel Euer Vorhaben mit und machten dann mit

Feuerwerk Eure Pferde locker. Das war ein Hauptstreich! Nicht, Master Jones?«

Er erfuhr diese Thatsachen natürlich jetzt zum ersten Male; seine Augen funkelten, und seine Hände ballten sich zusammen; aber er sah, daß er sich beherrschen müsse.

»Habt ihr mich wirklich so deutlich erkannt, daß ihr mir so etwas sagen dürft, Mesch'schurs?« zischte er.

Jetzt trat Lincoln hart an ihn heran.

»Ich will Euch sagen, Mann, daß wir mit Euch schnell verfahren könnten. Ihr wißt ja wohl, daß Master Lynch ein strenger Gesell ist. Aber seid Ihr Gast in diesem Hause, und ich will ehrlich gestehen, daß wir bei Smoky-Hill wohl Eure Stimme erkannt und dann Eure Gestalt gesehen, Euch aber nicht so deutlich weggebracht haben, daß wir Euch mit gutem Gewissen eine Kugel geben könnten. Wir sind freie Bürger der Vereinigten Staaten und richten nur nach vollständigem Beweise! Das Geld, welches Ihr diesen Gentlemen hier abgenommen habt, werden sie wohl nicht zurückverlangen; dazu steht ihnen der Kanada-Bill zu niedrig, und darum will ich Euch meinen Bescheid sagen: Ihr verlaßt sofort diesen Ort, und zwar binnen zehn Minuten; in der elften aber beginnt meine Büchse zu sprechen; darauf könnt Ihr Euch verlassen!«

»Seid Ihr vielleicht Herr und Besitzer des *oil-work* hier?« fragte jetzt David Holmann. »Ihr könnt Master Jones nichts beweisen, und unser Spiel ist ein ehrliches gewesen!«

»Ein Oelprinz bin ich allerdings nicht, Gem'man, aber doch etwas, vor dem man Respekt zu haben pflegt. Und wenn ich diesem Manne meinen Bescheid sage, so weiß ich ganz genau, was ich thue!«

»So laßt dieses etwas einmal sehen, Sir!«

»Hier ist es!«

Er zog ein Papier aus der Tasche, reichte es ihm und gab mir einen Wink, den ich sofort verstand. Ich ging hinaus und holte die Handschellen unter der Pferdedecke hervor. Als ich eintrat, sah ich Holmann bleich in das Papier starren.

»Nun, Master Holmann oder Waller oder Pancroft oder

Agston, wie gefällt Euch dieses Dekret?« fragte Lincoln. »In Iowa und Illinois, besonders aber in Des Moines hat man großes Verlangen nach einem Menschen, der in Young-Kanawha eine ganze Reihe von Oel-Creeks besitzen will. Es ist wirklich schade, daß Euch der kleine linke Finger fehlt; seine Abwesenheit hat Euch verraten. Ich werde unsern Freund Willmers von zwei Gästen befreien, die nicht an eine so anständige Stelle gehören!«

»Stopp, Sir, so weit sind wir noch nicht!« rief Holmann.

Er warf einen forschenden Blick nach Thür und Fenster.

»Ich denke, wir sind so weit. Und wenn Ihr es nicht glauben wollt, so seht Euch einmal diese Juwelen an, die ich Euch jetzt anlegen werde!«

Er nahm mir die Handschellen ab, und ich griff zum Revolver. Auch Holmann fuhr nach seiner Tasche.

»Weg mit der Hand, oder ich schieße!« drohte ich ihm.

»Seht Ihr's, daß wir soweit sind?« lachte Lincoln. »Gebt die Hände ruhig her, denn ich sage Euch: Ihr habt meine Vollmacht gelesen, die Euch mir vollständig in die Hände giebt. Ich zähle bis drei. Habt Ihr dann die Eisen noch nicht an den Händen, so schmeckt Ihr die Kugel. Tim, drücke los bei drei!«

Er trat zu ihm hin und öffnete die Schellen.

»Eins – – zwei – –!«

Holmann sah, daß es Ernst war; er hielt die Hände hin und ließ sich fesseln. Dann wandte sich Lincoln zu William Jones.

»Fünf Minuten sind vorüber; Ihr habt nur noch die andern fünf. Ich spaße nicht. Macht Euch von dannen!«

Fred Hammer hatte noch immer sein Messer in der Hand. Er legte Jones die Faust drohend auf die Schulter und sagte:

»Vorwärts, Mann! Ich werde dafür sorgen, daß Ihr ohne Mühe und Störung weiter kommt!«

Er schob ihn zur Thür hinaus, und wenige Augenblicke später sahen wir den Kanada-Bill fortreiten. Da trat ein Arbeiter ein.

»Master Willmers, soll der Bohrer weiter arbeiten? Der Ingenieur läßt sagen, daß in einer Viertelstunde das Oel kommen werde, wenn wir fortbohren.«

»Endlich! Aber setzt die Hemmung ein. Ich muß erst bekannt machen, daß kein Licht und Feuer gebrannt werden darf, sonst kann es ein Unglück geben. Der Abend ist nahe, daher soll das Oel erst morgen seine Freiheit haben!«

Der Mann ging, den Befehl auszurichten.

Ihr müßt nämlich wissen, Gentlemen, wenn der Bohrer das Oel trifft, so steigt es in einer hohen Säule aus der Erde empor, und die leichten, gefährlichen Gase, welche natürlich zuerst kommen, dürfen nicht die kleinste Flamme finden, sonst entsteht ein fürchterlicher Brand, der sich so schnell entzündet und verbreitet, daß ihm nichts zu widerstehen vermag.

»Habt Ihr nicht einen festen Raum,« wandte sich jetzt Lincoln an Willmers, »in welchem wir unsern guten Sir Holmann aufbewahren können?«

»Ein sehr gutes und sicheres Kabinett. Kommt!«

Die drei gingen ab, und ich hatte nun sehr zu thun, Betty und den beiden kleinen Ladies den Vorgang, welcher so unerwartet über sie gekommen war, zu erklären. Als wir alle wieder beisammen saßen, ergossen sich Hammer und Willmers in Dankeserklärungen gegen Lincoln, welche dieser nach Kräften von sich wies. Er wollte schon am nächsten Morgen wieder fort, stieß aber auf allgemeinen Widerspruch.

»Ihr müßtet mit Eurem Gefangenen den weiten beschwerlichen und gefährlichen Ritt über das Coteau hinunter nach Iowa machen,« erklärte ihm Willmers. »Wartet aber noch einige Tage, so gehen hier drei Kähne den Fluß hinunter in den Missouri, und Ihr könnt in aller Bequemlichkeit Passage nehmen. Bis Yankton und Dacota seid Ihr schnell und habt dann nur die kurze Strecke bis hinüber nach Des Moines zurückzulegen. Ihr bleibt also hier. Euer Gefangener ist Euch sicher!«

Lincoln sah das Vorteilhafte des Anerbietens ein und gab nach.

Der Abend kam. Wir hatten unsere Pferde losgepflockt und ließen sie frei grasen gehen. In den Stall durften wir sie nicht bringen; sie waren die Freiheit gewöhnt und hätten sich in dem engen Raume Schaden gethan. Die Gents und Ladies außer mir saßen plaudernd im Parlour; ich schritt am Flusse abwärts, weil ich nach den Pferden sehen wollte. Es war sehr dunkel, so daß ich die ölhaltigen Wogen kaum von dem festen Boden unterscheiden konnte.

So kam ich bis an die Stelle, wo wir bei unserer Ankunft den Erdbohrer in Thätigkeit gesehen hatten. Etwas oberhalb derselben war ein Wassergang herüber geleitet, in welchem sich ein Rad bewegte. Ein leise knirschendes Geräusch ließ mich stehen bleiben. Sollte sich der Bohrer noch in Gang befinden? Ich verstand nichts von der Sache, aber eine plötzliche Angst kam über mich. Da tauchte über dem Graben drüben ein Licht auf, nicht im Freien, sondern es blinkte durch die zerrissenen Bretterwände, zwischen denen sich das Bohrwerk befand. Hatte nicht Willmers jedes Licht verboten? Ich lauschte. Da hörte ich Schritte. Eine Gestalt huschte an mir vorüber, noch eine. Die Finsternis verhinderte mich, genau zu sehen, aber es war mir, als hätte ich Jones und Holmann unterschieden.

Sie waren in der Dunkelheit verschwunden, ehe ich ihnen zu folgen vermochte. Ich eilte, so schnell ich konnte, zurück, trat in das Parlour und fragte Lincoln:

»Ist Holmann noch fest, Abraham?«

»Warum? Vor einer halben Stunde war ich bei ihm.«

»Ich glaube, ihn und Jones beim Bohrer gesehen zu haben. Es brennt Licht dort, und das Rad geht.«

»Licht brennt, und das Rad geht?« rief Willmers. »Um Gottes willen, sollte er ausgebrochen sein? Er hat gehört, daß das Oel kommen will und -- schnell, schnell, nachgesehen, wo er ist!«

Wir eilten hinaus. Die eisernen Riegel vor der festen Thür des Gewölbes, in welchem man den Gefangenen untergebracht hatte, waren vorgeschoben. Es wurde geöffnet; er war fort.

»Der Kanada-Bill ist zurückgekehrt und hat ihn befreit!« rief Lincoln. »Wir müssen – – «

»Laßt sie, Sir!« fiel ihm Willmers in die Rede. »Morgen früh müssen wir ihre Spuren finden und werden ihrer Fährte folgen. Sie sind uns sicher. Aber der Bohrer! Fort, hinunter zu ihm!«

Die Frauen konnten vor Angst nicht sprechen. Wir Männer stürzten hinaus in das Freie. Doch kaum hatten wir einige Schritte gethan, so ertönte ein gewaltiger Donnerschlag, und es war mir, als sei die Erde auseinander gerissen worden. Der Boden erzitterte, und als ich, auf das tiefste erschrocken, aufblickte, sah ich in der Gegend des Bohrers eine glühende Feuergarbe wohl sechzig oder noch mehr Fuß in die Höhe steigen; zugleich verbreitete sich ein penetranter Gasgeruch, welcher uns fast den Atem benahm.

»Das Thal brennt!« schrie Willmers, und er hatte recht. Von dem Bohrloche abwärts loderte auf und über dem Flusse ein glühendes Feuermeer. Jones hatte Holmann befreit, und beide hatten, um sich zu rächen, den Erdbohrer wieder in Bewegung gesetzt und ein Licht dazu gestellt. Unglücklicherweise war das nur ganz kurze Zeit vor dem Augenblicke geschehen, an welchem der Bohrer in der Tiefe auf das Petroleum treffen mußte. Es wurde im Bohrloche empor getrieben, und die Gase, die es mit sich führte, hatten sich an dem brennenden Lichte entzündet. Nun schien abwärts von uns die ganze Atmosphäre zu brennen. Glücklicherweise konnte das Feuer uns nicht erreichen, und auch die Arbeiter nicht, deren Wohnungen nicht ganz am Flusse lagen. Dennoch lief ich hinunter, um zu sehen, ob sie vielleicht der Hilfe bedürften. Da erblickte ich eine Gestalt, welche dagestanden hatte, um das Feuer zu betrachten, aber sofort davonrannte, als sie mich bemerkte. Diese Flucht kam mir verdächtig vor, und ich lief nach. Je näher ich dem Manne kam, desto deutlicher sah ich, daß er durch irgend etwas im Laufen gehindert wurde; seine Arme bewegten sich nicht. Ich verdoppelte meine Schnelligkeit, erreichte ihn und erkannte Holmann, dessen Hände noch in den Schellen steckten. Ich faßte ihn, warf ihn nieder und kniete auf ihn; er versuchte, sich zu wehren. Der Handschellen wegen konnte sein Widerstand von keiner Bedeutung sein. Ich riß ihm das Tuch vom Halse und band ihm damit die Füße zusammen. Er knirschte vor Wut mit den Zähnen und funkelte mich mit grimmigen Augen an, ließ aber kein einziges Wort vernehmen. »Guten Abend, Master!« sagte ich. »Euer Spaziergang hat nicht lange gedauert. Wollt Ihr mir wohl mitteilen, wo William Jones steckt?«

Er antwortete nicht.

»Gut! So werden wir versuchen, ihn ohne Euch zu finden.«

Ich nahm ihn beim Kragen und schleifte ihn nach dem Wohnhause zurück, wo er sofort wieder eingesperrt wurde. Dann zerstreuten wir Männer uns, um nach Jones zu suchen. Wir hatten Zeit dazu, weil wir das Feuer jetzt doch nicht bewältigen konnten; aber alle Mühe war vergebens; wir fanden ihn nicht; er war entkommen.

Das Feuer brannte, wie ich vorher berichten will, noch einige Tage fort; dann gelang es dem Ingenieur, es zunächst einzudämmen und dann ganz auszulöschen. Viel geschadet hat es nicht, wenigstens nicht so viel, wie Jones und Holmann beabsichtigt haben mochten, von denen es wahrscheinlich auf unser Leben abgesehen war. Später hörte ich einmal, daß der Kanada-Bill sich am untern Missisippi sehen lasse und mit dem Spiele ein schönes Geld verdiene. Seitdem sind Jahre vergangen; ich hoffe aber, daß er noch lebt und mir einmal in die Hände kommt. Dann ist ihm meine Kugel sicher und gewiß.

Holmann wurde, als die Kähne nach dem Missouri gingen, von Lincoln fortgeschafft. Das gab einen Abschied, der mir nicht wenig zu schaffen machte, denn der brave Abraham war mir gewaltig an das Herz gewachsen. Ich durfte nicht mit. Fred Hammer und Guy Willmers meinten, das ginge nicht, und die Ladies baten so schön, daß ich nicht anders konnte, ich mußte bleiben.

Später erfuhren wir, daß Holmann für die Lebenszeit in die Zelle gekommen ist.

Abraham Lincoln ist, wie ich es ihm ja gesagt hatte, nicht

beim Lawyer stehen geblieben, sondern hat es bis zum Höchsten gebracht, was ein braver *self-man* werden kann; er ist Präsident der Vereinigten Staaten geworden und hat leider für das, was er Gutes that und wollte, einen Schuß bekommen; Fluch dem Schurken, der ihn abfeuerte!

Und ich? Man ließ mir keine Ruhe, ich mußte bei Willmers mein Wigwam aufschlagen. Arrow ist damit nicht zufrieden gewesen, und auch ich habe zuweilen ein so heilloses Zwicken in den Gliedern bekommen, daß ich zu Büchse und Tomahawk gegriffen habe und auf einen Monat oder zwei hinausgeritten bin in die Savanne und die Woodlands, wo ich den Oelgeruch vergessen und den Büffeln oder Indsmen zeigen konnte, daß Tim Kroner noch keine Lust habe, die schöne Prairie mit den ewigen Jagdgründen zu vertauschen. Zwischen Longs Peak und den Spanish Peaks ist mein Jagdrevier, und dort habe ich mir den Namen geholt, mit dem ihr mich vorhin genannt habt, nämlich, der »Coloradomann«, Mesch'schurs. Und es ist wahr, was ihr vorhin sagtet, daß ich nämlich der beste Jäger weit und breit bin. Möchte einen andern sehen, der es mit mir aufnimmt, mag es sein, in was es wolle. So! Und nun habe ich euch den Willen gethan und bin mit meiner Erzählung fertig.« –

Der Erzähler hatte die Behauptung, daß es niemand mit ihm aufnehmen könne, im Tone vollen Bewußtseins gesagt. Diese Selbstgefälligkeit schien einem der Anwesenden nicht ganz am Platze zu sein; denn er sagte:

»Dank für Eure schöne Geschichte, Sir, und allen Respekt vor Euch, Mr. Kroner. Man weiß, was man von dem Coloradomann zu halten hat; aber sollte es doch keinen andern geben, der sich neben Euch stellen kann?«

»Wer könnte das sein?« fragte der Selbstbewußte.

»Winnetou zum Beispiel.«

»*Pshaw!* Das ist ein Indianer!«

»Old Firehand?«

»Habe es oft mit ihm aufgenommen!«

»Old Surehand?«

»Kann mich auch nicht irre machen.«

»Old Shatterhand?«

»Bin oft mit ihm geritten und habe nichts von ihm lernen können. Das sind alles Leute, an denen der Name das bedeutendste ist. Gerade Old Shatterhand hat in meinem Beisein manchen Fehler gemacht, den ich für unmöglich gehalten hätte. Er hat viel Körperkraft; das ist aber auch alles!«

Bei diesen Worten stand er auf und näherte sich meinem Tische. Er war kein übler Erzähler, und ich hatte ihm mit Interesse zugehört, obgleich ich mir das Meine dabei dachte. Diese Gedanken schienen sich meinem Gesichte aufgeprägt zu haben, denn er stellte sich jetzt breitspurig vor mich hin und fragte mich:

»Ich habe vorhin, als Ihr mit Mutter Thick spracht, gehört, daß Ihr ein Dutchman seid, Sir?«

Das Wort Dutchman wird den Deutschen gegenüber als Schimpfwort gebraucht; dennoch antwortete ich ruhig und gelassen:

»Nicht ein Dutchman, sondern ein German, Sir.«

»Das ist ein und dasselbe. Ich sage Dutchman und halte das für das richtige. Ihr habt, als ich erzählte, ein so zweifelhaftes Gesicht gemacht. Warum?«

»Interessiert Euch mein Gesicht?«

»Eigentlich ganz und gar nicht. Ihr habt kein Gesicht, dem ich sonst Beachtung schenken möchte; aber in diesem Falle ist es etwas anderes. Es sah grad so aus, als ob Ihr mir keinen Glauben schenktet. Ist's so oder nicht?«

»Liegt Euch so viel daran, zu wissen, was ich glaube?«

»Alberne Frage! Euer Gesicht galt mir, und da will ich unbedingt wissen, was es zu bedeuten hatte. Oder habt Ihr Angst, es mir zu sagen?«

»Angst? Nicht daß ich wüßte!«

»Nun also, heraus damit!«

Alle Gäste waren still, auch die an den entfernteren Tischen. Sie erwarteten eine Scene und horchten gespannt zu uns her. Ich antwortete lächelnd:

»Ich habe gar keinen Grund, damit zurückzuhalten, daß

ich mich über einen sehr auffälligen Anachronismus gewundert habe, der in Eurer Erzählung vorgekommen ist.«

»Anachronismus? Was ist das? Redet doch so, daß man es verstehen kann!«

»Gut, also deutlich! Seit wann ist wohl vom Petroleum im jetzigen Sinne die Rede gewesen?«

»Wer kann das wissen!«

»Ich, nämlich seit dem Jahre 1859. Und wann wurden in den Vereinigten Staaten die ersten Oelquellen entdeckt?«

»Das mögt Ihr Euch selbst beantworten!«

»Zwei Jahre vorher, also 1857. Nun sprecht Ihr von einem Oelbohrer jenseits des Coteaus, bei dem Lincoln gewesen sei, nachdem er kurz zuvor Lawyer geworden war. Wann aber ist er Lawyer geworden?«

»Laßt mich mit Euren dummen Fragen in Ruh!«

»Sie sind nicht so dumm, wie Ihr denkt, und gehören zu der Auskunft, die ich Euch geben soll. Lincoln etablierte sich nämlich im Jahre 1836 in Springfield als Lawyer, also über zwanzig Jahre vor der Entdeckung der ersten bedeutenden Oelquelle. Wie stimmt das mit Eurer Erzählung, Sir?«

»Ob es stimmt oder nicht, das ist mir gleichgültig!«

»Nun, so habt die Güte, gegen mein Gesicht ebenso gleichgültig zu sein!«

»Wollt Ihr sagen, daß Ihr das von dem Oelbrande nicht glaubt?« fragte er in drohendem Tone.

»O, daran hege ich nicht den geringsten Zweifel, nur ist der Ort und sind die Personen andere.«

»Wie so?«

»Old Shatterhand hat einen solchen Oelbrand erlebt, und zwar im Bluff von New-Venango[1]. Der Oelprinz hieß dort nicht Willmers, sondern Forster.«

»Das geht mich nichts an und ändert nichts an meinem Erlebnisse; es finden oft Oelbrände statt.«

»Bei denen die Umstände einander so ungeheuer ähnlich

[1] Siehe »Winnetou« Bd. II, pag. 359.

sind? Hm! Uebrigens kenne ich Tim Kroner, den Coloradomann, sehr genau.«

»*Thunder-storm!* Wollt Ihr etwa sagen, daß ich nicht Tim Kroner bin?«

»Es kann allerdings vorkommen, daß zwei Personen ganz gleiche Namen haben; aber der richtige und echte Coloradomann ist der, den ich kenne.«

»Da kennt ihn auch ein tüchtiger Kerl! Wenn Euch ein anderer als ich gesagt hat, er sei Tim Kroner, der Coloradomann, so hat er gelogen und war ein Schwindler. Das laßt Euch gesagt sein, sonst stopfe ich Euch den Mund mit dieser Klinge hier!«

Er zog sein Bowiemesser aus dem Gürtel. Sofort hatte ich meinen Revolver in der Hand, richtete den Lauf auf ihn und antwortete:

»Stoßt nur zu, wenn Ihr die Zeit dazu findet! Kugeln pflegen schneller als Messerklingen zu sein.«

Er stand einige Augenblicke da, ließ dann das Messer sinken und sagte in verächtlichem Tone:

»*Pshaw!* Tim Kroner hat es gar nicht nötig, etwas darauf zu geben, was so ein Kerl, wie Ihr seid, für Gesichter schneidet. Zieht also Fratzen, so viel Ihr wollt; ich habe nichts dagegen und bleibe wer ich bin!«

Er steckte das Messer wieder in den Gürtel und kehrte auf seinen Sitz zurück. Die Zuhörer hatten diesen friedlichen Ausgang nicht erwartet, kleideten aber ihre Enttäuschung nicht in Worte. Ich hätte ganz anders auftreten können, doch fiel es mir nicht ein, den Gästen eines Kost- und Logierhauses ein Schauspiel nach Art der Runners und Loafers zu bieten. Mochte man immer denken, ich fürchte mich vor diesem sogenannten Coloradomann!

Als er seinen Platz wieder eingenommen hatte, ließ er seinen Blick an der Tafel rundum gleiten und fragte:

»Wollt vielleicht auch ihr es bezweifeln, Mesch'schurs, daß ich der echte Tim Kroner bin?«

Sie schüttelten die Köpfe, und einer der Gentlemen, der bis jetzt noch nicht gesprochen hatte, antwortete:

»Wir haben keinen Grund, es nicht zu glauben. Uebrigens kann ich zu dem Schlusse Eurer Erzählung eine Bemerkung machen, die Ihr vielleicht gern, vielleicht auch ungern hören werdet.«

»Welche?«

»Ihr könnt den Kanada-Bill nicht erschießen.«

»Warum?«

»Weil er schon tot ist.«

»*All devils!* Er ist tot?«

»*Yes.*«

»Wißt Ihr das genau?«

»Sehr genau.«

»Wo ist er gestorben?«

»Auf der Mission Santa Lucia bei Sakramento.«

»An was? Doch nicht an einer Krankheit? Einen solchen Tod hätte der Halunke nicht verdient.«

»Oh, so billig ist er nicht weggekommen. Er hat sein Ende einem Manne zu verdanken, dessen Name vorhin genannt worden ist.«

»Welcher Name?«

»Old Shatterhand.«

»Was? Old Shatterhand hat ihm das Handwerk gelegt?«

»Ja.«

»Wie ist das geschehen, Sir?«

»Das ist eine interessante, höchst interessante Geschichte, die ich eigentlich hätte veröffentlichen sollen. Ich bin nämlich Litterat, Mesch'schurs; ich sage das für diejenigen von euch, die das noch nicht wissen.«

»Erzählt es doch; erzählt's!« rief es im Kreise.

»Hm! Es ist eigentlich von einem Bücherschreiber nicht klug, etwas mündlich zu erzählen, was er durch die Presse veröffentlichen will; das werdet ihr einsehen, Gents.«

Er wollte augenscheinlich noch mehr gebeten sein; dies geschah denn auch, und so erklärte er:

»*Well,* wir sind heut einmal so schön beim Erzählen, und so sollt ihr die Geschichte hören, genau so, wie sie sich zugetragen hat.«

Mutter Thick kam jetzt bei mir vorüber und flüsterte mir zu:

»Dank, Sir, daß Ihr vorhin den Krawall vermieden habt! Mit der jetzigen Erzählung werdet Ihr zufrieden sein. Er schreibt Bücher, und erzählt so schön, oh so schön!«

Na, da war ich denn doch neugierig, was dieser Mann für eine Geschichte aus den einfachen Thatsachen machen würde.

Er setzte sich in Positur und begann im Tone eines geübten und gewandten Erzählers:

»Es war im Hafen von Sacramento, in welchem sich ein Bild von den lebhaftesten Farbentönen entwickelte. Die Menge, welche sich geschäftig über den Quai ergoß oder lungernd umhertrieb, schien nicht aus den Bewohnern eines besonderen Distriktes oder gar einer einzelnen Stadt zu bestehen, sondern glich eher einem Karneval, der die Repräsentanten aller Nationen für kurze Zeit vereinigt hat.

Hier stand eine Gruppe magerer Yankees in dem unvermeidlichen schwarzen Fracke, den hohen Cylinderhut weit nach hinten auf den Kopf gedrückt, die Hände in den Taschen und goldene Uhrketten, Tuchnadeln, Hemdknöpfchen und Berloques eingehakt. Dazwischen drängte sich ein kleiner Schwarm Chinesen herum in ihren blauen Kattunjacken und weiten, weißen Hosen, die langen Zöpfe wohl gepflegt und geflochten. Südseeinsulaner waren da, die scheu, verlegen und verwundert auf dem fremden Boden einhergingen und, wenn ihnen etwas nach ihren Begriffen gar zu Absonderliches in die Augen sprang, die Köpfe leise flüsternd zusammensteckten. Mexikaner stolzierten umher mit ihren an der Seite bis oben hin aufgeschlitzten und mit silbernen Knöpfen besetzten Sammethosen, und den kurzen, ebenso garnierten Jacken, den breitrandigen Wachstuchhut auf dem Kopfe. Californier mit ihren langen, in den prachtvollsten Farben gewebten Ponchos, die ihnen fast bis an die Knöchel herabreichten; schwarze Ladys und Gentlemen, nach tausend Wohlgerüchen duftend und in dem überzeugendsten Putze steckend, ernste Indsmen, die mit gravitätischem Schritte durch die Menge stiegen; gemütliche Deutsche,

Engländer mit Cotelettenbärten und riesigen Zwickern auf der Nase, bewegliche, kleine Franzosen, zankend, erzählend, rufend und auf das lebhafteste gestikulierend, rothaarige Irländer, nach Aquardiente[1] duftend; Chilenen in ihren kurzen Ponchos; Trappers, Squatters, Backwoodsmen in ihren ledernen Jagdhemden, die lange Büchse noch auf der Schulter, wie sie gerade über das Felsengebirge gekommen waren; Mestizen und Mulatten in allen Farbenstufen und Schattierungen, und dazwischen die aus den Minen oft mit schweren Beuteln von Gold zurückgekehrten Goldwäscher in den phantastischsten Kostümen, die man sich nur zu denken vermag, in ihren Kleidern auf das entsetzlichste abgerissen, mit geflickten Hosen, Röcken, Westen und Jacken, mit zerrissenen Stiefeln, aus denen die nackten, strumpflosen Zehen hervorblickten, und Hüten, die monatelang am Tage der Sonne und dem Regen getrotzt und dann des Nachts als Kopfkissen gedient hatten. Und in den kleinen Gruppen standen dabei die Eingeborenen des Landes, die eigentlichen, rechtmäßigen Herren des Bodens und doch vielleicht die einzigen vollständig Besitzlosen in der ganzen Masse, die ihr Leben jetzt durch Tagelohn kärglich fristen mußten.

Und dieser bunten Völkermischung schlossen sich allerlei respektgebietende glänzende Gestalten an: amerikanische und englische Seeleute mit breiten Schultern, riesigen Fäusten und herausforderndem Blicke, und eine Anzahl spanischer Marineoffiziere, die in ihren blitzenden, goldgestickten Uniformen von San Francisco herbeigekommen waren, um sich das geschäftige Treiben in der Nähe der Golddistrikte einmal anzusehen.

Fast hätte man sagen können:

»Wer zählt die Völker, nennt die Namen!«

Und was hatte all die Ingredienzien der vielgestaltigen anthropologischen Mixtur herbeigetrieben? Nichts anderes als – das Gold.

Die Ansiedelung von Oberkalifornien, welche im Jahre

[1] Schnaps.

1768 von Mexiko aus geschah, hatte das Land unter die weltlich-geistliche Herrschaft der Missionäre gebracht. Die Jesuiten waren treffliche Oekonomen und errichteten an vielen geeigneten Orten Klöster und Missionen zur Ausübung ihrer Propaganda.

Als die Herrschaft der Priester durch die mexikanische Centralregierung im Jahre 1823 gestürzt wurde, weigerten sich die Missionäre zum großen Teile, diese Regierung anzuerkennen, und verließen das Land. Die wenigen, welche blieben, hatten ihren Einfluß verloren, fristeten ein kümmerliches Leben und verschwanden auch nach und nach.

Nicht weit von Sacramento lag ein mehrere Stockwerke hohes, mächtiges Gebäude, welches einen großen Hof umschloß, dessen nach der Stadt zu gelegene Seite von der altertümlichen, aus ungebrannten Backsteinen aufgeführten Kirche begrenzt wurde.

Das Gebäude war die Mission »Santa Lucia«, deren ganze, kasernenartige Räumlichkeiten in der letzten Zeit nur von drei Personen bewohnt waren: einem alten, ehrwürdigen Geistlichen, seiner noch älteren Wirtschafterin und einem Deutschen, welcher eigentlich Karl Werner hieß, von denen, die mit ihm verkehrten, aber nach seinem Vornamen nicht anders als Sennor Carlos genannt wurde, und das Faktotum des Pfarrers war.

Da wurden die Goldfelder Kaliforniens entdeckt, und die Nachricht von den in den Bergen liegenden fabelhaften Schätzen rief eine Einwanderung hervor, welche zunächst aus dem benachbarten Mexiko und den Vereinigten Staaten ihre Scharen herübersandte, bald aber mit den Kindern aller Weltteile das Land überschwemmte. Den zunächst herbeieilenden Abkömmlingen der alten spanischen Conquistadoren folgten Sandwich-Insulaner, dann Australier und Europäer, und selbst Chinesen und Kulis schwärmten herüber, um ihren Teil von dem Golde zu holen und reiche Leute zu werden.

San Francisco war der Hauptsammelpunkt der Fremden, von wo aus sie weiter nach Norden oder in das Innere des

Landes gingen. Sacramento war einer der hervorragendsten Nebenpunkte.

Natürlich führte nicht jeder ein Zelt oder eine sonstige Wohnung mit sich. Die Zahl der Menschen wuchs von Tag zu Tag, und da die einsetzenden Regen ein Lagern im Freien nicht gestatteten, so wurde alles, was zur Herberge dienen konnte, in Anspruch genommen.

Auch die alte Mission »Santa Lucia« erlitt ein solches Schicksal, welches mit ihrer ursprünglichen Bestimmung wenig Aehnlichkeit hatte.

Ein Franzose aus dem Elsaß errichtete unten in einem der Flügel eine Brauerei, mauerte einen riesigen Kessel ein und fing an, ein Getränk zu kochen, welches er die Verwegenheit hatte, Bier zu nennen. In der vorderen Flanke, gerade neben der Kirche, setzte sich ein Amerikaner fest und errichtete eine Restauration, wobei er es für außerordentlich zweckmäßig fand, einen Teil des Kirchenschiffes in einen Tanzsalon umzuwandeln, in dem allwöchentlich einige »Reels, Hornpipers« oder Fandangos abgehalten werden konnten. Dadurch wurde ein unternehmender Irishman aufmerksam gemacht, an die andere Seite der Kirche eine Branntweinkneipe setzen zu lassen.

Von dem untern Teile des andern Seitenflügels nahm ein Engländer Besitz, der sich mit einem schlauen New-Hamshiremann vereinigte, Chinesen herbeizuschaffen, ein Geschäft, bei dem sich die beiden Gentlemen, wie sich bald zeigte, sehr gut standen. So ging es fort, und nicht lange dauerte es, so war die alte Mission außer dem obersten Bodenraume des einen Flügels vollständig in Anspruch genommen.

Der alte Pfarrer konnte nichts dagegen thun. Anfangs hatte er, nicht imstande, Gewalt anzuwenden, eine Anzahl Prozesse angestrengt, um die Lästigen aus dem frommen Hause abzuhalten, aber nur zu bald sollte er die traurigen Folgen kennen lernen, denn er fiel dadurch einer ganzen Schar von Geiern in die Hände, die alle Zahlung von *ihm* wollten, ohne daß sie aber das geringste für ihn ausgerichtet hätten.

Dadurch wurde ihm die heilige »Santa Lucia« verleidet, und

eines schönen Morgens war er mitsamt seiner Wirtschafterin spurlos verschwunden. Es hatte auch niemand Lust, nach ihm zu forschen, und so blieb von den ursprünglichen Bewohnern nur Sennor Carlos zurück, der mit seiner Frau und Anitta, seiner Tochter, ein paar kleine Stuben des Erdgeschosses neben der Brauerei bewohnte.

Aber auch der Bodenraum sollte einen Besitzer finden. Angeblich von Buenos-Ayres war ein Mann nach Sacramento gekommen, der aus Cincinnati stammte und sich Doktor White titulierte; ob er in Wirklichkeit Arzt sei, danach wurde er von niemand gefragt. Er wollte in Sacramento ein Hospital gründen, fand aber keinen geeigneten Platz dazu und kam nun zur Mission geritten, wo er die Dachräume, da er keinen Menschen fand, dem er sie abmieten konnte, einfach mit Beschlag belegte. Er war ein praktischer Mann, der recht gut wußte, daß in diesem Lande das Recht des gegenwärtig Besitzenden nur schwer anzutasten war.

Schon am nächsten Tage traf eine Anzahl von Maultieren mit wollenen Decken und Matratzen ein, hinter welchen eine Schar von Mexikanern die nötigen eisernen Bettstellen herbeitrug. Noch vor Abend standen zwanzig Betten dort oben unter dem alten, defekten Ziegeldache auf dem offenen Boden, durch den der oft stürmische Wind nach allen Richtungen hin seinen Durchzug hatte und auf dem es zur Regenzeit eine ganz heillose, perennierende Ueberschwemmung gab. Das war nun das Hospital, welches seiner unglücklichen Patienten harrte.

Diese stellten sich auch nur zu bald ein.

So gesund das Klima in Kalifornien an und für sich auch ist, in den Minen giebt es doch stets der Kranken mehr als genug. Die wilde, unregelmäßige Lebensart trägt ebensoviel wie die schwere, für Tausende ungewohnte Arbeit und die vielen Regengüsse dazu bei, viele, besonders hitzige Fieber zum Ausbruch zu bringen, die für den davon Betroffenen aus Mangel an Pflege und ärztlicher Behandlung nur zu oft einen schlimmen und tödlichen Ausgang nehmen.

Da waren diejenigen noch glücklich zu preisen, welche die

Krankheit nicht allein und in der Wildnis traf, sondern welche Freunde fanden, um sie aus den Bergen und Schluchten wieder in den Bereich der Civilisation und ordentlichen Pflege zu bringen. Die meisten freilich fanden bei den Minen nichts als sechs Fuß Erde über sich und einen armen Ring von Steinen um das enge Grab. Viele starben unterwegs oder lebten gerade lange genug, um mit dem letzten brechenden Blicke eine menschliche Niederlassung zu erfassen, und nur wenigen gelang es, wieder hergestellt zu werden, um mit gekräftigtem Körper ihre Arbeit aufs neue beginnen zu können.

Eines aber büßte jeder Kranke sicher ein: das mitgebrachte Gold.

In damaliger Zeit wurde die Arznei geradezu mit Gold aufgewogen, und ein tüchtiger Arzt hatte seine einträglichste Mine in den Krankheiten seiner Patienten. Und wie viele Quacksalber gab es, die dies zu benutzen verstanden und bei denen vielleicht gar mancher Kranke nur deshalb starb, weil er Gold besaß, welches er im Falle der Genesung wieder mitgenommen hätte!« – –

Der Erzähler machte jetzt eine Kunstpause und zeigte dabei eine so verheißungsvolle Miene, daß ich im stillen annahm, er werde nun als ›Schriftsteller‹ sein Erzählertalent leuchten lassen. Ich hatte mich auch nicht geirrt, denn er gab dem Folgenden die Form einer Novelle, welche ganz gut hatte gedruckt werden können. Er fuhr nämlich fort:

»Die Anhöhe zur Mission herauf schritt ein kräftig gebauter Jüngling, dessen lichtem Haare, regelmäßigen Gesichtszügen und von der Gesundheit roten Wangen man die germanische Abstammung sofort ansah, trotzdem er die bequeme mexikanische Kleidung trug.

An den Mezquitebüschen, welche die Mission umzogen, blieb er stehen und wandte sich nach Westen.

Der Abend nahte, und die Sonne tauchte ihre funkelnden Gluten in die strahlende Flut; vor ihm lag die Stadt, von brillantenem Lichte übergossen, und die Fenster des alten Gemäuers warfen blitzende Reflexe in die Ferne hinaus.

Er ließ sich auf den weichen Rasen nieder und versank so

tief in den Anblick, daß er die leichten Schritte nicht vernahm, die sich von seitwärts her ihm näherten.

Ein kleines Händchen legte sich auf seine Schulter, und ein Köpfchen bog sich zu ihm herab. Er hörte die Worte:

»Willkommen auf der Mission, Sennor! Warum seid Ihr so lange Zeit nicht hier bei uns gewesen?«

»Ich war in San Francisco, Sennorita, wo ich allerlei Geschäfte hatte,« antwortete er.

»Und wo Ihr den Sennor Carlos mitsamt seiner armen, kleinen Anitta vollständig vergessen habt!«

»Vergessen? *Per dios,* nein, und tausendmal nein! Anitta, wie könnte ich jemals Euer vergessen?«

Sie ließ sich ohne Ziererei an seiner Seite nieder.

»Habt Ihr wirklich an mich gedacht, Sennor Edouardo?«

»Bitte, Anitta, sprecht meinen Namen deutsch aus; ich höre ihn dann so gerne aus Eurem Munde! Und fragt nicht erst, ob ich an Euch denke! Wer hat sich meiner angenommen, als ich, durch böse Menschen um Hab und Gut gebracht, hier ankam, als Euer Vater? Und wer hat dann, als mich die Entbehrung und die erlittenen Strapazen auf das Krankenlager warfen, mich gepflegt wie einen Sohn oder einen Bruder? Ihr und Eure Mutter! Und wen habe ich hier im fremden Lande, zu dem ich gehen und mir Rats erholen kann, als Euch? Anitta, ich werde Euch nie vergessen!«

»Ist das wahr, Eduard?«

»Ja,« antwortete er einfach, indem er ihre Hand ergriff und ihr voll und offen in die Augen blickte.

»Auch dann nicht, wenn Ihr wieder in die Heimat kommt?«

»Auch dann nicht! Ich habe Euch ja gesagt, Anitta, daß ich nicht ohne Euch in die Heimat zurückkehren werde; habt Ihr das vergessen?«

»Nein,« antwortete sie.

»Oder leuchtet jetzt die Sonne Eurer Teilnahme für einen andern?«

»Für einen andern? Wer ist das? Oder darf ich auch das nicht wissen?«

»Es ist der Arzt da droben, der Doktor White.«

»Der -?« frug sie gedehnt. »Wer möchte wohl die Sonne dieses dürren Master Chinarindo sein! Wenigstens meinetwegen könnte er im Dunkeln bleiben, so lange es ihm gefällt!«

»Anitta, ist das wahr?« rief der junge Mann.

»Warum möchtet Ihr meinen Worten keinen Glauben schenken?«

»Weil ich weiß, daß er Euch nachgeht auf Schritt und Tritt und bei Euren Eltern gern gesehen ist.«

»Daß er mir nachgeht, kann ich nicht leugnen, aber daß ich ihm ausweiche, so viel nur möglich, ist ebenso sicher. Auch das ist wahr, daß ihm Vater nicht gram ist; er hat ihm viel von einem großen Vermögen vorgeschwatzt und will mit uns hinüber in die Heimat, nach Deutschland gehen, wenn er genug erworben hat.«

»Nach Deutschland? Will denn Euer Vater hinüber in die Heimat?«

»Ja. Seit die Mission zur Kaserne für jedermann geworden ist, gefällt es ihm nicht mehr. Aber wir sind arm und Vater ist zu alt, um noch so viel zu erwerben, daß wir fortkönnten, und da - -«

»Und da - -?«

»Und da denkt er, daß ein wohlhabender Schwiergersohn ihm diesen Wunsch erfüllen könne.«

Eduard schwieg eine Weile. Dann fragte er:

»Und Euer Vater würde Eure Hand dem Doktor geben?«

»Ja. Doch ich mag ihn nicht leiden, und die Mutter auch nicht.«

»Aber mich könntet Ihr wohl leiden?«

Sie nickte. Er ergriff jetzt auch ihre andre Hand und sagte:

»Mir ist immer so gewesen, als ob wir zusammengehörten für das ganze Leben. Du bist so fromm, so gut, und ich möchte immer, immer bei dir sein. Darf ich das deiner Mutter sagen, die den Arzt da oben nicht leiden kann?«

»Ja.«

»Und auch deinem Vater?«

»Ja.«
»Jetzt gleich?«
»Jetzt gleich!«
»So komm!«

Er erhob sich, und sie folgte ihm. Sie gingen miteinander durch das Portal und schritten über den Hof weg der Thür zu, welche zur Wohnung Werners führte. Im Flur vernahmen sie eine harte, spitze Stimme, welche in der Wohnstube in eindringlichem Tone sprach.

»Der Doktor ist drin!« meinte Anitta.

»Komm; wir treten in die Küche und warten, bis er sich entfernt hat!«

Sie thaten es und vernahmen nun jedes Wort des zwischen White und den Eltern geführten Gespräches.

»*Damn it*, Master Carlos, meint Ihr etwa, daß ich den Beutel nicht offen zu halten verstehe?« fragte der erstere. »Die Medizin ist mehr wert als das beste Placement droben bei den Miners, und sobald ich genug habe, gehen wir fort von hier nach New York oder Philadelphia und von da noch weiter, wohin Ihr wollt. Ist's Euch recht?«

»Hm, recht wär' mir's schon, wenn ich nur auch wüßte, daß Ihr Wort haltet!«

»Teufel! Haltet Ihr mich für einen Lügner?«

»Nein. Ihr habt mir noch keine Veranlassung dazu gegeben. Aber das alte Kalifornien ist in neuerer Zeit ganz dazu angethan, einen mißtrauisch oder wenigstens vorsichtig zu machen.«

»So will ich Euch Sicherheit geben! Ich kann ohne Frau mein Geschäft nicht länger mehr fortsetzen, und Eure Tochter hat ein verteufelt einnehmendes Gesicht, so daß ich glaube, ich bin ihr gut über alle Maßen. Gebt sie mir zum Weibe, und ich versichere Euch, ich mache sie zu meinem Buchhalter und gebe ihr sogar die Kasse über. Ist Euch das nicht genug?«

»Hm, ja. Aber habt Ihr denn schon mit dem Mädchen gesprochen?«

»Nein, scheint mir auch nicht nötig zu sein. Der Doktor

White ist schon der Mann, ein Mädchen zu bekommen, wenn er sie überhaupt haben will, und gegen Euern Willen wird sie auf keinen Fall schwimmen können.«

»Das ist wohl wahr, aber ich denke, daß sie bei so einer wichtigen Sache ihren Willen ebenso gut haben muß wie ich den meinigen, und so gern ich ja sage, wenn sie dagegen ist, so unterbleibt's. Also sprecht vorher mit ihr, Doktor, und kommt dann wieder!«

»Soll gleich geschehen; habe nicht viel Zeit zu solchen Sachen übrig, habe einundzwanzig Patienten oben liegen, die mir viel zu schaffen machen. Wo ist sie?«

»Weiß nicht; vielleicht draußen vor dem Thore.«

»Schön! Muß sie finden; werde nach ihr suchen!«

Er wandte sich nach der Thür, blieb aber überrascht stehen, denn vor ihm standen Anitta und Eduard, die in diesem Augenblicke aus der Küche getreten waren.

»Hier ist sie, die Ihr sucht, Master Doktor,« meinte der junge Mann, »und die Angelegenheit, die Ihr mit ihr besprechen wollt, wird nicht viel Zeit wegnehmen.«

»Wieso, wie meint Ihr das, Sennor Edouardo?« fragte White, welcher seinen Nebenbuhler wohl kannte, da er ihn fast täglich bei den Eltern Anittas getroffen hatte.

»Ich meine, daß Ihr zu spät kommt, da ich soeben mit Anitta einig geworden bin. Sie hat keine Lust, Frau Doktorin zu werden, und will es lieber einmal mit mir versuchen!«

»Ist das wahr, Anitta?« fragte Werner, vor Ueberraschung sich erhebend und die ausgeglimmte Cigarette aus der Hand werfend.

»Ja, Vater. Oder ist es dir nicht recht so?«

»Recht? O, recht würde es mir schon sein, denn ich habe den Jungen selber lieb; aber was thut ihr mit der bloßen Liebe in einem Lande, wo Weg und Steg mit blanken Dollars bepflastert sind? Sennor Edouardo ist noch jung; er kann es noch zu etwas bringen, wenn er sich nicht vorzeitig an ein Mädchen hängt. Der Doktor aber weiß schon längst, was er hat; das ist der Unterschied, Anitta; er will mit nach Deutschland gehen und --«

»Eduard geht auch mit,« unterbrach ihn das Mädchen; »er will – – «

»Kann er denn? Es gehört mehr dazu als der gute Wille.«

»Sennor Carlos,« meinte Eduard jetzt, »es ist jetzt nicht der Augenblick, uns in der richtigen Weise auszusprechen. Aber sagt mir einmal aufrichtig: Würdet Ihr mir Anitta geben, wenn ich weniger arm wäre als jetzt?«

»Ja.«

»Und wie viel müßte ich haben?«

»Hm, das ist schwer zu sagen! Je mehr, desto besser; wenigstens aber müßte es zulangen, um die Heimat erreichen und dort ein Gütchen oder so etwas kaufen zu können.«

»Und werdet Ihr mir Zeit geben, so viel zu erwerben?«

»Zeit? Wie lange meint Ihr denn?«

»Sechs Monate!«

»Hm, das ist nicht übermäßig lang. Was sagt Ihr dazu, Doktor?«

»*Damn it*, das klingt grad wie ein trockenes, regelrechtes Geschäft; erlaubt, daß ich mit beitrete!«

»Das sollt Ihr!«

»So will ich Euch einen Vorschlag machen, Master Carlos!«

»Welchen?«

»Ihr wollt doch wohl hinauf nach den Minen, Master Edouardo?« fragte er höhnisch, sich zu dem jungen Manne wendend.

»So ist es.«

»*Well*, Sir; wir geben Euch sechs Monate Zeit. Kommt Ihr bis dahin mit dreitausend Dollars zurück, so ist Miß Anitta Euer, und ich sage kein Wort dagegen. Kommt Ihr aber nicht, oder mit weniger, so ist die Miß mein. Seid Ihr einverstanden, Master Carlos?«

»Vollständig, vorausgesetzt, daß Eure Verhältnisse so sind, wie Ihr sie mir beschrieben habt!«

»Sie sind so! Also wir sind einig. *God bye*; ich muß zu meinen Fieberkranken.« – – –

Es vergingen Monate und wieder stieg ein junger Mann

die Anhöhe nach der Mission herauf und wandte sich am Mezquitegebüsch nach der hinter ihm liegenden Landschaft um. Es war nicht Eduard, obgleich die ausbedungenen sechs Monate bis auf einige Tage vergangen waren, sondern ein anderer.

Nachdem er sein Auge an dem sich ihm bietenden Panorama gesättigt hatte, ging er durch das Portal über den Hof und traf unter dem Eingange des Seitenflügels mit Anitta zusammen. Er fragte sie:

»Könnt Ihr mir vielleicht sagen, Sennorita, ob hier der Doktor White zu finden ist?«

»Er wohnt hier. Steigt hinauf bis unter das Dach; dann seid Ihr in seinem Hospital, wo Ihr ihn sicher treffen werdet!«

Er folgte der Weisung und stieg höher und immer höher empor, bis er auf den Bodenraum gelangte, wo er zwei Reihen Betten erblickte, zwischen denen sich die Gestalt des Doktors bewegte. Der Raum war ein an und für sich nicht sehr heller, und da es draußen bereits zu dunkeln begann, so ließen sich die Gegenstände nicht genau unterscheiden.

White bemerkte den Fremden und trat herbei.

»Was wollt Ihr, Sennor?« fragte er.

Der Gefragte horchte bei dem Klange dieser Stimme auf und fragte gespannt:

»Ihr seid Master White, der Doktor, Sir?«

»Ja.«

»Ich bin Pharmaceut, habe mein Glück in Kalifornien aus der Erde graben wollen, aber nichts gefunden, und bin dann zum Vermittlungsbureau gegangen, um mir ein Placement zu suchen. Dort wurde mir gesagt, daß Ihr einen Krankenwärter braucht, und so bin ich zu Euch heraufgestiegen, um zu sehen, ob die Stelle noch offen ist.«

»Sie ist noch unbesetzt. In welchem Orte und welcher Offizin habt Ihr gearbeitet?«

»Hm,« antwortete der Fremde bedächtig, indem er rasch über die ersten Namen hinwegging, auf den letzten aber eine hörbar absichtliche Betonung legte. »In New-York,

Pittsburg, Cincinnati und zuletzt in Norfolk, Nordkarolina, bei Master Cleveland.«

»In Norfolk bei Master Clev – – –«

Er trat rasch näher, um das Gesicht des Fremden besser sehen zu können, und fuhr dann erschrocken zurück:

»Bei allen Teufeln, der verdammte Deutsch – – wollte sagen, Master Gromann, der mit mir zu gleicher Zeit dort – – aber kommt doch einmal mit herunter in meine Wohnung, Sir! Es freut mich wirklich unendlich, daß ich das Vergnügen habe, so unerwartet einen Kollegen zu finden, der mit mir an einem und demselben Platze war!«

Er konnte das sehr zweideutige Lächeln in den Zügen des anderen nicht sehen und stieg eine Treppe tiefer, wo er ein kleines Zimmer betrat und Licht machte. Der kleine Raum bildete augenscheinlich Wohn- und Schlafzimmer mit alles in allem.

»So, setzt Euch nieder, oder, um das Vergangene festzuhalten, setz' dich nieder! Wie ist es in Norfolk gegangen, nachdem ich fort war? Ich hatte einen kleinen Zwist mit dem Prinzipal, weshalb ich im Aerger ohne Kündigung und Abschied fortging. Ich hoffe, es geht dem alten Master Cleveland gut!«

»Gut? Es hat überhaupt bei ihm aufgehört, zu gehen. Als du fort warst, hatte sich unbegreiflicherweise auch die Kasse samt sämtlichen Wertpapieren, die in besonderer Verwahrung lagen, entfernt. Der Mann war dadurch ruiniert und hat sich nicht darüber wegsetzen können. Er ist tot!«

»Ist's möglich! Was du sagst! Hm, der Alte hat niemals so recht fest gestanden und niemand in seine Verhältnisse blikken lassen. Ich glaube daher sehr, daß die Entfernung der Kasse nur ein kleines Arrangement von ihm selbst gewesen ist. Daß ich hier als Arzt etabliert bin, darf dich nicht wundern. Es fragt hier kein Mensch nach dem Diplom, und die Sache ernährt ihren Mann. Also du kommst nach der Stelle?«

»Ja; aber sag mir, Walker, wie du zu den Mitteln kamst, ein solches Etablissement zu gründen, und warum du nicht deinen richtigen Namen beibehältst!«

»Hm, die Mittel habe ich mir droben in den Minen geholt,

und der Name wurde umgeändert, weil White gelehrter klingt als Walker. Aber um wieder auf die Stelle zu kommen, so sollst du sie haben, vorausgesetzt, daß du mir keine Veranlassung zur Klage giebst. Arbeitest du dich gut ein, so ist es sogar möglich, daß ich dich mir assistiere und vielleicht gar dir die Compagnie antrage.«

»Hast du Wohnung für mich?«

»Es wird sich wohl Rat schaffen lassen. Also, schlägst du ein?«

»Natürlich; topp!«

»Topp!«

»Sollst dich nicht über mich zu beklagen haben. Bin auch genugsam herumgeworfen worden, so daß mir nicht viel daran liegt, an die Vergangenheit zu denken.«

Gromann wurde angestellt und nach und nach in die verschiedenen Geheimnisse der Hospitalverwaltung eingeweiht. Der Doktor war gezwungen gewesen, ihn zu engagieren, beruhigte sich aber bei der Beobachtung, daß sein Assistent selbst solche Vorkommnisse ganz an ihrem Platze fand, die der Oeffentlichkeit vorsichtig entzogen werden mußten.

White hatte jetzt mehr Muße, und benutzte dieselbe zu häufigen Besuchen bei Sennor Carlos, in dessen Vertrauen er sich mit schlauer Berechnung einzuarbeiten wußte. Der Vater berücksichtigte auch nicht im mindesten, daß der Arzt viel, viel älter war als seine Tochter, und ein Wesen und Auftreten besaß, welches jedermann abstoßen mußte.

Endlich waren die sechs Monate vergangen, ohne daß Eduard sich sehen ließ. Daß weder eine briefliche Nachricht noch sonst ein Lebenszeichen von ihm gekommen war, hatte Anitta wenig beunruhigt; sie wußte, daß die Postverbindung mit den Minen ‚eine äußerst unvollkommene war und fast in Privathänden ruhte, so daß man auf den richtigen Empfang eines Briefes nie rechnen konnte. Es kam sogar häufig vor, daß Leute, welche die Besorgung von Briefen und Geldsendungen übernommen hatten, entweder unterwegs überfallen, beraubt und totgeschlagen wurden oder auch selber mit den ihnen anvertrauten Geldern ein Schiff suchten und durchgingen.

Heut aber war der letzte Abend, und Eduard kam noch immer nicht. Das Mädchen wurde von einer fürchterlichen Unruhe hin und her getrieben. Auch dem Doktor ging es so. Bis jetzt noch hatte er alle Chancen für sich, aber sein Nebenbuhler konnte jeden Augenblick noch kommen, und das – das mußte verhütet werden. Er übergab die Patienten dem Assistenten und verließ die Mission.

Die Kranken konnten mit der Anstellung Gromanns sehr zufrieden sein, der den Hilflosen als ein rettender Engel erschienen war. Dem Doktor gegenüber sich vollständig gehorsam und willenlos zeigend, handelte er hinter dem Rükken desselben ganz nach eigenem Ermessen und hatte die Ueberzeugung, daß ihm mancher Patient, der von White dem Tode geweiht war, das Leben und Eigentum zu verdanken haben werde.« – – –

Wieder machte der Erzähler eine Pause und sah seine Zuhörer rundum an. Wahrscheinlich erwartete er, ein Lob zu hören, doch blieb dies aus, weil seine Erzählung bisher nicht genug interessant und spannend gewesen war. Da that er einige lange Züge aus seiner Cigarre und sagte:

»Die Geschichte scheint euch nicht zu gefallen; aber ich sage euch, daß die Hauptsache nun erst kommt.«

»Und diese Hauptsache ist wohl Old Shatterhand?« fragte einer.

»*Yes!* Ihr habt es erraten, Sir. Dieser berühmte weiße Jäger wird sofort auftreten. Ich habe euch gesagt, daß Doktor White die Patienten seinem Assistenten übergeben habe und fortgegangen sei. Die Unruhe ließ ihn nicht bleiben, denn obgleich es bereits der Abend des letzten Tages und die sechsmonatliche Frist bis auf wenige Stunden verstrichen war, konnte sein Nebenbuhler doch noch kommen. Es trieb ihn also von der Mission fort, nach der Stadt und nach dem Bahnhofe, wo er den bald fälligen letzten Abendzug erwarten wollte, der aus den Minen kam.

Es dauerte auch gar nicht lange, so kam er, und wer stieg

aus? Mister Eduard, der sich also doch noch zur rechten Zeit einstellte. Als er schon vor dem Wagen stand, drehte er sich noch einmal um und grüßte hinein, als ob er sich von jemandem verabschiedete; dann schritt er fort. White ging kurz entschlossen sofort auf ihn zu und sagte zu ihm:

»Wahrhaftig, da kommt Ihr doch noch angefahren! Schon glaubten wir, Ihr würdet die Frist nicht innehalten. Die Hauptsache ist nun, ob Ihr auch glücklich gewesen seid und Gold gefunden habt.«

»Ich war glücklich, über alles Erwarten glücklich,« lautete die frohe Antwort.

»Habt Ihr dreitausend Dollars?«

»Mehr, noch viel mehr!«

»Das ist kaum zu glauben! Andere arbeiten jahrelang in den Diggins und setzen die Gesundheit und das Leben daran, ohne etwas zu finden; Ihr aber geht nur auf einige Monate hin und kommt gesund und reich zurück! Doch, das ist nun nicht zu ändern, und ich muß zurücktreten. Geht Ihr gleich von hier nach der Mission?«

»Ja.«

»Ich auch. Wir gehen also miteinander. Kommt!«

Sie entfernten sich, ohne daß White auf den Mann achtete, mit welchem Eduard noch zuletzt gesprochen hatte und der inzwischen auch ausgestiegen war. Eduard hatte Sehnsucht, zu Anitta zu kommen und sie von der Sorge zu befreien, die sie wohl gewiß um ihn hatte; darum ging er sehr schnell. So durcheilten sie rasch die Stadt, und als sie dieselbe hinter sich hatten, war es dunkel um sie her. White konnte also, ohne daß sein Begleiter es bemerkte, einen Revolver aus der Tasche ziehen und die Sicherung daran zurückschieben.

»Also glücklich seid Ihr gewesen?« sagte er. »Wer hätte das gedacht! Nun habe ich freilich das Nachsehen, denn Ihr habt mich aus dem Felde geschlagen. Habt Ihr allein in den Minen gearbeitet, oder hattet Ihr Kollegen?«

»Allein.«

»Was? Ihr versteht doch nichts von der Sache! Da ist es

freilich ein großes Glück, ein ganz außerordentlicher Zufall, daß Ihr gleich auf eine Stelle geraten seid, wo Ihr einen solchen Fund machtet.«

»Es war kein Glück und kein Zufall, denn die Stelle wurde mir gezeigt.«

»Gezeigt? Unmöglich! Es wird niemals einem Digger einfallen, einem andern eine Fundstelle zu verraten.«

»Der es that, war kein Digger, kein Goldgräber.«

»Was denn?«

»Er war ein Roter, ein Indianer.«

»Wirklich? Dann ist es erst recht verwunderlich. Ja, es giebt Indianer, welche wissen, wo Gold liegt; aber es fällt ihnen nicht ein, dies einem Weißen zu sagen.«

»Dieser Indianer brauchte kein Gold; er war ein großer und berühmter Häuptling der Apatschen.«

»Wie hieß er?«

»Winnetou.«

»Alle Teufel! Winnetou! Wie seid Ihr denn mit diesem zusammengekommen?«

»Durch einen weißen Jäger, einen Freund von ihm, mit dem er sich in den Diggins befand.«

»Wie hieß dieser?«

»Old Shatterhand.«

»Ah – – – –!«

Dieser arglose Eduard bemerkte gar nicht, welchen Eindruck diese beiden Namen auf White machten, er fuhr ganz unbefangen fort:

»Ich traf diesen Old Shatterhand zufällig. Er fragte mich nach meinen Verhältnissen, denn er mochte sehen, daß ich kein Digger bin und nicht in die Minen paßte. Ich erzählte ihm alles aufrichtig und natürlich; auch, daß ich gekommen sei, um mir in sechs Monaten dreitausend Dollars zu erarbeiten. Erst lachte er darüber; dann wurde er ernst und sagte mir, daß er mir einen Mann bringen wolle, der mir wahrscheinlich einen guten Rat geben könne. Am nächsten Tage kam er mit Winnetou, der mich ansah, als ob er mir durch und durch blicken wolle. Dann nickte er Old Shatterhand still zu, und ich mußte mit ihnen gehen. Wir wanderten und stiegen fast den ganzen Tag umher, wobei Winnetou überall die Beschaffenheit des Bodens, der Erddecke untersuchte. Endlich, es war schon fast Abend, blieb er an einer Stelle stehen und sagte:

»Hier muß mein junger Bruder graben, aber allein, mit keinem andern; da wird er Nuggets und goldenen Sand finden.«

Ich löste mir den betreffenden Klaim und grub. Winnetou hatte recht gehabt; ich fand Nuggets. Ich mußte mich zwar sehr vor den andern Diggers in acht nehmen und meinen Fund verheimlichen, denn das ist meist räuberisches Gesindel, und es wäre mir vielleicht auch noch übel ergangen, wenn nicht in den letzten Tagen Old Shatterhand wiedergekommen wäre, um sich nach meinen Erfolgen zu erkundigen.«

»War Winnetou wieder bei ihm?«

»Nein; er hatte sich für einige Zeit von ihm getrennt, um erst nach Sacramento und dann nach San Francisco zu gehen. Er blieb bei mir, bis ich die Minen verließ, und sorgte dafür, daß mir kein Digger nahe kam. Dann fuhr er mit mir hierher.«

»Heut?«

»Ja.«

»So ist er mit Euch hier angekommen?«

»Natürlich! Wir saßen miteinander in einem Wagen.«

»Als Ihr ausgestiegen waret, spracht Ihr noch einmal in den Wagen hinein, wohl mit ihm?«

»Ja. Er stieg nicht gleich mit mir aus, weil er noch mit einem andern Passagier zu reden hatte. Ich sagte ihm guten Abend und bat ihn, Wort zu halten.«

»Welches Wort?«

»Er hat mir versprochen, mich morgen auf der Mission zu besuchen.«

»Teufel! Ist's wahr?«

»Ja,« antwortete Eduard, der nicht sah, in welcher Aufregung sich der Doktor jetzt befand. Dieser hatte große Angst vor Old Shatterhand; er versuchte, sich zu beherrschen, und erkundigte sich:

»Könnt Ihr denn auch beweisen, daß Ihr die dreitausend Dollars habt? Das müßt Ihr natürlich gleich heut abend beweisen können!«

»Das kann ich. Ich habe den ganzen Goldstaub in gute Papiere umgetauscht, die ich bei mir habe.«

Da blieb White stehen, zog den Hahn des Revolvers leise auf und sagte:

»Wißt Ihr, das Glück, daß Ihr Old Shatterhand und Winnetou getroffen habt, ist groß; noch größer, noch viel, viel größer aber ist die Dummheit, daß Ihr mir das alles erzählet!«

»Dummheit? Warum?«

»Weil Ihr nun das Mädchen nicht bekommt und auch das Geld nicht behaltet.«

»Wieso?«

»Wieso, fragt Ihr? Ihr werdet es sogleich erfahren.«

Im nächsten Augenblick krachte sein Schuß, und Eduard stürzte zu Boden, wo er lag, ohne sich zu rühren. White hob ihn auf, trug ihn ein Stück vom Wege seitwärts fort und legte ihn dort nieder. Dort wollte er ihn einstweilen liegen lassen, um ihn später in der Nacht irgendwo einzuscharren; vor allen Dingen mußte er ihm die Taschen leeren. Eben als er damit beginnen wollte, hörte er Schritte, welche sich rasch näherten; er huschte fort, um sich ja nicht sehen zu lassen. Der Tote lag ja gut, und er konnte ihm das Geld ebenso später wie jetzt nehmen. Er ging gar nicht erst in seine Wohnung, sondern gleich zu Werner, um dort Punkt zwölf Uhr seine Ansprüche geltend zu machen.«

Der Erzähler hielt jetzt wieder inne, um seine Zuhörer zu fragen:

»Nun, ist die Geschichte jetzt interessanter als vorher?«

»Viel, viel interessanter!« wurde ihm geantwortet. »Aber wo bleibt denn Old Shatterhand?«

»Er ist ja schon da!«

»Ja, auf dem Bahnhofe!«

»Nein, sondern viel näher!«

»Wo?«

»Auf dem Wege nach der Mission. Er ist es ja, dessen Schritte White kommen hörte.«

»Ah so!«

»Ja. Nämlich als Old Shatterhand aus dem Bahnwagen stieg, suchte sein Blick nach seinem jungen Reisegefährten. Er sah ihn bei White stehen und stutzte. Wer war nur dieser Mann? Er mußte ihn kennen; er hatte ihn gesehen. Er sann und sann, und da fiel es ihm endlich ein: dieser Mann, mit dem Eduard gesprochen hatte, war der Kanada-Bill! Beide waren schon fort. Old Shatterhand eilte ihnen nach, sah sie aber in der nächsten Straße nicht. Wo der Kanada-Bill auftritt, giebt es stets eine Teufelei. Hatte er eine solche mit Eduard vor? So fragte sich Old Shatterhand. Er mußte ihn warnen. Er wußte, daß er nach der Mission gehen wollte, erkundigte sich bei einem Vorübergehenden nach ihr und ging nach.

Als er die Stadt verlassen hatte, war der Weg dunkel; er mußte langsam gehen, um ihn nicht zu verlieren. Da hörte er vor sich einen Schuß und eilte auf die Stelle zu, wo er gefallen war. Da blieb er stehen und lauschte. Es war ihm, als ob sich jemand leise entferne. Er suchte, ob jemand getroffen sei und vielleicht an der Erde liege. Er fand niemand. Da aber hörte er von der Seite her einen klagenden Ton. Er ging der Richtung dieses Tones nach und fand Eduard, der sich halb aufgerichtet hatte und die Hände auf die Gegend des Herzens drückte.

»Ihr seid es?« fragte er erschrocken, da er ihn trotz der Dunkelheit erkannte.

»Ja, Sennor Shatterhand,« antwortete Eduard leise.

»Seid Ihr getroffen?«

»Ja.«

»Wo?«

»Ins Herz, grad ins Herz.«

Das Sprechen fiel ihm schwer; der Atem fehlte ihm.

»Ins Herz? Das ist nicht möglich!« sagte Old Shatterhand.

»Wenn man Euch ins Herz getroffen hätte, wäret Ihr tot. Bleibt still! Ich werde Euch untersuchen.«

Er öffnete ihm den Rock, die Weste, das Hemde - keine Spur von Blut, von einer Wunde! Er suchte weiter, kam an die Brusttasche, befühlte diese und erklärte dann erfreut:

»Gott sei Dank! Ihr habt in dieser Tasche den großen Beutel mit Nuggets[1], welche die Kugel aufgefangen haben. Hier fühle ich das kleine Loch im Tuche. Der Schuß hat Euch umgeworfen und den Atem genommen; aber die Kugel ist in den Nuggets stecken geblieben. Wohnt nicht der Arzt, Euer Rivale, da in der Mission?«

»Ja.«

»Zu dem werde ich Euch führen oder tragen. Er wird Euch - - -«

»Um Gottes willen, nein!«

»Warum nicht?«

»Der ist es ja, der auf mich geschossen hat!«

»Ah! War er am Bahnhofe?«

»Ja.«

»War es der Mann, mit dem Ihr von dort gegangen seid? Und wie heißt er? Oder vielmehr, wie heißt er jetzt?«

»White, Doktor White.«

»Ein Doktor, ein Arzt! Welch verschiedene Karrieren dieser Schurke doch schon eingeschlagen hat; es soll aber seine letzte sein. Dieses Mal werde ich ihm das Handwerk legen, und zwar für immer!«

»Kennt Ihr ihn denn?«

»Nur zu gut! Aber das ist jetzt Nebensache. Hauptsache ist, wie Ihr Euch befindet.«

»Es ist mir leichter; ich habe wieder Atem.«

»Und schmerzt die Brust?«

»Nicht sehr.«

»So wollen wir versuchen, ob Ihr aufstehen und gehen könnt. Stützt Euch auf mich!«

Der Versuch gelang; es ging langsam, aber doch. Unter-

[1] Große Goldkörner.

wegs erzählte Eduard das Gespräch, welches er mit White gehabt hatte. In der Nähe der Mission angekommen, mußte er sich seitwärts an einer versteckten Stelle niedersetzen. Old Shatterhand ließ sich die Wohnung und das Hospital beschreiben und ging dann in das Haus, um White aufzusuchen. Die Wohnung war verschlossen; da stieg er die schlecht erleuchteten Treppen bis zum Bodenraum hinauf, dessen Thür er öffnete, ohne anzuklopfen. Da standen die Betten der Patienten, und an einem kleinen Tischchen saß der Assistent. Dieser stand auf, nicht wenig erstaunt über den späten Besuch. Und als er gar denselben genauer betrachtete und die zwei Gewehre sah, die Old Shatterhand auf der Schulter hängen hatte, und das Messer, die Revolver, welche in seinem Gürtel steckten, da wollte er beinahe erschrecken.

»Wer seid Ihr? Was wollt Ihr hier?« fragte er.

»Ich suche Doktor White.«

»Der ist nicht hier.«

»Wo sonst?«

»Er wird unten bei Sennor Werner sein.«

»Und wer seid Ihr?«

»Ich heiße Gromann und bin der Assistent.«

»So kommt einmal her, Mr. Gromann; ich muß Euer Gesicht sehen!«

Er zog ihn zum Lichte, betrachtete ihn und sagte, indem seine ernsten, ja strengen Züge einen milden Ausdruck annahmen:

»Ihr scheint kein Halunke zu sein.«

»Bin auch keiner, sondern stets ein ehrlicher Mensch gewesen. Wie aber kommt Ihr zu Eurem befremdlichen Verhalten und diesen sonderbaren Worten, Sir?«

»Das will ich Euch sagen. Ist Euch vielleicht der Name Old Shatterhand bekannt?«

»Ja.«

»Dieser Mann bin ich.«

»Was - -? Wie - -? Ihr seid Old Shatterhand?«

»Ja. Und habt Ihr vielleicht einmal den Namen Kanada-Bill gehört?«

»Auch.«

»Wißt Ihr, was dieser Kerl für ein Mensch ist?«

»Der größte Halunke weit und breit.«

»Wißt Ihr das genau?«

»Ja. Es kann es niemand besser wissen, als ich, denn - - denn - - - hm!«

»Was hm?«

»Es ist eigentlich ein Geheimnis; aber da Ihr Old Shatterhand seid, kann ich es Euch sagen. Ich bin nämlich jetzt Detektive.«

»Geheimpolizist? Als Assistent dieses Doktor White?«

»Grad als dieser!«

»Ach! Ich beginne zu erraten! Da will ich Euch eine Bemerkung machen, die Euch wahrscheinlich außerordentlich interessieren wird. Euer sogenannter Doktor White ist nämlich der Kanada-Bill.«

»*Zounds!* Ist's wahr?«

»Wenn ich es sage, könnt Ihr es ruhig glauben.«

»Kennt Ihr den Kanada-Bill?«

»Sehr genau. Er ist lange verschwunden gewesen, mir aber heut über den Weg gelaufen. Soeben erst hat er einen Mordversuch begangen.«

»Was Ihr sagt! Wo? An wem?«

Old Shatterhand erzählte ihm die Sache, und da hielt denn auch Gromann nicht länger hinter dem Berge und sagte:

»Da muß ich aufrichtig mit Euch sein. Ich war früher Pharmaceut und als solcher bei Mr. Cleveland in Norfolk, Nordkarolina, in Kondition. Da trat bei ihm ein gewisser Walker ein, welcher engagiert wurde, weil er gute Zeugnisse besaß, die aber, wie wir uns später überzeugten, gefälscht waren. Bald stellte es sich heraus, daß er von der Pharmacie fast weniger als ein Anfänger verstand; es gab sehr ernste Scenen zwischen ihm und dem Prinzipal, und dann verschwand er plötzlich und mit ihm der Inhalt der Kasse mit dem ganzen Vermögen Clevelands. Ich liebte meinen Prinzipal; er war mein Wohlthäter gewesen. Der Verlust richtete ihn vollständig zu Grunde; die Polizei fand keine Spur von dem Verbrecher, und so nahm ich mir vor, ihm privatim nachzuspüren. Indem ich nach ihm suchte, kam ich auf die Fährte anderer Personen, die ebenso wie er gesucht und nun durch mich der Gerechtigkeit überliefert wurden. Das verschaffte mir einen guten Ruf bei der Polizei, und ich wurde als Detektive engagiert. Nun standen mir weit mehr materielle und geistige Mittel zu Gebote, mit deren Hilfe es mir gelang, einen Anhalt zu gewinnen. Auf diesem fußte ich weiter, bis ich endlich eine sichere Spur entdeckte, die mich hierher führte.«

»Zu White?«

»Ja.«

»Er ist jener Walker?«

»Ja.«

»Er muß Euch aber doch erkannt haben!«

»Natürlich; aber ich machte ihm die Sache so plausibel, daß er mich engagierte, natürlich nur, um mich zum Schweigen zu bringen. Nun bin ich als Assistent bei ihm, aber meines Lebens keinen Augenblick sicher, denn ich muß zu jeder Stunde gewärtig sein, daß er mich auf irgend eine Weise aus dem Wege räumt, um einen Zeugen seiner Vergangenheit zu beseitigen. Welche Vorsicht und Aufmerksamkeit das meinerseits erfordert, könnt Ihr Euch kaum denken!«

»Warum macht Ihr ihn nicht unschädlich?«

»Auf welche Weise könnte ich das thun?«

»Indem Ihr ihn arretiert.«

»Das kann ich nicht.«

»Warum?«

»Weil ich keinen Beweis gegen ihn habe. Ich weiß, daß er das Vermögen Clevelands gestohlen hat, aber überführen kann ich ihn nicht. Ich habe ihn Tag und Nacht beobachtet, habe alle seine Geheimnisse zu ergründen versucht, habe in jedem Winkel, in jeder Ecke, die mir zugänglich war, nachgeforscht; es ist alles vergeblich gewesen.«

»Die Euch zugänglich war – – das ist die Sache! Er wird sich hüten, Euch seine Geheimnisse zugänglich zu machen. Bei diesem Halunken kommt Ihr mit aller Eurer List nicht weiter als bisher; bei ihm kann man den gordischen Knoten nicht aufknüpfen, sondern man muß ihn zerhauen, und das werden wir heute thun. Hoffentlich kann ich dabei auf Eure Hilfe rechnen?«

»Oh, wenn Old Shatterhand was in die Hand nimmt, dann braucht er so eine geringe Hilfe, wie die meinige ist, nicht dabei!«

»Hat er Schränke, Kästen, in die Ihr noch nicht gekommen seid?«

»Ja.«

»Wo?«

»In seiner Privatwohnung unten.«

»Die wird er uns einmal öffnen müssen!«

»Das thut er nicht!«

»Wenn er's nicht thut, thue ich's!«

»Das würde gesetzwidrig und also strafbar sein. Verzeiht, Sir, daß ich Euch darauf aufmerksam mache!«

»*Pshaw!* Was frage ich nach Euern Paragraphen, mit denen es Euch doch nicht gelungen ist, ihn zu fangen und zu überführen! Er ist der Kanada-Bill, der noch niemals nach einem Gesetze gefragt hat; also fällt es mir auch nicht ein, das Gesetz um die freundliche Erlaubnis zu bitten, wenn ich ihm das Handwerk legen will. Könnt Ihr jetzt vielleicht hier abkommen?«

»Ja. Wir haben augenblicklich keinen schweren Patienten.«

»So kommt mit mir herunter!«

Sie stiegen miteinander die Treppen hinab und gingen zu der Stelle, wo Eduard wartete. Dieser bekam von Old Shatterhand die Anweisung, wie er sich zu verhalten hatte, und dann begaben sie sich nach dem Erdgeschosse, wo Werner wohnte. Es war grad so um Mitternacht.

Sie gingen über den Hof und von dem Flur aus in die Küche, wo Eduard damals mit Anitta gelauscht hatte. Auch heut war diese leer. Werner saß mit Frau, Tochter und White in der Stube. Eben sagte der letztere:

»Jetzt, Sennor Carlos, ist es grad zwölf; die sechs Monate

sind vorüber, und Eduard ist noch nicht da. Ich erinnere Euch an Euer Wort und hoffe, daß Ihr es halten werdet.«

»Ich halte es,« antwortete Werner, »und gebe Euch meine Einwilligung, wenn Ihr mir beweist, daß Ihr wirklich so wohlhabend seid, wie Ihr gesagt habt.«

»Ich habe mich natürlich vorbereitet, diesen Beweis anzutreten. Hier seht Euch diese Papiere an! Die Summen, welche da verzeichnet stehen, habe ich auf der Bank deponiert. Genügen sie Euch?«

Man hörte Papiere rascheln, und dann rief Werner aus:

»Sennor Doktor, das ist ja viel, viel mehr, als ich erwarten konnte! Ihr seid ein reicher Mann!«

»Oh, ich könnte Euch beweisen, daß ich noch mehr habe; dies mag aber genügen. Und damit Ihr seht, was für einen aufmerksamen Gatten Eure Anitta an mir haben wird, will ich Euch diesen Schmuck zeigen, den ich ihr schon bei der Verlobung schenken werde. Es sind lauter Edelsteine.«

Man hörte Etuis öffnen, und dann erklangen Werners Ausrufe des Erstaunens und der Bewunderung. Da trat Gromann an die Küchenthür, welche ein wenig aufstand, und sah in das Zimmer. Kaum hatte er einen Blick hineingeworfen, so fuhr er zurück und flüsterte Old Shatterhand zu:

»Hört, Sir, ich habe jetzt, was ich brauche. Dieser Schmuck ist Mr. Cleveland gestohlen worden. Er gehörte seiner verstorbenen Frau und wurde nach ihrem Tode im Geldschrank aufbewahrt. Dann verschwand er mit Walker und mit dem Gelde.«

Jetzt fragte White drin:

»Nun, Sennor Carlos, habe ich Euch überzeugt?«

»Ja, Sennor. Komm her, Anitta, und gieb dem Doktor deine Hand!«

Jetzt horchten die Lauscher gespannt, was Anitta sagen würde.

»Ich gebe sie ihm nicht!« sagte sie in sehr entschlossenem Tone.

»Du weißt, daß er mein Versprechen hat!«

»Das deinige, ja; aber von mir hat er kein Versprechen erhalten.«

»Versprechen ist Versprechen!« rief White. »Ich denke doch, daß jede Tochter ihrem Vater Gehorsam schuldet! Eduard ist nicht gekommen; wahrscheinlich ist er in den Minen verdorben und gestorben, und - - - «

Er kam nicht weiter in seiner Rede, denn Old Shatterhand schob jetzt Eduard durch die Thür in das Zimmer, und dieser sagte:

»Ich bin gekommen, wie Ihr seht. An Euch, Sennor White, liegt es freilich nicht, daß ich noch lebe und nicht gestorben bin!«

Anitta flog mit einem Freudenrufe auf ihn zu. White aber starrte ihn erschrocken wie einen Toten an, der plötzlich aus dem Grabe steigt. Da öffnete sich die Küchenthür wieder, und Gromann kam herein. Er trat an den Tisch, griff nach den Etuis und sagte:

»Dieser Schmuck ist Mr. Cleveland gestohlen worden; ich konfisziere ihn.«

»Konfiszieren?« fuhr White auf. »Ich möchte den sehen, der den Mut hat, sich an meinem wohlerworbenen Eigentume zu vergreifen!«

»Das thue ich, weil es nicht wohlerworben ist. Ich bin Detektive und erkläre Euch, daß Ihr mein Gefangener seid, Mr. Walker, der sich hier White nennt!«

Und abermals wurde die Thür geöffnet. Old Shatterhand kam herein und sagte:

»Auch Walker ist sein richtiger Name nicht. Er hat schon hundert Namen getragen und seinen ursprünglichen wohl darüber vergessen; sein berühmtester oder berüchtigtster aber ist Kanada-Bill.«

Jetzt wurde der Schreck des angeblichen Doktors gradezu zum Entsetzen; sein Gesicht erbleichte bis zur Farbe des Papieres, und seine Gestalt wankte, so daß er sich mit den Händen auf den Tisch stützen mußte.

»Old - - Shat - - ter - - hand!« kam es dabei bebend über seine blutleeren Lippen.

»Ja, Old Shatterhand! Jetzt weißt du wohl, daß fürder kein Entrinnen ist! Deine Thaten schreien zum Himmel auf, und es wäre besser, du hättest die Kugel, welche diesen jungen Mann hier töten sollte, dir ins eigene Herz gejagt; da wärest du dem Strange entgange, dem ich dich ausliefern werde. Deine Laufbahn ist zu Ende!«

Die Wirkung dieser Worte riß die Gestalt des Kanada-Bill aus ihrer zusammengesunkenen Haltung empor. Seine Wangen färbten sich wieder, und seine Augen blitzten. Er griff mit der Hand in die Tasche und schrie Old Shatterhand an:

»Meinst du wirklich, daß ich so nahe am Strange stehe? Noch ist es nicht so weit!«

»Es ist so weit, und selbst dein Revolver kann dich nicht retten. Heraus mit der Hand aus der Tasche!«

»Ja, heraus! Aber nicht bloß mit der Hand. Ehe ich den Strang erhalte, bekommst du dieses Blei!«

Er hob die Hand, in welcher der Revolver blitzte, und richtete ihn auf Old Shatterhand. Der Schuß krachte; Old Shatterhand machte eine blitzschnelle Bewegung zur Seite; die Kugel ging vorüber, und fast in demselben Augenblicke traf seine Faust den Kanada-Bill mit solcher Wucht auf den Kopf, daß er förmlich zu Boden krachte und mehrere Stühle mit sich niederriß.

Werner saß vor Schreck lautlos; seine Frau aber schrie laut auf.

»Still!« gebot Old Shatterhand. »Er ist gefällt und wird keinem Menschen mehr schaden. Gebt einige Schnüre her, um ihn zu binden, und schickt dann nach der Polizei! Die wird sich freuen, einen solchen Fang ausgeliefert zu bekommen.«

Er hob den Revolver auf, der dem Kanada-Bill entfallen war, und dann wurde der Bewußtlose gefesselt. Nun ging es ans Fragen, Antworten und Erklären, und als sich die Polizei einstellte, wurde die Wohnung des Verbrechers untersucht. Mit Hilfe der Schlüssel, welche er einstecken hatte, konnte man alles öffnen, und da fanden sich denn so viel Zeugen seiner Thaten, daß er der Todesstrafe nicht entgehen konnte. Vor allen Dingen gab es viel Goldstaub und Nuggets, die er seinen kranken Diggers im ›Hospitale‹ abgenommen hatte, bevor sie von ihm aus dem Leben ›gedoktort‹ worden waren. Auch die ganze Summe, welche er Mr. Cleveland abgenommen hatte, war vorhanden und durch seine Notizen legitimiert. Gromann freute sich königlich darüber, seinem armen, einstigen Prinzipale dieses Geld wiederbringen zu können.

Der Arrestant kam während der ganzen Durchsuchung seiner Wohnung nicht wieder zu sich und wurde in diesem bewußtlosen Zustande fortgeschafft. Als er dann später in der Haft erwachte, begann er zu schreien und zu wüten. Der Fausthieb Old Shatterhands hatte sein Gehirn in der Weise erschüttert, daß er nicht wieder richtig zur Besinnung, zum Bewußtsein kam. Er kämpfte Tag und Nacht mit den Gestalten derer, an denen er sich vergangen hatte, und wurde dabei so gefährlich, daß ihn nur die Zwangsjacke bändigen konnte. Die Tobsucht ließ nicht von ihm, bis sie ihn mit schäumendem Ringen tot niederwarf. Ein Ende durch den Strang wäre weniger schrecklich gewesen; aber er hatte diesen Tod verdient und war selber an ihm schuld, denn hätte er nicht auf Old Shatterhand geschossen, so wäre er nicht von diesem zu Boden geschlagen worden. So, ich bin mit meiner Geschichte fertig, und nun wißt ihr, Mesch'schurs, wo und wie der Kanada-Bill geendet hat.« –

Die letzte Hälfte der Erzählung hatte aller Augen an seine Lippen gefesselt, und auch ich selbst war ihr mit Spannung gefolgt. Er hatte sie zwar in seiner Weise ausgeschmückt, aber dennoch mit ihr die Wahrheit berichtet.

Nun saßen die Zuhörer unter ihrem Eindrucke längere Zeit still da, bis einer sagte:

»Es ist eigentlich kaum glaublich, daß ein Mensch einen andern durch einen einfachen Fausthieb in dieser Weise niederschlagen kann!«

»Und dennoch ist es so,« behauptete der Erzähler.

»Aber diesem Menschen muß die Hand doch wochenlang dann schmerzen!«

»Ich habe gehört, daß ein Vorteil dabei sei, den nur Old

Shatterhand kennt und keinem Menschen sagt. Es soll dabei sehr auf die Lage der Finger, welche die Faust bilden, und auch auf die Stelle des Kopfes ankommen, auf welche der Hieb zu richten ist!«

»Ob Winnetou, sein Freund, das auch so fertig bringt?«

»Das weiß ich nicht.«

»Aber ich weiß es,« ließ sich eine andre Stimme vernehmen.

»Ihr? Kennt Ihr Winnetou persönlich?«

»Habe ihn gesehen.«

»Wo?«

»Drüben am Arkansas, in der Nähe von Fort Gibson, wo ich, wenn er auch nicht grad jemand mit der Faust niederschlug, doch Gelegenheit hatte, seine Gewandtheit und Körperkraft zu bewundern.«

»Ist es interessant?«

»Sehr!«

»So erzählt, Sir! Nicht wahr, Mesch'schurs, er soll es erzählen?«

»Ja, ja, erzählen, erzählen!« rief's im Kreise.

Ich war nun neugierig, was nun kommen würde, und ob es mir eine bekannte oder unbekannte Episode aus dem Leben Winnetous sei. Der Mann, welcher aufgefordert wurde, seine Geschichte vorzutragen, hatte lebhafte, scharfblikkende Augen, ein intelligentes Gesicht und war wohl gewöhnt, über Dinge nachzudenken, welche andre Leute gleichgültig lassen. Schon die Einleitung, welche er vorausschickte, nahm meine ganze Aufmerksamkeit in Anspruch.

»Ihr müßt wissen, Gent's,« begann er, »daß ich über den wilden Westen und die Indianer meine eigenen Ansichten habe, ganz andere, als sie hier landläufig sind. Ich bin, als ich noch mit der sogenannten ›Existenz‹ zu kämpfen hatte, als Pedlar[1] sehr viel unter den Roten gewesen und habe mich stets wohl bei ihnen befunden. Dann wurde ich dies und das; es ging mir von Jahr zu Jahr besser, und wenn ich jetzt als ein

[1] Händler.

gemachter Mann hier bei euch sitze, so haben sich zwar meine Verhältnisse geändert, nicht aber meine Ansichten über die Indsmen, die weit, weit besser sind als ihr Ruf, und Winnetou ist der beste und herrlichste von ihnen. Ich möchte manchem Weißen wünschen, so zu sein wie er!

Die meisten von euch werden wissen, daß ich eine Reihe von Jahren Indianeragent gewesen bin, aber nicht einer von der Sorte, welche, um sich selbst zu bereichern, die Roten um ihr Recht prellen und um ihr Hab und Gut betrügen. Diese Art von Agenten trägt die meiste Schuld daran, daß die Indianer nie aus dem Zorne gegen die Weißen herauskommen. Diese Leute bereichern sich gewissenlos an der Armut und Nacktheit des bedauernswerten Angehörigen der roten Nation und schreien Ach und Wehe über sie, wenn sie dann endlich einmal die Geduld verlieren und mit den Waffen in der Hand Gerechtigkeit verlangen.«

»Das ist ja eine wirkliche Predigt, die Ihr uns da haltet, Sir!« lächelte ein Nachbar von ihm.

»Wollte gerne, es wäre eine und es ständen alle Weißen der Vereinigten Staaten hier, um sie sich zu Herzen zu nehmen. Was ich euch erzählen will, habe ich selbst teilweise miterlebt; ich war dabei. Ihr werdet daraus erstens ersehen, was Winnetou für ein Mann ist, und zweitens, daß es weiße Schurken giebt, an deren Schlechtigkeit kein Roter kommt. Die Feindschaft der Indianer gegen uns ist wohl begründet; wenn aber Weiße sich an Weißen vergreifen, um sie zu verderben, so ist das eine Halunkenhaftigkeit, für welche man keine Worte findet und die den Indsmen einen Begriff von uns beibringt, der tief und schwer zu beklagen ist. Man darf sich dann nicht wundern, wenn sie uns verachten und sich für besser als die Bleichgesichter halten. Meine Geschichte wird von solchen Weißen handeln, und wenn Ihr dann noch stolz darauf seid, Weiße zu sein und die Roten für schlechter als die Bleichgesichter haltet, so ist das nicht meine Sache, sondern die eurige, Mesch'schurs. Also, ich will beginnen:

»Jene weiten Prairien Nordamerikas, welche sich westlich vom ›Vater der Ströme‹, dem Missisippi, bis an den Fuß des

Felsengebirges und von dem jenseitigen Abhange derselben wieder an die Küste des stillen Weltmeeres erstrecken, haben nicht nur in physikalischer Beziehung mancherlei Aehnlichkeiten mit den unendlichen Fernen, welche die Wogen des Oceanes erfüllen. Es bieten sich zu einem Vergleiche zwischen den Weiten der Savanne und den oceanischen Strekken Punkte dar, welche nicht in äußeren Verhältnissen liegen und von denen einer der bedeutendsten in dem Eindrucke zu suchen ist, welchen die See sowohl als auch die Prairie auf denjenigen macht, der sich einmal von der heimischen Scholle losgerissen hat, um entweder auf längere Zeit die Fluten des Meeres zu pflügen oder auf dem Rücken eines guten Pferdes die abenteuervollen Hinterländer der Vereinigten Staaten zu durchstreifen.

Ein alter »Swalker«, welchem Zeit seines Lebens die Segel eines stattlichen Dreimasters um den Südwester schlugen, mag von dem Binnenlande nichts mehr wissen, und wird er seeuntüchtig, so baut er sich eine enge, kleine Kabine so nahe wie möglich an das Wasser und blickt mit liebevollem, sehnsüchtigem Auge hinaus auf die ewig wechselnden und nimmer ruhenden Wellen, bis die Hand des Todes ihm die müden Lider schließt.

So ist es auch mit dem, der es wagte, den Gefahren des »wilden Westens« kühn die Stirne zu bieten. Ist er auch einmal zurückgekehrt in Gegenden, über welche die Civilisation ihren Segen und - ihren Fluch ausgeschüttet hat, so zieht es ihn doch immer wieder zwischen die gefährlichen *Post-oak-flats* hinein und in die unbegrenzte Wildnis hinaus, wo es der Anstrengung aller körperlichen und geistigen Kräfte bedarf, um im Kampfe mit den tausenderlei und stets neuen Gefahren der Savanne nicht zu unterliegen. Für ihn giebt es nur selten im Alter ein Ruheplätzchen, wie es der »abgetakelte« Seemann doch an der sichern Küste findet; ihm läßt es weder Ruhe noch Rast, er muß sich auf den Rükken seines Mustangs hängen und immer wieder in die Ferne ziehen, in welcher er einst spurlos verschwinden wird. Vielleicht findet ein Jäger nach Jahren seine gebleichten Gebeine auf ausgedorrter Ebene oder zwischen den himmelanstrebenden Felsen des Gebirges liegen; aber er reitet vorüber ohne ein Kreuz oder Ave und fragt nicht nach dem Namen dessen, der hier vielleicht ein grauenvolles Ende nahm. Der Westen hat einen rauhen Sinn und duldet weder Zartgefühl noch Schonung; er ist den physikalischen Stürmen widerstandslos preisgegeben, kennt keine andre Herrschaft als diejenige des unerbittlichen Naturgesetzes und bietet darum auch nur Männern Raum, die ihren einzigen Halt in der eigenen knorrigen Naturwüchsigkeit suchen.

Ein trotz aller Verträge immer von neuem aus seinen angewiesenen Wohnsitzen verdrängter, von der Natur reich begabter und dennoch dem unerläßlichen Untergang geweihter Menschenschlag liegt hier im Verzweiflungskampfe mit einer Nation, welcher alle physischen und geistigen, alle künstlichen und natürlichen Mittel zur Verfügung stehen, den todesmutigen Gegner trotz der heldenmütigsten Gegenwehr gewaltsam zu erdrücken. Es ist ein Jahrhunderte langes Ringen zwischen einem sterbenden Giganten und einem von Minute zu Minute sich mächtiger entwickelnden Sohne der Gesittung, der dem Feinde die gewaltige Faust immer enger um die Kehle drückt, ein Ringen, wie es die Geschichte sonst wohl auf keinem ihrer Blätter wieder aufzuweisen hat, begleitet von Heldenthaten, welche dem, was von unsern klassischen Heroen berichtet wird, getrost und vollgültig an die Seite gestellt werden kann, und wer es wagt, die lang- und breitgestreckten Schlachtgefilde zu betreten, dem darf keine einzige der Waffen mangeln, mit denen die äußerlich unscheinbaren und doch bewundernswerten Kämpfer sich auf Tod und Leben bekriegen.

Wer in Fort Gibson am Arkansas die Büchse über die Schulter legt und einige Tagereisen weit stromaufwärts geht, gelangt an ein kleines Settlement, bestehend aus einigen einfachen Blockhütten, einem gemeinsamen Weideplatze und einem etwas abseits liegenden Hause, welches sich schon von weitem durch sein primitives Schild als Store und Boardinghaus zu erkennen giebt. Der Wirt dieses Hauses ist nicht gewohnt, große Ansprüche zu befriedigen, und erhebt also auch selbst keine in Beziehung auf diejenigen, welche bei ihm eintreten und verkehren. Niemand weiß, was er früher war und woher er kam; darum fragt er auch keinen nach Namen, Vorhaben oder Reiseziel. Man versorgt sich bei ihm mit dem Nötigen, thut einen »*Drink*« nach Belieben, schlägt, sticht oder schießt sich ein wenig und geht dann seines Weges. Wer viel fragt, braucht viel Zeit, und dem Amerikaner ist die Zeit kostbarer als eine Antwort, die er am besten sich selbst geben kann.

In dem Boarraume saßen einige Männer, deren Aeußeres keineswegs salonfähig zu nennen war. So unterschiedlich die Kleidungsstücke waren, welche sie trugen, sämtliche Anzüge ließen auf den ersten Blick den echten, richtigen Trapper oder Squatter erkennen, der kaum jemals davon gehört hat, was ein guter Schneider zu bedeuten hat, sondern sich seinen Bedarf ohne Wahl da und grad so nimmt, wo und wie er ihn findet.

Wo mehrere Westmänner beisammen sitzen, da ist ein guter Schluck in der Nähe und ebenso sicher eine gute Erzählung im Gange. Daß die Anwesenden grad jetzt still vor sich niederblickten, hatte jedenfalls seinen Grund darin, daß eine jener »dunklen und blutigen Geschichten«, wie man sie in den Grenzländern zu hören bekommt, soeben erst zu Ende gegangen war und nun jeder in seiner Erinnerung nach einer zweiten forschte. Da wurde plötzlich derjenige von ihnen, welcher in der nächsten Nähe des kleinen Blockfensters saß, laut:

»Auf, ihr Leute, und hinausgeschaut da hinüber nach dem Wasser!« meinte er. »Täuschen mich meine alten Augen nicht, so sind dies zwei Green-beacks, zwei Grünschnabel, wie sie im Buche stehen. Seht nur, wie sie zu Pferde sitzen, so nett und so fein, grad wie vom heil'gen Christ beschert! Was thun solche Leute hier in unsern guten Wäldern?«

Alle außer einem Einzigen erhoben sich, um die Ankömmlinge zu mustern; der Sprecher aber legte sich mit breitgespreizten Ellbogen wieder auf den Tisch zurück. Er hatte seine Schuldigkeit gethan und brauchte sich um weiter nichts zu kümmern. Er war eine eigentümliche Figur. Die Natur schien im Sinne gehabt zu haben, mit ihm ein Seilerstück zu fabrizieren, so unendlich hatte sie ihn in die Länge gezogen; alles an ihm, das Gesicht, der Hals, die Brust, der Unterleib, Arme und Beine waren lang, unendlich lang und dabei scheinbar so schwach und dürftig, daß man befürchten mußte, den ganzen Mann beim ersten besten Windstoße zerrissen und in Fäden davonwirbeln zu sehen. Seine Stirn war frei; auf dem Hinterkopfe aber balancierte ein namenloses Ding, welches vor vielen, vielen Jahren vielleicht einmal ein Cylinderhut gewesen war, jetzt aber gradezu aller Beschreibung spottete. Das hagere Gesicht zeigte einen Bart, ja, aber dieser Bart bestand aus kaum hundert Haaren, welche einsam und zerstreut die beiden Wangen, Kinn und Oberlippe bewucherten und von da lang und dünn bis fast auf den Gürtel herabhingen. Der Jagdrock, welchen er trug, schien noch aus seiner frühesten Jugendzeit zu stammen, denn er bedeckte kaum die obere Hälfte des Leibes, und die Aermel reichten nur wenige Zoll über die Ellbogen herab. Die zwei unglückseligen Schalen, in denen die Beine staken, konnten früher einmal Schäfte von einem Paar riesiger Schifferstiefel gewesen sein, hatten aber jetzt das Aussehen alter, durchgeglühter Ofenrohre und stießen in der Knöchelgegend auf zwei sogenannte *horse-feets*, wie man sie besonders in Südamerika aus den noch lebenswarmen Häuten der Pferdefüße bereitet.

»Hast recht, Pitt Holbers,« entschied einer der Hinausblickenden; »es sind Green-beacks, die uns nicht viel angehen werden. Laßt sie machen, was sie wollen!«

Die Neugierigen kehrten an ihre Plätze zurück. Draußen ließ sich Pferdegetrappel vernehmen; eine kurze barsche Stimme ertönte, die grad so klang, als sei sie das Befehlen gewohnt, und dann öffnete sich die Thür, um die beiden einzulassen, von denen die Rede gewesen war.

Während von dem zuletzt Eintretenden nicht viel zu sagen war, wäre die Persönlichkeit dessen, der den Vortritt genommen hatte, in anderer Umgebung sicher nicht ohne Eindruck geblieben.

Ohne grad und in die Augen fallend stark gebaut zu sein, erhielt er durch eine eigentümliche Weise der Haltung und Bewegung ein ungemein kraftvolles und gebieterisches Aussehen. Sein regelmäßig, ja schön gezeichnetes Gesicht war von der Sonne tief gebräunt und wurde von einem dichten, dunklen Barte umrahmt, der breit und voll bis auf die Brust herniederging. Die Kleidung, welche er trug, war vollständig neu, und seine Waffen ebenso wie diejenigen seines Begleiters konnten erst vor kurzem den Laden des Händlers verlassen haben, so blank und sauber zeigte sich ihr Aussehen.

Der echte Trapper oder Squatter hegt einen unüberwindlichen Widerwillen gegen alle auf die äußere Erscheinung gerichtete Sorgfalt, und ganz besonders ist ihm das Putzen der Waffen verleidet, deren Rost ihm ein sicheres Zeichen ist, daß sie nicht zum Staate getragen wurden, sondern in Kampf und Todesnot ihre guten Dienste geleistet haben. Da, wo der Wert eines Menschen nach etwas ganz anderem, als nach seinem Kleide bestimmt wird, enthält ein stutzerhaftes Aeußeres gradezu eine Art von Herausforderung, und es bedarf nur einer geringen Veranlassung, um scharfe Reden zu Gehör zu bringen.

»*Good day*, Mesch'schurs!« grüßte der Ankömmling, indem er seine Doppelbüchse von der Schulter nahm, um sie in die Ecke zu lehnen, was einem erfahrenen Westmanne auf keinen Fall eingefallen wäre. Und sich an den Wirt wendend, welcher ihn mit halb neugierigem, halb spöttischem Blicke musterte, fragte er: »Ist hier der ehrsame Master Winklay zu finden?«

»Hm, der bin ich vielleicht selber!« meinte nachlässig der Gefragte.

»Vielleicht?« klang es in etwas beleidigtem und daher spitzem Tone. »Was soll das heißen?«

»Das heißt, daß ich allerdings der Master Winklay bin, zuweilen aber auch nicht, je nachdem es mir beliebt.«

»So! Und wie beliebt es Euch denn jetzt?«

»Das kommt wohl nur darauf an, was Ihr von dem Master wollt, Sir!«

»Zunächst einen passablen Schluck für mich und diesen Mann und dann eine Auskunft, um die ich Euch zu fragen habe.«

»Der Schluck ist da; hier nehmt ihn hin! Und die Auskunft könnt Ihr ja auch haben, so gut ich sie zu geben verstehe. Ich weiß, was ich einem Gentleman schuldig bin.«

»Laßt den Gentleman weg, Winklay; er wird an diesem Ort nicht sehr viel gelten!« befahl der Fremde, indem er das Glas mit unbefriedigter Gebärde vom Munde nahm. »Meine Frage betrifft Sam Fire-gun.«

»Sam Fire-gun?« fragte überrascht der Wirt. »Samuel Feuerbüchse? Was wollt Ihr mit dem?«

»Das ist wohl meine Sache, wenn's Euch beliebt! Ich höre, daß er hier bei Euch zuweilen zu finden ist?«

»Hm, ja und nein, Sir. Was Euch beliebt, kann ja auch mir belieben. Gebt Ihr mir auf meine Frage keine Antwort, so könnt Ihr auch von mir nicht viel erwarten. Hier sitzen Leute, die Euch vielleicht auch einen Bescheid geben. Es sind zwei dabei, die den ganz genau kennen, nach dem Ihr Euch erkundigt.«

Der Mann drehte sich um und war nicht mehr zu sprechen. Der auf so recht amerikanische Weise Zurechtgewiesene wandte sich ruhig zu den übrigen:

»Ist das wahr, was Winklay sagte?«

Er bekam keine Antwort. Etwas klüger wandte er sich an Pitt Holbers:

»Wollt Ihr wohl die Güte haben, mir eine Antwort zu geben, Master Schweigsamkeit?«

»Hört, Sir, mein Name lautet Holbers, Pitt Holbers, wenn Ihr's merken könnt, und wenn Ihr dreihundert Männer zugleich fragt, so weiß keiner, ob grad er es ist, der antworten soll. Was wollt Ihr von Sam Fire-gun?«

»Nichts, was ihm unangenehm sein könnte. Ich bin aus dem Osten herübergekommen, um mich ein weniges im Walde umzusehen, und brauche einen Mann, bei dem man etwas unter die Hand bekommt. Dazu ist Sam Fire-gun der Richtige, und ich will Euch daher fragen, wohin man sich zu wenden hat, um mit ihm zusammenzutreffen.«

»Möglich, daß er der Richtige wäre; aber ob er's auch sein will, das ist eine andre Frage. Ihr seht mir nicht grad aus, als ob Ihr zu ihm paßt!«

»Meint Ihr? Kann sein, aber auch nicht. Also sagt, ob Ihr eine Auskunft geben könnt und wollt?«

Der Aufgeforderte drehte sich langsam nach dem Winkel herum, in welchem derjenige saß, der vorhin bei der Ankunft der Fremden ruhig sitzen geblieben war.

»Was meinst du, Dik Hammerdull?«

Der Mann hatte bisher den Kopf geneigt gehalten und dem Inhalte seines Glases eine so anhaltende Aufmerksamkeit erwiesen, daß sein Auge noch gar nicht auf die zwei Fremden gefallen war. Jetzt drehte er sich herum und schob die Kopfbedeckung nach hinten, als wolle er seinem Verstande die nötige Freiheit zu einer vernünftigen Antwort geben.

»Was ich meine, das bleibt sich gleich. Er soll den Colonel finden!« sagte er.

Er drehte sich wieder ab, um von neuem in sein Glas zu blicken. Der Schwarzbärtige aber schien mit diesem kurzen, mangelhaften Bescheide nicht zufrieden zu sein, sondern trat näher zu ihm heran.

»Wer ist der Colonel, Master Hammerdull?« fragte er.

Der Gefragte sah langsam und erstaunt empor.

»Wer der Colonel ist, das bleibt sich gleich. Colonel heißt Oberst; Sam Fire-gun ist unser Oberst, folglich nennt man ihn den Colonel.«

Der Frager konnte sich über den logischen Trapper eines Lächelns nicht erwehren. Er legte ihm die Hand wie herablassend auf die Schulter und forschte weiter:

»Nur nicht hitzig, Master! Wenn man gefragt wird, so steht man Rede und Antwort, so ist es überall, und ich sehe nicht ein, warum es hier am Arkansas anders sein soll. Wo ist der Colonel zu finden?«

»Wo er zu finden ist, das bleibt sich gleich. Ihr werdet zu ihm kommen, und damit pasta!«

»Hoho, Mann, das ist mir nicht genug. Ich muß doch wissen, wo und wie dies geschehen soll!«

Dik Hammerdull machte ein noch viel erstaunteres Gesicht als vorhin. Er war der schweigsamste Mann zwischen den Seen und dem Busen von Mexiko und sollte hier zu einer langen Rede gezwungen werden? Das konnte er sich unmöglich gefallen lassen. Er nahm das Glas empor, that einen nicht enden wollenden Zug aus demselben und erhob sich dann. Erst jetzt war es möglich, ihn von Kopf bis Fuß in Augenschein zu nehmen.

Er schien von dem Modelleur der menschlichen Schöpfung als Gegenstück zu Pitt Holbers gearbeitet worden zu sein. Er war ein kleiner und außerordentlich dicker Kerl, wie sie Amerika nicht sehr häufig aufzuweisen hat, von dem man nicht recht wußte, ob man sich vor ihm fürchten, oder über ihn lachen solle. Sein kurzer, runder Körper stak in einem aus Büffelleder gefertigten Sacke, dessen ursprünglicher Stoff jedoch nicht mehr gegenwärtig war, denn eine jede Blessur des alten Kleidungsstückes war durch Aufheftung des ersten besten Stückes ungegerbten Felles oder irgend einer andern fraglichen Materie derartig geheilt worden, daß mit der Zeit Flick an Flick und Fleck an Fleck gekommen war und die Reparaturstücke wie die Ziegel eines Daches über- und aufeinander lagen. Dazu war der Sack jedenfalls für eine weit längere Person verfertigt worden und hing ihm fast bis auf die Knöchel hernieder. Die Beine staken in zwei Futteralen, die man weder Stiefel oder Schuhe, noch Strümpfe und Gamaschen nennen konnte, und auf dem Kopfe trug er einen formlosen Gegenstand, der vor Zeiten einmal eine Pelzmütze gewesen sein konnte, jetzt aber vollständig haarlos war. Das wetterharte Gesicht, aus welchem zwei kleine Aeuglein hervorblinzelten, zeigte nicht die geringste Spur eines Bartwuchses und war von zahlreichen Schmarren und Narben durchzogen, die ihm ein außerordentlich kriegerisches Aussehen gaben. Bei näherer Betrachtung konnte man bemerken, daß ihm mehrere Finger fehlten. Seine Waffenausrüstung war ganz die gewöhnliche; sie zeigte nichts Außerordentliches; aber die Büchse, welche er vor sich auf dem Tische liegen hatte, verdiente vollkommen, näher betrachtet zu werden. Sie hatte ganz die Gestalt eines alten Knüttels, der aus dem Dickicht gebrochen war, um bei der ersten besten Schlägerei eine Rolle zu spielen. Das Holzzeug hatte seine ursprüngliche Gestalt und Form verloren, war zerschnitten, zerkerbt und zerspalten, als hätten die Ratten ihr Spiel damit gehabt, und zwischen ihm und dem verlaufenen Rohre hatte sich eine solche Menge von Schmutz und Ungehörigkeit angesetzt, daß Holz, Schmutz und Eisen ein vollständiges Ganze bildeten und gar nicht voneinander zu unterscheiden waren. Selbst der beste europäische Schütze hätte es nicht gewagt, aus dem alten Prügel einen Schuß zu thun, aus Angst, das Ding müsse sofort zerspringen, und doch stößt man noch heut in der Prairie auf derlei unscheinbares Schießzeug, aus welchem ein andrer nie eine gute Kugel bringt, obgleich der Besitzer sicher keinen Schuß thut, der sein Ziel verfehlt.« –

Als der Erzähler diese Beschreibung von Dik Hammerdull brachte, mußte ich an meinen alten Gefährten Sam Hawkens[1] denken, dessen Aeußeres beinahe ganz dasselbe war, nur daß er einen Vollbart hatte. Später hörte ich, daß Hammerdull ein guter Bekannter von ihm war und sich aus reiner Freundschaft ebenso wie er kleidete.

Die Erzählung ging weiter:

»Er stand jetzt aufrecht vor dem Fremden, sah mit unbeschreiblichem Augenzwinkern zu ihm empor und sagte:

»Wo und wie dies geschehen soll, das bleibt sich gleich. Glaubt Ihr denn, Sir, daß Dik Hammerdull auf dem Kollege zu so und so zehn Jahre lang herumgelaufen ist, um Reden zu studieren? Was ich sage, das sage ich; mehr nicht, und wem es zu wenig ist, der mag sich seine Predigt von einem andern halten lassen. Wir sind hier auf Savannenland, wo

[1] Siehe »Winnetou« Bd. I, pag. 33.

man den Atem zu notwendigeren Dingen als zum Schwatzen braucht. Merkt's Euch!«

»Dik Hammerdull, Ihr seid auf dem Kollege gewesen, denn Ihr könnt reden trotz des besten Mormonentreibers. Aber mir zu sagen, was ich wissen will, das habt Ihr doch vergessen. Ich frage noch einmal: Auf welche Weise und wann und wo soll ich auf Sam Fire-gun treffen?«

»Beim Teufel, Mann, nun hab ich's satt! Ihr habt gehört, daß Ihr ihn finden werdet, und das ist vollauf genug. Setzt Euch zu Eurem Glase, und wartet die Sache ab. Ich lasse mir meinen Katechismus von keinem Greenhorn abexaminieren!«

»Greenhorn? Habt Ihr etwa Lust, mit meinem Messer Bekanntschaft zu machen?«

»*Pshaw*, Sir! Was geht mich Euer Kneif an? Nehmt ihn zum Käferstecher oder rasiert meinetwegen Laubfrösche damit; Dik Hammerdull aber ist nicht der Mann, sich vor Eurer Spicknadel zu fürchten. Euer Auftreten ist nicht das eines Westmannes; ich sage es also noch einmal, ob es Euch gefällt oder nicht, das bleibt sich gleich: Ihr seid ein Greenhorn; sorgt dafür, daß es anders wird!«

»*Well*, so soll es auf der Stelle anders werden!«

Er trat in die Ecke zurück, in welcher seine Büchse lehnte, ergriff sie, zog den Hahn zurück und gebot:

»Master Hammerdull, wo ist Euer Colonel zu finden? Ich gebe Euch nur eine Minute Zeit; ist meine Frage dann noch nicht beantwortet, so antwortet Ihr überhaupt nicht mehr. Wir sind auf Savannenland, wo jeder sich das Gesetz selbst zu machen hat!«

Der Angeredete blickte mit der gleichgültigsten Miene in sein Glas; es war ihm nicht im mindesten anzumerken, daß er die Aufforderung wirklich vernommen habe. Die andern freuten sich des willkommenen Streites, der ihnen Unterhaltung bot, und blickten erwartungsvoll von einem der Gegner zu dem andern. Nur Pitt Holbers schien im voraus von der Art und Weise des Ausganges überzeugt zu sein, schob die hageren Finger gemütlich zwischen Leib und Gürtel und streckte die unendlichen Beine so weit wie möglich von sich, als seien sie ihm bei der Beobachtung seines schweigsamen Freundes im Wege. Der Fremde fuhr fort:

»Nun, Master, die Minute ist vorüber! Bekomme ich Antwort oder nicht? Ich zähle: Eins - - zwei - - dr- - -«

Er vermochte nicht, die gefährliche ›Drei‹ auszusprechen. Bis zur ›Zwei‹ hatte Hammerdull regungslos und gleichgültig dagesessen, dann aber mit Gedankenschnelle, die ihm ein Unbekannter wohl nicht zugetraut hätte, die alte Büchse ergriffen; in demselben Momente war sie gerichtet; es blitzte auf, der Schuß krachte mit hundertfacher Stärke in dem engen Raume, und das zerschmetterte Gewehr des Fremden flog aus der Hand desselben auf die Diele nieder. Aber schon im nächsten Augenblicke lag er selbst am Boden, und Dik kniete mit gezücktem Messer auf seiner Brust.

»Nun, Greenhorn, sag ›Drei‹, damit ich Antwort gebe!« gebot er ihm höhnisch.

»Zum Teufel, Master, laßt mich auf; es war ja gar nicht so ernst gemeint. Ich hätte nicht geschossen!«

»Das kann man hernach gut sagen. Nicht geschossen? Also ein Theaterstreich mit dem alten Trapper, den sie Dik Hammerdull nennen? Lächerlich, rein lächerlich! Aber ob du geschossen hättest oder nicht, das bleibt sich gleich, mein Junge. Du hast die Büchse auf einen Westmann gerichtet und damit nach Savannenrecht die Klinge erworben. Jetzt zähle ich: Eins - - zwei - -«

Der Ueberwältigte machte eine kraftvolle, aber vergebliche Anstrengung, loszukommen. Dann bat er:

»Stecht nicht, Master; der Colonel ist mein Oheim!«

Der Trapper nahm das Messer zurück, doch ohne den Gegner frei zu geben.

»Der Colonel - -? Euer Ohm - -? Das sagt, wem Ihr wollt; ich aber will mich bedenken, ehe ich es glaube!«

»Es ist so. Er würde es Euch wenig Dank wissen, wenn er hörte, was Ihr mir gethan!«

»So! Hm! Na, ob Ihr wirklich sein Neffe seid oder nicht, das bleibt sich gleich; ich hätte Euch doch bloß ein wenig gekitzelt, um Euch eine gute Lehre zu geben. Einem Greenhorn geht mein Messer nicht ans Leben, dazu ist's zu gut. Steht auf!«

Er erhob sich und trat zu seinem Tisch zurück, auf welchen er vorhin die Büchse geworfen hatte. Sie aufnehmend, begann er, den abgeschossenen Lauf von neuem zu laden. Sein Gesicht glänzte vor Liebe und Sorgfalt, mit der er dieses Geschäft vornahm, und seine kleinen, leuchtenden Augen waren mit einem Blicke auf das alte Schießzeug gerichtet, welcher deutlich bekundete, daß die Waffe ihm an das Herz gewachsen sei.

»Ja, ein Gewehr wie dieses giebt's nicht gleich wieder!« meinte der Wirt, der dem Vorgange in aller Seelenruhe zugeschaut hatte und sich wenig um den Rauch kümmerte, welcher das Gemach erfüllte.

»Will es meinen, alter Brandythiner[1],« meinte Hammerdull wohlgefällig. »Es ist gut und stets bei der Hand, wenn ich es brauche.«

In diesem Augenblicke öffnete sich die Thür geräuschlos, und ohne daß die an den Fenstern Sitzenden das Kommen irgend jemandes bemerkt hatten, trat leisen, unhörbaren Schrittes ein Mann ein, den man trotz der Trapperkleidung auf den ersten Blick als Indianer erkennen mußte.

Sein Gewand war sauber und sichtlich gut gehalten, eine außerordentliche Seltenheit von einem Angehörigen seiner Rasse. Sowohl der Jagdrock als die Leggins waren von weichgegerbtem Büffelkalbleder, in dessen Bereitung die Indianerfrauen Meisterinnen sind, höchst sorgfältig gearbeitet und an den Nähten zierlich ausgefranst; die Mokassins waren aus Elenhaut und nicht in fester Fußform, sondern in Bindestücken gefertigt, was dieser Art von Fußbekleidung neben erhöhter Dauerhaftigkeit auch eine größere Bequemlichkeit verleiht. Die Kopfbedeckung fehlte; an ihrer Stelle war das reiche, dunkle Haar in einen Knoten geschlungen, welcher turbanartig auf dem stolz erhobenen Haupte

[1] Schnapsverdünner.

thronte. Der Sohn der Wildnis hatte verschmäht, seine kühne Stirn zu bedecken.

Nachdem sein dunkles, scharfes Auge mit adlerartigem Blicke über die Gesellschaft geflogen war, schritt er zu dem Tische, an welchem Dick Platz genommen hatte. Er kam grad zu dem Unrechtesten, denn dieser fuhr ihn zornig an:

»Was willst du hier bei mir, Rothaut? Dieser Platz ist mein. Geh', such dir einen andern!«

»Der rote Mann ist müd; sein weißer Bruder wird ihn ruhen lassen!« antwortete der Indianer mit sanfter Stimme.

»Müd' oder nicht, das bleibt sich gleich. Ich kann dein rotes Fell nicht leiden!«

»Ich bin nicht schuld daran; der große Geist hat mir's gegeben.«

»Von wem du es hast, das bleibt sich gleich; geh' fort; ich mag dich nicht!«

Der Indianer nahm die Büchse von der Schulter, stemmte den Kolben auf den Boden, legte die gekreuzten Arme über die Mündung des Laufes und fragte, jetzt ernster werdend:

»Ist mein weißer Bruder der Herr von diesem Hause?«

»Das geht dich nichts an.«

»Du hast recht gesagt; es geht mich nichts an und dich nichts, darum darf der rote Mann grad so sitzen, wie der weiße.«

Er ließ sich nieder. Es lag in der nachdrücklichen Art und Weise, wie er dies sagte, etwas, was dem mürrischen Trapper imponieren mochte. Er ließ ihn jetzt gewähren.

Der Wirt trat herbei und fragte den Roten:

»Was willst du hier in meinem Hause?«

»Gieb mir Brot zu essen und Wasser zu trinken!« antwortete dieser.

»Hast du Geld?«

»Wenn du in mein Wigwam kämst und um Speise bätest, würde ich sie dir ohne Geld geben. Ich habe Gold und Silber.«

Das Auge des Wirtes blitzte auf. Ein Indianer, der Gold und Silber hat, ist eine willkommene Erscheinung an jedem Orte, wo das verderbliche Feuerwasser zu haben ist. Er ging und kehrte bald mit einem mächtigen Kruge Branntweines zurück, welches er neben dem bestellten Brote vor den Gast setzte.

»Der weiße Mann irrt; solch' Wasser habe ich nicht begehrt!«

Erstaunt blickte ihn der Wirt an. Er hatte noch niemals einen Indianer gesehen, der dem Geruch des Spiritus hätte zu widerstehen vermocht.

»Was denn für welches?«

»Der rote Mann trinkt nur das Wasser, welches aus der Erde kommt.«

»So kannst du hingehen, wo du hergekommen bist. Ich bin hier, um Geld zu verdienen, nicht aber, um deinen Wasserträger zu machen! Bezahl das Brot, und troll dich fort!«

»Dein roter Bruder wird bezahlen und gehen, doch nicht eher, als bis du ihm verkauft hast, was er noch braucht.«

»Was willst du noch?«

»Du hast ein Store, wo man kaufen kann?«

»Ja.«

»So gieb mir Tabak, Pulver, Kugeln und Feuerholz.«

»Tabak sollst du haben; Pulver und Kugeln aber verkaufe ich an keinen Indsman.«

»Warum nicht?«

»Weil sie euch nicht gehören.«

»Deinen weißen Brüdern aber gehören sie?«

»Das will ich meinen!«

»Wir alle sind Brüder; wir alle müssen sterben, wenn wir kein Fleisch schießen können; wir alle müssen Pulver und Kugeln haben. Gieb mir, um was ich dich gebeten habe!«

»Du bekommst sie nicht!«

»Ist dies dein fester Wille?«

»Mein fester!«

Sofort hatte ihn der Indianer mit der Linken bei der Kehle und zuckte mit der Rechten das blitzende Bowiemesser.

»So sollst du auch deinen weißen Brüdern nicht mehr Pulver und Kugeln geben. Der große Geist läßt dir nur einen einzigen Augenblick noch Zeit. Giebst du mir, was ich will, oder nicht?«

Die Jäger waren aufgesprungen und machten Miene, sich auf den mutigen Wilden zu stürzen, unter dessen eisernem Griffe sich der Wirt stöhnend wand. Er aber hielt sich rükkenfrei und rief, den Kopf stolz emporwerfend, mit dröhnender Stimme:

»Wer wagt es, Winnetou, den Häuptling der Apatschen, anzutasten?!«

Das Wort hatte eine überraschende Wirkung.

Kaum war es ausgesprochen, so traten die Angriffsbereiten mit allen Zeichen der Achtung und Ehrerbietung von ihm zurück. Winnetou war ein Name, der selbst dem kühnsten Jäger und Fallensteller Respekt einflößen mußte.

Der Indianer war der berühmteste Häuptling der Apatschen, deren bekannte Feigheit und Hinterlist ihnen früher unter ihren Feinden den Schimpfnamen ›Pimo‹ zugezogen hatte; doch seit er zum Anführer seines Stammes gewählt worden war, hatten sich die Feiglinge nach und nach in die geschicktesten Jäger und verwegensten Krieger verwandelt; ihr Name wurde gefürchtet weit über den Kamm des Gebirges herüber, ihre mutigen Unternehmungen waren stets vom besten Erfolge begleitet, obgleich sie nur in geringer Männerzahl und mitten durch feindliches Gebiet hindurch ihre Streifzüge bis in den fernen Osten hinein ausdehnten, und es gab eine Zeit, in welcher an jedem Lagerfeuer und im kleinsten Boarraume ebensowohl wie im Salon des feinsten Hotels Winnetou mit seinen Apatschen den stehenden Gegenstand der Unterhaltung bildete. Jedermann wußte, daß er schon öfters ganz allein und ohne alle Begleitung außer derjenigen seiner Waffen über den Missisippi herübergekommen war, um die ›Dörfer und Hütten der Bleichgesichter‹ zu sehen und mit dem ›großen Vater der Weißen‹, dem Präsidenten in Washington zu sprechen. Er war der einzige Häuptling der noch ununterjochten Stämme, welcher den Weißen nicht übel wollte, und es ging die Rede, daß er sogar ein sehr enges Freundschaftsbündnis mit Fire-gun, dem Trapper und Pfadfinder, geschlossen habe.

Niemand wußte zu sagen, woher dieser weit und breit bekannte und von allen Indianern gefürchtete Jäger stamme. Er hielt nur einige wenige Auserwählte um sich versammelt, tauchte bald hier und bald da mit ihnen auf, und wo einmal von so einem echten, rechten Trapperstücke erzählt wurde, da war sein Name gewiß mit dabei, und es gingen Berichte über ihn im Schwange, an deren Wahrheit man fast hätte zweifeln können, da er nach ihnen immer neue Abenteuer ausführte, bei denen ein andrer ganz sicher zu Grunde gegangen wäre, und die ihn mit einem Nimbus umhüllten, dessen Zauber sich besonders in dem allgemeinen Verlangen der Jäger, ihn kennen zu lernen, kund gab.

Aber das war nicht so leicht. Niemand kannte den Ort, der ihm und den Seinen als Sammelplatz und Ausgangspunkt ihrer Streifereien diente, und ebensowenig vermochte man den Zweck zu bestimmen, der ihn im wilden Westen hielt. War er einmal in irgend einer Ansiedelung erschienen, so hatte er ganz gewiß nicht mehr Felle mitgebracht, als zum Eintausche von Proviant und Munition unumgänglich notwendig war, und war dann stets sofort wieder spurlos verschwunden. Er gehörte also jedenfalls nicht zu den Jägern, welche sich durch die Jagd die Mittel zu einem späteren, gemütlichen Leben zu erwerben trachten; er mußte vielmehr ganz andre Absichten verfolgen, über welche aber nichts verlautete, weil er nie Umgang pflog und jedem Versuche der Annäherung behutsam aus dem Wege ging.

»Laß los!« rief der Wirt. »Wenn du Winnetou bist, so sollst du alles haben, was du verlangst!«

»Hugh!« tönte es im befriedigten Gutturaltone. »Der große Geist läßt dich dies Wort sagen, du Mann mit den roten Haaren, sonst hätte ich dich zu deinen Vätern versammelt und jeden dazu, der es verhindern wollte!«

Er gab ihn frei und trat, während Winklay hinausging, um im Vorratsraume nach dem Verlangten zu suchen, zu Hammerdull heran und fragte diesen:

»Warum sitzt der weiße Mann hier und feiert, während den roten Feinden nach seinem Wigwam verlangt?«

Dik sah vom Glase auf und antwortete verdrossen:

»Ob ich hier sitze oder wo anders, das bleibt sich gleich. Kennt mich der große Häuptling der Apatschen?«

»Winnetou hat dich noch nicht gesehen, aber er erblickt das Zeichen seines tapferen Freundes und weiß nun, daß du einer seiner Männer bist. Soll Fire-gun, der große Jäger, allein kämpfen um die Skalps der Ogellallahs, die nach ihm suchen?«

»Ogellallah?« Dik Hammerdull schnellte in die Höhe, als habe er eine Klapperschlange unter dem Tische erblickt, und auch Pitt Holbers stand mit einem einzigen Schritte seiner langen Beine vor dem Indianer. »Was weiß der rote Mann von den Ogellallahs?«

»Eile zu deinem Häuptling, du wirst es von ihm erfahren!«

Er wandte sich um zu dem Wirte, welcher wieder eingetreten war, knüpfte die Pulver-, Kugel- und Proviantbeutel vom Gürtel los, ließ sich dieselben füllen und fuhr dann mit der Hand unter das weißgraue Jagdhemde.

»Winnetou wird geben dem Manne mit den roten Haaren auch rotes Metall!«

Winklay nahm die Bezahlung in Empfang und betrachtete das schwere Stück mit unverkennbarem Entzücken.

»Gold, echtes, blankes, massives Gold, vierzig Dollars unter Brüdern wert! Indsman, wo hast du es her?«

»*Pshaw!*«

Er sprach das Wort mit geringschätzigem Achselzucken aus und war im nächsten Augenblicke aus der Stube verschwunden.

Der Wirt sah die andern mit offenem Munde an.

»Hört, Gentlemen, der rote Halunke scheint mehr Gold zu besitzen, als wir alle miteinander. Habe mein Pulver noch nie so gut bezahlt erhalten, wie von ihm. Wäre doch der Mühe wert, ihm einmal nachzugehen, denn daß er von dieser Sorte noch mehr bei sich führt und sein Pferd hier irgendwo stecken hat, das ist so sicher wie die Klinge am Griffe!«

»Wollt's Euch nicht raten, Mann,« antwortete Dik Hammerdull, indem er sich zum Gehen rüstete. »Winnetou, der Apatsche, ist nicht derjenige, welcher sich auch nur einen Schrot nehmen läßt. Ob er Gold hat oder nicht, das bleibt sich gleich, aber bekommen thut es keiner!«

Auch Pitt Holbers warf seine Rifle über die Schulter und meinte:

»Müssen fort, Dik, fort, so rasch wie möglich. Der Indsman ist allwissend, und mit den Hunden von Ogellallahs, hol sie der Teufel, muß es also seine Richtigkeit haben. Aber was wird nun mit den Männern dort, he?«

Er zeigte bei diesen letzten Worten auf die Fremden.

»Hab' gesagt, daß sie mitgehen, und wird auch so bleiben!« antwortete der Dicke und wandte sich zu dem Schwarzbärtigen.

»Wenn Ihr Sam Fire-gun sehen wollt, so ist's jetzt Zeit aufzubrechen, aber sagt vorher erst, wie Ihr heißt! Ob Ihr einen Namen habt oder nicht, das bleibt sich zwar ganz gleich, aber man muß doch wissen, wie man Euch zu nennen hat.«

Der Gefragte erhob sich, um sich mit seinem Begleiter den beiden Trappern anzuschließen.

»Ich heiße Sander, Heinrich Sander, und bin ein Deutscher von Geburt.«

»Ein Deutscher? Hm, ob Ihr ein Chinese seid oder ein Großtürke, das bleibt sich gleich; da Ihr aber ein Deutscher seid aus Germany da drüben, so ist es mir um so lieber und auch besser für Euch, denn die Deutschen sind brave Männer; kenne sie, und bin manchem von ihnen begegnet, der die Büchse so zu halten verstand, daß er den Büffel ins Auge traf. Vorwärts also, Mann. Wir müssen lange Beine reiten!«

Die vier Männer traten ins Freie. Dort steckte Hammerdull die Finger in den Mund und stieß einen gellenden Pfiff aus, auf welchen zwei aufgezäumte Pferde hinter der Fenz hervorgetrabt kamen.

»So, da sind die Tiere. Nun hinauf und fort, Master Sander und – ja, und wie soll man denn Euch nennen?« fragte er den andern.

»Peter Wolf heiße ich,« antwortete dieser.

»Peter Wolf? Verteufelt miserabler Name! Es ist zwar ganz gleich, ob Ihr John oder Tim oder meinetwegen Bill heißt, aber Peter Wolf, das bricht einem ja die Zunge entzwei und schiebt die Zähne auseinander. Na also, steigt auf und macht, daß wir in den Wald und dann in die Prairie hineinkommen!«

»Wo ist denn der Indianer hin?« fragte Sander.

»Der Apatsche? Wo der hin ist, das ist ganz egal, das bleibt sich sogar gleich. Er weiß am besten, wohin er zu gehen hat, und ich wette meine Stute gegen einen Ziegenbock, daß wir ihn grad da wiedertreffen, wo er es für gut hält und wir ihn am nötigsten brauchen.«

Die Wette hätte ihre lustige Seite gehabt, denn es wäre gar mancher wohl schwerlich bereit gewesen, einen guten, wohlgehaltenen Ziegenbock gegen die alte, steifbeinige Stute zu setzen, die jedenfalls eine ansehnliche Reihe von Jahren auf dem messerscharfen Rücken trug und eher einem Bastarde zwischen Ziege und Esel, als einem brauchbaren Pferde ähnlich sah. Ihr Kopf war unverhältnismäßig groß, schwer und dick; von einem Schwanze war absolut keine Rede mehr, denn wo früher vielleicht ein kräftiger Haarschweif herabgehangen hatte, da ragte jetzt ein kurzer, spitziger und knochiger Stummel in die Höhe, an welchem man selbst bei Anwendung eines Mikroskopes nicht eine einzige Haarspur entdeckt hätte. Ebenso fehlte die Mähne vollständig. An ihrer Stelle war ein wirrer, schmutziger Flaumfederstreifen zu erkennen, welcher zu beiden Seiten des Halses in die langzottige Wolle überging, mit welcher der knochendürre Leib bedeckt war. An den mühsam zusammengehaltenen Lippen konnte man erkennen, daß das liebe Tier wohl keinen einzigen Zahn mehr besitze, und die kleinen, tückisch schielenden Augen ließen vermuten, daß es einen nicht sehr liebenswürdigen Charakter besitze.

Doch hätte nur der im Westen Unbekannte über die alte Rosinante lächeln können. Diese Art von Tieren hat gewöhnlich ein halbes Menschenalter hindurch dem Reiter in

Not und Gefahr gedient, in Wind und Wetter, in Sturm und Schnee, Hitze und Regen treu und mutig zu ihm gehalten, ist ihm daher an das Herz gewachsen und besitzt selbst noch im hohen Alter schätzenswerte Eigenschaften, welche ihn nicht leicht zu einem Wechsel schreiten lassen. So wußte jedenfalls auch Dik Hammerdull, warum er seine Stute beibehielt und nicht einen jungen, kräftigen Mustang an ihrer Stelle unter den Sattel nahm.

Auch Pitt Holbers war nicht sehr prachtvoll beritten. Er saß auf einem kleinen, kurzen und dicken Hengst, der so niedrig war, daß die langen, unendlichen Beine des Reiters fast an der Erde schleiften. Doch waren trotz der nicht geringen Last die Bewegungen des Tieres so leicht und zierlich, daß man ihm schon etwas zutrauen durfte.

Was die Pferde der beiden andern betraf, so stammten sie offenbar aus einer ruhigen Farm des Ostens und hatten also die Aufgabe, ihre Brauchbarkeit im Laufe der Zeit erst noch zu beweisen.

Der scharfe Ritt ging bis gegen Abend hin durch den hohen Wald. Sodann erreichte man die offene Prairie, welche, von gelbblühendem Helianthus bedeckt, sich wie ein prachtvoller Teppich nach allen Seiten hin erstreckte und in einer weiten, unendlichen Ebene sich gegen den graugefärbten Horizont verlief.

Die Pferde hatten sich heut ausgeruht, und so konnte man noch ein gutes Stück in die Savanne hineinreiten, ehe ein Nachtlager errichtet wurde. Erst als die Sterne schon am Himmel standen und der letzte Strahl der Sonne längst verschieden war, hielt Hammerdull sein Pferd an.

»Stop,« meinte er; »hier hat der Tag ein Ende, und wir können uns ein wenig in unsre Decken wickeln! Meinst du nicht, Pitt Holbers, altes Coon?«

Coon ist die gebräuchliche Abkürzung von Racoon, der Waschbär, und wird zwischen den Jägern unter allerlei Bedeutung gern als Anrede gebraucht.

»Wenn du denkst, Dick,« antwortete brummend der Gefragte, indem er unternehmend in die Ferne schaute. »Aber wäre es nicht besser, wir legten noch eine Meile hinter uns oder drei und fünf? Beim Colonel sind jedenfalls vier tüchtige Arme und zwei gute Büchsen notwendiger, als hier auf der Wiese, wo die Käfer summen und die Nachtfalter einem um die Nase streichen, als gäbe es in der ganzen Welt keine Rothaut auszulöschen.«

»Das mit den Käfern und Rothäuten, das bleibt sich gleich. Wir haben hier zwei Männer, welche die Savanne noch nicht gekostet haben, und müssen ihnen Ruhe gönnen. Sieh nur, wie hier der Braune von Peter Wolf - verdammt schwerer Name - also, wie der Braune schnauft, als hätte er den Niagarafall in der Kehle! Und der Fuchs, auf dem der Sander hängt, dem tropft ja das Wasser aus dem Barte. Herab also; mit Tagesgrauen geht's weiter!«

Die beiden Deutschen waren des langen Reitens ungewohnt und also wirklich müd geworden. Sie leisteten dem Aufrufe also augenblicklich Folge. Die Pferde wurden an den langen Lassos angepflockt, und nachdem man ein frugales Abendbrot zu sich genommen und die Wachen bestimmt hatte, legte man sich auf den weichen Rasen.

Am Morgen ging es weiter. Die beiden Trapper waren schweigsame Männer, die nicht gern ein Wort mehr sprachen, als unumgänglich notwendig war; man befand sich ja jetzt nicht mehr im sichern Store, wo man diese oder jene Geschichte unbesorgt vom Stapel lassen konnte, sondern in der Savanne, wo man keinen Augenblick ohne Vorsicht und sorgfältige Umschau vergehen lassen durfte, und die Nachricht, welche Winnetou gebracht hatte, war geeignet genug, selbst redseligere Zungen im Zaume zu halten. So kam es, daß Sander die Erkundigungen, welche er während des ganzen Tages auf den Lippen gehabt hatte, zurückhielt, und als er sie am Abende auf dem Lagerplatze aussprechen wollte, fand er so verschlossene Ohren, daß er sich unbefriedigt in seine Decke wickelte und den Schlaf suchte.

So ging es mehrere Tage fast wortlos aber in immer gleicher Eile in die Prairie hinein, bis am fünften Tage gegen Abend Hammerdull, welcher an der Spitze ritt, plötzlich sein Pferd anhielt und im nächsten Augenblick im Grase kauerte, um den Boden mit sichtlicher Aufmerksamkeit zu betrachten. Dann rief er aus:

»*Have care*, Pitt Holbers, wenn hier nicht einer vor noch ganz kurzer Zeit geritten ist, so lasse ich mich von dir auffressen. Steig ab, und komm herbei!«

Holbers trat mit dem linken Beine auf die Erde, zog dann das rechte über den Rücken seines dicken Hengstes herüber und bückte sich, um die Spur zu prüfen.

»Wenn du denkst, Dik,« brummte er zustimmend, »so meine ich, daß es ein Indianer gewesen ist.«

»Ob es eine Rothaut gewesen ist oder nicht, das bleibt sich gleich, aber das Pferd eines Weißen giebt eine andre Spur als diese da. Steig wieder auf, und laß mich machen.«

Er verfolgte zu Fuße die Hufeindrücke, während seine erfahrene und verständige Stute langsam und freiwillig hinter ihm hertrollte. Nach einigen Hundert Schritten blieb er halten und wandte sich zurück:

»Steig wieder ab, altes Coon, und sage mir, wen wir da vor uns haben!«

Er deutete mit dem Zeigefinger auf die Erde. Holbers bog sich herab, unterwarf die Stelle einer sehr genauen Prüfung und sagte dann:

»Wenn du denkst, Dick, daß es der Apatsche ist, so sollst du recht haben. Dieselben ausgezackten Fransen, wie hier eine an dem Kaktus hängt, trug er damals im Store an den Mokassins. Ich habe dergleichen noch bei keiner Rothaut bemerkt, da sie gewöhnlich nur grad ausgeschnitten werden. Er ist hier abgestiegen, um sich irgend etwas anzusehen, und dabei haben ihm die Stacheln die Franse abgerissen. Ich denke - - - *behold*, Dik, schau hier rechts! Was für Füße sind das wohl gewesen?«

»Bei deinem Barte, Pitt, das ist ein *scoundrel*[1], so ein Schuft von Indsman, der von dort seitwärts kam und hier abgebogen ist, was meinst du?«

[1] Schurke.

»Hm! Der Apatsche hat ein heidenmäßig scharfes Auge; ihm ist wahrhaftig gleich die erste Spur des Mannes ins Gesicht gefallen, und wer weiß, wie lange wir schon auf der seinigen herumgeschnobert sind, ohne sie zu bemerken.«

»Ob wir sie bemerkt haben oder nicht, das bleibt sich gleich. Wir haben sie ja gefunden, und das ist genug. Aber eine Rothaut läuft nicht so einzeln hier mitten in der Savanne herum. Er wird in der Nähe seine Mähre stehen haben, und nicht weit davon hält sicher eine ganze Anzahl Pfeilmänner und führt irgend eine Teufelei im Schilde. Laßt uns einmal Umschau halten, ob nicht dieses oder jenes zu bemerken ist, an das wir uns halten können!«

Er suchte den Horizont sorgfältig ab und schüttelte dann unbefriedigt mit dem Kopfe.

»Hört, Sander, Ihr habt da ein Futteral an der Seite hängen. Warum macht Ihr es nicht auf? Steckt etwa ein Vogel drin, der Euch nicht fortfliegen soll?«

Sander öffnete das Etui, zog ein Fernrohr hervor und reichte es dem Trapper vom Pferde herab. Dieser stellte es, brachte es vor das Auge und begann seine Untersuchung von neuem.

Nach kurzer Zeit zog er die Augenbrauen zusammen und meinte mit listigem Blinzeln:

»Hier hast du einmal das Glas, Pitt Holbers. Sieh da hinauf, und sage mir, was das für eine lange, grade Linie ist, welche sich von Osten her längs des nördlichen Horizontes bis hinüber nach Westen zieht?«

Holbers folgte der Weisung. Dann nahm er das Rohr vom Auge und rieb sich bedachtsam seine lange, scharfe und spitzige Nase.

»Wenn du denkst, Dick, daß es der Railway ist, die Eisenbahn, die sie da hinüber nach Kalifornien gelegt haben, so bist du nicht so dumm, als wie man denken sollte.«

»Dumm –? Dik Hammerdull und dumm! Kerl, ich kitzle dich mit meiner Klinge zwischen die Rippen, daß dir der lange Atem wie ein morsches Schiffstau aus dem großen Maule läuft! Dick Hammerdull und dumm! Hat man jemals so etwas gehört? Uebrigens, ob er dumm ist oder nicht, das bleibt sich gleich; aber wer ihn für billiger kaufen will, als er ist, der mag wohl zusehen, daß er sich nicht verrechnet. Was aber hat denn eigentlich der Railway mit der Rothaut zu thun, die von da hinübergeschlichen ist, Pitt Holbers, du Ausbund von allen möglichen Arten der Weisheit, he?«

»Hm, wann kommt wohl der nächste Zug, Dik?«

»Weiß nicht genau, denke aber, daß er noch heut hier vorübergeht.«

»Dann haben es die Roten sicher auf ihn abgesehen.«

»Sollst recht haben, altes Coon. Aber von welcher Seite wird er kommen – von hüben oder drüben?«

»Da mußt du nach Omaha und San Francisco gehen, wo man dir Auskunft geben wird; auf meinem Rocke aber klebt kein Tarif!«

»Will's dem alten Fetzen auch nicht zumuten. Doch, ob er vom Osten kommt oder vom Westen, das bleibt sich gleich; wenn er nur kommt, dann haben sie ihn. Ob wir aber ruhig zugeben, daß sie ihn anhalten und den Passagieren Skalp und Leben nehmen, das ist eine andre Sache. Was sagst du dazu?«

»Halte es ganz für unsre Pflicht, ihnen einen Strich übers Gesicht zu machen.«

»Ganz meine Meinung. Also abgestiegen und vorwärts! Ein Mann hoch zu Roß wird von den Spürnasen eher bemerkt als einer, der fein demütig den Weg unter die eigenen Füße nimmt. Wollen doch sehen, in welchem Loche sie stekken. Aber schußfertig halten, ihr Männer, denn wenn sie uns bemerken, dann ist die Büchse das erste, was wir brauchen!«

Sie schlichen sich langsam und mit außerordentlicher Vorsicht vorwärts. Die Spuren, denen sie folgten und welchen sich auch diejenigen des Apatschen beigesellt hatten, führten erst an den Bahndamm und dann diesem immer entlang, bis man von fern einige wellenförmige Erhöhungen des Bodens bemerkte.

Jetzt hielt Dik Hammerdull wieder an.

»Wo die Schufte stecken, das bleibt sich natürlich gleich, aber ich lasse mich so lange braten, bis ich so hart und dürr geworden bin wie Master Holbers, wenn sie sich nicht dort hinter das Zwerggebirge zurückgezogen haben. Wir können nicht weiter, denn - -«

Das Wort blieb ihm im Munde stecken, aber in demselben Augenblicke hatte er auch seine alte Büchse an der Wange, senkte sie jedoch auch sofort wieder herab. Ueber der jenseitigen Böschung des Bahndammes hatte sich eine Gestalt erhoben, schnellte sich mit katzenhafter Geschmeidigkeit über den Schienenweg herüber und stand im nächsten Momente vor den vier Männern. Es war der Apatsche.

»Winnetou hat die guten Bleichgesichter kommen sehen,« sagte er. »Sie haben die Spur der Ogellallahs entdeckt und werden das Feuerroß retten vor dem Untergange?«

»*Heigh-day,*« meinte Hammerdull; »ein Glück, daß es kein andrer war, denn er hätte meine Kugel geschmeckt und wir hätten uns durch den Schuß verraten! Aber wo hat der Häuptling der Apatschen sein Pferd? Oder befindet er sich ohne Tier im wilden Lande?«

»Das Pferd des Apatschen ist wie der Hund, welcher sich gehorsam niederstreckt und wartet, bis sein Herr zurückkehrt. Er hat gesehen die Ogellallahs vor vielen Sonnen und ist gegangen an den Fluß, den seine weißen Brüder Arkansas nennen, weil er glaubte, zu sehen seinen Freund Sam Firegun, den großen Jäger, welcher nicht im Wigwam war. Dann ist er wieder gefolgt den bösen roten Männern und wird nun warnen das Feuerroß, damit es nicht stürzt auf dem Pfade, den sie ihm zerstören wollen.«

»*Lack-a-day!*« dehnte Pitt Holbers. »Ei seht doch, wie klug die Halunken es anfangen! Wenn man nur wüßte, von welcher Seite der nächste Zug kommt!«

»Das Feuerroß wird kommen von Osten, denn das Roß von Westen ging vorüber, als die Sonne dem Häuptling der Apatschen über dem Scheitel stand.«

»So wissen wir, nach welcher Richtung wir uns zu wenden haben. Aber wann wird der Zug diese Gegend passiren? Pitt Holbers, wie steht es?«

»Hm, wenn du denkst, Dik, daß ich trotzdem einen Tarif

habe, so sage mir vor allen Dingen, wo er eigentlich stecken soll!«

»In deinem Kopfe sicher nicht, altes Coon, denn da sieht es aus wie in dem Llano estaccado, wie sie da unten die Gegend nennen, in der es nichts giebt, als Staub und Stein und höchstens einmal Stein und Staub. Doch schaut, ihr Leute, dort geht die Sonne unter; in einer Viertelstunde ist es finster, und wir können die roten Spitzbuben beobachten, was sie –«

»Winnetou ist gewesen hinter ihrem Rücken,« unterbrach ihn der Apatsche, »und hat gesehen, daß sie den Pfad von der Erde rissen und ihn über den Weg des Feuerrosses legten, damit es stürzen solle.«

»Sind ihrer viele?«

»Nimm ihrer zehnmal zehn und du hast noch nicht die Hälfte der Krieger, die an der Erde liegen, um auf das Kommen der Bleichgesichter zu harren. Und der Pferde sind noch viel mehr, denn alles Gut, welches sich auf dem Feuerwagen befindet, soll auf die Tiere geladen und fortgeführt werden.«

»Sie sollen sich verrechnet haben! Was gedenkt der Häuptling der Apatschen zu thun?«

»Er wird bleiben an diesem Orte, um die roten Männer zu bewachen. Meine weißen Brüder sollen dem Feuerrosse entgegenreiten und seinen Lauf in der Ferne hemmen, damit die Kröten von Ogellallahs nicht sehen, daß es sein Feuerauge schließt und stehen bleibt.«

Der Rat war gut und wurde sofort befolgt. Es war den Männern unbekannt, zu welcher Zeit der Zug kommen mußte; das konnte in jedem Augenblicke geschehen, und da zur Warnung, wenn die Ogellallahs nichts bemerken sollten, ein bedeutender Vorsprung nötig war, so gab es Gefahr im Verzuge. Winnetou blieb also zurück, und die vier andern saßen wieder auf, und bewegten sich längs des Schienengeleises in scharfem Trabe nach Osten zu.

Sie waren wohl fast eine Viertelstunde geritten; da hielt Hammerdull seine Stute an und blickte seitwärts.

»*Good lack,*« meinte er; »liegt dort nicht etwas im Grase, grad wie ein Hirsch, oder - - ah, Pitt Holbers, sage doch einmal, was für ein Viehzeug es wohl sein wird!«

»Hm, wenn du denkst, Dik, daß es das Pferd des Apatschen ist, welches hier wie angespießt liegen bleibt, bis es von seinem Herrn abgeholt wird, so will ich dir beistimmen!«

»Erraten, altes Coon! Aber kommt, wir wollen den Mustang nicht aufscheuchen, denn wir haben Besseres zu thun. Ob wir den Zug treffen oder nicht, das bleibt sich gleich, aber warnen müssen wir ihn, und je weiter hinaus dies geschieht, desto besser ist es. Die roten Schufte dürfen nicht an den Lichtern sehen, daß er hält und also ihr Vorhaben verraten ist!«

Wieder ging es vorwärts. Die Tageshelle verschwand schnell, da es in jenen Gegenden eine nur sehr kurze Dämmerzeit giebt, und noch war nicht viel über eine halbe Stunde vergangen, so hatte sich die Dunkelheit des Abends über die weite Prairie gesenkt, und die Sterne begannen, ihre matten Strahlen herabzusenden. Ein wenig Mondesschein wäre den Reitern für jetzt willkommen gewesen; da er aber später die Annäherung an die Indianer erschwert hätte, so war es ihnen ganz recht, daß der nächtliche Beleuchter der Erde sich eben in einer dunklen Phase befand und keine Spur seines magischen Schimmers bemerken ließ.

Bei dem durchdringenden Lichte, welches die amerikanischen Maschinen bei sich führen, war das Nahen des Zuges bei der Ebenheit des Terrains auf eine Entfernung von mehreren Meilen bemerklich; es mußte also eine Strecke zurückgelegt werden, welche diese Tragweite des Lichtes überstieg; darum ließ Dik Hammerdull seine Stute weit ausgreifen, und die andern folgten wortlos seiner Führung.

Endlich hielt er an und sprang vom Pferde, und die drei Begleiter thaten dasselbe.

»So!« meinte er; »ich denke, daß der Vorsprung nun groß genug ist. Fesselt die Tiere, und sucht ein wenig trocknen Grases zu finden, damit wir ein Zeichen geben können!«

Dem Gebote wurde Folge geleistet, und bald war ein Haufen dürrer Halme beisammen, welche sich mit Hilfe von einigem aufgestreuten Pulver leicht in Brand stecken ließen.

Auf ihre Decken gelagert, lauschten nun die Männer in die stille Nacht hinein und verwandten fast kein Auge von der Richtung, aus welcher der Zug zu erwarten war. Die beiden Deutschen konnten sich zwar alles wohl denken, was geschehen sollte, waren aber in dem Leben des wilden Westens zu unerfahren, als daß sie an eine Unterbrechung der herrschenden Schweigsamkeit hätten denken wollen und ließen daher die zwei Jäger ruhig gewähren. Außer dem Geräusch, welches die grasenden Pferde verursachten, war rings kein Laut zu hören, als höchstens das leise Knispern eines auf Raub ausgehenden Deckflüglers, und die Minuten dehnten sich zu einer immer peinlicher werdenden Länge.

Da, nach einer kleinen Ewigkeit, blitzte in weiter, weiter Ferne ein Licht auf, erst klein und kaum wahrnehmbar, nach und nach aber immer größer werdend und an Intensität gewinnend.

»Pitt Holbers, was sagst du zu dem Johanniswurm da vorn, he?« fragte Hammerdull.

»Hm, dasselbe, was du schon gesagt hast, Dik Hammerdull!«

»Wohl die klügste Ansicht, die du in deinem ganzen Leben gehabt hast, altes Coon! Ob es die Lokomotive ist oder nicht, das bleibt sich gleich, aber so viel ist sicher, daß der Augenblick des Handelns bald gekommen ist. Heinrich Sander, wenn der Zug naht, so schreiet Ihr, so laut Ihr könnt, und auch Ihr, Peter Wolf - verdammt miserabler Name; er reißt einem ja den Mund entzwei! - Ihr macht Lärmen und Hallo nach Herzenslust. Das übrige werden wir schon selbst besorgen!«

Er nahm das Gras zur Hand, welches er zu einer langen, starken Lunte zusammengedreht hatte, und schüttete das Pulver auf. Dann zog er seinen Revolver aus dem Gürtel.

Jetzt machte sich das Nahen der Wagen durch ein immer vernehmlicher werdendes Rollen bemerklich, welches nach und nach zu einem Geräusche anwuchs, das dem Grollen eines entfernten Donners glich.

»Streck' deine ewigen Arme aus, Pitt Holbers, thue die Meilenlippen auseinander und brülle, so laut es geht, altes Coon. Der Zug ist da!« rief Hammerdull, indem er zugleich besorgt nach den Pferden blickte, welche bei dem ungewohnten Phänomen schnaubend und stampfend an den Riemen zerrten, mit denen sie an die Erde befestigt waren.

»Peter Wolf - der Teufel hole diesen holprigen Namen! - paßt auf, daß uns die Tiere nicht fortgehen. Schreien könnt Ihr dabei ja auch!«

Der Augenblick war gekommen. Einen blendenden Lichtkeil vor sich herwerfend, brauste der Zug heran. Hammerdull hielt den Revolver an die Lunte und drückte los. Im Nu flammte das Pulver auf und brachte das dürre, ausgetrocknete Gras in glimmenden Brand. Die Lunte kräftig schwingend, versetzte er sie in helle Flamme und rannte, von ihrem flackernden Lichte hell beleuchtet, dem Zuge entgegen.

Der Maschinist mußte das Zeichen durch die Glastafel des Wetterschutzes sofort bemerkt haben, denn schon nach den ersten Schwingungen des hochlodernden Brandes ertönte ein sich rasch und scharf wiederholender Pfiff, fast in demselben Augenblicke wurden die Bremsen angezogen, die Räder knirschten und schrieen in der Hemmung, und mit donnerndem Dröhnen flog die lange Wagenreihe an den vier Männern vorüber, die dem seine Geschwindigkeit nun zusehends verringernden Zuge nachsprangen.

Endlich hielt er. Ohne zunächst die sich von ihren erhöhten Plätzen herabbeugenden Beamten zu beachten, eilte Hammerdull trotz seiner Dicke an den Wagen vorbei bis vor die Lokomotive, warf seine Decke, welche er vorhin von der Erde aufgerafft hatte, vorsorglich über die Laternen und Reflektors und rief zu gleicher Zeit mit möglichst lauter Stimme:

»Lichter aus - macht den Zug dunkel!«

Sofort verschwanden alle Laternen. Die Angestellten an der Pacificbahn sind geistesgegenwärtige und schnell gefaßte

Leute. Sie konnten sich denken, daß der Ruf seinen guten Grund habe, und folgten ihm augenblicklich.

»*'sdeath!*« rief es nun von der Maschine herab; »warum verdeckt Ihr unsre Flamme, Mann? Ich hoffe nicht, daß da vorn irgend etwas los ist! Wer seid Ihr, und was hat Euer Signal zu bedeuten?«

»Wir müssen im Finstern sein, Sir,« antwortete der umsichtige Trapper, »es sind Indsmen vor uns, und ich glaube sehr, daß sie die Schienen aufgerissen haben!«

»Alle Teufel! Wenn dem so ist, so seid Ihr der bravste Kerl, der jemals durch dieses verfluchte Land stolperte!«

Zur Erde herabspringend, drückte er ihm die Hand und gebot, die Wagen zu öffnen.

Nach kaum einer Minute waren die Jäger von einer Menge Neugieriger umringt und mußten sich fast wundern über die bedeutende Anzahl von Leuten, welche den Coupés entstiegen, um sich über die Ursache des Aufenthaltes zu unterrichten.

»Was ist los? Was giebt es? Warum halten wir?« rief es von allen Seiten.

In kurzen Worten erklärte Hammerdull die Verhältnisse und brachte dadurch eine nicht geringe Aufregung unter den Anwesenden hervor.

»Gut, sehr gut!« rief der Ingenieur. »Zwar bringt das eine Störung im Betriebe hervor, aber das hat nichts zu sagen gegen die prächtige Gelegenheit, den roten Halunken einmal eins auf das Fell zu brennen. Das ist in kurzer Zeit das dritte Mal, daß sie es wagen, grad auf dieser Strecke Züge zu überfallen und auszurauben, und allemal sind es die verdammten Ogellallahs gewesen, dieser verteufeltste Stamm der Sioux, denen die Wildheit und Feindseligkeit nur durch eine gute Kugel ausgetrieben werden kann. Heut' aber sollen sie sich geirrt haben und ihren Lohn gleich in ganzer Summe erhalten! Jedenfalls haben sie geglaubt, daß dieser Zug wie gewöhnlich viele Güter und nur fünf bis sechs Leute mit sich führe. Glücklicherweise aber haben wir einige Hundert Arbeiter geladen, die für den Brücken- und Viaduktenbau droben in den Mountains bestimmt sind, und da diese braven Leute fast alle Waffen bei sich tragen, so wird uns die Sache gar nicht schwer werden und nur einigen Spaß bereiten!«

Er stieg zunächst wieder auf die Maschine, um die überflüssigen Dämpfe abzulassen, welche mit gellendem Zischen den Ventilen entströmten und die Umgebung des Wagens in eine weiße Wolke hüllten. Dann sprang er herab, um Revue über die ihm zu Gebot stehenden Kräfte zu halten, und fragte:

»Zunächst sagt mir einmal, wie Ihr Euch nennt, Mann? Ich muß doch wissen, wem ich die glückliche Warnung zu verdanken habe.«

»Mein Name ist Hammerdull, Sir, Dick Hammerdull, so lange ich lebe!«

»Schön! Und der andre hier?«

»Wie der heißt, das bleibt sich gleich, aber da er zufällig auch einen Namen hat, so schadet es keinem Menschen etwas, wenn Ihr ihn erfahrt. Er nennt sich Pitt Holbers, Sir, und ist ein Kerl, auf den man sich verlassen kann.«

»Und die beiden andern - dieser da und der dort bei den Pferden?«

»Das sind zwei Männer aus Germany da drüben herüber, Sir, und heißen Heinrich Sander - Harry würde viel besser klingen - und - verdammt miserabler Name! - Peter Wolf. Sprecht die beiden Worte ja nicht aus, Sir, denn Ihr werdet das Genick dabei brechen!«

»*Well!*« lachte der Beamte. »Es ist nicht jede Zunge so commodious wie die Eurige, Master Hammerdull!«

»Hammerdull? Dick Hammerdull?« rief da eine tiefe, kräftige Stimme, und ein Mann drängte sich durch die Umstehenden herbei. »*Welcome,* altes Coon! Dachte dich erst in ›*Hide-spot*‹ zu treffen und muß hier an dich rennen! Welche Angelegenheit hat dich herausgetrieben?«

»Was mich herausgetrieben hat, Colonel, das bleibt sich gleich, aber ich habe mir ein wenig Pulver, Blei und Tabak geholt. Der lange Pitt ist mitgegangen, wißt's schon, Colonel, zu Master Winklay, dem Irishman, und haben da zwei aus Germany mitgebracht, die Sam Fire-gun, nämlich Euch, gern sehen wollen.«

»Sam Fire-gun!« rief der Maschinist, auf den Fremden zutretend. »Seid Ihr das wirklich, Sir?«

»Man nennt mich so!« klang kurz und einfach die Antwort. Der Sprecher war ein Mann von wahrhaft riesigen Körperformen, wie man trotz der Dunkelheit zu erkennen vermochte. Er trug die gewöhnliche Trapperkleidung. Die Umstehenden hatten sich beim Nennen seines Namens wie ehrerbietig um ein weniges zurückgezogen.

»*Good lack*, Sir, dann haben wir ja ganz den richtigen Mann bei uns, dem wir das Kommando übergeben können. Wollt Ihr die Sache übernehmen?«

»Wenn es die Gentlemen alle zufrieden sind, warum nicht!«

Ein allgemeiner Ruf der Zustimmung ließ sich ringsum vernehmen. Diesem berühmten Jäger, dem Hunderte einmal zu begegnen wünschten, ohne ihren Wunsch in Erfüllung gehen zu sehen, und der hier so unerwartet inmitten der Leute stand, konnte und mußte man den Oberbefehl mit vollständigem Vertrauen übergeben.

»Natürlich sind sie es zufrieden. Trefft also Eure Maßregeln so schnell wie möglich! Wir haben keine Zeit zu verlieren und dürfen die roten Mesch'schurs nicht lange auf uns warten lassen,« sagte der Ingenieur.

»*Well*, Sir, nur laßt mich erst einige Worte mit diesem Manne hier sprechen! Dick Hammerdull, wer aus dem ›*Hidespot*‹ ist noch bei euch beiden?«

»Keiner, Colonel! Die andern sind daheim oder hinauf in die Berge.«

»Muß aber doch noch einer bei Euch sein, Dick, denn so wie ich dich kenne, so bist du nicht von den Roten fortgelaufen, ohne ihnen einen Watchman, einen Wächter, hinzustellen.«

»Wie ich fortgelaufen bin, das bleibt sich gleich, aber wenn Ihr den Dick Hammerdull für so dumm gehalten hättet, nicht an den Watchman zu denken, so hättet Ihr Euch verdammt geirrt in ihm, Colonel! Es steht einer da, wie es keinen bessern giebt.«

»Wer ist's?«

»Wie es keinen bessern giebt, Sir, habe ich gesagt, und das ist genug, denn es giebt nur einen einzigen, von dem sich in dieser Weise reden läßt. Sein Gaul liegt einen kleinen Ritt weit hinter ihm und wartet, bis er abgeholt wird.«

»Sein Gaul - wartet? Dick Hammerdull, das könnte allerdings nur ein einziger sein, und dieser heißt Winnetou.«

»Erraten, Colonel, erraten! Der Apatsche traf uns da unten bei dem Irishman und warnte uns. Er hat die Spur der Ogellallahs verfolgt und ist vorhin wieder zu uns gestoßen.«

»Winnetou, der Häuptling der Apatschen?« fragte der Maschinist, während ein Gemurmel der Befriedigung durch die Menge der andern lief. »*Heigh-day*, ist das heut ein Zusammentreffen! Der Mann ist ja ganz allein ein Stämmchen Jäger wert, und wenn er auf unsrer Seite steht, so werden wir die roten Schufte heimschicken, daß sie an uns denken sollen. Wo steht er?«

»Ob er steht oder nicht, Sir, das bleibt sich gleich, aber er liegt ganz nahe bei den Indsmen auf der linken Seite des Schienenweges. Es muß dort noch alles in Ordnung sein, sonst wäre er hier, um zu warnen.«

»Gut,« meinte Sam Fire-gun, »so will ich Euch nun meine Meinung sagen: Wir bilden zwei Abteilungen, welche zu beiden Seiten der Bahn sich an die Indianer schleichen. Die eine führe ich, die andre, hm, Sir, geht Ihr mit?«

»Versteht sich!« meinte der Ingenieur. »Zwar darf ich eigentlich meinen Posten nicht verlassen, aber ich mag doch nicht umsonst ein Paar gesunde Fäuste besitzen, und der Heizer hier ist Manns genug, einstweilen meine Stelle zu vertreten. Ich würde es auf dem alten Feuerkasten nicht aushalten können, sobald ich eure Büchsen knallen hörte, und gehe also mit!« Und sich zu seinem Personale wendend, fuhr er fort: »Ihr bleibt bei den Wagen, und gebt wohl acht; man weiß zuweilen nicht, was passieren kann. - Tom!«

»Sir!« antwortete der Feuermann.

»Du verstehst ja, mit der Maschine umzugehen. Damit wir nicht erst wieder zurückzugehen brauchen, kommst du, sobald du ein Feuerzeichen erblickst, mit dem Zuge nach. Aber langsam fährst du, so langsam und vorsichtig wie möglich, denn es wird jedenfalls am Geleise auszubessern geben! - Was aber den andern Anführer betrifft, Master Fire-gun, so hoffe ich nicht, daß Ihr grad mich in Vorschlag bringen wollt. Ich will gern mitthun, ja, aber ein Westmann bin ich nicht. Sucht Euch also einen andern, dem Ihr die Stelle geben könnt!«

»Gut, Sir,« nickte Sam Fire-gun; »ich wollte Euch nicht gern vernachlässigen; aber ich weiß hier einen, der seine Sache ebenso gut machen wird, wie ich die meine, und Ihr könnt ihm deshalb Eure Männer ruhig anvertrauen. Dick Hammerdull, was meinst du?«

»Was ich meine, das bleibt sich gleich, Colonel; aber ich denke, Ihr werdet nichts Unrechtes bestimmen!«

»Denk's auch! Willst du die andre Hälfte führen?«

»Hm, wenn mir die Männer nachlaufen wollen, so will ich gern vorankriechen! Mein Gewehr hat neues Pulver und Blei und wird ein sehr vernünftig Wort dort mit den Indsmen reden. Aber die Pferde, Colonel, die müssen zurückbleiben; der Mann aus Germany, der Sander, kann sie halten.«

»Fällt mir nicht ein,« entgegnete dieser kurz; »ich gehe mit!«

»Was Euch einfällt oder nicht, das bleibt sich gleich; aber wenn Ihr nicht wollt, so kann es ja der andre thun, der Peter Wolf - hol' der Teufel den bockbeinigen Namen -!«

Auch dieser weigerte sich, und so bekam einer der wenigen waffenlosen Arbeiter den Auftrag, die Pferde einstweilen in seine Obhut zu nehmen.

Die streitbaren Kräfte wurden geteilt. Sam Fire-gun und Dick Hammerdull stellten sich an die Spitze der beiden Abteilungen; der Zug blieb zurück; die Männer bewegten sich vorwärts, und nach wenigen Augenblicken lag tiefe Stille über der Gegend, und nicht das leiseste Geräusch verriet, daß der auf der weiten Ebene ruhende, scheinbare Frieden die Vorbereitung einer blutigen Katastrophe in sich berge.

Zunächst wurde eine ansehnliche Strecke in aufrechter Stellung zurückgelegt; dann aber, als die Nähe des mutmaßlichen Kampfplatzes erreicht war, legten sie sich nieder und krochen, einer hinter dem andern, auf Händen und Füßen zu beiden Seiten der Böschung entlang.

»Uff!« klang es da leise an das Ohr Sam Fire-guns. »Die Reiter des Feuerrosses mögen hier liegen und warten, bis Winnetou, der Häuptling der Apatschen, fortgeht und wiederkommt!«

»Winnetou?« fragte Sam Fire-gun, sich halb emporrichtend. »Hat mein roter Bruder die Gestalt seines weißen Freundes vergessen, daß er ihn nicht erkennt?«

Winnetou betrachtete ihn, erkannte ihn trotz der Dunkelheit und rief erfreut aus, allerdings mit leiser Stimme:

»Sam Fire-gun! Der große Geist sei gelobt, der dem Apatschen heut dein Angesicht zeigt; er mag deine Hand segnen, daß sie vernichtend falle auf die Häupter deiner Feinde! Ist mein Bruder auf dem Feuerroß geritten?«

»Ja; er hat das Gold, welches er der Freundschaft des Apatschen verdankt, nach Sonnenaufgang geschafft und kehrt nun zurück, um mehr zu finden. Warum wollte mein wachsamer Bruder fortgehen und wiederkommen?«

»Die Seele der Nacht ist schwarz und der Geist des Abends dunkel und finster; Winnetou konnte nicht erkennen seinen Bruder, der am Boden lag. Aber den Mann hat er gesehen, der dort auf dem Hügel steht, um nach dem Feuerroß zu schauen. Der Apatsche wird gehen, um das Auge des Ogellallah zu schließen; dann kehrt er zurück!«

Er war im nächsten Momente im Dunkel der Nacht verschwunden.

Diese zwei berühmten Männer der Prairie, von der Natur so verschieden ausgestattet und doch mit gleicher Freundschaft einander ergeben, hatten sich nach langer Trennung hier wiedergefunden. Aber ihre unberührbaren Naturen kannten nicht die lauten Freudenbezeigungen, wie sie sonst zu beobachten sind, und der Augenblick des Wiedersehens nahm sie ja anderweit so vollständig in Anspruch, daß an eine zeitraubende und geräuschvolle Begrüßung gar nicht zu denken war.

Trotz des nächtlichen Dunkels war auf der seitwärts liegenden, wellenförmigen Bodenerhebung eine Gestalt zu erkennen, welche sich für das scharfe Auge eines Westmannes deutlich genug von dem sternenbedeckten Horizonte abzeichnete. Die Ogellallahs hatten also eine Wache ausgestellt, um nach dem Lichte des nahenden Zuges zu schauen. Einem Weißen wäre es wohl schwer oder gar unmöglich geworden, unbemerkt an sie heranzukommen; Sam Fire-gun aber kannte die Meisterschaft des Apatschen im Beschleichen und wußte, daß der Ogellallah in kurzer Zeit verschwinden werde.

Hart am Bahndamme liegend, behielt er ihn scharf im Auge und wirklich – nur wenige Minuten waren vergangen, so fuhr neben dem Wachehaltenden eine Gestalt blitzesschnell in die Höhe, beide lagen im Nu an der Erde! – das Messer des Apatschen hatte seine Schuldigkeit gethan.

Dieser kehrte erst nach längerer Zeit zurück; er hatte die Indianer umschlichen und ihre Stellung in Augenschein genommen. Jetzt stattete er Sam Fire-gun seinen Bericht ab.

Die Ogellallahs hatten einige Schienen herausgerissen und diese samt den Schwellen quer über das Bahngeleise gelegt. Der Zug hätte mitsamt seinen Passagieren ein fürchterliches Schicksal gehabt, wenn er ungewarnt an diese Stelle gekommen wäre. Sie lagen seitwärts von dieser Stelle in lautloser Stille am Boden, während noch eine Strecke weiter zurück ihre Pferde angepflockt waren. Die Gegenwart dieser Tiere machte das Beschleichen der Indianer von dieser Seite fast zu einer Unmöglichkeit, da das Pferd der Prairie an Wachsamkeit den Hund fast übertrifft und die Annäherung jedes lebenden Wesens seinem Herrn durch Schnauben verkündigt.

»Wer führt sie an?« fragte Fire-gun.

»Matto-Sih, die ›Bärentatze‹. Winnetou ist gewesen an seinem Rücken, daß er ihn konnte niederschlagen mit dem Tomahawk.«

»Matto-Sih? Das ist der Tapferste der Sioux; er fürchtet sich vor keinem Krieger und wird uns wohl zu schaffen machen! Er ist stark wie der Bär und listig wie der Fuchs; er hat nicht alle seine Männer bei sich, sondern die übrigen in der Prairie zurückgelassen. Ein kluger Krieger wird nicht anders handeln.«

»Uffh!« gab Winnetou in tiefem Gutturaltone seine Zustimmung zu erkennen.

»Mein roter Bruder warte, bis ich zurückkehre!«

Er schlich sich über den Bahnkörper hinüber zu Dick Hammerdull und sagte zu diesem:

»Noch dreihundert Körperlängen vorwärts, Dick, dann bist du den Indsmen gegenüber. Ich teile meine Leute drüben, schicke die Hälfte mit Winnetou hinaus in die Prairie, um – –«

»Ob Ihr sie schickt oder nicht, das bleibt sich gleich,« fiel ihm der Dicke flüsternd in die Rede; »aber was sollen sie da draußen, Colonel?«

»Die Ogellallahs werden von Matto-Sih angeführt –«

»Von der ›Bärentatze‹? *Zounds!* Dann haben wir die Tapfersten des Stammes gegen uns, und ich traue es ihm zu, daß er da draußen auf der alten Wiese eine Reserve halten hat.«

»So meine ich auch. Also diese Reserve lasse ich durch Winnetou abschneiden und gehe mit den übrigen direkt auf die Pferde los. Gelingt es uns, diese in unsre Gewalt zu bekommen, oder zu zerstreuen, so sind die Roten verloren.«

»*Well, well*, Colonel, und Dick Hammerdull und seine Büchse werden das Ihrige beitragen, daß wir den Zug mit Skalps beladen können!«

»Du wartest also mit den Deinen, bis drüben der erste Schuß losgeht; die Indsmen werden uns hinter sich wissen, und sich zu dir herübermachen, wo du sie empfängst. Aber ruhig warten, Dick, bis sie so weit heran sind, daß ihr sie Mann für Mann sehen könnt. Erst dann schießt ihr los; dann geht keine Kugel fehl!«

»Keine Sorge, Colonel! Dick Hammerdull weiß ganz genau, was er zu thun hat. Nehmt Euch nur vor den Pferden in acht, denn so ein Indsmustang schnobert den Weißen zehn Meilen weit!«

Fire-gun schlich davon, und der dicke Trapper kroch längs der Reihe der hinter ihm Liegenden hin, um ihnen die erhaltene Instruktion mitzuteilen.

Als er wiederkehrte, nahm er neben Pitt Holbers Platz, der sich während der letzten Stunden schweigsam verhalten hatte. Diesem flüsterte er zu:

»Pitt Holbers, altes Coon, nun geht der Tanz bald los!«

»Hm, wenn du denkst, Dick! Hast du nicht Freude darüber, he?«

Hammerdull wollte eben eine Antwort geben, da – zuckte seitwärts drüben ein flüchtiges Leuchten auf, welchem ein lauter Knall folgte – noch ehe der Plan Sam Fire-guns ausgeführt war, hatte sich das Gewehr eines der ihm folgenden Arbeiter entladen.

Sofort standen die Ogellallahs auf den Füßen und eilten nach ihren Pferden. Aber der geistesgegenwärtige Sam Fire-gun hatte kaum hinter sich den verräterischen Schuß gehört, so eilte er, den Folgen dieser Nachlässigkeit zuvorzukommen.

»Vorwärts, Männer, zu den Pferden!« rief er.

In weiten Sätzen stürmte er auf die Tiere los und erreichte sie mit den Seinen noch vor den Indianern. Mit Gedankenschnelle waren sie von den Pflöcken befreit und jagten wiehernd und schnaubend in die weite, dunkle Savanne hinaus.

Die den jetzt eintreffenden Indianern entgegenkrachenden Schüsse machten diese stutzig. Ihre Pferde waren fort; sie konnten in der Finsternis die geringe Zahl ihrer Gegner nicht erkennen und hielten einige Augenblicke vollständig ratlos still, sich den Waffen der Weißen preisgebend. Dann aber ertönte der laute Ruf ihres Anführers; sie wandten sich und stürmten zurück, um jenseits des Dammes Deckung zu suchen und die zu ergreifenden Maßregeln zu beraten.

Kaum aber hatten sie den Bahndamm erreicht, so stieg nur wenige Fuß vor ihnen eine dunkle Linie wie aus der Erde empor; der Blitz aus über fünfzig Büchsen erhellte für einen

Moment die Nacht, und das Geheul der Getroffenen zeigte, daß Dick Hammerdulls Abteilung gut gezielt hatte.

»Alle Kugeln heraus und dann drauf!« rief der wackere Dicke, schoß den zweiten Lauf seiner Büchse ab, warf sie, die ihm nun nichts mehr helfen konnte, fort, riß den Tomahawk, diese furchtbare Waffe des Westens, unter dem langen Jagdhemde hervor und stürzte sich, gefolgt von Pitt Holbers und den Mutigsten unter den Arbeitern, auf die vor Entsetzen stockenden Wilden.

Diese hatten vor Ueberraschung über den ganz unerwarteten Ueberfall die Besinnung verloren; vor und hinter sich den Feind, gab es für sie nur Rettung in der Flucht. Wieder erschallte ein lauter Ruf Matto-Sihs, und im nächsten Momente war kein Wilder mehr zu sehen. Sie hatten sich mitten unter den Angreifern auf die Erde geworfen und suchten, zwischen ihnen hindurchkriechend, das Weite zu erreichen.

»Zur Erde, ihr Männer, und die Messer zur Hand!« rief Fire-gun mit donnernder Stimme und eilte dann nach dem verlassenen Lagerplatze der Indianer.

Er dachte sich, daß diese sicher eine hinreichende Menge von allerlei Brennstoff gesammelt hatten, um im Falle, daß ihr Vorhaben gelungen sei, die nötige Beleuchtung zu erhalten. Er hatte sich nicht geirrt. Einige große Haufen Dürrzeuges waren aufgeschichtet. Mit Hilfe des Pulvers machte er Feuer; die Nacht wurde erleuchtet, und im Scheine der Flammen sah er eine Menge zurückgelassener Spieße und Decken liegen. Diese boten ein willkommenes Brennmaterial. Er überließ die Sorge für die Unterhaltung des Brandes einigen herbeieilenden Arbeitern und kehrte an die Stelle zurück, an welcher sich der nächtliche Angriff in einen fürchterlichen Einzelkampf aufgelöst hatte.

Dieser hätte einem nicht beteiligten Zuschauer Gelegenheit gegeben, Thaten zu beobachten, für welche der civilisierte Boden kaum einen Platz haben dürfte.

Die Schar der Bahnarbeiter bestand begreiflicherweise zwar meist aus Leuten, welche ihre Kräfte in den Stürmen des Lebens geübt hatten; aber der Kampfart der Indianer, welche jetzt beim Scheine der Feuer ihre Lage überblicken konnten und dabei bemerkten, daß sie an Zahl den Gegnern vollständig gewachsen seien, konnte wohl keiner von ihnen nachhaltigen Widerstand leisten, und wo nicht mehrere von ihnen gegen einen vereinzelten Indsman standen, behielt dieser gewiß die Oberhand, und die Stätte bedeckte sich immer mehr mit den unter dem wuchtigen Hiebe des Tomahawk Gefallenen.

Nur drei von den Weißen waren mit dieser Waffe versehen: Sam Fire-gun, Dick Hammerdull und Pitt Holbers, und es zeigte sich da allerdings, daß bei gleichen Waffen der zähere und intelligentere Weiße meist im Vorteile steht.

Mitten unter einem Haufen Wilder hielt Fire-gun; in seinem von dem flackernden Lichte beschienenen Angesichte sprach sich ein Gefühl von jener Kampfeswonne aus, welche das verfeinerte Urteil leugnet, nichtsdestoweniger aber doch eine oft bewiesene Wahrheit bleibt. Er ließ sich von den andern die Indianer in das Schlachtbeil treiben, welches, von seiner riesenstarken Faust geführt, bei jedem Schlage zerschmetternd auf den Kopf eines Feindes sank.

Seitwärts von ihm stand ein fast drollig zu nennendes Heldenpaar, trotz der Verschiedenheit ihrer Gestalt mit dem Rücken gegen einander gekehrt, ein Verfahren, welches die beiden originellen aber erfahrenen Jäger vor einem Angriffe von hinten beschützte: Dick Hammerdull und Pitt Holbers. Der kleine Dick, der auf jeden Fremden in seinem Anzuge den Eindruck der Unbehilflichkeit machen mußte, zeigte sich hier von einer wahrhaft katzenartigen Behendigkeit. In der Linken das scharfe, zweischneidige Bowiemesser und in der Rechten das schwere Schlachtbeil schwingend, hielt er jedem Gegner tapfer Stand. Sein langer Rock, Flick auf Flick und Fleck auf Fleck, ließ die auf ihn gerichteten Messerstiche vollständig unschädlich abprallen. Pitt, der Lange, stand hinter ihm und fuhr mit seinen Armen in der Luft herum wie ein Polyp, welcher die gefährlichen Fänge ausstreckt, um seine Beute an sich zu ziehen. Sein Körper, welcher nur aus Knochen und Sehnen zusammengesetzt schien, entwickelte eine außerordentliche Kraft und Ausdauer; das Beil fiel bei ihm aus doppelter Höhe; er griff weiter von sich als jeder andre, aber seine großen Füße rührten sich keinen Zoll breit von der Stelle, und wer ihm so nahe kam, daß er gefaßt werden konnte, der war rettungslos verloren.

Und noch zwei ragten unter den weißen Kämpfern hervor: die beiden Deutschen. Sie hatten die Tomahawks gefallener Indianer aufgerafft und handhabten sie mit einer Leichtigkeit und Sicherheit, als hätten sie sich auf diese Art des Fechtens besonders eingeübt. Niemand aber sah, daß sie nur zum Scheine kämpften. Sie verletzten keinen Indianer und wurden auch von diesen verschont. Die Waffen klirrten nur so aneinander, und wenn ein Indianer so that, als ob er niedergeschlagen worden sei, so kroch er bald fort, um sich einen andern Gegner zu suchen.

Auch unter den Arbeitern gab es genug Mutige, welche den Indianern, die überhaupt nicht gern Mann gegen Mann zu kämpfen pflegen, viel zu schaffen machten, und der Sieg neigte sich bereits stark auf die Seite der Weißen, und die Wilden wurden immer enger und enger zusammengetrieben; da aber donnerte es aus dem Dunkel der Prairie heran und mitten unter sie hinein; Sam Fire-gun hatte recht gehabt, Matto-Sih, der kluge Anführer der Wilden, hatte eine beträchtliche Anzahl der Seinen in der Savanne zurückgelassen, die jetzt mit frischen Kräften herbeigesprengt kamen und dem Gefechte augenblicklich eine andre Wendung gaben. Auch die bereits entflohenen Indianer eilten, den Umschwung bemerkend, mit erneutem Mute herbei, und so verwandelte sich der Angriff der Jäger und Arbeiter in eine Verteidigung, welche von Minute zu Minute weniger Erfolg erwarten ließ.

»Hinter den Damm zurück!« gebot Sam Fire-gun, schlug sich mit wuchtigen Hieben durch und folgte seiner Weisung mit eigenem Beispiele.

Pitt Holbers brauchte nur wenige Schritte, um sich neben ihm einzufinden. Dick Hammerdull zog, um sich Luft zu machen, nun jetzt erst den Revolver, gab sämtliche Schüsse ab und eilte dann dem Damme zu. Schon hatte er ihn fast übersprungen, so stolperte er, stürzte kopfüber zur Erde und kugelte jenseits des Dammes hinab und grad vor die Füße Fireguns hin. Dort raffte er sich empor und betrachtete den Gegenstand, welchen er in der Hand hielt. Er war über ihn gestürzt, hatte ihn unwillkürlich ergriffen und festgehalten. Es schien ein alter Prügel zu sein.

»Meine Flinte, wahrhaftig, es ist meine Flinte, die ich vorhin hier weggeworfen habe! Was sagst du dazu, Pitt Holbers, altes Coon?« rief er erfreut aus.

»Wenn du denkst, Dick, daß es gut ist, deine – –«

Er konnte nicht weiter sprechen, denn die Ogellallahs waren ihnen gefolgt, und der Kampf begann nun hier von neuem. Die Feuer leuchteten über den Damm herüber und erhellten eine Scene, welche mit dem Untergange der Weißen zu endigen schien, und schon wollte der Anführer derselben den Seinen raten, in die Dunkelheit hineinzufliehen, da krachten Schüsse im Rücken der Wilden, und eine Anzahl Männer sprang mit hoch geschwungenen Waffen mitten unter sie hinein.

Es war Winnetou mit seiner Abteilung.

Da die Finsternis ihm hinderlich gewesen war, etwaige Spuren zu entdecken, so hatte sein Suchen nach dem vermuteten Hinterhalte zu keinem Resultate geführt, und da er die Flammen bemerkt und daher geschlossen hatte, daß seine Anwesenheit auf dem Kampfplatze nötig sein werde, so war er herbeigeeilt und brachte nun grad noch im letzten Augenblicke die entscheidende Hilfe.

Im dichtesten Knäuel der Kämpfenden stand Matto-Sih, der Ogellallah. Seine breit gebaute, untersetzte Gestalt stak in dem gewöhnlichen, weißgegerbten Jagdhemde, welches jetzt von oben bis unten vom vergossenen Blute bespritzt war, über dem Rücken hing ihm ein Fell des Prairiewolfes, dessen Schädelteile seinen Kopf bedeckten. Den konvex gearbeiteten Büffelhautschild in der Linken, führte er mit der Rechten den Tomahawk, und wen sein großes, dunkles, stechendes Auge anglühte, den traf der vernichtende Hieb, daß er tot zur Erde stürzte.

Schon hatte er geglaubt, den Sieg zu erringen und mit seiner eignen Stimme die Losung zum Triumphgeheul gegeben, als Winnetou am Platze erschien. Matto-Sih wandte sich um und erblickte ihn.

»Winnetou, der Hund von Pimo!« rief er. Aus seinem Auge leuchtete ein Strahl glühenden, tödlichen Hasses, aber sein schon erhobener Fuß zögerte, und der Arm, der das Schlachtbeil zum Wurfe erhoben hatte, sank nieder, ohne es zu schleudern. Es war, als habe der Anblick dieses Feindes seinen Mut gelähmt und ihm die so nötige Umsicht und Geistesgegenwart geraubt.

Auch Winnetou bemerkte ihn und antwortete:

»Matto-Sih, die Kröte der Ogellallahs!«

Wie in eine Wasserflut, so tauchte seine schlanke, geschmeidige und dabei außerordentlich kraftvolle Gestalt in die Menge der Kämpfenden unter und reckte sich nach kaum einer Sekunde grad vor dem Ogellallah in die Höhe. Beide holten zugleich zum Tod bringenden Hiebe aus; die Beile krachten aneinander, und dasjenige Matto-Sihs sank ihm zerschmettert aus der Hand. Er wandte sich blitzschnell um und brach sich mit den gewaltigen Beinen Bahn zur Flucht.

»Matto-Sih!« rief Winnetou, sich nicht von seiner Stelle bewegend. »Ist der Hund von Ogellallah eine feige Hündin geworden, daß er läuft vor Winnetou, dem Häuptling der Apatschen? Der Mund der Erde soll sein Blut trinken, und die Kralle des Geiers soll zerreißen sein Herz und seinen Leib; aber sein Skalp wird zieren den Gürtel des Apatschen!«

Dieser Aufforderung mußte er standhalten. Er kehrte um und drang auf den Feind ein.

»Winnetou, der Sklave der Bleichgesichter! Hier ist Matto-Sih, der Häuptling der Ogellallah! Er tötet den Bär und wirft den Büffel nieder; er folgt dem Elen und zertritt der Schlange den Kopf; ihm hat noch niemand widerstanden, und er wird jetzt fordern das Leben von Winnetou, dem Feigling von Pimo!«

Einem der Seinen das Beil entreißend, stürzte er sich auf

den Apatschen, welcher ihn stehenden Fußes erwartete. Die Augen der beiden starken Männer bohrten sich mit fürchterlichem Blicke ineinander; das Beil des Ogellallah schwirrte um das Haupt desselben und fuhr dann mit fürchterlicher Wut hernieder. Winnetou parierte den Hieb mit einer Leichtigkeit, als sei er von dem Arme eines Knaben geführt; nun auch seine Waffe schwingend, wollte er den Schlag erwidern, wurde aber von hinten gepackt und daran verhindert. Zwei Ogellallahs hatten sich auf ihn geworfen. Blitzschnell drehte er sich um; die Feinde sanken, von ihm getroffen, nieder, aber schon schwebte das Beil Matto-Sihs wieder über seinem Haupte.

Sam Fire-gun, der alle überragte, hatte den Freund in Gefahr gesehen. Die Indianer wie Grashalme auseinanderschlagend, sprang er mitten durch sie hindurch, faßte mit den beiden riesenstarken Fäusten ihren Anführer bei Hüfte und Genick, hob ihn hoch in die Luft empor und schmetterte ihn zur Erde nieder, daß es krachte. Sofort kniete Winnetou über dem Besinnungslosen, senkte ihm das Messer in die Brust, faßte mit der Linken das reiche, dunkle Haar zusammen – drei Schnitte, kunstgerecht geführt – ein kräftiger Ruck – und der Skalp war gelöst. Er schwang ihn hoch um den Kopf und ließ jenen fürchterlichen Siegesruf hören, welcher Mark und Bein erschütternd auf den Gegner zu wirken pflegt.

Als die Ogellallah die Kopfhaut ihres Anführers erblickten, stießen sie ein erschütterndes Geheul aus und wandten sich zur Flucht.

Dik Hammerdull stand wieder bei Pitt Holbers; sie waren die beiden Unzertrennlichen und suchten jetzt die Fliehenden zurückzuhalten.

»Pitt Holbers, altes Coon, siehst du, wie sie laufen, he?« rief Hammerdull.

»Hm, wenn du denkst, Dick, so sehe ich es!«

»Ob ich es denke oder nicht, das bleibt sich gleich, aber ich möchte – – *Zounds*, Pitt, guck dir einmal den Kerl an, der dort zwischen den beiden Männern aus Germany hindurch will! Holla, der Mensch wird ausgelöscht!«

Mehr sich kugelnd als laufend, eilte er hinzu, wo mehrere der Indianer sich anstrengten, an den beiden Deutschen, welche sie aufhalten wollten, vorbei zu kommen. Holbers folgte ihm; sie warfen sich auf die Roten und schlugen sie nieder.

In kurzem war der Sieg vollständig errungen, und was vom Feinde nicht tot oder verwundet am Boden lag, das hatte fliehend das Weite gesucht.

Am östlichen Horizonte wurde nun auch das scharfe Licht der nahenden Maschine sichtbar. Der Heizer hatte den Schein der Feuer bemerkt, sie für das verabredete Zeichen gehalten und nun den Zug in langsame Bewegung gesetzt.

Der Ingenieur, welcher zu der Abteilung Winnetous gehört hatte, trat zu dem Apatschen und fragte ihn:

»Ihr seid Master Winnetou?«

Der Indianer neigte, den Skalp Matto-Sih's an sich hängend, zustimmend das Haupt.

»Wir haben Euch die heutige Rettung zu verdanken. Ich werde einen Bericht schreiben, der bis hinauf zum Präsidenten geht; dann wird der Lohn nicht ausbleiben!«

»Der Häuptling der Apatschen bedarf des Lohnes nicht; er liebt die weißen Brüder und giebt ihnen seinen Arm im Kampfe, aber er ist stark und reich, reicher als der große Vater der Bleichgesichter. Er bedarf weder Gold noch Silber, weder Hab noch Gut; er will nicht nehmen, sondern er giebt. Howgh!«

Der Zug hielt kurz vor den aufgerissenen Schienen an.

»Donnerwetter, Sir,« rief der herabspringende Feuermann dem herbeitretenden Vorgesetzten entgegen, »muß es hier Arbeit gegeben haben. Das ist ja, bei Gott, die reine Schlächterei!«

»Sollst recht haben, Mann, - ist heiß hergegangen heute abend, und ich habe mir auch ein kleines Loch geholt, wie du hier sehen kannst! Aber nun vor allen Dingen das Werkzeug herunter und die Schienen in Ordnung, damit wir baldigst weiter können! Versorge das; ich will jetzt mit nach den Gefallenen sehen!«

Er wollte eben zurücktreten, da schnellte hart neben ihm

aus dem tiefen Grase der Dammböschung eine dunkle Gestalt empor und eilte an ihm vorüber. Es war einer der Ogellallahs, der keine Gelegenheit zur Flucht gefunden und sich hier versteckt hatte, um einen geeigneten Augenblick abzuwarten.

Der Arbeiter, welchem die Pferde anvertraut waren, war natürlich dem Zuge gefolgt und stand jetzt mit ihnen in der Nähe der haltenden Wagen. Der Indianer, dem der Anblick der Tiere Hoffnung auf das Entkommen gegeben hatte, eilte auf ihn zu, riß ihm den Zügel eines der Pferde aus der Hand, schwang sich in den Sattel und wollte davonjagen.

Hammerdull hatte die flüchtige Gestalt des Roten sofort bemerkt. Er rief seinem von ihm unzertrennlichen Kameraden zu:

»Pitt Holbers, altes Coon, siehst du den Roten springen? Alle Teufel, er geht nach den Pferden!«

»Wenn du denkst, Dik, daß er eins bekommen wird, so habe ich nichts dagegen, denn der Mann, der sie hält, sieht mir grün genug dazu aus!«

»Ob er grün sieht oder nicht, das bleibt sich gleich, denn – – Pitt Holbers, schau – er reißt ihm die Zügel aus den Fingern, er springt auf, er – – *good lack*, es ist meine Stute, auf die er sich gesetzt hat! Na, Bursche, das ist der gescheiteste Einfall, den du in deinem ganzen Leben gehabt hast, denn nun wirst du das Glück haben, mit meiner Flinte reden zu können!«

Wirklich hatte sich der Indianer auf die alte Stute geworfen und schlug ihr die Fersen in die Seiten, um so schnell wie möglich das Weite zu gewinnen. Er hatte sich jedoch verrechnet, denn Dick Hammerdull schob den gekrümmten Zeigefinger in den Mund und ließ einen schrillen, weit hin tönenden Pfiff erschallen. Sofort fuhr das gehorsame Tier herum und galoppierte trotz aller Anstrengung des Wilden grad auf seinen Herrn zu. Der Indianer sah keine andre Rettung, als sich noch zur Zeit herabzuwerfen; da aber nahm der dicke Trapper die Büchse an die Backe; der

Schuß krachte, und der Indsman fiel, durch den Kopf getroffen, zu Boden.

»Hast du es gesehen, Pitt Holbers, was die Stute für ein wackeres Viehzeug ist? Ich möchte nur wissen, ob er auch ohne sie glücklich in seine ewigen Jagdgründe kommen wird! Was meinst du, he?«

»Ich habe nichts dagegen, Dick, wenn du denkst, daß er den richtigen Weg gefunden hat. Willst du dir nicht seine Haut nehmen?«

»Ob ich sie nehmen will oder nicht, das bleibt sich gleich, aber herunter muß sie, das ist sicher!«

Um zu dem Gefallenen zu gelangen, mußte er an den zwei Deutschen vorüber, welche, von der Anstrengung des Kampfes ausruhend, neben einander standen.

»So wahr ich Jean Letrier heiße, Kapitän, das war ein Rencontre, wie man es nur im wilden Westen erlebt!« hörte er französisch sagen. Aber er war zu sehr mit seiner Absicht beschäftigt, als daß er für den Augenblick auf diese Worte einen Wert gelegt hätte.

Als er dem Toten den Skalp abgezogen hatte und wieder in die Nähe des haltenden Zuges zurückkehrte, sah er Sam Fire-gun in der Nähe dieser beiden Männer.

»Dick Hammerdull,« fragte dieser, »ist's nicht so, daß du die zwei deutschen Gentlemen bei Master Winklay getroffen hast?«

»*Well*, so ist es, Colonel.«

»Sie haben sich gut gehalten und machen dir Ehre. Aber wie kommt es, daß du sie mitgenommen hast? Du kennst ja meinen Willen in Beziehung auf neue Bekanntschaften! Ich will keine neuen Gesichter bei uns sehen.«

»*All right*, Sir, aber der eine, der sich Heinrich Sander nennt, meinte, daß Ihr sein Oheim wäret.«

»Sein Oheim? Bist du toll?«

»Hm, ob ich toll bin oder nicht, das bleibt sich gleich; aber wir kamen in einen kleinen Handel und ich hatte da schon die Messerspitze an seiner Kehle, als er sagte, Ihr würdet es mir schlecht danken, wenn ihm die Klinge um ein weniges zu tief in die Wolle gehe. Machts mit ihm selber ab, Colonel!«

Der berühmte Tracker[1] trat an die Deutschen heran und fragte sie:

»Ihr seid von drüben herüber aus Germany, wie man mir sagt?«

»Ja,« antwortete Sander.

»Was sucht ihr in der Prairie?«

»Euch, Sir.«

»Mich? Weshalb?«

»Oheim, willst du noch fragen?«

Sam Fire-gun trat um einen Schritt zurück.

»Oheim? Ich kenne keinen Verwandten mit Namen Sander!« erklärte Sam Fire-gun erstaunt.

»Das ist richtig! Doch nannte ich mich so, weil ich nicht wußte, ob dir der Name Wallerstein lieb sein würde. Es handelt sich um Geld, um viel Geld, wie du schreibst. Da muß man vorsichtig sein, und darum habe ich mir einen andern Namen beigelegt.«

»Wall--. Ist es denn möglich, daß du es bist, Heinrich?!«

»Nicht möglich, sondern wirklich, Onkel. Hier ist dein Brief, in welchem du schreibst, daß ich kommen soll. Die andern Papiere kannst du ja morgen lesen!«

Er langte unter den Jagdrock und zog ein sorgfältig verwahrtes Papier hervor, welches er ihm überreichte. Der alte Jäger warf bei dem noch immer hellen Feuerscheine einen Blick auf die Zeilen, zog ihn dann an seine Brust und rief aus:

»Es ist wahr! Gott segne meine Augen, daß es ihnen noch vergönnt ist, einen der Meinigen zu sehen. Wie geht es deinem Vater? Warum schrieb er mir nicht? Ich hatte ihm doch die Adresse für Omaha angegeben?«

»Ja, aber du beschriebst in diesem Briefe zugleich auch den ganzen Weg am Arkansas hinauf nach Fort Gibson, nach dem Hause des Irländers Winklay und weiter westlich aufwärts bis zu der Stelle, wo du mit der Schar deiner Westmän-

[1] Pfadfinder.

ner für längere Zeit kampierst. Da wir dachten, du könntest diesen Ort verlassen, hielten wir es für das Beste, daß ich mich selbst auf den Weg machte und dir den Brief des Vaters überbrachte. Morgen früh, wenn es hell ist, werde ich ihn dir geben. Du hast mich, seit du in Amerika bist, nicht gesehen und wirst mich also nicht mehr kennen; desto besser aber kenne ich deine Güte, mit welcher du die Eltern stets unterstützt und mich nun schließlich gar eingeladen hast, herüber zu kommen.«

»*Well!* Es freut mich, daß du dieser Einladung so schnell gefolgt bist. Ich schrieb euch auch den Grund. Ich habe in den Big-horn-Bergen Gold gefunden, viel Gold, welches ich euch geben wollte, denn ihr seid arm, und ich brauche es nicht. Mit dem Schicken ist es eine sehr unsichere Sache, und so wünschte ich, daß du persönlich kommen möchtest. Was ich dir geben will, ist ein Reichtum für euch, und ich hoffe, daß es euch glücklich macht. Aber du kommst nicht allein. Wer ist denn dein Begleiter?«

»Auch ein Deutscher. Er heißt Peter Wolf und wollte auch gern nach dem Westen. Da schloß ich mich ihm an.«

»Schön! Wir sprechen weiter über unsre Angelegenheit, lieber Heinrich. Jetzt giebt es keine Zeit dazu. Du siehst, daß ich anderweit gebraucht werde.«

Es erscholl nämlich jetzt die Stimme des Zugführers, welcher zum Aufbruche drängte, denn durch den unerwarteten Aufenthalt hier war viel Zeit verloren gegangen, die wieder eingeholt werden mußte.

Die toten und verwundeten Weißen wurden in die Wagen gebracht und die umherliegenden Waffen zusammengelesen. Die Passagiere sagten ihren Rettern herzlichen Dank, und da der Defekt im Geleise nun ausgebessert worden war, konnte der Zug die Weiterfahrt antreten. Die Zurückbleibenden sahen ihm nach, bis seine Lichter in der Ferne verschwunden waren.

Nun war die Frage, ob sie während der Nacht hier Lager machen sollten oder nicht. Es war anzunehmen, daß die flüchtigen Ogellallahs sich bald wieder sammeln und nach dem Orte des Kampfes zurückschleichen würden. Das konnte gefährlich werden, und darum wurde beschlossen, von hier aufzubrechen und an einem entfernten Orte zu übernachten, wo von seiten der Indianer kein Ueberfall zu erwarten war. Sam Fire-gun, der Colonel, bestieg eins der erbeuteten Indianerpferde, und dann wurde aufgebrochen.

Während der Colonel mit seinem ›Neffen‹ sprach, hatte Hammerdull in der Nähe gestanden und fast alles gehört. Nun, als die Reiter den Ort des Ueberfalles schon weit im Rücken hatten, ersah er einen Augenblick, an welchem dieser Neffe nicht neben dem Onkel ritt, lenkte seine Stute neben Sam Fire-guns Pferd und sagte mit vorsichtig unterdrückter Stimme:

»Wenn Ihr es mir nicht übel nehmt, möchte ich Euch etwas sagen, Sir.«

»Uebel nehmen? Sprich nicht so dummes Zeug! Was ist's?«

»Was Ihr jedenfalls für eine Dummheit halten werdet, Sir. Es betrifft die beiden Männer, welche behaupten, von drüben aus dem alten Germany zu sein.«

»Das sind sie doch auch!«

»Ob sie es sind oder nicht, das bleibt sich gleich; aber ich denke, daß sie es nicht sind.«

»Unsinn! Mein Neffe ist ein Deutscher; das muß ich doch wissen!«

»Ja, wenn er wirklich Euer Neffe ist, Sir!«

»Zweifelst du daran?«

»Hm! Kennt Ihr Euern Neffen?«

»Ich konnte ihn nicht erkennen, weil er noch ein Knabe war, als ich ihn zum letztenmal sah.«

»Ich glaube, Ihr habt ihn überhaupt noch nicht gesehen. Euer deutscher Name ist Wallerstein. Warum hat er diesen Namen nicht beibehalten und sich anders genannt?«

»Aus Vorsicht, nämlich weil er – – –«

»Ich weiß, ich weiß!« fiel ihm der Dicke in die Rede. »Ich habe ja gehört, welchen Grund er dafür angab; aber mir scheint dieser Grund ein wenig fadenscheinig zu sein. Sagt mir einmal, ist er Kapitän?«

»Nein.«

»Aber der andre hat ihn doch so genannt!«

»Wirklich? Was du sagst!«

»Ja, er hat ihn Kapitän genannt; ich habe es ganz deutlich gehört, sogar mit allen beiden Ohren. Sie sprachen nämlich französisch.«

»Französisch?« fragte der Colonel verwundert. »Das wäre freilich sehr auffällig!«

»Ob es auffällig ist oder nicht, das ist gleichgültig; das ist sogar egal; aber mir ist es zunächst nicht aufgefallen. Doch als ich dann hörte, daß es sich um Euer Gold handelt, da kamen mir Bedenken. Warum nennt sich der andre uns gegenüber Peter Wolf - ein schrecklicher Name, bei dem man die Zunge brechen kann! - und zu Heinrich Sander sagte er, daß er Jean Letrier heiße?«

»Bezeichnete er sich mit diesem Namen?«

»Ja. Ich ging grad an ihnen vorüber und hörte es; ich verstand es auch, obgleich er französisch sprach. Ich achtete in diesem Augenblicke nicht darauf, weil ich grad Eile hatte, mir den Skalp eines Roten zu holen; aber später fiel es mir wieder ein und machte mich mißtrauisch. Spricht dieser Sander die deutsche Sprache gut und rein?«

»Allerdings mit einem fremden Accent; aber wahrscheinlich kommt mir das nur so vor; ich habe kein Urteil mehr darüber, weil es so lange Jahre her ist, daß ich Deutschland verlassen habe.«

»Ob Ihr es verlassen habt oder nicht, das bleibt sich ganz gleich; aber ich sage Euch, daß mir die Sache nicht gefällt. Wir nennen Euch als unsern Anführer Colonel, obgleich Ihr diesen militärischen Grad nicht besitzet. Warum wird dieser Sander Kapitän genannt? Ist er der Anführer von irgend welchen Leuten? Wer und was sind diese Leute? Ehrliche Menschen wohl kaum! Seht Euch vor, Colonel, und nehmt mir meine gut gemeinte Warnung ja nicht übel!«

»Fällt mir nicht ein, sie übel zu nehmen, obgleich ich weiß, daß du dich irrst. Dennoch werde ich die Augen und Ohren offen halten; das verspreche ich dir.«

»*Well!* Will wünschen, daß ich mich irre; aber da Ihr Euern Neffen nicht persönlich kennt und es sich um eine so große Summe handelt, so ist die Vorsicht wenigstens nicht überflüssig.«

»Er hat sich mir gegenüber als Neffen legitimiert.«

»Durch Euern Brief, den er vorzeigte?«

»Ja. Und morgen will er mir noch andre Briefe geben.«

»Das beweist noch nichts!«

»O doch!«

»Nein, denn diese Briefe können auf unrechtlichem Wege in seine Hand gekommen sein.«

»Muß man wegen einer Namensänderung gleich das Allerschlimmste denken?«

»Ob man es denkt oder nicht, das bleibt sich gleich; ich traue diesen beiden Menschen nicht, und wenn Ihr ihnen glaubt, so werde ich um so schärfer auf sie achten.«

Sie brachen diese Unterredung ab, weil Sander sich jetzt wieder zu Sam Fire-gun gesellte. Hammerdull entfernte sich von ihnen und ritt nun mit dem langen Pitt Holbers, an dessen Seite er sich stets am wohlsten fühlte.

Ungefähr zwei Stunden, nachdem sie die Eisenbahn verlassen hatten, kamen sie an eine Stelle, welche sich sehr gut zum Lagerplatze eignete. Es gab da Gras für die Pferde, Wasser für die Menschen und Tiere und ziemlich dichtes Gebüsch, welches sehr vortrefflich als Deckung diente. Da wurde abgestiegen. Man konnte sich hier sicher fühlen, denn es war zwar nicht ganz finster, aber auch nicht hell genug, daß es einem oder mehreren Ogellallahs möglich gewesen wäre, den Weißen hierher zu folgen.

Sander hatte seit heute nachmittag nicht unbelauscht mit Wolf sprechen können. Jetzt, da es zum Schlafen ging, legte er sich mit diesem etwas entfernt von den andern, was niemand auffiel, wie er glaubte. Als sie annahmen, daß ihre Gefährten eingeschlafen seien, flüsterte Sander seinem Kumpane zu:

»Dieser Kampf mit unsern roten Freunden war das Ungelegenste, was uns kommen konnte. Diese Weißen sind geradezu blind gewesen, daß sie unsre Spiegelfechterei nicht bemerkt haben! Gut, daß die Feuer brannten und die Roten uns erkennen konnten. Besser, viel besser wäre es gewesen, sie hätten mit diesem Ueberfalle bis später gewartet und wären bei unsern Leuten geblieben. Sie konnten doch denken, daß wir nun bald kommen würden.«

»Sie wußten nicht, daß ich dich so schnell getroffen habe,« warf Wolf ein. »Sonderbar, daß wir beide einander so glückliche Botschaft bringen konnten!«

»Ja. Ihr habt endlich, noch dazu in meiner Abwesenheit, das lang gesuchte Lager von Sam Fire-guns Gesellschaft entdeckt, und es ist für uns von größtem Vorteile, daß die Ogellallahs uns bei dem Ueberfalle helfen wollen. Aber grad darum mußten sie ihren heutigen Streich aufschieben. Es wird bei Fire-gun so reiche Beute geben, daß wir uns vom Geschäft zurückziehen können.«

»Ja. Welche Menge von Gold sie zwischen den Big-Horn-Bergen gesammelt haben, das hast du ja als sein lieber ›Neffe‹ von ihm selbst gehört. Und wenn wir dazu die großen Vorräte von Pelzen und Fellen rechnen, die sie angesammelt haben, so kommt eine Beute heraus, wie sie so reich von unsrer Gesellschaft noch nie gemacht worden ist. Dazu das große Glück, daß du mit dem echten Neffen des Colonel zusammengetroffen bist! Hast freilich einen großen Fehler begangen.«

»Welchen?«

»Daß du ihn nicht kalt gemacht hast.«

»Das war freilich eine Schwäche von mir; aber er war so aufrichtig und vertrauensselig; er beantwortete mir alle, alle meine Fragen und gab mir so bereitwillig Auskunft über seine intimsten Familienverhältnisse, deren Kenntnis mir nötig war, wenn ich seine Stelle einnehmen wollte, daß ich schwach wurde und mit seinem Gelde und seinen Papieren davonging, ohne ihm das Leben zu nehmen.«

»Ich an deiner Stelle hätte ihn unschädlich gemacht.«

»Das ist er auch so schon.«

»Er ist dir sicher gefolgt!«

»Nein. Er ist ein Neuling im Lande, hier vollständig unbekannt und – was die Hauptsache ist – hat kein Geld, keinen einzigen Cent mehr. Er ist also hilfloser und verlassener als ein Waisenknabe und kann mir weder folgen noch uns in irgend einer Weise schaden. Die Hauptsache war, daß ich im gleichen Alter mit ihm stehe und daß Sam Fire-gun mich noch nie gesehen hat. Er glaubt es wirklich, daß ich sein Neffe bin.«

»Das ist wahr, mir aber nicht lieb.«

»Warum?«

»Weil wir nun, obwohl wir sein Lager endlich, endlich entdeckt haben, wahrscheinlich von unserm ursprünglichen Plane abweichen müssen.«

»Das Lager zu überfallen? Das ist nun freilich eigentlich nicht mehr nötig, denn als Neffe des Alten bekomme ich alles, was er hat.«

»Und wir andern nichts! Nein, das gebe ich nicht zu. Wir haben uns Monate lang geplagt, das Versteck zu entdecken, und nun es uns gelungen ist, sollen wir verzichten? Nein, nein!«

»Rege dich nicht auf. Wir kommen schon morgen früh ganz nahe an dem Lager unsrer Gesellschaft vorbei, und bis dahin können wir uns ja besprechen.«

»Meinst du, daß Sam Fire-gun diesen Weg einschlagen wird?«

»Ja. Er reitet jedenfalls direkt nach seinem Camp, und da muß er dort vorbei. Horch! Es muß jemand hinter uns im Gebüsch sein!«

Sie lauschten und vernahmen nach einiger Zeit ein leises Rascheln, welches sich von ihnen entfernte.

»Alle Teufel! Wir sind belauscht worden!« flüsterte Sander seinem Kumpane zu.

»Es scheint so,« antwortete dieser ebenso leise. »Aber von wem?«

»Entweder von Fire-gun selbst oder von einem andern. Ich werde gleich erfahren, wer es gewesen ist.«

»Auf welche Weise?«

»Ich schleiche mich zu Fire-gun. Liegt er nicht an seinem Platze, so war er es.«

»Und wenn es ein andrer war?«

»So geht er zu Fire-gun, um ihm zu sagen, was er gehört hat. In beiden Fällen erfahre ich, was ich wissen will. Alle Wetter! Wenn diese Kerls mißtrauisch geworden wären! Bleib still liegen, und warte, bis ich wiederkomme!«

Er dehnte sich lang aus und wand sich durch das Gras behend und unhörbar hinüber nach der Stelle, wo der Colonel sich niedergelegt hatte. Er lag noch dort; aber da kam von der andern Seite leisen Schrittes Dick Hammerdull, bog sich zu ihm nieder, weckte ihn auf und sagte:

»Wacht auf, Colonel; aber seid still, ganz still!«

So leise er gesprochen hatte, Sander lag so nahe und hatte ein so scharfes Gehör, daß ihm kein Wort entgangen war.

»Was ist's? Was giebt's?« fragte Fire-gun.

»Leise, leise, daß die da drüben es nicht hören! Ich habe Euch gesagt, daß ich aufpassen will, Sir. Es fiel mir auf, daß Heinrich Sander und Peter Wolf - verteufelt klapperiger Name für die Zunge eines nicht deutschen Gentleman! - also es fiel mir auf, daß diese beiden sich so entfernt von uns niederlegten. Ich faßte Verdacht und schlich mich hin. Es gelang mir, ganz nahe an sie zu kommen, so daß mein Kopf fast zwischen ihren Köpfen lag, und da hörte ich sie flüstern.«

»Hast du verstanden, was sie sagten?«

»Ob ich sie verstanden habe oder nicht, das ist ganz und gar egal; aber ich hörte, daß dieser Sander der Kapitän einer Bande von Buschkleppern ist.«

»Ah! Wirklich?«

»Ich hatte also recht. Er ist nicht Euer Neffe, und der andre heißt Jean Letrier. Ihre Leute haben unser Lager entdeckt und wollen es überfallen. Sie haben sich sogar mit den Roten verbündet. Sander hat Euren wirklichen Neffen getroffen und ihm alles abgenommen, was er - - - «

Mehr hörte Sander nicht, denn mehr wollte und

brauchte er nicht zu hören; er wußte genug und kroch schleunigst zu seinem Gefährten zurück.

»Wir sind verraten!« raunte er ihm zu. »Nimm dein Gewehr, und folge mir schnell zu unsern Pferden! Aber ganz leise, leise!«

Sie huschten fort, zwischen den Büschen hinaus nach dem kleinen, freien Platze, wo die Pferde angepflockt waren. Sie machten die ihrigen los und zogen sie langsam, sehr langsam fort, damit die Huftritte nicht gehört würden. Als sie sich so weit entfernt hatten, daß sie sich nun sicher fühlten, stiegen sie auf und ritten davon.

»Aber so sag doch endlich, was du erfahren hast!« wurde Sander von Wolf aufgefordert.

»Später, später! Jetzt müssen wir jagen, förmlich jagen, um unsre Leute zu erreichen. In zwei Stunden sind wir dort, um sie zu holen, denn wir müssen diese Kerls noch heut nacht festnehmen. Dieser verdammte Hammerdull hat uns durchschaut; er kennt sogar deinen Namen Jean Letrier!«

»Aber woher doch?«

»Das weiß der Teufel! Vorwärts jetzt, vorwärts!«

Inzwischen hatte Hammerdull dem Colonel alles, was von ihm erlauscht worden war, mitgeteilt. Sie berieten leise miteinander, und Sam Fire-gun kam, trotzdem Hammerdull ihn zum sofortigen Handeln drängte, zu dem Entschlusse:

»Jetzt nicht. Sie sind uns sicher. Du kannst dich leicht verhört haben.«

»Ich verlasse mich auf meine Ohren!«

»Vielleicht haben sie gar nicht von uns und sich, sondern von andern Personen gesprochen.«

»Sie sprachen von Euch, Sir, ganz gewiß von Euch!«

»So müssen wir dennoch bis früh warten. Wenn wir sie jetzt, in dieser Dunkelheit, ins Verhör nehmen, entkommen sie uns. Wir müssen unbedingt warten, bis es hell geworden ist. Da sehen wir ihre Gesichter, ihre Mienen, alle ihre Bewegungen. Sie ahnen doch nicht, daß du sie belauscht hast?«

»Nein.«

»Nun, da ist auch keine Gefahr im Verzuge, und wir können ruhig schlafen. Leg dich auch aufs Ohr!«

Hammerdull wollte noch eine Bemerkung machen, wurde aber fortgewiesen; er legte sich, verdrossen brummend, nieder und schlief trotz seines Aergers sehr bald ein.

Auch die andern schliefen; selbst der stets vorsichtige Winnetou war davon nicht ausgeschlossen. Er hegte die Ueberzeugung, daß kein Ogellallah ihnen gefolgt sei, rechnete aber doch mit der Möglichkeit, daß er sich da irren könne. In diesem Falle war nach dem Gebrauche der Roten auch nicht jetzt, sondern erst gegen Morgen ein Angriff zu erwarten. Darum und weil er der Ruhe unbedingt bedürftig war, schlief er jetzt, wachte aber nach einigen Stunden wieder auf, ging zu seinem Pferde, führte es eine kleine Strecke in der Richtung, aus welcher sie gekommen waren, zurück, ließ es dort frei weiden und setzte sich dabei nieder. Dies that er, weil die Ogellallahs nur aus dieser Richtung zu erwarten waren; Sander und Wolf hatten sich, ohne daß er es wußte, in der entgegengesetzten entfernt. Sein Pferd hatte er nicht am Platze gelassen, sondern mitgenommen, weil es ein besserer Wächter als ein Mensch war.

Die Morgenluft erhob sich; sie wehte von daher, wohin Winnetou seine Aufmerksamkeit zu richten hatte. Da schnaubte sein Pferd. Es war jenes leise, nur aus einem einzigen Atemstoße bestehende Schnauben, womit es auf die Nähe eines verdächtigen Wesens aufmerksam zu machen pflegte. Zu seiner Verwunderung sah er, daß es dabei den Kopf nicht gegen, sondern in der Richtung des Windes, also nach dem Lager hin hielt. Er hatte trotz seines beispiellos scharfen Gehöres von dorther nicht das geringste Geräusch vernommen. Er lauschte.

Da ertönte dort plötzlich ein wüstes Geschrei von vielen Stimmen, nicht das Geheul von Roten, sondern das Gebrüll von Weißen, in englischer Sprache. Er rannte hin, doch nicht ganz. Bei dem Gebüsch angekommen, legte er sich nieder und kroch zwischen zwei Sträucher hinein. Er sah die Gestalten von fast zwanzig Weißen, welche die

Schläfer überfallen hatten und nun im Begriff standen, sie zu binden.

»Winnetou haben wir noch nicht!« rief einer. »Der darf uns nicht entschlüpfen! Wo ist er? Sucht ihn, sucht!«

Das war die Stimme Sanders; Winnetou erkannte sie und wußte sofort, woran er war.

»Uff!« sagte er zu sich selbst. »Ich kann jetzt keinen Beistand leisten, sonst bin ich mit ihnen verloren. Ich muß mich erhalten, um diesen Bleichgesichtern folgen zu können. Howgh!«

Er kehrte eiligst zu seinem Pferde zurück, stieg auf und ritt im Galopp davon, das Beste, was er unter den gegenwärtigen Umständen thun konnte. – – –

Der einstige Indianeragent unterbrach hier seine Erzählung, welcher alle Zuhörer mit großer Spannung gefolgt waren. Ich selbst war Zeuge von einigen Eisenbahnüberfällen durch Indianer gewesen, und obgleich sie dem jetzt erzählten alle ähnlich waren, hatte ich der Geschichte nicht weniger Aufmerksamkeit gewidmet, als die andern Gäste der Mutter Thick. Sam Fire-gun, Dick Hammerdull und Pitt Holbers waren mir sehr wohlbekannte Persönlichkeiten, und ich wußte, daß sie dieses Ereignis ähnlich so, wie es erzählt wurde, erlebt hatten.

Die Anwesenden ließen Ausrufe der Befriedigung, der Anerkennung hören und baten den Erzähler, ihre Neugierde nicht auf die Folter zu spannen, sondern schnell fortzufahren.

»Nicht wahr, so etwas hört sich leicht an?« fragte er. »Aber dem, der es mitmacht, fällt es nicht so leicht!«

»Waret Ihr denn dabei?« fragte einer der mit an seinem Tische Sitzenden.

»Bisher nicht. Was ich bis jetzt erzählt habe, das habe ich so gebracht, wie es mir später erzählt worden ist. Das aber, was nun kommt, habe ich selbst mit erlebt. Und dabei kommt genau ebenso ein Detektive vor wie in der Geschichte, die wir vorhin gehört haben. Das ging nämlich folgendermaßen zu:

Ich ging damals mit einigen tüchtigen Leuten, die mich schon oft begleitet hatten, den Arkansas hinauf, weil ich als Indianeragent zu den Cheyennes mußte. Dabei kam ich auch nach Fort Gibson und in den Laden des Irländers Winklay, der mich sehr gut kannte. Wir waren die einzigen Gäste im Hause und saßen eben beim Essen, als wir draußen Pferdegetrappel und eine laut räsonnierende Stimme hörten. Wir gingen an die Fenster und sahen hinaus. Es gab da drei Reiter, welche soeben angekommen waren.

Der eine von ihnen war von schmächtiger Gestalt und fein gekleidet. Sein Gewehr, sein Revolver und sein Bowiemesser paßten wohl besser in den Westen als er selbst, der jedenfalls ein Gentleman war. Der zweite war ein hübscher, kräftiger, blonder Boy, dem ich sofort den Deutschen vom Gesicht ablas. Der dritte war derjenige, welcher so laut räsonnierte. Er saß auf einem widerspenstigen Dakota-Traber, der ihm viel zu schaffen zu machen schien.

Von hoher, breiter und außergewöhnlich muskulöser Figur, trug er einen Hut auf dem glattgeschorenen Kopfe, dessen ungeheure Krempe hinten weit über den Nacken herunterschlappte, während ihr vorderer Teil über dem Gesichte einfach weggeschnitten war. Den Leib bedeckte ein kurzer, weiter Sackrock, dessen Aermel kaum bis über die Ellbogen reichten und erst die Aermelteile eines sauber gewaschenen Hemdes, dann die braun gebrannten Vorderarme und endlich zwei Hände sehen ließen, die einem vorsündflutlichen Riesentiere anzugehören schienen. Die Beine staken in einem Paar ebenso weiter Hosen von leichtem Zeuge, unter denen zwei Stiefel sichtbar wurden, deren Leder aus dem Rücken eines Elephanten herausgeschnitten sein mußte.

Der Mann sah in dem alten Hute, dem moosgrünen Rocke und den gelben Hosen einer Maskenballfigur ähnlich.

Er wollte aus dem Sattel steigen, aber sein Pferd schien damit nicht einverstanden zu sein; es ging mit allen vieren in die Luft.

»*Have care* - Achtung - *attention* - hopp, du falscher Rakker!« schrie er es zornig an, indem er ihm mit der gewaltigen

Faust einen Hieb zwischen die Ohren versetzte. »Da hast du eins, wenn du meinst, daß der Peter Polter ein Seiltänzer sei oder ein ähnliches halsbrecherisches Individuum! Wirft mir die Bestie den Schwanz in die Höhe wie die Sternflagge eines Dreimasters und schlägt mit dem Gehör um sich, als wolle sie Seekrebse damit fangen! Hätte ich dich nur zwischen Vor- und Mittelmast eines guten Oceaners, so wollte ich dir zeigen, was ein Steuermann zu bedeuten hat! *Grace à dieu - heigh-day*, da ist ja die Kabine, in der Master Winklay, der Irishman, vor Anker liegt. Herunter von der Raae, Peter Polter; und du, Teufelsgaul, dich werde ich hier mit dem Riemen an die Fenzlatte sorren, damit dich die Strömung nicht hinaus in die See treibt! Steigt ab, Master Treskow und Herr Wallerstone, wir sind im rechten Hafen!«

Sie stiegen ab und banden draußen ihre Pferde an. Er trat mit weit auseinander gespreizten Beinen auf, als habe er vom Reiten die Seekrankheit bekommen, und schob sich dann vorsichtig durch den Flur und die offenstehende Thür in den Boarraum des Irländers.

»*Good day*, alter Marsgast!« grüßte er diesen. »Schaff' etwas Nasses zur Stelle, sonst segle ich dich über den Haufen, so liegt mir der Durst in der Kehle!«

Die beiden andern zeigten weniger Redseligkeit; sie nahmen schweigend Platz und überließen ihrem Gefährten die Einleitung zu dem beabsichtigten Gespräch.

»*Helà, my good Haggler*, kennst du den Peter Polter noch?« fragte dieser.

Der Wirt zog sein Gesicht in schmunzelnde Falten und antwortete:

»Kenn' dich schon noch. Wer so trinken kann wie du, den vergißt man nicht so leicht!«

»*Well done - bon!* Hätte dir aber einen solchen Merks kaum zugetraut! Weißt noch, als ich mit Dik Hammerdull, Pitt Holbers und noch einigen hier Abschied trank und doch zwei Tage länger warten mußte, weil die andern gar nicht wieder aufwachen wollten?«

»*Yes, yes*, das war ein ›*Drink*‹, wie ich noch keinen erlebt hatte und wohl auch keinen wieder mitmachen werde. Wo bist du denn herumgestiegen?«

»Bin nach dem Osten und zur See, habe hierhin geguckt und dorthin und will nun wieder auf eine Woche oder zwei zum alten Fire-gun. Ist doch noch zu haben, der alte Trapper, he?«

»Meine es! Den löscht so leicht kein Indsman aus, und die bei ihm sind, wissen sich und ihn zu halten. Dick Hammerdull ist hier gewesen vor nicht gar langer Zeit; der lange Pitt war auch bei ihm. Sind dann fortgegangen und auf die Roten gestoßen, wie ich mir denke. Man sagt, die Ogellallahs hätten einen Zug überfallen und von Sam Fire-gun und Winnetou eine gute Portion Blei und Eisen erhalten.«

»Winnetou? Ist der Apatsche auch wieder zu haben?«

Der Irländer nickte.

»Freilich; war sogar hier bei mir und hat mich bei der Gurgel gehabt, daß mir beinahe der Atem ausgegangen ist.«

»*Alas*, alter *friend*, bist ihm wohl quer durch den Kurs gerudert?«

»War so etwas! Kannte ihn nicht und wollte ihm keine Munition verkaufen, kam aber da verdammt an den Unrechten. Willst du Bill Potter sehen?«

»Bill Potter? Ist er hier an Bord?«

»Meine es! Ist nur ein wenig in den Wald gegangen und hat sein Pferd hinter dem Hause stehen.«

»*Lack-a-day*, das paßt sich gut! Wie segelt er, von oder zu dem Colonel?«

»Zu – zu ihm; ist einige Zeit da unten in Missouri gewesen, wo er Verwandte hat, und will nun wieder hinauf nach den Bergen.«

»Wann macht er sich an die Ankerwinde?«

»Wie? Rede doch so, wie einem ehrlichen Manne der Schnabel gewachsen ist. Wer soll denn dieses schauderhafte Zeug verstehen?«

»Bist ein *dull-man*, ein Dummkopf, wie er im Buche steht, und wirst auch einer bleiben! Wann er fortgeht von hier, meine ich!«

»Kann es nicht sagen, wird aber nicht in alle Ewigkeit hier liegen bleiben.«

»Hat er abgesattelt?«

»Nein.«

»So wird er sich vielleicht noch heut in die Ruder legen und wir machen mit!«

Der Wirt schien wirklich sehr freundschaftliche Gesinnungen für den originellen Kauz zu hegen, denn der sonst so schweigsame und zurückhaltende Mann hatte sich wohl seit Jahren zu keinem so langen Gespräche herbeigelassen, wie das gegenwärtige war.

Jetzt machte sich der Feine zu einer Frage bereit. Er griff in die Tasche und zog eine Photographie hervor.

»Wollt Ihr mir nicht sagen, ob vor kurzem bei Euch zwei Männer vorgesprochen haben, zwei Deutsche, Master Winklay, die sich Heinrich Sander und Peter Wolf nannten?«

»Heinrich Sander – Peter Wolf? Hm, ich will mein ganzes Schießpulver verschlucken und eine Portion Schwamm und Feuerzeug dazu, wenn das nicht die beiden Greenhorns waren, die zu Sam Fire-gun wollten!«

»Wie sahen sie aus?«

»Grün, sehr grün, Mann; mehr kann ich nicht sagen. Der eine – Heinrich Sander glaube ich, war es – machte uns den Spaß und ging mit seiner Mückenflinte dem dicken Hammerdull zu Leibe, wurde aber ganz gehörig heimgeschickt. Ich glaube, Dick hätte ihm einige Zoll Eisen zu kosten gegeben, wenn er nicht gesagt hätte, daß der Colonel sein Oheim sei.«

»Gefunden!« meinte der Fremde freudig. »Wo sind die beiden dann hin?«

»Fort mit dem Langen und Dicken, hinaus in die Savanne. Mehr weiß ich nicht.«

»Seht Euch doch einmal dieses Bild hier an, Master! Kennt Ihr den Mann?«

»Wenn das ein andrer ist, als der Heinrich Sander, so sollt Ihr mich auf der Stelle teeren und federn!«

Dann aber trat er, wie unter einem plötzlich in ihm auftauchenden Gedanken, um einen Schritt zurück und fragte in zurückhaltendem Tone:

»Sucht Ihr den Mann, Sir?«

»Warum?«

»Hm! Ein Westmann trägt niemals so ein Konterfei mit sich herum, und Ihr seht - seht so nett und sauber aus, daß - daß - -«

»Nun, daß - -«

»Daß ich Euch einen guten Rat geben möchte!« verbesserte er den beabsichtigten Satz.

»Welchen?«

»Was hier bei mir vorgeht, das kümmert mich nichts; so lange man mir meine guten Hausrechte läßt. Ich frage niemanden und antworte auch keinem. Euch aber habe ich Rede gestanden, weil Ihr mit Peter Polter gekommen seid, sonst hättet Ihr nichts von mir erfahren. Aber zeigt niemand das Bild wieder vor, und erkundigt Euch nicht eher nach irgend wem, als bis Ihr ein wenig mehr nach der Savanne ausseht, denn sonst - sonst - -«

»Weiter! Sonst -?«

»Sonst hält man Euch gar für einen Policemann, für einen Detektive, und das ist oft sehr schlimm. Der Westmann braucht keine Polizei; er richtet selber, was es zu richten giebt, und wer sich da hineinmengt, den weist er mit dem Bowiekneif zurück!«

Der Feine wollte eben antworten, da aber öffnete sich die Thür, und ein Mann trat ein, bei dessen Anblick Peter Polter sich mit lautem Zurufe erhob.

»Bill Potter, alter Swalker, bist du's wirklich? Komm her und trink; ich weiß noch ganz genau, daß deine kleine Kehle ein ganz verteufelt großes Loch ist!«

Der Angeredete war ein winziges, dürftiges Männlein, an dessen Körper sich kaum ein halbes Pfund Fleisch vermuten ließ. Er sah den Sprecher verwundert an, wobei sich sein kleines Gesichtchen in hundert lachende Falten und Fältchen legte.

»Bill Potter –? Swalker –? – trinken –? großes Loch –? Hihihihi, wo hab' ich nur den Kerl gesehen, der mir so bekannt vorkommt!«

»Wo du mich gesehen hast? Hier, natürlich hier. Streng nur dein Gehirnchen ein bißchen an!«

»Hier? Hm! Kann mich doch nicht gleich besinnen. Bin so oft hier gewesen und mit so verschiedenen Männern, daß ich den einzelnen nicht so schnell aus dem Haufen finden kann. Wie klingt dein Name, he?«

»Donnerwetter, hat der kleine Junge hier bei Master Winklay an meiner Seite gesessen und dabei getrunken, daß er zwei Tage lang mit keinem Finger wackeln konnte, und fragt mich jetzt, wie mein Name klingt! Und noch dazu bin ich mit ihm in den Bergen gewesen, wo wir bei Sam Fire – – «

»Stopp, Alter! Hihihihi, jetzt kenne ich dich!« fiel ihm der Kleine hier in die Rede. »Heißest Peter Folter oder Molter, oder Wolter, oder – – «

»Polter, Peter Polter, zuerst Hochbootsmannsmaat auf ihrer englischen Majestät Kriegsschiffe Nelson und dann Steuermann auf dem Vereinigten-Staaten-Klipper ›Swallow‹, wenn du dir es merken willst! Sodann wurde ich ein wenig Westmann und bin – – – «

»Weiß – weiß – weiß! Bist ja mit bei uns gewesen und hast mir zu guter Letzt beinahe noch den Tod an den Hals getrunken. Hihihihi, hast eine Gurgel, wie ich noch keine gesehen habe, und kannst trinken wie – wie – wie der alte Vater Missisippi selber. Wo warst du denn nachher, und wo willst du hin?«

»War ein weniges in der Welt herum, und will jetzt wieder zu euch, wenn es dir recht ist.«

»Zu uns? Weshalb?«

»Diese Gentlemen hier haben mit eurem Kapitän oder Colonel zu reden. Wird er auch daheim zu finden sein?«

»Denke es. Wann wollt ihr fort von hier?«

»So bald als möglich. Reitest doch mit, he?«

»Möchte schon, wenn ihr mich nicht zu lange warten laßt!«

»Je eher, desto lieber ist es uns. Iß und trink, alter Schießprügel, und dann mag es vorwärts gehen!«

Ihr könnt euch denken, Mesch'schurs, daß mich diese sonderbaren Männer und Gestalten lebhaft interessierten. Ich hätte gern näheres über sie erfahren, doch ist es im Westen nicht immer geraten, neugierige Fragen auszusprechen. Von Peter Polter hatte ich einmal gehört. Er war, ganz nur zum Zeitvertreib, den Arkansas heraufgekommen und hatte hier bei Winklay die Bekanntschaft einiger Trapper gemacht, denen es ein Spaß gewesen war, den eigentümlichen Kerl mit in die Prairie zu nehmen. Er hatte sich da gar nicht übel benommen und trotz manchen Ulkes, der von ihm losgelassen war, sogar die Teilnahme Old Fire-guns gewonnen. Man hatte ihm trotz seiner Schrullen gut sein müssen und ihn dann, als er wieder nach dem Osten ging, nur ungern fortgelassen.

Jetzt saßen die vier Männer essend und trinkend in meiner Nähe, und ich hörte, daß der Feine den Wirt leise fragte, wer ich sei. Als er Auskunft erhalten hatte, drehte sich Peter Polter, der mit dem Rücken nach mir saß, zu mir um und sagte:

»Ich höre, daß Ihr Indianeragent seid, Sir. Kommt Ihr von den Roten, oder wollt Ihr hin?«

»Ich will hin, Mr. Polter,« antwortete ich.

»Allein?«

»Nein. Diese Boys hier begleiten mich.«

»Den Arkansas aufwärts?«

»Auch nicht. Wir wollen zunächst in die Berge zu Sam Fire-gun reiten.«

»*Halloo!* Da haben wir ja gleichen Weg! Wollt Ihr mit uns?«

»Ganz gern.«

»So habt die Güte, Euch hier an unsrem Tische vor Anker zu legen! Als Indianeragent seid Ihr ein Gentleman, der den Westen kennt und dem wir Vertrauen schenken können. Wenn Ihr mit uns reitet, müßt Ihr wissen, weshalb wir hier sind und was wir bei Sam Fire-gun wollen. Also kommt herüber und staut Euch fest bei uns!«

Ich setze mich zu ihnen und erfuhr nun folgendes: Derjenige von den dreien, nämlich der Blonde, den ich sogleich für einen Deutschen gehalten hatte, war unten in Van Buren mit einem gleichalterigen Manne zusammengetroffen, der ebenso wie er nach dem Westen wollte; er hatte Wohlgefallen an ihm gefunden und ihm in unvorsichtigem Vertrauen alle seine Verhältnisse und Absichten mitgeteilt. Beide hatten zwei Tage lang zusammen gewohnt und in demselben Zimmer miteinander geschlafen; als Heinrich Wallerstein, denn dieser war es, am dritten Morgen erwachte, war sein neuer Bekannter fort, aber nicht allein, denn er hatte während der Nacht alle Taschen Wallersteins ausgeleert und nicht nur seine Legitimationen und Briefe, sondern auch sein ganzes Geld, seine Uhr und was sonst noch Wert hatte, mitgenommen. Wallerstein war von allen Mitteln entblößt, konnte also nicht weiter, konnte nicht einmal den Wirt bezahlen und wendete sich in seiner Aufregung an die Polizei, deren Bescheid in einem mitleidigen Achselzucken bestand. Als er enttäuscht in sein Gasthaus zurückkehrte, machte ihn der Wirt auf einen Fremden aufmerksam, der eben angekommen war und ihn vielleicht irgendwie unterstützen werde, weil er auch ein Deutscher sei. Dieser Mann war Peter Polter, der Steuermann, der jetzt wieder nach dem Arkansas kam, um sich abermals das Vergnügen zu machen, den Westmann zu spielen. Kaum hörte der brave Seebär von der Not, in welcher sich Wallerstein befand, so war er zu aller möglichen Hilfe bereit, und als er gar das Nähere erfuhr und daß Sam Fire-gun der Oheim Wallersteins sei, da war er ganz entzückt über seinen neuen Bekannten und versprach, den Neffen so schnell wie möglich zu Old Fire-gun zu bringen; denn daß der Dieb auch zu diesem sei, um sich für seinen Neffen auszugeben, daran war nicht zu zweifeln. Eben bestimmten die beiden, daß sie sogleich aufbrechen wollten, als ein Herr eintrat und sich bei dem Wirte nach dem bestohlenen Mr. Wallerstein erkundigte. An diesen gewiesen, brachte er eine Photographie zum Vorschein, zeigte sie ihm und fragte ihn, ob er den Mann kenne; es war das Bild des Diebes. Dieser war ein von der Polizei schon längst und mit Eifer gesuchter Gauner, Fälscher und Betrüger, dessen Spur vor einem halben Jahre nach dem Arkansas geführt hatte, dann aber nicht weiter zu verfolgen gewesen war. Vorgestern sollte er hier in Van Buren wieder gesehen worden sein, und wenn Wallerstein vorhin von der Polizei kurz abgewiesen worden war, so hatte diese doch gleich nach seinem Fortgange das Wiederauftauchen des Verfolgten mit dem neuen Diebstahle in Verbindung gebracht und einen ihrer Beamten mit der Photographie hergeschickt. Dieser Beamte war ein geborener Deutscher, Namens Treskow, der feine Gentleman, den ich vorhin erwähnt habe. Die Unterredung zwischen ihm, Wallerstein und Peter Polter hatte zur Folge, daß der Polizist sich für kurze Zeit entfernte und dann mit der Nachricht zurückkehrte, daß er mit ihnen nach Fort Gibson fahren und dann zu Sam Fire-gun reiten werde, um dem Originale seiner Photographie einen amtlichen Besuch abzustatten. So kamen diese drei nach dem Store und Boardinghouse des Irländers Winklay.

Wie hochinteressant mir diese Angelegenheit war, das läßt sich denken. Ich freute mich, der Begleiter dieser Leute sein zu können, und da sie es sehr eilig hatten, so wurde baldigst aufgebrochen.

Der Weg, den wir einzuschlagen hatten, war ganz genau derselbe, den Dick Hammerdull mit seinen Begleitern vorher geritten war, doch konnten wir ihre Spuren allerdings nicht mehr erkennen.

Peter Polter, der Steuermann, war diesen Weg auch schon geritten, vermochte aber nicht, sich genau auf ihn zu besinnen. Bill Potter erwies sich als ein desto besserer und ausgezeichneter Führer. Das kleine, so zart und schwächlich scheinende Männchen entwickelte einen Scharfsinn, eine Ortskenntnis, eine Ausdauer und Beweglichkeit, welche ihm unser aller Vertrauen gewann.

Wir beeilten uns natürlich so viel wie möglich; aber Wallerstein und Treskow waren keine guten Reiter, und dem Steuermanne machte sein Dakota-Traber soviel zu schaffen, daß er aus dem Aerger gar nicht herauskam. So hatte der Ritt schon einige Tage gedauert, als wir den Schienenstrang der Bahn erreichten, an welchem der Ueberfall der Ogellallahs stattgefunden hatte. Es war am frühen Morgen, als Bill Potter plötzlich sein Pferd anhielt und aufmerksam in die Ferne schaute.

»Schaut, Mesch'schurs,« rief er, indem er mit dem Arme vorwärts deutete. »Schaut dort in die Luft und dann nieder auf die Erde! Dort oben fliegen die Totengräber[1], und unten sitzen die Coyotes[2] in der Nähe des Geleises. Dort hat irgend wer den letzten Stich oder die letzte Kugel erhalten. Wollen hoffen, daß es kein Weißer, sondern eine Rothaut gewesen ist, hihihihi. Kommt, laßt uns einmal nachsehen!«

Wir setzten unsre Pferde in Trapp und gelangten auf den Kampfplatz. Die Leichen der Erschlagenen lagen, von Geiern und Wölfen ihres Fleisches beraubt, noch da, wie sie gefallen waren. Die Bahnzüge waren vorübergesaust, ohne daß deren Insassen die Stätte beachtet hatten. Potter untersuchte jede Kleinigkeit genau.

»*Lack-a-day*,« meinte er endlich; »hier hat ein fürchterlicher Kampf stattgefunden. Seht ihr diese Schienen hier? Sie sind repariert worden. Die roten Halunken haben den Zug überfallen wollen, sind aber von den Weißen daran verhindert worden. Es waren die Ogellallahs; ich sehe es an der Tätowierung. Und diese zerspaltenen Schädel – einen solchen Hieb vermag nur der Colonel, Sam Fire-gun, zu führen. Dick Hammerdull ist dabei gewesen und Pitt Holbers auch. Hier haben sie gestanden, wie gewöhnlich Rücken an Rükken; ich sehe es an den Fußspuren, die tief in die Erde gegraben sind. Dort haben die Feuer gebrannt; da drüben hatten die Indianer ihre Pferde angepflockt – seht ihr die Löcher im Boden? Hihihihi, diese Fußtapfen sollte ich wohl kennen! Ich lasse mir vom ersten besten Grizzly die Hirnschale einbeißen, wenn das nicht der Colonel war mit Dick Hammer-

[1] Aasgeier.

[2] Schakals, Savannenwölfe.

dull und Pitt Holbers und - und - wahrhaftig, das ist kein andrer gewesen als Winnetou, der Häuptling der Apatschen!«

Wir mußten über den Scharfsinn und die Sicherheit erstaunen, mit welcher der kleine Jäger aus den verworrenen und schon vielfach verwischten Spuren seine Schlüsse zog. Nachdem er alle vorhandenen Spuren genau betrachtet hatte, kam er zu dem Bescheid:

»Die Weißen haben die Richtung nach dem *Hide-spot* eingeschlagen, doch will ich wetten, daß die Indsmen sich gesammelt haben und sie nun verfolgen. Das beste ist, Mesch'schurs, wir bleiben auf der Spur!«

Wir stimmten bei und trabten dann munter hinter dem Kleinen her.

»*Behold*,« rief er nach Verlauf von kaum einer halben Stunde, »habe ich nicht recht gehabt? Hier sind zwei Trupps Pfeilmänner von rechts und links gekommen. Sie haben den Kampfplatz umritten, um die Richtung zu finden, in welcher die Weißen fortgegangen sind, und sich hier vereinigt, um ihnen zu folgen. Der Sand behält die Spuren lang, so daß ich vermute, sie haben einen Vorsprung von mehreren Tagen. Doch sind unsre Pferde gut, und sie haben jedenfalls Verwundete bei sich, die einen schnellen Ritt nicht vertragen können. Wir holen sie noch ein, ehe sie das Lager Fire-guns erreichen.«

Wieder ging es vorwärts, nicht bloß Stunden, sondern Tage lang und immer auf der aufgefundenen Spur, die bald deutlich erkennbar war, bald sich wieder auf dem harten Gestein oder im weichen Grase verlor, stets aber von Bill Potter wiedergefunden wurde.

So gelangten wir in jene Gegend, wo der Arkansas-River einen weiten Bogen nach den Smoky Hills beschreibt und zahlreiche Bäche ihm von den Bergen herab entgegenströmen.

Die offene Prairie ging durch weit ausgebreitetes Gebüsch nach und nach in den hochstämmigen Urwald über, und der Führer unsrer Gesellschaft wurde von Minute zu Minute vorsichtiger, da die Spur, welcher wir folgten, sich immer jünger zeigte und wir hinter jedem Baume auf einen der Wilden stoßen konnten.

Da plötzlich hielt Bill Potter an und unterwarf den weichen, moosigen Boden einer sehr sorgfältigen und genauen Prüfung.

»Wahrhaftig, hier kommen die Spuren weißer Männer aus dem Walde. Sie sind mit den Wilden zusammengetroffen, ohne daß ein Kampf stattgefunden hat. Seht her, hier in diesem Kreise haben die beiden gegenseitigen Anführer gestanden und miteinander verhandelt; dann ist das Calummet, die Friedenspfeife, herumgegangen; ihr seht es hier an dem kleinen Rest von Punks[1], der halb verkohlt am Boden liegt. Es ist jedenfalls eine Schar Bushhawkers[2] gewesen, die sich mit den Roten vereinigt hat, um unser Lager ausfindig zu machen, es zu überfallen und sich in die Beute zu teilen.«

»*Mille tonnere* – Millionen-Schock-Backborddonnerwetter,« fuhr Peter Polter auf; »da werde ich einmal mit diesen meinen guten Fäusten dreinfahren, daß die Weißen rot und die Roten vor Schreck weiß werden! Wenn mich die Luft nicht trügt, so haben wir gar nicht mehr weit zu segeln, um in dem Lager vor Anker zu gehen. Aber was thun wir hier mit unsern vierbeinigen Fahrzeugen? Ich habe das meinige satt bis an den Hals herauf; es schüttelt und schlingert mich hin und her, daß mir der Verstand im Kopfe wehe thut und meine zweihundertachtunddreißig Knochen alle einzeln hinunter in die Stiefeln rutschen!«

Potter lachte über dieses klägliche Lamento des wackeren Seemannes und antwortete:

»Will's gern glauben, Master; du sitz'st ja auch zu Pferde, als solltest du zu Eierkuchen verbacken werden! Die Tiere können wir allerdings nicht weiter mitnehmen; sie sind uns hinderlich. Aber ich weiß einen Ort, wo wir sie verstecken können, ohne daß ein Indsman sie zu finden vermag. Kommt, Mesch'schurs!«

[1] Prairiefeuerzeug.

[2] Buschklepper.

Er wandte sich seitwärts in den Wald. Nach vieler Mühe, welche uns das Durchdringen des dichten Unterholzes bereitete, gelangten wir auf eine kleine, freie und tief versteckte Blöße, auf welcher wir die Pferde anhobbelten. Dann kehrten wir zu der Stelle zurück, wo wir die Spur verlassen hatten.

Wir folgten derselben weiter, und zwar mit außerordentlicher Vorsicht und Behutsamkeit, das Bowiemesser gelokkert und die Büchse im Anschlage zum Schusse bereit. Da plötzlich hielt Potter still und lauschte.

»Horcht, ihr Männer! Klang das nicht wie das Schnauben eines Pferdes?«

Auch die andern hielten die leisen Schritte an und horchten in die tiefste Stille des Urwaldes hinein. Ein leises Wiehern erklang von der Seite her.

»Entweder haben sie sich dort gelagert, oder die Tiere zurückgelassen, um schneller vorwärts zu kommen. Das verteufelte Viehzeug wird uns wittern und verraten. Wir müssen ihnen den Wind abgewinnen!«

Er legte sich zur Erde und bewegte sich kriechend in einem weiten Bogen. Die andern folgten seinem Beispiel. Nach einiger Zeit gab er uns ein Zeichen, alles Geräusch zu vermeiden, und deutete zwischen die Büsche hindurch nach einem freien Platze, der vor uns lag. Dort weideten gegen dreißig Pferde, bewacht von zwei Indianern.

»Seht ihr die roten Halunken, Mesch'schurs? Ich hätte große Lust, sie mein Messer fühlen zu lassen und die Pferde in alle Winde zu jagen, hihihihi. Aber es geht nicht. Wir dürfen uns nicht verraten. Vorwärts; wir müssen so bald als möglich an sie kommen, aber nicht auf der Fährte, sondern von der Seite!«

Der kleine Mann wand sich mit der Geschicklichkeit und Geräuschlosigkeit einer Schlange durch das Dickicht. Der Weg war ein furchtbar beschwerlicher. Stunden vergingen; der Abend begann unter den hochgewölbten Baumkronen eher zu dunkeln, als draußen in der offenen Prairie, und es wurde immer schwerer, die eingeschlagene Richtung einzuhalten. Da hob Potter den Kopf und sog mit weitgeöffneten Nüstern die Luft ein.

»Das riecht nach Brand und Rauch. Sie haben Lager gemacht. Vorwärts, aber leise, leise, denn wir sind jetzt ganz nahe bei ihnen!«

Das Unterholz war jetzt gewichen, und die gigantischen Stämme ragten frei, wie die Säulen eines gewaltigen, grünbedachten Tempels, zu der dichten Kronendecke empor. Wir Männer krochen von einem Baum zum andern auf dem Bauche und suchten dann stets hinter den dicken Baumstämmen so lange Deckung, bis wir uns überzeugt hatten, daß man uns nicht bemerkt habe und unsere nächste Umgebung noch frei von Gefahren sei.

So gelangten wir an den Rand eines Gutter, wie der Hinterwälder die rißartigen Vertiefungen nennt, welche, lang, schmal und tief geschnitten, sich oft im dichtesten Urwalde zeigen. Potter schob vorsichtig den Kopf vor und blickte hinab. Grad unter uns, in einer Tiefe von ungefähr vierzig Fuß brannte ein Feuer, um welches wohl um die fünfzig rote und weiße Männer saßen, während seitwärts von ihnen und von ihren scharfen Blicken bewacht, drei Gestalten lagen, die an Händen und Füßen gebunden waren. Es hatten sich also mit der weißen Gesellschaft des ›Kapitäns‹ nicht alle Ogellallahs vereinigt, die dem Kampfe entronnen waren.

»*At length*, da haben wir sie!« meinte der kleine Trapper. »Und sie ahnen nicht, daß sie von oben so prächtig beguckt werden, hihihihi! Aber wer sind denn die drei Leute dort? Schiebt euch ein wenig weiter vorwärts, Mesch'schurs, bis dort zu den Farnkrautbüscheln; da können wir die Gesichter sehen!«

Ein dichtes Farngesträuch trat bis an den Rand des Gutter heran und gestattete uns, so vollständig uns hier zu verbergen, daß wir unmöglich gesehen werden konnten.

»*Zounds*,« flüsterte Potter, als er jetzt den Blick wieder hinabwarf, »es ist der Colonel mit Pitt Holbers und Dick Hammerdull, die sie überfallen und gefangen genommen haben!«

»Der Colonel?« fragte der Steuermann, indem er den Kopf zwischen die breiten Blätter hindurchsteckte; »*heavens* - *vraiment* - wahrhaftig! Soll ich hinunterspringen und ihn mit meinen beiden Fäusten aus der Patsche herausfischen, Bill?«

»Warte noch ein wenig, Alter; wollen erst sehen, was da eigentlich vorgehen soll! Siehst du nicht, daß die Schufte sich nur so eng zusammengethan haben, um über das Schicksal der Gefangenen zu beraten? Dort der schwarzbärtige Jäger führt den Vorsitz; die Ogellallahs leiden das; ihr Häuptling muß also dort an der Bahn mit gefallen sein. Schaut, jetzt sind sie fertig, und der Anführer erhebt sich!«

Es war so, wie er sagte. Einer von den weißen Jägern, der allem Anscheine nach den Anführer machte, war aufgestanden und zu den Gefangenen getreten. Er löste die Fesseln, welche ihre Füße umschlungen hielten, und gab ihnen einen Wink, sich zu erheben. Als ich den Blick schärfer auf ihn warf, erkannte ich in ihm das Original von der Photographie, welche Treskow besaß. Er gebot den Gefangenen in befehlendem Tone:

»Steht auf, und vernehmt, was über euch beschlossen ist!«

Die drei Männer folgten dieser Aufforderung.

»Ihr seid Sam Fire-gun, der Anführer der Jäger, die hier im Walde ihr verborgenes Lager haben?«

Der Angeredete nickte zustimmend.

»Ihr habt Matto Sih, den Häuptling dieser braven *redmen*, erschlagen?«

Ein gleiches Nicken war die Antwort.

»Man sagt, daß Ihr viel Gold von den Bergen herab in Euer Versteck geschafft habt. Ist das wahr?«

»Sehr viel!«

»Und daß Ihr mehrere Tausend Biberfelle in Eurem Verstecke liegen habt?«

»*Well,* Master, Ihr seid gut unterrichtet.«

»So hört, was ich Euch zu sagen habe: Diese roten Männer verlangen Euren Tod. Ich habe ihnen denselben zwar zugestanden, aber sie verstehen unsre Sprache nicht, und ich will Euch daher einen Vorschlag machen.«

»Redet!«

»Ihr führt uns in Euer Versteck, gebt uns das Gold und die Häute und seid dann frei!«

»Ist das alles, was Ihr von uns wollt?«

»Alles. Entscheidet schnell!«

»Ihr scheint verteufelt wenig von Sam Fire-gun gehört zu haben, Master, daß Ihr mir einen so albernen Vorschlag machen könnt. Ihr habt Euch mit den roten Schuften, die Ihr also an Schurkerei noch übertrefft, nur verbunden, um meines Goldes willen – ein Weißer mit Roten gegen Weiße; verdammt soll Eure Seele sein für diese Schlechtigkeit in alle Ewigkeit! Oder haltet Ihr mich wirklich für so dumm, zu glauben, daß Ihr uns frei lassen werdet, wenn Ihr habt, was Ihr begehrt?«

»Ich halte mein Wort, verbitte mir aber alle weitere Beleidigung!«

»Das macht einem Greenhorn weis, aber nicht mir! Ihr wißt nur zu gut, daß ich meine Freiheit nur benutzen würde, um Euch vor die Büchse zu bekommen und den Raub wieder abzunehmen. Schießt uns nieder, wenn Ihr das Herz dazu habt!«

Vielleicht wußte Sam Fire-gun, weshalb er so mutig reden durfte. Sein Auge hatte, während er sprach, sich zum Rande der Schlucht erhoben, denselben mit einem blitzschnellen und scharfen Blicke gemustert und sich dann ebenso rasch wieder gesenkt. Ein kaum bemerkbares befriedigtes Lächeln glitt um seine Lippen.

Dieser Blick war dem aufmerksamen Polizistenauge Treskows nicht entgangen; er sah hinüber nach der Stelle, wo das Auge des Colonels zuletzt gehangen hatte, und fuhr unwillkürlich zusammen.

»Schaut da hinüber,« flüsterte er Bill Potter zu, welcher neben ihm lag; »ich sehe den Kopf eines Wilden!«

Der Angeredete folgte der Weisung und flüsterte dann:

»*Good lack*, das ist bei Gott Winnetou, der Apatsche!

Dachte ich es doch, daß er mit bei dem Colonel gewesen ist! Er wurde nicht mit gefangen und ist ihnen gefolgt, um sie zu befreien. Ich muß ihm unser Zeichen geben!«

Er nahm ein Blatt an die Lippen und ließ das Zirpen der amerikanischen Grille vernehmen. Dieser Laut konnte den Feinden unmöglich auffallen, da diese Art von Heimchen sich sehr oft hören läßt. Winnetou aber warf einen erstaunten Blick herüber und war dann verschwunden. Auch die drei Jäger hatten aufgehorcht, verrieten sich aber nicht durch die geringste Bewegung ihrer Mienen.

»Schießen?« fragte der Kapitän, die Achsel zuckend. »Was bildet Ihr Euch ein! Ich muß Euch den Indsmen übergeben, und die werden Euch an den Marterpfahl binden. Euer Gold und die Felle bekommen wir trotzdem. Es müßte doch mit dem Teufel zugehen, wenn wir nicht eine Spur von Euren Leuten entdeckten. Also nehmt Verstand an, Master, und sagt Ja!«

»Fällt mir nicht ein! Ich mag nichts, auch das Leben nicht, von einem Manne geschenkt haben, der seine Brüder hinterrücks überfällt und an die Feinde verkauft, von einem Manne, der sich für meinen Neffen ausgiebt und uns dann überfällt. Ihr seid ein Halunke, Master, merkt Euch das!«

»Wahrt Eure Zunge, sonst hole ich sie mit meinem Messer heraus, noch ehe ich Euch den Roten übergebe!«

»Beweist, daß Ihr besser seid, als ich denke! Gebt uns die Waffen zurück und laßt uns kämpfen, drei gegen fünfzig, wenn Ihr kein Weib, sondern ein richtiger Westmann seid!«

»Ist nicht notwendig, Master, wir blasen Euch auch ohne Kampf die Seele aus der Haut. Und was den ›Halunken‹ betrifft, so zupft Euch am eigenen Ohre. Darüber wollen wir nicht streiten! Also, kurz und bündig: Nehmt Ihr meinen Vorschlag an oder nicht?«

»Nein!«

»Und ihr andern beide?«

»Hm,« antwortete Dick Hammerdull mit verächtlichem

Blinzeln seiner kleinen Aeuglein, »ob wir ihn annehmen oder nicht, das bleibt sich gleich; für Euch kommt auf keine Weise etwas Gutes heraus, das könnt Ihr glauben! Hätte ich nur meine Hände frei und meine Büchse in der Faust, so sollte Euch der Teufel holen! Oder meinst du nicht, Pitt Holbers, altes Coon?«

»Wenn du denkst, Dick, daß er ihn holen soll,« antwortete der Lange, »so habe ich nicht das mindeste dagegen!«

»*Well done*,« antwortete der Jäger mit zornigem Leuchten seiner Augen; »so mögen euch die Roten spießen und braten, ganz wie es euch beliebt! Aber um euch eine Freude zu machen, will ich euch sagen, daß ihr uns euer verstecktes Lager gar nicht zu zeigen braucht. Wir haben es entdeckt.«

Er ließ sich bei den Indianern nieder, um ihnen das Ergebnis der Verhandlung mitzuteilen.

Während dieser letzteren hatte im Schutze des Farngestrüpps bei uns ein leises aber außerordentlich bewegtes Gespräch stattgefunden.

»Also der, welcher jetzt spricht, ist Euer Colonel?« fragte Wallerstein Bill Potter.

»Ja, Sir, Euer Onkel, wenn das wahr ist, was Ihr mir erzählt habt.«

»Er ist's, Ihr könnt es glauben. Er ist dem Vater so ähnlich, daß kein Zweifel übrig bleibt. Und nun ich ihn endlich treffe, ist er verloren! Giebt es keine Hilfe, Bill?«

»Hört, Sir, wenn Ihr denkt, daß ich meinen Colonel stekken lasse, so habt Ihr Euch in mir verrechnet. Kann ich auf Euch zählen, Mesch'schurs?«

Wir nickten nur; Peter Polter aber meinte:

»Ich will hier liegen bleiben und verhungern wie ein altes Wrack, wenn ich den Kerl da unten, der mit dem Colonel spricht, nicht zwischen meine zehn Finger nehme und zu Hafergrütze quetsche. Aber nehmt doch einmal die Photographie aus Eurem Beutel, Master Lieutenant! Das Feuer brennt hell genug zu einem Blick darauf. Ich lasse mich auf der Stelle kielholen, wenn er nicht genau so ein Gesicht macht wie Euer Bild!«

»Ich brauche die Photographie nicht, Peter; er ist's; ich habe ihn erkannt,« antwortete Treskow. »Sehen Sie sich den Kerl einmal an, Herr Wallerstein, ob er es nicht ist!«

»Er ist es! Es ist kein Zweifel möglich; aber so nahe am Ziele, wird er uns doch entgehen!«

»Das wartet ab, Sir!« antwortete Potter. »Der Colonel hat mein Zeichen gehört und weiß, daß Hilfe in der Nähe ist. Hat er nur erst die Hände frei, so sollt Ihr sehen, was die Schurken zu schmecken bekommen!«

Da raschelte es leise hinter uns. Die geschmeidige Gestalt des Apatschen schob sich zwischen uns herbei.

»Winnetou hat vernommen die Grille und erkannt das Gesicht von Bill, dem Manne seines weißen Bruders. Er wird schleichen zum Gutter und lösen die Bande seiner Freunde. Dann mögen meine Brüder hier hinunterspringen und sich stürzen auf die Jäger und Ogellallahs, um zu folgen Sam Fire-gun nach seinem Wigwam!«

So schnell er gekommen, so behend war er auch wieder fort. Mit scharfem Auge bewachten wir das feindliche Lager und hielten uns zum eigentlichen Angriffe bereit.

Jetzt erhob sich der feindliche Anführer wieder und mit ihm die sämtlichen Weißen und Wilden. Aber ehe er noch ein Wort gesprochen hatte, schnellte sich eine dunkle Gestalt durch das ringsum wuchernde Gestrüpp und Gedorn bis zu den Gefangenen. Das war Winnetou.

Drei Schnitte - und ihre Hände waren von den Fesseln befreit - acht Schüsse krachten von uns oben herab - noch acht - Sam Fire-gun hatte keine Zeit, das weitere zu beachten; er entriß dem ihm zunächst stehenden Indianer den Tomahawk und stürzte sich in den Schwarm der tödlich überraschten Feinde.

»*Come on*, drauf, drauf!« klang seine Stimme, während Winnetou an seiner Seite unter den Ogellallahs mähte.

»Pitt Holbers, altes Coon, siehst du den Kerl dort, der meine Büchse hat?« rief Dick Hammerdull triumphierend. »Komm, ich muß sie haben!«

Die beiden Unzertrennlichen drangen vor, bis der Dicke

seinen geliebten Schießprügel zurückerobert hatte. Peter Polter, der Steuermann, war wie eine Lawine mitten unter die erschrockenen Gegner hineingekracht. Er wollte sein Wort halten. Mit seinen Bärenfäusten faßte er ihren Anführer bei Schenkel und Genick, hob ihn hoch in die Luft empor, schmetterte ihn zur Erde, daß es dröhnte, und stieß ihm dann das Messer in die Brust.

»*Bounce*, abgethan! Weiter, ihr Männer, schlagt, haut, stecht, schießt, prügelt sie, werft sie über Bord, daß sie ersaufen, quetscht sie tot, hurra - hurra!«

Während der wackere Seemann in dieser Weise seinem Herzen Luft machte, thaten auch Wallerstein und Treskow ihre Schuldigkeit. Es war der erste Kampf, an dem sie teilnahmen, und zwar zugleich ein furchtbarer, der ihnen das Leben im wilden Westen von der dunkelsten Seite zeigte. Es versteht sich ganz von selbst, daß ich und meine Boys auch thaten, was wir konnten, denn wir waren ebenso schnell wie die andern hinunter in das Gutter gesprungen und gebrauchten unsre Waffen nach Kräften.

Die Feinde waren an Zahl fast fünffach überlegen, aber durch die Ueberraschung zu Schaden gekommen, denn ehe sie sich auf den Widerstand besannen, lag bereits die Hälfte von ihnen am Boden. Wie in jener Nacht des Ueberfalles an der Eisenbahn wütete der Tomahawk Sam Fire-guns unter den Gegnern; Winnetou fand nicht weniger Opfer, und Hammerdull stand Rücken an Rücken mit Pitt Holbers im dichtesten Gewühl. Der Steuermann fuhr in der Schlucht herum wie eine losgelassene Furie; der kleine Bill Potter hatte sich am Eingange derselben zwischen die Büsche gesteckt, aus welchen er, jede Flucht zurückweisend, seine Schüsse sandte, und Treskow und Wallerstein zeigten sich nicht weniger mutig.

Nach wenigen Minuten des Kampfes waren die Angreifer Sieger; sämtliche weiße Gegner lagen tot an der Erde, und nur einigen gewandten Indianern war es gelungen, zu entkommen.

Sam Fire-gun war nicht der Mann, lange Fragen über

seine wunderbare Rettung auszusprechen, wo es jetzt galt, den Sieg zu benutzen.

»Vorwärts, Leute, zu den Pferden,« rief er, »damit sie uns nicht verloren gehen! Die Indsmen haben Wächter bei den Tieren, die wir überrumpeln müssen. Aber nicht alle sind nötig; einige von euch können hier bleiben!«

Er eilte mit denen, die ihm folgten, fort. Wir andern setzten uns nieder. Unsre Lage war keineswegs sicher, denn die entflohenen Roten konnten zurückkehren und sich aus sicherer Entfernung mit Schüssen rächen. Aber es geschah nichts dem Aehnliches. Wir horchten gespannt in die Nacht hinaus; es ließ sich nichts Verdächtiges vernehmen, und das erste Geräusch, welches die nach dem Kampfe eingetretene Stille störte, war ein freundliches: Die Büsche raschelten; Aeste krachten und Zweige knickten; die Gefährten kehrten mit ihren und den erbeuteten Pferden zurück, nachdem sie die bei den letzteren zurückgebliebene Wache überwunden hatten. Bill Potter hatte auch sein eignes Tier und die unsrigen nicht vergessen und sie mit herbeigebracht.

»Pitt Holbers, altes Coon, siehst du, daß ich meine alte Stute wieder habe?« fragte der glückliche Hammerdull.

»Hm, wenn du denkst, daß ich sie sehe, so habe ich nichts dagegen; aber *by god*, es hätte nicht viel gefehlt, so wäre es mit dir und ihr ausgewesen!«

»Ob aus oder nicht, das bleibt sich gleich; aber ich möchte doch nur wissen, wer die Männer sind, die mit dem kleinen Polter uns – – *'sdeath*, ist das nicht der verteufelte Steuermann aus Germany da drüben, der so große Fäuste hat und so fürchterlich trinken kann?«

»Freilich bin ich's, alte Schmertonne du! Kennst mich also doch noch, he? Bin mit Master Treskow und Master Wallerstein wieder herübergekommen, weil – –«

»Master Wallerstein?« fragte da rasch Sam Fire-gun. »Peter Polter –? Wahrhaftig, du bist's wieder! Was willst du wieder in der Savanne, und was ist es mit deinem Master Wallerstein?«

»Das ist dieser Sir hier, Colonel, der mit dem Herrn Treskow gekommen ist, um seinen Onkel aufzusuchen!«

»Dieser Sir -?«

Er trat einen Schritt zurück, warf einen langen, forschenden Blick auf seinen Neffen, streckte ihm dann beide Arme entgegen und rief aus:

»Das ist kein Falscher, nein; ich kenne diese Züge. Heinrich, mein Neffe, willkommen, tausendmal willkommen!«

Die beiden so nahen und einander doch so entfernt gewesenen Verwandten lagen einander lange, lange in den Armen, und die andern standen schweigend in der Nähe, bis der Colonel, der für sich keine Furcht kannte, durch die Gegenwart des teuren Befreundeten auf die Gefahr hingewiesen wurde, in der sie noch immer standen. Er ließ ihn frei und gebot:

»Hier ist nicht der Ort zu Fragen und Erklärungen. Auf, nach dem Lager, das ganz in der Nähe liegt. Dort können wir das Willkommen samt unsrer Rettung feiern und die Wunden verbinden, die wir davongetragen haben!«

»Ja, auf nach dem Lager!« rief auch der Steuermann. »Dort wird sich wohl ein guter Tropfen finden lassen, nicht nur für unsre Wunden, sondern auch für meinen Magen, dem er wahrscheinlich noch viel nötiger ist!« - - -

Wir nahmen die Pferde bei den Zügeln, jeder so viele, daß wir sie alle fortbrachten. Wir mußten sie führen, denn reiten konnten wir bei der jetzt herrschenden Dunkelheit im Walde nicht. Diejenigen, welche hier bekannt waren, gingen voran; wir andern folgten hinterdrein, immer zwischen den weit auseinanderstehenden Riesenstämmen und unter dem dichten Wipfeldach dahin. Dann wurden wir zwischen vielgewundenen Felsenkrümmungen, die ein Labyrinth bildeten, hindurchgeführt, in dem sich selbst am Tage nur jemand, der es genau kannte, zurechtfinden konnte, und endlich gelangten wir in einen runden Felsenkessel, welcher den geheimen Lagerplatz der Trapper- und Goldsuchergesellschaft des Colonel bildete.

Dieser Ort war außerordentlich gut für einen solchen Zweck geeignet, sehr, sehr schwer zu finden und dabei ebenso leicht gegen einen Angriff zu verteidigen. Es brannten da mehrere Feuer, um welche eine ganze Anzahl von Westmännern saß, die zur Gesellschaft gehörten und uns hoch erfreut willkommen hießen. Sie hatten keine Ahnung davon, was ihr Colonel und die mit ihm kommenden Kameraden und andern Männer in den letzten Tagen erlebt hatten. Wir wurden, so weit es hier möglich war, im höchsten Grade gastfreundlich bewirtet, und dabei hörten sie, was geschehen war und was für eine Gefahr ihrem Lager gedroht hatte. Sie nahmen sich vor, gleich mit Tagesanbruch nach dem Gutter zu gehen, die Gefallenen noch einmal genauer zu untersuchen und dann die ganze Umgegend von den etwa da noch umherstreifenden Roten zu befreien. Die ganze Gesellschaft des ›Kapitäns‹ hatte ein grausiges Ende gefunden und mit ihr er selbst durch das Messer des Steuermannes. Es blieb Treskow nichts andres übrig, als nach Van Buren mit dem Bescheide zurückzukehren, daß er den so lange Gesuchten zwar gefunden habe, aber ihn nicht mitbringen könne, weil er ›ausgelöscht‹ worden sei.

Es versteht sich ganz von selbst, daß Wallerstein seinem toten Doppelgänger gleich nach dem Kampfe alles abgenommen hatte, was ihm von demselben gestohlen worden war. Was weiter geschah, gehört nicht hierher. Meine Geschichte ist zu Ende.« – – –

ZWEITES KAPITEL

Der Königsschatz

Der einstige Indianeragent lehnte sich, von der Erzählung ermüdet, in seinen Stuhl zurück, nahm die beifälligen Aeußerungen der Zuhörer ruhig hin und gab ihnen auf die Fragen, die sie noch hatten, um sich dieses und jenes ergänzen zu lassen, die erwünschten Auskünfte. Als diese Erkundigungen aber gar kein Ende nehmen wollten, bat er:

»Laßt mich nun in Ruhe, Mesch'schurs! Ich habe die Geschichte nicht erzählt, um mir einen ganzen Korb voll Fragen an den Kopf werfen zu lassen, sondern um zu beweisen, daß die Weißen oft schlechter sind als die Roten und daß ich Winnetou, den Häuptling der Apatschen, kenne. Wenn ihr aufmerksam zugehört habt, so müßt ihr sagen, daß der Bahnüberfall und der von dem ›Kapitän‹ und seinen Leuten geplante Schurkenstreich fast nur durch seinen Scharfsinn und seine Tapferkeit so glücklich abgeschlagen wurden. Er ist eben ein Mann, mit dem sich kein andrer Indianer und wohl selten ein Weißer zu vergleichen vermag. Seine Gestalt ragt über alle andern hoch empor, und wenn er einmal untergegangen sein wird, wie seine ganze, beklagenswerte Nation dem Untergange geweiht ist, sein Name wird nicht untergehen und vergessen werden, sondern noch im Munde unsrer Kinder, unsrer Enkel und Urenkel weiterleben.«

»*Well*, da habt Ihr recht, Sir,« stimmte ein alter Herr bei, der an einem Nebentische saß und der Erzählung mit größter Aufmerksamkeit gelauscht hatte; »doch wenn Ihr es erlaubt, daß ein Fremder eine Ansicht äußern darf, mit der er Euch aber nicht beleidigen will, so möchte ich eine Bemerkung machen.«

»Nach der Weise, wie Ihr Euern Wunsch vorbringt, kann ich nicht annehmen, daß es Eure Absicht ist, mich zu beleidigen. Also, Eure Bemerkung?«

»Ihr sagtet, die Apatschen seien durch ihre Feigheit und Hinterlist bekannt gewesen, hätten sich durch sie den Schimpfnamen ›Pimo‹ zugezogen und wären nur, seit er ihr Häuptling ist, geschickte Jäger und tapfere, ja verwegene Krieger geworden.«

»Das habe ich allerdings gesagt. Seid Ihr nicht damit einverstanden?«

»Nein.«

»Warum?«

»Weil ich sie anders kenne, und weil ich sie schon gekannt habe, als Winnetou noch ein Kind war. Ja, es giebt einige Stämme unter ihnen, denen die Natur ihrer Wohnsitze nichts, gar nichts zu bieten vermag und die darum nicht bloß körperlich, sondern auch geistig heruntergekommen sind. Daran sind aber die Weißen schuld, die sie von ihren einstigen, besseren Jagd- und Weidegründen verdrängt haben und nun glauben, sie verachten zu dürfen. Von andern Stämmen aber, und besonders von den Mescaleros, darf man das ja nicht sagen. Die Mescaleros besonders haben stets, und seit man sie kennt, die Eigenschaften gepflegt, welche bei Winnetou so voll und ganz zur Geltung kommen.«

»Kennt Ihr diesen Stamm, Sir?«

»Ihn ganz besonders; ich kannte ihn, wie bereits gesagt, als Winnetou noch ein Kind war. Ich habe nie, weder unter den Roten noch unter den Weißen, einen so wahren, edlen, treuen und aufopferungsfähigen Freund besessen, wie Intschu tschuna war.«

»Intschu tschuna? War das nicht der Vater Winnetous?«

»Ja. Auch dieser edle Indsman wurde von Weißen ermordet, er und Nscho-tschi, seine Tochter, die Schwester Winnetous, diese schönste, beste und seelenreinste Tschargooscha[1] der Apatschen!«

»Seid Ihr auch Westmann gewesen?«

»Was man Westmann nennt, eigentlich nicht. Ich bin, was man einen Gelehrten nennt, ohne mich aber für sehr gelehrt

[1] Mädchen.

zu halten. Mein Lieblingsfach war das ethnologische, und meine Studien litten mich nicht daheim. Ich interessierte mich besonders für die rote Rasse und befand mich den größten Teil des Jahres auf der Wanderung von einem Volke zum andern. Da lernte ich die Indianer kennen und -- schätzen; sie kannten und achteten auch mich, denn sie wußten, daß ich nicht als Feind, sondern als Freund zu ihnen kam. Ich wurde ihr Lehrer und Berater in vielen Dingen, und sie unterwiesen mich dafür im Gebrauche der Waffen und in allen Fertigkeiten, die zum Kriege und der Jagd gehören, obwohl ich ein Mann des Friedens war; aber jagen mußte ich doch, um mich zu ernähren, und zuweilen kam ich auch in die Lage, mich gegen einen Feind wehren zu müssen, der aber meist kein Indianer, sondern ein Weißer war. Ihr habt vorhin behauptet, daß die Weißen schlimmer seien als die Roten, und ich gebe Euch da vollständig recht. Ich könnte Euch manches, gar manches erzählen, was ein sprechender Beweis für diese Behauptung ist.«

»So thut es doch, Sir! Gebt uns wenigstens eine Eurer Erfahrungen zum besten!«

»Hm! Das könnte ich wohl thun, wenn die andern Gentlemen es auch wünschen.«

»Natürlich wünschen sie es! Wir sind heut einmal beim Erzählen, und das ist höchst interessant. Nicht wahr, Mutter Thick?«

Die Wirtin, welche eben wieder einige volle Gläser gebracht hatte, antwortete, als diese Frage an sie gerichtet wurde:

»Das will ich meinen, Sir! Seht Euch doch einmal im Zimmer um! Alles lauscht nach Eurem Tisch, und es ist noch nie bei mir so still und friedlich zugegangen wie jetzt. Ich meine auch, daß eine solche Geschichte viel besser und genteeler ist, als wenn die Gentlemen sich miteinander zanken und balgen und mir dabei die Tische und Stühle zerschlagen und die Flaschen und Gläser zerbrechen. Also nur zu, Sir; laßt uns Eure Erzählung hören!«

»*Well!*« nickte der Ethnologe. »Wenn es Euch recht ist, so

soll eine vom Stapel laufen, und ich will versuchen, es auch so hübsch und fließend zu machen wie die andern Masters vor mir. Also, es mag beginnen:

»Es war ein wunderbar schöner Junimorgen, eine wirkliche Seltenheit in jener weit entlegenen Ecke, welche der nordwestliche Winkel des Indianerterritoriums mit den geradlinigen Grenzen von Kansas, Colorado und Neu-Mexiko bildet. Es hatte während der Nacht ziemlich stark getaut; nun funkelten an Halmen und Zweigen brillantene Tropfen, und der eigenartige Duft des Büffelgrases und der kurzlockigen Grama erhielt eine so erquickende Frische, daß die Lunge das balsamische Cumarin in langen, tiefen Zügen einatmete.

Ein solcher Morgen pflegt auf die Stimmung des Menschen von wohlthätiger Wirkung zu sein, und doch ritt ich ziemlich verdrossen in den prachtvollen Tag hinein. Der Grund war ein sehr einfacher: mein Pferd ging lahm. Es war vorgestern beim Galoppieren an einer Wurzel hängen geblieben. Und in der Prairie ein lahmes Pferd zu reiten, das ist nicht nur ärgerlich, sondern es kann unter Umständen sogar von den verhängnisvollsten Folgen sein. Bei den dort täglich drohenden Gefahren hängen Leben und Sicherheit des Jägers nur zu oft von der Brauchbarkeit seines Tieres ab.

Ich hatte mit einigen Coloradomännern droben in der Nähe von Spanish Peaks gejagt und war dann über die Willow-Springs hierher nach dem Nescutunga-Creek gekommen, um an dessen rechtem Ufer mit Will Salters zusammenzutreffen, mit welchem ich vor Monaten in Nebraska Biber gefangen und dann beim Scheiden das gegenwärtige Stelldichein verabredet hatte. Wir wollten das Indianerterritorium bis an die südöstliche Grenze durchreiten und dann gerade nach Westen in den Llano estacado gehen, um diese berüchtigte Wüste kennen zu lernen.

Dazu war ein gutes Pferd unbedingt nötig, und das meinige lahmte. Es hatte mich treu durch viele Gefahren getragen; ich wollte es gegen kein anderes vertauschen, und so war ich gezwungen, ihm Ruhe zu gönnen, bis der Fuß sich wieder eingerichtet haben würde. Die dadurch entstehende Zeitversäumnis war höchst unangenehm, und so erschien es nicht ganz ungerechtfertigt, daß ich mich nicht bei guter Laune befand.

Während mein Mustang langsam über die Prairie hinkte, sah ich mich nach Anzeichen um, aus denen ich die Nähe des Flusses zu erraten vermochte. Da, wo ich ritt, gab es nur vereinzeltes Buschwerk. Nach Norden aber zog sich eine dunkle Linie hin, welche mich auf geschlosseneren Baum- und Strauchwuchs schließen ließ. Ich lenkte also nach dieser Richtung ab, denn wo sich mehr Vegetation findet, muß auch mehr Wasser sein.

Ich hatte recht gehabt. Die dunkle Linie bestand aus Mezquite- und wilden Kirschensträuchern, welche sich an beiden Ufern des Flusses hinzogen. Dieser letztere war nicht breit und, wenigstens an der Stelle, an welcher ich auf ihn traf, auch nicht tief.

Ich ritt langsam am Ufer hin, aufmerksam nach einem Zeichen Will Salters' suchend, der ja schon vor mir hier angekommen sein konnte.

Und richtig! Im seichten Wasser lagen zwei große Steine hart nebeneinander, zwischen welche ein größerer Ast so eingeklemmt war, daß der kleine Zweig, welcher sich an demselben befand, flußabwärts wies.

Dies war unser verabredetes Zeichen, welches ich in kurzen Unterbrechungen noch viermal bemerkte. Salters befand sich hier und war dem Laufe des Wassers nachgeritten. Da seine Fährte nicht mehr zu erkennen war und die Blätter der Signalzweige sich bereits in welkem Zustande befanden, so war Salters nicht später als höchstens gestern hier gewesen.

Nach einiger Zeit bog der Fluß noch mehr nach Norden ab; er schien einen Bogen zu machen. An dieser Stelle zeigte der Ast, welchen Will in den Ufersand gesteckt hatte, in die Prairie hinein. Er war also dem Flusse nicht gefolgt; er hatte den Bogen des Flusses auf der Sehnenlinie abschneiden wollen. Ich that natürlich ganz dasselbe.

Nun gewahrte ich gerade vor mir einen nicht sehr hohen, einzeln, stehenden und zerklüfteten Berg, welcher vermöge seiner isolierten Lage ganz geeignet war, dem einsamen Westmanne als Fanal zu dienen. In einer guten halben Stunde hatte ich ihn erreicht. Sein Gipfel war kahl, der untere Teil nur von Buschwerk bestanden, und zwar sehr dürftig. Darum wunderte ich mich, an der Ostseite, als ich ihn umritten hatte, mehrere Gruppen von Platanen zu erblikken, von denen die stärkste sicher über tausend Jahre alt war. Es fiel mir auf, daß das Erdreich hier in einem beträchtlichen Umkreise tief aufgewühlt war. Es gab da Löcher von einigen Metern Tiefe, sichtlich mit Hacke und Schaufel ausgearbeitet. Gab es hier in dieser entlegenen Gegend Menschen? Wozu waren diese Löcher gemacht worden?

Ich ritt weiter, hielt aber bereits nach kurzer Zeit wieder an, denn ich gewahrte eine Fußspur im Grase. Als ich abgestiegen war, um sie genau zu untersuchen, fand ich, daß sie von einem weiblichen oder noch nicht ausgewachsenen männlichen Fuße, welcher mit indianischem, absatzlosem Mokassin bekleidet gewesen war, herrührte. Gab es hier Indianer? Oder hatte ein Weißer indianisches Schuhwerk getragen? Die Eindrücke beider Füße waren gleichmäßig; jetzt fiel mir dieser Umstand nicht besonders auf; später jedoch sollte ich an ihn erinnert werden.

Eigentlich hätte ich dieser Fährte folgen sollen; aber sie führte nach Norden, dem Flusse zu, während meine Richtung ostwärts ging; ich wollte baldigst auf Salters treffen; darum stieg ich wieder auf und ritt weiter.

Nach einiger Zeit dachte ich, aus gewissen Anzeichen schließen zu müssen, daß diese Gegend nicht so unbesucht sei, wie ich vorher geglaubt hatte. Einzelne zerknickte Halme, an den Zweigen gebrochene Aestchen, hier und da ein wie von einem menschlichen Fuße zu Mehl zertretenes Steinchen ließen vermuten, daß hier irgend ein Nachkomme des ersten Menschenpaares vorüber gekommen sei. Darum war ich auch nur erstaunt, nicht aber erschrocken, als ich später, den Fluß wieder erreichend, hart am Ufer desselben ein mit jungen Tabaks- und Maispflanzen bestecktes Feld bemerkte. Jenseits desselben erhob sich ein niedriges Blockhaus mit einer hohen, aber sehr beschädigten Fenz um den ziemlich beträchtlichen Vorplatz.

Also eine Farm hier am Nescutunga-Creek! Wer hätte das denken sollen! Hinter der Fenz rieb sich ein alter, spitzhüftiger Gaul den Kopf an dem leeren Futtertroge, und außerhalb derselben erblickte ich einen jungen Menschen, welcher beschäftigt war, eine schadhafte Stelle der Umzäunung auszubessern.

Er schien über mein Erscheinen zu erschrecken, blieb aber stehen, bis ich bei ihm anhielt.

»*Good morning!*« grüßte ich ihn. »Darf ich erfahren, wie der Besitzer dieses Hauses heißt?«

Er strich sich mit der Hand durch das dichte blonde Haar, betrachtete mich forschend mit den prächtigen, germanisch blauen Augen und antwortete:

»Rollins heißt er, Sir.«

»Du bist der Sohn?«

Ich nannte ihn ›Du‹, weil er wohl kaum mehr als sechzehn Jahre zählte, obgleich sein kräftig entwickelter Körper gleichsam auf ein höheres Alter deutete. Er antwortete:

»Ja, der Stiefsohn.«

»Ist dein Vater daheim?«

»Seht Euch um! Da ist er.«

Er deutete nach der engen, niedrigen Thür, aus welcher soeben ein Mann trat, welcher sich bücken mußte, um oben nicht anzustoßen. Er war sehr lang, sehr hager und schmalbrüstig, und zwischen den wenigen Haaren seines dünnen Vollbartes blickte die Gesichtshaut wie gegerbtes Leder hervor. Seine Yankeephysiognomie verfinsterte sich, als er mich sah. Er hatte ein altes Gewehr und eine Hacke in den Händen und legte beides nicht weg, als er langsam auf mich zutrat. Er richtete den stechenden Blick feindselig auf mich und erkundigte sich mit heiser klingender Stimme:

»Was wollt Ihr hier!?«

»Zunächst will ich Euch fragen, Master Rollins, ob nicht vielleicht gestern oder vorgestern ein Mann bei Euch vorgesprochen hat, der sich Salters nannte und irgend einen Auftrag zurückgelassen hat.«

Da antwortete der Sohn schnell:

»Das war gestern früh, Sir. Dieser Salters war –«

Er konnte nicht weiter sprechen. Sein Vater stieß ihm den Gewehrkolben in die Seite, daß der arme Junge wimmernd gegen die Fenz taumelte, und rief zornig:

»Willst du schweigen, Kröte! Wir haben keine Lust, einen jeden Landstreicher zu bedienen!« Und zu mir gewendet, fuhr er fort: »Macht Euch von dannen, Mann! Ich wohne weder für Euch, noch für Euren Salters hier!«

Das war einfach grob. Ich hatte meine eigne Hinterwaldsmanier, solche Leute zu behandeln. Ich stieg gemütlich vom Pferde, band es an die Fenz und sagte:

»Diesesmal werdet Ihr doch eine Ausnahme machen müssen, Master Rollins. Mein Pferd geht lahm, und ich werde hier bei Euch bleiben, bis es geheilt ist.«

Er trat einen Schritt zurück, maß mich mit zornblitzenden Augen vom Kopfe bis zu den Füßen herab und schrie:

»Seid Ihr toll? Mein Haus ist kein Boardinghaus, und wer sich hier breit machen will, dem brenne ich sehr einfach eine Ladung Schrot auf den Pelz. *Zounds!* Da ist ja auch dieser miserable Indsman wieder! Warte, Bursche, dich will ich forträuchern!«

Ich folgte schnell mit meinem Blicke dem seinigen, welcher bei den letzten Worten auf ein nicht sehr entferntes Buschwerk gerichtet war. Von dorther kam ein junger Indianer herbeigeschritten. Rollins erhob das Gewehr und legte auf ihn an. Er drückte gerade in demselben Augenblicke ab, in welchem ich ihm den Lauf zur Seite schlug. Der Schuß krachte, ging aber fehl.

»Hund! Du vergreifst dich an mir?« brüllte mich der Yankee an. »Da, nimm das dafür!«

Er drehte schnell das Gewehr um und holte zum Kolbenhiebe aus. Die Hacke hatte er vorher, um schießen zu können, weggelegt. Ich stieß ihm die Faust unter den erhobenen Arm und schleuderte ihn so kräftig gegen die Fenz, daß sie unter ihm zusammenbrach. Die Büchse entfiel ihm und ich griff sie auf, ehe er sich wieder erhoben hatte. Er riß im Aufstehen das Messer aus der Scheide und gurgelte mit vor Zorn erstickter Stimme:

»Mir das! Auf meinem Grund und Boden! Das kostet Blut und Leben!«

Ich hatte ebenso schnell meinen Revolver in der Hand, hielt ihm denselben entgegen und antwortete:

»Ihr meint wohl Euer Blut und Leben? Steckt sofort das Messer ein! Meine Kugel ist schneller als Eure Klinge, Mann!«

Er ließ den bereits erhobenen Arm sinken und hielt die Augen nicht gegen mich, sondern nach der andern Ecke des Blockhauses gerichtet. Dort hielt ein Reiter, welcher unbemerkt von uns herbeigekommen war und mir lachend zurief:

»Schon bei der Arbeit, alter Bursche? Recht so! Schlage den Kerl nieder; er hat es verdient. Aber gieb ihm keine Kugel, denn einen Schuß Pulvers ist er nicht wert.«

Dieser Reiter war Will Salters. Er kam vollends herbei, gab mir die Hand und fuhr fort:

»*Welcome*, Kamerad! Wenn es nach diesem *Scurvy fellow* gegangen wäre, hättest du mich nicht wiedergefunden. Ich schätze, er hat dich grad so empfangen, wie gestern mich. Dafür erhielt er einige Nasenstüber, für welche er mir eine Kugel nachschickte, die aber höflicher war als er; sie wich mir weit zur Seite aus. Ich wollte dich hier bei ihm erwarten, durfte aber nicht, sagte jedoch seinem Sohne, daß ich heut' zurückkehren würde, um zu sehen, ob der Mann bei besserer Laune sei. Wenn es dir recht ist, geben wir ihm eine Lektion im Umgange mit unsersgleichen. Ich will mich einstweilen seiner Persönlichkeit versichern!«

Er stieg ab. Da raffte Rollins die Hacke vom Boden auf und floh in weiten Sprüngen davon. Wir blickten ihm verwundert nach. Sein Verhalten war befremdend. Erst rücksichtslose Grobheit und nun feige Flucht! Wir kamen nicht dazu, eine Bemerkung darüber zu machen, denn aus der Thür, hinter welcher sie bisher ängstlich versteckt gewesen war, trat jetzt eine Frau. Sie hatte Rollins hinter den Büschen verschwinden sehen und sagte, froh aufatmend:

»Gott sei Dank! Ich glaubte schon, es werde zum Blutvergießen kommen. Er ist betrunken. Er hat während der ganzen Nacht phantasiert und dann die letzte Flasche Brandy ausgetrunken!«

»Ihr seid seine Frau?« fragte ich.

»Ja. Ich hoffe, daß ich es nicht zu entgelten habe, Mesch'schurs! Ich kann ja nichts dafür.«

»Das wollen wir glauben. Fast möchte man annehmen, daß Euer Mann geistig gestört sei.«

»Das ist er leider auch. O Gott, ihr glaubt gar nicht, wie unglücklich ich bin! Er bildet sich ein, daß ein Schatz hier in der Nähe vergraben liege. Den will er heben. Kein andrer soll ihn finden, und darum duldet er keinen Menschen in dieser Gegend. Hier dieser junge Indsman ist schon seit vier Tagen hier. Er konnte nicht weiter, weil er sich den Fuß vertreten hat, und wollte bei uns bleiben, bis er wieder richtig laufen kann; aber Rollins jagte ihn fort. Nun muß der arme Teufel im Freien kampieren.«

Sie deutete auf den Indianer, welcher herbei gekommen war. Es war alles so schnell geschehen, daß ich ihn noch nicht wieder hatte beachten können.

Er mochte achtzehn Jahre alt sein. Sein Anzug war aus mit Gehirn gegerbter Hirschhaut gefertigt und an den Nähten ausgefranst. Diese Fransen waren nicht mit Menschenhaaren geschmückt; er hatte also noch keinen Feind getötet. Sein Kopf war unbedeckt. Seine Waffen bestanden aus einem Messer und Bogen mit Köcher. Er durfte wohl noch kein Feuergewehr tragen. Um den Hals trug er eine messingene Kette, an welcher das Rohr einer Friedenspfeife hing; der Kopf derselben fehlte. Das war das Zeichen, daß er sich auf der Wallfahrt nach den heiligen Steinbrüchen befand, aus welchen die Indianer den Pfeifenthon beziehen. Während dieser Reise ist ein jeder unverletzlich. Selbst der blutgierigste Gegner muß ihn da unbeschädigt ziehen lassen, ja, ihn nötigenfalls sogar beschützen.

Die offenen, intelligenten Züge dieses Jünglings gefielen mir. Das Gesicht hatte einen fast kaukasischen Schnitt. Die Augen waren sammetschwarz und mit dem Ausdrucke des Dankes auf mich gerichtet. Er streckte mir die Hand entgegen und sagte:

»Du hast Ischarshiütuha beschützt. Ich bin dein Freund!«

Diese letztere Versicherung klang sehr stolz; das gefiel mir ebenso wie der Sprecher selbst. Sein Name aber frappierte mich. Ischarshiütuha ist ein apatschisches Wort und heißt so viel wie ›kleiner Hirsch‹, darum fragte ich:

»Bist du ein Apatsche?«

»Ischarshiütuha ist der Sohn eines großen Kriegers der Mescalero-Apatschen, der tapfersten roten Männer.«

»Sie sind meine Freunde, und Intschu tschuna, der größte ihrer Häuptlinge, ist mein Bruder.«

Sein Blick fuhr rasch und scharf an meiner Gestalt empor. Dann fragte er:

»Intschu tschuna ist der tapferste der Helden. Wie nennt er dich?«

»Yato-inta.«

Da trat er um mehrere Schritte zur Seite, senkte den Blick und sagte:

»Die Söhne der Apatschen kennen dich. Ich bin noch kein Krieger; ich darf nicht mit dir sprechen.«

Das war die Demut eines Indianers, welcher den Rang eines andern offen anerkennt, den Kopf aber nicht um einen Zehntelzoll niederbeugt.

»Du darfst mit mir sprechen, denn du wirst einst ein berühmter Krieger sein. Du wirst in kurzer Zeit nicht mehr Ischarshiütuha, der kleine Hirsch, heißen, sondern Pehnulte, der große Hirsch. Du hast einen kranken Fuß?«

»Ja.«

»Und bist aus deinem Wigwam ohne Pferd gegangen?«

»Ich hole den heiligen Pfeifenthon. Ich laufe.«

»Dieses Opfer wird dem großen Geiste gefallen. Komm in das Haus!«

»Ihr seid Krieger, und ich bin noch jung. Erlaubt, daß ich bei meinem kleinen weißen Bruder bleibe!«

Er trat zu dem hübschen blonden, blauäugigen Knaben, welcher still und traurig dagestanden hatte, die Hand auf die Stelle gelegt, an welche ihn der Gewehrkolben seines Vaters getroffen hatte. Die beiden wechselten einen Blick, ganz unbewußt, mir aber sofort auffallend. Sie standen jedenfalls jetzt nicht zum erstenmale nebeneinander. Der ›kleine Hirsch‹ war nicht ohne Absicht hier; er verbarg ein Geheimnis, vielleicht gar ein für die Bewohner des Blockhauses gefährliches. Ich fühlte das Verlangen, hinter dasselbe zu kommen, ließ mir aber nichts merken.

Die Knaben blieben also im Freien; ich folgte mit Will Salters der Frau in das Haus oder vielmehr in die Hütte, deren Inneres aus einem einzigen Raume bestand.

Da sah es denn höchst ärmlich aus. Ich war schon in mancher Blockhütte gewesen, deren Bewohner sich auf das Notwendigste zu beschränken hatten; hier aber war es schlimmer. Das Dach war höchst defekt, die Verstopfung der Zwischenräume in den Blockwänden verschwunden. Durch diese Löcher und Ritzen kroch das Elend ein und aus. Ueber dem Herde hing kein Kessel. Der Speisevorrat schien nur aus einer geringen Anzahl von Maiskolben zu bestehen, welche in einer Ecke lagen. Die einzige Kleidung der Frau bestand aus dem dünnsten, verschossenen Druckkattun. Sie ging barfuß. Ihr einziger Schmuck war die Sauberkeit, welche trotz dieser Aermlichkeit wohlthuend an ihr auffiel. Auch ihr Sohn war höchst ungenügend gekleidet gewesen, doch jede zerrissene Stelle sorgfältig ausgebessert.

Als ich auf das nur aus Laub bestehende Lager in der Ecke und dann in das bleiche, abgehärmte Gesicht dieser braven Frau blickte, kam mir, ohne daß ich es eigentlich wollte, die Frage über die Lippen:

»Ihr habt Hunger, liebe Frau?«

Sie errötete schnell und wie beleidigt; dann aber brachen plötzlich die Thränen aus ihren Augen, und sie antwortete, mit der Hand nach dem Herzen greifend:

»O Gott, ich wollte gar nicht klagen, wenn nur Joseph sich satt essen könnte! Unser Feld trägt nichts, weil mein Mann es verwildern läßt; so sind wir also auf die Jagd angewiesen, die aber auch nichts bringt, weil Rollins den Wahnsinn hat, nur immer nach dem Schatze zu graben.«

Ich eilte hinaus zu meinem Pferde, um meinen Vorrat an Dürrfleisch herein zu holen, den ich ihr gab. Der gute Will Salters war ebenso schnell zu seinem Pferde und brachte auch seinen Vorrat herein.

»O Mesch'schurs, wie gut ihr seid!« sagte sie. »Man möchte euch gar nicht für Yankees halten.«

»Da habt ihr, wenigstens in Beziehung auf mich, unrecht,« antwortete ich. »Ich bin ein Deutscher. Master Salters aber hat zwar nur von mütterlicher Seite deutsches Blut in den Adern, ist aber ein noch viel besserer Kerl als ich. Seine Mutter war eine Oesterreicherin.«

»Herrgott! Und ich bin in Brünn geboren!« rief sie aus, die Hände froh zusammenschlagend.

»Also eine Deutsche! So können wir uns ja der Muttersprache bedienen.«

»Ach ja, ach ja! Ich darf mit meinem Sohne nur heimlich deutsch reden. Rollins leidet es nicht.«

»Ein schrecklicher Kerl!« sagte Salters. »Ich will Sie nicht kränken; aber es ist mir ganz so, als ob ich ihm früher, vor Jahren, einmal begegnet sei, unter für ihn nicht ehrenvollen Umständen. Er hat eine große Aehnlichkeit mit einem Kerl, den man nur unter einem indianischen Namen kannte. Ich weiß nicht, was dieser Name bedeutet. Wie lautete er doch nur? Ich glaube, so ähnlich wie Indano oder Indanscho.«

»Inta-'ntscho!« klang es vom Eingange her.

Dort stand der junge Indianer. Er hatte natürlich nicht die deutschen Worte, aber doch den Namen verstanden. In seinem Auge glühte es flackernd auf. Als da mein Blick forschend auf ihn fiel, drehte er sich um und verschwand von der Thür.

»Dieser Name ist dem Apatschischen entnommen, welches du nicht verstehst,« erklärte ich dem Gefährten. »Es bedeutet so viel wie ›böses Auge‹.«

»Böses Auge?« fragte die Frau. »Dieses Wort sagt mein Mann sehr oft, wenn er im Traum spricht, oder in der Betrunkenheit dort in der Ecke sitzt und sich mit unsichtbaren Personen zankt. Er ist zuweilen über eine Woche lang fort. Da bringt er sich aus Fort Dodge drüben am Arkansas Brandy mit; ich weiß nicht, wovon er ihn bezahlt. Dann trinkt und trinkt er, bis er nicht mehr denken kann, und spricht von Blut und Mord, von Gold und Nuggets, von einem Schatze, der hier vergraben liegt. Wir getrauen uns dann Tage und Nächte lang nicht in die Hütte aus Angst, daß er uns umbringen werde.«

»Sie unglückliche Frau! Wie sind Sie denn zu der Kühnheit gekommen, einem solchen Manne nach diesem Winkel der Wildnis zu folgen?«

»Ihm? O, mit ihm wäre ich nie, niemals hierher gegangen. Ich kam mit meinem ersten Manne und dessen Bruder nach Amerika. Wir kauften Land und wurden von dem Agenten betrogen. Das Dokument, welches wir über den Kauf erhielten, war gefälscht. Als wir nach dem Westen kamen, hatte der rechtmäßige Eigentümer die Stelle schon seit Jahren bewohnt und bebaut. Unser Geld war alle; es blieb uns nichts übrig, als vom Ertrage der Jagd zu leben. Dabei gingen wir immer weiter nach dem Westen. Mein Mann wollte nach Kalifornien. Er hatte von dem Golde gehört, welches dort gefunden wird. Wir kamen bis hierher, da ging es nicht weiter; ich war krank und erschöpft. Wir kampierten im Freien, fanden aber zum Glücke nach kurzer Zeit diese Blockhütte. Sie war verlassen. Wem sie gehört hat, wissen wir nicht. Wir behalfen uns so, wie es eben gehen wollte. Aber der Gedanke an Kalifornien ließ meinem Manne keine Ruhe. Er wollte hin. Ich konnte nicht, und sein Bruder wollte nicht; er hatte Sehnsucht nach der Heimat. Gott allein weiß es, nach welchen schweren Kämpfen ich die Erlaubnis gab, daß mein Mann allein nach dem Goldlande gehen möge, um sein Glück zu versuchen, während der Schwager bei mir bleiben solle. Er ist nie zurückgekehrt. Ein halbes Jahr nach seinem Weggange wurde mir mein Joseph geschenkt. Er hat seinen Vater nie gesehen. Er war drei Jahre alt, als der Schwager einst des Morgens auf die Jagd ging und nicht wiederkam. Einige Tage später fand ich ihn am Ufer des Flusses liegen. Er hatte eine Schußwunde im Kopfe. Vielleicht ist er von einem Indianer ermordet worden.«

»War er skalpiert?«

»Nein.«

»So ist der Mörder ein Weißer. Wie aber haben Sie leben können?«

»Von dem kleinen Maisvorrate, den wir hier nebenan erbaut hatten. Dann kam mein jetziger Mann in diese Gegend. Er wollte jagen und dann weiter gehen, blieb aber länger und länger und zuletzt für immer da. Ich war froh, ihn zu haben; ohne ihn wäre ich mit meinem Kinde verhungert. Er ging hinüber nach Dodge City und ließ meinen Mann für tot erklären. Ich brauchte einen Beschützer und mein Sohn einen Vater. Rollins ist beides geworden. Einst aber hatte ihm von einem Schatze geträumt, der hier vergraben sei. Sonderbarerweise wiederholte sich dieser Traum so oft, daß Rollins nicht nur fest an die Existenz dieses Schatzes glaubt, sondern in einen förmlichen Wahn verfallen ist. Des Nachts phantasiert er von dem Golde, und des Tages gräbt er nach dem Golde.«

»Wohl an dem Berge, an dessen Fuße die alten Platanen stehen?«

»Ja. Aber ich darf nicht mit hin und mein Sohn ebensowenig. Ich kann keinem Menschen sagen, wie unglücklich ich bin. Ich bete täglich und stündlich um Errettung. Wenn Gott doch helfen wollte!«

»Er wird helfen, wenn auch seine Hilfe Ihnen anfänglich Schmerz bereiten sollte. Ich habe so oft im Leben die Erfahrung gemacht, daß – – «

Ich wurde unterbrochen. Joseph kam herein und bat uns, hinauszukommen und den Himmel zu betrachten. Wir folgten ihm, verwundert über dieses Verlangen. Der ›kleine Hirsch‹ stand draußen und blickte aufmerksam nach einem

Wölkchen, welches fast scheitelrecht über unsern Köpfen stand. Sonst aber war der Himmel vollständig rein und ungetrübt. Joseph sagte uns, daß der Indianer dieses Wölkchen für uns sehr gefährlich halte. Der ›kleine Hirsch‹ sprach nämlich ganz leidlich englisch und konnte sich also dem weißen Knaben verständlich machen. Will Salters zuckte die Achsel und sagte:

»Dieses Cigarrenwölkchen soll uns gefährlich sein? *Pshaw!*«

Da wendete der Indianer den Kopf zu ihm hin und sagte nur das eine Wort:

»Iltschi.«

»Was bedeutet das?« fragte mich Will.

»Wind, Sturm!«

»Unsinn! Ein gefährlicher Wind, also eine Bö, kommt nur aus einem ›Loche‹, das heißt, wenn sich der ganze Himmel schwarz umzogen hat und sich in dieser schwarzen Decke ein rundes, helles Loch befindet. Hier aber ist es umgekehrt. Der Himmel ist außer dieser Stelle vollständig ungetrübt.«

»Ke-eikhena-iltschi,« sagte der Indianer.

Jetzt wurde ich doch aufmerksamer. Diese drei Worte bedeuten ›der hungrige Wind‹. Der Apatsche bezeichnet mit diesem Ausdrucke einen Wirbelsturm. Ich fragte den jungen Mann, ob er einen solchen befürchte. Er antwortete:

»Ke-eikhena-akh-iltschi.«

Das heißt ›der sehr hungrige Wind‹ und bedeutet gar eine Windhose. Wie kam der Apatsche zu dieser Vermutung? Ich konnte an dem Wölkchen wirklich nichts Verdächtiges bemerken; aber ich wußte auch, daß diese Kinder der Wildnis einen wunderbaren Instinkt für gewisse Naturereignisse besitzen.

»Unsinn!« meinte Salters zu mir. »Komm herein! Ich glaube gar, du fängst an, ein bedenkliches Gesicht zu machen.«

Da legte der Indianer sich den Finger an die Stirn und sagte zu ihm:

»Ka-a tschapeno!«

Er hatte wohl gemerkt, daß Will nicht apatschisch verstand und bediente sich des Tonkawadialektes, zu deutsch: »Ich bin nicht krank,« nämlich im Kopfe. Salters verstand ihn, nahm ihm aber die Worte übel und trat wieder in die Hütte. Ich benutzte diese Gelegenheit, dem ›kleinen Hirsch‹ zu zeigen, daß ich ihm seine früheren Antworten nicht geglaubt hatte. Ich fragte ihn:

»Welcher Fuß meines jungen Freundes ist krank?«

»Sintsch-kah - der linke Fuß,« antwortete er.

»Warum aber hinkte mein Bruder mit dem rechten Fuße, als er dort aus den Sträuchern kam?«

Es glitt ein Lächeln der Verlegenheit über sein Gesicht, doch antwortete er schnell gefaßt:

»Mein tapferer Bruder hat sich geirrt.«

»Mein Auge ist scharf. Warum hinkt der ›kleine Hirsch‹ nur dann, wenn er gesehen wird? Warum ist sein Gang richtig, wenn er allein ist?«

Er blickte mich forschend an, ohne zu antworten. Darum fuhr ich fort:

»Mein junger Freund hat von mir gehört. Er weiß, daß ich die Fährte lese, daß mich kein Halm des Grases, kein Korn des Sandes zu täuschen vermag. Der junge Hirsch ist heute früh vom Berge herabgekommen und nach dem Flusse gegangen, ohne zu hinken. Ich habe seine Spur gesehen. Hat er auch jetzt den Mut, zu sagen, daß ich mich täusche?«

Er senkte den Blick zur Erde und schwieg.

»Warum sagt der ›Hirsch‹, daß er nach den heiligen Steinbrüchen mit seinen Füßen gehe?« fuhr ich fort. »Er ist von seinem Wigwam aus bis hierher geritten.«

»Uff!« antwortete er erstaunt. »Wie könntest du das wissen?«

»Ist nicht der größte Häuptling der Apatschen mein Lehrer gewesen? Meinst du, daß ich ihm die Schande mache, mich von einem jungen Apatschen, der noch kein Feuergewehr tragen darf, hintergehen zu lassen? Dein Tier ist ein Tschi-kayi-kle, ein Rotschimmel.«

»Uff, uff!« rief er zweimal als Ausdruck der höchsten Verwunderung.

»Willst du den Bruder Intschu tschunas belügen?« fragte ich vorwurfsvoll.

Da legte er die Hand auf das Herz und antwortete:

»Schi-itkli takla ho-tli, tschi-kayi-kle – – ich habe ein Pferd, einen Rotschimmel.«

»So ist es recht! Ich sage dir sogar, daß du heute früh bei Zeiten die ganze indianische Schule durchgeübt hast.«

»Mein weißer Bruder ist allwissend wie Manitou, der große Geist!« rief er aus, förmlich betroffen.

»Nein. Du bist in Carriere geritten, mit einem Fuße im Sattel hängend und mit einem Arme am Halsriemen, deinen Körper an die eine Seite des Pferdes legend. Das thut man im Kampfe, um sich vor den Geschossen des Feindes zu schützen, zur Friedenszeit aber nur, wenn man die volle Schule übt. Nur bei einem solchen Ritte ist es möglich, daß Mähnenhaare sich an Griff und Scheide des Messers verfitzen und, ausgerissen, hängen bleiben. Solches Mähnenhaar kann nur ein Rotschimmel haben.«

Er fuhr mit beiden Händen nach dem Gürtel, an welchem das Messer in der Scheide lag. Daran hingen einige Haare. Ich sah trotz seiner indianischen Hautfärbung, daß er errötete, und fügte hinzu:

»Das Auge des ›kleinen Hirsches‹ ist hell, aber noch nicht geübt genug für solche Kleinigkeiten, an denen doch oftmals das Leben hängt. Mein junger Bruder ist hierher gekommen, um den Besitzer dieses Hauses zu sehen. Hat er eine Blutrache mit demselben?«

»Ich habe das Gelübde des Schweigens abgelegt,« antwortete er; »aber mein weißer Bruder ist der Freund des berühmtesten Apatschen. Ich will ihm etwas zeigen, was er mir heute noch zurückgeben wird. Er kann davon sprechen, denn meine Stunde ist gekommen.«

Er öffnete das Jagdhemd und zog ein wie ein Briefcouvert viereckig zusammengelegtes Leder hervor. Er gab es mir und schritt davon, nach dem Maisfelde zu, bei welchem jetzt der blonde Joseph stand. Ich sah noch, daß er diesen beim Arme ergriff und mit sich fortzog.

Ich schlug das Leder, welches aus einem gegerbten Hirschfelle geschnitten war, auseinander. Der Inhalt bestand aus einem zweiten Lederstücke aus Büffelkalbfell, nur von den Haaren befreit, mit Kalk gebeizt und zu Pergament geglättet. Es war zweimal zusammengeschlagen. Als ich es auseinander gefaltet hatte, sah ich eine Reihe von Figuren, in roter Farbe hervorgebracht, in der Zeichnung ganz ähnlich der berühmten Felseninschrift von Tsitßumovi in Arizona gehalten. Ich hatte ein Dokument in Indianerschrift in den Händen, eine solche Seltenheit, daß ich gar nicht sogleich an das Entziffern dachte, sondern in die Hütte eilte, um Will Salters diesen Schatz zu zeigen. Er schüttelte den Kopf dazu und meinte ganz verwundert:

»Das soll man lesen können?«

»Natürlich!«

»Nun, so lies du es. Schon wenn es sich um unsre gewöhnliche Schrift handelt, will ich mich lieber mit zwanzig Indsmen als mit drei Buchstaben herumschlagen. Ich bin niemals ein Held im Lesen gewesen; ich schreibe meine Briefe dem Adressaten gleich hier mit der Doppelbüchse in den Leib; das ist das Kürzeste. Die Feder zerbricht mir zwischen den Fingern, und die Tinte schmeckt zu schlecht. Nun erst diese Figuren zu entziffern, das ist ja fürchterlich. Man kann sie hier in der dunkeln Hütte, die nur zwei kleine Gucklöcher an Stelle der Fenster hat, ja gar nicht einmal erkennen.«

»So komm mit hinaus vor die Thür!«

»Na, mitgehen will ich wohl; das Lesen aber magst du allein besorgen.«

Wir gingen hinaus. Die Frau blieb zurück. Sie hatte auf dem Herde ein kleines Feuer angezündet, um einige Stückchen unsres Fleisches zu braten.

Ich hatte die Augen natürlich sofort auf den Figuren; Will Salters aber hielt die seinigen nach dem Himmel gerichtet. Er brummte bedenklich:

»Hm! Eigentümliche Wolke! Habe noch niemals so etwas gesehen. Was sagst du dazu?«

Dadurch aufmerksam gemacht, blickte ich empor. Das

Wölkchen war nicht viel größer geworden, hatte aber ein ganz andres Aussehen bekommen. Vorher bläulichgrau, hatte es jetzt eine hellrote, durchsichtige Färbung, und es war, als ob von ihm aus Millionen und aber Millionen spinnenfadendünne, mattgoldene Fäden nach der ganzen Ausdehnung des Gesichtskreises hinuntergingen. Diese kaum sichtbaren Fäden zuckten nicht; sie waren vollständig unbeweglich, wie fest angespannt.

»Nun?« fragte Will.

»Ich habe auch nie etwas Aehnliches gesehen.«

»Sollte dieser junge Mensch, der Indsman, recht behalten mit seinem Wirbelwinde, uns alten, erfahrenen Savannenleuten gegenüber!«

»Bedenklich sieht es aus. Der Apatsche sprach gar von einer Windhose. Das wäre noch schlimmer.«

»Es mag sein, was es wolle, wir müssen es eben abwarten. Ich hoffe, du kannst dich in deiner Indianerschrift besser zurechtfinden, als da oben in dem unbegreiflichen Fadengewirr. Wie steht es?«

»Hm! Wollen sehen! Da vorn sehe ich eine Sonne gemalt mit nur aufwärtsgehenden Strahlen, also wohl die aufgehende Sonne. Dann kommen vier Reiter. Sie haben Hüte auf, sind also wahrscheinlich Weiße. Der vorderste hat etwas am Sattel hängen; kleine Säcke sollen es wohl sein. Hinter diesen vieren kommen zwei andre. Sie haben Federn auf den unbedeckten Köpfen, dürften also wahrscheinlich Indianerhäuptlinge vorstellen.«

»Na, das ist ja alles sehr einfach. Nennst du das etwa lesen?«

»Es ist der Anfang dazu. Man muß erst die Buchstaben kennen lernen, ehe man sie zu Wörtern zusammenzusetzen vermag. Es befinden sich nun noch einige kleinere Figuren hier, welche über den größeren angebracht sind. Ueber dem einen Indianer sehe ich einen Büffel, welcher das Maul öffnet, aus dem einige kleine Striche hervorgehen. Aus dem Maule kann nur die Stimme hervorgehen; es ist also wohl ein brüllender Stier gemeint. Ueber dem Kopfe des anderen

Indsman ist eine Tabakspfeife, aus deren Kopfe ähnliche Striche hervorgehen; das soll wohl Rauch bedeuten. Die Pfeife brennt also.«

»Du, ich fange an, lesen zu können!« sagte Will. »Da fällt mir ein, daß es zwei Apatschenhäuptlinge gab, zwei Brüder; der eine war der ›brüllende Büffel‹ und ist seit langem tot; der andere hieß die ›brennende Pfeife‹, weil er von friedlicher Gesinnung war und gern mit jedermann die Friedenspfeife rauchte. Er soll noch leben.«

»So sind vielleicht gar diese beiden gemeint! Wollen sehen! Ueber dem zweiten Weißen ist ein Auge gemalt mit einem hindurchgehenden Strich. Entweder hat er nur ein Auge, oder ist er auf dem einen blind, oder das Auge ist krank. Ah, das wäre ja der Name, den du vorhin nanntest: ›böses Auge‹!. Das soll wohl heißen: boshaftes Auge. Und über dem dritten Weißen ist ein Beutel mit einer danach greifenden Hand. Sollte das Diebstahl bedeuten?«

»Ja, ja, gewiß!« sagte Salters schnell, »die stehlende Hand. Ich hab's, ich hab's! Jetzt weiß ich, wo ich diesen Rollins gesehen habe! Nämlich droben in den schwarzen Bergen; er hieß Haller, war ein Pferde- und Biberfallendieb und wurde die ›stehlende Hand‹ genannt.«

»Du wirst dich irren!«

»Nein, nein! Die ›stehlende Hand‹ und das ›böse Auge‹ waren Vettern oder gar Brüder und hielten zusammen. Sie sind gemeint. Weiter, weiter!«

»Da die aufgehende Sonne voransteht, so sind diese Reiter nach Sonnenaufgang, also nach Osten geritten. Hier auf der zweiten Zeile kommen dieselben Figuren wieder vor, und zwar öfters und in verschiedenen Gruppen. Erste Gruppe: die drei hinteren Weißen schießen auf den Voranreitenden. Zweite Gruppe: er liegt tot am Boden, und sie haben seine Säcke oder Beutel. Dritte Gruppe: die Indianer schießen auf die drei Weißen. Vierte Gruppe: Zwei Weiße und ein Indianer, der ›brüllende Büffel‹, sind tot; die ›stehlende Hand‹ entflieht. Fünfte Gruppe: die ›brennende Pfeife‹ vergräbt die Beutel. Sechste Gruppe: die ›brennende Pfeife‹ hat den ›brüllenden Büffel‹ auf dem Pferde und reitet hinter der ›stehlenden Hand‹ her, verfolgt ihn wahrscheinlich. Siebente Gruppe: die ›brennende Pfeife‹ begräbt den ›brüllenden Büffel‹, die ›stehlende Hand‹ ist verschwunden. Nun kommen noch zwei kleine Bilder. Da stehen drei Bäume; unter dem mittleren stecken die Beutel unter der Erde. Und dann kommt ein großer, einzelner Baum, unter welchem man den ›brüllenden Büffel‹ unter der Erde liegen sieht; sein Grab also. Jetzt löst sich das ganze, schaurige Erlebnis leicht – – –«

»Halt!« unterbrach mich Salters. »Laß einmal diese Angelegenheit auf sich beruhen und blicke in die Höhe! Merkst du denn nicht, daß es ganz finster wird? Siehe dir doch um Gottes willen einmal den Himmel an!«

Ich folgte seiner Aufforderung und erschrak. Die erwähnten mattgoldenen Fäden waren verschwunden. An ihrer Stelle sah ich mehrere dunkle Striche, zu denen sie sich höchst wahrscheinlich zusammengezogen hatten und welche die Wolke, die tief schwarz geworden war, mit dem nördlichen Himmel verbanden. Der übrige Teil des Himmels war hell und rein. An den Strichen wurde die Wolke wie an starken, straffen Seilen abwärts nach Norden gezogen. Das ging zusehends schnell. Je weiter sie zur Erde gezogen wurde, desto deutlicher sah man von der letzteren aus eine erst durchsichtige und dann sich immer mehr verdunkelnde Masse emporsteigen, unten breit, oben schwächer werdend, sich drehend und mit dem oberen, hin und her flatternden Schwanze nach der Wolke haschend. Diese sank immer schneller nieder, oben sich verbreiternd, nach unten nun ihrerseits einen Schwanz aussendend. Die beiden Schwänze suchten sich und fanden sich. Als sie sich berührten, war es, als ob die Wolke auf die Erde herabgerissen werden solle; aber sie hielt sich in der Luft und bildete mit dem Wirbelwind nun einen sich rasend schnell um seine eigene Achse drehenden Doppeltrichter, dessen Spitzen sich in der Mitte vereinigt hatten, während seine beiden Grundflächen unten an der Erde und hoch oben in der Luft wohl einen Durchmesser von fünfzig Meter erreichten.

Da sich in der Umgebung nur niedriges Buschwerk befand, so konnten wir die beängstigende Naturerscheinung fast in ihrer ganzen Achsenhöhe beobachten. Sie wickelte und wirbelte sich sehr schnell vorwärts, grad auf uns zu. Und hier um uns gab es völlige Unbewegtheit der Luft und eine plötzlich eingetretene Schwüle, welche uns sofort den Schweiß aus allen Poren trieb.

»Der ›kleine Hirsch‹ hat recht gehabt,« sagte ich. »Es handelt sich um unser Leben. Schnell, Will, retten wir uns und die Frau!«

»Wie denn und wohin denn?« fragte er erschrocken.

»Auf unsere Pferde.«

»Wir wissen doch nicht, wohin wir uns wenden sollen!«

»So eine Windhose ist freilich unberechenbar in ihren Bewegungen, aber wir müssen eben unsre Richtung ändern, sobald sie die ihrige ändert. Vielleicht wird sie vom Flusse aufgehalten und kommt gar nicht herüber auf unsre Seite. Hole Rollins' Gaul hinter der Fenz hervor. Ich springe nach der Frau!«

Ich fand diese am Herde, ohne Ahnung der ihr drohenden Gefahr. Sie fiel fast in Ohnmacht, als ich ihr mitteilte, was draußen vorging. Ich faßte sie und trug sie eilig hinaus. Will kam eben mit dem Gaule an.

»Das Tier thut obstinat,« rief er. »Ich will mich darauf setzen; er ist nicht gesattelt, und die Lady würde beim ersten Schritte abgeworfen. Hebe sie auf meinen Fuchs! Schnell, schnell!«

Er sprang auf und trieb das alte Pferd im Galoppe vorwärts.

»Können Sie reiten?« fragte ich die Frau.

»So nicht, wie es hier sein muß,« jammerte sie.

»So nehme ich Sie zu mir.«

Ich schwang mich auf den Fuchs, welcher zwei Personen eher tragen konnte als mein lahmer Brauner, zog die Zitternde zu mir herauf, so daß sie quer auf meinen Knieen lag, ergriff meinen Lahmen am Zügel und folgte dem voransprengenden Salters.

Das war alles so schnell geschehen, daß vom ersten Erblikken der Windhose bis jetzt nicht mehr als eine Minute vergangen war. Ich hatte es nicht bequem. Mit der Rechten mußte ich die Frau halten und mit der Linken den Fuchs leiten und auch den Braunen führen. Aber es ging. Als wir eine ziemlich bedeutende Strecke zurückgelegt hatten, rief ich Will zu, jetzt anzuhalten. Er that es, und wir drehten uns um.

Die Trombe hatte fast den Fluß erreicht. Von Luft und der Wolke war nichts mehr zu sehen. Sie bildete ein finsteres Ungetüm, genau von der Gestalt einer Sand- oder Eieruhr, aber von riesenhafter Größe, in welcher ausgerissene Sträucher, Steine und mächtige Rasenstücke mit ganzen Wagenladungen von Sand rundum gewirbelt wurden - ein entsetzliches, überirdisch erscheinendes Ungetüm.

Jetzt hatte sie das Ufer erreicht. Wird sie halten bleiben - sich am jenseitigen Ufer fortbewegen, auf- oder abwärts - vielleicht in sich zusammenfallen? So fragten wir uns. Der Mensch, der in ihren Bereich kam, war sicher verloren. Turmhoch auf und nieder und um sich selbst gewirbelt, mußte er ersticken, wenn er nicht vorher zur Erde geschmettert oder von den sich mit ihm drehenden Massen zerquetscht wurde.

Sie hielt an, als ob sie sich besinnen wolle. Der obere, nach abwärts sich verjüngende Trichter neigte sich herüber, die bisherige Richtung fortzusetzen. Er zerrte an dem untern Trichter; fast schien es, als ob er sich von demselben losreißen wolle. Da that es einen fürchterlichen Krach; die dunkleren, kompakteren Massen, Sand, Steine, Sträucher, Rasen verschwanden, und eine lange Wassersäule stieg auf, erst von cylindrisch gleichmäßiger Gestalt, dann sich in der Mitte einengend, die frühere Figur eines gleichmäßigen Doppelkegels annehmend. Aus der Windhose war eine Wasserhose geworden, die sich, wie zornig über den am Flusse erlittenen Aufenthalt, nun mit doppelter Schnelligkeit fortbewegte, augenblicklich die Blockhütte erfassend, gerade auf uns zu.

»Fort jetzt! Da rechts hinüber!« schrie ich auf.

Die Pferde waren nur schwer für den kurzen Moment zu

halten gewesen. Sie erkannten die Gefahr und schossen fort, daß wir sie gar nicht anzutreiben brauchten. Den Blick auf die Wirbelhose gerichtet, sah ich zu meiner Freude, daß sie eine westliche Richtung nahm. Sie entfernte sich von uns. Wir konnten anhalten und waren gerettet, wenn sie nicht umkehrte.

Aber dieses letztere geschah nicht. Sie bewegte sich in ungeminderter Schnelligkeit weiter, nicht mehr durchsichtig wie am Wasser, sondern wieder dunkel und undurchsichtig. Sie hatte alles, worauf sie stieß, von der Erde auf- oder emporgerissen. Wir sahen, wie sie wuchs und an Mächtigkeit gewann. Alles, was sie nicht in sich zu halten vermochte, weit von sich schleudernd, verfolgte sie verderbenbringend ihren Weg, bis auf einmal von fern her ein donnerndes Getöse erscholl, unter dem die Erde erbebte - sie war verschwunden.

Aber fast in demselben Momente hatte sich, wir wußten gar nicht wie, der ganze Himmel schwarz umhüllt, und es stürzte ein Regen hernieder, dessen Tropfen größer als eine Erbse waren.

»Unser Haus, unsere Wohnung! Was ist aus ihr geworden?« jammerte die Frau, jetzt zum erstenmal ihr Schweigen brechend.

Statt der Antwort setzten wir die Pferde in scharfen Trab und kehrten nach dem Blockhause zurück. Nach dem Blockhause? Nein; das war nicht mehr vorhanden. Es war auseinandergerissen, auseinandergedreht, wie man ein dünnes, haltloses Strohgeflecht zerfetzt. Die schweren, mannesstarken Stämme und Klötze, aus denen es bestanden hatte, waren weit, weit mit fortgeschleppt und dann wieder zur Erde geschleudert worden. Von der Fenz war keine Spur zu sehen, keine einzige Planke, keine Latte, keine Stange - alles durch die Lüfte mit davongewirbelt.

Die Frau sank vor Entsetzen in einen Zustand der Empfindungslosigkeit. Das war uns lieb. Ich dachte an ihren Mann, an ihren Sohn, an den jungen Indsman. Ich wußte, seit ich die Zeichnung besaß, wo die Genannten zu finden seien - dort an dem Berge, an welchem die Windhose in sich zusammengestürzt war, weil er als ein unüberwindbares Hindernis in ihrem Wege gelegen hatte. Wie aber mochte sie geendet haben? Jedenfalls wie eine sterbende Gigantin, welche im Todeskampf alles zermalmt, was in den Bereich ihrer Hände kommt. Es erwarteten uns dort vielleicht schreckliche Scenen, welche wir ihr ersparen wollten. Als sie aber hörte, daß wir ihren Sohn suchen wollten, erhielt sie ihre Thatkraft zurück. Es half weder Bitten noch Zürnen; wir durften sie nicht zurücklassen. Sie stieg auf und ritt mit.

So plötzlich, wie der Regen losgebrochen war, hellte es sich auch wieder auf. Die Wolken waren verschwunden, wie weggezaubert, und die Sonne lachte vom Himmel herab, als ob gar nichts geschehen sei.

Aber wie sah es auf dem Wege aus, den wir einzuschlagen hatten! Wohl über sechzig Meter breit war die Bahn, welche die Trombe hinter sich gezeichnet hatte. Aller Pflanzenwuchs war wie wegrasiert. Sie hatte Löcher gerissen und wieder mit Trümmern gefüllt. Und weit, weit rechts und links über die Bahn hinaus lagen die Blöcke, Steine, Sträucher und sonstigen Massen, welche sie von sich geschleudert hatte.

Und nun gar am Berge; wie sah es da aus! Bereits von weitem erblickten wir die Verwüstung. Der Strauchwuchs war aus der Erde gerissen, emporgewirbelt, in unentwirrbare Knäuel zusammengedrückt und rechts und links hinweggeschleudert worden. Die Windhose hatte sich eine weite Strecke längs des Berges hin einen Ausweg gesucht und im Grimme darüber, ihn nicht finden zu können, alles Leben in Tod verwandelt. Die nackt gelegten Felsen hatten das Aussehen tief eingehauener Steinbrüche. Die Platanen, über welche ich mich im Vorüberreiten so gefreut hatte, waren kaum mehr zu erkennen. Mannsstarke Stämme lagen, samt den Wurzeln aus dem Boden gerissen, da; Aeste von der Stärke eines Kindes waren wie Taue zusammengedreht worden. Die größte der Platanen hatte alle ihre Hauptäste eingebüßt. Sie bot mit ihren tiefen und langgeschlitzten Rißwunden einen bejammernswerten Anblick. Wo aber waren – – ah, da drüben stand ein indianisch gesatteltes Pferd, ein Rotschimmel, an einem gewaltigen, chaotisch verfitzten Gesträucherballen, an dessen Blättern es lüstern knabberte. Das war das Pferd des ›kleinen Hirsch‹. Wo das Tier war, mußte auch der Besitzer sein.

Wir ritten hin, und siehe da: Eine mächtige Platane war ausgerissen worden; im Umstürzen hatte sie mit den zähen, unzerreißbaren Wurzeln den ihr bisher gehörigen Grund und Boden emporgewuchtet. Unter diesem ungeheuren Wurzelballen gähnte ein breites, tiefes, höhlenartig nach innen verlaufendes Loch. Und da saßen der blonde Joseph und der junge Apatsche, von den Wurzeln wie von einem für den Regen undurchdringlichen Dach beschirmt. Sie lachten uns vergnügt entgegen. Die Mutter stieg in Eile hinab, den Sohn an ihr Herz zu drücken. Der Apatsche aber sprang herauf und fragte:

»Glauben nun meine weißen Brüder, daß ich das Anzeichen des ›sehr hungrigen Windes‹ kenne?«

»Wir glauben es,« antwortete ich. »Wie aber habt ihr euch gerettet?«

»Der ›kleine Hirsch‹ hatte sein Pferd tief im Gebüsch versteckt. Er holte es und setzte sich mit dem blauäugigen Bleichgesichte darauf, um dem Winde zu entfliehen. Als dieser sich gesättigt hatte, ritt Ischarshiütuha hierher und fand, was er mit dem kleinen Bleichgesichte seit drei Tagen gesucht hatte.«

»Du bist mit Joseph heimlich zusammengekommen?«

»Ja. Er ist der Sohn des Mannes mit den Beuteln, welcher hier ermordet wurde. Komm und siehe, wo die ›brennende Pfeife‹ die Nuggets vergraben hatte.«

Er führte uns an die andere Seite des Wurzelballens. Dort war in der Nähe des Stammes die Erde auseinander geborsten, und wir erblickten zwei allerdings vom Moder weißgrau gewordene Ledersäckchen, welche sich bei näherer Besichtigung als mit Goldstaub und Goldkörnern gefüllt erwiesen. Joseph wußte bereits alles. Als nun seine Mutter erfuhr, was ich bereits erraten hatte, die Ermordung ihres ersten Mannes, wollte sie vor Jammer in die Kniee brechen.

Einen Trost bot freilich der unerwartete Besitz des wertvollen Metalles, doch war es ihr fast unmöglich, an denselben zu glauben. Auf ihre Fragen erzählte der Indianer:

»Der ›brüllende Stier‹ war mein Vater. Er machte sich mit der ›brennenden Pfeife‹, seinem Bruder, auf, um den großen Vater der Bleichgesichter[1] zu besuchen und ihm die Wünsche der Apatschen mitzuteilen. Die beiden Häuptlinge ritten nach Osten. Sie kamen dazu, wie drei Bleichgesichter einen Weißen ermordeten, weil er Gold gefunden hatte. Zwei von den Mördern waren das ›böse Auge‹ und die ›stehlende Hand‹; den dritten kannten sie nicht. Sie straften den Mord und töteten das ›böse Auge‹ und den dritten. Die ›stehlende Hand‹ entkam, nachdem sie meinen Vater erschossen hatte. Die ›brennende Pfeife‹ folgte ihm, nachdem sie das Gold vergraben und die Leiche des ›brüllenden Büffel‹ zu sich aufs Pferd genommen hatte, konnte ihn aber nicht erreichen. ›Brennende Pfeife‹ begrub den Bruder da, wo ich ihn in zwei Tagen finden werde, und ritt allein nach Washington. Der Bruder mußte gerächt werden; ich mußte ihn rächen, denn ich bin sein Sohn. Aber es verging eine lange Zeit, weil ich noch klein war. Dann aber machte ich mich auf, um mir den Skalp des Mörders zu holen, denn dann bin ich ein Krieger und darf ein Feuerrohr tragen. Der Mörder wohnte in der Hütte des Ermordeten; er hatte das Weib desselben zu seiner Squaw gemacht; dadurch wurde die Hütte sein Eigentum und er konnte nach dem Schatze suchen.«

Als die Frau diese Eröffnung vernahm, stieß sie einen Schrei des Entsetzens aus und fiel in Ohnmacht. Ihr zweiter Mann war der Mörder des ersten.

»Nun sollt ihr die ›stehlende Hand‹ sehen,« sagte der Apatsche. »Folgt mir!«

Joseph blieb bei seiner besinnungslosen Mutter zurück, welcher wir die Besinnungslosigkeit wohl gönnten. Salters und ich folgten dem Indianer zu der großen Platane. Dort lag Rollins an der Erde unter einem der wohl drei Fuß im

[1] Präsident der Vereinigten Staaten.

Durchmesser haltenden Hauptäste, welcher auf ihn gefallen war und ihm die Beine bis herauf an den Leib vollständig zermalmt hatte.

»Hier liegt er,« sagte der Apatsche. »Ich wollte mir seinen Skalp holen; aber der große Geist hat ihn gerichtet. Ich nehme nur den Skalp eines Mannes, den ich besiegt habe. – Diesen hier hat der Zorn des gerechten Manitou erschlagen, an demselben Orte, an welchem er den Mord beging. Verstehest du nun die Schrift, welche ich dir zu lesen gab?«

»Vollständig,« antwortete ich.

»›Brennende Pfeife‹ kann nicht schreiben. Er hat die Schrift von dem großen Häuptling Intschu tschuna machen lassen, dem er alles erzählte. Du bist der Bruder dieses berühmten Kriegers, und darum will ich dir die Schrift schenken. Siehe, der Elende öffnet die Augen. Vielleicht kannst du noch mit ihm sprechen. Ich aber gehe; er ist der Mörder meines Vaters; ich hätte ihn getötet, aber sein Wimmern mag ich nicht hören. Der rote Mann hat auch ein Herz, gerade wie das weiße Bleichgesicht; er will schnell strafen, aber nicht langsam martern.«

Er kehrte zu Joseph und dessen Mutter zurück. Wir aber hatten noch eine schlimme Viertelstunde zu überstehen, die Sterbeminuten des Mörders. Das Bewußtsein kehrte ihm zurück; er fühlte, daß der Tod ihm nahe sei, und gestand alles. Zwar fehlte ihm die Kraft zur zusammenhängenden Rede, aber er konnte unsere Fragen doch mit Ja oder Nein beantworten. So erfuhren wir, was wir uns eigentlich selbst schon ergänzen konnten.

Er hatte bemerkt, daß die ihn verfolgende ›brennende Pfeife‹ die Nuggets nicht bei sich führte, sie also vergraben hatte. Er führte den Indianer irre und kehrte nach dem Schauplatz des Ueberfalles zurück. Dort machte er unter vieler Mühe ein Loch für die Leichen, damit der Mord ein Geheimnis bleibe. Einige Tage später schoß er auch noch den Bruder des Ermordeten nieder, um sich bei der Frau als willkommener Beschützer einführen zu können. Dann konnte er mit aller Bequemlichkeit nach dem Golde suchen. Es gelang alles, nur die Hauptsache nicht; er konnte die Nuggets nicht finden. Der Durst nach dem Golde und die Qualen seines Gewissens brachten ihn dem Wahnsinn nahe. Er litt keinen Fremden, damit ja nicht durch irgend einen Zufall etwas entdeckt werde. So waren Will und ich abgewiesen worden, und so hatte er auch den ›kleinen Hirsch‹ fortgejagt, welcher sich lahm stellte, um unter diesem Vorwande bei ihm Eintritt zu erhalten.

Gott richtete ihn nach seiner Allgerechtigkeit. Gerade jetzt lag der Mörder auf der Stelle im Sterben, unter welcher die Gebeine der von ihm Verscharrten lagen, und noch in seinen letzten Augenblicken mußte er von uns erfahren, daß das so lange vergebens gesuchte Gold gefunden worden sei und in die Hände des von ihm gehaßten Knaben komme.

Und doch verfuhr der Barmherzige noch gnädig mit ihm: Die zermalmten Glieder verursachten ihm keine Schmerzen; er schlief ein, ohne einen Seufzer auszustoßen.

Wir meldeten seinem Weibe das Geschehene. Sie mochte ihn nicht sehen und that recht daran. Wir zwei haben ihm das Grab gemacht und ein Vaterunser über demselben gebetet.

Der ›kleine Hirsch‹ ritt bald von dannen. Er ließ sich nicht halten. Und als die schwer geprüfte Frau ihm einen Teil des Goldes anbot, sagte er stolz:

»Behalte deinen Staub. Der Apatsche weiß, wo Gold in Menge zu finden ist, aber er sagt es keinem Menschen und verachtet es. Der große Geist hat den Menschen erschaffen, nicht daß er reich, sondern daß er gut werde. Möge er dir von nun an soviel Glück geben, wie du bisher Leid erfahren hast!«

Er stieg auf und ritt von dannen.

Am andern Vormittag verließen auch wir die Gegend, Joseph und seine Mutter mit uns nehmend. Der alte Gaul trug das Gold und das übrige wenige Eigentum von Mutter und Sohn, der Fuchs die Lady und mein Brauner den Knaben; Will und ich schritten nebenher. Im nächsten Settlement, wo Mutter und Sohn eine bessere Reisegelegenheit abwarten konnten, nahmen wir Abschied von ihnen, denen die Windhose so schlimme Aufklärung, dafür aber auch die Mittel zu einer besseren Existenz gebracht hatte.« – –

Schon während der vorigen Erzählung, welche von dem Ueberfalle des Zuges und der Trappergesellschaft Sam Fireguns handelte, war ein Herr aus einer Stube getreten, welche an den großen Gastraum stieß, und hatte sich an dem nächsten Tische niedergelassen. Diese Nebenzimmer sind gewöhnlich zum Aufenthalte für bessere Gäste bestimmt, woraus ich schloß, daß dieser Herr entweder kein gewöhnlicher Mann oder ein bevorzugter Bekannter der Wirtin sei. Es war ihm anzusehen, daß ihn die Erzählung herbeigezogen hatte, denn er schenkte ihr eine ganz ungewöhnliche Aufmerksamkeit. Dabei nickte ihm Mutter Thick zuweilen in sehr bezeichnender Weise zu, winkte, ihn dabei anblickend, bei gewissen Stellen der Erzählung mit der Hand nach dem Tische hin, an welchem der Erzähler saß, und ließ mich durch dieses Nicken und Winken vermuten, daß der betreffende Herr zu den Personen oder Ereignissen, von denen erzählt wurde, in irgend welcher Beziehung stehe. Ich wurde in dieser Ansicht dadurch bestärkt, daß er der darauf folgenden kürzeren Geschichte viel weniger Aufmerksamkeit als der vorhergehenden schenkte, auch hatte er einmal die Finger an den Mund gelegt, um der Wirtin still zu sagen, daß sie schweigen möge. Er wurde mir dadurch so interessant, daß ich ihn beobachtete, was aber selbstverständlich in einer solchen Weise geschah, daß er es nicht bemerkte. Sein Gesicht war von Wind und Wetter gegerbt und von der Sonne tief gebräunt, als hätte er sich im wilden Westen oder überhaupt nur im Freien bewegt; dennoch hielt ich ihn nicht für einen eigentlichen Westmann, denn seine durchgeistigten Züge, seine mehr nach innen gerichteten Augen und die Denkerfalten über der Nasenwurzel ließen auf einen andern Beruf als denjenigen eines Trappers schließen. Er war mir darum ein Rätsel, denn es giebt sehr wenig Berufsarten, welche neben geistiger Arbeit auch ein Herumstreifen in Prairie und Urwald erfordern, und selbst dann pflegt es weniger Beruf als vielmehr

Liebhaberei zu sein, wie zum Beispiel bei dem Ethnographen, welcher die letzte Geschichte erzählt hatte.

Als er damit zu Ende war, fügte er an sie die Bemerkung:

»Ihr werdet jetzt zugeben, daß es schon vor Winnetou bei den Apatschen intelligente und achtenswerte Leute gab. Oder war das Benehmen dieses roten Knaben etwa nicht achtenswert? Und zugleich ist meine Geschichte auch wieder ein Beweis dafür, daß es Weiße giebt, die viel schlimmer sind als der schlimmste Indianer. Es befinden sich unter diesen Weißen oft Personen, die nach Stand und Bildung jedem andern ein gutes Beispiel geben sollten, anstatt dessen aber wahre Muster der Ruchlosigkeit und Niederträchtigkeit sind. Habe zum Beispiel da kürzlich von einem spanisch-mexikanischen Grafen erzählen hören, der sich mit den wilden Comantschen zum Ueberfalle seiner eigenen Hazienda und zur Ermordung von deren Bewohnern verbunden hatte. Wenn da nicht der Apatschenhäuptling Bärenherz und der Häuptling der Miztecas Büffelstirn gewesen wären, so hätten alle Weißen dort in das Gras beißen müssen.«

»Kennt Ihr diese Geschichte?« wurde er gefragt.

»Ausführlich nicht. Ich hörte nur so einige Andeutungen. Es kam auch ein berühmter weißer Jäger dabei vor, dessen Name, wenn ich nicht irre, Donnerpfeil war.«

»Und ein Graf spielte den Halunken, ein wirklicher Graf?«

»Ein wirklicher Graf, dessen Vater einer der vornehmsten und reichsten Männer des Landes war.«

»Wie hieß denn dieser Kerl?«

»Graf von Roderig - - - Rod - - - Rod - - - habe den Namen vergessen; kann mich nicht mehr auf ihn besinnen.«

Da ertönte es von einem der entfernteren Tische her:

»Graf von Rodriganda, meint Ihr wohl, Sir?«

»Ja, ja, so war es, Graf von Rodriganda. Ihr kennt also den Namen?«

»Sehr gut.«

»Habt die Geschichte gehört?«

»Nicht nur gehört. Ich kenne den Grafen und alle Personen, die darin vorkommen; ich kenne auch die Hacienda, von welcher Ihr spracht, und die ganze Umgegend derselben, denn ich muß Euch sagen, daß ich dort wohne und der Rechtsanwalt von Sennor Arbellez bin, auf den es damals abgesehen war.«

»Was? Sein Rechtsanwalt? Da werden Euch die Ereignisse allerdings sehr bekannt sein.«

»So bekannt, als hätte ich sie selbst mitgemacht.«

»Wie kommt es aber, daß Ihr diese Gegend verlassen habt und über den großen Fluß gegangen seid?«

»Geschäftssache, Sir. Ich bin eines Prozesses wegen hier in den Staaten.«

»So! Wenn die Rechtsanwälte nicht die dumme Gewohnheit hätten, sich jedes Wort, welches sie sprechen, teuer bezahlen zu lassen, so hätte ich eine Bitte an Euch.«

»Hm! Ihr scheint keine gute Meinung von uns zu haben!«

»Das will ich nicht grad sagen; ich habe nur gemeint, daß diese Herren sehr wohl wissen, was ein Dollar zu bedeuten hat.«

»Das weiß ich freilich auch; dennoch giebt es bei mir Zeiten, in denen ich gut gelaunt bin und mich nicht bezahlen lasse.«

»Wirklich?«

»Ja!«

»Wie steht es da wohl jetzt? Seid Ihr bei guter Laune?«

»Bei sehr guter.«

»So darf ich vielleicht mit meiner Bitte herausrücken?«

»Versucht es wenigstens einmal!«

»*Well!* Ich möchte nämlich gern, daß die Gentlemen, welche hier sitzen, die Geschichte vom Grafen Rodriganda auch hören. Wollt Ihr sie erzählen?«

»Bin gar nicht abgeneigt. Aber sie ist nicht so kurz wie die Eurige; haben die Gentlemen Zeit?«

»Warum sollten sie keine haben? Bei Mutter Thick hat jedermann Zeit, so viele Gläser zu trinken und so lange zu bleiben, wie es ihm beliebt, zumal, wenn es gilt, etwas Interessantes anzuhören. Bitte, kommt her an unsern Tisch, damit Ihr Eure Stimme nicht zu sehr anzustrengen braucht!«

»Das will ich gern thun. Habe Eure Erzählungen angehört, die mir nicht übel gefallen haben, und ich will Euch zum Dank dafür nun auch einen Beweis zu Eurer Behauptung liefern, daß es weiße Schurken giebt, an deren Schlechtigkeit kein Roter heranreicht.«

Der Sennor, welcher durchaus mexikanisch gekleidet war, kam mit seinem Glase herbei, nahm den ihm angebotenen Platz ein, zündete sich die unvermeidliche Cigarette an und begann:

»Auf den Fluten des Rio Grande schwamm langsam ein leichtes Kanoe hinab. Es war aus langen Baumrindenstücken gebaut, die mit Pech und Moos verbunden waren, und trug zwei Männer, welche verschiedenen Rassen angehörten. Der eine führte das Steuer, und der andre saß sorglos im Buge, indem er damit beschäftigt war, aus Papier, Pulver und Kugeln Patronen für seine schwere Doppelrifle zu drehen.

Derjenige von den beiden, welcher das Steuer führte, hatte die scharfen, kühnen Züge und das durchdringende Auge eines Indianers, und auch ohne dies hätte man an seiner Kleidung sofort gesehen, daß er zur amerikanischen Rasse gehöre. Er trug nämlich ein wildledernes Jagdhemd, dessen Nähte phantastisch ausgefranst waren, ein Paar Leggins, deren Seitennähte mit den Kopfhaaren der von ihm erlegten Feinde geschmückt waren, und Mokassins, welche doppelte Sohlen zeigten. Um seinen nackten Hals hing eine Schnur von den Zähnen des grauen Bären, und sein Haupthaar war in einen hohen Schopf geflochten, aus welchem drei Adlerfedern hervorragten, ein sicheres Zeichen, daß er ein Häuptling sei. Neben ihm im Kanoe lag ein fein gegerbtes Büffelfell, welches ihm beim Gehen als Mantel diente. In seinem Gürtel stak ein glänzender Tomahawk, ein zweischneidiges Skalpmesser und der Pulver- und Kugelbeutel. Auf dem Büffelfelle lag eine lange Doppelflinte, deren Kolben mit silbernen Nägeln verziert war und in dessen Schaft man viele eingeschnittene Kerben bemerkte, um die Zahl der Feinde zu bezeichnen, welche er bereits erlegt hatte. An der Bärenzahnschnur war das Kalumet befestigt, und außerdem sah man aus einer Tasche seines Jagdhemdes die Kolben von zwei Revolvern hervorblicken. Diese beiden bei den Indianern so seltenen Waffen waren ein sicheres Zeichen, daß er mit der Civilisation in eingehende Berührung gekommen sei.

Das Steuer in der Rechten, schien er seinem Begleiter zuzuschauen und sich um weiter gar nichts zu bekümmern; ein aufmerksamer Beobachter aber hätte bemerkt, daß er dennoch unter den tief gesenkten Wimpern hervor die Ufer des Flusses sehr scharf mit jenem eigentümlichen, maskierten Blicke beobachtete, welcher dem Jäger eigen ist, der in jedem Augenblicke einen Angriff auf sein Leben erwarten kann.

Der andre, welcher im Vorderteile saß, war ein Weißer. Er war lang und zwar schlank, aber doch ungemein kräftig gebaut und trug einen blonden Vollbart, der ihn außerordentlich gut kleidete. Auch er hatte Lederhosen an, die in den hoch heraufgezogenen Schäften schwerer Aufschlagestiefel steckten. Eine blaue Weste und ein ebensolches Jagdwams bedeckten seinen Oberkörper; der Hals war frei und nackt, und auf dem Kopfe saß einer jener breitkrempigen Filzhüte, die man im fernen Westen stets zu sehen bekommt. Sie haben die Farbe und Form verloren.

Die beiden Männer mochten in dem gleichen Alter von vielleicht achtundzwanzig Jahren sein, und beide trugen anstatt der Sporen scharfe Fersenstachel, ein sicherer Beweis, daß sie beritten gewesen waren, ehe sie sich das Kanoe bauten, um den Rio Grande hinabzufahren.

Indem sie so von dem Wasser des Flusses abwärts getragen wurden, vernahmen sie plötzlich das Wiehern eines Pferdes. Die Wirkung dieses Lautes war eine blitzschnelle, denn noch war der Ton nicht ganz verklungen, so lagen die beiden Männer bereits auf dem Boden des Kanoe, so daß sie von außen nicht gesehen werden konnten.

»*Tkli* – ein Pferd!« flüsterte der Indianer in der Sprache der Apatschen.

»Es steht weiter abwärts,« meinte der Weiße.

»Es hat uns gewittert. Wer mag der Reiter sein?«

»Ein Indianer nicht und ein guter, weißer Jäger auch nicht,« sagte der Weiße.

»Warum?«

»Ein erfahrener Mann läßt sein Pferd nicht so laut wiehern.«

»Was thun wir?«

»Rudern wir an das Ufer. Wir steigen aus und schleichen uns hin.«

»Und das Kanoe bleibt liegen?« fragte der Indianer. »Wenn es nun Feinde sind, welche uns an das Ufer locken und töten wollen?«

»*Pshaw*, wir haben auch Waffen!«

»So mag wenigstens mein weißer Bruder den Kahn bewachen, während ich die Gegend untersuche.«

»Gut, ich bin einverstanden!«

Sie leiteten das Kanoe an das Ufer, wo der Indianer ausstieg, während der Weiße mit den Waffen in der Hand sitzen blieb, um seine Rückkehr zu erwarten. Nach einigen Minuten bereits sah er ihn in aufrechter Stellung kommen, das war ein Zeichen, daß keine Gefahr vorhanden sei.

»Nun?« fragte der Weiße.

»Ein weißer Mann schläft dort hinter dem Busche.«

»Ah! Ein Jäger?«

»Er hat nur ein Messer.«

»Ist weiter niemand in der Nähe?«

»Ich habe niemand gesehen.«

»So wollen wir hin!«

Er sprang aus dem Fahrzeuge und band dieses fest; dann ergriff er seine schwere Rifle, zog die beiden Revolver, welche auch er besaß, halb hervor, um kampfbereit zu sein, und folgte dem Indianer. Sie erreichten bald die Stelle, an welcher der Schläfer lag. Neben ihm stand ein Pferd angebunden, welches auf mexikanische Weise gesattelt war.

Der Mann trug jene nach unten weiter werdenden mexikanischen Hosen, ein weißes Hemd und eine blaue, nach Husarenart um die Schultern hängend getragene Jacke.

Hemd und Hose wurde durch ein gelbes Tuch zusammengehalten, welches er wie einen Gürtel um die Hüften gewunden hatte. In diesem Gürtel stak außer einem Messer keine einzige Waffe. Der gelbe Sombrero lag über seinem Gesichte, um dasselbe gegen die warmen Strahlen der Sonne zu schützen. Der Mann schlief so fest, daß er das Nahen der beiden andern gar nicht hörte.

»Holla, Bursche, wach auf!« rief der Weiße, ihn am Arme schüttelnd.

Der Schläfer erwachte, sprang empor und zog das Messer.

»Verdammt, was wollt ihr?« rief er schlaftrunken.

»Zunächst nur wissen, wer du bist.«

»Wer seid ihr denn?«

»Hm, mir scheint, du hast Angst vor dem roten Mann. Das ist nicht nötig, alter Junge. Ich bin ein deutscher Trapper, Namens Helmers, und stamme aus der Gegend von Mainz, und dieser hier ist Shosh-in-liett, der Häuptling der Jicarillas-Apatschen.«

»Shosh-in-liett?« fragte der Fremde. »O, dann habe ich keine Sorge, denn dieser große Krieger der Apatschen ist ein Freund der Weißen.«

Shosh-in-liett heißt zu deutsch Bärenherz.

»Nun, und du?« fragte der Weiße, der sich Helmers genannt hatte.

»Ich bin Vaquero[1],« antwortete der Mann.

»Wo?«

»Jenseits des Flusses.«

»Bei wem?«

»Beim Grafen de Rodriganda.«

»Und wie kommst du herüber?«

»Alle Teufel, sagt mir lieber, wie ich hinüberkomme! Ich werde verfolgt.«

»Von wem?«

»Von den Comantschen.«

»Das scheint sich nicht zu reimen. Du wirst von Coman-

[1] Vaquero = Rinderhirte.

tschen verfolgt und legst dich in aller Gemütsruhe hier schlafen!«

»Der Teufel schlafe nicht, wenn man so müde ist!«

»Wo trafst du auf die Comantschen?«

»Grad im Norden von hier, nach dem Rio Pecos zu. Wir waren fünfzehn Männer und zwei Frauen, sie aber zählten über sechzig.«

»Donnerwetter! Habt ihr gekämpft?«

»Ja.«

»Weiter, weiter!«

»Was weiter? Sie überfielen uns, ohne daß wir von ihrer Gegenwart etwas ahnten; darum machten sie die Mehrzahl von uns nieder und nahmen die Frauen gefangen. Ich weiß nicht, wie viele noch außer mir entkommen sind.«

»Wo kamt ihr her, und wohin wolltet ihr?«

Der Vaquero war nicht gesprächig; er ließ sich jedes Wort abkaufen; er antwortete:

»Wir waren nach Forte del Quadeloupe geritten, um die beiden Damen abzuholen, welche dort zu Besuch gewesen waren. Der Ueberfall geschah auf dem Heimwege.«

»Wer sind die Damen?«

»Sennorita Arbellez und Karja, die Indianerin.«

»Wer ist Sennorita Arbellez?«

»Die Tochter unsers Inspektors.«

»Und Karja?«

»Sie ist die Schwester von Tecalto, dem Häuptling der Miztecas.«

Da horchte Bärenherz auf.

»Die Schwester von Tecalto?« fragte er.

»Ja.«

»Er ist mein Freund. Wir haben die Friedenspfeife miteinander geraucht. Die Schwester seines Herzens sollte nicht gefangen bleiben. Gehen meine weißen Brüder mit, sie zu befreien?«

»Ihr habt doch keine Pferde!« sagte der Vaquero.

Der Indianer warf ihm einen geringschätzigen Blick zu und antwortete:

»Bärenherz hat ein Pferd, wenn er eins braucht. In einer Stunde wird er den Hunden von Comantschen eins genommen haben.«

»Verdammt, das wäre stark!«

»Nein, das versteht sich ganz von selbst,« sagte der Weiße.

»Wie so?«

»Wann seid ihr gestern überfallen worden?«

»Am Abend.«

»Und wie lange hast du hier geschlafen?«

»Wohl kaum eine Viertelstunde.«

»So werden die Comantschen bald hier sein.«

»Alle Teufel!«

»Sicher!«

»Warum?«

»Du bist ein Vaquero und kennst die Gebräuche der Wilden nicht? Was für eine Absicht denkst du wohl, daß sie mit den Damen haben werden? Haben sie dieselben wohl wegen eines Lösegeldes gefangen genommen?«

»Nein, sicherlich nicht. Sie werden sie mitnehmen, um sie zu ihren Weibern zu machen, denn beide sind jung und schön.«

»Ja, ich habe gehört, daß die Mädchen der Miztecas wegen ihrer Schönheit berühmt sind. Wenn also die Comantschen die beiden Damen nicht wieder herausgeben wollen, so müssen sie dafür sorgen, daß man den Aufenthaltsort derselben nicht entdecken kann; sie müssen ihre Spur verbergen. Infolgedessen dürfen sie also auch keinen von euch entkommen lassen, und darum haben sie sich ganz gewiß aufgemacht, um dich zu verfolgen, damit du keine Kunde nach Hause tragen kannst.«

»Das leuchtet mir ein!« sagte der Vaquero.

»Die Comantschen waren natürlich zu Pferde?«

»Ja.«

»Sie werden dich also auch zu Pferde verfolgen; sie werden auf deiner Spur reiten und Pferde haben, wenn sie hier ankommen.«

»Verdammt, das ist sehr leicht zu denken, obgleich ich nicht daran gedacht habe!«

»Ja, ein sonderlicher Scharfsinn scheinst du nicht zu sein! Dachtest du dir denn nicht, daß man dich verfolgen würde?«

»Natürlich!«

»Warum legtest du dich da zum Schlafen?«

»Ich war zu müde von der Anstrengung der Flucht.«

»Du mußtest wenigstens erst über den Fluß gehen!«

»Er ist hier zu breit, und das Pferd zu angegriffen.«

»Danke Gott, daß wir keine Comantschen sind! Du wärst hier eingeschlafen und dann im Paradiese ohne Kopfhaut erwacht. Hast du Hunger?«

»Ja.«

»So komm mit nach dem Kahne, führe aber zunächst dein Pferd weit hinter die Büsche, damit man es von weitem nicht sehen kann!«

Dieses Gespräch war nur von Helmers und dem Vaquero geführt worden. Bärenherz hatte sich nach dem Kanoe zurückbegeben, wo er ruhend auf der Büffelhaut lag. Der Vaquero erhielt Fleisch; Wasser gab es im Flusse; so war für alles gesorgt.

Nachdem er sich satt gegessen hatte, fragte ihn Helmers nach seinen näheren Verhältnissen. Als einige Zeit vergangen war, verließ Helmers den Kahn, um das etwas erhöhte Ufer zu erklettern und Ausguck zu halten. Er hatte die Höhe kaum erreicht, als er einen Ruf der Ueberraschung ausstieß:

»Holla, sie kommen! Bald hätten wir die rechte Zeit versäumt.«

Der Indianer stand im Nu bei ihm und schaute nach den Comantschen aus.

»Sechs Reiter!« sagte er.

»Kommen auf jeden drei.«

Der deutsche Trapper schien gar nicht daran zu denken, daß der Vaquero auch einen der Feinde auf sich nehmen könne.

»Wer nimmt das Pferd?« fragte Bärenherz.

»Ich,« antwortete der Deutsche.

Der Indianer nickte und sagte dann:

»Von diesen Comantschen darf kein einziger entkommen!«

»Das versteht sich ganz von selbst,« meinte Helmers. Dann wandte er sich an den Vaquero: »Du hast nur dein Messer?«

»Ja.«

»So kannst du uns bei dieser Sache gar nichts nützen. Du bleibst im Kanoe liegen, und ich nehme einstweilen dein Pferd.«

»Aber wenn es erschossen wird!« sagte der Mann ängstlich.

»Dummheit, so bekommen wir sechs andre dafür!«

Der Mexikaner mußte dieser Anordnung Folge leisten. Er versteckte sich in das Kanoe, während die beiden andern sich nach dem Orte begaben, an welchem sie ihn gefunden hatten. Sie stellten sich neben das hinter den Büschen des Ufers versteckte Pferd und warteten.

Die Reiter, welche Helmers zuerst als sechs dunkle Punkte in der Ferne erkannt hatte, kamen schnell näher. Man konnte bereits ihre Bekleidung und Bewaffnung erkennen.

»Ja, es sind die Hunde der Comantschen,« sagte Bärenherz.

»Sie haben sich mit den Kriegsfarben bemalt, geben also keinen Pardon,« bemerkte Helmers.

»Sie sollen selbst keinen erhalten!«

»Die beiden Hintersten müssen zuerst daran glauben; die Vordersten bleiben uns dann gewiß.«

»Ich nehme die Hintersten,« sagte der Apatsche.

»Gut!«

Die Comantschen waren jetzt auf einen halben Kilometer herangekommen; sie ritten noch immer im schnellsten Galopp. In einer Minute mußten sie sich im Bereiche der Büchsen befinden.

»Wie dumm sie sind!« lachte der Deutsche.

»Diese Comantschen haben kein Hirn; sie vermögen nicht zu denken!«

»Sie könnten doch wenigstens vermuten, daß der Vaquero sich hier versteckt hat und auf sie wartet! Aber jedenfalls meinen sie, daß er sofort über den Strom geritten ist.«

»Ugh!« sagte der Apatsche.

Mit dieser Aufforderung zur Aufmerksamkeit erhob er seine Büchse. Helmers that dasselbe. Zwei Schüsse krachten und noch zwei. Vier der Comantschen wälzten sich am Boden. Im nächsten Augenblicke saß Helmers auf dem Pferde des Vaquero und brach mit demselben durch die Büsche. Die beiden übrig gebliebenen Comantschen stutzten und hatten gar nicht Zeit, ihre Pferde zu wenden, so war der Deutsche schon bei ihnen. Sie erhoben ihre Tomahawks zum tödlichen Schlage, er aber hielt den Revolver bereit. Zweimal drückte er ab, und auch diese zwei stürzten von den Pferden.

Dieser Sieg war in weniger als zwei Minuten Zeit errungen. Die Pferde der Gefallenen wurden mit leichter Mühe eingefangen.

Jetzt kam der Vaquero herbei. Er hatte vom Kanoe aus alles beobachtet.

»Verdammt!« meinte er, »das war ein Sieg!«

»Pah!« lachte der Deutsche. »Sechs Comantschen, was ist das weiter. Man sollte eigentlich mit Menschenblut sparsamer umgehen, denn es ist der köstlichste Saft, den es giebt; aber diese Comantschen verdienen es nicht anders.«

Man nahm den Toten ihre Waffen ab und warf sie in das Gras, nachdem Bärenherz den beiden, die er getötet hatte, die Skalpe löste, um sie sich an den Gürtel zu hängen. Der Weiße nahm keinen Skalp.

»Was nun?« fragte der Deutsche. »Brechen wir sofort auf?«

»Ja,« antwortete der Apatsche. »Die Schwester meines Freundes soll nicht vergebens auf Hilfe rechnen.«

»Nehmen wir den Vaquero mit?«

Bärenherz musterte diesen und sagte dann:

»Thue, was du willst!«

»Ich gehe mit!« erklärte der Mexikaner.

»Ich glaube nicht, daß wir dich brauchen können,« meinte Helmers.

»Warum?«

»Ein Held bist du nicht.«

»Ich hatte ja keine Waffen jetzt!«

»Aber bei dem gestrigen Ueberfalle bist du doch auch geflohen.«

»Nur, um Hilfe herbei zu holen.«

»Ach! So! Nun, wirst du den Platz wiederfinden können, an welchem ihr überfallen wurdet?«

»Ja.«

»So magst du uns begleiten.«

»Darf ich mir von den Waffen der Indianer nehmen?«

»Ja. Nimm dir auch ein Pferd von ihnen. Das deinige lassen wir frei; es ist zu sehr abgetrieben und würde uns nur hinderlich sein.«

Die drei besten Pferde wurden bestiegen und die übrigen frei gelassen; dann setzte sich der kleine Zug in Bewegung.

Es ging nach Norden immer dem Rio Pecos zu. Der Weg führte zunächst durch offene Prairie, dann erhob sich eine Sierra vor ihnen, deren Berge mit Wald bestanden waren; sie ritten durch Thäler und Schluchten und gelangten gegen Abend auf eine Höhe, von welcher aus man eine kleine Savanna überblicken konnte.

»Ugh!« rief der Apatsche, welcher voranritt.

»Was giebt es?« fragte der Deutsche.

»Siehe!«

Bärenherz streckte die Hände aus und deutete nach unten.

Dort lagerte ein Trupp Indianer, in dessen Mitte man die Gefangenen erblickte. Der Deutsche nahm ein kleines Fernrohr aus der Tasche, stellte es, hob es an das Auge und blickte hindurch.

»Was sieht mein weißer Bruder?« fragte der Apatsche.

»Neunundvierzig Comantschen.«

»*Pshaw!*« sagte der Apatsche geringschätzend.

»Und sechs Gefangene.«

»Sind die Frauen mit dabei?«

»Ja, zwei.«

»Wir werden sie befreien!«

Diese Worte sagte der Häuptling mit so großer Seelenruhe, daß man glauben mußte, es verstehe sich ganz von selbst, er nähme es ganz allein mit einem Schock Comantschen auf.

»Am Abend?« fragte der Deutsche.

»Ja,« nickte der Apatsche.

»Aber wie?«

»Wie ein Häuptling der Apatschen!« sagte Bärenherz stolz.

»Ich bin dabei. Diese neunundvierzig Comantschen können nicht hundert Wachen aufstellen.«

»Wir wollen uns verbergen.«

»Warum?« fragte der Vaquero.

»Willst du dich etwa sehen lassen?« antwortete Helmers.

»Nein. Aber hier können sie uns ja gar nicht sehen.«

»Es können ja auch noch andre außer dir entkommen sein. Die hat man gewiß auch verfolgt, und wenn die Verfolger zurückkehren, können sie uns sehr leicht bemerken. Halte die Pferde. Wir beide wollen zunächst dafür sorgen, daß unsre Fährte ausgewischt wird.«

Er kehrte mit Bärenherz eine Strecke weit auf dem Wege, den sie gekommen waren, zurück, um die Hufspuren unsichtbar zu machen; dann wurde im dichtesten Gebüsch der Anhöhe ein Versteck ausgesucht und auch gefunden, worin sie sich mit ihren Tieren verbargen.

Die Sonne ging unter, und es wurde Abend. Die finstere Nacht brach an, und noch regte sich nichts in dem Verstecke. Die beste Zeit zum Ueberfalle war kurz nach Mitternacht.

»Nun, hast du dir ausgesonnen, wie es zu machen ist?« fragte der Deutsche den Apatschen.

»Ja,« antwortete dieser.

»Wie?«

»Wie es tapfere Männer machen. Kannst du eine Wache töten, ohne daß sie einen Laut von sich giebt?«

»Ja.«

»Gut! So schleichen wir uns hinzu, töten die Wachen, schneiden die Fesseln der Gefangenen durch und entfliehen mit ihnen.«

»Natürlich mittels der Pferde?«

»Ja.«

»So wird es Zeit, zu beginnen, denn das Anschleichen ist eine langweilige Sache.«

»Aber dieser Vaquero bleibt zurück?« fragte der Apatsche.

»Ja; er hat die Pferde zu halten.«

»Wo erwartet er uns?«

»Da, wo wir die Comantschen zuerst erblickten. Wir müssen dort vorüber, da wir doch jedenfalls nach dem Rio Grande zurückkehren.«

»So laß uns beginnen!«

Die beiden mutigen Männer ergriffen ihre Gewehre und schritten, nachdem sie dem Vaquero die nötigen Instruktionen erteilt hatten, davon.

Unten im Thale brannte ein einziges Wachtfeuer; rund um dasselbe lagen die schlafenden Comantschen und bei ihnen die gefesselten Gefangenen. Die Wachtposten waren jedenfalls außerhalb dieses Kreises zu suchen. Als die beiden das Thal erreichten, sagte Bärenherz:

»Ich gehe links, und du gehst rechts.«

»Gut. Auf alle Fälle befreien wir zunächst die beiden Frauen.«

Sie trennten sich.

Helmers umschritt das Lager nach der rechten Seite hin. Natürlich geschah dies nicht in aufrechter Stellung, sondern in der Weise, wie sie in der Prairie gebräuchlich ist. Man legt sich auf den Boden nieder und schiebt sich wie eine Schlange langsam und vorsichtig weiter. Man darf dabei weder gehört noch gesehen werden, auch muß man dafür sorgen, daß die Pferde keine Witterung bekommen, weil sie sonst durch ihr ängstliches Schnauben die Nähe des Feindes verraten.

So that es Helmers. Erst einen weiten Bogen schlagend, machte er denselben allmählich enger, bis er eine dunkle Gestalt erblickte, welche langsam auf und nieder schritt. Das war eine Wache. Er schlich sich mit der größten Vorsicht heran. Es war ein Glück, daß die Nacht finster war und das Feuer nicht mehr leuchtete. Er kam der Wache bis auf fünf Schritte nahe, dann schnellte er sich plötzlich auf dieselbe zu, packte sie von hinten mit der Linken bei der Kehle, schnürte diese so fest zu, daß ein Laut unmöglich war, und stieß ihr mit der Rechten das lange Bowiemesser in die Brust. Der Mann sank nieder, ohne ein Wort zu sagen oder das leiseste Geräusch machen zu können.

So gelang es ihm, nach vielleicht einer Viertelstunde, eine zweite Wache unschädlich zu machen; dann stieß er mit Bärenherz zusammen, welcher auf ganz dieselbe Weise auch zwei Comantschen getötet hatte.

»Nun die Frauen!« flüsterte der Indianer.

»Vorsicht!« bat der Deutsche.

»*Pshaw!* Der Apatsche ist mutig, aber auch vorsichtig. Vorwärts!« war die Antwort.

Sie wandten sich vollständig unhörbar durch das ziemlich fußhohe Gras nach dem Feuer hin. Die Frauen waren an der hellen Farbe ihrer Kleidung leicht zu unterscheiden. Helmers erreichte sie zuerst und näherte seine Lippen dem Ohre der einen. Dabei sah er trotz der Dunkelheit, daß sie die Augen offen hielt und ihn beobachtet hatte.

»Erschrecken Sie nicht und halten Sie sich still!« flüsterte er. »Erst wenn ich auch Ihrer Freundin die Fesseln durchschnitten habe, eilen Sie zu den Pferden hin.«

Sie verstand ihn. Die Frauen lagen nebeneinander. Sie waren an Händen und Füßen gefesselt. Der Deutsche durchschnitt die Riemen, die ihnen in das Fleisch gedrungen waren.

Sobald der Apatsche bemerkte, daß der Deutsche sich der beiden Damen annahm, suchte er die männlichen Gefangenen auf. Es waren ihrer vier, und sie lagen in der Nähe. Er kroch zu ihnen heran. Auch sie schliefen nicht. Er nahm das Messer zur Hand, um auch ihre Riemen zu durchschneiden. Schon hatte er dies bei zweien gethan, da erhob sich ganz plötzlich in der Nähe einer der Indianer empor. Er hatte die Bewegungen des Apatschen im halben Schlafe gehört. Zwar erhob Bärenherz sofort sein Messer und stieß es ihm in die Brust, aber der zum Tode Getroffene fand dennoch Zeit, einen lauten Warnungsruf auszustoßen.

»Vorwärts, zu den Pferden! Mir nach!« rief der Apatsche, indem er blitzschnell die Banden der übrigen zwei löste.

Sie sprangen empor und stürzten zu den Pferden.

»Schnell, schnell, um Gotteswillen!« rief auch der Deutsche.

Er ergriff hüben und drüben eine der Damen und riß sie zu den Pferden hin; aber ihre Hand- und Fußgelenke waren von den Fesseln so eingeschnürt gewesen, daß sie kaum gehen konnten.

»Bärenherz!« rief der Deutsche in höchster Angst.

»Hier!« ertönte die Stimme des Apatschen.

»Schnell herbei!«

Im nächsten Augenblicke war der Häuptling da. Er ergriff eine der Frauen, hob sie empor und eilte mit ihr zu den Pferden. Helmers that es mit der andern ebenso. Sie sprangen auf, zogen die Frauen zu sich auf das Pferd, schnitten die Lassos durch, an denen die Tiere angepflockt gewesen waren, und jagten davon.

Das alles war unter lauter Angst, aber auch mit der Schnelligkeit des Blitzes geschehen, aber keinen Augenblick zu früh, denn gerade in dem Momente, an welchem sie ihre Tiere in Bewegung setzten, krachten hinter ihnen die Schüsse der Comantschen.

Diese hatten gar nicht an die Möglichkeit eines Ueberfalles gedacht und darum fest geschlafen. Jetzt sprangen sie empor und griffen zu den Waffen. Sie bildeten ein wirres Durcheinander und merkten erst dann, was geschehen war, als die Gefangenen bereits davonsprengten. Nun warfen auch sie sich auf die noch übrigen Pferde und jagten den Entflohenen nach.

Helmers und der Apatsche ritten an der Spitze. Sie kannten den Weg, und jeder von ihnen hatte ein Mädchen vor sich liegen. Oben auf der Höhe wartete der Vaquero auf sie. Als er sie kommen hörte, stieg er auf und nahm die beiden andern Pferde am Zaum.

»Uns nach!« rief Helmers ihm zu, der ihn halten sah.

So ging die wilde Jagd bei voller Dunkelheit jenseits wieder in das Thal hinab, voran die Flüchtlinge und hinter ihnen die Comantschen, welche ohne Aufhören die Gewehre luden und abschossen, ohne doch jemand zu treffen. Da endlich erreichte man die freie Prairie, und nun endlich konnte man an eine Gegenwehr denken.

»Können Sie reiten, Sennora?« fragte Helmers seine Dame.

»Ja!«

»Hier ist der Zügel! Immer grad aus!«

Er sprang ab und stieg auf sein Pferd, welches der Vaquero am Zügel führte. Der Apatsche that ganz dasselbe. Sie bildeten nun die Nachhut und hielten mit ihren vortrefflichen Büchsen die Indianer im Schach. So ging es fort, bis der Morgen graute, und da zeigte es sich, daß die Comantschen weit zurückgeblieben waren, teils aus Vorsicht, teils wohl auch deshalb, weil sie ihre Tiere jetzt noch nicht so antreiben wollten, wie die Flüchtigen.

»Wollen wir langsamer reiten?« fragte der Vaquero.

»Nein,« antwortete der Deutsche. »Immer fort, so schnell wie möglich, damit wir den Strom zwischen uns und die Comantschen bringen.«

Er konnte jetzt die beiden befreiten Frauen deutlich sehen und also genauer betrachten. Die eine war eine Spanierin und die andere eine Indianerin, aber jede schön in ihrer Art.

»Können Sie den Ritt noch aushalten, Sennorita?« fragte er die erstere.

»So lange, als Sie wollen,« antwortete sie.

»Wie soll ich Sie nennen?«

»Mein Name ist Emma Arbellez. Und der Ihrige?«

»Ich heiße Helmers.«

»Helmers? Das klingt deutsch.«

»Ich bin auch wirklich ein Deutscher. Wir müssen bald über den Fluß, Sennorita.«

»Wird uns das gelingen?«

»Ich hoffe es. Leider sind nur drei von uns bewaffnet; doch liegen dort am Rio Grande noch die übrigen Waffen, welche wir gestern den Comantschen abgenommen haben.«

»Sie haben schon gestern gekämpft?«

»Ja. Wir trafen den Vaquero und hörten von ihm das Nähere. Wir erlegten seine Verfolger und beschlossen, auch Sie zu befreien.«

»Zwei Männer! Gegen so viele!« wunderte sie sich.

Als die fliehende Truppe den Rio Grande erreichte, hatte sie die Verfolger so weit hinter sich gelassen, daß man sie ganz aus den Augen verloren hatte. Die Waffen der erschossenen Indianer lagen noch hier und wurden unter diejenigen verteilt, welche keine Waffen hatten. Die vier männlichen Geretteten waren drei Vaqueros und ein Majordomo oder Hausmeister.

»Was thun wir?« fragte der letztere. »Erwarten wir die Indianer hier, um ihnen einen Denkzettel zu geben? Wir haben jetzt acht Gewehre.«

»Nein, wir setzen über. Drüben haben wir den Fluß als Verteidigungslinie vor uns. Die Damen nehmen im Kanoe Platz,« sagte Helmers.

So geschah es. Der Majordomo ruderte die Damen hinüber, während die andern zu Pferde in das Wasser gingen. Es ging alles ganz glücklich von statten. Und als man drüben anlangte, wurde das Kanoe versenkt und Anstalt zur Verteidigung getroffen. Dabei hielt sich Emma Arbellez immer an der Seite des Deutschen.

»Warum reiten wir nicht sofort weiter, Sennor?« fragte sie.

»Die Klugheit verbietet uns das,« antwortete er. »Wir haben einen Feind hinter uns, der uns an Zahl bedeutend überlegen ist.«

»Aber acht Gewehre!« meinte sie mutig.

»Gegen fünfzig, die der Feind hat. Bedenken Sie, daß wir Damen zu beschützen haben!«

»So meinen Sie, wir wollen uns hier belagern lassen?«

»Nein. Die Comantschen glauben sicher, daß wir nach unsrem Uebergang sofort weiter geritten sind. Sie werden also auch sogleich in das Wasser gehen, und wenn ihrer genug im Flusse sind, so können wir ihre Zahl derart lichten, daß sie von der Verfolgung ablassen müssen.«

»Wenn sie nun aber vorsichtig sind?«

»Inwiefern?«

»Erst Kundschafter herüberschicken?«

»Hm, wahrhaftig, es ist möglich, daß sie das thun!«

»Welche Maßregeln werden Sie dagegen treffen?«

»Wir reiten weiter und kehren auf einem Umwege zurück. Vorwärts also, ehe sie kommen!«

Man stieg wieder zu Pferde und sprengte in vollster Carriere in die jenseitige Ebene hinein. Dort schlug man einen Bogen und kehrte zurück. Man erreichte den Fluß etwas oberhalb der Stelle, an welcher man übergesetzt hatte. Das war kaum geschehen, so ließ sich drüben lauter Hufschlag hören.

»Sie kommen!« sagte der Majordomo.

»Haltet den Pferden die Nüstern zu, damit sie nicht wiehern!« gebot Helmers.

Das kluge Mädchen hatte doch richtig geahnt. Die Comantschen suchten drüben die Spuren ab, und dann ritten zwei von ihnen vorsichtig in den Fluß. Sie kamen herüber, suchten auch hier und fanden die Fährte, welche weiter fortführte.

»*Ni-uake, mi ua o-o, ni esh miushyame* – hier sehen wir sie; ihr könnt kommen!« riefen sie hinüber.

Auf diese Aufforderung ging der ganze Trupp, ein Mann nach dem andern, in das Wasser. Der Fluß war so breit, daß der erste der Comantschen das eine Ufer noch nicht erreicht hatte, als der letzte das andre verließ. Die Flüchtlinge staken im Gebüsch versteckt. Jetzt war es Zeit für sie.

»Wohin zielen wir?« fragte der Majordomo.

»Auf die ersten im Wasser. Die beiden, welche bereits hüben halten, sind uns sicher!«

»Nur nicht zwei auf einen Mann schießen!« warnte der Apatsche. »Zählt allemal acht ab. Wir schießen so auf sie in der Reihe, wie wir hier in der Reihe stehen.«

»Gut, vortrefflich!« sagte Helmers. »Fertig?«

»Ja,« flüsterte es siebenfach die Antwort.

»So, Feuer!«

Die acht wohlgezielten Schüsse krachten in einem und demselben Augenblicke; ein einziger Kanonenschlag, und die acht vordersten Comantschen versanken im Wasser. Der Deutsche und der Apatsche hatten Doppelbüchsen; sie drückten ihre zweiten Läufe ab und ließen noch zwei Feinde versinken.

»Schnell wieder laden!« rief Helmers.

Es war wunderbar, ja fast lächerlich anzusehen, welche Wirkung die Salve auf die Ueberlebenden hervorbrachte. Die Comantschen rissen ihre Pferde herum und schwammen wieder dem entgegengesetzten Ufer zu. Viele glitten vorsichtig von den Tieren herab und schwammen neben denselben, um sich durch sie decken zu lassen. Die zwei aber, welche bereits am diesseitigen Ufer waren, zeigten sich als die besorgtesten, aber auch – unvorsichtigsten. Sie rissen ihre Büchsen herab und kamen im Galopp herbeigesprengt. Sofort zog der Deutsche den Revolver und schlich ihnen hinter dem Buschwerk entgegen. Sie sahen ihn nicht, und eben, als sie an der Stelle, wo er sich befand, vorüber wollten, drückte er zweimal ab. Sie stürzten tot vom Pferde.

»Holla, noch zwei geladene Gewehre!« rief Helmers.

»Die sind für uns!« antwortete Emma Arbellez.

»Können Sie schießen?«

»Alle beide.«

»Dann schnell!«

Er sprang dahin zurück, wo er seine Doppelbüchse weggelegt hatte, und die beiden Damen ergriffen die Gewehre der zwei Comantschen. Das alles war so schnell gegangen, daß seit der ersten Salve bis jetzt kaum eine Minute vergangen war. Man hatte wieder geladen.

»Feuer!« ertönte der Kommandoruf.

Die Feinde hatten das jenseitige Ufer noch nicht wieder erreicht; sie erhielten jetzt eine Salve aus den einfachen und zwei Doppelgewehren, welche fast alle gut gezielt waren. Mehrere Verwundete waren vom Flusse abwärts getrieben, und mehrere Unverletzte stellten sich tot, um die tapferen Verteidiger zu täuschen, indem auch sie sich abwärts treiben ließen, um so den Kugeln zu entgehen.

»Laßt euch nicht betrügen!« rief Helmers. »Schnell laden,

und diesen Schuften längs des Ufers nach! Wer nicht untergeht, der hat noch Leben!«

Man gehorchte seinen Worten, und bald hatten die Comantschen weit über zwanzig Tote verloren. Sie staken nun drüben im Gebüsch und getrauten sich nicht wieder hervor.

»Jetzt mag es genug sein!« sagte der Deutsche.

»Sie werden uns nicht weiter verfolgen,« meinte der Apatsche. »Diese Hunde von Comantschen haben kein Hirn in ihren Schädeln!«

»Ich danke Ihnen für den Beistand, den Sie uns geleistet haben, Sennoritas,« sagte Helmers. »Ich hatte keine Ahnung davon, daß Sie schießen wie ein Westmann.«

»Man ist in unsern einsamen Gegenden gezwungen, diese Fertigkeit sich anzueignen,« sagte Emma. »Denken Sie wirklich, daß wir jetzt nun unbelästigt bleiben?«

»Ich hoffe es!«

»So wollen wir aufbrechen. Dieser Ort, der so viel Leben gekostet hat, ist mir schauerlich, obgleich ich selbst auch zur Waffe gegriffen habe.«

»Dort sind die Pferde der beiden letzten Indianer; nehmen wir sie mit?« fragte Helmers.

»Versteht sich!« antwortete der Majordomo. »Ein indianisch zugerittenes Pferd hat stets einen guten Wert. Meine Vaqueros werden sie am Zügel nehmen.«

Nach einem nur kurzen Verweilen stieg man wieder auf und ritt nun wirklich in die Prairie hinein, in welche man sich bisher nur zum Scheine vertieft hatte. So oft und so scharf die Truppe auch den hinter ihr liegenden Horizont musterte, es zeigte sich doch keine Spur von Verfolgung mehr. So vergingen einige Stunden, und nun erlaubte man den Pferden, einen langsameren Schritt zu gehen, was auch die Unterhaltung erleichterte.

Bärenherz ritt, wie bereits vorher, so auch jetzt wieder an der Seite der Miztecas-Indianerin, während sich der Deutsche zu der Mexikanerin hielt.

»Wir sind nun fast einen Tag beisammen, ohne uns nur im geringsten kennen gelernt zu haben,« sagte dieser letztere zu seiner Dame. »Legen Sie das nicht auf Rechnung meiner Unhöflichkeit, sondern auf Rechnung der außerordentlichen Umstände!«

»O, ich meine doch, daß wir uns gerade im Gegenteile recht gut kennen!« meinte sie lächelnd.

»Inwiefern?«

»Ich weiß von Ihnen, daß Sie für andre Ihr Leben wagen, daß Sie ein kühner und umsichtiger Jäger sind, und Sie wissen von mir, daß - daß - daß ich auch schießen kann.«

»Das ist allerdings etwas, aber nicht viel. Lassen Sie mich wenigstens meinerseits das Notwendigste nachholen!«

»Ich werde Ihnen sehr dankbar sein, Sennor!«

»Mein Name ist Anton Helmers; ich bin der jüngere von zwei Brüdern. Wir wollten studieren, da aber die Mittel nicht ausreichten und der Vater starb, so ging mein Bruder zur See und ich nach Amerika, wo ich nach vielen Irrfahrten mich schließlich in der Prairie als Waldläufer etablierte.«

»Also Anton heißen Sie? Da darf ich Sie wohl Sennor Antonio nennen?«

»Wenn es Ihnen so beliebt, ja.«

»Aber wie kommen Sie so weit herab nach dem Rio Grande?«

»Hm, das ist eine Sache, von der ich eigentlich nicht sprechen sollte!«

»Also ein Geheimnis?«

»Vielleicht ein Geheimnis, vielleicht auch nur eine recht sehr große Kinderei.«

»Sie machen mich neugierig!«

»Nun, so will ich Sie nicht auf die Folter spannen,« sagte er lachend. »Es handelt sich nämlich um nichts mehr und nichts weniger als um die Hebung eines unendlich reichen Schatzes.«

»Was für eines Schatzes?«

»Eines wirklichen, aus kostbaren Steinen und edlen Metallen bestehenden Schatzes.«

»Und wo soll derselbe liegen?«

»Das weiß ich noch nicht.«

»Ah, das ist unangenehm! Aber wo haben Sie denn von dem Vorhandensein dieses Schatzes gehört?«

»Hoch droben im Norden. Ich hatte das Glück, einem alten, kranken Indianer einige nicht ganz wertlose Dienste zu leisten, und als er starb, vertraute er mir zum Dank dafür das Geheimnis von dem Schatze an.«

»Aber er sagte Ihnen die Hauptsache nicht, nämlich wo er liegt?«

»Er sagte mir, daß ich ihn in Mexiko zu suchen habe, und gab mir eine Karte mit, bei welcher sich ein Situationsplan befindet.«

»Und welche Gegend betrifft diese Karte?«

»Ich weiß es nicht. Die Karte enthält zwar Höhenzüge, Thalbildungen und Wasserläufe, aber keinen einzigen Namen.«

»Das ist allerdings höchst sonderbar. Weiß auch Shosh-in-liett, der Häuptling der Apatschen, davon?«

»Nein.«

»Und doch scheint er Ihr Freund zu sein?«

»Er ist das allerdings im vollsten Sinne des Wortes.«

»Und mir, mir teilen Sie das Geheimnis mit, obgleich wir uns erst heute gesehen haben?«

Er blickte ihr mit seinen treuen, ehrlichen Augen voll in das Gesicht und antwortete:

»Es giebt Menschen, denen man es ansieht, daß man kein Geheimnis vor ihnen zu machen braucht.«

»Und zu diesen Personen rechnen Sie mich?«

»Ja.«

Sie reichte ihm die Hand und sagte:

»Sie täuschen sich nicht. Ich werde Ihnen dies beweisen, indem ich ebenso aufrichtig gegen Sie bin und Ihnen eine auf Ihr Geheimnis bezügliche Mitteilung mache. Soll ich, Sennor?«

»Ich bitte Sie sogar darum!« antwortete er mit überraschter Stimme.

»Ich kenne nämlich einen, der auch nach diesem Schatze trachtet.«

»Ah! Wer ist es?«

»Unser junger Prinzipo, der Graf Alfonzo de Rodriganda de Sevilla.«

»Er weiß von dem Schatze?«

»O, wir alle wissen, daß die früheren Beherrscher des Landes ihre Schätze verbargen, als die Spanier Mexiko eroberten. Außerdem giebt es Orte, an denen das gediegene Gold und Silber in Massen zu finden ist. Man nennt solche Orte eine Bonanza. Die Indianer kennen diese Orte, sterben aber lieber, als daß sie einem Weißen ihr Geheimnis anvertrauen.«

»Und diesem Alfonzo de Rodriganda hat es doch einer anvertraut?«

»Nein. Wir bewohnen die Hacienda del Erina, und es geht die Sage, daß in der Nähe derselben sich eine Höhle befindet, in welcher die Herrscher der Miztecas ihre Schätze versteckt haben. Es ist viel nach dieser Höhle gesucht worden; Graf Alfonzo hat sich die meiste Mühe gegeben, aber keiner hat sie gefunden.«

»Wo liegt diese Hacienda del Erina?«

»Etwas über eine Tagereise von hier am Abhange der Berge von Cohahuila. Sie werden sie sehen, denn ich hoffe, daß Sie uns bis dorthin begleiten!«

»Ich werde Sie nicht eher verlassen, als bis ich Sie vollständig in Sicherheit weiß, Sennorita!«

»Sie werden uns auch dann noch nicht verlassen, sondern unser Gast sein, Sennor!«

»Gerade Ihre Sicherheit erfordert, daß ich Sie sofort wieder verlasse.«

»Wieso?«

»Wir haben einige Comantschen getötet, und ich bin vollständig überzeugt, daß uns einige Späher heimlich folgen werden, um zu sehen, wo wir zu finden sind. Sie werden uns, wenn diese Kundschafter nicht unschädlich gemacht werden, überfallen, um sich zu rächen. Darum werde ich bei der Hacienda mit Bärenherz umkehren, um die Späher zu töten.«

Sie warf ihm einen besorgten Blick zu und sagte:

»Sie begeben sich in eine neue Gefahr!«

»Gefahr? Pah! Der Prairiejäger befindet sich stets in Gefahr; er ist an sie gewöhnt. Bleiben wir aber für jetzt bei unserm Thema, dem Schatze des Königs! Es weiß also niemand, wo die Höhle zu suchen ist?«

»Wenigstens kein Weißer.«

»Aber ein Indianer?«

»Ja. Es giebt einen, der den Schatz der Könige ganz sicher kennt, vielleicht sind es auch zwei. Tecalto ist der einzige Nachkomme der einstigen Beherrscher der Miztecas; sie haben das Geheimnis auf ihn vererbt. Karja, welche dort neben dem Häuptling der Apatschen reitet, ist seine Schwester, und es ist nicht unmöglich, daß er es ihr mitgeteilt hat.«

Helmers betrachtete die schöne Indianerin jetzt mit größerem Interesse als vorher.

»Ist sie verschwiegen?« fragte er.

»Ich denke es,« antwortete sie. Dann fügte sie lächelnd hinzu: »Man sagt allerdings, daß Damen nur bis zu einem gewissen Punkte verschwiegen sind.«

»Und welcher Punkt ist dies, Sennora?«

»Die Liebe.«

»Ah! Es ist möglich, daß Sie recht haben,« scherzte er. »Darf ich vielleicht erfahren, ob Karja bereits bei diesem Punkte angekommen ist?«

»Ich halte dies fast für möglich.«

»Ah! Wer ist der Glückliche?«

»Raten Sie! Es ist nicht schwer.«

Die Stirn des Jägers zog sich scharf zusammen.

»Ich vermute es,« sagte er. »Es ist Graf Alfonzo, der ihr auf dem Wege der Liebenswürdigkeiten das Geheimnis entlocken will.«

»Sie raten richtig.«

»Und Sie glauben, daß seine Bestrebungen Erfolg haben?«

»Sie liebt ihn.«

»Und ihr Bruder, der Nachkomme der Miztecas? Was sagt er zu dieser Liebe?«

»Vielleicht weiß er noch nichts davon. Er ist der berühmteste Cibolero[1] und kommt nur selten einmal nach der Hacienda.«

»Der berühmteste Cibolero? Dann müßte ich ja seinen Namen kennen! Der Name Tecalto aber ist mir unbekannt.«

»Er wird von den Jägern nicht Tecalto genannt, sondern Mokaschi-motak.«

»Mokaschi-motak, Büffelstirn?« fragte Helmers überrascht. »Ah, den kenne ich allerdings. Büffelstirn ist der bekannteste Büffeljäger zwischen dem Red-River und der Wüste Mapimi. Ich habe sehr viel von ihm gehört und würde mich freuen, ihn einmal zu sehen. Und Karja ist also die Schwester dieses berühmten Mannes? Da muß man sie ja mit ganz andern Augen ansehen, als vorher!«

»Wollen Sie vielleicht Ihre Liebenswürdigkeit auch an ihr versuchen?«

Er lachte und antwortete:

»Ich? Wie kann ein Westmann liebenswürdig sein! Und wie könnte ich mit einem Grafen de Rodriganda in die Schranken treten wollen! Wäre es mir möglich, liebenswürdig zu sein, so würde ich dies bei einer ganz andern versuchen!«

»Und wer wäre diese andre?« fragte sie.

»Nur Sie allein, Sennora!« antwortete er aufrichtig.

Ihr Auge leuchtete ihm glückverheißend zu, als sie antwortete:

»Aber bei mir könnten Sie ja nichts von Ihrem Königsschatze erfahren!«

»O Sennora, es giebt Schätze, welche mehr wert sind, als eine ganze Höhle voll Gold und Silber. In diesem Sinne wünschte ich, einmal ein glücklicher Gambusino (Goldsucher) zu sein!«

»Suchen Sie, vielleicht finden Sie!«

Sie streckte ihm ihre Hand entgegen, und als er diese ergriff, war es ihnen beiden, als ob ein elektrisches Fluidum

[1] Büffeljäger.

von dem einen auf das andre niederströme. Sie hatten sich verstanden.

Während dieser Unterredung war hinter ihnen eine andre geführt worden. Da ritt Bärenherz an der Seite der Indianerin. Sein Auge umfaßte die Gestalt seiner Nachbarin, welche mit einer Sicherheit auf dem halbwilden Pferde saß, als habe sie niemals anders als auf einem indianischen Männersattel geritten. Der schweigsame Häuptling war nicht gewohnt, seine Worte zu verschwenden; wenn er aber sprach, so hatte eine jede Silbe das doppelte Gewicht. Karja kannte diese Art und Weise der wilden Indianer, und darum wunderte sie sich auch nicht darüber, daß er wortlos blieb. Doch fühlte sie es förmlich, daß sein Auge durchdringend auf ihr ruhte, und fast erschrak sie, als er sie anredete:

»Zu welchem Volke gehört meine junge Schwester?«

»Zu dem Volke der Miztecas,« antwortete sie.

»Das war einst eine große Nation und ist noch jetzt durch die Schönheit seiner Frauen berühmt. Ist meine junge Schwester eine Squaw[1] oder ein Mädchen?«

»Ich habe keinen Mann.«

»Ist ihr Herz noch ihr Eigentum?«

Bei dieser direkten Frage, welche ein Weißer sicherlich nicht ausgesprochen hätte, rötete sich ihr dunkles Gesicht, aber sie antwortete mit fester Stimme:

»Nein.«

Sie wußte, daß es hier besser sei, die Wahrheit zu sagen, denn sie kannte die Apatschen. Es veränderte sich kein Zug seines eisernen Gesichtes, und er fragte weiter:

»Ist es ein Mann ihres Volkes, der ihr Herz besitzt?«

»Nein.«

»Ein Weißer?«

»Ja.«

»Bärenherz beklagt seine Schwester. Sie mag es ihm sagen, wenn der Weiße sie betrügt.«

[1] Frau.

»Er wird mich nicht betrügen!« antwortete sie stolz und zurückweisend.

Ein leises, leises Lächeln zuckte um seine Lippen; er schüttelte den Kopf und entgegnete:

»Die weiße Farbe ist falsch und wird leicht schmutzig. Meine Schwester mag vorsichtig sein!«

Dies war das ganze Gespräch zwischen den beiden, aber es war wenigstens ebenso folgewichtig, wie die Unterredung zwischen dem Deutschen und der Mexikanerin.

Im Verlaufe des Weiterrittes erfuhr Helmers, daß die beiden Frauen oben am Rio Pecos gewesen waren, um eine Tante der Mexikanerin zu besuchen, welche schwer krank darniederlag. Diese Verwandte war die Schwester von Emmas Mutter, also die Schwägerin des alten Petro Arbellez, welcher der Verwalter des Grafen Ferdinando de Rodriganda gewesen war, jetzt aber als Pächter des Grafen auf der Hacienda del Erina lebte. Die Pflege der beiden Frauen hatte den Tod der Tante nicht zu hindern, sondern nur zu verzögern vermocht. Später hatte Arbellez den Majordomo mit den Vaqueros geschickt, um die Tochter abholen zu lassen. Auf dem Rückwege waren sie von den Comantschen überfallen worden und wären ohne die Dazwischenkunft des Deutschen und des Apatschenhäuptlings ganz sicher verloren gewesen.

Man ritt immer nach Süden zu. Der Tag neigte sich zu Ende; sie hatten nur noch eine Stunde bis zum Hereinbruche des Abends und befanden sich am Rande einer weiten Ebene, welche nun hinter ihnen lag, als der Apatsche sein Pferd anhielt und hinter sich zeigte:

»Uff!« rief er.

Die andern drehten sich um, die Ebene zu durchmustern.

»Ich sehe nichts,« sagte der Majordomo.

»Wir auch nicht,« erklärten die Vaqueros, trotzdem sie Augen besaßen, welche gewohnt waren, in weite Fernen zu spähen.

»Was giebt es?« fragte Emma.

»Auch Sie sehen nichts?« antwortete Helmers.

»Nein. Siehst du etwas, Karja?«

»Nicht das mindeste,« erklärte die Indianerin.

»Der Häuptling der Apatschen kann doch nicht den Trupp wilder Pferde meinen, den man dort erblickt?« fragte der Majordomo.

»Uff!« sagte der Apatsche mit geringschätziger Miene.

»Gerade den meint er,« sprach der Deutsche.

»Was gehen uns die Mustangs an?«

»Sind sie wirklich so gleichgültig, Sennor Majordomo?«

»Ja. Wir sind ja mit Pferden versehen!«

»Seht sie Euch genauer an!«

Ungefähr zwei englische Meilen hinter ihnen galoppierte eine Herde von Pferden mit erhobenen Schwänzen und wehenden Mähnen einher. Sie kam immer näher. Kein Reiter, kein Sattel oder Bügel, kein Zügel, nicht die dünnste Schnur ließ sich sehen.

»Es sind Mustangs!« sagte der Majordomo nochmals.

»Uff!« rief der Apatsche zum zweitenmal, jetzt aber wirklich verächtlich.

Er lenkte sein Pferd wieder herum und ritt im Galopp vorwärts. Die andern mußten folgen. Emma drängte ihr Pferd wieder zu Helmers heran und fragte:

»Was hat der Apatsche?«

»Er ärgert sich.«

»Worüber?«

»Ueber die Dummheit des Majordomo.«

»Dummheit? Sennor Helmers, unser Majordomo ist ein sehr erfahrener Mann!«

»In zahmen Angelegenheiten vielleicht.«

»O nein. Er ist ein tüchtiger Reiter und Schütze, ein Pfadfinder, der seinesgleichen sucht; man kann sich in jeder Beziehung auf ihn verlassen.«

»Ein Pfadfinder? Hm!« Jetzt blickte der Deutsche verächtlich drein. »Ja, ein Pfadfinder in den Straßen einer Stadt oder auf den Gassen eines Dorfes. Zu einem Rastreador, zu einem wirklichen, tüchtigen Pfadfinder gehört mehr. Sie sagen, daß man sich in jeder Beziehung auf ihn verlassen könne, und doch wären Sie verloren, wenn Sie jetzt nur allein auf seine Erfahrung und seinen Scharfsinn angewiesen wären.«

»Ah! Wieso?«

»Weil diese Pferde keine wilden Mustangs sind.«

»Was sonst?«

»Es sind die Comantschen, die uns verfolgen.«

»Die Comantschen? Man sieht doch nur die Pferde!«

»Ja, aber die Roten sind dennoch dabei. Sie haben einen Riemen um Hals und Leib der Pferde gezogen, und in diesen Riemen hängen sie mit dem linken Arme und dem rechten Beine. Sahen Sie nicht, daß uns nur die rechten Flanken der Pferde zugekehrt waren, trotzdem sie grade hinter uns herreiten? Sie lassen ihre Tiere in schiefer Körperstellung galoppieren. Eine solche schiefe Haltung ist stets das sicherste Zeichen, daß ein Indianer sich hinter dem Pferde verbirgt.«

»Heilige Madonna! So werden sie uns abermals angreifen?«

»Entweder sie uns oder wir sie. Ich ziehe das letztere vor. Der Apatsche ist ganz meiner Meinung. Sehen Sie, wie er nach beiden Seiten späht!«

»Was sucht er?«

»Einen Versteck für uns, von welchem aus wir die Comantschen fassen können. Ueberlassen wir ihm alles. Er ist die tüchtigste und wackerste Rothaut, die ich kenne, und auf ihn allein verlasse ich mich lieber, als auf Tausende von Ihren Majordomos, so erfahren sie auch sind!«

»Gut! Verlassen wir uns auf ihn und auf noch einen!«

»Auf wen?«

»Auf Sie.«

»Ah, wollen Sie das wirklich?« fragte er mit einem freudigen Aufleuchten seiner Augen.

»Von ganzem Herzen!« antwortete sie. »Sie loben nur den Apatschen, aber Sie vergessen, zu sagen, daß man Ihnen wenigstens ebenso vertrauen kann, als ihm.«

»Glauben Sie das wirklich?«

»Ja. Ich habe Sie beobachtet. Sie sind kein gewöhnlicher Jäger, und ich glaube sicher, daß auch Sie einen Ehrennamen tragen, den Ihnen die Trapper und Indianer gegeben haben.«

Er nickte.

»Sie erraten es.«

»Und welches ist Ihr Jägername?«

»O bitte, nennen Sie mich immer Antonio oder Helmers.«

»Sie wollen ihn mir nicht sagen?«

»Jetzt nicht. Wenn man ihn einmal zufällig nennen wird, werde ich mich zu erkennen geben.«

»Ah, Sie sind eitel! Sie wollen incognito sein wie ein Fürst.«

»Ja,« lachte er. »Ein guter Jäger muß ein klein wenig eitel sein, und Fürsten sind wir alle, nämlich Fürsten der Wildnis, des Waldes und der Prairie.«

»Fürsten! Ja, das ist richtig!«

Während dieses Gespräches hatte man im Galoppe den Weg fortgesetzt. Die offene Prairie lag hinter ihnen, und sie ritten nun durch ein Hügel- und Felsengewirr, welches ganz geeignet war, ein Versteck zu bieten. Dies hatte der Apatsche gewollt, denn plötzlich bog er rechts ein und schlug einen schnellen, aber weiten Bogen, so daß sie nach bereits zehn Minuten eine Stelle erreichten, an welcher sie vorher vorbeigekommen waren.

Diese Stelle war von Bärenherz sehr vorsichtig gewählt worden. Die Truppe hielt nämlich auf einer von drei Seiten geschützten Anhöhe, welche steil in die Schlucht niederfiel, durch welche sie vorhin gekommen waren und welche also auch die Comantschen passieren mußten, wenn sie die Verfolgung wirklich fortsetzten.

Der Apatsche stieg vom Pferde und pflockte dasselbe an. Die andern thaten ebenso.

»Jetzt die Gewehre zur Hand!« gebot Helmers. »Wir werden nicht lange warten müssen.«

Die andern gehorchten diesem Gebote; sogar die beiden Mädchen ergriffen die erbeuteten Büchsen. Sie schritten vor bis an den Rand und legten sich dort auf die Lauer.

»Pst, Sennor!« winkte der Deutsche dem Majordomo. »Den Kopf zurück, damit wir nicht bemerkt werden. Diese Comantschen haben scharfe Augen.«

»Späher vorüber lassen!« sagte der Apatschenhäuptling in seiner kurzen Weise.

»Was meint er?« fragte einer der Vaqueros.

»Das ist doch sehr einfach,« antwortete der Deutsche. »Die Comantschen werden natürlich vermuten, daß wir auf den Gedanken kommen, ihnen aufzulauern. Daher werden sie wohl einen oder zwei Kundschafter voranreiten lassen, um sich zu überzeugen, ob wir einen Hinterhalt gelegt haben; sie kommen dann in sicherer Entfernung nach. Wir lassen also die Späher vorüber, welche unsrer Fährte weiter folgen werden, und warten, bis die andern kommen. Aber wir schießen nicht aufs Geratewohl, sondern in der Reihenfolge, wie wir liegen, damit keine Kugel verschwendet werde. Der erste von uns schießt auf den ersten Comantschen, der zweite auf den zweiten und so weiter. Verstanden?«

Die Vaqueros nickten zustimmend, und nun entstand eine Pause der Erwartung.

Da endlich hörte man den vorsichtigen Hufschlag zweier Pferde. Zwei Comantschen kamen langsam durch das Felsengewirr. Ihre scharfen Augen suchten jeden Quadratzoll der Umgegend ab, wurden aber getäuscht, da die Spur der Mexikaner weiter führte. Daß diese seitwärts einen Bogen geschlagen hatten und zurückgeritten waren, das wußten die Wilden nicht. Sie ritten vorüber und verschwanden hinter den Steinen.

Nach einigen Minuten hörte man erneutes Pferdegetrappel. Die übrigen kamen. Sie ritten unbesorgt heran, da sie ihre Kundschafter vor sich wußten. Als der letzte von ihnen in der Schlucht erschienen war, streckte der Apatsche sein Gewehr vor.

»Feuer!« kommandierte der Deutsche.

Die Büchsen krachten, diejenigen des Deutschen und des Apatschen zweimal, und ebenso viele Feinde stürzten von den Pferden. Die andern stockten einige Augenblicke. Sie wußten nicht, sollten sie fliehen oder den verborgenen Feind angreifen. Sie blickten rings umher und gewahrten da endlich den Pulverdampf oben auf der Höhe.

»*Nlate tki* - dort sind sie!« rief einer, mit der Hand empor deutend.

So kurz diese Pause war, die Unentschlossenheit der Wilden hatte den Weißen doch Zeit gegeben, schnell wieder zu laden. Ihre Schüsse krachten von neuem, und die Zahl der Gefallenen verdoppelte sich. Nun gab es für die wenigen Verschonten kein Halten mehr. Sie rissen ihre Pferde herum und flohen im gestreckten Galopp davon.

»Der Comantsche ist ein Feigling!« meinte der Apatsche stolz.

Er stieg langsam die Steilung nieder, um sich die Skalpe der vier von ihm erschossenen Feinde zu holen. Auch die andern folgten, um sich der Waffen und reiterlosen Pferde zu bemächtigen. Nach einem Aufenthalte von einer Viertelstunde konnte der Weg wieder fortgesetzt werden.

»Nun werden wir für alle Zeiten sicher sein,« meinte Emma.

»Glauben Sie das nicht, Sennorita!« sagte Helmers.

»Nicht? Ich dächte, die Lehre, die wir ihnen gegeben haben, sei hart genug!«

»Gerade deshalb werden sie auf Rache sinnen. Sehen Sie, daß der Apatsche da links hinüber blickt?«

»Ja. Was will er?«

»Dorthin führt die Fährte der beiden Späher, welche geflohen sind gleich den andern. Sie werden die Uebriggebliebenen treffen und uns folgen, bis sie wissen, wo wir sind und wo wir bleiben. Dann kehren sie um und holen genug Krieger, um die Hacienda zu überfallen.«

»O, die Hacienda ist fest. Sie ist eine kleine Festung.«

»Ich kenne diese Art von Meiereien oder Gutshöfen. Sie sind aus Stein gebaut und gewöhnlich mit Pallisaden umgeben. Was aber hilft das gegen einen Feind, der unvermutet kommt?«

»Wir werden wachen.«

»Thun Sie das!«

»Und Sie mit. Ich will doch hoffen, daß Sie unser Gast sein werden!«

»Ich muß sehen, was Bärenherz sagt. Von ihm kann ich mich nicht trennen.«

»Er wird bleiben!«

»Er ist ein Freund der Freiheit. Er hält es in einem Gebäude nie längere Zeit aus.«

Es ging in munterer Schnelligkeit vorwärts, bis sie einen breiten Wasserlauf erreichten. Der Apatsche folgte demselben, bis das Flüßchen einen Bogen bildete. Hier hielt er an.

»Hier sicher?« fragte er Helmers in seiner kurzen Weise.

Der Gefragte musterte mit prüfendem Blicke die Umgebung und nickte dann zustimmend.

»Hier ist's gut,« sagte er. »Von drei Seiten schützt uns der Fluß, und die vierte können wir recht gut bewachen. Steigen wir also ab!«

Sie sprangen alle von den Pferden und richteten das Lager vor. Innerhalb des Dreiviertelkreises, welchen der Fluß bildete, und hart an dem Ufer desselben kamen die Pferde zu stehen; dann kam das Feuer, um welches sich die Gesellschaft lagerte, und die vierte, die Landseite, wurde von Büschen abgeschlossen, in welche man eine Wache legte.

Helmers richtete für Emma aus Zweigen und Laub ein weiches Lager vor; Bärenherz that dasselbe mit der Indianerin. Es war dies von seiten des Apatschen eine ganz und gar ungewöhnliche Auszeichnung, denn kein Wilder läßt sich herbei, eine Handreichung zu leisten, welche die Frau oder das Mädchen selbst thun könnte.

Nachdem man die Ereignisse des Tages ausführlich besprochen hatte, wozu jedoch der Apatsche kein Wort sagte, legte man sich zur Ruhe. Es war die Anordnung getroffen, daß ein jeder drei Viertelstunden wachen sollte. Bärenherz und Helmers hatten die letzten Wachen übernommen, da die Zeit kurz vor Beginn des Tages die gefährlichste ist, weil da die Wilden ihre Angriffe am liebsten zu unternehmen pflegen.

Doch verging die Nacht ohne alle Störung, und man brach am Morgen mit erneuten Kräften auf. Während des Weiterrittes ließen sich die Comantschen nicht wieder sehen; man kam nach und nach in kultiviertere Gegenden und erreichte am Nachmittage das Ziel.

Unter einer Hacienda versteht man eine Meierei; doch sind diese mexikanischen Haciendas sehr oft mit unsern größten Rittergütern zu vergleichen, da zu ihnen zuweilen ein Länderkomplex von der Größe eines deutschen Fürstentums gehört.

Die Hacienda del Erina war ein fürstlicher Besitz. Das massive Gebäude war aus Bruchsteinen erbaut und von Pallisaden umgeben, welche gegen räuberische Ueberfälle einen starken Schutz gewährten. Das Innere des einem Schlosse gleichenden Herrenhauses war auf das feinste ausgestattet und zeigte eine solche Geräumigkeit, daß Hunderte von Gästen da Wohnung finden konnten.

Umgeben wurde das Haus von einem großen Garten, in welchem die prachtvollste tropische Vegetation in den strahlendsten Farben schimmerte und die üppigsten Düfte verbreitete. Hieran schloß sich auf der einen Seite der dichte Urwald, auf der andern ein ausgedehnter Feldwuchs, und auf den beiden übrigen sah man große Weiden sich ausdehnen, auf welchen sich Herden tummelten, deren Stückzahl viele Tausende betrug.

Bereits als die Kavalkade an den Weiden vorüber ritt, kamen mehrere Vaqueros mit lautem Jubel herbeigesprengt, um die Kommenden zu begrüßen. Der Jubel aber wurde sehr bald zum Zornesausbruch, als sie erfuhren, daß so viele ihrer Kameraden unter den Händen der Comantschen gefallen seien. Sie baten sofort, einen Rachezug gegen die Roten zu veranstalten.

Der Majordomo ritt der Kavalkade voran, um sie anzumelden. Darum stand, als die Reiter an der Hacienda anlangten, der alte Petro Arbellez bereits unter dem Thore, um seine Tochter und deren Begleiter zu begrüßen. Thränen der Freude standen ihm in den Augen, als er sie vom Pferde hob.

»Sei willkommen, mein Kind,« sagte er. »Du mußt auf dieser gefährlichen Reise viel gelitten haben, denn du bist anders beritten und siehst sehr angestrengt aus.«

Emma umarmte und küßte ihn innig und antwortete:

»Ja, mein Vater, ich war in einer Gefahr, welche größer ist als Lebensgefahr.«

»O Gott, in welcher?« fragte er, indem er auch die Indianerin freundlich bewillkommnete.

»Wir wurden von den Comantschen gefangen.«

»Heilige Mutter Gottes! Sind die jetzt am Rio Pecos?«

»Ja. Hier diese beiden Männer sind unsre Retter.«

Sie nahm den Deutschen und den Apatschen bei der Hand und führte sie dem Vater zu.

»Dieser hier ist Sennor Antonio Helmers aus Deutschland, und dieser ist Shosh-in-liett, der Häuptling der Apatschen. Ohne sie hätte ich die Squaw eines Comantschen werden müssen, und die andern hätte man am Pfahle zu Tode gemartert.«

Dem alten braven Verwalter trat bereits vom bloßen Gedanken daran der Angstschweiß auf die Stirn.

»Mein Gott, welch' ein Unglück, und doch zugleich auch wieder welch' ein Glück! Willkommen, Sennores, von ganzem Herzen willkommen! Ihr sollt mir alles erzählen, und dann will ich sehen, wie ich euch dankbar sein kann. Kommt herein, und seid die Herren dieses Hauses!«

Das war ein sehr freundlicher und liebenswürdiger Empfang. Ueberhaupt machte der Anblick des alten Mannes den Eindruck von Ehrlichkeit und Biederkeit; man mußte ihn sofort lieb haben.

Die Gäste kamen durch das Pallisadenthor, übergaben ihre Pferde einigen Knechten und traten in das Gebäude. Während der Majordomo mit den Vaqueros in dem Vorraume zurückblieb, führte der Haciendero die beiden andern mit den Damen nach dem Empfangzimmer, wo Platz genommen wurde, bis Emma in großen Umrissen ihr Abenteuer berichtet hatte.

»Mein Jesus,« klagte der Haciendero; »was müßt ihr gelitten haben, ihr beiden Mädchen! Aber Gott hat diese beiden Sennores gesandt, um euch zu retten. Ihm und ihnen sei Dank gesagt. Was wird der Graf und was wird Tecalto sagen, wenn sie es hören!«

»Tecalto?« fragte die Indianerin erfreut. »Ist Büffelstirn, mein Bruder, da?«

»Ja, er ist gestern angekommen.«

»Und der Graf auch?« fragte Emma.

»Ja, bereits eine Woche.«

»Ah, da ist er!«

Die Thür zu dem nebenan liegenden Speisesaale öffnete sich, und Graf Alfonzo trat heraus. Er trug einen rotseidenen, persisch in Gold gestickten Schlafrock, eine Hose vom feinsten, weißen, französischen Linnen, blaue Sammet-Hausschuhe und einen türkischen Fez auf dem Kopfe. Er verbreitete einen solchen Odeur um sich, daß man hätte meinen können, in einer Parfümeriehandlung zu sein. Die offen gebliebene Thür erlaubte, einen Blick in den Speisesalon zu thun. Die Ausschmückung desselben war mehr als fein, war luxuriös, und an der Serviette, welche der Graf in der Hand trug, bemerkte man, daß er beschäftigt gewesen sei, in den Genüssen und Delikatessen Mexikos zu schwelgen.

»Man nannte meinen Namen,« sagte er. »Ah, die schönen Damen sind es! Glücklich wieder zurückgekehrt, Senoritas?«

Bei seinem Anblicke war die Indianerin blutrot geworden, was dem scharfen Auge des Apatschen nicht entging; Emma aber blieb sich vollständig gleich. Sie antwortete kalt, wenn auch höflich:

»Wie Sie sehen, Graf! Bald jedoch wären wir nicht wieder zurückgekehrt.«

»Ah! Warum? Ich hoffe doch nicht, daß ein Unfall –«

»Und doch war es ein kleiner Unfall, welcher uns betraf. Die Comantschen nahmen uns nämlich ein wenig gefangen.«

»Donnerwetter!« rief er. »Ich werde sie züchtigen lassen!«

»Das wird nicht sehr leicht sein,« meinte sie spöttisch. »Uebrigens sind wir ja gut davongekommen. – Hier unsre Lebensretter!«

»Ah!« sagte er.

Er trat einige Schritte zurück, setzte den Zwicker auf die Nase, betrachtete sich die beiden »Retter,« zog ein sehr enttäuschtes Gesicht und sagte:

»Wer sind diese Leute?«

»Dieser ist Sennor Helmers aus Deutschland, und der andre ist Bärenherz, der Häuptling der Apatschen.«

»Ah, ein Deutscher und ein Apatsche! Das gehört allerdings zusammen. Wann reisen diese Sennores wieder ab? Doch sogleich?«

»Sie sind meine Gäste und werden bleiben, so lange es ihnen beliebt,« sagte der Haciendero.

»Aber Arbellez, wo denkt Ihr hin!« rief der Graf. »Seht Euch diese Männer an. Ich und sie unter einem Dache! Sie riechen nach Wald und Sumpf. Ich würde sofort abreisen!«

Der Haciendero richtete sich auf. Sein Auge flammte vor Zorn.

»Ich kann Ew. Erlaucht nicht halten,« sagte er. »Diese Sennores haben das Leben und das Glück meines Kindes gerettet; sie sind mir hoch willkommen.«

»Ah! Ihr widersteht mir?« sagte der Graf.

»Ja,« antwortete Arbellez fest.

»Wißt Ihr, daß ich hier der Gebieter bin?«

»Das weiß ich nicht!«

»Nicht?« zischte Alfonzo. »Wer sonst?«

»Ihr Herr Vater, Graf Ferdinando. Ihr seid hier nur als Gast anwesend. Uebrigens hätte selbst Graf Ferdinando keine Stimme in dieser Angelegenheit. Ich bin Pächter auf Lebenszeit. Wer will mir befehlen, wen ich bei mir empfangen soll oder nicht!«

»Verdammt, das ist stark!«

»Nein, stark war Ihre Unhöflichkeit und Rücksichtslosigkeit gegen meine Gäste. Wenn Ihnen der Wald- und Sumpfgeruch nicht angenehm ist, von dem allerdings ich ganz und gar nichts merke, so weiß ich hingegen nicht, ob diese Sennores nicht Ihre Parfüms auffällig finden, die ich recht gut bemerke. Ich werde meine Gäste jetzt in den Speisesaal führen und überlasse es Ihnen, weiter zu speisen oder nicht.«

Er öffnete die Thüre des Saales noch weiter und bat die beiden mit der höflichsten Verbeugung, Zutritt zu nehmen. Der Indianer hatte wie völlig teilnahmlos dagestanden; kein Blick seines Auges hatte den Grafen getroffen, und fast schien es, als ob er auch kein Wort desselben verstanden habe. Er schritt stolz und wortlos in den Saal. Helmers dagegen wandte sich vorher zum Grafen:

»Sie sind Graf Alfonzo de Rodriganda?«

»Ja,« antwortete der Gefragte erstaunt, daß ihn der Jäger anzureden wagte.

»So! Sennor Arbellez hatte vergessen, Sie auch uns vorzustellen. Sie sind der Geforderte. Was wählen Sie? Degen, Pistolen oder Kugelbüchsen?«

»Sie wollen sich mit mir schlagen?« fragte er, noch viel erstaunter als vorher.

»Versteht sich! Hätten Sie mich draußen vor der Hacienda beleidigt, so hätte ich Sie niedergeschlagen wie einen dummen Jungen; da es aber unter dem Dache meines Gastfreundes geschah, so nahm ich Rücksicht auf ihn und auf die Gegenwart dieser Damen. Nun ich jedoch höre, daß Sie in diesem Hause eigentlich keinen Pfifferling gelten, so biete ich Ihnen die Wahl der Waffen an.«

»Schlagen? Mit Euch? Gott, wer seid Ihr denn? Ein Jäger, ein Herumläufer! Pah!«

»Also nicht? So seid Ihr ein Lump, ein Feigling, ein ganz erbärmlicher Wicht! Laßt Ihr auch diese Prädikate auf Euch sitzen, so seid Ihr gerichtet auf alle Zeit! Thut, was Euch beliebt!«

Er schritt dem Apatschen nach. Der Graf stand ganz perplex.

»Arbellez, das leidet Ihr?« fragte er den Haciendero.

»Wenn Ihr es leidet!« antwortete dieser. »Komm, Emma; komm, Karja! Unser Platz ist da drinnen bei den Ehrenmännern.«

»Ah, welche Niederträchtigkeit! Das werde ich Euch eintränken, Arbellez!«

»Versucht es!«

Der wackere Alte ging in den Saal, die beiden Damen mit ihm. Als jedoch Emma an dem Grafen vorüberschritt, sagte sie mit verächtlich gekräuselten Lippen und funkelnden Augen:

»Das war niederträchtig - das war armselig!«

Die Indianerin folgte ihr mit niedergeschlagenen Augen; es widerstrebte ihr, den Grafen zu verachten, und dennoch konnte sie ihm nicht in das Gesicht sehen. Er blieb stehen; er kehrte nicht wieder nach dem Saale zurück. Er warf die Serviette zu Boden, stampfte sie mit den Füßen und knirschte:

»Das sollt Ihr büßen, und bald, bald, bald!«

Nach dieser ohnmächtigen Zornesäußerung suchte er seine Zimmer auf.

Die andern nahmen ein lukullisches Mahl ein. Da gab es große Schnitten von Wassermelonen mit fleischfarbigem Innern, deren wohlschmeckender Saft in rosigen Tropfen auf die silbernen Platten perlte; halb geöffnete Granaten, Früchte des Kerzenkaktus, Orangen, süße Limonen, Grenadillen und alle die Fleisch- und Mehlspeisen, an welchen die mexikanische Küche so überaus reich ist. Während des Essens wurden die Erlebnisse noch ausführlicher besprochen, als es bisher möglich gewesen war; dann bat der Haciendero, den Sennores ihre Zimmer anweisen zu dürfen.

Die beiden Freunde wohnten nebeneinander. Es war dem Deutschen doch unmöglich, lange in dem engen Raum zu bleiben; er verließ ihn und suchte den Garten auf, wo er sich von Wohlgerüchen umduften ließ, bis er hinaustrat in das Freie, um die herrlichen mexikanischen Renner auf der Weide zu beobachten.

Indem er so an den Pallisaden hinschlenderte und um eine Ecke bog, erhob sich plötzlich vor ihm eine Gestalt, deren frappantes Aeußere ihn zum Stehen brachte. Der hohe, starke Mann war vollständig in ungegerbtes Büffelleder gekleidet, so wie die Ciboleros[1] sich zu tragen pflegen; aber auf dem Kopfe saß ihm der obere Teil eines Bärenschädels, von

[1] Büffeljäger.

welchem einige Streifen Fell bis fast herab zur Erde schleiften. Aus dem breiten Ledergürtel schauten die Griffe von Messern und andern Werkzeugen; von der rechten Schulter bis zur linken Hüfte herüber hatte er einen fünffach geflochtenen Lasso um den Leib geschlungen, und an der Pallisade lehnte eine jener alten, schmiedeeisernen Büchsen, wie sie vor hundert Jahren in Kentucky gemacht wurden, und die so schwer sind, daß sie ein gewöhnlicher Mann nicht zu handhaben vermag.

»Wer bist du?« fragte Helmers im ersten Augenblicke des Erstaunens.

»Ich bin Büffelstirn, der Indianer,« antwortete der Gefragte.

»Tecalto bist du?«

»Ja. Kennst du mich?«

»Ich sah dich noch nie, aber ich habe viel, sehr viel von dir gehört.«

»Wer bist du?«

»Mein Name ist Helmers; ich bin ein Deutscher.«

Das ernste Gesicht des Indianers klärte sich auf. Er war vielleicht erst fünfundzwanzig Jahre alt und konnte als eine Schönheit des indianischen Typus gelten.

»So bist du der Jäger, welcher Karja, meine Schwester, befreit hat?«

»Der Zufall war mir hold.«

»Nein, das war kein Zufall. Du hast dir die Pferde der Comantschen geholt und bist ihnen nachgeritten. Büffelstirn ist dir vielen Dank schuldig. Du bist so tapfer wie Matava-se, der Fürst des Felsens, der auch ein Deutscher ist.«

»Kennst du die Deutschen?«

»Ich kenne einige. Sie werden von den Amerikanern Dutchmen genannt. Sie sind stark und gut, tapfer und klug, wahr und treu. Ich habe gehört von einem von ihnen, den die Apatschen und Comantschen Itinti-ka, den Donnerpfeil, nennen.«

»Gesehen hast du ihn noch nicht?« fragte der Deutsche.

»Er heißt der Donnerpfeil, weil er schnell und sicher ist, wie der Pfeil, und mächtig und schwer wie der Donner. Seine Büchse fehlt nie ihr Ziel, und sein Auge irrt auf keiner Spur. Ich habe viel von ihm gehört; ich habe ihn bisher noch nie gesehen, aber heute sehe ich ihn.«

»Wo?« fragte Helmers überrascht.

»Hier. Du bist es!«

»Ich? Woran erkennst du mich?«

»Sieh deine Wange an. Donnerpfeil hat einen Bowiemesserstich durch die Wange erhalten, das weiß ein jeder, der einmal von ihm gehört hat. Solche Erkennungszeichen merkt man sich. Habe ich richtig geraten oder nicht?«

Helmers nickte.

»Du hast recht. Man nennt mich allerdings Itinti-ka, den Donnerpfeil.«

»So danke ich Wahkonta[1], daß er mir erlaubt hat, mit dir zu sprechen. Du bist ein tapferer Mann; reiche mir deine Hand, und sei mein Bruder!«

Sie schlugen ein, und Helmers sagte:

»So lange unsere Augen einander erblicken, soll Freundschaft sein zwischen mir und dir!«

Und der Indianer fügte hinzu:

»Meine Hand sei deine Hand und mein Fuß dein Fuß. Wehe deinem Feinde, denn er ist auch der meinige, und wehe meinem Feinde, da er auch der deinige ist. Ich bin du, und du bist ich; wir sind eins!«

Sie umarmten sich.

Dieser »Büffelstirn« war kein Indianer nach Art der nördlichen Roten. Er war gesprächig und mitteilsam, und doch wohl trotzdem nicht minder furchtbar, als einer jener schweigsamen Wilden, welche es für eine Schande halten, gleich einem Weibe den Gefühlen des Herzens Worte zu verleihen.

»Du wohnest in der Hacienda?« fragte Helmers.

»Nein,« antwortete der Büffeljäger. »Wer mag wohnen

[1] Gott.

und schlafen in der Luft, welche zwischen Mauern gefangen ist. Ich wohne hier.«

Er deutete auf das Rasenstück, auf welchem er stand.

»So hast du das beste Lager auf der ganzen Hacienda. Ich konnte es in der Stube nicht aushalten.«

»Auch Bärenherz, dein Freund, hat die Weide aufgesucht.«

»Er ist hier?«

»Ja. Ich habe bereits mit ihm gesprochen und ihm gedankt. Wir sind Brüder geworden, wie ich und du.«

»Wo ist er?«

»Er sitzt da drüben bei den Vaqueros, welche von dem Ueberfalle der Comantschen erzählen.«

»Laß uns zu ihnen gehen!«

Der Indianer ergriff seine schwere Büchse, warf sie auf die Schulter und führte den Deutschen.

Weit draußen, mitten zwischen halbwilden, weidenden Pferdegruppen saßen die rauhen Vaqueros an der Erde und erzählten sich die Abenteuer ihrer jungen Herrin, die sich sehr schnell herumgesprochen hatten. Bärenherz saß schweigsam dabei. Er sagte kein Wort dazu, obgleich er alles besser und wahrer hätte erzählen können. Die beiden kamen und setzten sich mit zu den anderen, welche sich nicht stören ließen, obgleich nun auch der zweite Held der Erzählung zugegen war. Dieser nahm zuweilen das Wort, und so entwickelte sich nach und nach eine jener fesselnden Unterhaltungen, welche man beim Lagern in der Wildnis zu hören bekommt.

Da drang ein zorniges Schnauben und Röcheln in das Gespräch hinein.

»Was ist das?« fragte Helmers, der sich bei diesem Geräusch schnell umdrehte.

»Es ist der Rapphengst,« antwortete einer der Vaqueros.

»Was ist mit ihm?«

»Er soll verhungern, wenn er nicht gehorcht.«

»Verhungern? - Warum?«

»Er ist unzähmbar.«

»Pah!«

»Pah? Sennor, zweifelt ja nicht! Wir haben uns alle Mühe mit ihm gegeben. Wir haben ihn schon dreimal im Corral gehabt, um ihn zu zähmen, aber wir mußten ihn immer wieder freigeben. Er ist ein Teufel. Wir alle sind Reiter, das könnt Ihr glauben, aber alle hat er abgeworfen, außer einen.«

»Wer ist dieser Eine?«

»Büffelstirn hier, der Häuptling der Mizticas. Er allein wurde nicht abgeworfen, aber dennoch hat er ihn nicht bezwungen.«

»Unmöglich! Wer nicht abgeworfen wird, der muß doch Sieger bleiben!«

»So dachten auch wir. Aber der Teufel von einem Rapphengst ist mit ihm in das Wasser gegangen, um ihn herabzutauchen, und als dies nicht fruchtete, hat er ihn in den dichtesten Wald getragen und einfach abgestreift.«

»Donnerwetter!« rief Helmers.

»Ja,« nickte Büffelstirn. »Es ist eine Schande, aber es ist wahr. Und ich darf mich doch rühmen, daß ich schon manches Pferd tot gemacht habe, welches nicht gehorchen wollte.«

Der Vaquero fuhr fort:

»Es sind viele berühmte Reiter und Jäger hier auf der Hacienda gewesen, um ihre Kraft und Gewandtheit zu versuchen, aber immer vergebens. Sie alle sagen, daß es nur Einen giebt, der den Hengst bezwingen kann.«

»Wer sollte das sein?«

»Das ist ein fremder Jäger, da oben am Red-River, der selbst den Teufel in die Hölle reiten würde. Dieser Mann ist mitten in wilde Pferdetrupps geraten und von Kopf zu Kopf über die Tiere hinweggelaufen, um sich das beste herauszuholen.«

Helmers lächelte belustigt und fragte:

»Hat er einen Namen?«

»Das versteht sich!«

»Welchen?«

»Wie er eigentlich heißt, das weiß ich nicht, aber die Roten nennen ihn Itinti-ka, den Donnerpfeil. Es haben viele Jäger, die aus dem Norden kamen, von ihm erzählt.«

Helmers ließ es sich nicht merken, daß von ihm selbst die Rede sei, auch Bärenherz und Büffelstirn zuckten mit keiner Miene. Der erstere aber fragte:

»Wo ist das Pferd?«

»Dort hinter jener Truppe liegt es.«

»Gefesselt?«

»Natürlich.«

»Alle Teufel, das ist ein Unrecht!«

»Pah! Sennor Arbellez hält große Stücke auf seine Pferde, aber dieses Mal hat er doch geschworen, daß der Rappe gehorchen oder verhungern soll.«

»So habt ihr ihm auch das Maul verbunden?«

»Versteht sich!«

»Zeigt mir ihn!«

»So kommt, Sennor!«

Eben, als sie sich vom Boden erhoben, sahen sie den alten Arbellez mit seiner Tochter und Karja herbeigeritten kommen. Es war der gewöhnliche Inspektionsritt, den er vor der Nacht zu unternehmen pflegte. Die Vaqueros ließen sich nicht stören und führten Helmers zu dem Hengste.

Dieser lag, an allen vieren gefesselt und mit einem Korbe vor dem Maule am Boden. Die Augen waren ihm vor Wut und Anstrengung mit Blut unterlaufen, jede einzelne Ader war zum Zerplatzen geschwollen, und aus dem Maulkorbe troff der Schaum in großen Flockentrauben.

»Alle Wetter, das ist ja die reine Sünde!« rief Helmers.

»Macht es anders, Sennor,« meinte der Vaquero, kaltblütig die Achseln zuckend.

»Das ist Tierquälerei! Das darf man nicht leiden! Auf diese Weise wird das edelste Pferd vollständig umgebracht!«

Er hatte sich ganz in Ekstase hineingeredet. Da kam Arbellez mit den Mädchen an.

»Was giebt es, Sennor Helmers, daß Ihr Euch so ereifert?« fragte er.

»Ihr bringt den Hengst um!« antwortete dieser.

»Das will ich auch, wenn er nicht gehorchen lernt!«
»Er wird gehorchen lernen, so aber nicht.«
»Wir haben alles vergebens versucht.«
»Gebt ihm einen tüchtigen Reiter auf den Rücken!«
»Hilft nichts!«
»Pah! Darf ich es versuchen, Sennor?«
»Nein.«
Helmers sah ihn erstaunt an.
»Warum nicht?« fragte er.
»Weil mir Euer Leben zu lieb ist.«
»Pah! Ich will lieber sterben, als dieses länger mit ansehen. Ein guter Pferdemann hält das nicht aus. Also, darf ich den Rappen reiten? Bitte, Sennor!«
Da drängte Emma besorgt ihr Pferd heran.
»Vater, erlaube es ihm nicht!« bat sie ängstlich. »Der Rappe ist zu gefährlich.«
Der Deutsche fragte sie sehr ernst:
»Sennora, hassen Sie mich?«
»Hassen? Mein Gott, warum sollte ich das?«
»Oder verachten Sie mich?«
»Das ja noch viel weniger!«
»Nun, warum beleidigen Sie mich in dieser Weise? Nur ein Knabe unternimmt, was er nicht auszuführen vermag. Ich sage Ihnen, daß ich den Schwarzen ganz und gar nicht fürchte.«
»Sie kennen das Tier nicht, Sennor,« mahnte Arbellez. »Es sind viele hier gewesen, welche behaupten, daß nur Itinti-ka, der Donnerpfeil, es bändigen könne.«
»Kennen Sie diesen Itinti-ka?«
»Nein, aber er ist der beste Rastreador[1] und Reiter, der zwischen den beiden Meeren lebt.«
»Und dennoch bitte ich um den Hengst!«
»Ich warne Sie!« sagte der Haciendero.
»Ich bleibe bei meiner Bitte!«
»Nun wohl, ich muß sie Ihnen gewähren, denn Sie sind

[1] Spanisch: Pfadfinder.

mein Gast; aber es thut mir leid um die Folgen. Zürnen Sie mir später nur nicht!«

Da stieg Emma schnell vom Pferde und trat auf Helmers zu.

»Sennor Helmers,« bat sie, seine Hand ergreifend, »wollen Sie nicht doch um meinetwillen von dem Pferde ablassen? Mir ist so angst!«

»Sennorita,« sagte er, »sprechen Sie aufrichtig: Ist es eine Ehre oder eine Schande für mich, wenn ich erst behaupte, daß ich mich nicht fürchte, und dann doch zurücktrete?«

Sie senkte den Kopf; sie sah ein, daß er recht hatte, daß er vor den andern, die ja alle gute Reiter waren, gar nicht zurück konnte. Darum fragte sie kleinlaut:

»Sie wollen es also wirklich wagen?«

»O, Sennorita Emma, für mich ist das kein Wagnis!«

Er blickte ihr dabei mit einer so offenen, heiteren Zuversichtlichkeit in die Augen, daß sie zurücktrat und an die Möglichkeit des Gelingens glaubte.

»Wohlan, nun gilt's!«

Mit diesen Worten trat er an den Hengst heran. Er wies die Vaqueros zurück, welche ihm helfen wollten, die Fesseln abzunehmen. Das Tier wälzte sich noch immer schnaubend und stöhnend am Boden. Er nahm ihm den Korb ab und zog das Messer. Nur das Ende eines alten Lasso war dem Pferde noch um das Maul gebunden. Helmers nahm diesen Riemen in die Linke, schnitt mit dem Messer schnell die Fesseln erst der Hinter-, dann auch der Vorderbeine durch und saß, als der Rappe nun emporschnellte, wie angegossen auf dessen Rücken.

Jetzt begann ein Kampf zwischen Reiter und Pferd, wie ihn noch keiner der sich vorsichtig zurückziehenden Zuschauer gesehen hatte. Der Hengst ging abwechselnd vorn und hinten in die Höhe, bockte zur Seite, schlug und biß, warf sich zu Boden, wälzte sich, sprang wieder empor - immer blieb der Reiter über ihm. Es war zunächst ein Kampf der menschlichen Intelligenz gegen die Widerspenstigkeit eines wilden Tieres, dann aber wurde es ein Kampf allein der menschlichen Muskeln gegen die tierische Kraft. Das Pferd schwitzte förmlich Schaum, es schnaubte nicht, sondern es grunzte, stöhnte; es strengte den letzten Rest seines Willens an, aber der eisenfeste Reiter gab nicht nach; mit stählernem Schenkeldrucke preßte er das Pferd zusammen, daß diesem der Atem auszugehen drohte, und nun erhob es sich zum letzten Male mit allen vieren in die Luft; dann - schoß es davon, über Stock und Stein, über Gräben und Büsche, daß man es mit seinem Reiter in einer halben Minute bereits nicht mehr erblickte.

»Donnerwetter, so etwas habe ich noch nicht gesehen!« gestand der alte Arbellez.

»Er wird den Hals brechen!« sagte einer der Vaqueros.

»Nun nicht mehr,« meinte ein andrer. »Er hat gesiegt!«

»O, es war mir angst!« gestand Emma. »Aber ich glaube nun wirklich, daß keine Gefahr mehr vorhanden ist. Nicht wahr, Vater?«

»Sei ruhig! Wer so fest sitzt und solche Stärke zeigt, der stürzt nicht mehr herab. Das war ja gerade, als ob Teufel gegen Teufel kämpfte! Ich glaube, dieser Itinti-ka könnte es auch nicht besser machen!«

Da trat Büffelstirn heran und sagte:

»Nein, Sennor, er kann es nicht besser machen, sondern ganz genau so.«

»Wie so? Ich verstehe nicht.«

»Dieser Sennor Helmers ist ja Itinti-ka, der Donnerpfeil!«

»Was?« fuhr Arbellez auf. »Er? Der Donnerpfeil?«

»Ja. Fragt hier den Häuptling der Apatschen!«

Arbellez richtete einen fragenden Blick auf den Genannten.

»Ja, er ist es,« sagte dieser einfach.

»Ja, wenn ich das wußte, so hätte ich keine solche Angst ausgestanden,« erklärte der Haciendero. »Es war mir wahrhaftig so, als ob ich selbst auf dem Tiere säße.«

Voller Erwartung blieben alle halten, und keiner ging von dem Platze fort. So verging über eine Viertelstunde; da kehrte er zurück. Der Rapphengst war zum Zusammenbrechen müde, aber der Reiter saß lächelnd und frisch auf seinem Rücken. Emma ritt ihm entgegen.

»Sennor, ich danke Euch!« sagte sie.

Ein anderer hätte gefragt: »Wofür?« Er aber verstand sie und lächelte ihr glücklich zu.

»Nun, Sennor Arbellez,« fragte er, »braucht es denn gerade wirklich nur dieser Itinti-ka zu sein?«

»Natürlich!«

»Na, ich denke, wir können ihn entbehren, denn ich kann es auch.«

»Weil Ihr es seid, ja.«

»Aha, so ist mein Geheimnis verraten!« lachte er.

»Und das Inkognito des Fürsten der Savanna zu Ende,« fügte Emma hinzu.

Es wurde ihm von allen Seiten die lauteste Bewunderung zu teil; er aber wehrte ab und sagte:

»Ich bin noch nicht fertig. Darf ich Sie auf Ihrem Ritte begleiten, Sennor Arbellez?«

»Ist das Pferd nicht zu müde?«

»Es muß; ich will es so!«

»Gut, so kommt!«

Sie ritten nun die weiten Plätze ab, auf denen Pferde, Rinder, Maultiere, Schafe und Ziegen weideten, und kehrten dann nach Hause zurück; der Rapphengst wurde angepflockt. Als Karja, die Indianerin, sich nach ihrem Zimmer begab und an der Thür des Grafen vorüberging, öffnete sich diese und Graf Alfonzo trat für einen Augenblick heraus.

»Karja,« fragte er, »kann ich dich heut sprechen?«

»Wann?« fragte sie.

»Zwei Stunden vor Mitternacht.«

»Wo?«

»Unter den Oelbäumen am Bache.«

»Ich komme!«

Als der Abend hereingebrochen war, versammelte man sich im Speisesaale, wo wahrhaft riesige Vorräte auf die Tische getragen wurden. Auch die beiden Indianerhäuptlinge waren da. Man sprach wieder von den letzten Ereignissen und brachte dann die Rede auf die heutige Bändigung des Pferdes. Es wurde Helmers abermals Lob gebracht; er wies es mit den Worten zurück:

»Das ist gar nicht der Rede wert, Sennores. Ich bin nicht der einzige, der so etwas fertig bringt.«

»O, das ist nur Bescheidenheit von Euch!« sagte der Haciendero. »Es giebt keinen zweiten.«

»Doch! Es giebt einen, der es noch viel besser versteht; das ist Old Shatterhand, der Freund Winnetous. An den reiche ich noch lange nicht.«

»Oh! Old Shatterhand! Ja, von dem hat man freilich so viel gehört, daß ich glaube, ihm sei die Bändigung eines wilden Pferdes eine Leichtigkeit. Kennt Ihr ihn, Sennor?«

»Ja, und eben darum kann ich der Wahrheit gemäß sagen, daß ich es ihm noch lange nicht gleich thue.«

Hierauf richtete sich das Gespräch auf diesen berühmten Westmann, und es wurden einige seiner hervorragendsten Thaten erzählt. Der Graf war nicht mit bei Tische erschienen; die heutigen Auftritte ärgerten ihn; er fühlte gar wohl, daß er sich blamiert hatte, und darum kam er nicht. Auf das Duell mit Helmers war er natürlich nur aus Feigheit nicht eingegangen.

Er war ein außerordentlich liederlicher und verschwenderischer junger Edelmann und hatte trotz des Reichtums seines Vaters, der ihn mit einer sehr hohen Jahresrente bedachte, so hohe Schulden gemacht, daß er sich nicht getraute, es ihm mitzuteilen. Seine Gläubiger drückten und quälten ihn, und da er von dem ›Schatze der Könige‹ gehört hatte und von Karja wußte, daß sie das Geheimnis kannte, so wollte er diesen Schatz heben, von dem der tausendste Teil hinreichend war, die Gläubiger zu befriedigen. Er hatte jedes ungesehene Zusammentreffen mit der Indianerin benützt, sich ihr von der vertrauenswertesten Seite zu zeigen, und ihr sogar versprochen, sie zur Gräfin Rodriganda zu machen. Trotzdem sie so harmlos und vertrauensselig war, ihm dies vollständig zu glauben, war sie bisher doch nicht dazu zu bringen gewesen, ihm zu sagen, wo der Schatz zu suchen sei.

Jetzt nun war er, von seinen Gläubigern auf das äußerste gedrängt, von der Hauptstadt Mexiko nach der Hacienda mit dem festen Vorsatze gekommen, Karja so zu bearbeiten, daß sie ihm das Geheimnis verraten müsse. Er ging nach den Oelbäumen am Bache und fand sie schon da, seiner wartend. Sie war zornig auf ihn, weil er sich so beleidigend gegen ihre Retter verhalten hatte, doch gelang es seiner Gewandtheit sehr bald, ihren Unmut zu zerstreuen. Dann ging er auf sein Ziel los. Er versprach ihr, sie adeln zu lassen, um sie dann zu seiner Frau machen zu können, denn der Adel sei ihr notwendig, obgleich sie in seinen eignen Augen für vollständig ebenbürtig gelte, weil sie der Abkömmling von Königen sei. Um den Adel zu erhalten, sei aber Geld, sehr viel Geld nötig, was er für sie von seinem Vater nicht erhalten könne; dazu sei der Schatz der Könige nötig, den er auch schon deshalb haben müsse, weil sein Vater ihn wegen Karja enterben und er also arm, ganz arm sein werde. Wenn er aber bereit sei, ihr dieses große Opfer zu bringen, und ihr also beweise, wie gut und ehrlich er es mit ihr meine, dürfe sie nun auch ihrerseits nicht länger zögern, ihm das Geheimnis mitzuteilen. Seine Ueberredungsgabe siegte mit diesen Gründen. Sie versprach, ihm den Ort, wo der Schatz liege, zu sagen, stellte aber die Bedingungen, daß er ihrem Bruder nie verrate, daß sie das Geheimnis nicht gehütet habe, und daß er ihr ein schriftliches und mit Unterschrift und Siegel versehenes Dokument des Inhaltes gebe, daß er sie gegen Auslieferung des Schatzes zur Gräfin von Rodriganda machen werde. Er ging auf diese Bedingung ein und sagte ihr, daß sie sich dieses Dokument morgen persönlich bei ihm holen solle.

Wie froh war er, seinen Zweck erreicht zu haben. Hatte er doch in der Ueberzeugung, zum Ziele zu gelangen, schon Leute mitgebracht, welche die Schätze nach der Hauptstadt transportieren sollten! Das Dokument machte ihm keine Sorgen; die niedrig stehende, verachtete Indianerin war selbst mit einem solchen Schriftstücke vollständig machtlos, ihm, dem hochgeborenen Grafen gegenüber. Aber nur erst die Schätze haben!

Während diese beiden bei den Oliven waren, führte Helmers den Häuptling Tecalto nach seinem Lagerplatze im Grase der Weide. Er war seit langer Zeit die freie Gottesnacht gewöhnt und wollte, ehe er sich im Zimmer schlafen legte, noch eine Lunge voll frischer Luft sammeln. Darum ging er, als er sich von dem Häuptling verabschiedet hatte, noch nicht in die Hacienda zurück, sondern trat in den Blumengarten, wo er sich am Rande des künstlichen Bassins niederließ, in welchem eine Fontäne ihren belebenden Wasserstrahl zur Höhe schoß.

Er hatte noch nicht lange hier gesessen, als er den Schritt eines leisen Fußes hörte. Gleich darauf kam eine weibliche Gestalt langsam den Gang daher geschritten und grad auf die Fontäne zu. Er erkannte Emma und erhob sich, um nicht vielleicht für einen Lauscher gehalten zu werden. Sie erblickte ihn und zauderte, weiter zu gehen.

»Bitte, Sennorita, treten Sie getrost näher,« sagte er. »Ich werde mich sogleich entfernen, um Sie nicht zu stören.«

»Ach, Sie sind es, Sennor Helmers,« antwortete sie. »Ich glaubte, daß es ein andrer sei, und dachte, Sie hätten die Ruhe bereits aufgesucht.«

»Das Zimmer ist mir noch zu unbequem und drückend; man muß sich erst daran gewöhnen.«

»Es ging mir ganz ebenso, darum suchte ich vorher noch den Garten auf.«

»So genießen Sie den Abend ungestört. Gute Nacht, Sennorita!«

Er wollte sich zurückziehen, sie aber nahm ihn bei der Hand, um ihn zurückzuhalten.

»Bleiben Sie, wenn es Ihnen Bedürfnis ist,« sagte sie. »Unser Gott hat Luft und Duft und Sterne genug für uns beide. Sie stören mich nicht.«

Er gehorchte und nahm neben ihr am Rande des Bassins Platz.

Unterdessen hatte sich der Häuptling der Mizticas hart an der Gartenpallisade niedergelegt. Er blickte träumerisch gen Himmel und ließ seine Phantasie hinauf steigen in jene ewigen Welten, wo Sonnen rollen, die von seinen Ahnen verehrt worden waren. Dabei aber hatte er doch einen Sinn für das kleinste Geräusch seiner Umgebung.

Da war es ihm, als ob er im Innern des Blumengartens leise Schritte und dann auch unterdrückte Stimmen vernähme. Er wußte, daß der Graf sich bemühte, so oft wie möglich in die Nähe seiner Schwester zu kommen, und er wußte ebenso, daß diese dem Bestreben des Grafen keinen Widerstand entgegensetzte. Sein Argwohn erwachte. Weder der Graf noch Karja waren seit einer Stunde in der Hacienda zu sehen gewesen; sollten sie ein Stelldichein im Garten verabredet haben? Er mußte das erfahren, das war notwendig für ihn und sie.

Er erhob sich also und schwang sich mit echt indianischer Leichtigkeit über die Pallisaden in den Garten hinüber. Dort legte er sich auf den Boden und schlich mit solcher Unhörbarkeit näher, daß selbst das geschärfte, jetzt aber in Sicherheit gewiegte Ohr des Deutschen nichts vernahm. Er erreichte unbemerkt die andre Seite des Bassins und konnte nun jedes Wort der Unterhaltung verstehen.

»Sennor, ich sollte Ihnen eigentlich zürnen!« sagte Emma soeben.

»Warum?«

»Weil Sie mir heute so große Angst verursacht haben.«

»Wegen des Pferdes?«

»Ja.«

»Sie haben sich umsonst geängstigt, denn ich habe Pferde gebändigt, welche noch viel schlimmer waren. Der Rappe ist nun so fromm, daß ihn jede Dame unbesorgt reiten kann.«

»Ein Gutes hat der Vorgang doch gehabt.«

»Was?«

»Daß Sie Ihr Inkognito aufgegeben haben, Sie eitler Mann!«

»O,« lachte er, »eine eigentliche Eitelkeit war es nicht. Man muß zuweilen vorsichtig sein. Gerade dadurch, daß man mich für einen ganz gewöhnlichen und ungeübten Jäger hielt, habe ich oft die größten Vorteile errungen.«

»Aber mir konnten Sie es doch wenigstens sagen. Sie hatten mir doch bereits ein viel größeres Geheimnis anvertraut.«

»Ein Geheimnis, welches für mich wohl niemals einen Wert haben wird. Ich werde die Höhle des Königsschatzes niemals entdecken, obgleich ich mich hier in der Nähe befinden muß.«

»Ah, woraus schließen Sie das?«

»Aus der Bildung der Berge und dem Laufe der Wasser. Die Gegend, welche wir zuletzt durchritten, stimmt ganz genau mit einem Teile meiner Karte.«

»So haben Sie ja einen Anhalt gefunden und können weiter suchen!«

»Es fragt sich sehr, ob ich dies thue.«

»Warum?«

»Weil ich im Zweifel bin, ob ich ein Recht dazu habe.«

»Sie hätten doch jedenfalls das Recht des Finders. Ich überschätze den Wert des Goldes keinesfalls, aber ich weiß doch auch, daß der Besitz desselben vieles gewährt, nach welchem selbst Tausende vergeblich streben. Suchen Sie, Sennor! Es sollte mich freuen, wenn Sie fänden!«

»Ja, die Macht des Goldes ist groß,« sagte er nachdenklich, »und ich habe in der Heimat einen armen Bruder, der viele Kinder hat und dessen Glück ich vielleicht machen könnte. Aber wem gehört dieser Schatz? Doch wohl den Nachkommen derer, die ihn versteckten.«

»Wissen Sie nicht, von wem Ihre Karte stammt?«

»Von einem alten, kranken Indianer, dem ich einige Dienste geleistet hatte, wie ich Ihnen bereits sagte. Er war verwundet und starb, ehe er mir die notwendigen mündlichen Aufklärungen geben konnte.«

»Und es steht kein Name darauf?«

»Nein. In der einen Ecke befindet sich ein rätselhaftes Zeichen, welches ich nicht zu erklären vermag. Ja, ich nehme es mir vor, ich werde suchen. Aber wenn ich den Schatz wirklich finden sollte, so werde ich ihn nicht berühren, sondern nach den rechtlichen Besitzern desselben suchen. Sollten diese nicht zu finden sein, so ist es noch immer Zeit, sich zu entschließen.«

»Sennor, Sie sind ein Ehrenmann!« sagte die Mexikanerin warm.

»Ich thue nur, was ich muß, und unterlasse alles Unrecht.«

»Ihr Bruder ist also arm?«

»Ja. Er ist ein Seemann, der es wohl nie zu einer Selbständigkeit bringen kann, so lange er auf seine eigne Kraft angewiesen ist. Ich selbst besitze nur eine kleine Summe, welche ich aus dem Ertrage meiner Jagdstreifereien gelöst habe.«

»Sie besitzen mehr!« sagte sie.

»Da möchte ich doch fragen!«

»Sollte ein ›Donnerpfeil‹ wirklich so arm sein? Giebt es nicht Reichtümer, welche mit dem Besitze des Goldes nichts zu thun haben? Der Besitz von Gold und Silber macht nicht den Wert des Menschen aus. Die wahren Schätze ruhen im Herzen: der Glaube an Gott, die Liebe zum Nächsten und das Bewußtsein, stets seine Pflicht erfüllt zu haben. Doch kommen Sie; ich muß Vater noch gute Nacht sagen!«

Sie entfernten sich. Da schlich sich Tecalto wieder fort und schwang sich wieder über die Pallisaden. Draußen murmelte er leise vor sich hin:

»Uff, uff! Was habe ich da gehört! Donnerpfeil hat eine Zeichnung unsers heiligen und verborgenen Platzes! Sein Scharfsinn wird ihn zur Entdeckung des Schatzes führen. Ich müßte ihn eigentlich töten; aber er ist mein Freund und Bruder geworden und ein guter, edler Mann. Auch hat er meine Schwester Karja gerettet. Soll ich ihn vernichten, dem ich danken muß? Nein, nein! Ich werde nachdenken, und der große, gute Geist wird mir sagen, was ich machen soll.« – – –

Um diese Zeit saß in einem abgelegenen Thale, vielleicht zwei Stunden von der Hacienda del Erina entfernt, eine Anzahl von vielleicht zwanzig Männern um ein Feuer. Es waren lauter wilde, verwegene Gestalten, deren jedem man zutrauen konnte, daß er einen Mord oder so etwas ähnliches auf dem Gewissen habe. Das Viertel eines Kalbes briet am Spieße, und die Reste des Tieres, welche daneben lagen, bewiesen, daß man bereits seit längerer Zeit ganz tüchtig geschmaust habe.

»Also wie wird's, Kapitano?« fragte einer mit unmutiger Stimme. »Warten wir noch länger?«

Der Gefragte lag neben ihm auf dem Ellbogen. Er hatte ein echtes Banditengesicht, und sein Gürtel strotzte von Waffen.

»Wir warten,« sagte er finster und bestimmt.

»Aber wie lange noch?«

»So lange es mir gefällt.«

»Oho, ich habe es satt!«

»Schweig!«

»Du wirst mir wohl erlauben, zu reden. Wir liegen bereits seit vier Tagen hier und wissen nicht, ob man uns nur für Narren hält.«

»Hältst du dich für einen Narren, so habe ich nichts dagegen. Wie ich mit mir daran bin, das weiß ich glücklicherweise ganz genau.«

»Aber wie wir mit diesem sogenannten Grafen daran sind, weißt du das auch?«

»Auch das weiß ich.«

»Nun, wie denn?«

»Er bezahlt uns gut, und wir warten also, bis er erklärt, was wir thun sollen.«

»Das halte der Teufel aus! Was hätten wir während dieser Zeit thun und verdienen können!«

»Schweig!«

»Oho! Ich bin ein Mann und habe zu reden!«

»Und ich bin der Kapitano und verbiete es dir!«

»Wer hat dich zum Kapitano gemacht? Doch erst wir!«

»Richtig! Und weil ich es nun einmal bin, so weiß ich es auch zu sein. Iß dein Fleisch, und halte dein Maul, sonst kennst du die Gesetze!«

»Du willst drohen?« fragte der andre, indem er an das Messer griff.

»Drohen? Nein, sondern handeln!«

Der Kapitano sagte dies im kalten, gleichgültigen Tone, aber mit einem blitzesschnellen Griffe riß er die Pistole aus dem Gürtel und drückte ab. Der Schuß krachte, und der widersetzliche Sprecher stürzte mit zerschmettertem Kopfe zu Boden.

»So; das gehört dem Ungehorsam. Schafft ihn zur Seite!«

Mit diesen Worten begann der Kapitano seine Pistole gleichmütig wieder zu laden.

Es erhob sich ein leises, mißbilligendes Gemurmel, doch verstummte es sofort, als der Hauptmann den Kopf erhob.

»Wer murrt?« fragte er. »Ich habe noch mehrere Kugeln. Was soll werden, wenn es keinen Gehorsam mehr giebt! Dieser Graf Rodriganda zahlt einem jeden von uns ein Goldstück für den Tag. Ist dies nicht genug? Er läßt uns warten, ja, aber er wird uns schon noch Arbeit bringen, denn eine solche Summe giebt selbst ein Graf nicht umsonst aus!«

Die Leute beruhigten sich, und der Tote wurde zur Seite geschafft. Das Feuer warf seine ungewissen Schatten über die Gruppe. Man verzehrte den Rest des Fleisches, stellte eine Wache aus und hüllte sich dann in die Decken.

Schon begann der Schlaf sich über die Männer zu legen, als man den Hufschlag eines Pferdes hörte. Sofort erhoben sich alle aus ihrer liegenden Stellung. Ein Reiter nahte.

»Wer da?« fragte die Wache.

»Der Richtige!« lautete die Antwort.

»Kann passieren.«

Der Angekommene gab sein Pferd der Wache und kam dann herbei. Es war Graf Alfonzo de Rodriganda. Er ließ sich neben dem Kapitano nieder, zog seinen Tabak hervor und drehte sich eine Cigarrita. Man sah ihm schweigend zu, als er aber die Cigarrita angebrannt hatte und noch immer schwieg, fragte der Hauptmann:

»Bringen Sie uns endlich Arbeit, Don Rodriganda?«

»Ja.«

»Was für welche? Wir thun alles, was uns gut bezahlt wird.«

Er deutete dabei mit einer sprechenden Gebärde auf seinen Dolch. Der Graf schüttelte den Kopf und antwortete:

»Es ist nichts derartiges. Ihr sollt mir nur als Arrieros[1] dienen.«

»Als Arrieros?« sagte der Kapitano. »Sennor, wir sind keine solche Lumpen!«

»Das weiß ich. Hört, was ich euch sage!«

Die Männer rückten neugierig zusammen, und Graf Alfonzo begann:

»Ich habe etwas nach Mexiko zu schaffen, wovon kein Mensch etwas erfahren darf; das ist es. Kann ich auf euch rechnen?«

»Wenn Sie zahlen, ja!«

»Ihr sollt haben, was ihr verlangt. Habt ihr die bestellten Packsättel mit?«

»Ja.«

»Säcke und Kisten?«

»Ja.«

»Gut! Pferde nehmen wir uns von der Estanzia del Erina, so viele wir brauchen. Morgen um diese Zeit bin ich wieder hier, und mit Tagesgrauen brechen wir auf.«

»Wohin?«

»Das weiß ich jetzt selbst noch nicht. Ich werde euch führen.«

»Was ist es, was wir zu transportieren haben?«

»Das geht euch auch nichts an. Ich bringe meine zwei Diener mit, welche euch irgendwo und irgendwann die Säcke und Kisten füllen. Dann geht es unter meiner Aufsicht nach Mexiko, und ihr habt den Transport zu verteidigen, wenn wir dabei vielleicht belästigt werden sollten.«

»Das ist ein geheimnisvolles Ding, Don Rodriganda. Wir werden den Preis danach richten müssen.«

»Thut es! Was verlangt ihr?«

[1] Maultiertreiber.

»Drei Goldstücke pro Mann und Tag.«

»Zugestanden!«

»Mir als Anführer aber sechs.«

»Auch das!«

»Die ganze Beköstigung und Verpflegung.«

»Versteht sich!«

»Und wenn wir den Transport glücklich nach Mexiko bringen, dreihundert Goldstücke als Extrabelohnung.«

»Ihr sollt fünfhundert haben, wenn ich mit euch zufrieden bin!«

»Hurra, das klingt gut! Sennor, verlaßt Euch auf uns; wir gehen für Euch durchs Feuer!«

»Das hoffe ich. Hier ist übrigens eine kleine Aufmunterung zur Treue! Verteilt es unter euch.«

Er zog eine Geldrolle aus der Tasche und gab sie dem Kapitano. Dann ritt er davon.

Als der Hufschlag seines Pferdes verklungen war, wartete der vorsichtige Anführer noch ein Weilchen; dann öffnete er die Rolle.

»Gold!« sagte er. »Blankes, gelbes Gold!«

»Der ist splendid!« bemerkte einer.

»Hm!« meinte der Kapitano, »da darf man seine Gedanken haben!«

»Was werden wir transportieren?«

»Niemand soll es wissen!«

»Auch wir selbst nicht!«

»Nur die beiden Diener zieht er ins Vertrauen!«

So gingen die Fragen und Meinungen herüber und hinüber. Einer meinte gar:

»Vielleicht ist es Menschenfleisch, was er verbergen will!«

»Oder Gold aus einer Bonanza.«

»Oder ein vergrabener Schatz der Aztekenkönige!«

Der Anführer winkte zur Ruhe und meinte:

»Jungens, zerbrecht euch die Köpfe nicht! Er zahlt so gut, daß das, was wir zu transportieren und zu verteidigen haben, sicher nichts Gewöhnliches ist. Wir werden ihm zunächst in allen Stücken gehorsam sein, dann aber seid mir ein klein wenig neugierig, und wenn wir das, was wir geladen haben, auch gebrauchen können, so ist ein Graf ebenso gut eine Kugel wert wie ein gräflicher Diener oder zwei solche Kerls. Jetzt schlaft und seid still!«

Es wurde um das Feuer ruhig, obgleich mancher von den Männern nicht wirklich schlief, sondern zu erraten suchte, welcher Art die Last sei, die ihnen anvertraut werden sollte.

Das also waren die Leute, welche der Graf engagiert hatte, die Schätze nach der Hauptstadt zu transportieren! Lumpen und Banditen, die nur von dem Ertrage ihrer Waffen lebten. Wenn sie den Inhalt der Kisten und Säcke erfuhren, so war es um sein Leben geschehen; das hatte der leichtsinnige Mann nicht bedacht. –

Am andern Morgen hatte sich Helmers kaum vom Lager erhoben, als der Haciendero bei ihm eintrat, um ihm einen guten Morgen zu wünschen. Trotz der kurzen Zeit ihres Beisammenseins hatte er den Deutschen herzlich liebgewonnen.

»Ich komme eigentlich mit einer Bitte,« sagte er.

»Die ich erfüllen werde, wenn ich kann,« meinte Helmers.

»Sie können es. Sie befinden sich hier in der Einsamkeit, wo Sie Ihre Bedürfnisse gar nicht befriedigen können, während ich von allem einen Vorrat habe, da ich die Meinigen mit dem, was sie brauchen, versehen muß. Wollen Sie sich mit Wäsche und einer neuen Kleidung versehen, so hoffe ich, daß Sie mit meinen Preisen zufrieden sein werden.«

Helmers wußte gar wohl, wie es gemeint war, aber einesteils konnte er den guten Haciendero doch nicht gut beleidigen, und andernteils befand sich sein alter Jagdanzug in einem sehr tragischen Zustande. Er überlegte sich die Sache also kurz und sagte:

»Gut, ich nehme Ihr Anerbieten an, Sennor Arbellez, vorausgesetzt, daß Ihre Preise nicht gar zu hoch sind, denn ich bin, offen gestanden, das, was man einen armen Teufel nennt.«

»Hm, eine Kleinigkeit muß ich mir doch auch verdienen, obgleich die Zahlung nicht gerade gleich heute notwendig ist. Kommen Sie, Sennor; ich werde Ihnen meine Vorratskammer zeigen!« sagte Arbellez lachend.

Als eine Stunde später Helmers vor dem Spiegel stand, kam er sich selbst ganz fremd und vornehm vor. Er trug eine unten aufgeschlitzte, goldverbrämte mexikanische Hose, leichte Halbstiefel mit ungeheuren Rädersporen, ein schneeweißes Hemde, darüber eine kurze, vorn offene Jacke, die mit Gold- und Silberstücken besetzt war, auf dem Kopfe einen breitkrempigen Sombrero und um die Taille einen Shawl von chinesischer Seidengaze. Das Haar war verschnitten, der Bart ausrasiert und zugestutzt, und so erkannte er sich in dieser kleidsamen, reichen Tracht kaum selbst wieder.

Als er zum Frühstück in den Speisesaal trat, fand er Emma bereits anwesend. Sie errötete vor Entzücken, als sie die Veränderung bemerkte, die mit ihm vorgegangen war. So männlich und so schön hatte sie sich ihn doch nicht ganz gedacht. Auch Karja, die Indianerin, schien erst jetzt zu sehen, welch ein Mann der Deutsche war. Vielleicht stellte sie Vergleiche zwischen ihm und dem Grafen an. Die beiden Indianerhäuptlinge thaten natürlich, als bemerkten sie diese Veränderung gar nicht. Einer aber ärgerte sich fürchterlich darüber.

Das war der Graf. Die Hoffnung, bald in den Besitz des Schatzes zu gelangen, mochte ihn nachgiebig stimmen; er erschien zum Frühstück, wäre aber fast wieder umgekehrt, als er Helmers erblickte. Kein Mensch sprach ein Wort. Er knirschte heimlich mit den Zähnen und nahm sich vor, diesen Menschen unschädlich zu machen.

Als Helmers nach dem Frühstück hinaus auf die Weide kam, fand er den Häuptling der Miztecas, der während der Nacht einen guten, freundlichen Entschluß gefaßt hatte. Als er die neue Kleidung des Deutschen sah, sagte er:

»Mein Bruder Donnerpfeil darf so ein Gewand tragen, denn er ist ein reicher Mann.«

»Oh, das ist ein Geschenk von Sennor Arbellez; ich bin noch ebenso arm wie bisher.«

»Nein,« sagte der Indianer ernst; »du bist reich, denn du hast die Karte zur Höhle des Königsschatzes.«

Der Deutsche trat erstaunt einen Schritt zurück.

»Woher weißt du das?«

»Ich weiß es! Darf ich die Karte sehen?«

»Ja!«

»Sogleich?«

»Komm!«

Er führte ihn in sein Zimmer und legte ihm das alte abgegriffene Papier vor. Tecalto warf einen Blick in die Ecke des Planes und sagte:

»Ja, du hast sie! Das ist das Zeichen von Toxertes, welcher der Vater meines Vaters war. Er mußte das Land verlassen und kehrte nie wieder zurück. Du hast ihm Gutes gethan und bist nicht arm. Willst du die Höhle des Königsschatzes sehen?«

»Kannst du mir sie zeigen?«

»Ja.«

»Wem gehört der Schatz?«

»Mir und Karja, meiner Schwester. Wir sind die einzigen Abkömmlinge der Könige der Miztecas. Soll ich dich führen?«

»Ich gehe mit!«

»So sei bereit, heut zwei Stunden nach Mitternacht. Dieser Weg darf nur im Dunkel der Nacht angetreten werden.«

»Wer darf davon wissen?«

»Niemand. Aber der Tochter des Haciendero magst du es anvertrauen.«

»Warum ihr?«

»Weil sie weiß, daß du den Schatz suchest.«

»Ah, woher weißt du das?«

»Ich habe jedes Wort gehört, welches ihr gestern im Garten geredet habt. Du hattest die Karte und wolltest dennoch nichts nehmen. Du wolltest erst forschen, ob der Erbe vorhanden sei. Du bist ein ehrlicher Mann, wie es unter den Bleichgesichtern wenige giebt. Darum sollst du den Schatz der Könige sehen.«

Und eine Stunde später zur Zeit des Mittagsmahles, als die andern beim Nachtische saßen, schlüpfte die Indianerin in das Zimmer des Grafen.

»Hast du das Papier geschrieben?« fragte sie.

»Kannst du lesen?« erkundigte er sich.

»Ja,« antwortete sie stolz.

»Hier ist es.«

Er gab ihr einen Bogen Papier, auf welchem folgende Zeilen zu lesen waren:

»Ich erkläre hiermit, daß ich nach Empfang des Schatzes der Könige der Miztecas mich als Verlobten von Karja, der Nachkömmlingin dieser Könige, betrachten und sie als meine Gemahlin heimführen werde.

Alfonzo
Graf de Rodriganda y. Sevilla.«

»Ist es so recht?« fragte er.

»Die Worte sind gut, aber das Siegel fehlt!«

»Das ist ja nicht notwendig!«

»Du hast es mir versprochen.«

»Gut, so magst du es haben,« sagte er, seinen Unwillen verbergend.

Er brannte den Wachsstock an und drückte sein Siegel über die Worte.

»Hier, Karja! Und nun halte auch du dein Wort!«

»Ich halte es.«

»Nun? Wo ist der Schatz versteckt?«

»Kennst du den Berg El Reparo?«

»Ja. Er liegt vier Stunden von hier gegen Westen.«

»Er sieht fast aus wie ein langgezogener, hoher Damm.«

»Das stimmt.«

»Von ihm fließen drei Bäche in das Thal. Der mittelste ist der richtige. Sein Anfang bildet keinen offenen Quell, sondern er tritt gleich voll und breit aus der Erde heraus. Wenn du in das Wasser steigst und da, wo er aus dem Berge kommt, dich bückst und hineinkriechst, so hast du die Höhle vor dir.«

»Ah, das wäre doch recht einfach!«

»Sehr einfach!«

»Braucht man Licht?«

»Du wirst Fackeln rechts vom Eingang finden.«

»Das ist alles, was du mir zu sagen hast?«

»Alles.«

»Und der Schatz befindet sich wirklich noch vollständig dort?«

»Vollständig.«

»So habe Dank, mein gutes Kind! Du bist jetzt meine Verlobte und wirst nun bald mein Weibchen sein. Jetzt aber geh. Man könnte uns hier überraschen!«

Sie steckte das Dokument ein und ging. Sie hatte ein Opfer gebracht, aber dieses Opfer lag ihr mit Zentnerschwere auf der Seele.

Inzwischen hatte sich Bärenherz, der Häuptling der Apatschen, eines der halbwilden Pferde der Hacienda eingefangen und war spazieren geritten. Er hatte Zeit und nahm bei der Heimkehr nicht etwa den geradesten und bequemsten Weg, sondern er folgte den Thälern, Schluchten und Gründen, wie sie ihm gerade in die Richtung kamen, bis er, in einer Vertiefung reitend, plötzlich zankende Stimmen vernahm. Gleich darauf ertönte ein Schuß und ein Schrei.

Ein solches Vorkommnis ist verdächtig, besonders einem vorsichtigen Indianer. Er stieg ab, band sein Pferd an, griff zur Büchse und birschte sich vorsichtig der Gegend zu, in welcher der Schuß gefallen war. Es war nicht weit. Er kroch eine Böschung empor, deren Höhe mit wilder Myrte besetzt war. Als er diese Büsche erreichte, erblickte er zwischen diesen hindurch ein kleines, aber tiefes Thälchen, in welchem sich um ein abgebranntes Feuer herum achtzehn Männer und zwei Leichen befanden. Dabei lagen eine Menge Kisten, Säcke und Packsättel auf einem Haufen. Einer der Männer hatte ein Pistol in der Hand, welches er lud.

»Es bleibt dabei,« sagte er; »wer widerspricht, der wird einfach erschossen.«

»Werden uns die Schüsse nicht verraten?« fragte ein anderer schüchtern.

»Schwachkopf, wer wird sich an uns wagen!«

Bärenherz verstand das Gemisch von Spanisch und Indianisch, welches an der Grenze gesprochen wird, sehr gut;

diese Leute hier aber redeten rein Spanisch, welches er nicht verstand. Er hielt diese Leute für eine Jagdtruppe, deren Mitglieder untereinander in Streit geraten waren und aufeinander geschossen hatten. Das kommt in Mexiko häufig vor, ohne daß es groß beachtet wird. Er zog sich also leise wieder zurück, bestieg sein Pferd und ritt nach der Estanzia.

Der Graf ließ sich während des ganzen Tages nicht sehen. Er wußte nun, was er hatte wissen wollen, und ließ durch seine beiden Diener seine Sachen packen. Nach dem Abendessen ging er zu Arbellez und erklärte ihm, daß er abreisen werde. So auffallend dies erscheinen mochte, der Haciendero fragte ihn nicht nach dem Grunde und versuchte auch nicht, ihn zu halten. Als Rodriganda von da aus in sein Zimmer zurückkehrte, begegnete er Karja. In der Ueberzeugung, nun am Ziele zu sein, beging er zufolge seines dadurch eingetretenen Uebermutes die Unklugheit, zu ihr zu sagen:

»Soeben habe ich Arbellez gesagt, daß ich abreise.«

»Wohin?« fragte sie.

»Nach Mexiko.«

»Und der Schatz?«

»Den hole ich mir natürlich vorher. Ich habe eine ganze Menge von Arrieros mit Maultieren bereit gehalten, mit denen ich jetzt nach dem Berge El Reparo reite, um die Schätze aufzuladen. Von dort aus geht es sofort nach Mexiko.«

»Wann kommst du wieder?«

»Nie.«

»Nie?« fragte sie erstaunt. »So wirst du mich von hier abholen lassen?«

»Nein.«

»Auch nicht? So soll ich dich in der Hauptstadt aufsuchen?«

»Das müßte ich mir sehr verbitten. Hast du denn wirklich geglaubt, Gräfin von Rodriganda werden zu können? Hast du mich wirklich für so albern, für so wahnsinnig gehalten, daß ich eine Indianerin, eine Rote, zu meiner Frau mache?«

Sie sah ihn erschrocken an und fragte stammelnd:

»So -- so -- hast du -- mich betrogen?«

»Das ist ein Ausdruck, den ich ernstlich zurückweisen muß. Ein Graf betrügt nie; ich habe dich nur ein wenig überlistet. Der Schatz ist mein, und wenn du einen Mann haben willst, so suche ihn dir unter deinesgleichen!«

Nach diesen in höhnisch stolzem Tone gesprochenen Worten entfernte er sich. Karja stand eine ganze Weile starr und stumm und wankte dann ganz fassungslos nach ihrem Zimmer. Es dauerte lange, lange, ehe sie richtig zu denken vermochte. Er hatte sie betrogen und war jetzt fort, um die Schätze zu holen! Er durfte sie nicht bekommen, nein, nein, nein! Sie mußte ihn hindern; aber wie? Der richtige Weg war, ihrem Bruder alles zu gestehen; der mußte sofort nach dem Berge aufbrechen und den Raub unmöglich machen. So schwer ihr dieses Geständnis werden mußte, sie zögerte nicht. Der Graf war ein Betrüger, ein Halunke; er hatte ihr durch Lügen das Geheimnis entlockt; es mußte aber gerettet und gewahrt bleiben, und das war durch seinen Tod möglich. Ja, sterben mußte er! Jetzt war sie nur noch Indianerin, eine betrogene Indianerin, die ihr Herz für ewig zum Schweigen bringt und nun weiter nichts als nur die Rache kennt. Sie sprang blitzenden Auges von ihrem Sitze auf und eilte fort, um den Bruder zu suchen. Sie lief durch den Hof in den Garten, hinaus auf die Weide; sie suchte in allen Räumen des Hauses, die ihm zugänglich waren – vergebens. Da wurde ihr himmelangst, und sie kehrte in den Speisesaal zurück, wo Arbellez mit Emma und dem Apatschen saß. Auf ihre erregte Frage bekam sie von dem Haciendero die Antwort:

»Ich weiß nicht, wo er ist. Aber was hast du, was ist mit dir? Du bist ja ganz außer dir!«

»Es steht ein Unglück bevor, ein großes Unglück! Mein Bruder muß augenblicklich fort.«

»Wohin?«

»Nach El Reparo!«

»Warum?«

»Der Graf ist hin, um zu stehlen!«

»Zu stehlen?« fragte da Emma betroffen. »Etwa den Königsschatz?«

»Ja,« antwortete Karja, ohne daran zu denken, daß sie damit ihr Geheimnis verriet.

»O Gott, das giebt allerdings ein Unglück, denn dein Bruder ist mit Sennor Helmers auch hin! Er will ihm den Königsschatz zeigen und hat es ihm erlaubt, es mir zu sagen.«

»Mein Himmel! Da wird es Mord und Totschlag geben!« rief Arbellez.

Es gab eine Aufregung, bei welcher nur der Apatsche kalt blieb. Er besann sich auf seinen heutigen Ritt und sagte:

»Ich habe heut Männer mit Säcken und Kisten gesehen. Sollte das mit dem Schatze zusammenhängen? Vielleicht sollen sie ihn für den Grafen fortschaffen! Woher aber kennt er das Geheimnis des Schatzes?«

»Ich habe es ihm verraten,« gestand Karja in ihrer Angst. »Waren es viele Männer, die du gesehen hast?«

»Ja.«

»Wie viele?«

»Zweimal fünf und acht.«

»Waren sie bewaffnet?«

»Sehr gut. Und sie hatten von den Waffen Gebrauch gemacht, denn zwei von ihnen waren erschossen.«

»O, das ist Gefahr, das ist Gefahr!« rief da die Indianerin. »Der Graf, der Lügner, der Verräter, will den Schatz der Könige stehlen. Er wird Sennor Helmers und meinen Bruder dort finden und sie töten. Sennor Arbellez, blast in das Nothorn. Laßt Eure Vaqueros und Ciboleros kommen. Sie müssen nach der Höhle des Schatzes, um die zwei zu retten!«

Jetzt gab es ein Wirrwarr von Fragen und Antworten, bei dem wieder nur der Apatsche seine Ruhe behauptete. Er hörte die einzelnen Fragen und Entgegnungen, und sagte dann:

»Wer weiß es, wo die Höhle liegt?«

»Ich,« antwortete Karja. »Ich werde Euch führen!«

»Kann man reiten?«

»Ja.«

»So gebt mir dieses Mädchen und zehn Ciboleros und Vaqueros mit.«

»Ich gehe auch mit!« rief Arbellez.

»Nein!« entschied der Apatsche. »Wer will die Hacienda beschützen? Wer weiß, was hier kommen kann? Man rufe alle Männer, man gebe mir zehn von ihnen. Die andern beschützen die Hacienda.«

Dabei blieb es. Der Haciendero stieß in das Horn, und auf dieses Zeichen kamen die Wächter der Herden und sonstige Bedienstete herbeigesprengt. Der Apatsche suchte sich zehn von ihnen aus; sie wurden bewaffnet. Auch Karja stieg zu Pferde; dann ritten sie ab, während die andern, gut Wache haltend, zurückblieben. Die Verwirrung war schuld, daß bis zum Abreiten der kleinen Truppe doch eine ziemliche Zeit vergangen war. --

Kurz nach dem Abendessen trat Büffelstirn in das Zimmer des Deutschen.

»Gedenkst du noch deines Wortes?« fragte er.

»Ja,« antwortete Helmers.

»Du reitest mit?«

»Ja.«

»So komme!«

Helmers bewaffnete sich und folgte dem Indianer. Unten standen heimlich bereits drei Pferde bereit, zwei mit Reitsätteln und das dritte mit einem Packsattel.

»Was soll dieses hier?« fragte der Deutsche, auf das letztere zeigend.

»Ich habe gesagt, daß du nicht arm bist. Du hast den Schatz der Könige nicht berauben wollen; darum sollst du dir davon nehmen dürfen so viel, wie ein Pferd zu tragen vermag.«

»Nein. Wo denkst du hin!« rief Helmers erstaunt.

»Rede nicht, sondern steige auf, und folge mir!«

Der Indianer bestieg sein Pferd, nahm das Packtier beim Zügel und ritt fort. Helmers konnte nicht anders, als ihm folgen. Es war finstere Nacht, aber der Indianer kannte seinen Weg genau, und die halbwilden Pferde Mexikos sehen während des Nachts wie die Katzen. Der Deutsche konnte sich der Führung Büffelstirns gut anvertrauen. Schnell freilich kamen sie nicht vorwärts, denn es ging tief zwischen unwegbare Berge hinein.

Büffelstirn sprach kein Wort. Man hörte in der schweigsamen Nacht nichts als den Schritt und das zeitweilige Schnauben der Pferde. So verging eine Stunde, noch eine und noch eine dritte. Da rauschte Wasser; man kam an den Lauf eines Baches, dem man folgte. Dann türmte sich ein wallartiger Berg vor ihnen auf, und als sie denselben beinahe erreicht hatten, stieg der Indianer ab.

»Hier warten wir, bis der Tag kommt,« sagte er.

Helmers folgte seinem Beispiele, ließ sein Pferd grasen und setzte sich neben Büffelstirn auf einem Felsenstücke nieder.

»Die Höhle ist hier in der Nähe?« fragte er.

»Ja. Sie ist da, wo dieses Wasser aus dem Berge kommt. Man steigt in den Bach, bückt sich und kriecht in das Loch, so befindet man sich in einer Höhle, deren Größe und Abteilungen niemand kennt als Büffelstirn und Karja.«

»Ist Karja schweigsam?«

»Sie schweigt!«

Helmers dachte an das, was ihm Emma erzählt hatte, und sagte daher:

»Aber es giebt einen, der das Geheimnis des Schatzes von ihr erfahren will.«

»Wer ist es?«

»Der Graf Alfonzo.«

»Ugh!«

»Du bist mein Freund, und darum darf ich dir sagen, daß sie ihn liebt.«

»Ich weiß es.«

»Und wenn sie ihm nun euer Geheimnis verrät?«

»So ist Büffelstirn da. Der Graf wird nicht den kleinsten Teil des Schatzes erhalten.«

»Ist dieser Schatz groß?«

»Du wirst ihn sehen. Nimm alles Gold, welches Mexiko heut besitzt, zusammen, so reicht es noch nicht an den zehnten Teil dieses Schatzes. Es hat einen einzigen Weißen gegeben, der ihn gesehen hat, und –«

»Ihr habt ihn getötet?«

»Nein. Er brauchte nicht getötet zu werden, denn er ist wahnsinnig geworden, wahnsinnig vor Freude und Entzükken. Der Weiße vermag den Anblick des Reichtums nicht zu ertragen, nur der Indianer ist stark genug dazu!«

»Und mir willst du den Schatz zeigen?«

»Nein. Du wirst nur einen Teil desselben sehen. Ich habe dich lieb, und du sollst nicht auch wahnsinnig werden. Gieb mir deine Hand und zeige mir deinen Puls.«

Er faßte die Hand des Deutschen und prüfte dessen Puls.

»Ja, du bist sehr stark,« sagte er. »Der Geist des Goldes hat dich noch nicht ergriffen; wenn du in die Höhle trittst, so wird dein Blut gehen wie der Fall des Wassers vom Felsen.«

Das Gespräch verstummte nun. Es war dem Deutschen so eigentümlich wie noch nie zu Mute. Da begann sich der Himmel zu färben. Der blasse Schimmer des Ostens wurde stärker, und bald konnte man die einzelnen Gegenstände mit Genauigkeit unterscheiden.

Helmers erblickte den Berg El Reparo vor sich, dessen schroffer Hang zumeist mit Eisenbäumen bestanden war. Ganz am Fuße desselben trat ein Wasser aus dem Felsen, welches sofort wenigstens drei Fuß breit und vier Fuß tief war.

»Dies ist der Eingang?« fragte er.

»Ja,« antwortete Büffelstirn. »Aber noch treten wir nicht hinein. Wir wollen erst die Pferde verstecken. Der Besitzer eines Schatzes muß vorsichtig sein.«

Sie führten die Pferde längs des Berges hin, bis der Indianer ein Gebüsch auseinanderbog. Hinter demselben befand sich eine enge, niedrige Schlucht, wo die Tiere Platz fanden. Dann kehrten sie an den Bach zurück, wo sie nach Indianerart ihre Spuren verwischten, bis sie an den Felsen gelangten, aus dessen Oeffnung das Wasser floß.

»Nun komm!« sagte Büffelstirn.

Mit diesen Worten stieg er in das Wasser, zwischen dessen Oberfläche und dem Felsen ein Fuß tief Raum war, so daß man mit dem Kopfe hindurch gelangen konnte. Die Kleider wurden freilich naß. Sie kamen nun in einen dunklen Raum, dessen Luft trotz des Baches außerordentlich trocken war.

»Reiche mir deine Hand!« sagte der Indianer.

Er führte ihn aus dem Wasser heraus auf das Trockene und befühlte dann seinen Puls.

»Dein Herz ist sehr stark,« sagte er. »Ich darf die Fackel anbrennen.«

Er ging einige Schritte von Helmers fort. Ein matter, phosphorischer Blitz durchzuckte den Raum, ein lautes Prasseln ertönte, und dann flammte eine Fackel auf.

Aber, was ging nun vor! Nicht die eine, sondern tausende von Fackeln schienen zu brennen. Als befände sich der Deutsche inmitten einer ungeheuren, Gold und Demant blitzenden Sonne, so strahlten Millionen von Lichtern und Reflexen in sein geblendetes Auge, und in dieses unendliche Schimmern, Schillern und Brillieren hinein erklangen die Worte des Indianers:

»Das ist die Höhle des Königsschatzes! Sei stark, und halte deine Seele fest!«

Es verging eine geraume Zeit, ehe der Deutsche seine Augen an diese Pracht gewöhnen konnte. Die Höhle bildete ein sehr hohes Viereck von vielleicht sechzig Schritten in der Länge und Breite, durch welches der mit Steinplatten bedeckte Bach floß. Sie war vom Boden an bis hinauf an die gewölbte Decke angefüllt mit Kostbarkeiten, deren Glanz allerdings die Sinne auch des nüchternsten Menschen verwirren konnte.

Da gab es Götterbilder, welche mit den kostbarsten Edelsteinen geschmückt waren, besonders die Bilder des Luftgottes Quetzalcoatl, des Schöpfers Tetzkatlipoka, des Kriegsgottes Huitzilopochtli und seiner Gemahlin Teoyaniqui, nebst seines Bruders Tlakahuepankuexkotzin, der Wassergöttin Chalchiukueja, des Feuergottes Ixcozauhqui und des Weingottes Cenzontotochtin. Hunderte von Hausgötterfiguren standen auf Wandbrettern; sie waren entweder aus edlen Metallen getrieben oder in Krystall geschliffen. Dazwischen standen goldene Kriegspanzer von ungeheurem Werte, goldene und silberne Gefäße, Schmucksachen in Demant, Smaragden, Rubinen und andern Edelsteinen, Opfermesser, deren Griffe, die funkelnden Steine gar nicht gerechnet, nur einen Altertumswert nach Hunderttausenden hatten, Schilde von starken Tierhäuten, die mit massiven Goldplatten besetzt waren. Von dem Mittelpunkte der Decke hing gleich einem Lüstre eine Königskrone herab; sie hatte die Gestalt einer Mütze, war aus massivem Golddraht gefertigt und ganz ausschließlich nur mit Diamanten besetzt. Ferner sah man da ganze Säcke voll Goldsand und Goldstaub, Kisten, die mit Nuggets[1] angefüllt waren, welche die Größe einer Erbse bis zu der eines Hühnereies hatten. Man sah ganze Haufen gediegenes Silber, gleich in großen Stücken aus an zu Tage getretenen Adern gebrochen. Auf köstlichen Tischen standen leuchtende Modelle der Tempel von Mexiko, Cholula und Teotihuakan, der prachtvollen Mosaiken von Muscheln, Gold, Silber, Edelsteinen und Perlen gar nicht zu denken, welche am Boden und in den Ecken lagen.

Der Anblick dieser Reichtümer brachte auf den Deutschen einen wahrhaft berauschenden Eindruck hervor. Es war ihm, als sei er ein Märchenprinz aus »Tausend und eine Nacht«. Er gab sich Mühe, ruhig zu bleiben, aber es gelang ihm nicht. Er fühlte das Blut an seinen Schläfen pochen, und es war ihm, als ob große Feuer- und leuchtende Demanträder vor seinen Augen wirbelten. Es kam eine Art von Rausch über ihn, und in demselben sah er ein, daß solche Reichtümer eine Macht ausüben, ein wahnsinniges Verlangen erwekken können, welches selbst vor dem fürchterlichsten Verbrechen nicht zurückschrecken würde.

»Ja, das ist die Höhle des Königsschatzes,« wiederholte der Indianer. »Und dieser Schatz gehört nur allein mir und meiner Schwester Karja.«

»So bist du reicher als irgend ein Fürst der Erde!« antwortete Helmers.

»Du irrst! Ich bin ärmer als du und jeder andre. Oder

[1] Goldkörnern.

willst du den Enkel eines Herrschers beneiden, dessen Macht vergangen ist und dessen Reich in Trümmern liegt? Die Krieger, welche jene Rüstungen, Schilde und Waffen trugen, wurden von ihrem Volke geliebt und verehrt; ein Wort von ihnen gab Leben oder Tod. Ihre Schätze sind noch vorhanden, aber die Stätte, wo man ihre Gebeine niederlegte, ist von den Weißen entweiht und zertreten worden, und ihre Asche wurde in alle Winde zerstreut. Ihre Enkel irren durch die Wälder und Prairien, um den Büffel zu töten. Der Weiße kam; er log und trog; er mordete und wütete unter meinem Volke um dieser Schätze willen. Das Land ist sein, aber es liegt verödet, und der Indianer hat die Schätze dem Dunkel der Erde übergeben, damit sie dem Räuber nicht in die Hände fallen. Du aber bist nicht wie die andern; dein Herz ist rein vom Verbrechen. Du hast meine Schwester aus den Händen der Comantschen errettet; du bist mein Bruder, und darum sollst du von diesen Schätzen so viel haben, wie ein Pferd zu tragen vermag. Doch nur zweierlei steht dir zu Gebote. Hier sind Goldkörner, ganze Säcke voll, und hier sind Ketten, Ringe und andrer Schmuck; wähle dir aus, was dir gefällt. Das andre aber ist heilig; es soll nie wieder beschienen werden von der Sonne, die den Untergang der Miztecas gesehen hat.«

Helmers sah die Nuggets und das Geschmeide, ihm wurde fast schwindelig.

»Ist dies dein Ernst?« fragte er.

»Ich scherze nicht.«

»Aber das sind ja Hunderttausende von Dollars, die du mir schenkst!«

»Nein; es werden sogar Millionen sein.«

»Ich kann es nicht annehmen!«

»Warum? Willst du die Gabe des Freundes verachten?«

»Nein, aber ich kann nicht dulden, daß du dich meinetwegen beraubst!«

Der Indianer schüttelte stolz den Kopf.

»Es ist kein Raub. Ich bringe kein Opfer. Was du hier siehst, ist nur ein Teil der Schätze, welche der Berg El Reparo verbirgt. Es gibt hier noch weitere Höhlen, von denen nicht einmal Karja, meine Schwester, etwas weiß. Nur ich kenne sie, und wenn ich einst sterbe, so wird kein menschlicher Gedanke mehr in diese Tiefen dringen. Ich werde jetzt gehen, um die andern Höhlen zu besuchen. Siehe dir die Schätze an, und lege zur Seite alles, was du für dich auswählst. Wenn ich zurückkehre, beladen wir das Pferd damit und reiten heim nach der Estanzia.«

Er steckte die Fackel in den Boden und schritt nach der hintersten Ecke, in welcher er verschwand.

Der Deutsche stand allein inmitten dieser unermeßlichen Reichtümer. Welch ein Vertrauen mußte der Indianer zu ihm haben! Wie nun, wenn Helmers heimlich zurückkehrte, um sich weiter zu bereichern? Wie nun, wenn er den Indianer tötete, um Herr des Ganzen zu werden, von dem er nur einen kleinen Teil erhalten sollte? Aber kein einziger solcher Gedanke kam dem ehrlichen Manne. Er fieberte fast schon darüber vor Wonne, daß er eine ganze Pferdelast Geschmeide und Nuggets mitnehmen durfte. --

Graf Alfonzo war, als er mit seinen beiden Dienern die Hacienda verlassen hatte, nicht direkt nach dem Berge El Reparo geritten; er hatte vielmehr die Arrieros aufzusuchen. Er ließ sein Tier so rasch ausgreifen, als es bei der Dunkelheit ohne Gefahr möglich war, und minderte diese Schnelligkeit auch nicht eher, als bis er das Thal erreichte, in welchem seine Helfershelfer lagerten.

Er wurde wieder wie gestern angerufen und gab dieselbe Antwort. Nun durfte er an das Feuer treten, welches man schürte, damit man besser zu sehen vermöge.

»Seid ihr fertig?« fragte er.

»Wir sind bereit,« antwortete der Anführer.

»Und Pferde?«

»Die haben wir von den Herden des Sennor Arbellez eingefangen.«

»Wie viele?«

»Achtzehn für uns und dreißig für Sie.«

»Sind sie gesattelt?«

»Ja.«

»So laßt uns aufbrechen!«

Erst jetzt fiel ihm ein, in welcher Verlegenheit er sich befand. Er konnte diese wüsten Menschen doch unmöglich mit in die Höhle nehmen. Sie hätten dieselbe ausgeräumt, nicht für ihn, sondern für sich. Doch hoffte er, daß sich wohl im rechten Augenblicke ein Ausweg finden lassen werde. Die Männer holten ihre Pferde und Maultiere herbei und saßen auf. Er setzte sich mit dem Anführer an ihre Spitze, und man brach auf.

Alfonzo kannte den Berg, welchen die Indianerin ihm genannt hatte, aber von dieser Seite aus hatte er ihn noch nicht besucht. Er war also mit den Einzelheiten des Weges nicht vertraut; er kannte nur die Richtung, und darum kam man bei der Vorsicht, welche geboten war, nur langsam weiter.

Erst als der Morgen zu dämmern begann, konnte man die Pferde besser ausgreifen lassen, und nun dauerte es auch nicht lange, so tauchte die dunkle Masse des El Reparo vor ihnen auf.

Sie erreichten den Berg von seiner Südseite und ritten an seinem östlichen Abhange hin. Der erste Bach wurde überschritten, und als dann Alfonzo merkte, daß der zweite in der Nähe sei, ließ er halten. Bis an die Höhle wollte er sie nicht mitnehmen. Es galt ja überhaupt zunächst, sich von dem Dasein derselben auch wirklich zu überzeugen.

»Was nun?« fragte der Anführer.

»Ihr wartet!«

»Ah, Sie werden uns verlassen?«

»Ja, für kurze Zeit.«

»Was ist es denn eigentlich, was wir zu laden haben?«

»Darum habt ihr euch gar nicht zu kümmern; das ist ja so ausbedungen, wie ihr wißt.«

Er ritt langsam davon. Der Anführer wandte sich leise zu seinen Leuten:

»Jetzt haben wir sein Geheimnis in der Nähe. Was thun wir?«

»Ihn belauschen,« antwortete einer.

»Das ist vielleicht das beste. Wartet hier!«

Er stieg ab und folgte dem Grafen zu Fuße. Es gab Felsen und Buschwerk genug, welches ihm Deckung gewährte, so daß Alfonzo, auch wenn er sich umdrehte, ihn nicht sehen konnte.

So ging es eine Strecke weiter, bis der Graf den Bach erreichte. Hier stieg er ab, band sein Pferd an den Stamm eines Eisenbäumchens und verschwand hinter den Büschen. Der Anführer wartete eine Weile, da der Graf aber nicht zurückkehrte, so eilte er, seine Leute wieder aufzusuchen. Er fand sie noch an derselben Stelle, wo er sie verlassen hatte.

»Er ist im Gebüsch verschwunden,« sagte er, doch so, daß die beiden Diener es nicht hörten. »Dort hat er sein Geheimnis. Was will er thun, wenn wir etwas näher reiten! Vorwärts!«

Sie setzten sich abermals in Bewegung, gegen das Buschwerk zu, welches den Bach besäumte, drangen aber nicht weiter vor, sondern blieben hier halten. Nun befanden sie sich zwar am Bache, aber noch nicht am Austritte desselben aus dem Berge. Zwischen diesem und ihnen gab es noch eine von Buschwerk bestandene Windung, so daß sie den Eingang zur Höhle nicht zu sehen vermochten. Ebenso erblickten sie nicht das Pferd des Grafen, da er es seitwärts von ihrem Standpunkt angebunden hatte.

Er hatte den Austritt des Wassers untersucht und gefunden, daß es möglich sei, hineinzugelangen. Er stieg also in die kalte Flut, bückte sich und kroch hinein. Noch aber hatte er nicht ganz den Punkt erreicht, wo die Höhle sich zu wölben begann, so gewahrte er einen hellen Lichtschein vor sich.

Was war das? War das Fackellicht? Oder war es der Schein des Tages, welcher durch irgend eine Oeffnung der Höhle hereindrang? Es schien das erstere zu sein. An das Zurückweichen dachte der Graf nicht; er schob sich langsam und vorsichtig weiter, jedes Geräusch vermeidend, um nicht bemerkt zu werden.

Da plötzlich brach ein goldenes und diamantenes Blitzen und Flimmern in sein Auge. Er erschrak förmlich und fuhr empor. Er stand innerhalb der Höhle und erblickte die

Schätze, welche hier eingeschlossen waren. Er zitterte. Der Teufel des Goldes packte ihn mit aller Macht. Seine Augen verdunkelten und erweiterten sich abwechselnd; er hätte laut aufschreien mögen vor wonnigem Schreck; aber das ging nicht, denn - dort, kaum fünf Schritte vor ihm kniete ein Mann am Boden und ordnete eine Partie kostbares Geschmeide, welches er auf einer Mosaikplatte aufgehäuft hatte. Wer war dieser Mensch? Ah, jetzt bog er sich seitwärts; sein Profil war zu sehen, und der Graf erkannte ihn.

»Der Deutsche!« murmelte er zwischen den Zähnen. »Wer hat ihm die Höhle verraten? Ist er allein hier, oder hat er Begleitung mit?«

Sein Auge irrte suchend durch den Raum; er sah, daß Helmers allein war; er hatte keine Ahnung davon, daß Büffelstirn sich in einer nebenan liegenden Abteilung befand.

»Ah, es ist niemand hier außer ihm!« dachte er mit grimmiger Freude. »Er soll nicht eine Erbse groß von diesem Golde erhalten. Ich werde Rache nehmen. Er muß sterben!«

Er stieg leise aus dem Wasser. Nicht weit von ihm lehnte eine Kriegskeule. Sie war vom festesten Eisenholze gefertigt und mit spitzgeschliffenen Krystallstücken besetzt, die einen Hieb doppelt gefährlich machten. Er faßte sie an dem mit edlen Steinen geschmückten Griff und schlich sich hinter den Deutschen heran.

Dieser ließ soeben eine köstlich gearbeitete Kette durch seine Finger gleiten.

»Prachtvoll!« sagte er. »Lauter Rubinen! Sie allein bildet einen bescheidenen Reichtum!«

Er ließ sie im Lichte der Fackel flunkern und wollte sie dann fortlegen, kam aber nicht dazu, denn die Keule sauste auf ihn herab und traf seinen Kopf mit solcher Wucht, daß er sofort zusammenbrach. Die Kette glitt aus seiner Hand, deren Finger sich öffneten.

Jetzt stieß der Graf einen wilden, unartikulierten Schrei aus.

»Gesiegt! Alles mein, alles, alles, alles!«

Ein fast wahnsinniges Entzücken bemächtigte sich seiner.

Er sprang vor Freude empor und schlug die Hände zusammen wie ein Sinnloser. Wer ihn draußen so gesehen hätte, der hätte ihn für verrückt gehalten.

Da, was war das? Er stand plötzlich wie gelähmt; er erbleichte, und seine Augen öffneten sich weit, als ob er Gespenster sehe. Aus der hinteren Ecke löste sich eine Gestalt, die ihre Augen erst erstaunt und dann mit einem grimmigen Leuchten auf ihn richtete. Es war Büffelstirn, welcher von seinem Gange zurückkehrte und anstatt des Freundes einen andern erblickte, neben dem der Deutsche regungslos am Boden lag.

Mit zwei tigergleichen Sprüngen stand der Indianer beim Grafen und packte ihn.

»Hund, was thust du hier?« rief er.

Der Gefragte vermochte kein Wort hervorzubringen. Diesem entsetzlichen Indianer war er nicht gewachsen; das wußte er. Er war verloren - aus dem höchsten Entzücken herab in den kalten, starren Tod gestürzt. Es lief ihm eiskalt über den Rücken, und er zitterte.

»Du hast ihn erschlagen!« sagte Büffelstirn, auf den Deutschen und die am Boden liegende Keule deutend.

Dabei rüttelte er ihn mit einer Gewalt, als ob ein Riese ein kleines Kind gepackt habe.

»Ja,« stöhnte der Graf vor Angst.

»Warum?«

»Diese - diese Schätze sind schuld!« stammelte er.

»Pah! Du bist sein Feind. Sein Tod war dir schon vorher erwünscht. Wehe dir, dreifach wehe!«

Er bückte sich, um den Freund zu untersuchen. Der Graf stand dabei wie eine leb- und bewegungslose Figur. Wie leicht konnte er die Keule erfassen und einen Kampf wenigstens versuchen. Aber er befand sich unter dem Zauber des Schatzes und unter dem Banne dieses berühmtesten der Ciboleros. Es ging ihm, wie die Sage von dem kleinen Vogel erzählt, der auch nicht flieht, wenn die Klapperschlange ihre Augen auf ihn richtet, sondern sich widerstandslos von ihr erwürgen läßt.

»Er ist tot!« sagte Büffelstirn, sich wieder erhebend. »Ich werde Gericht halten über dich, und dein Tod soll ein solcher sein, wie ihn noch keiner hier gestorben ist. Du bist der Mörder des edelsten und besten Jägers, den die Erde trug; ich werde dich tausendfach sterben lassen.«

Er stellte sich mit vor die Brust verschlungenen Armen dem Missethäter gegenüber. Seine riesige Gestalt reckte sich in ihren Muskeln, und sein Auge richtete sich fascinierend auf den Grafen.

»Ah, du bebst!« sagte er verächtlich. »Du bist ein Wurm, eine feige Memme. Wer hat dir den Weg zu dieser Höhle verraten?«

Der Gefragte schwieg. Es war ihm, als sei der jüngste Tag hereingebrochen und er stehe vor dem ewigen Richter.

»Antworte!« donnerte der Cibolero.

»Karja!« hauchte der Graf.

»Karja? Meine Schwester?«

»Ja.«

Die Augen des Indianers funkelten wie glühende Fackeln.

»Sagst du die Wahrheit? Oder lügst du? Du nennst meine Schwester vielleicht nur, um Gnade zu erlangen und der Strafe zu entgehen!«

»Ich sage die Wahrheit; du kannst es mir glauben!«

»Ah, so mußt du teuflische Verführungskünste angewandt haben, um ihr das Geheimnis von El Reparo zu entlocken. Du hast ihr Liebe geheuchelt?«

Der Graf schwieg.

»Rede! Nur die Wahrheit kann dein Schicksal mildern. Weißt du, wie du sterben mußt?«

»Sage es,« bat Alfonzo schaudernd.

»Es giebt da droben am Berge ein Wasserloch; es ist nicht groß, aber es enthält die Abkömmlinge der zehn heiligen Krokodile, in deren Bäuchen die früheren Herrscher dieses Landes die Verbrecher begruben. Die Tiere sind über hundert Jahre alt; sie haben lange Zeit gehungert. Ich werde dich hinaufschaffen und an einen Baum hängen, so daß du lebendig über dem Loche schwebst. Die Krokodile werden emporschnellen nach dir, dich aber nicht ganz erreichen. Sie werden sich um dich zerreißen; du wirst ihren stinkenden Dunst einatmen und lange Tage und Nächte über ihnen hängen, denn der Strick geht dir nicht um den Hals. So wirst du hängen in der Sonnenglut, so wirst du verschmachten, verhungern und verdursten, und dann erst, wenn dein Leichnam zu Aas verfault, wirst du herabstürzen und von Alligatoren gefressen werden.«

Alfonzo hörte diese Worte mit unbeschreiblichem Entsetzen; seine Zunge war bewegungslos; sie lag ihm vor Furcht wie Blei im Munde; er konnte keine Bitte um Gnade aussprechen.

»Nur ein offenes Geständnis kann dieses Schicksal mildern,« fuhr der Indianer fort. »Also rede! Hast du meiner Schwester das Geheimnis entlockt?«

»Ja,« stieß der Gefragte hervor.

»Wo hattest du deine Zusammenkünfte mit ihr?«

»Bei den Oliven am Bache, hinter der Hacienda.«

»Wann hat sie dir das Geheimnis verraten?« war die fernere Frage des Indianers.

»Gestern abend,« lautete die Antwort.

»Bist du allein hier?«

»Nein, ich bin von achtzehn Mexikanern begleitet.«

»Ah, sie sollten dir helfen, diese Schätze fortzuschaffen, und du hast ihnen das Geheimnis mitgeteilt?«

»Sie wissen nicht, was sie transportieren sollten, und kennen auch die Höhle nicht.«

»Wo sind sie?«

»Sie halten eine Strecke von hier, deren Entfernung unbedeutend ist.«

»Gut! Dieser Mann hier bleibt jetzt liegen; du aber wirst mir folgen. Ich binde und fessele dich nicht, denn du kannst mir nicht entgehen. Du bist ein Wurm, den ich mit einem einzigen Griffe zermalme. Komm, und folge mir!«

»Was wirst du mit mir thun?« fragte Alfonzo voller Angst.

»Das wirst du erfahren!«

»Töte mich lieber gleich hier!«

»Pah! Du hast die Tochter der Miztecas getäuscht; du wirst das sühnen müssen.«

»Wodurch?«

»Dadurch, daß du sie zum Weibe machst.«

»O, das werde ich thun!« rief Alfonzo schnell.

»Ah!« lachte der Indianer grimmig. »Du hältst dich für gerettet! Täusche dich nicht. Du wirst Karja zum Weibe nehmen; sie wird Gräfin de Rodriganda de Sevilla werden; aber du wirst sie nicht anrühren dürfen. Komm, und folge mir!«

Er faßte ihn beim Arme und zog ihn nach dem Ausgange. Dort ging er mit ihm in das Wasser und schob ihn, ohne die Faust von ihm zu lassen, an das Tageslicht.

Es war, als ob durch das erneute Wasserbad und durch den Eindruck des Morgenlichtes der Bann von Alfonzo vertrieben werde. Er atmete tief und leichter auf und fragte sich im stillen, ob er nicht vielleicht doch noch Hoffnung hegen dürfe.

»Wo ist dein Pferd?« fragte Büffelstirn.

»Dort rechts hängt es an einem Eisenbaum.«

»Und wo sind die Mexikaner?«

»Hinter jenem Hügel zurück.«

»So komm zu deinem Pferde!«

Er schritt mit ihm dem Orte zu, welchen Alfonzo angedeutet hatte. Kaum jedoch waren sie zwischen den Büschen hervorgetreten, so erblickten sie die Mexikaner, welche kaum dreißig Schritte entfernt von ihnen zu Pferde hielten.

»Hund, du hast mich belogen!« rief der Indianer, indem er ihn beim Halse packte.

»Zu Hilfe!« schrie Alfonzo, der sich loszumachen versuchte.

»Hier hast du Hilfe!« antwortete der Indianer.

Er schlug ihm die Faust auf den Kopf, daß er zusammenbrach, sah sich aber auch bereits von den Mexikanern umringt, welche allerdings noch nicht zu den Waffen griffen, weil sie überzeugt waren, daß dieser eine Mann ihnen gar nicht entgehen könne.

Darin hatten sie sich nun freilich getäuscht. Er hatte seine

Schießwaffen beim Pferde gelassen, weil sie durch das Wasser gelitten haben würden, aber er hatte sein gutes Messer im Gürtel. Mit einem blitzesschnellen Sprunge saß er hinter dem Anführer auf dessen Pferde, zog sein Messer und stieß es ihm in die Brust. Im nächsten Augenblicke flog er von dannen, aber nicht in der Gegend nach der Hacienda zu. Er durfte den Berg des Geheimnisses nicht verlassen, um die Höhle nicht preiszugeben. Darum sprengte er geradeswegs der kleinen Schlucht zu, in welcher die beiden Pferde standen. Sie bot ihm eine Festung, in welcher er vor den Feinden sicher war.

Die Mexikaner hielten da, einige Augenblicke ganz perplex über den unvermuteten und so erfolgreichen Angriff auf ihren Anführer; dann aber erhoben sie ein wildes Geheul und sprengten hinter dem Flüchtigen her. Das war ein unverzeihlicher Fehler von ihnen. Hätten sie in ruhiger Haltung nach ihren Gewehren gegriffen, so konnte er ihren Kugeln nicht entgehen, nun aber schossen sie zwar ihre Gewehre ab, aber sie konnten im Galoppieren nicht sicher zielen, und so gingen die Schüsse verloren.

Da sahen sie, daß sich der Indianer plötzlich vom Pferde warf und links in die Büsche eindrang, während er das Tier laufen ließ.

»Hurra, ihm nach! Rächt den Kapitano!«

So riefen die Mexikaner. Auch sie sprangen von den Pferden und stürmten auf die Büsche zu, hinter denen der Cibolero verschwunden war. Kaum aber hatten die Vordersten ihren Fuß zwischen die Sträucher gesetzt, so krachte ihnen ein Schuß entgegen, noch einer, ein dritter und vierter – vier Männer lagen tot am Boden. Die andern wichen schnell zurück.

»Verdammt!« rief einer. »Er hat vier Gewehre gehabt!«

»Hinein, ehe er wieder ladet!« meinte ein andrer.

»Nein, geht zur Seite!« sagte ein dritter. »Diese Schlucht ist steil; er kann nur hier wieder heraus!«

Während sie seitwärts hielten und berieten, hatte der Indianer Zeit, seine und des Deutschen Büchse wieder zu laden. Er kroch mit den beiden Gewehren so weit wie möglich vor, bis er ein gutes Ziel bekam, dann drückte er los. Ehe die Mexikaner weit genug zurückgewichen waren, hatten sie wieder vier der Ihrigen verloren; es waren also von der Hand des kühnen Cibolero neun gefallen.

Aber es drohte ihnen noch eine andre, ebenso große Gefahr.

Der Apatsche mit seinen zehn Vaqueros und Ciboleros hätte nämlich schon längst hier sein können, aber die Indianerin hatte sich in der Finsternis geirrt. Auf diese Weise war ein nicht unbedeutender Umweg entstanden, so daß der kleine Trupp erst nach Alfonzo und seinen Mexikanern anlangte.

»Hier ist der Bach,« sagte Karja zu Bärenherz. »Wir werden gleich an der Höhle sein.«

Der Apatsche ließ seine Augen aufmerksam umherschweifen.

»Ugh!« rief er aus und deutete nach den Spuren, welche zu sehen waren.

Ein Vaquero sprang ab und suchte am Boden.

»Das waren nicht zwei, sondern das sind viele gewesen,« sagte er.

»Der Graf mit seinen Leuten,« sagte Bärenherz kurz, indem er sein Pferd wieder in Bewegung setzte.

Bald jedoch blieb er wieder halten.

»Ugh!« rief er abermals.

Er deutete vorwärts, wo ein menschlicher Körper lag. Sofort sprangen mehrere der Vaqueros von den Pferden, um denselben anzusehen.

»Der Graf! Graf Alfonzo!« meinten sie überrascht.

»Verwundet?« fragte der Apatsche.

»Man sieht keine Wunde.«

»Tot?«

»Es scheint so!«

Der Apatsche schüttelte geringschätzend den Kopf.

»Nicht tot,« sagte er. »Ein Hieb nur. Bindet ihn!«

Noch waren sie beschäftigt, den Bewußtlosen zu fesseln, als schnell hintereinander vier Schüsse fielen.

»Was ist das?« fragten die Vaqueros.

Bärenherz ritt zwischen die Büsche hinein und überblickte das jenseits des Baches liegende Terrain.

»Ugh!« rief er zum drittenmal.

Schnell waren die andern bei ihm.

»Ah, hier eine Leiche!« sagte ein Vaquero, auf den Körper des Anführers der Mexikaner deutend.

»Und dort noch mehrere,« sagte ein zweiter.

»Acht!« zählte der Apatsche. »Noch neun übrig. Absteigen!«

Er stieg mit den übrigen ab und nahm seine nie fehlende Büchse in die Hand.

»Alle erschießen!« gebot er.

Er zählte mit den Vaqueros und Ciboleros elf Personen. Sie alle legten an und zielten. Zehn Schüsse krachten zu gleicher Zeit; nur er hatte nicht geschossen, und das mit Vorbedacht. Von den neun Mexikanern stürzten sieben; zwei blieben unbeschädigt, und nun erst ließ Bärenherz seine Büchse reden. In zwei Sekunden waren auch die beiden letzten tot.

Nun rannten alle dahin, wo die Gefallenen lagen. Sie hatten den Ort noch nicht erreicht, so trat der Häuptling der Miztecas aus den Büschen heraus.

»Büffelstirn!« riefen die Vaqueros. »Wo ist Donnerpfeil?«

»Tot,« antwortete er.

»Wer hat ihn getötet?« fragte Bärenherz in einem Tone, dem man es anhörte, daß das Schicksal des Mörders bereits eine beschlossene Sache sei.

»Graf Alfonzo.«

»Wo?«

»Das kann ich hier nicht sagen,« antwortete Büffelstirn. »Aber, schnell zurück! Ich muß den Grafen haben!«

»Wir haben ihn!« sagte Bärenherz einfach.

»Wo?«

»Dort bei den Büschen.«

»Ist er gebunden?«

»Ja,« antwortete einer der Vaqueros.

Während die andern den gefallenen Mexikanern ihre Waffen nahmen und sich darein teilten, kehrten Büffelstirn, Bärenherz und Karja an den Ort zurück, an welchem Alfonzo lag. Dieser wurde nun genauer untersucht, und es fand sich, daß der Apatsche recht gehabt hatte: er war nur betäubt, aber nicht tot.

Büffelstirn hatte seine Schwester bis jetzt noch mit keinem Blicke beachtet; jetzt wendete er sich an den Apatschen:

»Will mein Bruder dafür sorgen, daß niemand an den Quell dieses Baches kommt?«

»Ja,« antwortete dieser.

»So werde ich bald zurückkehren.«

Er ging, um die Höhle wieder aufzusuchen. Als er sie erreichte, war die Fackel abgebrannt. Er steckte eine neue an und trat dann zu dem Deutschen. Er bemerkte sofort, daß dieser anders lag, als er ihn verlassen hatte, und beeilte sich infolgedessen, ihn nochmals zu untersuchen. Er fand zu seiner unaussprechlichen Freude, daß der Puls wieder ging. Der Deutsche mußte während dieser Zeit einmal für kurze Zeit zu sich gekommen sein und sich bewegt haben; jetzt aber lag er in vollständiger Lethargie. Der Indianer faßte ihn und schaffte ihn so sorgfältig und leicht wie möglich hinaus ins Freie. Als er ihn dort in das Gras legte, waren die Vaqueros soeben wieder erschienen. Sie alle hatten trotz der kurzen Zeit, welche sich Helmers auf der Hacienda befand, ihn alle lieb gewonnen und klagten laut und aufrichtig über ihn. Der Apatsche schlug mit der Hand auf die emporstehende Mündung seiner Büchse und sagte:

»Wenn mein weißer Bruder stirbt, dann wehe seinem Mörder! Die Vögel des Waldes sollen seinen Leib zerreißen. Shosh-in-liett, der Häuptling der Apatschen, hat es gesagt!«

»Mein Bruder soll mit zu Gerichte sitzen!« sagte Büffelstirn zu ihm.

Der Apatsche beugte sich über den Deutschen und untersuchte seinen Kopf.

»Es ist ein Keulenschlag,« sagte er. »Die Schale des Gehirns ist vielleicht verletzt. Man mache eine Bahre auf zwei Pferden, damit er nach der Hacienda geschafft werden kann.

Ich aber werde gehen, um das Kraut Oregano zu suchen, welches jede Wunde heilt und kein Fieber in dieselbe kommen läßt.«

Während nun die Hirten sich entfernten, um eine Bahre herzustellen und Bärenherz das Wundkraut suchte, blieb Büffelstirn mit seiner Schwester allein zurück.

»Du zürnest mir?« sagte sie leise.

Er blickte sie nicht an, aber er antwortete:

»Der gute Geist ist von der Tochter der Miztecas gewichen!«

»Er ging nur kurze Zeit von ihr,« sagte sie.

»Aber in dieser kurzen Zeit ist viel Trauriges geschehen. Der Graf versprach, dich zu seinem Weibe zu machen?«

»Ja.«

»Und das glaubtest du ihm?«

»Ja. Er gab mir eine Schrift, in welcher er es mir versprach.«

»Uff! Und diese Schrift hast du noch?«

»Sie liegt in meinem Zimmer.«

»Du wirst sie deinem Bruder geben?«

»Nimm sie! Wirst du mir verzeihen?« fragte sie zaghaft.

»Ich werde nur dann verzeihen, wenn du mir gehorchst.«

»Ich werde gehorchen. Was soll ich thun?«

»Das wirst du später erfahren. Jetzt besteigest du das Pferd und reitest nach der Hacienda zurück, um mir alle Indianer, welche Kinder der Miztecas sind, hierher zu senden. Du sagst ihnen, daß Tecalto, ihr Fürst, ihrer bedarf. Sie werden alles andre im Stiche lassen und kommen.«

»Ich gehe schon.«

Mit diesen Worten bestieg sie das Pferd und sprengte davon.

Der Häuptling sah, daß dem Grafen die Besinnung zurückgekehrt war. Er blickte ihn mit verächtlichen Augen an und sagte:

»Das Bleichgesicht wird keine Gnade nun finden. Es hat gelogen.«

»Welche Lüge meinst du?« fragte der Gefesselte.

»Daß die Mexikaner hinter jenem Hügel seien.«

»Ich sagte die Wahrheit. Aber sie sind mir gefolgt, ohne daß ich es wußte.«

»Du riefst dann um Hilfe! Du hättest vielleicht Gnade gefunden, nun aber nicht!«

Er wandte sich stolz ab und würdigte den Gefangenen keines Blickes mehr. Bald kehrte Bärenherz zurück, legte die ausgedrückten Kräuter auf den Kopf des Deutschen und verband ihn.

Auch die Hirten waren fertig. Sie hatten aus Aesten und den Decken der getöteten Mexikaner eine sehr weiche und bequeme Tragbahre errichtet, welche auf zwei nebeneinander hergehende Pferde befestigt wurde. Darauf wurde Helmers gelegt.

»Was wird mit dem Grafen?« fragte einer der Vaqueros.

»Der gehört mir!« antwortete Büffelstirn. »Bringt Donnerpfeil nach der Hacienda. Bärenherz wird bei mir bleiben!«

Der Zug rückte ab. Die beiden Häuptlinge standen einige Zeit schweigend nebeneinander; dann löste Büffelstirn die Beinfesseln des Gefangenen, so daß dieser aufstehen konnte. Als dies geschehen war, band er ihn mit einem unzerreißbaren Riemen an den Schwanz seines Pferdes. Dann sagte er zu dem Apatschen:

»Mein Bruder folge mir!«

Beide stiegen auf und ritten davon. Es war für den Grafen keine Kleinigkeit, den beiden Reitern zu folgen; es war vielmehr der qualvollste Weg seines Lebens, den er gegangen war.

Büffelstirn hatte die Leitung übernommen. Er lenkte um den steil abfallenden Hang des Berges herum und dann die Anhöhe hinauf. In Zeit von einer Stunde hatten sie das Plateau des Höhenzuges erreicht, und nun ging es in den dichten Urwald hinein. Mitten in demselben lag, nach allen Seiten von fast undurchdringlichem Gestrüpp umgeben, die Ruine eines alten Aztekentempels. Dieser hatte aus einer abgestumpften Pyramide bestanden, welche von Vorhöfen rund umgeben gewesen war, um welche sich eine hohe Mauer zog. Jetzt lag alles in Schutt und Trümmern.

In einem dieser alten Vorhöfe hatte sich eine tiefe Lache gebildet, in welcher sich die Feuchtigkeit des Waldes sammelte. Dorthin führte der Indianer den Freund und den Gefangenen.

Die Lache war mit der Zeit zu einem Teiche, fast zu einem kleinen See geworden, bis zu dessen Ufer sich hohe Bäume heranzogen. Dort stiegen die beiden Häuptlinge ab. Der Mizteca setzte sich in das hohe Gras und winkte dem Apatschen, neben ihm Platz zu nehmen. Sie saßen nach Indianerart erst eine Weile schweigsam da; dann fragte Büffelstirn:

»Mein Bruder hat den Deutschen lieb, der Donnerpfeil genannt wird?«

»Ich liebe ihn!« antwortete der Apatsche kurz.

»Dieser Weiße wollte ihn töten.«

»Er ist sein Mörder, denn vielleicht stirbt unser Freund.«

»Was verdient ein Mörder?«

»Den Tod.«

»Er soll ihm werden!«

Wieder verging eine Weile in düsterem Schweigen; dann begann Büffelstirn von neuem:

»Mein Bruder kennt das Volk der Miztecas?«

»Er kennt es,« nickte Bärenherz.

»Es war das reichste Volk in Mexiko.«

»Ja, es hatte Schätze, die niemand messen konnte,« stimmte der Apatsche bei.

»Weiß mein Bruder, wohin die Schätze gekommen sind?«

»Er weiß es nicht.«

»Kann der Häuptling der Apatschen schweigen?«

»Sein Mund ist wie die Mauer des Felsens.«

»So soll er wissen, daß Büffelstirn der Hüter dieser Schätze ist.«

»Mein Bruder Büffelstirn mag diese Schätze verbrennen. Im Golde wohnt der böse Geist. Wenn die Erde von Gold wäre, würde Bärenherz lieber sterben als leben!«

»Mein Bruder hat die Weisheit der alten Häuptlinge. Aber

andre lieben das Gold. Dieser Graf wollte den Schatz der Miztecas besitzen.«

»Ugh!«

»Er kam mit achtzehn Dieben, um ihn zu rauben.«

»Wer hat ihm den Weg zum Schatze gezeigt?«

»Karja, die Tochter der Miztecas.«

»Karja, die Schwester Büffelstirns? Ugh!«

»Ja,« sagte dieser traurig. »Ihre Seele war finster, denn sie traute diesem weißen Lügner. Er versprach ihr, sie zu seinem Weibe zu machen; aber er wollte sie verlassen, sobald er den Schatz hatte.«

»Er ist ein Verräter!«

»Was verdient ein Verräter?«

»Den Tod.«

»Und was verdient ein Verräter, der zugleich ein Mörder ist?«

»Den doppelten Tod.«

»Mein Bruder hat recht gesprochen.«

Es entstand wieder eine Pause des Schweigens. Diese beiden Häuptlinge bildeten einen fürchterlichen und unerbittlichen Gerichtshof, gegen dessen Urteil es keine Berufung gab. Büffelstirn wäre auch allein mit Alfonzo fertig geworden, aber er hatte den Apatschen mitgenommen, um seiner Rache ein gerechtes Urteil zu unterbreiten. Die beiden hielten eines jener sogenannten Prairie-Gerichte, vor welchen die Verbrecher der Wildnis so große Angst haben.

Sie sprachen in dem Idiom der Apatschen, welches Alfonzo nicht verstand; aber er ahnte, daß man über ihn entscheide. Er bebte vor Furcht; denn er dachte an die Krokodile, von denen Büffelstirn gesprochen hatte. Hier war der Teich, und gerade an dem Orte, wo sie saßen, ragte ein schief gewachsener Cedernstamm weit hinaus über das Wasser, und seine Zweige senkten sich beinahe bis auf den Spiegel desselben herab. Es schwamm dem Spanier vor den Augen, wenn er seinen Blick dorthin richtete.

Da begann Büffelstein wieder:

»Weiß mein Bruder, wo der doppelte Tod zu finden ist?«

»Der Häuptling der Miztecas mag es mir sagen!«

»Dort!«

Er deutete hinaus auf das Wasser. Der Apatsche warf keinen Blick hinaus, sagte aber, als ob sich das von selbst verstehe:

»Das Krokodil wohnt dort?«

»Ja. Du sollst es sehen.«

Er trat an das Wasser, streckte die Arme aus und rief:

»*Yim-eta* - kommt!«

Auf diesen Ruf begann es im Wasser zu rauschen. Neun oder zehn Furchen bildeten sich von verschiedenen Richtungen her, und ebenso viele Krokodile schossen herbei. Sie blieben am Ufer halten und streckten die häßlichen, nach Moschus stinkenden Köpfe heraus. Es waren teils Brillen-, teils Hecht-Kaimans, und keiner hatte eine Länge unter vierzehn Fuß. Ihre Leiber glichen schlammbedeckten Baumstämmen; ihre Köpfe boten den häßlichsten und zugleich Furcht erweckendsten Anblick, den man sich denken kann, und während sie die langen Schnauzen aufrissen und zuklappten, um ihren Hunger zu zeigen, sah man ganze Reihen fürchterlicher Zähne, welche gewiß nichts frei ließen, was sie einmal gefaßt hatten.

Ein Schrei des Entsetzens erscholl. Alfonzo hatte ihn ausgestoßen.

Die beiden Indianer warfen ihm einen verächtlichen Blick zu. Der Indianer zuckt selbst unter den fürchterlichsten Qualen mit keiner Wimper. Er glaubt, daß einer, der am Marterpfahl einen einzigen Klageton ausstößt, nicht in die ewigen Jagdgründe komme, welche den Himmel der Rothäute bilden. Darum werden die Kinder bereits an das Ertragen der Schmerzen gewöhnt, und die Weißen werden meist auch deshalb von ihnen verachtet, weil sie eine feinere Konstitution besitzen und gegen alle Arten des Schmerzes empfindlicher sind als die Indianer.

»Siehst du sie?« sagte Büffelstirn. »Es sind wackere Tiere, unter denen keines unter zehnmal zehn Sommer alt ist. Und siehst du auch die Lassos, welche ich mitgebracht habe? Ich nahm sie den Mexikanern ab, welche wir erschossen.«

»Ich verstehe meinen Bruder,« sagte der Apatsche kurz.

»Wie hoch denkst du, daß ein Krokodil aus dem Wasser springen kann?«

»Es kann die Schnauze höchstens vier Fuß weit aus dem Wasser bringen, wenn der Grund tiefer ist als sein Leib.«

»Und wenn es den Grund mit dem Schwanze berühren kann?«

»So schießt es noch einmal soweit hervor.«

»Nun wohl. Der Grund ist tief. Die Füße dieses Mannes sollen also vier Fuß über dem Wasser hängen. Wer soll auf diesen Baum klettern? Du oder ich?«

»Ich will es thun,« sagte der Apatsche.

Beide erhoben sich von ihren Sitzen und traten zu Alfonzo. Sie banden ihm die Hände auf den Rücken und zogen ihm einen Lasso doppelt unter den Armen hindurch. Dadurch wurde dieser Lasso so stark, daß er unzerreißbar genannt werden konnte. An ihm wurden wieder zwei andere Lassos befestigt, deren Enden der Apatsche in seine Hände nahm, um an dem Baume emporzuklettern.

Jetzt endlich merkte der Graf, daß man Ernst machte. Der Angstschweiß trat ihm in großen Tropfen auf die Stirne, und vor den Ohren begann es ihm zu rauschen wie im Sturmwind.

»Gnade, Gnade!« bat er jammernd.

Die beiden Rächer hörten nicht darauf.

»Gnade!« wiederholte er. »Ich will alles thun, was ihr wollt; nur hängt mich nicht für diese Krokodile auf!«

Auch dieses Flehen fand keine Antwort. Büffelstirn faßte ihn und zog ihn nach dem Baume hin.

»Thut es nicht, thut es nicht! Ich will euch alles geben, meine Grafschaft, meine Besitzungen, ganz Rodriganda. Ich verzichte auf alles, was ich habe, nur schenkt mir das Leben!«

Jetzt endlich antwortete der Häuptling der Miztecas.

»Was ist Rodriganda?« sagte er. »Was ist deine Grafschaft, und was sind deine Besitzungen! Du hast die Schätze der

Miztecas gesehen, die ich nicht mag, und du bietest mir deine Armut an! Bleibe ein Graf, und stirb! Sieh diese Tiere, die noch nie einen weißen Grafen gefressen haben. Du wirst vier oder fünf Tage am Baume hängen und deine Füße emporwerfen, wenn sie nach ihnen schnappen; sobald du aber schwach und müde wirst, werden sie dir dieselben abreißen. Dann verblutest du dich und stirbst. Und wenn nachher dein Leib verfault, so stürzt er herab und wird von ihnen verzehrt. Das ist das Ende eines weißen Grafen, der eine verachtete Indianerin betrügen wollte.«

»Gnade, Gnade!« flehte der Graf abermals in höchster Todesangst.

»Gnade? Hast du Gnade gehabt, als du den Freund der Häuptlinge mit der Keule erschlugst? Hast du Gnade gehabt, als du mich in die Hände der Mexikaner gabst? Hast du Gnade gehabt, als du das Herz in der Brust der Indianerin tötetest? Und sind dies deine einzigen bösen Thaten gewesen? Wahconta hat dem Menschen versagt, alles zu wissen; ich kenne dein Leben nicht, aber wer so Böses thut wie du, der hat bereits vorher viel Böses gethan. Wir rächen es mit dem zu gleicher Zeit, was du an uns gethan hast. Die Krokodile werden dich fressen, aber du bist noch schlimmer als eines dieser Tiere. Wahconta hat sie geschaffen, um Fleisch zu fressen, den Menschen aber hat er geschaffen, damit er gut sein soll. Deine Seele ist böser als die ihrige!«

Er schob ihn näher an das Wasser hin. Alfonzo wehrte sich nach Kräften. Er hatte die Beine frei und stemmte sich mit verzweifelter Anstrengung auf dem Boden fest. Da schlang ihm der Mizteca einen Riemen um die Füße und band dieselben zusammen, so daß er nun völlig wehrlos war.

»Gnade! Erbarmen!« wimmerte und stöhnte er.

Es half ihm nichts. Der riesenstarke Häuptling trug ihn nach dem Baum, und der Apatsche kletterte hinauf, die Enden des Lassos zwischen den Zähnen. Oben angekommen, setzte er sich fest und ließ die nun zehnfach zusammengeflochtenen Riemen über einen starken Ast laufen. Nun zog er den Grafen mit den Lassos am Stamme empor. Büffelstirn schob; es ging langsam, aber sicher.

»O, laßt mich los, laßt mich los!« rief der zu einem so fürchterlichen Tode Verurteilte. »Ich will euch dienen und gehorchen als der geringste von euren Knechten!«

»Ein Graf hat Knechte, ein freier Indianer aber nicht!« lautete die Antwort.

Der Anblick der Alligatoren war jetzt entsetzlich. Die Lache war zu klein für sie, sie fanden keine Nahrung mehr in derselben. Sie hatten Jahre lang gehungert, und nun sahen sie, daß sie Speise bekommen sollten. Sie hatten aus Mangel an Nahrung bereits sich selbst angefressen; dem einen fehlte ein Fuß und dem andern irgend ein Stück seines Leibes. Jetzt drängten sie sich gerade unter dem Baume zu einem scheußlichen Klumpen zusammen. Ihre furchtbaren Schwänze peitschten das Wasser zu Schaum; ihre kleinen, tückischen Augen schossen giftige, begehrende Blitze, und ihre geöffneten Rachen schlugen mit einem Geräusche zusammen, welches gerade so klang, als ob man zwei starke Bretter zusammenschlage. Diese zehn Ungeheuer bildeten einen Knäuel, den man für einen einzigen gräßlichen Drachen mit zehn Rachen und ebenso vielen Schwänzen halten konnte.

Der Gefangene sah das und schauderte.

»Laßt mich frei, ihr Ungeheuer!« brüllte er.

»Mein Bruder mag kräftiger ziehen!«

Diese Aufforderung an den Apatschen war die einzige Antwort Büffelstirns.

»So seid verflucht und vermaledeit in alle Ewigkeit!«

Diese Worte kreischte der Graf, indem seine blutunterlaufenen Augen vergebens nach Rettung suchten.

»Es ist genug,« sagte der Mizteca, der mit den Augen eines Kenners die Entfernung des Astes vom Wasser mit der jetzigen Länge des Lassos verglich. »Mein Bruder schlinge den Lasso um den Stamm des Baumes und mache einen festen Knoten!«

Der Apatsche folgte diesem Gebote. Büffelstirn hatte jetzt mit einer Hand sich am Baume gehalten, während er mit der anderen den Gefangenen gepackt hielt. Es gehörte eine riesige Körperstärke dazu. Wäre die Ceder nicht so stark gewesen, so hätte sie bei ihrer schrägen Lage unter der Last der drei Männer brechen müssen. Jetzt war der entscheidende Augenblick gekommen. Alfonzo sah und fühlte das und rief mit beinahe unartikulierten Lauten:

»Seid ihr denn keine Menschen, seid ihr Teufel?«

»Wir sind Menschen, die einen Teufel richten,« antwortete der Mizteca. »Fahre hin!«

Ein gräßlicher, weithin tönender Schrei erscholl. Der Sprecher hatte Alfonzo losgelassen und ihm noch dazu einen kräftigen Stoß gegeben. Dieser Stoß schleuderte den Gefangenen vom Baume herab und über die Wasserfläche hinaus. Er schwang am Lasso hin und her, und allemal, wenn er während dieser Pendelbewegungen dem Wasser nahe kam, schossen die Krokodile empor, um ihn zu packen.

»Es ist gut. Mein Bruder komme herab!«

Der Apatsche folgte dieser Aufforderung Büffelstirns und stieg mit diesem vom Baume. Sie standen am Ufer und sahen diesem grauenhaften Schauspiele zu, bis die Schwingungen immer kleiner wurden und der Verurteilte endlich von dem Aste grad herniederhing.

Jetzt zeigte es sich, daß der Mizteca ein sehr gutes Augenmaß gehabt haben mußte. Alfonzo hing so, daß die aus dem Wasser emporschnellenden Krokodile gerade noch seine Füße packen konnten. Dadurch war er gezwungen, dieselben emporzuziehen, sobald eines der Tiere darnach schnappte. Ging ihm die Kraft zu dieser Bewegung aus, so war er verloren. Er hatte viel gesündigt, aber dieser Tod und diese Todesangst wog viele, vielleicht alle seine Sünden auf.

»Es ist vollbracht. Wir wollen gehen,« sagte der Apatsche, welchen es selbst schauderte.

»Ich folge meinem Freunde,« stimmte Büffelstirn bei.

Sie stiegen auf und ritten davon, noch lange verfolgt von dem Angstgeheul des Grafen.

Sie konnten jetzt schneller reiten als bergaufwärts, wo der Gefangene am Pferdeschwanze gehangen hatte. Als sie unten am Bache ankamen, fanden sie bereits mehrere Indianer vor. Sie alle gehörten zu dem dem Untergange geweihten Stamme der Miztecas und waren von Karja herbeigeschickt worden. Ihr Häuptling wandte sich an den Apatschen:

»Ich danke meinem Bruder, daß er mir geholfen hat, das Bleichgesicht zu richten und zu bestrafen. Er kann nun nach der Hacienda zurückkehren und nach der Wunde Donnerpfeils sehen. Ich kann erst morgen nachkommen, denn ich habe hier noch vieles zu thun.«

Bärenherz ritt sofort davon. Der Mizteca winkte die Indianer zu sich, welche einen Kreis um ihn bildeten, um seine Befehle zu vernehmen. Er blickte ernst umher und begann:

»Wir sind die Söhne eines Stammes, welcher sterben muß. Die Bleichgesichter geben uns den Tod. Sie trachteten nach unsern Schätzen, aber sie haben sie nicht erhalten. Eure Väter haben den meinigen geholfen, diese Schätze zu verbergen, und keiner von ihnen hat den Ort verraten, wo sich dieselben befinden. Würdet auch ihr so schweigsam sein?«

Sie alle senkten bejahend die Köpfe, und der älteste von ihnen antwortete in aller Namen:

»Verflucht sei der Mund, welcher einem Weißen den Ort verraten könnte!«

»Ich glaube euch. Ich habe gewußt, wo sich die Schätze befinden, aber ein Bleichgesicht hat sie entdeckt. Dieses Bleichgesicht hat einen Teil derselben gefunden, und dieser Teil muß nun an einem andern Orte verborgen werden. Wollt ihr mir helfen?«

»Wir helfen.«

»So schwört bei den Seelen eurer Väter, eurer Brüder und Kinder, daß ihr das neue Versteck nicht verraten und auch den geringsten Teil der Schätze niemals antasten wollt?«

»Wir schwören es!« erklang es im Kreise.

»So sorgt zunächst für eure Pferde, und dann kommt!«

Nachdem den Pferden gehörige Weide gegeben worden war, verschwanden die roten Gestalten im Eingange zur Höhle, in welcher nun ein geheimnisvolles Regen und Treiben begann. Nur ein einziger blieb im Freien zurück, um über die Sicherheit der Pferde und des Unternehmens zu wachen.

Diese Arbeit dauerte den vollen Tag und die ganze Nacht hindurch, und erst als der nächste Tag anbrach, kamen die Miztecas einer nach dem andern aus der Höhle gekrochen. Ein jeder brachte eine Last mit, welche sie alle auf einen gemeinschaftlichen Haufen legten. Es waren die größten Nuggets und Goldbrocken nebst dem Geschmeide, welches Helmers sich ausgewählt hatte.

»So!« sagte Büffelstirn, indem er den Haufen betrachtete. »Schlagt es in die Decken, und ladet es auf das Pferd. Dies ist das Geschenk der Miztecas an den einzigen Weißen, der die Schätze der Könige gesehen hat, weil ich es ihm erlaubte. Möge er durch dasselbe glücklich werden!«

Als das Packpferd, welches er gestern früh mit dem Deutschen mitgebracht hatte, beladen war, kehrte er noch einmal in das Innere der Höhle zurück. Die vorderste Abteilung derselben, welche Helmers und Alfonzo gesehen hatten, war jetzt vollständig leer und ausgeräumt. Büffelstirn blickte sich noch einmal um, dann trat er in eine Ecke, wo eine Zündschnur aus der Erde ragte. Er brannte sie mit seiner Fackel an und verließ dann schleunigst die Höhle.

Draußen zogen sich alle weit zurück und warteten. Es vergingen einige Minuten; dann ließ sich ein dumpfes Krachen vernehmen; die Erde bebte, ein dunkler Qualm stieg aus der vordern Seite des Berges auf; die Felsen barsten; die Erde senkte sich langsam, und dann brach sie mit einem rollenden Getöse zusammen. Der Eingang zur Höhle und der vorderste Teil derselben war verschüttet. Der Bach schäumte über die Trümmer, erst wild und kämpfend, bald aber hatte er sich einen Weg nach seinem Bette gebahnt – der Zugang zu den Schätzen der Könige der Miztecas war verschlossen.

»Reicht euch die Hände, und schwört noch einmal, daß ihr schweigen wollt bis zum Tode!« gebot Büffelstirn seinen Leuten.

Sie leisteten den Schwur, und es war jedem einzelnen anzusehen, daß er lieber sterben als seinen Schwur brechen werde. Noch einen letzten Blick warfen sie auf die Stätte, die während der letzten vierundzwanzig Stunden so Ungewöhnliches gesehen hatte, dann ritten sie davon. -

Als der Apatsche vom Berge El Reparo, wo er Büffelstirn verlassen hatte, nach der Hacienda zurückkehrte, fand er die Bewohner derselben in tiefer Trauer. Der Haciendero hatte sofort einen seiner besten Reiter auf dem schnellsten Pferde nach Monclova geschickt, um einen erfahrenen Arzt herbeizurufen. Als er den Häuptling der Apatschen vom Pferde steigen sah, kam er herbeigeeilt, um sich zu erkundigen. Er bequemte sich dabei dem Gebrauche der Wilden an, indem er ihn ›Du‹ nannte.

»Du kommst allein?« fragte er. »Wo ist Tecalto?«

»Noch am Berg El Reparo.«

»Was thut er dort?«

»Er sagte es mir nicht.«

»Ich hörte, daß er sich Indianer hat schicken lassen. Wozu?«

»Ich fragte ihn nicht.«

»Und wo ist Graf Alfonzo?«

»Ich sage es nicht.«

Der Haciendero trat einen Schritt zurück und meinte unmutig:

»Er sagte es mir nicht - ich fragte ihn nicht - ich sage es nicht! Solche Antworten wünscht man nicht!«

Der Apatsche machte eine abwehrende Handbewegung und sagte:

»Mein Bruder mag mich nicht nach Dingen fragen, über welche ich nicht sprechen kann. Der Häuptling der Apatschen liebt die Thaten, aber nicht die Worte.«

»Aber wissen möchte ich doch, was da draußen am Berge geschehen ist.«

»Die Tochter der Miztecas wird es dir sagen.«

»Auch diese schweigt.«

»So wird Büffelstirn kommen und es erzählen. Mein Bruder führe mich an das Lager Donnerpfeils, damit ich dessen Wunde sehe!«

»So komm!«

Als sie das Zimmer des Deutschen betraten, fanden sie die beiden Mädchen am Lager desselben, in schweigende Trauer gehüllt. Der Kranke wälzte sich in seinem Bette hin und her. Er hatte sicher Schmerzen auszustehen, hielt aber die Augen geschlossen und gab keinen Laut von sich. Als Bärenherz den Kopf betastete, zog der Patient sein Gesicht in schmerzhafte Falten, blieb aber stumm.

»Wie steht es?« fragte der Haciendero.

»Er wird nicht sterben,« antwortete der Häuptling. »Man lege immer neues Wundkraut auf.«

»Morgen wird der Arzt kommen.«

»Das Kraut Oregano ist klüger als der Arzt. Hat mein Bruder einen Vaquero, der ein guter Reiter und Jäger ist?«

»Mein bester Jäger und Schütze ist der alte Franzesko.«

»Man hole ihn und gebe ihm ein gutes Pferd!«

»Wozu?«

»Er soll mich begleiten.«

»Wohin?«

»Zu den Comantschen.«

»Zu den Comantschen? O Gott, was wollt ihr bei denen?«

»Kennt mein Bruder die Comantschen nicht? Wir haben ihnen die Gefangenen abgenommen; wir haben viele ihrer Krieger getötet. Sie werden kommen, um Rache zu nehmen!«

»Nach der Hacienda?«

»Ja.«

»So weit?«

»Der rote Mann kennt keine Entfernung, wenn er sich rächen und den Skalp seines Feindes holen will. Die Comantschen werden sicher kommen.«

»Und warum wollt ihr ihnen entgegen?«

»Um sie zu sehen und zu erfahren, wann und auf welchem Wege sie kommen.«

»Ist es nicht besser, du bleibst hier, und wir stellen Posten aus?«

»Der Häuptling der Apatschen sieht lieber mit eignen Augen als mit den Augen andrer. Donnerpfeil, mein Bruder, wollte den Hunden der Comantschen entgegengehen. Nun ist er krank, und ich thue es an seiner Stelle.«

»So reitet in Gottes Namen. Ich will Franzesko rufen lassen.«

In Zeit einer Viertelstunde war der Vaquero zur Stelle. Man sah es seinem ganzen Habitus an, daß er die geeignete Persönlichkeit zu einem solchen Ritte sei. Als er hörte, um was es sich handele, gab er freudig seine Bereitwilligkeit zu erkennen, den Apatschen zu begleiten. Sie versahen sich also mit dem, was zu einem solchen Kundschafterritte notwendig ist, und brachen dann auf.

Die mexikanischen Pferde sind von einer sehr großen Ausdauer und Schnelligkeit. Bärenherz und der Vaquero flogen auf ihren Tieren wie der Wind dem Norden zu. Sie erreichten noch vor Abend die Stelle, wo sie bei der Rückkehr von der Reise mit den beiden Damen ihr letztes Nachtlager gehalten hatten. Sie rasteten nicht und verfolgten den Weg immer fort, den sie damals gekommen waren.

Da, der Abend begann bereits heranzubrechen, hielt der Apatsche plötzlich sein Tier an und blickte zu Boden. Der Vaquero that dasselbe.

»Was ist das hier?« fragte der letztere. »Das sind ja Spuren!«

»Von vielen Reitern!« nickte der Apatsche.

»Sie kommen von Norden her!«

»Und sind nach West eingebogen.«

»Sehen wir sie genauer an!«

Sie stiegen ab und untersuchten die Hufeindrücke sehr sorgfältig.

»Es sind viele,« sagte der Apatsche.

»Wohl zweihundert,« fügte der Vaquero hinzu.

Der andere nickte zustimmend und deutete dann auf einen Hufeindruck, dessen Kanten noch ganz scharf gezeichnet waren.

»Ja,« sagte der Vaquero mit besorgter Miene. »Wir haben von Glück zu sagen. Sie sind vor kaum einer Viertelstunde hier gewesen.«

Der Apatsche richtete sich unter einem schnellen Entschlusse rasch vom Boden auf.

»Vorwärts! Ich muß sie sehen!«

Sie bestiegen ihre Pferde wieder und folgten der Fährte. Sie führte tief in die Sierra hinein, und gerade, als das letzte Licht des Tages verglomm, erblickten sie auf dem Kamm einer vor ihnen liegenden Höhe eine dunkle Schlangenlinie, welche aus lauter Reitern bestand.

»Comantschen!« sagte Bärenherz.

»Ja, richtig! Donnerwetter, die haben es auf die Hacienda abgesehen!«

»Sie verbergen sich bis morgen in den Bergen,« nickte der Häuptling.

»Was thun wir?«

»Mein Bruder kehrt zurück, sogleich, um dem Haciendero zu melden, daß der Feind kommt.«

»Und du?«

»Bärenherz bleibt auf der Fährte des Feindes. Er muß wissen, was sie thun.«

Er drehte sich um und ritt weiter, ohne sich darum zu bekümmern, ob der Vaquero seiner Weisung Folge leiste.

»*Per Dios!*« murmelte dieser. »So ein Indianer ist doch ein eigentümlicher Mensch! Wagt sich an zweihundert Comantschen! Stolz wie ein König. Er sagt, was ich thun soll, und reitet fort, ohne nur Abschied zu sagen oder zu sehen, ob ich ihm auch gehorsam bin.«

Er wandte sein Pferd wieder dem Süden zu und ritt denselben Weg zurück, den er gekommen war.

Es galt, die schlimme Nachricht so bald wie möglich nach der Hacienda zu bringen. Darum strengte er sein Pferd an, und es war kaum Mitternacht, als er die Hacienda erreichte.

Hier lag bereits alles im tiefen Schlafe, und nur Emma wachte am Lager des Kranken. Deshalb wendete sich der Vaquero zunächst an sie. Sie weckte natürlich sogleich ihren Vater, der den alten Franzesko sofort zu sich kommen ließ.

»Ist's wahr, was mir Emma sagte?« fragte Arbellez.
»Was sagte sie?«
»Daß die Comantschen kommen.«
»Ja, das ist wahr, Sennor.«
»Wann? Doch nicht etwa noch heute!«
»Nein, heute sind wir noch sicher.«
»Sind es viele?«
»Wohl zweihundert.«
»Heilige Madonna, welch' ein Unglück! Sie werden die Hacienda verwüsten.«
»Das befürchte ich nicht, Sennor,« sagte der mutige Alte. »Wir haben ja Arme und auch Waffen genug.«
»Aber habt ihr auch richtig gesehen?«
»Das versteht sich!«
»Es scheint mir gar nicht möglich, daß die Kundschafter der Comantschen in so kurzer Zeit eine solche Schar aus ihren Weidegründen können herbeigeholt haben.«
»Das ist auch gar nicht der Fall, Sennor!«
»Was denn?«
»Als Sennor Helmers mit dem Apatschen die Damen befreite und dabei einen Comantschen erstach, begann die Blutrache. Es ist ganz sicher gleich von dort aus ein Bote nach den Weidegründen abgegangen, die ja gar nicht weit vom Rio Pecos liegen. Während die Sennores dann am Rio Grande gegen ihre Verfolger kämpften, waren bereits die zweihundert aufgebrochen. Die späteren Flüchtlinge sind dann zu ihnen gestoßen und haben ihnen erzählt, daß sie abermals geschlagen worden sind. Das hat den Verfolgungsritt beschleunigt.«
»Wie weit entfernt ist der Punkt, an welchem ihr sie sahet?«
»Sechs Stunden bei gewöhnlichem Ritte.«
»Und sie hielten nicht gerade auf die Estanzia zu?«
»Nein. Das fällt ihnen auch gar nicht ein. Sie haben sich in die Berge geschlagen, um nicht entdeckt zu werden, und werden vor morgen nachts sich sicherlich nicht blicken lassen.«

»Wir werden dennoch sofort Vorsichtsmaßregeln treffen. O, wenn doch Sennor Helmers nicht verwundet wäre!«

»Auf den Häuptling der Apatschen und auf Büffelstirn können Sie sich ebenso verlassen.«

»Büffelstirn ist noch am Berge El Reparo. Ich werde ihn holen lassen.«

»Sogleich?«

»Ja.«

»Soll ich reiten?«

»Du bist ermüdet.«

»Ermüdet?« lachte der Alte. »Mein Pferd wohl, aber nicht ich. Ich nehme ein andres Tier.«

»Weißt du, wo der Häuptling zu finden ist?«

»Nein.«

»Am Auslaufe des mittleren Baches.«

»Gut, ich werde ihn ganz sicher finden. Soll ich jetzt die Leute wecken?«

»Ja, wecke sie. Es ist besser, wir sind bereits heute auf der Hut.«

Der alte Francesko schlug Lärm; dann saß er auf, um nach El Reparo zu reiten, und eine Viertelstunde nach seinem Wegritte brannten rund um die Hacienda mehrere Feuer, welche die Umgebung so erleuchteten, daß es sicher kein Indianer gewagt hätte, dem Hause zu nahen.

Büffelstirn, der Häuptling der Miztecas, war eben mit seinen Indianern von El Reparo aufgebrochen, als der alte Vaquero auf ihn stieß. Er dachte natürlich sofort, daß etwas geschehen sei, und erkundigte sich also durch die schnelle Frage:

»Warum kommst du? Was ist's?«

»Schnell zur Hacienda! Die Comantschen kommen!« rief Franzesko.

Die Augen des Indianers leuchteten vor Vergnügen auf.

»So schnell! Wer sagte es?« fragte er.

»Ich selbst habe sie gesehen.«

»Ah! Wo?«

Franzesko erzählte seinen gestrigen Ritt.

»Ist es so, da haben wir noch Zeit,« meinte Büffelstirn. »Diese Comantschen werden auf der Hacienda del Erina einige Skalps verlieren. Ist Bärenherz hinter ihnen her?«

»Ja.«

»So brauchen wir keine Sorge zu tragen. Sie entgehen uns nicht.«

Es ging im Galopp auf die Hacienda zu, wo sie alles in Eile und Aufregung fanden. Der Haciendero empfing den berühmten Cibolero selbst und fragte ihn nach seiner Meinung. Der Mizteca blickte umher und schüttelte den Kopf, als er die kriegerischen Vorbereitungen erblickte.

»Halten Sie die Comantschen für Diggerindianer?« fragte er.

»Nein,« antwortete Arbellez. »Die Diggers sind dumm.«

»Aber die Comantschen nicht. Warum also diese Vorkehrungen?«

»Heilige Madonna, sollen wir uns vielleicht nicht wehren!«

»Wir werden uns wehren, aber anders, Sennor!«

»Wie denn?«

»Die Comantschen werden Kundschafter aussenden, um uns zu beobachten.«

»Natürlich!«

»Sie werden uns nicht am Tage überfallen.«

»Das denke ich auch.«

»Wenn wir sie zurückweisen wollen, so dürfen sie nicht ahnen, daß wir wissen, daß sie kommen.«

»Ah, da hast du recht!«

»Wir müssen unsre Vorbereitungen also im stillen treffen. Wie viele Männer haben Sie überhaupt?«

»Vierzig.«

»Das genügt. Jeder hat ein Gewehr?«

»Sie alle haben gute Gewehre.«

»Und Munition ist auch vorhanden?«

»Genug. Ich habe sogar Kanonen.«

»Kanonen?« fragte der Indianer erstaunt.

»Ja, vier Stück.«

»Davon weiß ich nichts. Woher sind sie?«

»Der Schmied hat sie gebaut, als du nicht hier warst.«

Der Häuptling schüttelte ungläubig den Kopf.

»Der Schmied hat sie gebaut! Taugen sie etwas?«

»Ja, wir haben sie probiert. Der Lauf ist vom festesten Eisenholz gebohrt, um welches starke, fünffache Bänder geschmiedet worden sind. Vom Zerspringen ist keine Rede.«

»Dann geht es. Wir schießen mit Glas, Nägeln und altem Eisen; das wirkt furchtbar. Sodann brauchen wir mehrere Feuer.«

»Wozu?«

»Der Ueberfall wird wohl bereits in der nächsten Nacht geschehen. Dabei muß alles dunkel sein, damit die Comantschen uns im tiefsten Schlafe denken. Sobald sie nun kommen, brennen wir die Feuer an und erleuchten die ganze Umgebung der Hacienda, damit wir ein sicheres Zielen haben.«

»So machen wir die Feuer auf dem platten Dache des Hauses.«

»Das ist klug. Es wird an jeder Ecke ein großer Haufen errichtet und mit Oel begossen. Das genügt für den ganzen Platz.«

»Und wohin stellen wir die Kanonen?«

»Wir errichten an jeder Ecke des Hauses, sobald es dunkel geworden ist, eine Verschanzung, hinter welche die Kanonen kommen. Sie müssen so stehen, daß sie zwei Seiten bestreichen können. Während des Tages aber lassen wir uns nichts merken, und ein jeder geht ruhig seiner gewohnten Beschäftigung nach. Ah!«

Dieser letzte Ausruf galt einem Reiter, der auf dampfendem Rosse durch das Thor kam. Es war – der Apatsche.

»Bärenherz!« rief der Haciendero. »Wo kommt Ihr her?«

»Von den Comantschen,« antwortete dieser, vom Pferde springend.

»Wo sind sie?«

»Auf dem El Reparo.«

»Auf dem El Reparo?« fragte Büffelstirn. »Halten sie dort ihr Lager?«

»Ja. Ich bin ihnen bis auf den Berg gefolgt. Sie erreichten ihn erst nach Mitternacht.«

»Auf welcher Seite lagerten sie?«

»Auf der Seite nach Mitternacht.«

»Uff! Wenn sie – –« er unterbrach sich und fügte leise hinzu, so daß ihn nur der Apatsche hören konnte: »Wenn sie den Grafen finden!«

»Den werden die Krokodile gefunden haben,« sagte der Apatsche ebenso leise.

Diese Annahme war nun allerdings nicht richtig.

Die Comantschen zählten wirklich zweihundert Mann. Sie wurden angeführt von einem ihrer berühmtesten Häuptlinge, welcher Tokvi-tey, der schwarze Hirsch, hieß. Ihm zur Seite ritten zwei Kundschafter, von denen der eine die Gegend um die Hacienda genau kannte, während der andre zu denen gehört hatte, welche von den Mexikanern unter Anführung des Deutschen und des Apatschen besiegt worden waren. So konnten sie sich in der Richtung nach der Estanzia gar nicht irren.

Sie ritten, ohne zu ahnen, daß sie von dem berühmten Apatschenhäuptling verfolgt wurden, nach indianischer Weise über die Berge, nämlich immer einer hinter dem andern, und gelangten schließlich an den nördlichen Fuß des El Reparo, dessen Abhang sie erstiegen, um dann unter den dichten Bäumen des Waldes Halt zu machen.

»Weiß mein Sohn hier einen Ort, an dem wir uns während des Tages verbergen könnten?« fragte der schwarze Hirsch den einen der Führer, welcher die hiesige Gegend kannte.

Der Gefragte sann nach und antwortete dann:

»Ich weiß einen.«

»Wo?«

»Auf der Höhe des Berges.«

»Was ist es für ein Ort?«

»Es ist die Ruine eines alten Tempels, dessen Vorhöfe Platz für tausend Krieger haben.«

»Kann man da verborgen sein?«

»Ja, wenn kein Auge uns kommen sieht.«

»Weiß mein Sohn den Ort genau?«

»Ich werde nicht irren.«

»Und glaubt mein Sohn, daß wir ihn erst auskundschaften müssen?«

»Es ist besser und sicherer so.«

»So werden wir beide gehen, während die andern warten.«

Sie stiegen von ihren Pferden, nahmen die Waffen zur Hand und drangen in den Wald ein.

Der Indianer besitzt für Oertlichkeitsverhältnisse einen angeborenen Instinkt und einen so gut geübten Scharfsinn, daß er sich fast nie verirren kann. Der Führer strich mit einer bewundernswerten Sicherheit gerade auf die Ruine zu durch den nächtlich stockfinsteren Wald. Der Häuptling folgte ihm. Trotz der Schwierigkeiten, welche die Dunkelheit bot, erreichten sie die verfallenen Mauern des Tempelwerkes und begannen, dasselbe zu durchsuchen.

Sie fanden nicht die mindeste Spur von der Anwesenheit eines Menschen und hegten schon die Ueberzeugung, daß sie sicher seien, als sie plötzlich anhielten und lauschten. Es war ein Schrei erklungen, ein Schrei, welcher aus keiner menschlichen Kehle zu stammen schien.

»Was war das?« fragte der schwarze Hirsch.

»Ein Schrei, aber von wem?«

»Es klang fast wie der Todesschrei eines Pferdes.«

»Ich habe einen solchen Laut noch nie gehört,« erklärte der Führer.

Da erklang der Schrei abermals, lang gezogen und gräßlich.

»Ein Mensch!« sagte der Häuptling.

»Ja, ein Mensch,« stimmte der Führer jetzt bei.

»In Todesangst!«

»In tiefster Verzweiflung!«

»Wo war es?«

»Ich weiß es nicht. Das Echo täuscht.«

»Man muß diese Mauern verlassen.«

Sie kletterten über das Trümmerwerk hinaus in das Freie, und als der markerschütternde Ruf nun abermals erscholl, hörten sie, welches die Richtung war.

»Grad vor uns,« sagte der Führer.

»Ja, grad vor uns. Wir wollen sehen, was es ist!«

Sie schlichen sich vorsichtig weiter und gelangten an den Rand des Teiches, dem sie entlang gingen, bis der Schrei grad vor ihnen ausgestoßen wurde. Die Wilden konnten sich eiserner Nerven rühmen, aber sie erschraken doch, als diese fürchterliche Stimme so in ihrer unmittelbaren Nähe erscholl.

»Hier ist es,« sagte der Führer, »im Wasser.«

»Nein, über dem Wasser ist es,« verbesserte der Häuptling. »Horch!«

»Das plätschert und klappt, als seien es Krokodile.«

Ein phosphorescierender Schein ging von dem Wasser aus, welches durch die Tiere bewegt wurde.

»Sieht mein Sohn diesen Schimmer?« fragte der Häuptling.

»Ja.«

»Es sind Krokodile.«

»Und der Mensch unter ihnen? Unmöglich!«

»Nein, der Mensch über ihnen, auf diesem Baume.«

Er deutete dabei auf die Ceder, an welcher sie standen.

»So muß er angebunden sein!«

»Sicher!«

Nun erschallte der Schrei abermals, und sie hörten, daß er aus der Luft kam, zwischen dem Wasser und der Krone des Baumes.

»Wer ruft?« fragte da der Häuptling mit lauter Stimme.

»Oh!« antwortete es im Tone des Entzückens.

»Wer ist es?«

»Hilfe!«

»Wo bist du?«

»Ich hänge am Baume.«

»Uff! Ueber dem Wasser?«

»Ja. Kommt schnell.«

»Wer bist du?«

»Ein Spanier.«

»Ein Spanier, ein Bleichgesicht,« flüsterte der schwarze Hirsch seinem Begleiter zu. »Er soll hängen bleiben!«

Dennoch aber fragte er weiter:

»Wer hat dich aufgehängt?«

»Meine Feinde.«

»Wer sind sie?«

»Zwei Rothäute.«

»Uff!« flüsterte der Häuptling. »Er hängt zur Rache hier.«

Dann fragte er, welche Rothäute es gewesen seien.

»Ein Mizteca und ein Apatsche. O kommt, helft! Ich kann nicht mehr; die Krokodile werden mich zerreißen!«

»Ein Apatsche und ein Mizteca,« sagte der Häuptling leise. »Das sind unsre Feinde. Er soll vielleicht gerettet werden. Zuerst aber muß ihn das Feuer beleuchten.«

Er ging zu einem Gestrüpp, von welchem er vorhin beim Hindurchschlüpfen bemerkt hatte, daß es dürr und trocken sei, riß es aus und trug den Haufen an das Ufer. Dann zog er sein Punks[1] hervor und zündete den Haufen an. Das Feuer loderte hell empor und beleuchtete die ganze Scene: Von dem Baum herab hing ein Bleichgesicht bis nahe über das Wasser und schwang die Füße hoch empor, sobald eines der Krokodile nach ihnen schnappte.

»Das ist eine große Rache!« sagte der schwarze Hirsch. »Er soll uns jetzt antworten, ohne die Alligatoren zu fürchten.«

Er kletterte auf den Baum empor, faßte den Lasso und zog den daran Hängenden weiter empor, so daß sich dieser nun vor den Ungeheuern in Sicherheit befand. Das Feuer beleuchtete auch die Indianer, und an ihrer Bemalung sah Alfonzo, daß es Comantschen seien, die sich auf dem Kriegspfade befanden. Er erriet alles und betrachtete sich bereits als halb gerettet.

»Warum hingen dich die roten Männer hier auf?« fragte der Häuptling weiter.

»Weil ich mit ihnen kämpfte, um sie zu töten. Wir waren Feinde.«

»Warum hast du die Hunde nicht getötet? Die Apatschen und Miztecas sind Feiglinge.«

»Es war Bärenherz, der Häuptling der Apatschen.«

[1] Prairiefeuerzeug.

»Bärenherz!« rief der Comantsche. »Er war hier?«

»Ja, er und Büffelstirn, der Häuptling der Miztecas.«

»Und Büffelstirn!« rief der Comantsche abermals. »Wo sind sie?«

»Befreie mich, so sollst du sie haben!«

»Schwöre es!«

»Ich schwöre es!«

»So sollst du frei sein!«

Er zog mit aller Anstrengung an dem Lasso und brachte den Grafen auch glücklich so weit empor, daß dieser sich mit dem Oberkörper auf den Ast legen und stützen konnte. Dadurch bekam der Comantsche die Hand frei. Er zog sein Messer und durchschnitt den Lasso und die Banden des Spaniers, der sich nun selbst festzuhalten vermochte.

»Ah!« rief dieser. »Frei! Frei! Frei! Aber nun Rache! Rache! Rache!«

Er brüllte in unendlichem Entzücken diese Worte überlaut in die Nacht hinaus.

»Rache sollst du haben,« sagte der Comantsche, der in ihm einen brauchbaren Verbündeten ahnte. »Aber warum schreist du so? Der Wald hat Ohren. Ist niemand in der Nähe?«

»Kein Mensch! Es befand sich niemand auf dem Berge als nur ich und diese verdammten Krokodile. Mein Leben lang werde ich diese Nacht nicht vergessen!«

»Vergiß sie nicht, und räche dich! Jetzt aber steige mit mir herab!«

Sie kletterten von dem Baume hernieder, und nun erst, als Alfonzo den festen Boden unter sich fühlte, wußte er genau, daß er gerettet sei.

»Ich danke euch!« sagte er. »Verlangt, was ihr wollt, ich werde es thun!«

Sein Entzücken trieb ihn, dieses übermäßige Versprechen zu thun. Der Comantsche sagte ruhig:

»Setze dich zu uns, und sage uns, was wir dich fragen!«

Sie setzten sich in das Gras, und der Graf streckte seine gepeinigten Glieder mit einer Wonne aus, welche er in seinem Leben noch niemals gefühlt hatte.

»Ihr seid vom Volke der Comantschen?« fragte er.

»Ja.«

»Du bist ein Häuptling derselben?«

»Ich bin Tokvi-tey, der schwarze Hirsch,« antwortete der Comantsche stolz.

»Und ihr befindet euch auf einem Kriegszuge?«

Der Häuptling nickte und fragte:

»Kennst du die Hacienda del Erina?«

»Ich kenne sie.«

»Wie heißt der Mann, welcher dort wohnt?«

»Er heißt Petro Arbellez.«

»Hat er eine Tochter?«

»Ja.«

»Und ist bei dieser Tochter eine Indianerin vom Stamme der Miztecas?«

»Ja. Es ist Karja, die Schwester von Tecalto.«

»Die Schwester Büffelstirns?« fragte der Häuptling überrascht.

»Ja.«

»Uff! Das haben die Söhne der Comantschen nicht gewußt, sonst hätten sie die Tochter der Miztecas fester gehalten. Die beiden Squaws waren unsre Gefangenen.«

»Ich weiß es.«

»Du weißt es?« fragte der schwarze Hirsch.

»Ja, denn sie wohnen bei mir.«

»Bei dir? Deine Stimme spricht in Rätseln! Ich denke, sie wohnen auf der Hacienda?«

»Dies ist auch wahr; denn die Hacienda gehört mir.«

»Dir? So bist du Sennor Petro Arbellez?«

»Nein. Ich bin Graf Alfonzo de Rodriganda y Sevilla. Arbellez ist nur mein Pächter.«

»Uff!« sagte da der Comantsche kalt, indem er sich erhob. »So wirst du wieder über dem Wasser hangen, damit dich die Alligatoren fressen!«

Alfonzo war seiner Sache so sicher, daß er lächelnd antwortete:

»Warum?«

»Weil du der Beschützer der beiden Squaws bist.«

»Setze dich wieder nieder, schwarzer Hirsch. Ich bin nicht ihr Beschützer; ich bin ihr Feind und dein Freund. Diese Squaws sind schuld, daß ich hier aufgehängt wurde, du aber hast mich errettet. Ich werde dir danken, indem ich die drei größten Feinde der Comantschen in deine Hände liefere.«

»Wer ist dies?«

»Shosh-in-liett.«

»Bärenherz, der Apatsche?«

»Ja. Ferner Mokaschi-motak.«

»Büffelstirn, der Mizteca?«

»Ja.«

»Und der dritte?«

»Der dritte ist ein Bleichgesicht; die roten Männer nennen ihn Itinti-ka.«

»Donnerpfeil, der große Rastreador?« rief der Comantsche. »Sagst du die Wahrheit?«

»Ja.«

»Wo ist Donnerpfeil?«

»Bei den andern.«

»Wo sind diese?«

Der Comantsche fragte mit leidenschaftlicher Hast. Die Hoffnung, diese drei berühmten Männer in seine Gewalt zu bekommen, brachte ihn um die kalte Ruhe und Selbstbeherrschung, in welcher der Indianer sonst seine Ehre sucht.

»Ich werde es dir sagen, wenn du mir vorher etwas versprichst.«

»Was begehrst du?«

»Du bist gekommen, um die Hacienda zu überfallen?«

»Ja,« gestand der Indianer.

»Wird es dir gelingen?«

»Der schwarze Hirsch wurde noch nie besiegt.«

»Du hast viele Comantschen mit?«

»Zehnmal zehn mal zwei.«

»Zweihundert? Das ist genug. Du sollst die drei berühmten Häuptlinge haben, ferner alle Skalpe der Bewohner der Hacienda, auch alles, was in der Hacienda zu finden ist, wenn du des Hauses schonest, da es mein Eigentum ist.«

Der Comantsche sann nach; dann sagte er:

»Es sei, wie du begehrst. Wo also sind die drei Häuptlinge?«

»Sie sind,« sagte der Graf, zufrieden lächelnd, »nirgends anders als eben in der Hacienda.«

»Uff! Du hast mich überlistet!« gestand der schwarze Hirsch.

»Aber ich habe dein Wort!«

»Der Häuptling der Comantschen bricht sein Wort niemals. Das Haus ist dein. Die drei Feinde, die Skalpe und alles, was das Haus enthält, gehören aber den Söhnen der Comantschen. Ist die Hacienda von Stein erbaut?«

»Von festen Steinen, und mit Pallisaden umgeben. Aber ich kenne alle Schliche; ich werde euch führen. Ihr werdet euch im Innern des Hauses befinden, während die Bewohner alle noch fest schlafen. Sie werden nur erwachen, um unter euren Messern und Tomahawks zu sterben.«

»Hat der Haciendero viele Waffen?«

»Er hat genug Waffen, aber sie werden ihm nichts nützen.«

»Wie viele Männer besitzt er?«

»Vielleicht vierzig.«

»Viermal zehn? Das macht siebenmal zehn, denn jeder der drei Häuptlinge ist zehn wert.«

»Donnerpfeil darf nicht gerechnet werden.«

»Warum?«

»Er ist verwundet oder bereits schon tot. Ich traf ihn mit der Keule auf den Kopf.«

»Uff! Du hast mit Donnerpfeil gekämpft?«

»Warum nicht?«

»Wer mit ihm kämpft, muß ein tapfrer Krieger sein.«

»Ich bin kein Feigling, obgleich du mich als Gefangenen getroffen hast.«

»Ich werde es sehen, wenn du uns zur Hacienda führst. Meinst du, daß sie ahnen, daß die Krieger der Comantschen kommen, um Rache zu nehmen?«

»Ich glaube es nicht. Ich habe nicht gehört, daß davon gesprochen worden ist.«

»Ich werde einen Kundschafter senden.«

»Er mag sich nicht sehen lassen!«

»Uff! Er wird gerade in die Hacienda gehen.«

»So ist er verloren!«

»Er ist nicht verloren. Er ist kein Comantsche, sondern ein christlicher Indianer von dem mexikanischen Stamme der Opatos. Man wird ihm nicht mißtrauen, und er wird genau sehen, ob man sich auf einen Kampf mit den Kriegern der Comantschen vorbereitet hat. Jetzt aber weiß ich alles. Mein Sohn mag gehen, um die Krieger nach den Ruinen zu führen, wohin ich jetzt mit diesem Manne gehe, der ein Graf der Bleichgesichter ist.«

Der Führer eilte davon, und der Häuptling schritt mit Alfonzo den Tempelruinen zu. Vorher aber warf der letztere noch einen Blick auf den kleinen See, über dessen Wassern er die schrecklichsten Stunden seines Lebens zugebracht hatte. Die Alligatoren lagen am Ufer und glotzten mit weit aus der Flut hervorragenden Köpfen das Opfer an, welches ihnen entgangen war. – –

Am andern Morgen ging der Häuptling mit dem Grafen und dem Führer durch den Wald, um zu rekognoscieren. Sie kamen dabei auch an den Rand des Bergplateaus, von welchem aus man in die Ebene hinabblicken konnte. Da ertönte unter ihnen ein dumpfer Knall.

»Was war das?« fragte der schwarze Hirsch.

»Ein Schuß,« meinte der Führer.

»Aber kein Büchsen-, sondern ein Sprengschuß,« erklärte Alfonzo, welcher sogleich vermutete, was da unten vorgegangen war.

Sie traten so weit wie möglich an den Felsenabhang heran und blickten zu dem Bache hinab. Da sahen sie Büffelstirn mit seinen Indianern davon reiten. Alfonzo gewahrte das Lastpferd; er sah die Decken, welche es trug, und ahnte, daß darinnen ein Teil der Schätze verborgen sei.

»Was für Männer sind dies?« fragte der Häuptling.

»Es sind Miztecas,« antwortete der Graf.

»Miztecas, die sterben und verdorren werden,« sagte der andre verächtlich.

»O, sie haben noch Kraft genug. Siehe einmal ihren Anführer!«

»Er ist ein Riese. Es ist ein Cibolero?«

»Ja, freilich ist er ein Cibolero, ein Büffeljäger, aber der kühnste von allen. Rate einmal, wie sein Name lautet!«

»Sage es!«

»Nun, es ist Büffelstirn, der König der Ciboleros!«

»Uff! Das - das ist Büffelstirn,« sagte der Comantsche, indem er den Mizteca da unten mit finsterem Auge betrachtete. »Es wird nicht lange währen, so stirbt er an dem Marterpfahle im Lager der Comantschen.«

Als sie nach der Ruine zurückkehrten, wurde der Kundschafter abgesandt. Er trug die Kleidung eines civilisierten Indianers, erhielt eine schlechte Flinte und das schlechteste Pferd, welches vorhanden war. Auch erhielt er den Befehl, einen Umweg zu machen, damit es scheine, daß er nicht von Norden, sondern von Süden komme.

Er umritt also die hintere Seite und den südlichen Abhang des El Reparo und ritt dann von Mittag her auf die Hacienda zu.

Büffelstirn stand mit dem Haciendero und Bärenherz am Fenster, als er in den Hof ritt.

»Uff!« sagte der Apatsche mit höhnischem Lächeln.

»Was?« fragte Arbellez.

»Unser Freund will sagen, daß dies der erwartete Kundschafter ist,« erläuterte Büffelstirn den Ausruf des Apatschen.

»O, das ist kein Comantsche!« meinte Arbellez.

»Nein, es ist ein Majo oder Opato, aber jedenfalls ein Ueberläufer.«

»Wie soll ich ihn behandeln?«

»Freundlich. Er darf nicht ahnen, daß wir an Kampf und Feindseligkeit denken.«

Der Haciendero ging hinab, wo der Indianer gerade im

Begriff stand, nach der Gesindestube zu gehen. Er grüßte höflich und fragte:

»Das ist die Hacienda del Erina?«

»Ja.«

»Wo Sennor Arbellez gebietet?«

»Ja.«

»Wo ist der Sennor?«

»Ich bin es selbst.«

»O, Verzeihung, Don Arbellez, daß ich dies nicht wußte! Darf ich bei Euch einkehren?«

»Thut dies in Gottes Namen. Es ist mir jeder Gast willkommen. Wo kommt Ihr her?«

»Ich komme von Durango über die Berge herüber.«

»Das ist weit.«

»Ja. Ich war einige Jahre dort, aber das Fieber hat mich vertrieben. Hier scheint es besser zu sein. Braucht Ihr keinen Vaquero, Sennor?«

»Nein.«

»Auch keinen Cibolero?«

»Auch nicht.«

»Ist Euch nicht sonst ein Mann nötig?«

»Ich habe jetzt Leute genug; aber Ihr könntet trotzdem bleiben und Euch ausruhen, so lange es Euch gefällt.«

»Ich danke. Da Ihr niemand braucht und Eure Hacienda die letzte ist gegen die Grenze hin, so werde ich sehen, wie es sich als Gambusino leben läßt. Wenn nur die Wilden nicht wären!«

»Fürchtet Ihr Euch vor einem Indianer?«

»Vor einem nicht, aber vor fünf oder zehn. Man hört, daß die Comantschen Lust haben, über die Grenze zu kommen.«

»Da hat man Euch falsch berichtet. Sie werden sich hüten, herüber zu kommen, denn sie wissen, daß sie eine tüchtige Lehre erhalten würden. Also bleibt; ruht Euch aus, und eßt und trinkt in der Leutestube so viel, wie Ihr wollt.«

Er ging weiter und ließ den Indianer mit der festen Gewißheit zurück, daß auf der Hacienda del Erina kein

Mensch daran denke, daß Indianer in der Nähe sein könnten. Der Kundschafter schien der Ruhe nicht sehr zu bedürfen, denn er schweifte auf der Hacienda und in ihrer nächsten Umgebung unermüdlich herum und setzte sich am Nachmittage auf sein Pferd, um weiter zu reiten.

Natürlich wandte er sich nicht nach der Grenze hin, sondern er kehrte auf einem Umwege zu den Comantschen zurück, wo sein Bericht mit Spannung erwartet wurde. Als er dem Häuptling erzählte, was er gesehen hatte, nickte dieser mit einem blutdürstigen Lächeln und sagte:

»Die Hacienda wird schrecklich aus dem Schlafe erwachen, und die Söhne der Comantschen werden mit Beute und vielen Skalpen heimkehren in ihre Wigwams.«

Er ließ sich von dem Grafen und dem Kundschafter die Lage und Beschaffenheit des Gebäudes genau beschreiben, und dann wurde großer Kriegsrat gehalten.

Das Ergebnis desselben war, daß man mit Einbruch der Dunkelheit aufbrechen wolle. Um Mitternacht langte man in der Nähe der Hacienda an. Diese sollte von allen vier Seiten umschlossen werden; dann sollten die Comantschen auf ein Zeichen ihres Häuptlings über die Pallisaden steigen und innerhalb des Hofes das Haus umzingelt halten. Fünfzig Mann sollten durch eines der Fenster steigen, um sich im stillen durch die Gänge zu verbreiten; dann könne das Morden losgehen.

Während dies in den Ruinen des Tempels besprochen wurde, wurde auf der Hacienda ein ähnlicher Kriegsrat gehalten.

»Ist Feuerwerk da?« fragte Büffelstirn.

»Ja, genug. Die Vaqueros können sich keinen Festtag ohne Feuerwerk denken,« sagte der Haciendero. »Warum?«

»Die Hauptsache ist, den Comantschen die Pferde zu nehmen, damit sie nicht so schnell entkommen können. Man muß sehen, wo sie ihre Tiere lassen, und im geeigneten Augenblick Feuerwerk unter sie werfen.«

»Das soll besorgt werden!«

»Aber es gehören kühne und vorsichtige Leute dazu!«

»Die habe ich. Wann fangen wir an, die Schanzen zu bauen?«

»Eigentlich war bestimmt, die Dunkelheit abzuwarten; da aber der Kundschafter so sehr befriedigt davongeritten ist, so glaube ich nicht, daß wir noch weiter beobachtet werden. Wir können also anfangen.«

Nun begann eine rege Geschäftigkeit zu herrschen. Es befand sich bei Anbruch des Abends kein Vaquero auf der Weide, wie zu anderer Zeit, sondern alle waren innerhalb der Pallisaden bemüht, die Verteidigung des Hauses vorzubereiten.

So verging der Abend in lebhafter Erwartung, und eine Stunde vor Mitternacht brach der Apatsche auf, um auf Kundschaft zu gehen. Er nahm zwei wohlbewaffnete Knechte mit, welche genug Feuerwerkskörper trugen, um eine Pferdeherde von tausend Stück in alle Winde zu zersprengen.

Der Häuptling kam sehr bald zurück, aber allein.

»Kommen Sie?« fragte der Haciendero.

»Ja.«

»Wo sind sie?«

»Abgestiegen. Sie umzingeln die Pallisaden; die Pferde stehen draußen am Bache.«

»Sind viele Wächter bei ihnen?« fragte Büffelstirn.

»Nur drei.«

»Uff! Unsre beiden Männer werden ihre Schuldigkeit thun.«

Jetzt begab sich der Haciendero nach der Krankenstube, wo die beiden Mädchen bei dem Kranken saßen. Sie waren bleich, aber gefaßt.

»Kommen sie?« fragte Emma.

»Ja. Schläft der Patient?«

»Fest.«

»So könnt ihr an euren Posten gehen. Nehmt die Lunten.«

Sie zündeten ihre Lunten an und begaben sich hinauf auf die Plattform des Hauses, wo an jeder Ecke ein großer, mit Oel getränkter Holzhaufen lag. Auch mächtige Steine und einige geladene Gewehre gab es da, um den Frauen Gelegenheit zu geben, bei der Verteidigung mitzuwirken.

Die Nacht war still. Nur das Murmeln des Baches ließ sich vernehmen, oder es drang das Schnaufen eines Pferdes von der Weide herüber. Und dennoch gab es so viele Herzen, welche jetzt schneller schlugen in der Erwartung des Kampfes.

Da erklang der volle, grunzende Ton eines Ochsenfrosches. Er war so täuschend nachgemacht, daß er unter anderen Umständen sicherlich gar nicht beachtet worden wäre, jetzt aber wußten sämtliche Bewohner der Hacienda sofort, daß es das Zeichen des Angriffes sei.

Der alte Vaquero Franzesco hatte sich die Bedienung derjenigen Kanone auserbeten, welche die vordere Front des Hauses zu verteidigen hatte. Sie war mit Glas, Nägeln und gehacktem Eisen geladen, und unter der Serape[1], welche er übergeworfen hatte, glimmte die Lunte, mit welcher der Schuß gelöst werden sollte. So kauerte er hinter der kleinen Verschanzung und lauschte auf das leiseste Geräusch.

An dem Parterrefenster rechts von dem Portale stand der Apatsche und an demjenigen links der Häuptling der Miztecas. Beide hatten ihre Büchsen in der Hand und durchforschten die Finsternis mit ihren scharfen Augen, die an die Dunkelheit gewöhnt waren. Da erschallte, wie schon erwähnt, die Stimme des Ochsenfrosches, und in demselben Augenblicke wurde es auf den Pallisaden lebendig. Zweihundert Köpfe erschienen über ihnen, und zweihundert dunkle, behende Gestalten sprangen in den Hof herab. Eben traten die fünfzig, welche durch die Fenster eindringen sollten, eng zusammen, da streckte der Apatsche seine Doppelbüchse heraus.

»*Shne ko* – gebt Feuer!« rief er.

Seine Büchse krachte, und dieses Zeichen hatte eine Wirkung, welche ebenso schnell wie wunderbar war. Kaum er-

[1] Decke.

scholl seine Stimme, so steckten die Mädchen oben auf der Plattform ihre Lunten in das Pulver, und im Nu loderten vier hohe Feuer auf, welche den ganzen Umkreis mit Tageshelle beleuchteten. Die Indianer standen erschrocken still.

Beim Scheine der Feuer erblickte der alte Franzesco die fünfzig eng beisammenstehenden Comantschen; sie befanden sich kaum fünfzehn Ellen von ihm entfernt. Sein Schuß krachte und war bei dieser Nähe von einer fürchterlichen Wirkung. Der ganze Haufen schien zusammenzubrechen; es entstand ein wirrer Knäul von am Boden ringenden Gestalten, dessen Auflösung so lange Zeit dauerte, daß Francesco Zeit erhielt, wieder zu laden. Sein zweiter Schuß hatte ganz dieselbe Wirkung. Auch die anderen Kanonen krachten; aus jedem Fenster des Hauses und auch von der Plattform herab blitzten Schüsse, und da - von der Plattform aus konnte man es deutlich sehen - da draußen prasselte plötzlich ein leuchtendes Feuerwerk empor; dazwischen hinein erscholl das hundertstimmige Wiehern und Schnauben der erschreckten Pferde, welche sich losrissen und davonflogen, daß unter dem Stampfen ihrer Hufe die Erde zitterte.

Dazwischen hinein erscholl das Wutgeheul der Wilden. Sie alle waren hell erleuchtet und boten ein sicheres Ziel, die Zimmer aber waren dunkel; so daß die Comantschen keinen sicheren Schuß bekommen konnten, selbst wenn sie bei der allgemeinen Panik, von welcher sie überfallen worden waren, sich zu einem ruhigen Schusse Zeit genommen hätten. Sie hatten einen solchen Empfang nicht erwartet; in den ersten zwei Minuten bereits hatten sie die Hälfte ihrer Leute verloren, und jetzt begannen sie zu fliehen.

Nur einer stand fest, nämlich der schwarze Hirsch. Er feuerte die Seinigen an, auszuhalten; aber es half ihm nichts. Er hatte sich bisher an der Seite des Hauses befunden, jetzt aber eilte er nach der Vorderfront, um zu sehen, wie der Kampf dort stehe. Hier stand es noch schlimmer; Franzesco hatte mit seinen gut gezielten Schüssen den Platz rasiert; Indianerleiche lag an Indianerleiche; der Häuptling erkannte, daß alles vorüber sei und sprang über die Pallisade hinaus.

In dem Augenblicke, als er auf der Pallisade hing, erblickte ihn der Apatsche.

»Tokvi-tey, der schwarze Hirsch!« rief er.

Er erkannte den Comantschen, konnte ihn aber nicht töten, da er eben seine Büchse abgeschossen hatte.

»Der schwarze Hirsch!« rief er abermals, indem er die Büchse fortwarf und den Tomahawk aus dem Gürtel zog. »Wendet der schwarze Hirsch dem Feinde den Rücken?«

Er sprang aus dem Fenster, stürzte über den Hof hinüber und schwang sich über die Pallisaden hinweg. Da, vor ihm floh der Comantsche.

»Der schwarze Hirsch halte an! Hier kommt Bärenherz, der Häuptling der Apatschen. Will der Häuptling der Comantschen vor ihm fliehen?«

Als der Comantsche diesen Namen hörte, stand er still.

»Du bist Bärenherz? So komm heran!« rief er. »Ich werde deine Eingeweide den Geiern zu fressen geben!«

Die beiden Häuptlinge gerieten aneinander; sie nahmen nur den Tomahawk zur Waffe, und dies ist die fürchterlichste, welche es giebt. Bärenherz war dem Comantschen überlegen; das zeigte sich sofort; aber da schnellte sich eine Gestalt heran, mit der Büchse in der Hand; es war Alfonzo.

Er war klug gewesen und zunächst nicht über die Pallisaden gestiegen; er hatte ja nicht die geringste Lust, sein Leben und seine Glieder den feindlichen Schüssen preiszugeben. So hockte er hinter den Pallisaden und wartete den Erfolg des Angriffes ab. Es war nicht der erwartete, sondern ein ganz anderer. Die Comantschen flohen. In diese Flucht hinein hörte er die Stimme des Apatschen.

»Ah,« murmelte er. »Vielleicht kann ich mich rächen.«

Er sah, daß Bärenherz dem Comantschen nachsprang, und folgte ihnen. Als sie nun im Kampfe waren, sprang er hinzu und schlug mit dem Kolben seines Gewehres den Apatschen von hinten so auf den Kopf, daß er niederstürzte. Der Comantsche zog sofort sein Messer, um den Betäubten vollends zu töten und ihm den Skalp zu nehmen; aber Alfonzo wehrte ab.

»Halt!« sagte er. »Er verdient einen andern Tod.«

»Du hast Recht!« sagte der schwarze Hirsch. »Schnell zu den Pferden!«

»Zu den Pferden? - Die sind ja fort!«

»Fort?« fragte der Häuptling erschrocken.

»Ja. Man hat sie mit Feuerwerk erschreckt.«

»Uff! Komm', komm', sonst wird es zu spät!«

Sie faßten den Apatschen an beiden Armen, und sprangen, ihn an der Erde schleifend, davon.

Es war die höchste Zeit für sie. Als Büffelstirn aus seinem Fenster bemerkte, daß der Apatsche dem feindlichen Führer nacheilte, erkannte er, daß dieser sich in die höchste Gefahr begab; darum holte er so rasch wie möglich die Besatzung des Hauses zusammen, um einen Ausfall zu machen. Sie fanden den Hof bereits verlassen; nur tote Comantschen lagen noch da.

»Ihnen nach!« rief er.

Das Thor wurde geöffnet, und die tapferen Verteidiger stürzten hinaus in das Freie, wo sich noch an vielen Stellen ein hitziger Einzelkampf entspann, bei welchem die Wilden gewöhnlich den kürzeren zogen. Büffelstirn schlug noch manchen nieder. Er eilte rundum die Hacienda herum, soweit die Feuer leuchteten; aber er sah von dem Apatschen keine Spur. - -

Stunden waren vergangen, als der Häuptling Bärenherz aus seiner tiefen Ohnmacht erwachte. Er öffnete die Augen und erblickte zunächst ein Feuer und sodann eine Anzahl wilder, roter Gestalten, welche um dasselbe saßen. Er selbst war gefesselt; zu seiner Rechten saß der schwarze Hirsch und zu seiner Linken Graf Alfonzo. Als er seine Augen zum Himmel erhob, sah er an den Sternen, daß es nicht mehr weit bis zum Anbruch des Morgens sein könne.

Alfonzo hatte bemerkt, daß er die Augen aufschlug.

»Er erwacht!« sagte er.

Sofort richteten sich die Blicke sämtlicher Comantschen auf ihn. Sie alle hatten von ihm gehört; sie kannten seinen Ruhm, aber die wenigsten hatten ihn schon einmal gesehen.

Er nahm seine Gefangenschaft mit der äußeren Ruhe auf, welche dem Indianer eigen ist. Sein Kopf schmerzte von dem Hiebe; aber er besann sich sofort auf alles, was geschehen war.

»Der furchtsame Frosch der Apatschen ist gefangen,« sagte der schwarze Hirsch.

Bärenherz lachte verächtlich; er sah ein, daß ein stolzes Schweigen hier nicht das Richtige sei.

»Der Löwe der Comantschen lief vor diesem Frosch davon!« sagte er.

»Hund!«

»Schakal!«

»Bärenherz, der Häuptling, ließ sich besiegen von dem schwarzen Hirsch!«

»Du lügst!«

»Schweig!«

»Nicht du besiegtest mich und auch nicht ein andrer. Dieser Feigling, der ein Graf der Bleichgesichter ist, schlug mich heimtückisch nieder. Das ist es, was ich sage, und weiter hört ihr kein Wort. Bärenherz verachtet die Krieger, welche wie Flöhe davonspringen, wenn der Tapfere sich zeigt!«

»Du wirst schon sprechen, wenn die Marter beginnt.«

Der Apatsche antwortete nicht. Er hatte seine Meinung ausgesprochen, und nun war er der eisenfeste Mann, der sich nicht beschämen ließ. Das sahen die andern ein und darum sagte der Häuptling der Comantschen:

»Der Tag beginnt; unsres Bleibens ist hier nicht. Laßt uns zu Gericht sitzen über diesen Mann, der sich einen Häuptling nennt.«

Es wurde schweigend ein Kreis gebildet, und dann erhob sich der schwarze Hirsch, um in einer langen Rede die Verbrechen des Apatschen aufzuzählen.

»Er hat den Tod verdient,« sagte er am Schlusse.

Die andern stimmten ein.

»Wollen wir ihn mit in die Wigwams der Comantschen nehmen?« fragte er.

Auch hierüber wurde beraten, und das Resultat war, daß

er hier getötet werden solle, da man unterwegs noch mannigfaltigen Zufälligkeiten ausgesetzt sein konnte.

»Aber welchen Tod soll er sterben?« fragte der Häuptling.

Auch darüber wurde beraten, aber man kam hier nicht so schnell zu einem Entschlusse, da solch ein seltener Gefangener auch ungewöhnliche Martern erleiden sollte. Da erhob sich Graf Alfonzo, der bisher noch gar nichts dazu gesagt hatte.

»Darf ich mit meinen roten Brüdern sprechen?« fragte er.

»Ja,« sagte der Hirsch.

»Habe ich Anteil an diesem Apatschen oder nicht?«

»Nein.«

»Warum nicht?«

»Du hast ihn uns versprochen.«

»Wer hat ihn niedergeschlagen?«

»Du.«

»Habt ihr erfüllt, was ihr mir verspracht?«

»Nein. Wir konnten nicht.«

»Nun, so sind also die gegenseitigen Versprechen aufgehoben, und dieser Gefangene gehört nur dem, der ihn niedergeschlagen hat. Beratet darüber!«

Es entspann sich eine kurze, aber lebhafte Debatte, deren Ergebnis war, daß der Apatsche dem Spanier zuerteilt wurde.

»Er ist mein?« fragte der letztere.

»Ja.«

»Und ich habe also über sein Schicksal zu bestimmen?«

»Ja.«

»Nun gut, so soll es dasselbe sein, welches ich erleiden sollte. Wir binden ihn an diesen Baum und lassen ihn von den Krokodilen fressen. Er soll dieselben Höllenqualen erleiden, welche ich durchkostet habe!«

Auf diese Worte erhob sich ringsum ein beistimmendes Jubelgeschrei, und aller Augen richteten sich nach dem Apatschen, um den Eindruck dieses Entschlusses in seinem

Gesichte zu lesen; aber dieses Gesicht war wie aus Erz gegossen; keine Wimper zuckte, und keine Silbe der Bitte kam über seine Lippen.

»Haben wir Lassos genug?« fragte der Graf.

»Ja. Hier liegen noch dieselben, an denen du hingst, und wer von den Comantschen ein Pferd eingefangen hat, besitzt auch den Lasso.«

Es war nämlich einigen der Indianer gelungen, eines ihrer umherirrenden Pferde zu fangen.

»Gut, so binden wir ihn gerade so, wie er mich gebunden hat!« sagte Alfonzo.

Dies geschah; dann fragte der schwarze Hirsch den Gefangenen:

»Hat der Häuptling der Apatschen noch eine Bitte?«

Bärenherz blickte die Männer der Reihe nach an; es waren nur ihrer sechzehn, welche sich hier zusammengefunden hatten. Gleich als er, aus seiner Betäubung erwachend, bemerkt hatte, daß er an dem Teiche auf dem Berge El Reparo liege, hatte er gewußt, welches Schicksal seiner harre; darum war er auch nicht erschrocken, als er sein Urteil vernahm. Jetzt blickte er im Kreise umher, als ob er sich die Züge eines jeden eingraben wolle, und dann sagte er:

»Der Häuptling der Apatschen bittet nicht. Das Messer wird alle fressen, welche hier versammelt sind. Bärenherz hat gesprochen; er wird nicht heulen und schreien, wie es der Graf der Bleichgesichter gethan hat. Howgh!«

Das letzte Wort ist bei den Indianern ein Ausruf der Bekräftigung, ungefähr wie unser Amen, Sela oder Basta!

Jetzt kletterte ein kräftiger Comantsche am Baume empor; der Apatsche wurde nachgeschoben und schwebte nach zwei Minuten über dem Wasser, wo die Krokodile ganz dasselbe gräßliche Schauspiel boten, wie es bereits beschrieben worden ist.

Die Comantschen sahen eine Zeitlang zu, wie der Apatsche mit dem kältesten Gleichmute sich bestrebte, seine Füße vor dem Rachen der Ungeheuer zu bewahren, dann wandten sie sich ihren Angelegenheiten wieder zu.

»Kehren meine Brüder in ihre Jagdgründe zurück?« fragte Alfonzo.

»Erst müssen sie sich rächen,« antwortete der Häuptling finster.

»Wollen sie mir folgen, wenn ich sie zur Rache führe?«

»Wohin?«

»Das werde ich später sagen, wenn wir gesehen haben, ob wir die einzigen sind, welche übrig geblieben sind.«

»Das müssen wir jetzt bereits wissen,« behauptete der Anführer. »Wir haben mit unserm weißen Bruder kein Glück.«

»Und ich mit meinen roten Brüdern auch nicht. Sie mögen sich zerstreuen und die ihrigen suchen, welche noch umher irren. Dann, wenn sie versammelt sind, werde ich ihnen sagen, wie sie Rache nehmen können.«

»Wo versammeln wir uns?«

»Hier, an dieser Stelle.«

»Gut, wir wollen thun, was mein weißer Bruder sagt. Vielleicht bringt uns sein zweites Wort mehr Glück, als sein erstes.«

Die Comantschen gingen fort, um nach den Ueberresten ihrer Truppe zu suchen. Der Graf blieb zurück, weidete sich einige Zeit lang an dem Anblicke, welchen die nach dem Apatschen schnappenden Krokodile boten, und ging dann auch. Er wollte vor allen Dingen einmal hinunter nach dem Bache schleichen, um zu sehen, was Büffelstirn gestern mit seinen Indianern dort vorgenommen hatte. Dies war auch der Hauptgrund, weshalb er die Comantschen veranlaßt hatte, sich zu entfernen.

Kaum war der Schall seiner Schritte verklungen, so zuckte es freudig über das Gesicht des Apatschen und ein leises »Uff!« ertönte von seinen Lippen. Der Lasso war ihm unter den Armen hindurchgezogen. Er machte einen Aufschwung, gerade wie beim Turnen am Reck, am Trapez oder an den Schwingen; dadurch kamen seine Beine empor, und er hing mit dem Kopfe nach unten, so daß ihn die Krokodile nun nicht mehr erreichen konnten.

Die Arme waren ihm zwar zusammen-, aber glücklicherweise nicht angebunden. Ein Riemen, der um das Fußgelenk ging, hielt ihm die Füße zusammen, aber er konnte doch die Kniee bewegen und auseinander machen. Darauf hatte er seine Hoffnung, sich zu retten, gebaut. Er war stark und gewandt, weit mehr als der Graf, der an eine Rettung gar nicht gedacht hatte, als er am Baume hing.

Es gelang Bärenherz, den Lasso zu ergreifen und auch, zwei Fuß weiter oben, mit den Knieen zu erfassen. Indem er nun den Körper zusammenbog und abwechselnd mit den Händen und Knieen weitergriff, wozu allerdings eine ungewöhnliche Stärke gehörte, turnte er sich an dem Lasso empor, bis er, vor Anstrengung schwitzend, oben bei dem Aste anlangte und nun, indem er sich quer über denselben legte, eine Minute lang ausruhte. Er hatte während der ganzen Prozedur mit dem Kopfe nach unten gehangen und war ganz schwindlig geworden.

Für den Augenblick war er jetzt den Krokodilen entgangen, aber seine Lage war noch eine höchst gefährliche. Kam jetzt einer der Comantschen, oder gelang es nicht, die Fesseln zu lösen, so war er trotzdem verloren.

Er lag mit dem Rücken quer auf dem Aste, gerade so, wie man sich auf das Reck legt, um die Rückenwelle zu machen. Er bog die Kniee so weit wie möglich, und dadurch brachte er es fertig, mit den herabhängenden Händen hinten den Riemen zu erreichen, der seine Füße zusammenhielt. Er fand den Knoten und versuchte, ihn zu lösen. Es dauerte lange, sehr lange, aber endlich gelang es ihm, und nun waren die Beine frei. Er bog das eine seitwärts über den Ast herauf und erhob nun den Oberkörper. Dadurch kam er auf den Ast zu sitzen, und zwar so, daß er mit den über dem Rücken gefesselten Händen die Stelle erreichen konnte, an welcher das obere Lasso-Ende am Aste befestigt war. Nach langer Anstrengung, wobei ihm die Fingerspitzen zu bluten begannen, kam er endlich damit zustande, den Riemen zu lösen, und nun galt es nur noch, mit auf dem Rücken zusammengebundenen Händen am Baume hinabzuklettern. Dies wäre sicher ganz unmöglich gewesen, wenn der Baum gerade empor gestanden hätte, zum Glücke aber war er sehr schief über das Wasser gewachsen.

Der Apatsche ritt am Aste hin, bis er den Stamm erreichte. Er schlang die Beine um denselben und ließ den Oberkörper fallen. Dadurch hing er am Baume, mit dem Kopfe niederwärts. Indem er nun die Beine lockerte und schnell wieder um den Stamm preßte, rutschte er in einzelnen kurzen Rucken abwärts und erreichte den Boden glücklich, aber bis auf das äußerste abgemattet. Er war - gerettet.

»Uff!«

Nur diese eine Silbe stieß er hervor, es war der einzige Jubelton, den er sich erlauben durfte. Er warf einen Blick auf die Krokodile, welche jetzt am Uferrande im Wasser lagen und ihn unter dem Auf- und Zusammenklappen ihrer Kinnbakken begierig betrachteten, und eilte dann zwischen die Bäume, um im Walde Sicherheit zu finden.

Nun galt es nur noch, die Hände frei zu bekommen. Indem er zwischen Busch und Fels dahinglitt, blickte sein Auge forschend umher, und endlich fand er, was er suchte, ein Felsstück, dessen Kante scharf genug war, um den Riemen zu zerschneiden. Er lehnte sich mit dem Rücken gegen die Kante, und scheuerte nun an derselben die Fessel so lange auf und nieder, bis das Leder zersägt war. Jetzt nun war er vollständig frei und wieder ganz sicher. -

Der Kampf, welcher zuerst innerhalb der Verpallisadierung der Hacienda gewütet hatte, war dann außerhalb derselben im freien Felde fortgesetzt worden; dort hatte er sich zum Einzelkampfe gestaltet, der sich weit von der Wohnung fortgezogen und über eine Stunde in Anspruch genommen hatte. Dann hatte Büffelstirn die Besatzung der Hacienda zusammengerufen. Die erlegten Indianer lagen in einem weiten Bogen um die Hacienda zerstreut umher, und es war bereits jetzt während der Dunkelheit anzunehmen, daß ihrer weit über hundert gefallen seien.

»Sie haben eine fürchterliche Lehre erhalten und werden nicht so leicht wiederkommen,« meinte Arbellez, der sich seines Sieges freute.

»Seht diese Haufen, Sennor,« sagte der alte Franzesco, indem er auf die vor dem Portale hoch über einander liegenden Indianer deutete, »das ist das Werk meiner Kanone. Dieses zerhackte Eisen und Blei und diese Glassplitter wirken schrecklich. Die Körper sind förmlich zerrissen.«

»Wir sind noch nicht fertig,« meinte Büffelstirn.

»Was ist noch zu thun?« fragte der Haciendero.

»Wir müssen den Rest der Comantschen auch vertilgen.«

»Wo sind sie denn zu finden?«

»Habt Ihr nicht bemerkt, daß keine der Leichen jenseits des Baches liegt?«

»Ja, sie liegen alle diesseits.«

»Nun, das läßt schließen, daß sie bei der Flucht eine ganz bestimmte Richtung eingehalten haben. Wir wissen, wo sie sich vor dem Ueberfall befanden.«

»Auf dem El Reparo.«

»Ja. Die Leichen liegen nur nach dieser Richtung hin, und darum ist anzunehmen, daß die Comantschen den Befehl hatten, dort wieder zusammenzutreffen. Wir müssen sie also dort aufsuchen. Vertraut Ihr mir zwanzig von Euren Vaqueros an, Sennor?«

»Gern!«

»Wo mag der Apatsche sein?« fragte Franzesco.

»Gefangen,« antwortete der Häuptling der Miztecas.

»Nicht doch!« rief der Haciendero erschrocken.

»Gewiß!« sagte der erstere.

»Warum glaubst du das?«

»Weil er nicht da ist.«

»Er wird noch auf der Verfolgung sein!«

»Nein. Er weiß, daß er die Comantschen am Tage sicherer hat als jetzt.«

»So ist er tot oder verwundet!«

»Nein. Wir hätten ihn dann sicher gefunden. Er eilte dem schwarzen Hirsche nach. Die Comantschen, welche ihren Häuptling in Gefahr sahen, werden sich auf den Apatschen geworfen haben. Es waren ihrer zu viele; er wurde überwältigt.«

»So müssen wir ihn befreien!« sagte Franzesco.

»Wir werden ihn befreien,« sagte Büffelstirn zuversichtlich. »Ich nehme ihm seine Büchse mit, damit er sogleich Waffen erhält. Steigt zu Pferde!«

Zwanzig Männer saßen auf und ritten im Galopp davon. Sie machten, um von keinem sich auf der Flucht befindlichen Comantschen bemerkt zu werden, einen Umweg, indem sie in einem Bogen den südlichen Abhang des Berges zu erreichen suchten. Sie kamen dort an, als der Morgen dämmerte.

»Absteigen!« kommandierte Büffelstirn.

»Warum?« fragte Franzesco, der mit dabei war.

»Weil uns die Pferde hindern, die Feinde unbemerkt zu beschleichen. Sanchez mag bei ihnen hier zurückbleiben.«

So geschah es. Der genannte Vaquero blieb als Wache bei den Tieren zurück, während die andern den Berg unter dem Schutze der Bäume bestiegen. Als sie das Plateau betraten, war es vollständig hell geworden. Sie rückten mit möglichster Vorsicht gegen die Ruinen vor. Eben glitten sie über eine kleine, freie Lichtung hinweg, als seitwärts von ihnen ein Ruf erscholl:

»Ugh!«

Sie blickten nach dieser Richtung hin und gewahrten einen unbewaffneten Indianer, welcher auf sie zugeeilt kam.

»Bärenherz!« rief einer der Vaqueros.

»Ja, er ist's! Es ist der Apatsche!« sagte Büffelstirn mit freudiger Stimme.

»So war er also nicht gefangen.«

»Er war gefangen,« behauptete Büffelstirn. »Seht ihr nicht, daß er keine Waffen trägt! Er war gefangen und ist wieder entkommen.«

Der Apatsche kam wie ein Pfeil über die Lichtung herüber geglitten und blieb vor ihnen halten.

»Uff!« begrüßte ihn der Mizteca. »Mein Bruder Bärenherz war gefangen?«

»Ja,« nickte der Gefragte.

»Es waren der Feinde zu viele, die ihn bewältigten?«

»Nein. Ich kämpfte mit dem schwarzen Hirsche. Da kam das verräterische Bleichgesicht von hinten, ohne daß ich es merkte, und schlug mich mit dem Kolben seiner Flinte nieder.«

»Welches Bleichgesicht?«

»Der Graf.«

»Ah! Er lebt! Die Krokodile haben ihn nicht verzehrt?« fragte der Mizteca erstaunt.

»Er lebt. Die Hunde der Comantschen haben ihn gefunden und errettet.«

»Und er hat sie nach der Hacienda geführt?«

»Ja. Er hat an ihrer Seite gegen uns gekämpft.«

»Gegen seine eigne Besitzung! Gegen seine eignen Leute! Wir werden seine Kopfhaut nehmen! Wo ist er?«

»Er ist in den Bergen. Er wird wieder zum Teich der Krokodile kommen, um die Comantschen dort zu treffen.«

»Ah, so habe ich recht gedacht! Sie versammeln sich beim Teiche?«

»Sie waren bereits dort. Sie sind in die Ebene gegangen, um ihre zerstreuten Krieger zu suchen; aber sie werden wiederkehren.«

»Weiß mein Bruder dies genau?«

»Ich weiß es, denn ich habe es gehört, als ich am Baume hing.«

»An welchem Baume?«

»Am Baume der Krokodile.«

Büffelstirn machte eine Bewegung des Schreckes.

»Bärenherz hat über den Krokodilen gehangen?« fragte er.

»Ja.«

»Gerade so, wie der Graf?«

»Gerade so. Der Graf sprach das Urteil, und ich wurde an die Lassos geknüpft.«

»Aber wie ist mein Bruder wieder frei gekommen?«

Bärenherz antwortete im geringschätzigsten Tone:

»Der Häuptling der Apatschen fürchtet sich nicht vor

den Comantschen und nicht vor den Krokodilen. Er wartete, bis die Feinde fort waren, und machte sich dann frei.«

»Bärenherz ist ein Liebling des großen Manitou[1],« sagte Büffelstirn. »Er ist ein starker und kluger Krieger; ein andrer hätte sich nicht befreien können. Wann kommen die Comantschen an den Teich zurück?«

»Sie haben es nicht gesagt. Wir werden uns dort verstekken und sie erwarten.«

»So dürfen wir unsre Spuren nicht bemerken lassen. Hier ist das Gewehr meines Bruders; ich habe es ihm mitgebracht.«

»Die andern Waffen hat der schwarze Hirsch genommen,« grollte der Apatsche. »Er wird sie mir wiedergeben und die seinigen dazu. Meine Brüder mögen mir Pulver und Kugeln geben, und dann werde ich sie führen.«

Er erhielt das Verlangte, und dann glitten die Männer lautlos durch den Wald, immer ihre Spuren sehr sorgfältig hinter sich verbergend, bis sie den Saum des Forstes erreichten, welcher den Teich umkränzte. Sie sahen, daß keiner der Comantschen zurückgekehrt war, und versteckten sich so gut, daß sie den Platz beherrschten, ohne bemerkt zu werden.

Als ein jeder seine Instruktion erhalten hatte, wie er zu schießen habe, ohne daß zwei Kugeln auf einen Feind kämen, trafen die beiden Häuptlinge wieder zusammen.

»Aber, was thun wir noch?« sagte Büffelstirn. »Die Comantschen werden sehen, daß der Häuptling der Apatschen entronnen ist. Sie werden ahnen, daß er Hilfe herbeiholen wird.«

»Sie werden es nicht sehen,« antwortete der Apatsche.

Mit diesen Worten verließ er das Gebüsch und trat hinaus zu der Ceder, an welcher er gehangen hatte. In der Nähe des Stammes lagen noch die Lassos, an welche er gebunden gewesen war. Er nahm einen scharfen Stein und schlitzte mit demselben die unteren Enden der Riemen so auf, daß es ganz den Anschein hatte, als ob sie zerrissen worden seien. Dann

[1] Gott.

kletterte er empor und schlang die oberen Enden genau so wieder um den Ast, wie sie an demselben befestigt worden waren. Nun hatte es ganz den Anschein, als ob der daran Hängende von den Krokodilen herabgerissen worden sei.

Als er von dieser kurzen Arbeit zurückkehrte, sagte Büffelstirn:

»Mein Bruder hat sehr gut gehandelt. Nun werden die Comantschen nicht glauben, daß er den Tieren entkommen ist.«

Sie lagen nun still in dem Verstecke und warteten. Es verging eine geraume Weile, da vernahmen sie den Hufschlag zweier Pferde. Es kamen zwei Comantschen.

»Uff!« rief der eine, als er sah, daß der Apatsche nicht mehr am Baume hing.

»Er ist fort!« rief der andre. »Er ist entflohen!«

»Nein,« sagte der erstere. »Der Lasso ist zerrissen. Die Krokodile haben ihn.«

»Er wird nicht in die ewigen Jagdgründe kommen, denn er wurde von den Tieren gefressen,« stimmte der andre nun bei. »Seine Seele wird bei den unglücklichen Schatten wandeln, die sich vor Kummer und Unmut verzehren. Der Apatsche ist verflucht in diesem und im andern Leben!«

»Wir sind die ersten. Steigen wir ab, um auf die Brüder zu warten!«

Sie sprangen von ihren Pferden und machten Anstalt, ihre Tiere anzupflocken.

»Wollen wir sie nehmen?« fragte der Apatsche leise.

»Ja. Aber mein Bruder hat kein Messer,« antwortete der Mizteca.

»*Pshaw!* Ich werde mir das Messer dieses Comantschen holen!«

Er lehnte sein Gewehr an den Baum und glitt vorwärts. Büffelstirn folgte ihm. Als sie den Rand des Gebüsches erreicht hatten, schnellten sie wie zwei Tiger mit weiten Sätzen auf die beiden Wilden zu, die einen Angriff gar nicht vermuteten. Bärenherz ergriff den einen von hinten bei der Kehle, riß ihm das Messer aus dem Gürtel und stieß es ihm in das

Herz. Zwei Minuten später hatte er ihm den Skalp genommen. Büffelstirn hatte ganz dasselbe mit dem andern gethan. Die beiden Comantschen waren gar nicht einmal dazu gekommen, den geringsten Laut auszustoßen.

»Was thun wir mit den Leichen?« fragte der Mizteca.

»Wir geben sie den Krokodilen.«

Diese Tiere hatten das Nahen von Menschen bemerkt. Sie waren aus dem Grunde empor getaucht und lagen nun in der Nähe des Ufers, halb im Wasser und halb an der Erde, wartend, ob ihnen etwas zufallen würde. Die beiden Häuptlinge nahmen die Waffen der Besiegten und ihre Skalpe zu sich und warfen die Leichen dann den Alligatoren zu. Hei, wie diese mit offenem Rachen sich auf die Beute stürzten! In weniger als einer Minute waren die Erstochenen zerrissen und verschlungen. Nichts blieb von ihnen übrig, als das Stück einer Hand mit zwei Fingern. Die von den Tieren gepeitschten Wellen hatten diesen Rest an das Ufer geworfen, wo er liegen blieb. Uebrigens hatten die Häuptlinge dafür gesorgt, daß kein Blut auf dem Rasen vergossen wurde, und dann auch ihre eigenen Fußstapfen sorgfältig verwischt.

Jetzt kehrten sie wieder in ihr Versteck zurück.

Sie hatten da noch nicht lange gewartet, so hörten sie wieder den Hufschlag von Pferden. Es kam ein Trupp von wohl dreißig Comantschen, an ihrer Spitze der schwarze Hirsch. Es ging genau wieder so wie vorhin. Er sah, daß der Apatsche verschwunden war, und hegte zunächst Mißtrauen.

»Uff!« rief er. »Der Apatsche ist fort!«

Er ritt bis hart an das Wasser heran und gewahrte die dort liegende Hälfte der Hand. Im Nu war er abgestiegen, nahm sie empor und betrachtete sie.

»Uff! Sie haben ihn gefressen. Das ist ein Stück seiner linken Hand. Betrachtet die Lassos!«

Man gehorchte seinem Befehle und fand, daß der Apatsche von den Krokodilen herabgerissen worden sei.

»Er ist in das Reich der Finsternis gegangen. Es wird ihn

keiner seiner erschlagenen Feinde bedienen,« sagte der Häuptling und warf die Hand in das Wasser, wo sie von einem der Alligatoren sofort verschlungen wurde.

Nun stiegen auf seinen Wink auch die andern vom Pferde und lagerten sich an das Wasser.

Es kamen noch mehrere Nachzügler, so daß der Trupp bis fast auf fünfzig Männer anwuchs. Man gab sich gar nicht die Mühe, den benachbarten Teil des Waldes zu durchsuchen, und das war ein sicheres Zeichen, daß der schwarze Hirsch nicht die Absicht hatte, sich hier lange zu verweilen. Er hatte während dieser Zeit in würdevollem Schweigen dagesessen, jetzt aber hörte man seine Stimme:

»Wer hat das Bleichgesicht gesehen?«

»Das Bleichgesicht, welches ein Graf ist?« fragte einer.

»Ja.«

Es stellte sich heraus, daß keiner der Indianer ihn bemerkt hatte.

»Man suche seine Spur!«

Sie erhoben sich alle, um zu suchen.

»Das wird gefährlich!« flüsterte der Apatsche.

Büffelstirn nickte zustimmend und sagte:

»Hier haben wir unsre Fährte verwischt; aber, wenn sie weiter fortgehen, so werden sie dieselbe finden. Wir müssen beginnen. Ich gebe das Zeichen.«

Er hustete laut. Dies war nicht etwa eine Unvorsichtigkeit, sondern es hatte zwei gute Gründe. Erstens sollten die Vaqueros bemerken, daß es jetzt losgehe, und zweitens sollten die Feinde dadurch in eine Stellung gebracht werden, in der sie ein gutes, sicheres Ziel darboten.

Es gelang; denn kaum war der scharfe Laut erklungen, so streckten sich die Läufe der zwanzig Büchsen der Vaqueros durch die Büsche, und sämtliche Comantschen richteten sich in eine horchende Stellung empor, wobei sie sich nach den Büschen herumdrehten.

»Feuer!«

Auf dieses Wort des Mizteca krachten zweiundzwanzig Schüsse, noch zwei aus den Doppelbüchsen der Häuptlinge.

Es stürzten ebenso viele Comantschen, alle zum Tode getroffen. Die übrigen sprangen von ihren Sitzen empor und eilten zu ihren Pferden. Es entstand ein Augenblick der größten Verwirrung, während dessen die Vaqueros rasch wieder luden.

Die Comantschen sahen über zwanzig der Ihrigen fallen; sie mußten annehmen, daß eine noch größere Anzahl Weißer in den Büschen stecke; darum versuchten sie gar keinen Angriff, sondern sie warfen sich auf ihre Pferde und jagten davon. Viele von ihnen hatten in der Eile das erste beste Pferd besteigen wollen, der eigentliche Besitzer hatte es streitig gemacht, und dadurch war ein Aufenthalt entstanden, der ihnen verderblich wurde. Es ertönte eine zweite Salve aus den Büchsen der Vaqueros, die beinahe ebenso verderblich wurde, wie die erste.

Bärenherz hatte sich den Häuptling, den schwarzen Hirsch, für sich vorbehalten, darum war von den andern nicht auf ihn gezielt worden. Jetzt sprengte derselbe mit den Uebriggebliebenen davon. Da aber trat der Apatsche aus den Büschen heraus und erhob seine Büchse. Er wollte den Comantschen lebendig haben, darum zielte er nur auf das Pferd desselben. Der Schuß knallte, und das Tier ward zum Tode getroffen. Es überschlug sich und warf seinen Reiter ab. Der Apatsche schnellte in weiten Sätzen hinzu und stand bei dem Gestürzten, ehe dieser sich empor gemacht hatte.

Keiner der Comantschen hatte einen Schuß gethan, darum war auch das Gewehr ihres Häuptlings noch geladen. Dieser sprang vollends auf, riß sein Gewehr von der Schulter und legte auf den Apatschen an.

»Hund, du lebst!« rief er. »Stirb!«

Bärenherz schlug ihm den Lauf des Gewehres zur Seite, so, daß der Schuß fehlging.

»Der Häuptling der Apatschen stirbt nicht von der Hand eines feigen Comantschen,« antwortete Bärenherz; »ich aber werde deine Seele von dir nehmen, daß sie in den ewigen Jagdgründen mich bedienen soll!«

Mit diesen Worten versetzte er dem Comantschen einen

Kolbenschlag, der diesen betäubte; dann faßte er ihn, um ihn zurückzutragen nach dem Orte, wo die Indianer vorher gesessen hatten. Dort wartete er ruhig, bis ihm die Besinnung wiederkehrte.

Die Vaqueros hatten die wenigen Comantschen nicht verfolgt, weil sie dieselben nun für unschädlich hielten. Sie machten sich über die Gefallenen her, um ihnen ihre Waffen und Munition abzunehmen. Die beiden Häuptlinge saßen neben dem schwarzen Hirsch und bekümmerten sich nicht um die Beute.

Der Comantsche wurde gefesselt, wobei ihm die Besinnung zurückkehrte.

»Will der schwarze Hirsch seinen Todesgesang anstimmen?« fragte Bärenherz. »Er soll diese Gnade haben, ehe er stirbt.«

Der Gefragte antwortete nicht.

»Die Comantschen singen wie die Krähen und Frösche; darum lassen sie sich nicht gern hören,« spottete Büffelstirn.

Auch jetzt antwortete der Gefangene nicht.

»So wird der Häuptling der Comantschen ohne Todesgesang sterben,« erklärte der Apatsche.

Jetzt erst sprach der schwarze Hirsch:

»Ihr wollt mich an den Baum hängen?«

»Nein,« antwortete Bärenherz. »Ich will dich nicht martern; aber die Krokodile sollen dich dennoch fressen, weil du mich ihnen zum Fraße vorgehangen hast. Zuvor aber werde ich dir den Skalp nehmen, um den tapferen Söhnen der Apatschen bei meiner Rückkehr zu zeigen, welch ein Feigling der schwarze Hirsch gewesen ist. Gieb mir das Messer und den Tomahawk, den du mir genommen hast!«

Er nahm die beiden Gegenstände aus dem Gürtel des Gefangenen.

»Du willst mich wirklich skalpieren?« fragte dieser voller Angst.

»Ja. Deine Haut gehört mir.«

»Bei lebendigem Leibe?«

»Wie anders! Soll ich mir den Skalp aus dem Magen eines Krokodiles holen, nachdem es dich verschlungen hat?«

»Töte mich erst,« bat er.

»Ah, der Comantsche hat Furcht! Nun soll er keine Gnade finden!«

Er ergriff sein Messer, faßte mit der Linken den Haarschopf des Gefangenen, that mit der Rechten die drei kunstgerechten Skalpschnitte und zog dann den Schopf mit einem kräftigen Ruck vom Kopfe. Er hatte den Skalp in der Hand.

Der schwarze Hirsch stieß ein Gebrüll des Schmerzes aus.

»Uff! Der Comantsche ist ein Feigling! Er schreit!« sagte Bärenherz.

»Wirf ihn ins Wasser,« meinte Büffelstirn. »Aber nimm den Fuß dazu, denn er ist nicht wert, daß deine Hand ihn berührt!«

»Mein Bruder hat recht! Ich werde ihn den Krokodilen hinwälzen, wie ein verfaultes Aas, welches man nicht mit der Hand angreift. Der tapfere Häuptling der Comantschen hat geheult wie ein altes Weib. Er soll kein Grabmal haben, weder auf der Spitze eines Berges noch in der Tiefe eines Thales. Die Seinen sollen nicht zu ihm pilgern können, um seine Thaten zu rühmen, sondern er soll begraben sein in dem Magen der Alligatoren, und ich will einen Steinhaufen errichten, auf welchem geschrieben stehet: Hier wurde Tokvi-tey, der Feigling der Comantschen, von den Krokodilen gefressen, gefangen von der Hand Bärenherzens, des Häuptlings der Apatschen.«

Es ist die größte Ehrensache eines Indianers und zumal eines Häuptlings, weder Furcht und Angst zu zeigen, noch selbst beim größten Schmerze einen Laut auszustoßen. Der Comantsche aber hatte im höchsten Grade verächtlich gehandelt. Bärenherz stieß ihn mit dem Fuße in das Wasser, wo die Alligatoren sofort über ihn herfielen.

Dann mußten die Vaqueros dem Apatschen helfen, den Steinhaufen zu errichten. In den größten der Steine grub er die Inschrift ein, von welcher er gesprochen hatte; dann kehrten sie zu den Pferden zurück, die sie nach der Hacienda tragen sollten. Der Apatsche hatte sich mit einem Pferde der Comantschen beritten gemacht. –

Als Graf Alfonzo vorhin den Krokodilenteich verlassen hatte, war er den Berg hinabgestiegen, um zur Höhle des Königsschatzes zu gelangen. Als er den Ort erreichte, fand er einen wüsten Trümmerhaufen, in welchem er mehrere Stunden in fieberhafter Aufregung umhersuchte, aber vergebens. Es war unmöglich, eine Spur der Schätze zu finden, und er nahm zuletzt an, daß sie vollständig fortgeschafft worden seien.

Mit einem wilden Fluche auf den Lippen verließ er die Trümmer, um die Comantschen nicht auf sich warten zu lassen. Er stieg den nördlichen Abhang des Berges hinan, als er den Hufschlag von Pferden hörte und dann acht Comantschen erblickte, welche an dem Orte, wo er sich schnell versteckt hatte, vorüber wollten. Er trat hervor.

»Wohin wollt ihr?« fragte er.

»Uff! Das Bleichgesicht!« sagte einer. »Wir reiten nach dem Thale.«

»Warum? Die Eurigen sind doch oben!«

»Sie sind tot!« knirschte der Sprecher.

»Tot?« fragte Alfonzo erstaunt. »Wie ist das möglich?«

»Die Bleichgesichter haben uns überfallen.«

»Ah!«

»Es sind viermal zehn getötet worden.«

»Alle Teufel!«

»Und den Häuptling haben die Krokodile gefressen, nachdem der Apatsche seinen Skalp genommen hat.«

»Der Apatsche? – Welcher?«

»Bärenherz.«

»Donnerwetter! Der hing ja am Baume!«

»Er ist wieder los.«

»Hole ihn der Teufel! Wie ist er losgekommen?«

»Die Bleichgesichter, welche sich Vaqueros nennen, werden ihn befreit haben. Wärst du bei ihm geblieben, so hätte es wohl nicht geschehen können.«

»Habt ihr das alles wirklich gesehen?«

»Wirklich! Wir mußten fliehen; da sie uns aber nicht verfolgten, so kehrten zwei von uns heimlich wieder zurück, um sie zu beobachten.«

»Alle Teufel! Nun ist alles aus!«

»Alles! Nur die Rache nicht!«

»Ja, die Rache!« sagte er nachdenklich. »Was werdet ihr jetzt thun?«

»Wir kehren in die Jagdgründe der Comantschen zurück.«

»Um neue Krieger zu holen?«

»Ja.«

»Ohne den Skalp eines einzigen Feindes mitzubringen?«

»Der große Geist hat uns gezürnt.«

»Und ohne ein Stück der Beute gefunden zu haben?«

»Wir werden später Skalpe und Beute genug bekommen.«

»Wie nun, wenn ich dafür sorge, daß ihr bereits jetzt viel nützliche und schöne Sachen erhaltet, um sie mitzunehmen?«

»Von wem?«

»Von mir.«

»Von dir? Du hast ja selbst nichts, nicht einmal ein Pferd!«

»Ein Pferd werde ich mir auf den Weideplätzen der Hacienda fangen; dann kehre ich nach Mexiko zurück, und ihr sollt mich begleiten.«

»Nach Mexiko? Warum?«

»Ihr sollt mich beschützen. Es ist für einen einzelnen nicht leicht, eine solche Reise zu machen. Begleitet ihr mich und bringt ihr mich glücklich hin, so sollt ihr große Geschenke erhalten.«

»Welche Geschenke meinest du?«

»Wählt euch selbst!«

»Was hast du?«

»Ich bin ein Graf, ein großer Häuptling, und mein Vater hat alles, was ihr begehrt.«

»Hat er Waffen, Pulver und Blei?«

»So viel ihr wollt, könnt ihr haben.«

»Perlen und Schmuck für unsere Squaws?«

»Auch.«

Das schien sie zu locken.

»So begleiten und beschützen wir dich. Willst du jedem von uns ein Gewehr geben?«

»Ja.«

»Zwei Tomahawks und zwei Messer, sowie soviel Kugeln und Blei, als in unsere Tasche geht?«

»Ihr sollt dies alles haben.«

»Und ebenso viel Schmuck?«

»Ihr sollt Ketten und Ringe und Nadeln und Perlen erhalten, daß ihr zufrieden seid.«

»Howgh! Wir gehen mit dir. Aber zwei müssen sich von uns trennen.«

»Warum?«

»Sie müssen nach unsern Weidegründen gehen, um die Rächer der Comantschen zu holen.«

»Dazu ist später Zeit!«

»Nein. Die Rache darf nicht schlafen.«

»So wählt nur zwei aus. Sechs sind auch genug für mich.«

»Aber werden wir auch wirklich erhalten, was du uns versprochen hast?«

»Ich schwöre es!«

»Wir wollen es glauben. Bedenke, daß du sterben müßtest, wenn du uns belogen hättest!«

Jetzt wurden zwei ausgewählt, und zwar durch das Los, da sich keiner freiwillig erbot. Es war jedenfalls angenehmer, nach Mexiko zu reiten, um sich reiche Geschenke zu holen, als zu den Comantschen zurückzukehren, mit Schande beladen. Die übrigen sechs wählten einen Anführer unter sich; dann trennten sie sich von ihren Gefährten, um zunächst ein Pferd für den Grafen einzufangen.

Die zwei wollten es recht klug machen. Anstatt direkt nach dem Norden zu reiten, wo sie dem unglücklichen Kampfplatze nahe gekommen wären, beschlossen sie, zu ihrer Sicherheit einen Umweg zu machen. Sie bogen also nach dem südlichen Abhang des Berges El Reparo ein, um denselben zu umreiten und dadurch jede feindselige Begegnung zu vermeiden. Sie erreichten dadurch gerade das, was sie vermeiden wollten.

Die Vaqueros hatten die Leichen der getöteten Comantschen ihrer Waffen beraubt und warfen sie dann in den Krokodilteich. Die Alligatoren hatten seit hundert Jahren keine so reichliche Beute erhalten. Dann hatten die Weißen unter Anführung der beiden Häuptlinge ihre Pferde aufgesucht und machten sich nun auf den Weg nach der Hacienda.

Eben als sie den Wald verließen und in die Ebene einbiegen wollten, hielt der Apatsche sein Pferd an.

»Ugh!« sagte er, nach vorwärts deutend.

Sie sahen zwei Indianer gerade auf sich zukommen und kehrten also schnell unter die Bäume wieder zurück.

»Es sind Comantschen!« sagte Büffelstirn.

»Sie werden unser!« fügte der Apatsche hinzu.

»Und zwar lebendig. Nehmt eure Lassos zur Hand!«

Als die Comantschen nahe herangekommen waren, brachen die Vaqueros aus dem Walde hervor. Die Wilden stutzten einen Augenblick, warfen dann aber schnell ihre Pferde herum, um zu fliehen. Es half ihnen aber nichts. Die Verfolger bildeten einen Halbkreis um sie, welcher nach und nach zu einem ganzen Kreise wurde; sie wurden vollständig eingeschlossen.

Nun griffen sie zu ihren Waffen, um ihr Leben so teuer wie möglich zu verkaufen. Sie verwundeten einen der Vaqueros, dann aber schlangen sich die Lassos um ihre Leiber; sie wurden von ihren Pferden gerissen.

Der Apatsche trat vor sie hin und sagte:

»Die Zahl der Comantschen ist sehr klein geworden. Sie werden von den Krokodilen gefressen. Auch euch werden sie lebendig verschlingen, nachdem wir euch die Skalpe genommen haben, wenn ihr nicht unsre Fragen beantwortet.«

Sie schauderten vor dem Tode, den ihr Häuptling erlitten hatte, und der eine fragte:

»Was willst du wissen?«

»Wie viele sind von euch übrig geblieben?«

»Acht.«

»Wo sind die andern sechs?«

»Bei dem Grafen.«

»Wo befindet sich dieser?«

»Wir wissen es nicht.«

Da zog der Apatsche sein Skalpmesser hervor und drohte:

»Wenn ihr nicht die Wahrheit redet, so nehme ich euch den Skalp bei lebendigem Leibe.«

»Und wenn wir bekennen?«

»So sollt ihr eines schnellen Todes sterben.«

»Wirst du uns den Skalp lassen und uns mit unsern Waffen begraben?«

»Ich werde es thun, obgleich die Hunde der Comantschen es nicht verdienen.«

»So frage weiter!«

Die Wilden haben den Glauben, daß, wer ohne Skalp, ohne Waffen und richtiges Begräbnis aus diesem Leben geht, dort nicht in die ewigen Weidegründe gelangen kann.

»Also, wo ist der Graf?« fragte der Apatsche.

»Er ist nach den Weiden der Bleichgesichter, um dort ein Pferd zu stehlen.«

»Und dann?«

»Dann will er nach Mexiko, wohin ihn die sechs Comantschen begleiten sollen, um ihn zu beschützen.«

»Was hat er ihnen dafür geboten?«

»Flinten, Messer, Blei, Pulver und Schmuck für die Squaws.«

Da schüttelte der Mizteca den Kopf.

»Er braucht keinen solchen Schutz,« sagte er. »Er könnte Weiße finden, die ihn begleiten. Entweder ist er feiger, als ich dachte, oder er führt noch heimlich etwas im Schilde. Sagt ihr die Wahrheit?«

»Wir lügen nicht.«

»Welche Richtung hat er nach den Weiden eingeschlagen?«

»Grad nach Ost.«

»Wo habt ihr euch von ihm getrennt?«

»Da wo im Norden der Berg das Thal berührt.«

»Ihr traft ihn, als ihr vor uns die Flucht ergrifft und er vom Thale kam?«

»Ja.«

»Hugh! So weiß ich, wo er gewesen ist. Ich werde seine Spur finden. Ihr habt uns geantwortet und sollt einen raschen Tod haben.«

Der Cibolero erhob seine Doppelbüchse und schoß die beiden Indianer durch den Kopf; sie hatten nicht mit den Wimpern gezuckt, als sie die todbringenden Mündungen auf sich gerichtet sahen; sie waren aber doch als Verräter gestorben.

»Sanchez und Juanito bleiben hier, um diese Comantschen mit Steinen zu bedecken, denn wir werden das Wort halten, welches wir ihnen gegeben haben,« sagte er. »Wir andern aber folgen der Spur des Grafen, um ihn vielleicht doch noch zu erwischen.«

Sie setzten sich unter Zurücklassung der beiden Genannten in Bewegung. Es gelang den scharfen Augen Büffelstirns und Bärenherzens sehr leicht, die Spuren des Grafen nebst denen seiner sechs Begleiter aufzufinden und zu verfolgen. Sie führten allerdings auf die Weideplätze zu, welche sich jetzt nicht unter Aufsicht befanden, da sämtliche Vaqueros auf der Hacienda waren. Es stellte sich heraus, daß man ein Pferd gefangen und dann eine gerade südliche Richtung eingeschlagen habe. Hier wurde der Fährte noch eine ganze Stunde gefolgt, dann aber gebot Büffelstirn Halt.

»Jetzt nicht weiter,« sagte er. »Wir werden auf der Hacienda gebraucht, und es steht nun wirklich fest, daß der Graf nach Mexiko geht, denn die Spur geht diese Richtung. Er wird uns nicht entgehen, denn wir werden ihn in Mexiko aufsuchen.«

Sie kehrten nach der Hacienda zurück, die sie im Fluge erreichten, da sie jetzt nicht mehr auf Spuren aufzumerken hatten.

Sie fanden dort alles noch in demselben Zustande, in dem sie es verlassen hatten. Die Vaqueros, welche zum Schutze zurückgeblieben waren, schafften die Leichen der Comantschen und die Verschanzungen mit den Kanonen hinweg. Der Haciendero kam ihnen mit einem freudigen Gesichte entgegen.

»Gott sei Dank, daß ihr kommt!« sagte er. »Wir befanden uns bereits in großer Sorge um euch. Wie ist es gegangen?«

»Der schwarze Hirsch ist tot,« antwortete Büffelstirn.

»Tot? Ah, ihr habt ihn besiegt?«

»Mein Bruder Bärenherz hat ihm den Skalp genommen.«

»Und die andern?«

»Auch sie sind tot. Von allen Comantschen sind nur sechs entkommen.«

»Wohin sind diese?«

»Nach Mexiko.«

»Nach Mexiko? Wilde Indianer nach Mexiko? Was wollen sie dort?«

»Sie begleiten den Grafen.«

»Ah! Ihr habt ihn gesehen?«

»Wir sahen ihn. Er hat die Gegend der Hacienda verlassen, aber er wird uns nicht entrinnen.«

»Laßt ihn! Er ist der Herr dieses Hauses, und ich darf nicht mit ihm rechten.«

Die beiden Häuptlinge blickten ihn erstaunt an.

»Er hat die Comantschen nach der Hacienda geführt!« sagte Büffelstirn.

»Ich bin kein Indianer!« antwortete Arbellez.

»*Pshaw!* Die Weißen haben kein Blut in ihren Adern! Vergebt ihr dem Grafen; ich habe nichts dawider; aber ich selbst habe ein Wort mit ihm zu sprechen!«

»So glaubt ihr also, daß wir jetzt sicher sind?« fragte Arbellez.

»Ja.«

»So können wir zu unserem friedlichen Leben zurückkehren. Wo aber begraben wir die Leichen?«

Ueber das Angesicht des Mizteca glitt ein unbeschreiblicher Zug.

»Nicht in der Erde,« sagte er.

»Wo sonst?« fragte Arbellez erstaunt.

»Im Bauche der Krokodile.«

»Oh! Das ist nicht christlich!«

»Ich bin kein Christ, und die Comantschen sind auch

keine Christen. Sie sind Feinde der Miztecas, und die Alligatoren der Miztecas haben lange Zeit gehungert. Soll die Hacienda mit diesen Leichen verpestet werden?«

»Hm, das ist richtig! Thut also, was ihr wollt!«

»Kann ich meine zwanzig Vaqueros für heute behalten?«

»Wozu?«

»Sie sollen diese toten Comantschen nach dem Teiche der Krokodile bringen.«

»Behalte sie, wenn es sicher ist, daß wir nicht überfallen werden.«

»Wie steht es mit unserm Bruder Donnerpfeil?«

»Er ist endlich aufgewacht.«

»So werden wir ihn einmal sehen.«

Die beiden Häuptlinge traten in das Haus. Der Mizteca führte den Apatschen in das Zimmer seiner Schwester, wo er das Gold und Geschmeide untergebracht hatte, welches für Helmers bestimmt war. Sie fanden Karja dort. Sie lag in einer Hängematte und stierte still vor sich hin. Als sie die beiden Eintretenden bemerkte, sprang sie empor und fragte:

»Ihr kommt! Ihr seid Sieger?«

»Ja.«

»Und er? Haben ihn die Krokodile?«

»Nein,« antwortete Büffelstirn, sie scharf beobachtend.

»Nicht?« Ihr Gesicht verfinsterte sich, und sie fragte: »So habt ihr ihn entkommen lassen, ihn, der meiner Rache verfallen ist?«

Büffelstirn war befriedigt. Er sah, daß sie nur an Rache dachte. Er antwortete:

»Die Hunde der Comantschen haben ihn befreit und meinen Bruder, den Häuptling der Apatschen, an seine Stelle gebunden, damit er von den Krokodilen gefressen werde.«

Die Indianerin blickte den Apatschen erstaunt an. Sie sah mehrere neue Skalpe an seinem Gürtel; sie hatte jetzt zum ersten Male ein Auge für die kriegerisch schöne Erscheinung Bärenherzens, und bei dem Gedanken, daß er von den Krokodilen habe zerrissen werden sollen, überkam sie ein Gefühl, wie sie es bisher noch nie empfunden hatte. Sie erbleichte.

»Den Häuptling der Apatschen? Aber er steht doch unversehrt hier!« sagte sie.

»Er hat sich selbst befreit und dann die Comantschen besiegt.«

Was in diesen Worten lag, das begriff sie als Indianerin nur zu gut.

»Er ist ein Held!« sagte sie, indem unwillkürlich ihr Blick voll Bewunderung auf den Apatschen fiel. »Und dieser Graf ist also entkommen?«

»Er ist nach Mexiko.«

»Zu seinem Vater?«

»Ja. Es sind sechs Comantschen bei ihm, um ihn zu geleiten.«

Da streckte sie sich empor und fragte:

»Und du lässest ihn unbelästigt reiten? Gieb mir ein Pferd; ich werde ihm folgen und ihn töten!«

Da lächelte Büffelstirn. So gefiel ihm die Schwester.

»Bleibe!« sagte er. »Er entkommt uns nicht. Ich werde ihm folgen.«

»Du tötest ihn, wo du ihn triffst?«

»Ja. Er hat die Tochter der Miztecas beschimpft und soll von meiner Hand fallen.«

»Oder von der meinigen,« sagte der Apatsche ernst.

»Uff! Mein Bruder will mich nach Mexiko begleiten?« fragte der König der Ciboleros.

Bärenherz blickte in das Gesicht der Indianerin und sah, in welchem Lichte der Blick ihres Auges auf ihm ruhte. Er antwortete: »Karja ist die Schwester des Apatschen; sie soll gerächt werden!«

Er hielt beiden zur Beteuerung die Hände entgegen; sie ergriffen dieselben und drückten sie.

»Bärenherz ist wirklich der Bruder und Freund des Häuptlings der Miztecas; er mag mit mir gehen,« sagte Büffelstirn, »sobald ich hier fertig bin. Jetzt aber komme er mit zu unsrem weißen Freunde, den ich besuchen will!«

Er, Bärenherz und Karja nahmen die Decken, in welche die Kostbarkeiten gehüllt waren, und trugen sie nach dem

Zimmer des Kranken. Dieser lag zwar mit verbundenem Kopfe, aber offenen und hellen Auges in seinem Bette und streckte ihnen die Hände grüßend entgegen. Der Haciendero und seine Tochter saßen bei ihm.

»Ich habe lange, lange ohne Besinnung gelegen,« sagte er. »Der Keulenhieb muß ein sehr kräftiger gewesen sein. Es ist ein Wunder, daß ich noch lebe oder wieder lebe.«

»Hat mein Bruder große Schmerzen?« erkundigte sich Bärenherz.

»Eigentliche Schmerzen nicht; der Kopf brummt mir sehr; das ist alles. Wie steht es mit den Comantschen, und wie ist es am Teiche der Krokodile gegangen?«

Sie setzten sich und erzählten ihm ausführlich den Verlauf. Dann gaben sie ihm auch ihre Absicht kund, den Grafen zu verfolgen und, wenn nicht schon unterwegs, so doch dann in der Hauptstadt Rache an ihm zu nehmen. Er hörte ihnen aufmerksam zu und fragte dann:

»Ihr wollt ihn also doch noch töten?«

»Ja,« antwortete Büffelstirn; »aber vorher werde ich ihn zwingen, sein Versprechen zu halten.«

»Welches?«

»Karja, meine Schwester, zu seiner Frau zu machen. Sie wird mit uns nach Mexiko gehen.«

»Ah! Ist es so!«

»Ja. Man verlobt sich nicht mit einer Tochter der Miztecas und läßt sie dann im Stiche. Sie stammt von alten Königen ab, gegen welche ein weißer Graf nichts, gar nichts ist.«

»So willst du sie zum Weibe des Grafen und dann sogleich zu seiner Witwe machen?«

»Ja.«

»Das wird mein Bruder nicht thun!«

»Warum nicht? Ich habe es beschlossen und werde es also ausführen.«

»Kennst du die Gesetze der Bleichgesichter?«

»Was gehen mich ihre Gesetze an!«

»In diesem Falle viel, sehr viel. Du würdest keinen Priester finden, der es wagte, diese Ehe zu schließen.«

»Ich zwinge ihn!«

»Da gilt sie nachher nichts. Karja ist keine Christin und kann also nicht das Weib eines Christen werden.«

»Ist das wahr?«

»Ja.«

»Uff, uff! So werde ich diesen Vorsatz aufgeben müssen; aber sterben muß er desto sicherer. Darf ich dir zeigen, was ich dir mitgebracht habe?«

Helmers nickte, und da wurden die Decken aufgerollt. Das Gold und die Kostbarkeiten kamen zum Vorscheine.

»Das ist der Teil des Königsschatzes, den ich dir versprochen habe,« sagte Büffelstirn. »Du konntest ihn nicht selbst nehmen, so habe ich ihn dir mitgebracht.«

»Wirklich, also wirklich? Dein Versprechen war ernst, und all dieser Reichtum soll mir gehören?«

Es war sonderbarerweise kein Blick des Entzückens, den er über die funkelnden Schätze gleiten ließ.

»Er ist dein,« antwortete der Mizteca. »Du bist nun eins der reichsten Bleichgesichter. Aber dein Auge bleibt ruhig, und dein Gesicht erhellt sich nicht! Hast du keine Freude?«

»O, ich freue mich sehr, sehr, zwar nicht um meinetwillen, denn ich will ein Westmann bleiben und lebe als solcher nicht vom Golde, aber um meines Bruders willen. Du wirst durch dieses Geschenk ein Wohlthäter vieler Menschen werden, denn es wird nicht bloß meinem Bruder, sondern auch den Witwen und Waisen, den Armen und Kranken meines deutschen Vaterlandes gehören. Mir hätte es fast das Leben gekostet; das Gold ist ein teures und gefährliches Metall, und ich verstehe es, daß die roten Krieger nichts von ihm wissen mögen. Aber noch kann ich nicht sagen, ob ich dieses Geschenk annehmen oder zurückweisen werde.«

»Warum? Welche Gründe könntest du haben, es zurückzuweisen?« fragte der Mizteca erstaunt.

Der Deutsche strich sich mit der Hand langsam und nachdenklich über das Gesicht, sah seine beiden roten Freunde forschend an und antwortete dann:

»Die beiden Häuptlinge, Bärenherz und Büffelstirn, werden meine Worte vielleicht nicht ganz begreifen, denn sie gehören zu den strengen, roten Kriegern, welche gewöhnt sind, sich nur nach dem Gesetze der Vergeltung zu richten. Ich aber denke anders, weil ich ein Schüler und Freund von Winnetou und Old Shatterhand geworden bin, welche nach den Forderungen der Milde und Verzeihung handeln. Auch ich weiß, daß ein Krieger im Augenblicke, wo es gilt, nicht zaudern darf, den Gegner zu vernichten, und als es sich darum handelte, Karja und Sennorita Emma zu befreien und zu beschützen, habe ich unbedenklich auf die Comantschen geschossen; jetzt aber ist die Gefahr vorüber; die Feinde sind besiegt, und weiteres Blutvergießen würde nicht nur unnötig, sondern sogar unmenschlich sein. Von zweihundert Comantschen haben sich nur einige retten können; ist da nicht Blut genug geflossen? Und selbst die Toten sollen nicht in der Erde, sondern im Magen der Krokodile begraben werden? Ist das nicht streng genug, ist das nicht mehr als streng gehandelt? Hat der Graf euch getötet, euer Blut vergossen? Warum wollt ihr das seinige haben? Waren die Augenblicke, als er über den Krokodilen hing, nicht schlimmer als der Tod? Ich glaube, er hat damit genug gebüßt.«

»Genug gebüßt? - - - -« fragte der Mizteca.

Er wollte weitersprechen; Helmers aber fiel schnell ein:

»Mein Bruder mag jetzt nichts sagen, sondern mich erst anhören. Wenn der Graf sich weiter gegen euch vergeht, so tötet ihn; ich habe dann nichts dagegen; jetzt aber wünsche ich, daß ihr ihn nicht verfolgt; ich bitte euch darum. Falls ihr mir diesen Wunsch erfüllt, werde ich dein Geschenk annehmen, sonst aber nicht.«

»Wirklich nicht?«

»Nein. Du weißt, daß ich dieses mein Wort halte. Laßt mich nicht lange in Ungewißheit darüber, sondern beratet euch. Mit der Erfüllung meiner Bitte macht ihr mir keine geringere Freude als mit dem Golde, an welchem das Blut so vieler Menschen hängt.«

»Uff! Mein Bruder will es so haben, und so werden wir uns sogleich beraten und dann wiederkommen.«

Er stand auf und ging mit seiner Schwester und dem Apatschen fort. Emma Arbellez reichte dem Deutschen die Hand und sagte:

»Das war edel von Euch, Sennor! Ihr habt mir aus dem Herzen gesprochen, und ich danke Euch! Ich werde diesen drei Leuten jetzt nachgehen, um ihnen dieselbe Bitte auszusprechen. Was zwei wünschen, das wird wohl leichter erfüllt, als was nur einer wünscht.«

Sie ging, und ihr Vater begleitete sie. Schon nach einer Viertelstunde kamen sie alle wieder, und Büffelstirn erklärte dem ihn mit Spannung anblickenden Deutschen:

»Du hast gesiegt, und die Namen Winnetous und Old Shatterhands haben dich dabei unterstützt; auch die Sennorita hat uns gebeten, und so wollen wir die Rache ruhen lassen. Büffelstirn, der Häuptling der Miztecas, hat noch nie etwas, was er thun wollte, unausgeführt gelassen; es geschieht heut zum erstenmal. Es soll kein Blut weiter fließen, und du kannst also das Gold des Königsschatzes von mir annehmen. Willst du das?«

»Ja. Es hängt das Leben vieler Menschen daran; mag es nun noch viel, viel mehr Menschen Glück und Segen bringen. Ich danke euch!« – – –

DRITTES KAPITEL

Ein Korsar

»So, Sennores,« bemerkte der mexikanische Advokat zu seiner Erzählung, »das war die Geschichte vom Grafen von Rodriganda. Was aus diesem vornehmen Herrn noch geworden ist, das ist Nebensache. Es galt mir nur, zu zeigen, daß sehr oft ein Indianer ein weit besserer Mensch als ein Weißer ist. Die beiden Häuptlinge der Apatschen und der Miztecas haben das mehr als zur Genüge bewiesen. Und wenn man nun gar von Winnetou sprechen hört, der geradezu ein Beispiel von Hochherzigkeit und Noblesse ist, und von den vielen Bleichgesichtern, an denen er dies bewiesen hat, so möchte man es wirklich bedauern, daß man nicht eine rote, sondern eine weiße Haut besitzt. Zwar ist bei der Episode mit Sam Fire-guns Trappergesellschaft sehr viel Blut geflossen, wie wir vorhin hörten; aber das hat er nicht verhindern können, denn die Verhältnisse lagen so, und die Gegner waren so gefährliche Kerls, daß Schonung gar nicht am Platze war. Nur bedaure ich, daß dieser Sanders im ehrlichen Kampfe eines so raschen Todes gestorben ist; er hatte nicht das Messer, sondern einen tüchtigen Strick aus gutem Hanf verdient.«

Da rief Mutter Thick vom Schänktische her:

»Den hat er ja auch bekommen!«

»Wie? Was? Einen Strick?«

»Ja.«

»Aber es ist doch erzählt worden, daß er im Gutter von dem Steuermanne erstochen worden ist!«

»Ja freilich; aber es ist nicht wahr. Der Gentleman, der die Geschichte erzählt hat, ist von der wirklichen Thatsache abgewichen. Sanders ist nicht erstochen worden, und Jean Letrier ist auch nicht umgekommen; sie blieben verschont und wurden gefangen genommen.«

»Ist das wahr, Sennor?«

Der Mexikaner richtete diese Frage an den frühern Indianeragenten, dessen Gesicht jetzt eine kleine Verlegenheit zeigte. Er antwortete:

»Hm, wie man es nimmt! Eigentlich ist er tot, denn ich habe es erzählt, und er lebt auch wirklich heut nicht mehr; aber, hm! Mutter Thick, wie kommt denn Ihr dazu, zu behaupten, daß Sanders damals nicht erstochen worden ist?«

»Weil ich es weiß, und zwar ganz genau,« antwortete die Wirtin, welche den ihr vorhin erteilten Wink nicht länger mehr beachten wollte.

»Von wem denn?«

»Von einem, der dabei gewesen ist.«

»Ich war doch auch dabei!«

»Ja; aber der Gentleman, von dem ich es habe, hat später noch viel, viel mehr mit Sanders erlebt und durchgemacht.«

»Wirklich? Wen meint Ihr denn eigentlich?«

»Den Polizisten Treskow.«

»Ah! Der soll später mit ihm noch mehr erlebt haben?«

»Ja. Wenn Ihr es nicht glauben wollt, so mag er es Euch selbst sagen!«

»Um das zu können, müßte er hier sein.«

»Das ist er auch.«

»Wo denn? Wo?«

»Dreht Euch nur einmal um, und seht Euch den Gentleman an, der hinter Euch am letzten Tische sitzt! Ihr habt ihn noch gar nicht bemerkt, weil er bis vorhin draußen in der andern Stube saß.«

Der Agent drehte sich um. Als er den Herrn sah, der mir so interessant vorgekommen war, sprang er auf, ging zu ihm hin, hielt ihm beide Hände entgegen und rief:

»Mr. Treskow, wirklich, das ist Mr. Treskow! Es ist seitdem eine Reihe von Jahren vergangen; aber ich kenne Euch trotzdem sofort wieder. Welche Freude! Was führt Euch denn nach Jefferson-City?«

»Ich bin in letzter Zeit wiederholt hier gewesen und da stets bei Mutter Thick eingekehrt.«

»In Geschäften?«

»Hm! Geschäfte sind es eigentlich nicht, die ich betreibe,« antwortete er mit einem Lächeln.

»So seid Ihr nicht geschäftlich, sondern amtlich hier?«

»Ja.«

»Also noch immer Detektive?«

»Ja.«

»Wollt Ihr etwa einen von uns da fangen?«

»Das nicht, denn ich bin überzeugt, daß sich nur Gentlemen hier befinden, die von der Polizei nichts zu fürchten haben. Ich wohne für einige Tage hier bei Mutter Thick und saß da draußen in der Stube, deren Thür nur angelehnt war; darum hörte ich die Geschichten, welche hier erzählt wurden. Als Ihr von Sam Fire-gun, von Pitt Holbers und Dick Hammerdull zu sprechen anfingt, da litt es mich freilich nicht länger draußen, und ich kam herein, um zuzuhören.«

»Habt Ihr mich erkannt?«

»Sofort!«

»Natürlich! Es war freilich dumm von mir, Euch, einen Detektive, zu fragen, ob Ihr mich erkannt habt. Ich freue mich außerordentlich, Euch wiederzusehen, und Ihr müßt die Güte haben, Euch mit an unsre Tafel zu setzen; die Gentlemen kennen Euch ja aus meiner Geschichte, so daß ich Euch nicht erst lange vorzustellen brauche. Aber Eure Anwesenheit macht mir doch einen Strich durch meine Rechnung oder vielmehr durch meine Erzählung!«

»Wieso?«

»Weil ich Sanders und Jean Letrier habe sterben lassen, und sie sind damals doch am Leben geblieben.«

»Ja, das war freilich eine Licenz, welche nicht mit der Wahrheit übereinstimmte.«

»Licenz, Licenz, das ist das richtige Wort. Man nimmt sich die Freiheit, gegen die Wahrheit zu erzählen, um dadurch eine höhere künstlerische Wirkung oder einen guten, befriedigenden Abschluß zu erzielen. Dieses letztere war bei mir der Fall. Sanders und Letrier wurden damals freilich nicht niedergemacht, sondern gefangen genommen, denn Fire-gun befahl seinen Leuten, sie zu schonen, weil er sie lebendig haben wollte, und auch Euch lag sehr viel daran, Sanders lebendig in Eure Hand zu bekommen. Aber ich hatte keine Zeit; ich konnte nicht im ›Lager‹ bleiben und ritt mit meinen Leuten schon am andern Tage fort. Ich habe also bis zum heutigen Tage nicht gewußt, was Ihr mit den beiden angefangen habt, und da die Gerechtigkeit ihre Bestrafung erforderte, so habe ich sie einfach bei unsrem Angriffe im Gutter sterben lassen. Das gab einen Schluß, mit dem man zufrieden sein konnte, und so hoffe ich, daß die Gentlemen hier mir die kleine Licenz verzeihen werden.«

Er führte Treskow an die Tafel, wo derselbe von allen Dortsitzenden willkommen geheißen wurde. Sie wollten natürlich nun hören, welche Strafe Sanders damals bekommen hatte. Natürlich war der Agent der Neugierigste unter ihnen und drang in Treskow, die Wißbegierde der Anwesenden zu stillen.

»Oder,« fragte er, »ist's etwa Amtsgeheimnis, was nach meiner Entfernung von Sam Fire-gun geschehen ist?«

»Gar nicht,« antwortete Treskow. »Ich kann Euch alles ganz und gern erzählen.«

»So thut es! Fangt an, Sir, fangt an! Ihr seht, daß wir alle darauf brennen, das weitere zu hören. Also Sanders und Letrier wurden gefangen genommen, gefesselt und mit nach dem ›Lager‹ transportiert. Früh ritt ich fort. Was geschah nachher?«

»Wenn ich Euch das erzählen soll, muß ich erst einige Bemerkungen machen. Zunächst waren Sanders und Letrier nicht die einzigen, welche dem Tode entgingen; es gelang noch einem seiner Leute, zu entkommen, ohne daß wir es wußten; wir erfuhren es aber sehr bald, und zwar zu unsrem Schaden. Er traf auf der Flucht auf eine Schar junger Ogellallahs, welche auf eigne Faust ausgezogen waren, um ihren Kriegern entgegen zu reiten und dabei Gelegenheit zu finden, sich auszuzeichnen; der Sohn des gefallenen Häuptlings führte sie an. Sie trafen auf die Spuren des Kampfes; sie sahen, was geschehen war und folgten unsrer Fährte, um die Niederlage und den Tod der Ihrigen zu rächen. Dabei stieß der erwähnte Weiße zu ihnen. Er war ein schlauer Kerl, dessen Spürsinn es gelang, das *Hide-spot* der Trapper zu entdekken.«

»*Hide-spot*? Ihr meint das ›Lager‹, welches wir vom Gutter aus aufsuchten?«

»Nein. Unter dem *Hide-spot* war ein ganz andrer Platz, ein noch viel besseres Versteck gemeint. Das ›Lager‹ galt, so zu sagen, nur als Filiale oder als Außenfort des *Hide-spot*, welches eine viel größere Sicherheit gewährte und wohin die beiden Gefangenen geschafft wurden, als ihr euch von uns getrennt hattet. Das *Hide-spot* hatte zwei Ein- oder Ausgänge, nämlich den gewöhnlichen, den alle Mitglieder der Gesellschaft kannten, und einen andern, den Sam Fire-gun entdeckt und bisher geheim gehalten hatte. Und grad diesen geheimen Zugang spürte der Weiße auf und verriet ihn den jungen Ogellallahs, was unsern Absichten und den Verhältnissen überhaupt eine ganz andre Wendung gab. Ihr werdet es erfahren, Mesch'schurs.

Die zweite Bemerkung ist die, daß wir an Sanders einen noch viel bedeutenderen Fang gemacht hatten, als wir dachten. Wir glaubten, den von der Polizei so lange vergeblich gesuchten Dieb und Betrüger ergriffen zu haben; er war aber mehr, weit mehr als das.«

»Was, Mr. Treskow? Ein Mörder?«

»Noch mehr!«

»Noch mehr? Etwas Schlimmeres als einen Mörder kann es doch eigentlich gar nicht geben!«

»Hm! Hat vielleicht jemand von euch einmal von einer gewissen ›Miß Admiral‹ gehört?«

»Miß Admiral? Miß Admiral? Miß Admiral?« wurde von mehreren ausgerufen. »Natürlich, natürlich! Wer von uns hätte nicht von diesem Frauenzimmer gehört, die ein Teufel in Menschengestalt gewesen ist!«

»Kennt ihr ihr Ende?«

»Ja. Sie wurde in New-York aufgehängt.«

»Und kennt ihr ihre Verbrechen?«

Der frühere Indianeragent antwortete:

»Es ist ganz unmöglich, alle ihre Verbrechen zu kennen. Sie ist das einzige Kind eines alten, originellen Seefahrers gewesen, der die Schrulle hatte, sich nicht von ihr trennen zu wollen. Er steckte sie in Knabenkleider und nahm sie auf allen seinen Reisen mit an Bord. Da lernte sie den Dienst von unten bis nach oben genau und vollständig kennen; sie machte nach und nach alle Stufen vom Schiffsjungen bis zum Offizier durch; sie hatte nicht bloß Gabe, sondern Talent für die See und brachte es durch die Praxis und durch den Unterricht, den ihr der Vater gab, so weit, ein Schiff bei jedem Wind und Wetter zu regieren. Aber darüber konnten sich die Mannen, die mit ihrem Vater fuhren, nicht freuen; sie war schon als Kind eine wilde Katze, und je größer und älter sie wurde, desto mehr entwickelte sich ein Teufel in ihr, der sie bis an ihr Ende, also bis zum Strange beherrschte. Ist das richtig oder nicht, Mr. Treskow?«

»Es ist richtig. Aber da ihr wißt, daß sie gehängt worden ist, werdet ihr wohl auch erfahren haben, daß sie den Galgen nicht ohne Gesellschaft bestiegen hat?«

»Ja; der schwarze Kapitän wurde mit ihr gehängt, ein Kerl, der grad so schlimm oder noch schlimmer war als sie.«

»Kennt ihr seine Vergangenheit?«

»Ich weiß nicht, was Ihr da unter Vergangenheit versteht. Er muß schon jung ein außerordentlich guter Seemann gewesen sein, denn als man ihm den Strick um den Hals legte, hat er nicht viel über dreißig Jahre gezählt und vorher doch schon lange, lange Zeit die belebtesten Seekurse unsicher gemacht. Er war ein Sklavenhändler, wie es keinen zweiten gegeben hat, holte die Negerware von Afrika herüber und brachte sie hier stets glücklich an den Mann, ohne daß es jemals gelang, ihm das Handwerk zu legen. Es nahm es eben kein anderer Kapitän und kein anderer Marineoffizier mit ihm auf.«

»Das ist richtig, doch lag der Grund nicht allein in ihm, sondern auch in der Vortrefflichkeit des Fahrzeuges, welches er führte.«

»Ihr meint den ›l'Horrible‹? Ja, das soll eine Schunerbrigg

oder ein Dreimast-Marssegelschuner gewesen sein, gegen welchen kein anderes Schiff hat aufkommen können. Der schwarze Kapitän hat sich selbst vor Dampfern nicht gefürchtet, so lange nur eine Handvoll Wind in seinen Segeln steckte. Die ›Miß Admiral‹ war sein Segelmeister, oder wie man das so nennt, und wenn zwei solche Personen zusammenkommen, so kann man sich denken, wie dann der ›Stekken schwimmt‹. Diese beiden haben nämlich nicht nur Neger gejagt und verkauft, sondern jedes Fahrzeug, dem sie begegneten, als gute Prise betrachtet, wenn es zu bewältigen war. Wie viel Fahrzeuge da ausgeraubt und mit der ganzen Bemannung versenkt worden sind, das wird wohl niemals an den Tag kommen. Interessant wäre es mir, zu erfahren, wo und wie die beiden, nämlich die ›Miß Admiral‹ und der schwarze Kapitän, zusammengekommen sind.«

»Das kann ich Euch sagen, Sir.«

»Wirklich? Also wie?«

»Ich ersah es aus den Akten, welche mir vorgelegen haben. Der Seemann war ihm angeboren, und er hätte es auf gutem Wege weit, sehr weit bringen können, aber wie die ›Miß Admiral‹ eine Katze, so war er schon als Junge ein durchtriebener und unbändiger Fuchs, dem kein Lehrer ein gutes Ende voraussagte, obgleich er durch seine außerordentlichen Fortschritte alle in Erstaunen setzte. Die Navigation war sein Element, in welchem er mit fünfzehn Jahren sich besser auskannte als mancher vielbefahrene Orlogoffizier; aber es gab auch in ihm einen Teufel, der ihn nicht auf dem rechten Kurse litt. Er machte Dummheiten über Dummheiten, die ihm so lange nachgesehen und verziehen wurden, bis es nicht mehr ging, weil er es zu arg trieb. Er wurde trotz seiner sonstigen, unvergleichlichen Brauchbarkeit mit Schande fortgejagt. Nun trieb er sich längere Zeit herum, von einem Bord zum andern; das waren aber alles Schiffe zweifelhaften Rufes. Wie unverzeihlich das von ihm war, werdet ihr einsehen, wenn ich euch sage, daß er es schon deshalb ganz anders hätte haben können, weil er nicht arm war, sondern ein beträchtliches Vermögen besaß, welches ihm die Eltern hinterlassen hatten. Um diese Zeit traf er mit ›Miß Admiral‹ zusammen, deren Vater kürzlich gestorben war; sie hatte von ihm auch einen ganzen Sack voll Geld geerbt. Die beiden sahen sehr bald ein, daß sie vortrefflich zu einander paßten, aber nicht etwa, um einander zu heiraten, o nein! denn die ›Miß Admiral‹ ist in dieser Beziehung niemals ein Frauenzimmer gewesen, sondern in ganz anderer, sagen wir, geschäftlicher Beziehung. Sie beschlossen, ihr Geld zusammenzuthun und ein Schiff zu kaufen, um mit Ebenholz[1] zu handeln und nebenbei zu nehmen, was sich bieten würde. Das mußte aber ein vorzügliches Fahrzeug sein, ein Segler ersten Ranges, und einen solchen führte ihnen der Satan in den Weg, nämlich den ›l'Horrible‹, der nachher so berüchtigt wurde. Matrosen fanden sich sehr bald, die nichts mehr zu verlieren hatten und ihren letzten Schutz nun unter der Piratenflagge suchten. – – – Das Geschäft begann und entwickelte sich zu einem höchst einträglichen Unternehmen. In der ersten Zeit hatte der Sklavenhändler zwei Kapitäns, weil die ›Miß Admiral‹ sich als gleichstehend mit ihrem sauberen Compagnon betrachtete; aber er bekam sie nach und nach unter; sie sah ein, daß er ihr als studierter Navigationer denn doch über war, und mußte sich mit der zweiten Stelle als Segelmeister begnügen. Diese Herabsetzung, wie sie es nannte, ließ sie an ihren Untergebenen aus; sie war ein Unmensch gegen sie; die neunschwänzige Katze bekam die Herrschaft an Bord, und wer es wagte, einen Befehl zu mißachten, wurde sofort niedergeschlagen und in die See geworfen. Die Mannen mußten sich das gefallen lassen, denn sie hatten sich selbst außerhalb des Gesetzes gestellt und konnten bei keiner Behörde Schutz und Hilfe suchen.

Der Name ›l'Horrible‹ wurde bald nur mit Schrecken genannt, und sein Kapitän war nur unter dem Namen der schwarze Kapitän bekannt. Man darf nun nicht etwa meinen, daß er zu der ›Miß Admiral‹ in einem einträchtigen Verhältnisse gestanden habe; sie lebten im Gegenteile in offener

[1] Negern.

Feindseligkeit, und keins von ihnen beiden fühlte sich seines Lebens sicher. Die kühnste und verwegenste That des schwarzen Kapitäns war die, daß er sich mit seinem ›l'Horrible‹ sogar einmal in den Hafen von New-York getraute, natürlich unter falscher Flagge und mit guten Papieren, die von einem Schiffe stammten, welches er ausgeraubt und in den Grund gebohrt hatte. Bei dem Kampfe mit der Besatzung dieses Schiffes war er verwundet worden, und kam nun nach New-York, um sich heilen zu lassen. Wenn ich sage, dies sei sein kühnster Streich gewesen, so wurde ihm dabei von der ›Miß Admiral‹ ein Streich gespielt, der ebenso groß war. Sie ging ihm nämlich, während ihn das Krankenlager festhielt, mit dem Schiffe und dem ganzen Gelde auf und davon. Dies zu thun und ihn los zu werden, hatte sie schon längst geplant; aber es bekam ihr nicht so, wie sie es erwartet hatte. Sie hatte gelernt, ein Schiff zu regieren, ja; aber die Finessen, welche dazu gehören, einen Kaper jeder, auch der eifrigsten Verfolgung zu entziehen, die besaß sie doch nicht, die hatte nur der schwarze Kapitän besessen. Sie wurde von einem Kriegsschiffe aufgegriffen und geentert; es gab einen Verzweiflungskampf, bei welchem alles, was an Bord gelebt hatte, niedergemetzelt oder dann an den Raaen aufgehängt wurde. Nur einige Mannen waren entkommen, weil sie sich augenblicklich am Lande befanden.

Natürlich suchten die Sieger nach dem schwarzen Kapitän; doch ohne ihn zu finden; sie nahmen an, daß er mit bei den Toten liege und kein Abzeichen habe, an welchem er zu erkennen sei. Als dann die Kabinen und Kojen durchsucht wurden, fand man eine Dame, welche Passagierin eines überfallenen Schiffes gewesen und von den Korsaren mitgeschleppt worden war, um von ihr ein hohes Lösegeld zu erpressen. Sie war natürlich unendlich glücklich, ihre Freiheit wieder zu erhalten, wurde mit der größten Achtung und Zuvorkommenheit behandelt und im nächsten Hafen gelandet. Niemand ahnte, daß diese Dame die ›Miß Admiral‹ war, welche sich für einen Fall wie diesen mit Frauenkleidern versehen hatte. Sobald ihr klar geworden war, daß jeder Widerstand vergeblich sei, hatte sie sich unter Deck geflüchtet und diesen Anzug angelegt.

Man kann sich die Wut denken, in welche der schwarze Kapitän geriet, als er erfuhr, daß der ›l'Horrible‹ aufgegriffen und fast unbeschädigt eingebracht worden sei. Er hatte fest angenommen, daß das Schiff noch im Hafen vor Anker liege, und erfuhr nun erst die Untreue der ›Miß Admiral‹. Als er von seiner Verwundung geheilt war, stand er arm und ohne alle Mittel da. Er ergriff bald dieses und bald jenes, um nur den Hunger zu stillen, dachte aber ganz und gar nicht daran, ein ehrlicher Kerl zu werden, sondern wurde ein so raffinierter Gauner und Betrüger, wie er vorher ein Korsar gewesen war. Als er dann bemerkte, daß in New-York die Polizei auf ihn aufmerksam wurde, machte er sich fort, um sein Heil im Westen zu versuchen; vorher erfuhr er noch, daß sein ›l'Horrible‹ nach Vornahme der notwendigen Umwandlung in die Kriegsmarine eingestellt werden solle.

Nun werdet ihr mich fragen, Mesch'schurs, warum ich hier so viele Worte über den schwarzen Kapitän mache; ihr sollt die Antwort sofort haben. Nämlich als wir Sanders bei Sam Fire-gun ergriffen hatten und dann seine Taschen durchsuchten, wurden allerhand Notizen gefunden, deren Bedeutung die andern nicht ergründen konnten; als man mir sie aber überließ und ich sie sorgfältig durchging, wurde mir klar, daß Sanders kein anderer als der schwarze Kapitän sei; Jean Letrier war einer seiner Korsaren. Welch ein Fang! Nicht wahr? Ich kann euch die Freude, welche ich fühlte, nicht beschreiben, und sah die Belohnung, die mich erwartete, schon in meinen Händen. Ich ließ diese Freude aber nicht sehen und verheimlichte es auch Sanders, daß ich ihn durchschaut hatte.«

»Sagtet Ihr es auch Euren Gefährten nicht?« erkundigte sich der Indianeragent.

»Nein.«

»Warum nicht?«

»Weil ein unvorsichtiges Wort genügt hätte, Sanders erraten zu lassen, daß ich sein Geheimnis kannte. Er sollte das erst vor Gericht erfahren. Durch solche Ueberraschungen pflegen selbst harte Verbrecher förmlich niedergeschmettert zu werden. Es ging aber leider anders, als ich dachte.«

»Er ist euch doch nicht etwa entsprungen?«

»Allerdings ist er das. Aber ehe ich erzähle, wie das zuging, will ich euch viel weiter nach dem Westen führen, über die Felsenberge, durch Arizona und Nevada, bis wir uns in San Francisco befinden, wo wir sehr bald auf eine bekannte Person treffen werden, obgleich sie sich große Mühe giebt, nicht erkannt zu werden.«

»Wer ist das?«

»Werdet es gleich erfahren. Also, hört:

»Wer heutigestags nach San Francisco, der Beherrscherin des Goldlandes und des stillen Weltmeeres, kommt und, am Hafenquai stehend, das Völkergewühl, welches hier in fast unlösbarer Bewegung durcheinander wirrt, beobachtet, wer die breiten, langgestreckten Straßen, die umfangreichen Plätze, die prächtigen Paläste und Gebäude sieht, hinter deren Spiegelscheiben alles aufgestapelt ist, was vom Golde stammt, mit ihm in Beziehung steht und für dasselbe zu haben und zu kaufen ist, der vermag nur schwer an die geringen, ja armseligen Anfänge zu denken, aus denen sich die Metropole des schimmernden Metalles entwickelt hat.

Und wie die Wogen da draußen im Hafen und auf der See steigen und fallen, wie die bunt zusammengewürfelte Menschheit in den Straßen, Plätzen und öffentlichen Lokalen sich ohne Rast und Ruhe schiebt und stößt, drückt und drängt, so steigt und fällt auch das wankelmütige Glück, so schiebt auch das untreue Verhängnis den Spielball, Mensch genannt, zum scheinbar sichern Halt empor und stößt ihn im nächsten Augenblicke wieder hinab auf den Grund, wo das ›Ungeziefer der Gesellschaft‹ wimmelt. Wer gestern noch als Millionenmann gepriesen und beneidet wurde, bricht vielleicht schon heut mit Hacke, Spaten und Büchse nach den Diggins auf, um den verlorenen Reichtum wieder zu gewinnen. Die Existenzen sind vorwiegend problematisch, und manche glänzende Salonerscheinung entpuppt sich, wenn das Spiel zu Ende ist, als ein haltloses, abenteuerliches Dasein, dessen Bestehen nur von dem Falle des Würfels abhängig war.

Auf dem Kurse von Acapulco nach San Francisco segelte ein Fahrzeug. Es war ein stramm gebautes, schneidiges Dreimasterschiff, welches unter dem Spriete und hinten am Stern in goldenen Lettern den Namen ›l'Horrible‹ trug. Die Kleidung der Mannschaft bewies, daß das Schiff zur Kriegsflotte der Vereinigten Staaten gehöre, obgleich aus mancher Kleinigkeit in Bau und Takelung sich vermuten ließ, daß es nicht zu diesem Zwecke gebaut sei.

Im gegenwärtigen Augenblicke stand der Befehlshaber auf dem Quarterdecke und blickte hinauf nach den Wanten, wo einer der Männer hing und mit dem Rohre in der Hand scharfen Ausguck hielt.

»Nun, Jim, hast du ihn?« fragte er.

»Ay, ay, Capt'n; dort segelt er grad vor dem Glase!« antwortete der Gefragte, mit der Hand windwärts deutend. Er nannte den Befehlshaber Kapitän, obgleich dieser die Abzeichen des Marinelieutenants trug. Ein Grad höher kann niemals schaden, zumal wenn der Betreffende den höhern Rang verdient.

»Welchen Lauf hält er?«

»Er sucht unser Kielwasser, Master. Ich glaube, er schlägt von Guayaquil oder Lima, vielleicht gar von Valparaiso herauf, weil er mehr aus dem Westen steuert als wir.«

»Was für ein Fahrzeug ist es, Jim?«

»Kann es noch nicht sagen, Sir; laßt ihn erst noch um etwas näher kommen!«

»Wird er das?«

»Sicher, Capt'n!«

»Möchte es fast nicht glauben,« lautete die Antwort. »Wäre doch neugierig, das Schiff zu sehen, welches den ›l'Horrible‹ übersegelt!«

»Hm,« machte der Mann, indem er aus den Wanten niederstieg und dem Lieutenant dann das Rohr übergab; »kenne doch eins, dem es gelingen sollte!«

»Welches?«

»Die ›Swallow‹, Sir.«

»Ja, die; sonst aber weiter keins! Aber wie sollte die ›Swallow‹ in diese Gewässer kommen?«

»Weiß nicht, Master; aber das Schiff da hinten ist keine Bostoner Heringstonne, sondern ein kleiner, rascher Klipper. Wäre er größer, so müßte man ihn auf die Entfernung hin deutlicher sehen. Und die ›Swallow‹ ist auch ein Klipper.«

»*Well,* wollen sehen!« entschied der Lieutenant, den Mann verabschiedend und sich mit dem Rohre nach dem Steuer begebend.

»Ein Segel in Sicht?« fragte der Steuermann.

»Ja.«

»Wo, Sir?«

»Hinter uns.«

»Möchtet Ihr da nicht ein Reff in die Leinwand ziehen lassen?«

»Ist nicht nötig,« antwortete der Kommandant, jetzt selbst durch das Glas blickend. »Es ist ein ganz famoser Segler; er wird uns auch ohne Reff einholen.«

»Pah, Sir; das möchte ich sehen!«

»Es ist so,« klang es mit einem leisen Anfluge von verletztem seemännischen Stolze. »Er greift den Raum mit Macht. Seht, Maate, vor drei Minuten war er bloß vom Mars aus zu erkennen; jetzt stehe ich auf Deck und sehe ihn.«

»Soll ich ein weniges vom Winde abfallen?«

»Nein; ich will sehen, wie lange er braucht, um Seite an Seite mit uns zu segeln. Ist's ein Amerikaner, so soll mich's freuen; ist's aber ein andrer, so will ich ihm lieber den Teufel, als ein solches Fahrzeug gönnen.«

Es dauerte nicht lange, so waren die Mastenspitzen und dann auch der schlanke Rumpf des fremden Schiffes schon mit unbewaffnetem Auge zu erkennen.

»Es ist ein Klipper mit Schunertakelage,« meinte der Maate, »ein Dreimast-Marssegelschuner, grad wie unser ›l'Horrible‹.«

»*Yes.* Ein prächtiges Fahrzeug, bei allen Teufeln! Seht, wie es schief vor dem Winde läuft, und mit vollem Segelwerk. Der Mann, der es befehligt, scheint sich vor einer Hand voll Wind mehr als gewöhnlich nicht zu fürchten. Jetzt legt er sogar die Braamtücher bereit, so daß der Schuner das Steuer hebt und fast nur auf dem Buge tanzt!«

»Ein wackerer Bursche, Sir. Aber kommt ein diverger Windstoß, so legt sich der Klipper in die See, so wahr ich Maate[1] bin und Perkins heiße! Der Mann segelt doch ein wenig zu verwegen.«

»Nein. Seht Ihr nicht, daß die Reffleinen nicht angesorrt sind, sondern nur festgehalten werden? Bei einer Bö läßt man sie fahren, pah!«

»Jetzt zieht er die Flagge. Wahrhaftig, ein Amerikaner! Seht Ihr die Sterne und Streifen? Er frißt das Wasser förmlich, und in fünf Minuten ist er an unsrer Seite.«

»Er frißt das Wasser; ja, das ist der richtige Ausdruck für eine solche Fahrt. *By god*, der Kerl hat wahrhaftig sechs Kanonenluken auf jeder Seite, eine Drehbasse auf dem Vorderkastell und also wohl auch so etwas Aehnliches kurz vor dem Steuer. Könnt Ihr das Bild bereits erkennen, Maate?«

»Noch nicht; aber wenn mich nicht alles trügt, so ist es die ›Swallow‹. Ich habe sie in Hoboken einmal bestiegen und mir jede Talje und Schote, jedes Stückchen Tau und Takelwerk genau angesehen.«

»Wer kommandierte damals auf ihr?«

»Hab' den Namen vergessen, Master; war ein alter, halb wracker Seehund mit einer rotbraunen Nase, die ganz nach Gin und Brandy aussah. Aber den Maate habe ich gut gekannt, hieß Peter Polter, stammte aus Germany da drüben herüber und war ein wohlbefahrener Junge, auf den sich jeder wohl verlassen konnte. Habt Ihr ihn jetzt nahe genug am Rohre?«

»Ja. Es ist die ›Swallow‹. Haltet einen oder zwei Striche mehr nach Luv; es ist augenscheinlich, daß sie mit uns reden will!«

[1] Steuermann.

Er kehrte auf das Quarterdeck zurück und rief:

»Holla, Jungens, an die Brassen!«

Die Männer sprangen zu den Leinen.

»Mann am Stock, zieh auf die Flagge!«

Das Stern- und Streifenbanner der Union flog in die Höhe.

»Greift an zum Beidrehen!«

Die Befehle wurden mit anerkennungswerter Präcision ausgeführt.

»Konstable!«

Der Gerufene trat an sein Geschütz.

»Laßt fallen. Feuer!«

Die Segel fielen und zugleich krachte der Schuß über die See.

»Achtung, Maate; leg bloß den Wind!«

Augenblicklich gehorchte das Steuer dem Rufe, und mit möglichst weniger Leinwand an den Raaen legte sich der ›l'Horrible‹ herum, um auf die ›Swallow‹ zu warten.

Auch von ihrem Borde krachte ein Schuß. Mit beinahe fabelhafter Geschwindigkeit kam sie herbeigeflogen. Unter ihrem Spriete breitete eine aus Holz gehauene blaue Schwalbe ihre vergoldeten, spitzen Flügel aus. Die Namensinschrift am Stern war jetzt nicht zu bemerken. Die flotte Brise lag voll in ihrem schweren Segelwerke. Zur Seite geneigt, so daß die Spitzen ihrer Nocken fast das Wasser berührten, schoß sie mit einer Sicherheit und Zierlichkeit heran, die ihrem Namen alle Ehre machte. Jetzt war ihr Klüversegel fast in gleicher Breite mit dem Sternwimpel des ›l'Horrible‹, da erscholl die Stimme ihres Befehlshabers, welcher vorn auf dem Deck seines Schuners stand:

»Hallo, die Reffs!«

Im Nu schlappten die Segel hernieder, das Fahrzeug stieg vorn in die Höhe, erhob sich aus seiner geneigten Lage, schwankte einmal kurz auf die andre Seite und richtete sich dann stolz und kräftig über die gebändigten Wogen.

»Ahoi, was für ein Schiff?« fragte, mit der Hand vor dem Munde, der Befehlshaber des ›l'Horrible‹; er wußte gar wohl, was für ein Fahrzeug er vor sich hatte, mußte aber der gebräuchlichen Form genügen.

»Die ›Swallow‹, Lieutenant Parker, von New-York, direkt von New-Orleans um Kap Horn herum. Und Ihr?«

»Der ›l'Horrible‹, Lieutenant Jenner aus Boston, zum Kreuzen in diesen Gewässern, Sir!«

»Ist mir lieb, Sir! Habe Euch etwas zu übergeben. Soll ich per Schaluppe hinüberkommen, oder darf ich mich Dahlbord an Dahlbord an Eure Langseite legen?«

»Versucht's, wenn Ihr's zuwege bringt, Lieutenant!«

»Pah, die ›Swallow‹ bringt noch Schwereres fertig!«

Er trat zurück und gab den Seinen einen Wink. Die ›Swallow‹ warf sich leicht herum, beschrieb einen kurzen Bogen und legte sich so nahe an das andre Fahrzeug, daß ihre Mannschaft die Wanten desselben zu erfassen vermochte, ein Manöver, welches bei solchem Winde und mit dieser Sicherheit nur ein kühner und dabei sehr tüchtiger Mann auszuführen den Mut hat.

Während die beiden Schiffe sich auf einem nachbarlichen Wellenpaare wiegten, stand Max Parker mit einem gewandten Sprunge neben dem Lieutenant Jenner.

»Habe den Auftrag, Euch diese versiegelte Depesche zu überreichen, Sir!« meinte er, indem sie sich freundschaftlich die Hände schüttelten.

»Ah! Wollt Ihr mit hinab in die Kajüte? Müßt doch einen Trunk am Bord des ›l'Horrible‹ nehmen!«

»Hab' nicht gut Zeit, Lieutenant. Laßt einen Schluck heraufbringen!«

Jenner gab den dazu nötigen Befehl und öffnete dann, nachdem er respektvoll salutiert hatte, das Couvert.

»Wißt Ihr, was die Depesche enthält?« fragte er.

»Nein; kann mir's aber denken.«

»Ich muß sofort nach San Francisco, wohin ich übrigens schon den Kurs genommen hatte. Ich soll Euch dieses mitteilen.«

»*Well,* so habe ich Euch diese Depeschen an die dort stationierenden Unionskapitäne zu überreichen. Ihr wißt wohl, daß der Süden revoltiert?«

»Habe davon gehört, obgleich ich erst kurze Zeit in dieser Breite kreuze. Werden sich aber wohl verrechnet haben, die Rebellen, was?«

»Meine es auch; doch ist der Süden stark und im Besitze fester Häfen und ungeheurer Hilfsquellen. Kampf wird es geben, schweren, harten Kampf, und ungewöhnlicher Anstrengung wird es bedürfen, um ihn niederzuringen. Ich wünsche, daß wir uns wiedersehen, Sir, Seite an Seite, dem Feinde gegenüber!«

»Sollte mich freuen, Master, herzlich freuen, mit einem Schiffe, wie Eure ›Swallow‹ ist, den Gegner packen zu können. Wohin seid Ihr jetzt bestimmt?«

»Auch nach San Francisco, wo ich neue Ordres empfange. Vorher jedoch muß ich ein wenig auf der japanesischen Route streifen. *Fare well,* l'Horrible!«

»*Fare well,* Swallow!«

Die beiden Männer leerten ihre Gläser, dann sprang Parker auf das Deck seines Fahrzeugs zurück. Die ›Swallow‹ stieß vom ›l'Horrible‹ ab, warf ihre Segel wieder an die Raaen, nahm den Wind voll in die Leinewand und schoß unter einem lauten Abschieds-Hallo der beiderseitigen Mannschaften davon. So schnell wie sie vom südwestlichen Gesichtskreise her erschienen war, so schnell verschwand sie wieder an dem in Glut getauchten westlichen Horizonte.

Es war, als sei eine graziöse Fee aus den Fluten aufgetaucht, um den einsamen Schiffer zu begrüßen und dann unerbittlich wieder in ihr nasses, geheimnisvolles Reich zurückzukehren.

Auch der ›l'Horrible‹ setzte jetzt alle Segel bei, um die unterbrochene Fahrt mit vergrößerter Geschwindigkeit wieder aufzunehmen. Zwar währte die Fahrt noch einige Tage, dann aber mehrte sich die Zahl der ihm begegnenden oder zu gleichem Ziele mit ihm zusammentreffenden Fahrzeuge, und endlich ging er auf der Reede der ›Goldkönigin‹ vor Anker.

Hier überließ Jenner das Ordnen der polizeilichen und hafenbehördlichen Angelegenheiten seinem Steuermanne und begab sich sofort an Bord eines neben ihm liegenden Panzerschiffes, an dessen Kapitän eine der ihm anvertrauten Depeschen adressiert war. Die andern der ihm bezeichneten Fahrzeuge mußten erst noch aufgesucht werden oder befanden sich auf kurzem Ausfluge in See.

Der Kapitän nahm die Depesche in Empfang und führte ihn in die Kajüte hinab, wo sich ein kameradschaftliches Gespräch entwickelte.

»Ihr werdet einige Zeit hier zu verweilen haben,« meinte am Schlusse desselben der Kommandant des Panzerungeheuers. »Habt Ihr Bekanntschaften in der Stadt?«

»Leider nicht. Ich werde in gesellschaftlicher Beziehung nur auf die Restaurationen und Hotels angewiesen sein.«

»Dann erlaubt mir, Euch meine Verbindungen zur Verfügung zu stellen.«

»Wird mit Dank und Vergnügen acceptiert.«

»Ich kenne da zum Beispiel eine exquisite Dame, die sich die ganze Etage eines der feinsten Häuser gemietet hat. Sie ist eine Pflanzerswitwe aus Martinique, nennt sich de Voulettre und gehört zu denjenigen Frauen, die ewig jugendlich bleiben, deren Alter nie bestimmt werden kann, weil Bildung, Geist und Liebenswürdigkeit die Macht der Jahre paralysieren. Sie macht ein großes Haus, scheint unerschöpflich vermögend, sieht bei sich nur die Vertreter der Aristokratie des Geistes, des Geldes und der politischen Macht und ist grad mir ganz außerordentlich interessant, weil sie große Seereisen gemacht und sich Kenntnisse über unsern Beruf angeeignet hat, über welche sie mancher wakkere Seebär beneiden möchte.«

»Dann bin ich wirklich begierig, sie kennen zu lernen.«

»Ich werde Euch schon heut die Gelegenheit dazu bieten. Ich bin heut abend zu ihr geladen; wollt Ihr mit?«

»Sicher, Kapitän.«

»Gut. Ich werde Euch vorstellen, und dann dürft Ihr Euch so frei bewegen, als befändet Ihr Euch an Bord Eures ›l'Horrible‹. Ist übrigens ein prächtiges Fahrzeug, Lieutenant, und ich kann Euch zu diesem Kommando aufrichtig Glück wünschen. Das war so nett, so sauber, so adrett, so boudeaux, als Ihr herbeigestrichen kamt und Ruck und Zuck die Segel und der Anker fielen. Kam er nicht von den Inglishmen in den Besitz der Vereinigten-Staaten-Flotte?«

»Ja. Vorher aber war er das gefürchtetste Fahrzeug zwischen Grönland und den beiden südlichen Kaps. Oder habt Ihr nie von dem ›schwarzen Kapitän‹ gehört?«

»Wie sollte ich nicht? Vielleicht mehr noch als Ihr. Ich wußte nur nicht gleich, wohin ich den Namen ›l'Horrible‹ thun sollte; jetzt aber besinne ich mich. Das Fahrzeug wurde auf einer Ebenholzfahrt[1] betroffen und daher weggenommen. Die Bemannung hing man an die Raaen und den schwarzen Kapitän - ah, wie war es nur mit ihm?«

»Er befand sich nicht an Bord, dafür aber eine Dame, die man beim Ueberfalle eines Kauffahrers verschont und mitgenommen hatte, um ein Lösegeld zu erpressen.«

»Wer war sie?«

»Weiß es nicht. Seit jener Zeit hat man nie mehr etwas wieder über den Piraten gehört. Entweder hat die Lektion gefruchtet oder er ist doch mit an Bord gewesen und im Kampfe getötet oder als gewöhnlicher Vormarsgast mit gehangen worden.«

»Wäre ihm recht geschehen! Also heut abend bei der Frau de Voulettre; ich werde Euch abholen, Lieutenant, ja?«

»Ich werde diese Ehre - -«

»*Pshaw*, ich bitte nur, mir Euer braves Fahrzeug einmal ansehen zu dürfen, ehe wir an das Land rudern.«

Während dieses Gespräches kam ein Mann langsam und gemächlich am Quai herabgeschlendert, ganz in der Haltung eines Menschen, der über sich und seine Zeit vollständig Herr ist. Von kaum mittlerer Statur und dabei schlank gebaut, trug er die Kleidung eines Diggers, der von den Minen kommt, um von der anstrengenden Arbeit auszuruhen und

[1] Negerhandel.

sich ein Weniges in der Stadt umzusehen. Ein breitkrempiger, vielfach zerknitterter Hut hing ihm in das Gesicht hernieder; doch vermochte er nicht, das große, häßliche Feuermal zu verdecken, welches sich von dem einen Ohre quer über die ganze Wange bis über die Nase zog.

Wer ihn sah, wandte sich mit Abscheu von dem abstoßenden Anblicke weg. Der Mann bemerkte dies sehr wohl, schien sich aber nicht sehr darüber zu grämen und ließ sich sogar durch gelegentliche laute Aeußerungen in seiner offenbaren Seelenruhe nicht stören.

Da blieb er stehen und ließ sein Auge hinaus auf die Reede schweifen.

»Wieder einer vor Anker,« murmelte er; »ein Segelschiff und, wie es scheint, nicht schlecht gebaut. Wenn nur – –.« Er hielt plötzlich in seinem Selbstgespräch inne und beschattete das Auge mit der Hand, um schärfer sehen zu können. »*Sacré nom du dieu,* das ist, – ja, das ist er, das ist der ›l'Horrible‹, wegen dem ich nun schon seit einem Monate hier vor Anker liege. Endlich, endlich sehe ich ihn wieder, und – – doch, er liegt zu weit vom Lande, und ich könnte mich täuschen. Ich werde mich überzeugen, ob ich mich irre oder nicht!«

Er schritt die Stufen hinab, vor denen mehrere Boote lagen, und sprang in eines derselben.

»Wohin?« fragte der Besitzer, der sich auf der Ruderbank sonnte.

Der Mann deutete leicht nach der Reede hinaus und antwortete:

»Spazieren.«

»Wie lange?«

»So lange es mir gefällt.«

»Könnt Ihr bezahlen?«

Der Frager musterte seinen Fahrgast mit nicht sehr vertrauensvollen Blicken.

»Nach der Fahrt mit gutem Gelde, vor der Fahrt mit guten Fäusten. Wähle also!«

»Hm, hm,« brummte der Schiffer, offenbar eingeschüchtert durch den drohenden Blitz, welcher aus dem dunklen Auge des Fremden leuchtete, »steckt Eure zehn Finger, wohin es Euch beliebt, nur nicht in mein Gesicht. Könnt Ihr das Steuer führen?«

Ein kurzes Nicken war die Antwort, dann wurde der Kahn gelöst und suchte durch das Gewirr der umherliegenden Fahrzeuge aller Gattungen seinen Weg hinaus in das freie Wasser.

Der Fremde verstand zu steuern wie nur irgend einer, das hatte der Schiffer schon nach den ersten Ruderschlägen bemerkt. Er ließ kein eigentliches Ziel erraten, umkreiste in weitem Bogen das Panzerschiff und den ›l'Horrible‹ und führte dann das Boot an seinen Platz zurück, wo er die Fahrt auf eine Weise bezahlte, die seine äußere Erscheinung allerdings nicht hatte vermuten lassen.

»Er ist's,« seufzte er erleichtert, indem er die Stufen emporstieg; »nun soll die Frau de Voulettre bald so spurlos verschwinden, wie die Miß Admiral damals spurlos verschwunden ist. Jetzt aber in die Taverne!«

Er lenkte seine Schritte einer Gegend der Stadt zu, wo die obskuren Existenzen ihr elendes und oft auch verbrecherisches Leben fristen. Er mußte durch ein Gewirr enger Gassen und Gäßchen schreiten, deren Häuser kaum diese letztere Bezeichnung verdienten. Der wüste, holperige Boden bildete ein besonders für die Nacht halsbrecherisch zu nennendes Terrain, und die Hütten, Baracken und Zelte glichen eher einem wilden Zigeunerlager, als dem Teile eines wohlgeordneten Stadthaushaltes, wo die mächtige Hand einer kräftigen Sicherheits- und Wohlfahrtspolizei jeden schädlichen oder auch nur verdächtigen Stoff auszuscheiden oder wenigstens unter scharfer Bewachung zu halten verpflichtet ist.

Endlich hielt er vor einer langgestreckten Bretterbude, über deren Thür mit einfachen Kreidezügen die Inschrift »*Taverne of fine brandy*« angebracht war. Vor und hinter diesen Buchstaben war auch mit Kreide je eine Schnapsflasche auf das rissige Holz gemalt.

Er trat ein.

Der lange Raum war mit Gästen gefüllt, denen man es ansah, daß sie nicht zu den Kreisen der Gesellschaft gehörten, welche die Bezeichnung *gentlemanlike* für sich in Anspruch nehmen. Ein unbeschreiblicher Spiritusdunst und Tabaksqualm warf den Eintretenden förmlich zurück, und der Lärm, welcher hier herrschte, schien eher tierischen, als menschlichen Kehlen zu entstammen.

Der Mann mit dem Feuermale kehrte sich nicht im mindesten an diese Unannehmlichkeiten. Er trat an den Schenktisch und wandte sich zu dem hinter demselben paradierenden Wirte.

»Ist der lange Tom hier, Master?«

Der Gefragte musterte ihn mit einem mißtrauischen Blicke und antwortete nicht eben freundlich:

»Warum?«

»Weil ich mit ihm zu sprechen habe.«

»Wer ist der lange Tom, he?«

»Pah! Spielt nicht Versteckens! Ich kenne den Mann ebenso gut wie Ihr und bin von ihm hierher bestellt worden.«

»Wer seid Ihr?«

»Das geht Euch den Teufel an. Hab Euch auch noch nicht nach der Geburtsliste gefragt, auf der Euer Name verzeichnet sein mag!«

»Hoho, wenn Ihr so kommt, so könnt Ihr lange fragen, ehe Ihr die Antwort bekommt, die Ihr haben wollt. Eher ist es möglich, daß Ihr einen guten Faustschlag oder zwei von hier mit fortnehmt!«

»Darüber ließe sich vielleicht auch noch sprechen. Aber ich will Euch wenigstens so viel sagen, daß es Euch der lange Tom verteufelt anrechnen wird, wenn Ihr mich nicht mit ihm sprechen laßt.«

»So? Nun, ich will einmal so thun, als ob ich ihn kenne; versteht Ihr, Sir? Wenn er Euch wirklich bestellt hat, so hat er Euch jedenfalls ein Wort gesagt, ein kleines Wörtchen, ohne welches man nicht zu ihm kommt.«

»Das hat er. Hört einmal!«

Er neigte sich über den Tisch hinüber und raunte dem

Wirte einige leise Silben zu. Dieser nickte zustimmend mit dem Kopfe.

»Richtig! Jetzt darf ich Euch trauen. Tom ist noch nicht hier; es ist eben jetzt die Zeit, wo gewöhnlich die Polizei kommt, um sich ein weniges unter meinen Gästen umzusehen. Ist sie fort, so gebe ich ein Zeichen, und in fünf Minuten ist er da. Setzt Euch bis dahin nieder!«

»Hier nicht, Master. Tom sagte mir, daß es bei Euch einen kleinen Raum giebt, wo man nicht von jedermanns Auge belästigt wird.«

»Den giebt es, ja; aber er ist eben auch nicht für jedermann da.«

»Nicht für jedermann. Aber für wen denn?«

»Wenn ich Euch das erst sagen muß, so scheint es unter Eurem Hute ganz niederträchtig finster zu sein!«

»So sehr doch nicht, wie Ihr denkt!«

Er zog ein Goldstück hervor und schob es dem spekulativen Manne zu.

»Gut! Es steht mit Euch doch nicht ganz so schlimm, als ich dachte. Aber wißt Ihr, wenn man jemandem den Gefallen thut, die Spürnasen von ihm abzuhalten, so ist ganz natürlich eine Liebe der andern wert. Wollt Ihr etwas trinken?«

»Ein Glas Wein.«

»Wein? Seid Ihr verrückt? Was soll ich hier mit diesem albernen Getränke machen? Ihr bekommt eine Flasche Brandy, wie es hier Sitte und Gewohnheit ist. Hier, und auch ein Glas dabei. Jetzt setzt Ihr Euch an den Tisch dort hinter dem breiten Ofen. Gleich daneben ist eine Thür, die niemand sehen kann. Ich werde sie aufstoßen; dann paßt Ihr auf, und beim ersten Augenblicke, wo es kein anderer bemerkt, schlüpft Ihr schnell hinein.«

»Soll geschehen.«

»Es ist jetzt leer in jener Stube. Aber es werden bald Gäste kommen, und ich rate Euch, sie nicht zu inkommodieren. Es sind rasche Bursche, bei denen Wort und Klinge nicht weit voneinander liegen!«

Es geschah, wie er gesagt hatte, und bald saß der Fremde

in dem verborgenen Raume. Dieser faßte nur zwei Tische mit vielleicht einem Dutzend Stühlen, welche jetzt leer standen. Aber, wie der Wirt gesagt hatte, kamen bald Gäste, einer nach dem andern, herbeigeschlüpft und nahmen in einer Weise Platz, welche erraten ließ, daß sie gewohnt seien, hier in dieser Abgeschlossenheit zu verkehren.

Die Notiz, welche sie von dem bereits Anwesenden nahmen, bestand nur in einem kurzen, musternden Blicke; sonst aber beachteten sie ihn nicht im mindesten und führten ihr halblautes Gespräch so ungeniert, als ob kein Fremder zugegen sei. Sämtliche Männer schienen Seeleute zu sein, wenigstens zeigten sie sich während ihrer Unterhaltung in dem Schiffswesen sehr bewandert und in allen nautischen Vorkommnissen der jüngeren Vergangenheit außerordentlich gut unterrichtet. Auch die im Hafen und auf der Reede liegenden Fahrzeuge wurden besprochen.

»Wißt Ihr,« fragte einer, »daß der ›l'Horrible‹ draußen vor Anker gegangen ist?«

»Der ›l'Horrible‹, das frühere Kaperschiff?«

»Ja, Befehlshaber Lieutenant Jenner. Ein prächtiges Schiff, ganz unvergleichlich in Bau und Ausrüstung; der schwarze Kapitän hat es bewiesen.«

»Schade um den armen Kerl, daß er den Strick hat schmekken müssen! Oder nicht, he?«

»Jammerschade; er wußte etwas aus sich und seinen Jungens zu machen.«

»Er vielleicht weniger, aber er soll einen ausgezeichneten Segelmeister gehabt haben, der das eigentliche Kommando führte.«

»Hab auch davon gehört. Der Kerl soll gar nicht einmal ein Mann, sondern ein Weib gewesen sein, ein wahrer Satan. Will's auch gern glauben, denn wenn sich der Teufel ein Extrapläsir machen will, so fährt er in ein Frauenzimmer.«

»Richtig,« meinte ein dritter, »ein Frauenzimmer ist es gewesen, und Miß Admiral wurde sie geheißen; ich weiß es genau. Sie soll die Tochter eines alten Seelöwen gewesen sein, der sie auf allen seinen Fahrten mitgenommen hat. Dadurch ist sie das reine Mannsbild geworden, hat sich nur auf dem Wasser wohl befunden und es nach und nach so weit gebracht, ein Schiff noch besser als mancher erfahrene Kapt'n zu führen. Jeder Seemann weiß, daß es dergleichen Frauenzimmer gegeben hat und wahrscheinlich auch heut noch giebt. Und wer noch mehr erfahren will, der mag nur den langen Tom fragen, der weiß Bescheid. Ich glaube, der Halunke ist schon einmal mit dem schwarzen Kapitän gefahren und kennt den ›l'Horrible‹ besser, als er gestehen will.«

»Möglich; zuzutrauen ist es ihm. Und wenn es wirklich so gewesen ist, so fällt mir gar nicht ein, es ihm übel zu nehmen; denn so ein Hundeleben wie auf einem elenden Kauffahrer giebt es natürlich auf einem wackeren Kaper nicht. Ich will nicht weiter reden, aber, na, ihr wißt schon, was ich meine!«

»Papperlapapp, heraus damit! Oder wenn du dich fürchtest, so will ich es sagen: Wenn der schwarze Kapitän noch lebte und den ›l'Horrible‹ noch hätte, ich ginge auf der Stelle zu ihm an Bord. Da hört ihr's, und ich meine, daß ihr mir recht gebt!«

In diesem Augenblicke öffnete sich die Thür von neuem und ein Mann trat in gebückter Stellung ein, den alle als alten Bekannten begrüßten.

»Der lange Tom! Komm her, alter Swalker und verteie dich hier auf diesen Stuhl. Weißt du, daß wir soeben von dir gesprochen haben?«

»Ja, von dir und dem ›l'Horrible‹!« bestätigte ein andrer.

»Laßt den ›l'Horrible‹ nur immer draußen auf dem Wasser, ihr alten Schwatzratten,« antwortete er, sich niedersetzend und dem Manne mit dem Feuermale unbemerkt zublinzelnd. »Was geht euch das Fahrzeug an, he?«

»Uns nichts, aber dich desto mehr. Wir meinen, daß du es besser kennst als wir; oder bist du nicht einmal auf seinen Planken herumgelaufen?«

»Ich sage nicht ja und nicht nein, aber möglich wäre es. Es sind wohl einige hübsche Dutzend guter Schiffe, die den Tom gesehen haben, und wer kann da etwas dawider haben, wenn der ›l'Horrible‹ mit dabei gewesen ist?«

»Niemand. Doch sag, ist es wirklich wahr, daß der Segelmeister des Kapers ein Weibsbild gewesen ist?«

»Wie ich gehört habe, ja.«

»Hm, da muß doch trotz alledem eine miserable Wirtschaft auf dem Fahrzeuge stattgehabt haben!«

»Wieso?«

»Na, wenn ein Frauenzimmer das Kommando eines Schiffes führt, so möchte ich nicht dabei sein. Ich meine, daß grad dies und nichts andres daran schuld ist, daß der ›l'Horrible‹ genommen worden ist.«

»Meint Ihr – – –?« ließ sich da mit gedehnt fragender Stimme der Fremde mit dem Feuermale vernehmen.

»Ja, ich meine es. Oder habt Ihr vielleicht etwas dagegen?«

»Geht Euch nichts an; wollte bloß wissen, ob Ihr das wirklich meint!«

»Geht mich nichts an, he? Wenn sich ein Fremder in das mengt, was ich sage, so geht es mich nichts an? Nehmt Eure Zunge etwas fester hinter die Zähne, sonst schlage ich Euch eins auf das Maul, daß sie Euch hinunter bis auf die Zehen fährt!«

»Seht ganz danach aus!«

»Wie – was? Da – da habt Ihr, was Euch gehört!«

Mit einem raschen Schritte stand er vor dem schmächtigen, um Kopfeshöhe kürzeren Mann und holte zu einem Schlage aus, der sicher keine wohlthuende Liebkosung sein konnte. Der Bedrohte aber hatte ihn im Nu gefaßt, hob ihn in die Höhe und schmetterte ihn mit solcher Wucht zu Boden, daß er sich kaum aufzuraffen vermochte.

Sofort sprang der ihm am nächsten Sitzende herbei, um die schmähliche Niederlage seines Kameraden zu rächen. Es wurde ihm ganz dasselbe Schicksal: mit wahrhaft katzenartiger Geschwindigkeit wich der Gegner seinen Streichen aus, unterlief ihn und warf ihn zur Erde nieder, daß es dröhnte.

Schon wollte der dritte dem Beispiele folgen, als der lange Tom sich in das Mittel legte.

»Stopp!« meinte er, ihn beim Arme packend und zurückhaltend. »Mach keine Dummheit, alter Bursche. Mit dem dort nimmst du es nicht auf und noch zehn andre ebenso!«

»Oh! das will ich sehen!«

»Versuch's, wenn du durchaus nicht anders willst, aber ich meine, daß ihr einen Offizier vom ›l'Horrible‹ respektieren werdet.«

»Vom ›l'Horrible‹!«

Auch die beiden andern, welche sich jetzt vom Boden erhoben hatten und Miene machten, den Angriff von neuem zu beginnen, stimmten überrascht in diese Frage ein.

»Vom früheren oder jetzigen?«

»Vom früheren natürlich; oder glaubt ihr etwa, daß sich so ein Schwachkopf von Vereinigte-Staaten-Marineoffizier hier in unsre Kabine wagen möchte?«

»Ist's wahr?«

Der Mann mit dem Feuermale nickte leichthin mit dem Kopfe und sagte:

»Wird wohl wahr sein, ihr Männer. Der lange Tom kennt mich ein weniges von früher her, wo wir einige Zeit lang auf denselben Planken herumgestiegen sind und manchen guten Coup ausgeführt haben.«

»So; das ist etwas anderes! Wenn es so steht, so seid Ihr sicher bei uns, und wir werden Euch unsre Fäuste nicht weiter zu schmecken geben.«

»Pah,« klang die geringschätzige Antwort; »vor euren Fäusten ist mir ganz verteufelt wenig bange, wie ihr gesehen habt. Doch seid ihr keine üblen Maten, denke ich, und so will ich die Sache nicht nur gut sein lassen, sondern mich sogar auch ein wenig bei euch auf den Stuhl verteien.«

»Gut sein lassen? Ich denke, der Streit ist nicht von uns, sondern von Euch ausgegangen. Als Fremder ging Euch das, was wir sprachen, nichts an!«

»Hm, ihr mögt nicht so ganz unrecht haben, aber ich bin gewohnt, meine Leute auf die Probe zu stellen, ehe ich den Handschlag von ihnen nehme.«

»Eure Leute?« meinte der eine.

»Auf die Probe stellen?« der andre.

»Den Handschlag nehmen?« der dritte.

»So ist's! Habt ihr nicht vorhin gesagt, daß ihr nach dem ›l'Horrible‹ möchtet?«

»Das war so eine Rede. Ihr werdet Euch wohl die Beifügung gemerkt haben: wenn der schwarze Kapitän noch lebte und ihn befehligte.«

»Wißt ihr denn so genau, daß er tot ist?«

»Alle Wetter! Wollt Ihr damit etwa sagen, daß er noch lebt?«

»Er lebt noch.«

»Wißt Ihr das gewiß?«

»Gewiß.«

»Wo steckt er, he?«

»Das ist nicht eure, sondern meine Sache!«

»Auf dem ›l'Horrible‹ jedenfalls nicht!«

»Nein; da habt ihr recht. Aber - - hm, wenn er ihn nun wiederbekäme?«

»Wiederbekäme? Holla, Sir, das wäre ja ein verdammt guter Streich von ihm!«

»Und von euch!«

»Von uns? Wieso?«

»Weil ihr mit dabei sein könnt, wenn ihr wollt,« erklang es leise und vorsichtig.

»Was wollt Ihr damit sagen, Master?«

»Ich will damit sagen, daß man Männern, die der lange Tom seine Freunde nennt, wohl ein wenig Vertrauen schenken darf. Oder nicht, he?«

»Bei allen Teufeln, da habt Ihr recht und geht nicht fehl! Wir sind überall gern dabei, wo es ein gutes Geld oder einen hübschen Sold zu verdienen giebt. Tom mag uns Euch empfehlen!«

»Ist schon geschehen,« antwortete der Genannte. »Dieser Sir kennt euch so wie ich, und ich hatte ihn herbestellt, damit er euch einmal sehen und mit euch sprechen könne. Wißt ihr etwas Neues?«

»Nun?«

»Ich werde Bootsmann auf dem ›l'Horrible‹.«

»Bootsmann? Willst du uns kalfatern?«

»Fällt mir gar nicht ein! Auch ihr könntet eine gute Stelle finden, wenn ihr wolltet.«

»Ob wir wollen! Aber das Schiff gehört ja den Buntjakken.«

»Jetzt, aber lange nicht mehr, das ist sicher.«

»Wieso?«

Er neigte sich über den Tisch herüber und flüsterte:

»Weil wir es ihnen nehmen werden.«

»Donnerwetter, das wäre ja ein Streich, wie er noch gar niemals dagewesen ist. Man würde in den ganzen Staaten und wohl auch noch weiter darüber hinaus davon sprechen.«

»Fürchtet ihr euch davor?«

»Fürchten? Pah! Was kann uns das Gerede schaden? Mit dem ›l'Horrible‹ unter den Füßen braucht man sich vor der ganzen Welt nicht zu scheuen!«

»Ja, und könntet ein Leben führen wie der große Mogul oder wie der Kerl heißt, der so viel Dollars besitzt, daß die See voll würde, wenn er einmal so dumm sein wollte, sie hineinzuwerfen. Es liegt nur an euch, es so zu haben!«

»An uns? Sprecht weiter, Sir!«

Der Rotmalige langte in die Tasche, zog ein wohlgefülltes Portefeuille hervor, entnahm demselben einige Banknoten und legte jedem eine derselben hin.

»Wollt ihr diese Wische haben?« fragte er.

»Werden nicht so albern sein, sie zurückzuweisen! Aber was sollen wir dafür thun?«

»Nichts; ich schenke sie euch umsonst. Aber wenn ihr die Richtigen seid, so könnt ihr morgen oder übermorgen fünfmal soviel haben!«

»Inwiefern?«

»Wollt ihr eine Spazierfahrt hinaus auf die Reede mitmachen?«

»Warum nicht?«

»Um den Buntjacken einen Besuch abzustatten?«

»Warum nicht?«

»Es wird wohl einige Hiebe oder Messerstiche dabei geben.«

»Thut nichts!«

»Doch ist es möglich, daß es auch glatt abgeht.«

»Desto besser.«

»Ihr bleibt natürlich dann auf dem Schiffe.«

»Versteht sich! Aber wer wird uns befehligen?«

»Wer anders als der Kapitän?«

»Der schwarze?«

»Der schwarze!«

»So lebt er wirklich noch?«

»Er lebt noch, und ihr sollt mit ihm zufrieden sein, wenn ihr das Eurige thut.«

»Wird an nichts fehlen, Sir, darauf könnt Ihr Euch verlassen!«

»Gut; so hört, was ich euch sage!«

Sie rückten erwartungsvoll zusammen.

»Ihr kauft euch bessere Kleider, denn so wie jetzt darf euch niemand sehen!«

»Soll geschehen.«

»Ihr geht des Abends nicht aus, sondern bleibt hier, um auf mich oder einen Boten zu warten!«

»Ist uns lieb. Die Spürnasen machen uns ja draußen genug zu schaffen.«

»Sobald ich schicke, kommt ihr mit Tom zu - zu - in die Wohnung der Frau de Voulettre.«

»Alle Teufel, das ist eine verdammt vornehme und reiche Miß. Ich habe von ihr sprechen hören. Was haben wir mit ihr zu schaffen?«

»Die Offiziere des ›l'Horrible‹ werden bei ihr zu finden sein.«

»Ah!«

»Ihr wollt Heuer auf dem Schiffe nehmen, und sie wird euch den Herren empfehlen.«

»Donnerwetter - uns empfehlen - die reiche, vornehme Miß? Seid Ihr klug, Sir?«

»Ich denke es!«

Die Männer sahen ihn halb zweifelnd, halb respektvoll forschend an.

»Dann seid Ihr wohl ein wenig gut mit ihr bekannt?«

»Möglich! Ihr werdet jedenfalls gemietet werden und geht sofort an Bord.«

»Ganz wie Ihr befehlt, Sir.«

»Es wird dann dafür gesorgt werden, daß die Offiziere und Subalternen an das Land gehen. Der schwarze Kapitän wird dann mit seinen Leuten bei euch anlegen und -- na, das übrige ist nicht meine Sache; ich bin bloß sein Agent. Was ihr noch zu wissen braucht, wird euch Tom schon sagen.«

Die Männer nickten zustimmend. Der Plan des scheinbaren Agenten nahm ihre Köpfe so sehr in Anspruch, daß sie keine Zeit zu langen Reden hatten. Dieser fuhr fort:

»Und nun noch eins: Tom ist Bootsmann, und ihr habt ihm von diesem Augenblicke an in allen Stücken Gehorsam zu leisten, versteht ihr?«

»*Yes,* Sir!«

»Seid ihr treu und verschwiegen, so könnt ihr auf den Kapitän rechnen; bei dem geringsten Zeichen von Verrat aber seid ihr verloren, dafür ist gesorgt. Also nehmt euch zusammen!«

»Keine Sorge, Master! Wir wissen, was wir vorhaben; es ist so etwas schon längst unser Wunsch gewesen, und da er nun so schön in Erfüllung geht, werden wir uns das Vergnügen nicht selbst verderben.«

»Schön! Hier habt ihr noch ein weniges, um zu trinken; ich muß nun fort. Adieu!«

»Adieu, Sir!«

Während die andern sich in achtungsvolle Stellung erhoben, reichte er Tom wie herablassend die Hand und verschwand dann durch die Thür.

»Alle Teufel, konnte der Kerl zugreifen!« bemerkte der eine.

»Und was die Hauptsache ist, mit diesen kleinen Händen,« fügte der andre hinzu. »Man sieht es ihm nicht an, aber er hat wahrhaftig den Satan im Leibe!«

»Setzt euch,« mahnte Tom; »ich habe euch noch mancherlei zu erklären.«

Die Männer saßen noch lange beisammen und lauschten den Reden ihres Kameraden. Er war ein erfahrener und gewiegter Maate und verstand es, sie vollständig für das beabsichtigte Unternehmen zu gewinnen, so daß an einen Verrat ihrerseits nicht zu denken war. Seine Auslassungen bezogen sich darauf, daß grad jetzt während des Krieges zwischen den Nord- und Südstaaten ein gut geführter Kaper, der nebenbei heimlich Piraterie treibe, vortreffliche Geschäfte machen könne. - - -

Die Gemächer der Frau de Voulettre waren am Abende nach dieser Unterredung hell erleuchtet. Sie hatte große Soiree. Im Salon wurde zum Piano getanzt; an den Büffets nahm man die feinsten Delikatessen und Erfrischungen zu sich; die älteren Herren hatten sich in die Nebenzimmer zurückgezogen, wo man allerlei diskutierte oder sich einem ›kleinen‹ Spielchen hingab, bei welchem die Dollars zu Hunderten gesetzt, gewonnen oder verloren wurden.

Selbst der Neid mußte gestehen, daß unter allen anwesenden Damen der Herrin des Hauses die Krone gebühre. Sie verstand es, jedes Wort so auszusprechen und jede, auch die kleinste Bewegung so auszuführen, daß der Beobachter selbst gegen seinen Willen angezogen und dann dauernd gefesselt wurde.

Jetzt eben ruhte sie in nachlässiger Stellung auf dem sammetnen Diwan und wehte sich mit dem perlenbesetzten Fächer Kühlung zu. Ihr dunkles Auge ruhte mit sichtbarem Interesse auf dem Gesichte des Marinelieutenants Jenner, der von dem Kapitän des Orlogschiffes vorgestellt worden war.

»Sie kommen um Kap Horn, Lieutenant?« fragte sie ihn.

»Direkt nicht. Ich kreuze schon längere Zeit *vis-à-vis* dem Isthmus.«

»Ah, ein langweiliges Geschäft, nicht? Hatten Sie nicht Zeit, schon längst einmal hier anzulegen?«

»Leider nicht. Der Dienst zur See ist streng.«

»Wissen Sie, Lieutenant, daß ich mich trotzdem außerordentlich für das Seewesen interessiere?«

»Ah! Die See hat allerdings etwas Anziehendes selbst für Damen; aber das, was man unter ›Seewesen‹ gewöhnlich zu verstehen pflegt, ist so trocken und – gefährlich, daß ich kaum einer Lady im Ernste zumuten möchte, sich –«

»Pah,« fiel sie ihm in die Rede; »nicht jede Dame fürchtet die Gefahr, ebenso wie nicht jeder Herr ein Herkules ist. Meine Heimat ist eine Insel, rings vom Wasser umgeben; ich habe zahlreiche Verwandte drüben auf dem Kontinente, bin viel hin und her gefahren, oft droben in New-York oder Boston gewesen, habe sogar einmal das Kap der guten Hoffnung besucht und mir dabei eine Teilnahme für die See angeeignet, welche sich auf alles erstreckt, was mit der letzteren in Beziehung steht. Sogar den nautischen Wissenschaften, die für den Laien allerdings so schwer und trocken sind, wie Sie sagen, habe ich einige Teilnahme schenken dürfen, und wenn Sie mein Arbeitskabinett betreten wollten, so könnte ich Ihnen den sichersten Beweis für diese Behauptung liefern.«

»Für ein solches Heiligtum dürfte mein Fuß doch vielleicht zu profan sein.«

»Meinen Sie! Man lebt hier so ungeniert und unabhängig von den sonstigen Regeln der Etikette und Dehors, daß ich meinen Gästen gegenüber sicherlich keinen *faux-pas* begehe, wenn ich Sie ersuche, mir Ihren Arm zu geben!«

Sie legte ihren Arm in den seinen und schritt mit ihm durch mehrere Gemächer bis in ein Zimmer, welches allerdings die Bezeichnung ›Arbeitskabinett‹ wenig oder gar nicht verdiente. Es war das Boudoir der Dame und mit einem Luxus ausgestattet, der geradezu raffiniert genannt werden mußte.

Hier trat sie an ein kostbares Schreibmöbel, öffnete einen Kasten desselben und entnahm demselben eine vollständige Sammlung der zuverlässigsten und wertvollsten Seekarten. Die andern Kästen enthielten alle nautischen Instrumente, welche zur Führung eines Schiffes erforderlich sind.

Jenner konnte seine Verwunderung über diesen unerwarteten Schatz nicht verbergen. Er gestand aufrichtig:

»Ich muß sagen, Miß, daß ich in meiner Kajüte nicht bessere Karten und Instrumente besitze!«

»Möglich; ich pflege nie etwas Unbrauchbares zu meinem Eigentum zu machen.«

»Aber diese Gegenstände sind nur nach tiefen Studien und nur in der Praxis zu verwenden!«

»Und diese Studien trauen Sie einer Dame nicht zu?«

»Ich fand noch keine, welche mich zu einer andern Ueberzeugung bekehrt hätte.«

»So bitte ich, mich zu examinieren!«

Ihr Auge hing mit einem belustigten Blicke, in welchem ein aufmerksamer Beobachter jedenfalls etwas wie Hohn oder Verachtung bemerkt hätte, in seinen offenen, ehrlichen Zügen.

»Examinieren?« lachte er. »Wer vermöchte es, hier Ihnen gegenüber die zu einem solchen Vorhaben nötige Ruhe zu bewahren! An Bord meines Schiffes würde ich weniger befangen sein.«

»Dieser ›l'Horrible‹ ist ein prächtiges Schiff, Sir, das prächtigste, welches ich kenne; aber wissen Sie, daß ich Sie dieses Fahrzeuges wegen hassen sollte?«

»Hassen? Weshalb?«

»Weil ich auf ihm die schlimmsten und bittersten Stunden meines Lebens durchlitten und durchjammert habe.«

»Sie waren auf dem ›l'Horrible‹?« fragte er erstaunt.

»Ja. Sie kennen die Geschichte dieses berühmten oder vielmehr berüchtigten Fahrzeuges?«

»So ziemlich.«

»So hörten Sie auch von einer Dame, welche sich an Bord desselben befand, als es genommen wurde?«

»Gewiß.«

»Sie war mit einem Kauffahrer vom Kap gekommen und in die Hände des schwarzen Kapitäns geraten?«

»So ist es!«

»Nun, diese Frau war ich!«

»Waren Sie? Welch ein Zusammentreffen, Miß! Sie müssen mir später von diesem außerordentlichen Abenteuer erzählen!«

»Darf ich einen Wunsch äußern, Sir?«

»Sprechen Sie!«

»Darf ich den ›l'Horrible‹ sehen, darf ich ihn nochmals besteigen, um die Stätte, an welcher ich so viel verlor, durch meine Gegenwart zu - zu - entsündigen?«

»Sie dürfen!« erwiderte er erfreut, sie in seinem kleinen, wohlgeordneten Reiche umherführen zu können.

»Und wann?«

»Wann Sie befehlen!«

»Dann morgen, Sir, morgen am Vormittage!«

»Sehr, sehr gern, Miß. Ihr Fuß soll die Stätte heiligen, die meine gegenwärtige Heimat ist!«

»Dann werden wir Gelegenheit finden, das Examen anzustellen,« lächelte sie schalkhaft. »Doch wünsche ich, Lieutenant, daß mein Besuch Ihnen keinerlei Unbequemlichkeit veranlasse. Ich bin weder Admiral noch Kommodore und habe nicht das mindeste Recht, einen seemännischen Eklat zu beanspruchen.«

»Keine Sorge, Miß! Selbst wenn ich wollte und es mir überhaupt gestattet wäre, den ›l'Horrible‹ im Paradekleide auf Sie warten zu lassen, würde ich mit einigen kleinen Schwierigkeiten zu kämpfen haben. Grad morgen früh gehen einige meiner Männer auf Abschied vom Bord, und ich muß, um wieder vollzählig zu sein, mich nach Ergänzung umsehen.«

»Ah! Darf ich Ihnen dabei dienen, Sir?«

»Ich würde eine solche Liebenswürdigkeit mit Dank anzuerkennen wissen!«

»O bitte, nein, zum Dank würde dann nur ich verpflichtet sein! Ihre Bemerkung erinnert mich an einige brave Männer, die in meinen Diensten standen und auf ein gutes Schiff zu kommen wünschen. Sie sämtlich sind sehr wohlbefahrene Seeleute, denen ich das beste Lob erteilen kann. Darf ich sie Ihnen empfehlen?«

»Ihre Empfehlung überhebt mich der Mühe, mich nach passenden Persönlichkeiten umzusehen. Darf ich um das Nähere bitten?«

»Sie wohnen in der Nähe. Ich werde sie in das Vorzimmer rufen lassen, wo Sie die Prüfung vornehmen können.«

»Ihre Güte drückt mich förmlich nieder, Miß. Ich bin überzeugt, daß keiner Ihrer Schützlinge zurückgewiesen wird!«

»Ich danke! Gestatten Sie mir, den betreffenden Befehl zu erteilen!«

Sie kehrte in die Gesellschaftsräume zurück.

Jenner war bezaubert von der Liebenswürdigkeit dieser Frau, die ihm eine solche Freundlichkeit erwies. Er, der einfache, in gesellschaftlicher Beziehung anspruchslose und in Betreff der Frauen noch vollständig unerfahrene Seemann konnte sich unmöglich einem Argwohne hingeben, und als ihm gemeldet wurde, daß die Betreffenden im Vorzimmer seiner harrten, trat er am Arme der Gastgeberin hinaus, warf Tom, denn dieser war es, den die Dame mit seinen Gefährten aus der Taverne hatte kommen lassen, einige leicht zu beantwortende Fragen hin, gab ihnen das gebräuchliche Angeld und gebot ihnen, schon am nächsten Morgen am Bord des ›l'Horrible‹ einzutreffen.

»Nun, Lieutenant,« fragte ihn der Kapitän des Panzerschiffes, als sie später miteinander heimgingen. »Wie gefällt Ihnen die Dame?«

»Ausgezeichnet!« antwortete Jenner. »Sie will meinem l'Horrible einen Besuch abstatten.«

»Ah! Und wann?«

»Schon morgen am Vormittage.«

»Hm, gratulire, Lieutenant! Der Empfang wird ein gebührender sein.«

»Höflich, nicht mehr!«

»Soll ich mich dazu einladen?«

»Darf ich Sie ersuchen, Kapitän?«

»Nein, nein,« lachte dieser; »ich will ein rücksichtsvoller Kamerad sein und Sie in Ihrer Herrlichkeit nicht stören, allerdings nur unter einer gewissen Bedingung!«

»Sie lautet?«

»Sie bringen mir Ihren Besuch auf eine Viertelstunde herüber zu mir!«

»Zugestanden!«

»Topp?«

»Topp!«

Die beiden Offiziere bestiegen das ihrer harrende Boot, um sich nach ihren Fahrzeugen zu begeben. –

Am andern Morgen herrschte am Bord des ›l'Horrible‹ ein regeres Leben als gewöhnlich. Die Mannschaft war unterrichtet worden, daß eine hochgestellte Dame das Schiff zu besichtigen wünsche. Die peinliche Ordnung und Reinlichkeit, welche auf einem Kriegsschiffe zu herrschen pflegt, ließ zwar alle Vorbereitungen in dieser Richtung als überflüssig erscheinen, dennoch aber unterwarf Jenner sein Fahrzeug einer sorgfältigen Prüfung und verordnete hier und da einen Handgriff oder befahl ein kleines Arrangement, um seine schwanke Wohnung in einem möglichst vorteilhaften Lichte erscheinen zu lassen.

Er hatte diese Thätigkeit eben erst beendet, als die neu angeworbenen Matrosen an Bord erschienen und sich ihm vorstellten. Er nahm sie in Pflicht, ließ ihnen ihren Raum anweisen und bekümmerte sich dann nicht weiter um sie. Die spezielle Beaufsichtigung der Leute war so nicht seine, sondern die Sache des Maate.

Als dann später die Frau de Voulettre erschien, empfing er sie mit ausgesuchter Artigkeit.

»Ein prächtiges Schiff!« meinte sie, als sie von der Besichtigung desselben mit Jenner unter das auf dem Decke errichtete Zeltdach zurückgekehrt war, wo der Koch mit den gewähltesten Leckerbissen auf sie wartete. »Ich muß gestehen, Sir, daß es sich sehr zu seinem Vorteile verändert hat. Die gegenwärtige Takelung ist ausgezeichnet, so daß ich glaube, seine Geschwindigkeit habe um ein Beträchtliches gewonnen, seit es in die Hand der Vereinigten-Staaten-Marine gelangt ist.«

»Ich kenne die Zahl der Knoten nicht, die es früher zurückgelegt hat, aber ich bin dennoch in der Lage, Ihrer Meinung mich anzuschließen, wenn auch nicht aus dem Grunde, um dabei mir ein Verdienst beizulegen. Die Verwaltung der Staaten-Marine besitzt eben mehr als ein Privatmann die intellektuellen und pekuniären Mittel, welche die Ausrüstung eines Schiffes erfordert.«

»Es will mir scheinen, als ob der ›l'Horrible‹ einen Vergleich mit jedem andern Schiffe getrost aufnehmen könne.«

»Auch hier stimme ich bei, obgleich ich eine Ausnahme kenne, allerdings nur eine einzige.«

»Und diese wäre?«

»Die ›Swallow‹, Lieutenant Parker.«

»Die ›Swallow‹? Mir ist, als hätte ich von ihr gehört. Was für ein Schiff?«

»Klipper mit Schunertakelage.«

»Wo stationiert?«

»Mit Depeschen unterwegs nach hier. Ich stieß einige Grade südlich von hier auf sie, wo ich von Parker Instruktionen in Empfang nahm. Er legte nach der japanesischen Linie hinüber, wird aber bald hier vor Anker gehen.«

»Es soll mich verlangen, dieses ausgezeichnete Fahrzeug zu sehen! Parker ist ein amerikanischer Name?«

»Der Lieutenant ist, so viel ich weiß, kein Nordamerikaner, sondern ein Deutscher.«

»Ah! Woher?«

»Kann es nicht sagen; doch, bitte, nehmen Sie von dem kleinen Imbiß, der Ihrem Geschmacke allerdings nicht angemessen sein dürfte. Der Koch eines Kriegsschiffes ist nur selten auf ein Menu für Damen vorbereitet.«

»Aber eine Dame auf ein Menu für brave Seegasten. Darf ich eine Einladung aussprechen, Herr Lieutenant?«

»Ich füge mich dankbar Ihren Bestimmungen.«

»Dann darf ich Sie heut abend bei mir sehen und auch erwarten, daß Sie die übrigen Chargen mitbringen?«

»So weit der Dienst es gestattet, ja.«

»Ich danke! Es wird ein Souper *entre nous*, bei welchem

ich mich bestreben werde, Ihren freundlichen Empfang nach Kräften zu erwidern.«

»Dieser Empfang ist der Frau de Voulettre überall gesichert. So habe ich zum Beispiel den Auftrag, Ihnen, wenn auch nur für einen Aufenthalt von wenigen Minuten, eine Einladung hinüber nach der Panzerfregatte auszusprechen. Der Kapitän würde sich für diese Aufmerksamkeit Ihnen außerordentlich verbunden fühlen.«

»Ich sage zu, doch nur unter einer Bedingung.«

»Welche ist dies?«

»Ihre Begleitung, Herr Lieutenant.«

»Zugestanden, und zwar von Herzen gern!«

Als das Frühstück eingenommen war, ließ er sich mit ihr nach dem Panzer hinüberfahren. Der arglose Offizier hatte keine Ahnung von dem heimlichen Zwecke, der diesem Besuche zu Grunde lag. Natürlich wußte er ebenso wenig, daß die Matrosen, welche auf die Empfehlung der Dame heut zu ihm an Bord gekommen waren, es auf sein Fahrzeug abgesehen hatten. Und diese Matrosen hatten sich auch täuschen lassen. Es wäre ihnen sicher ganz unglaublich erschienen, wenn jemand ihnen gesagt hätte, daß Frau de Voulettre identisch sei mit dem Manne mit dem großen Feuermale, der sie gestern in der Taverne engagiert hatte.« – – –

»Und nun, Mesch'schurs,« fuhr der Erzähler fort, »muß ich meine Geschichte einen großen, weiten Sprung von San Francisco nach der Gegend des wilden Westens machen lassen, in welcher sich Sam Fire-gun mit seinen Leuten befindet. –

Die erregten Lüfte, welche heulend über die Ebene jagten, sie fangen sich an den Felsenmauern der Gebirge und gehen – zur Ruhe. Die Wolken, die entweder majestätisch langsam am Himmel hinzogen, oder, vom Sturme gepeitscht, wie wilde, wirre Gespensterscharen am Firmamente sich auf- und niederwälzten, sie gießen ihr wärmeloses Blut zur Erde nieder und gehen – zur Ruhe. Der Bach, der Fluß, der rauschende Strom, der ohne Rast und Aufenthalt von dem unerbittlichen Gesetze der Schwere zwischen seinen Ufern fortgetrieben wird, er wälzt sich endlich in das Meer und geht – zur Ruhe. Bewegung und Ruhe ist der Inhalt des ganzen, des besonderen wie allgemeinen Lebens, auch des menschlichen.

Die wilde Prairie kennt keine Heimat, keinen häuslichen Herd, an welchem die Familie ihr Glück zu genießen und zu feiern vermag. Wie das Wild, vorsichtig, scheu und heimlich, jagt oder schleicht der Jäger sich über die weiten Savannen, vor, neben, hinter und um sich die Gefahr und den immerfort drohenden Tod. Aber nicht immer darf dies währen, sonst würde seine riesige Körperkraft, seine mutige Ausdauer, seine unbeugsame Energie endlich doch erliegen. Auch er bedarf der Erneuerung seiner Kräfte, der Erholung und Ruhe. Und dies findet er an den sorgfältig ausgesuchten Orten, die er teils zu diesem Zwecke, teils auch zur Aufstapelung seiner Jagdbeute herzustellen pflegt, in den sogenannten *Hiding-holes* oder *Hide-spots*[1]. – – –

Es war einige Tage, nachdem Sam Fire-gun seine Trapper und seine Gäste aus dem »Lager« nach dem eigentlichen *Hide-spot* geführt hatte, als drei Männer durch die Prairie ritten, welche einige Maultiere an der Koppelleine führten. Dieser Umstand ließ erraten, daß sie ausgezogen waren, um »Fleisch zu machen«, das heißt nach dem Jägerausdruck, um auf die Jagd zu gehen und die Ihrigen mit der notwendigen Nahrung zu versorgen.

Der eine war kurz und dick, der andere unendlich lang und hager, und der dritte hing auf seinem Pferde, als erwarte er alle Augenblicke einen heftigen Choleraanfall.

»*Zounds,*« meinte dieser letztere, indem er einen Versuch machte, sich in gerade Stellung emporzurichten, »ich wollte, ich wäre in unserem Loche zurückgeblieben und hätte mich nicht vom Teufel reiten lassen, mit euch hier auf der traurigen Wiese herumzuschlingern wie ein Fahrzeug, welches Kompaß und Steuer verloren hat. Machen mir da die verteufelten Jungens weis, daß die Büffel hier herumlaufen wie die

[1] Verstecke, heimliche Niederlagen der erbeuteten Felle.

Ameisen, und nun sind wir bereits zwei Tage auf dem Kurse, haben weder Ochse noch Kuh, ja nicht einmal ein armseliges Kalb zu Gesicht bekommen. Und dabei schüttelt mich mein Gaul wie eine Medizinflasche auf und nieder, daß ich gewiß noch aus allen Fugen gehe, und zuletzt nicht einmal mehr meinen Namen weiß. Macht, daß wir wieder bald vor Anker gehen. Wer Fleisch haben will, mag sich welches holen; ich brauche keins!«

»Ob du Fleisch brauchst oder nicht, Peter, das bleibt sich gleich,« antwortete der Dicke; »aber was willst du essen, wenn wir keines bekommen?«

»Wen denn anders als dich, den fetten Hammerdull, he! Oder denkst du etwa, daß ich mich da an Pitt Holbers machen werde, an dem nichts zu finden ist als Knochenzeug und ungegerbte Schwarte?«

»Was sagst du dazu, Pitt Holbers, altes Coon?« lachte Dik Hammerdull.

»Wenn du meinst, daß sich der alte Seefisch um sich selber zu bekümmern hat, Dick, so gebe ich dir vollkommen recht. Ich habe nicht den mindesten Appetit, ihn anzubeißen.«

»Das wollte ich mir auch verbeten haben! Wer den Steuermann Peter Polter aus Langendorf anbeißen will, der muß ein anderer Kerl sein als - - - Donner und Doria, guckt doch einmal hier zur Erde. Hier ist irgend wer gelaufen; ob Mensch oder Tier, das weiß ich nicht, aber wenn ihr das Gras untersuchen wollt, so wird es sich wohl zeigen, was für eine Kreatur es gewesen ist.«

»*Egad*, Pitt Holbers,« meinte Hammerdull, »es ist wahr; hier ist das Gras zerstampft. Laßt uns absteigen!«

Die beiden Jäger verließen ihre Pferde und untersuchten den Boden mit einer Sorgfalt, als hinge ihr Leben daran.

»Hm, alter Pitt, was meinst du dazu?« fragte Hammerdull.

»Was ich meine? Wenn du denkst, daß es Rothäute gewesen sind, Dick, so gebe ich dir vollständig recht.«

»Ob es welche gewesen sind oder nicht, das bleibt sich gleich, aber daß es keine andern waren, das ist sicher. Peter Polter, steig ab, daß man dich nicht so weit erkennen kann.«

»Gott sei Dank, ihr Leute, daß wir auf die roten Halunken stoßen, denn auf diese Weise komme ich von meiner Bestie herab!« erwiderte dieser, indem er sich mit einer Miene, als sei er einer fürchterlichen Gefahr entronnen, von dem Gaule herabbalancirte. »Wie viele sind es ihrer denn gewesen?«

»Fünf, das ist sicher. Und daß sie zu den Ogellallahs gehören, daran ist auch kein Zweifel.«

»Woran erkennst du das?«

»Weil vier von ihnen neueingefangene Pferde haben. Das Tier des Fünften ist uns entgangen, als wir sie überrumpelten, und zum Fang der andern benutzt worden. Macht euch kampfbereit. Wir müssen ihnen nach, um zu sehen, was sie wollen!«

Die drei Männer sahen nach ihren Büchsen, machten ihre Waffen gebrauchfertig und folgten dann den Spuren, aus deren Richtung ein näherer Zweck des Rittes allerdings nicht zu erkennen war. Sie führten endlich direkt auf ein schmales aber tiefes Flüßchen zu, welches die Indianer durchschwommen haben mußten, da man ihre Spur am jenseitigen Ufer erkennen konnte.

Hammerdull musterte, vorsichtig zwischen dem Gesträuch haltend, das drüben sich ausbreitende, hügelige Terrain.

»Wir müssen ihnen auch dort nach. Sie führen nichts Gutes im Schilde, und wenn ich berechne, daß wir ihnen vor – –«

Er konnte nicht weiter sprechen; ein Lasso zischte durch die Luft, schlang sich um seinen Hals und riß ihn zur Erde. So erging es auch den beiden andern; ehe sie an Gegenwehr denken konnten, waren sie von den fürchterlichen Riemen umschlungen, lagen unter den unvermutet über sie hergefallenen Feinden und wurden ihrer Waffen beraubt und gefesselt. Es waren fünf Indianer.

Mit wahrhaft gigantischen Anstrengungen sträubte sich der Steuermann gegen die Umschlingung; es half ihm nichts; die Büffellederriemen waren zu fest; er erreichte nichts als ein verächtliches Knurren von seiten der Indianer. Dick

Hammerdull und Pitt Holbers dagegen nahmen die Sache gelassener. Sie schwiegen und ergaben sich regungslos in ihr Geschick.

Der Jüngste der Wilden trat vor sie hin. Drei Adlerfedern schmückten sein hochgeflochtenes Haupthaar, und das Fell eines Jaguars hing ihm von den Schultern hernieder. Er musterte sie mit drohendem Blicke und begann dann mit einer verächtlichen Handbewegung:

»Die weißen Männer sind schwach, wie die Brut des Prairiehundes; sie vermögen nicht, ihre Fesseln zu zersprengen!«

»Was sagt der Halunke?« fragte Peter Polter, der das Idiom des Wilden nicht verstand, die beiden Leidensgefährten.

Er erhielt keine Antwort.

»Die weißen Männer sind keine Jäger. Sie sehen nicht, sie hören nicht und haben keine Klugheit. Der rote Mann sah sie kommen hinter sich her. Er ging durch das Wasser, um sie zu täuschen, und kehrte zurück. Sie haben keine List gelernt und liegen nun auf der Erde wie Kröten, die man mit dem Stocke zerschlägt.«

»*Mille tonnerre,* wollt ihr mir wohl endlich sagen, was der Kerl zu schwatzen hat, he?« schrie der Steuermann, sich erfolglos unter seinen Fesseln emporbäumend.

Die Angeredeten schwiegen auch jetzt.

»Die weißen Männer sind feig wie die Mäuse. Sie wagen nicht, mit dem roten Manne zu sprechen; sie schämen sich, vor ihm zu liegen als – –«

»Heiliges Graupelwetter, was er sagt, frage ich euch, ihr Schufte!« brüllte Peter, jetzt über ihr Schweigen noch wütender, als über die Lage, in welche sie durch ihre Unvorsichtigkeit geraten waren.

»Ob er etwas sagt oder nicht, das bleibt sich gleich,« meinte Hammerdull; »aber er schimpft dich eine dumme, feige Kröte, weil du so unvorsichtig gewesen bist, dich fangen zu lassen!«

»Dumm – feig – Kröte – mich schimpft er –, mich bloß? Habt ihr euch etwa nicht auch fangen lassen? Wart, ihr Schlingel, er soll den Peter Polter aus Langendorf kennen lernen und ihr dazu! Mich allein hat er geschimpft, mich allein, hahaha! Na warte, so werde ich ihm auch beweisen, daß nur ich allein mich nicht vor ihm zu fürchten brauche!«

Er zog die sehnigen Glieder langsam zusammen. Die Indianer waren seitwärts getreten, um sich leise zu beraten und bemerkten diese Bewegung nicht.

»Eins - zwei - drei - adjes, Dick Hammerdull - adjes, Pitt Holbers - kommt recht bald hinterdrein gesegelt!«

Das Vertrauen auf seine Riesenkraft hatte ihn bei dieser fast übermenschlichen Anstrengung nicht im Stiche gelassen. Die Riemen sprangen; er schnellte empor, stürzte zum Pferde, schwang sich auf und flog davon.

Die Wilden hatten das Entkommen eines ihrer Gefangenen für keine Möglichkeit gehalten, und die Bewegungen des Steuermannes waren so blitzeschnell gewesen, daß er schon eine ziemliche Strecke zurückgelegt hatte, ehe sie nach den Schießwaffen griffen. Die Kugeln trafen ihn nicht; aber zwei der Indianer saßen auf, ihn zu verfolgen. Die andern blieben bei den beiden Gefangenen zurück.

Während des ganzen Zwischenfalles war kein Wort, kein Ruf zu hören gewesen; jetzt trat der junge Wilde, welcher vorhin gesprochen hatte, wieder zu den beiden Jägern heran und fragte sie:

»Kennt ihr Sam Fire-gun, den weißen Jäger?«

Die Gefragten würdigten ihn keiner Antwort.

»Ihr kennt ihn, denn er ist euer Häuptling. Aber ihr habt auch gekannt Matto-Sih, die Bärentatze, dessen Blut geflossen ist von euren Händen. Er weilt jetzt in den ewigen Jagdgründen, und jetzt steht sein Sohn vor euch, um seinen Tod zu rächen an den weißen Männern. Er ist mit den Jünglingen den alten Kriegern nachgezogen, welche das Feuerroß fangen wollten, und hat zweimal gefunden die Leichen seiner Brüder. Den Entkommenen hat er neue Pferde gefangen und wird nun liefern die Mörder an den Feuerpfahl.«

Er trat zurück. Die beiden Jäger wurden, ohne daß sie sich dagegen wehrten, auf ihre Pferde gebunden; dann ging es über das Flüßchen hinüber dem Walde zu, der sich längs des hügeligen Horizontes hinzog. Die drei Wilden wußten, daß sie wegen der zwei Uebrigen, welche dem Steuermann nachgeritten waren, keine Sorge zu haben brauchten.

Als sie den Wald erreichten, war es Abend. Sie ritten am Rande desselben hin und dann ein kleines Stück hinein, bis sie auf eine Schar junger Indianer trafen, welche um ein kleines, gedämpftes Feuer saßen. Sie hatten sich, obgleich sie keine erwachsenen Krieger waren, unter der Anführung des Häuptlingssohnes aufgemacht, um ihren älteren Angehörigen nach dem Ueberfall des Zuges entgegenzureiten, und hatten dabei die Niederlage derselben bemerkt. Sie brannten darauf, den Tod der Ihrigen zu rächen, und waren entzückt, als sie jetzt die Gefangenen sahen. Sie lauschten aufmerksam dem Berichte ihres jungen Anführers, welcher, hochaufgerichtet unter ihnen stehend, ihnen die Gefangennahme der Weißen erzählte und daran seine weiteren Vorschläge schloß.

Seine Worte schienen Beifall zu finden, wie ein oft eingeschaltetes »Uff!« seiner Zuhörer zeigte. Dann trat der einzige Weiße, welcher sich unter ihnen befand, hervor und begann:

»Der große Geist öffne die Ohren meiner roten Brüder, damit sie verstehen das, was ich ihnen jetzt zu sagen habe!«

Nach einigem Räuspern fuhr er fort:

»Sam Fire-gun ist ein großer Jäger; er ist stark wie der Bär des Gebirges und klug wie die Katze hinter dem Stamme der Sykomore; aber er ist ein Feind des roten Mannes und hat ihm mehr als hundert Skalpe genommen. Er hat getötet Matto-Sih, den berühmten Häuptling der Ogellallahs, hat niedergeschlagen die Hälfte des Stammes und sich wieder frei gemacht, als er in unsre Hände fiel. Fire-gun hat das Gold der Berge in seinem Wigwam aufgestapelt, und niemand durfte wissen, wo er wohnte. Er ist mein Feind, und darum nahm ich meine Männer, um sein Wigwam zu finden und ihm das Gold zu nehmen. Da trafen wir auf unsre roten Brüder, verbanden uns mit ihnen und wurden einig: sie das Blut und wir das Gold der Feinde. Aber an dem Himmel stand für uns kein günstiges Gestirn; die weißen Männer wurden außer mir alle getötet, und von den roten Brüdern erhielten nur wenige das Leben. Wir waren ohne Waffen und Pferde, und die Not hätte uns ergriffen, wenn wir nicht auf die jungen Krieger des Stammes getroffen wären, welche ausgezogen waren, um zu zeigen, daß sie würdig sind, in den Reihen der Tapfersten zu kämpfen. Sie werden die Getöteten rächen und die Skalpe ihrer Feinde nehmen, aber anders, als der junge Häuptling will.«

Ein Ruf der Spannung ging durch den Kreis der Zuhörer. Der Sprecher fuhr fort:

»Wir haben entdeckt den Zugang zu dem Wigwam des Feindes. Er wohnt in einer Höhle, in welche das Wasser führt, das die Spur seines Fußes und seiner Pferde verdeckt. Meine Brüder wollen da eindringen in der Dunkelheit der Nacht und ihn im Schlafe töten. Aber die roten Männer mögen erwägen, daß er nicht ohne Wächter ist und jetzt einer seiner Leute ihnen entkommen ist, der ihm ihre Anwesenheit verraten wird. Ich weiß einen bessern Weg zu ihm.«

»Der weiße Mann spreche!« ertönte es.

»Das Wasser, welches in den Wigwam fließt, bleibt sicher nicht in demselben, sondern fließt wieder ab. Ich habe den Ort gefunden und will jetzt den jungen Häuptling hinführen, um zu entdecken, ob durch die Erde zu gelangen ist. Man frage die beiden Gefangenen, ob sie davon wissen!«

Der Vorschlag wurde mit allgemeinem Beifall aufgenommen; der Kreis teilte sich, und der Anführer trat auf Pitt Holbers und Dick Hammerdull zu, welche gefesselt und geknebelt in der Nähe lagen.

Sie hatten jedes Wort vernommen. Der Gedanke des feindlichen Trappers hatte jedenfalls seine Berechtigung, doch wußten sie von einem zweiten Eingange zu dem *Hidespot* nicht das geringste.

Das Versteck Sam Fire-guns bestand allerdings aus einer Höhle, welche die Natur in dem Innern eines kalkfelsigen Berges gebildet hatte. Der Zugang zu derselben war durch das Wasser eines Baches gebrochen worden, welcher sich im Hintergrunde der Höhle brausend in die dunkle Tiefe des Bergesinnern stürzte und nach der Meinung der Jäger dort verschwand. Sam Fire-gun hatte diese Höhle selbst entdeckt, sie als Versteck eingerichtet und über ihre Beschaffenheit nie anders gesprochen, als daß sie nur bis an den Rand des Sturzbaches zu betreten sei.

Es wurde den Gefangenen der Knebel aus dem Munde genommen; dann führte man sie in den Kreis, wo der weiße Trapper das Verhör begann:

»Ihr seid Leute von Sam Fire-gun?«

Hammerdull würdigte ihn keines Blickes, wandte sich aber zu seinem Freunde.

»Pitt Holbers, altes Coon, was meinst du, wollen wir dem verräterischen Halunken antworten?«

»Hm, wenn du denkst, Dick, daß wir uns nicht zu schämen und zu fürchten brauchen, so stopfe ihm doch einige Worte in den Mund!«

»Ob ich sie ihm hineinstopfe oder nicht, das bleibt sich gleich; aber er könnte wirklich denken, wir hätten aus Angst vor ihm und den Indsmen die Sprache verloren; also wollen wir ihm einiges zu hören geben!«

Der Trapper blieb zu dem ›Halunken‹ ruhig. Er wiederholte seine Frage:

»Ihr gehört zu Sam Fire-gun?«

»Ja, und Ihr nicht, weil der Colonel nur ehrliche Männer bei sich haben mag.«

»Schimpft, wie Ihr wollt, wenn Ihr meint, daß für Euch etwas dabei herauskommt; für jetzt habe ich nichts dagegen. Wie nennt Ihr Euch?«

»Wäret Ihr vor zwanzig Jahren über den Missisippi hinübergegangen und hättet vierzig Jahre lang gesucht, so wäre Euch vielleicht jemand begegnet, der Euch sagen könnte, wie ich heiße. Jetzt aber ist's zu spät.«

»Mir auch gleich. Ihr habt Gold im *Hide-spot*?«

»Viel, sehr viel, jedenfalls aber mehr, als Ihr Euch dort holen werdet.«

»Wo liegt es vergraben?«

»Wo es vergraben liegt, das bleibt sich gleich, Ihr dürft es ja nur finden!«

»Wie stark ist Eure Gesellschaft?«

»So stark, daß jeder einzelne Euch heimleuchten wird.«

»Wer war der Indsman, welcher Eurem Colonel von den Banden half?«

»Das darf ich Euch schon sagen; er heißt ungefähr Winnetou.«

»Der Apatsche?«

»Ob Apatsche oder nicht, das bleibt sich gleich; aber er wird es wohl sein.«

»Wie viel Ausgänge hat Euer Versteck?«

»Grad so viele, wie Männer da sind.«

»Das sind?«

»Für jeden einen und denselben, nicht wahr, Pitt Holbers, altes Coon?«

»Wenn du denkst, Dick, ich habe nichts dagegen!«

»Beschreibt mir einmal die Höhle!«

»Seht sie Euch an, das wird Euch besser bekommen!«

»Gut, wie Ihr wollt! Ihr hättet Euch Eure Lage erleichtern können, aber Ihr wollt es nicht anders haben, als daß Ihr gepfählt und verbrannt werdet. Ihr werdet natürlich mit in die Dörfer der Ogellallah genommen, und was dort geschieht, könnt Ihr Euch denken!«

»Pah! Ob gepfählt oder verbrannt, das bleibt sich gleich; für jetzt jedoch sind wir noch hier, und Ihr mögt Euch vorsehen, daß ich Euch nicht ein wenig klopfe, damit Ihr später besser schmort und bratet, wenn Euch dieses Glück an unsrer Stelle passiert!«

Der Trapper wandte sich ab.

»Meine roten Brüder mögen diesen weißen Männern noch strengere Fesseln geben als bisher; sie verdienen den Tod am Marterpfahl!«

Hammerdull und Holbers wurden schärfer geschnürt und wieder zur Erde geworfen. Das Feuer brannte, wurde aber so spärlich und langsam genährt, daß der Geruch des Rauches nur auf wenige Schritte zu bemerken war. Der abendliche Schimmer, welcher vor kurzer Zeit noch über dem Laubdache des Urwaldes gespielt und geschwebt hatte, war verschwunden; es wurde finster und immer finsterer, und gar unter der Blätterdecke herrschte eine so dichte Finsternis, daß das an die Dunkelheit gewöhnte Auge eines Indianers oder Westmannes dazu gehörte, die nächsten Gegenstände zu unterscheiden.

Da brach der Trapper mit dem jungen Anführer der Indianer auf, um ihm die Höhle Sam Fire-guns zu zeigen. Die andern blieben zurück. Der junge Häuptling stand vor seiner ersten Waffenthat, und wenn er nach dem Gebrauche seiner stoischen Rasse sich auch nichts davon merken ließ, so brannte er doch vor Begierde, den Beweis zu führen, daß er würdig sei, unter die Zahl der erwachsenen Krieger aufgenommen zu werden.

Er schritt lautlos hinter dem Weißen her. Der Weg, den der Trapper trotz der dichten Dunkelheit nicht verfehlte, führte in gerader Richtung durch den Wald, zwischen den Riesenstämmen tausendjähriger Eichen und Buchen hindurch, bis sie an den Lauf eines Wassers kamen, den sie mit verdoppelter Vorsicht aufwärts verfolgten.

Nach einiger Zeit gelangten sie an die Stelle, wo die Wellen aus dem Fuße des Berges traten. Dichtes Gesträuch bestand diesen Ort. Der Trapper langte in das Gestrüpp, schob es auseinander und verschwand hinter demselben. Der Indianer folgte ihm. Sie befanden sich in einem niedrigen natürlichen Stollen, dessen Sohle das Bett des Baches bildete, in dessen Wasser sie langsam vorwärts krochen.

Es war ein mühevoller und beschwerlicher Weg, welchen sie zurücklegten. Auch der Trapper verfolgte ihn zum erstenmal; er war heut bloß bis an den Eingang gekommen. Sie mochten wohl eine halbe Stunde lang dem durch das Innere des Berges in zahlreichen Windungen und kleinen Schnellen sich arbeitenden Wasser entgegengekrochen sein, als sie ein leises Brausen vernahmen, welches von Sekunde zu Sekunde stärker wurde und endlich ein Getöse bildete, welches auch den lautesten Schall der menschlichen Stimme unhörbar machte.

Sie standen vor dem senkrechten Fall des Baches. Oben

über ihnen befand sich der *Hide-spot* Sam Fire-guns, und vor ihnen lag ein gewiß sehr tief von dem stürzenden Wasser ausgehöhltes Kesselloch, aus welchem die Wellen an ihren Füßen vorüberspühlten. Wurde der Wasserlauf wirklich als geheimer Ausgang benutzt, so mußte es irgend eine Vorrichtung geben, welche die Möglichkeit bot, neben dem stürzenden Bache von oben in die Tiefe zu gelangen.

Der Trapper suchte mit den tastenden Händen. Seine Erwartung hatte ihn nicht getäuscht; er ergriff ein Doppelseil, stark und haltbar aus Schlingpflanzenfaser gedreht und in zahlreiche Knoten geschlungen, so daß es keiner großen Anstrengung bedurfte, sich an ihm auf- oder niederwärts zu bewegen.

Er unterrichtete seinen Begleiter von diesem Funde und dem daraus hervorgehenden Unternehmen, da zu sprechen nicht möglich war, durch fühlbare Fingerzeige, probierte, ob das Seil oben auch genügend befestigt sei und zog sich dann langsam an ihm in die Höhe.

Der Indianer folgte ihm.

Es war für die Uneingeweihten ein gefährlicher, ja beinahe ein fürchterlicher Weg, sich neben dem Wassersturze, dessen Sprühregen sie durchnäßte und dessen Schall in dem engen Raume sie fast betäubte, unter sich eine ungekannte Tiefe und über sich einen vielleicht nur allzu wachsamen Feind, mühsam empor zu turnen. Sie schreckten nicht vor ihm zurück, der eine aus Gier nach dem Golde, von dessen Menge man sich Wunderdinge erzählte, und der andre aus jugendlicher Thatenlust.

Sie legten ihn glücklich zurück und faßten im oberen Bette des Wassers festen Fuß. Das Getöse des Falles machte es ihnen unmöglich, irgend ein Geräusch vor sich zu entdekken; sie tasteten sich langsam vorwärts, bis der Schall sich zu einem leisen Rauschen gemildert hatte. Da blieb der Trapper stehen; es war ihm, als habe er menschliche Laute vernommen. Das Messer ziehend und den wegen des Wassers bisher sorgsam verhüllten Revolver lockernd, schlich er, natürlich gefolgt von dem ebenso kampfbereiten Indianer, langsam und geräuschlos vorwärts. Die Stimmen wurden deutlicher. Die beiden schlichen sich weiter hin, legten sich nieder, lauschten aufmerksam und hörten jemand leise sprechen:

»Verdammt, mir schneiden die Riemen in das Fleisch, als seien sie aus Messerschneiden gedreht. Der Teufel hole diesen Sam Fire-gun und seine ganze Gesellschaft!«

»Klage nicht, sage ich dir; es wird ja nicht besser dadurch. Wir sind nur selbst an unsrer Lage schuld! Hätten wir eine bessere Wacht gehalten, so wären wir nicht so schmählich überrumpelt worden. Dieser Winnetou ist ein wahrer Teufel, der Colonel ein Riese und die andern sind alle Männer, die schon manchen guten Messerstich in ihrem Fleische gefühlt haben. Aber einen Trost haben wir: sie werden uns nicht töten, und das giebt Hoffnung. Ich habe bald die Hände frei und dann, *sacrebleu*, dann werde ich mit ihnen Abrechnung halten, denn wir werden – –«

»Sanders – Master Sanders, seid Ihr es?« klang da eine leise Frage aus dem Hintergrunde des Raumes, in welchem Sanders und Letrier gebunden lagen.

»Wer ist da?« antwortete der Gefragte, aufs höchste überrascht.

»Sagt erst, wer ihr alle seid!«

»Heinrich Sanders und Peter Wolf, weiter niemand. Wir liegen hier gefangen und gefesselt. Unsre Feinde sind weit vorn und können uns nicht hören. Wer aber seid ihr?«

»Das sollt ihr gleich erfahren. Gebt einmal eure Riemen her; wir wollen sie gleich herunter haben!«

Einige Schnitte genügten, um die Gefangenen von ihren Banden zu befreien. Die vier Männer hatten sich nach wenigen Worten erkannt und verständigt.

»Wie kommt ihr in die Höhle?« fragte Sanders. »Sie geht ja nur bis zum Wasserfall!«

»Für einen Schwachkopf, der nicht nachdenken kann, ja; ich aber habe mir die Sache so prächtig zusammengereimt, daß ich diesem alten Fire-gun schnell hinter die Schliche gekommen bin. Das Wasser kann doch unmöglich hier im Berge verschwinden.«

»Ah!«

»Es muß einen Ausweg, einen Abfluß haben.«

»Natürlich. Daß ich doch an diesen Umstand nicht gedacht habe!«

»Diesen Ausweg habe ich gefunden und das andre dazu.«

»Weiter, weiter!« drängte Sanders.

»An der Seite des Falles führt ein Seil hinab. Mit seiner Hilfe gelangt man wieder in den ruhigen Bach und von da in das Freie. Wollt ihr mit? Natürlich!«

Sanders überlegte einige Sekunden.

»Herzlich gern; aber es geht nicht.«

»Warum nicht? Fürchtet ihr euch vor dem bißchen Klettern?«

»Pah! Wir haben vielleicht mit dergleichen Tauen oder Seilen mehr zu thun gehabt als ihr. Aber wenn wir euch folgen, verderben wir euch und uns den ganzen Coup.«

»Wie so?«

»Es ist jedenfalls geratener, ihr bindet uns wieder und laßt uns hier, bis ihr mit allen euern Indsmen wiederkommt.«

»Ich meine doch nicht, daß es euch hier so sehr gefallen kann!«

»Wenn ich mich jemals vor irgendwem fürchten könnte, so würde ich mich hüten, hier zu bleiben. Bedenkt, was für eine Menge Gold hier aufgestapelt liegt. Wenn unsre Flucht vor der Zeit entdeckt wird, so ist es für uns verloren, und wenn wir dann wiederkommen, um es zu holen, dann bereiten wir uns einen Empfang, der uns den letzten Atem nimmt.«

»Beim Teufel, Ihr habt recht; das konnte ich mir eher denken! Wir brauchen einige Stunden Zeit, ehe wir wieder hier sein können, und während dieser Frist könnte alles verloren sein. Habt ihr wirklich den Mut, bis dahin zu bleiben, wo ihr seid?«

»Unnütze Frage! Nur setze ich voraus, daß ihr uns nicht etwa im Stiche laßt.«

»Fällt uns gar nicht ein! Die roten Gentlemen haben mit

dieser Gesellschaft ein notwendiges Wörtchen zu sprechen, und ich bin auch nicht so dumm, das schöne Metall hier liegen zu lassen.«

»Gut, so bindet uns wieder!«

»Kommt her! Fest werde ich es nicht machen; und hier habt ihr für den Notfall ein Messer, mit dem ihr euch helfen könnt! So, das ist gethan, und nun fort!«

Die beiden kühnen Männer verschwanden mit unhörbaren Schritten. Die Gefangenen hatten ihre vorige Stellung wieder eingenommen; sie fühlten sich um vieles sicherer und leichter als vor wenigen Augenblicken. - -

Während dies im Innern des *Hide-spot* geschah, lehnte der kleine Bill Potter außerhalb desselben an einem Baumstamme und horchte aufmerksam auf jedes Geräusch, welches die nächtliche Stille ihm zu Ohren brachte. Er hatte den Posten übernommen und für die Sicherheit der Gesellschaft zu sorgen.

Da vernahm er ein Plätschern, wie von eiligen Schritten, die sich im Bache fortbewegten. Er warf sich zur Erde nieder, um den Nahenden besser zu erkennen, ohne selbst bemerkt zu werden. Dieser blieb in seiner Nähe stehen und versuchte, die dichte Dunkelheit zu durchdringen.

»*Have-care - attention* - Achtung, ist denn hier kein Mann von der Wacht an Bord?« fragte er.

»Peter Polter, du bist's?«

»Na, wer sollte ich denn sein, wenn ich nicht der Peter Polter aus Langendorf bin, he? Wen hat der Colonel denn eigentlich hergestellt? Man kann ja nicht einmal sein eignes Gesichtsbugspriet erkennen!«

»Wer ich bin? Hihihihi, kennt der Peter Polter den Bill Potter nicht und steht doch nur zwei Schuh von ihm so lang da wie ein Hikorystamm! Wo sind denn die andern?«

»Welche andern denn, alter Swalker?«

»Nun, Hammerdull und Holbers! Und wie ist's mit dem Fleische, das ihr holen sollt?«

»Das Fleisch holt euch nur selber und den Dicken dazu mit samt dem Dünnen. Ihr findet alles bei den Indsmen draußen am Flusse, wenn sie nicht unterdessen um ein weniges weiter geritten sind!«

»Indsmen - am Flusse? Was soll das heißen?«

»Das soll heißen, daß ich keine Zeit habe, mit dir ein langes Garn abzuwickeln,« erwiderte Peter Polter dem kleinen Bill Potter. »Ich muß hinein zum Colonel; von ihm kannst du nachher alles hören.«

Er wandte sich dem Eingange der Höhle zu. Dort saßen die Jäger um das Feuer. Sam Fire-gun erkannte den Nahenden.

»Schon wieder hier, Steuermann?« fragte er. »Die andern sind wohl mit dem Fleische noch zurück?«

»Ja, mit dem roten Fleische, Sir! Sie sind gefangen und werden nun gehenkt oder erschossen oder gefressen - mir ganz egal.«

Die Männer sprangen empor.

»Gefangen? Von wem? Erzähle!« riefen sie.

»Das soll geschehen. Aber langt mir einmal einen Schluck und einige Bissen von dem Zeug dort her. Ich bin gesegelt wie ein Avisokutter und krache in allen Fugen wie ein Wrack, das den Kalfater verloren hat. Der Teufel soll mich holen, wenn ich jemals wieder in diese unselige Prairie komme, und mich auf den Rücken einer solchen Bestie verteie, die mit mir in die Lappen geht, so daß ich den richtigen Kurs verliere und in alle Ewigkeit nicht wiederfinden kann. Hätte das Viehzeug nicht ganz von selbst den *Hide-spot* gewittert, so flöge ich noch in zehn Jahren draußen im Grase herum!«

Das Verlangte wurde ihm gegeben, und er begann seinen Bericht, welcher natürlich eine nicht geringe Aufregung hervorbrachte, obgleich sich dieselbe bei den an Schweigsamkeit und Selbstbeherrschung gewöhnten Jägern nicht in der lauten und geräuschvollen Weise wie bei andern zeigte.

»Hammerdull und Holbers gefangen?« fragte der Colonel. »Sie müssen befreit werden, und zwar so bald wie möglich, denn die Roten werden kurzen Prozeß mit ihnen machen.«

»Wir brechen sofort auf!« meinte ich, der ich die beiden

originellen Trapper lieb gewonnen hatte und ihnen daher die schleunigste Hilfe gönnte.

»Ja,« stimmte Wallerstein bei; »wir müssen sofort aufbrechen, sonst erhalten die Indsmen einen Vorsprung, den wir ihnen nicht wieder abgewinnen können!«

Sam Fire-gun lächelte.

»Ihr werdet doch warten müssen bis zum Anbruche des Morgens, da es in der Dunkelheit unmöglich ist, eine Spur zu erkennen. Ich glaube sogar kaum, daß uns der Steuermann an das Wasser zu führen vermag, wo er mit ihnen überrumpelt worden ist.«

»Ich -? An das Wasser -?« rief Peter Polter erbost. »Was geht mich das armselige Wasser an, wo wir einen so miserablen Schiffbruch erlitten haben? Ich lasse mich von oben bis unten durchsägen, wenn ich sagen kann, ob die Pfütze rechts oder links von hier liegt. Ich habe weder Kompaß noch Lockleine mitgehabt und bin von dem Dicken und Langen ins Schlepptau genommen worden, so daß ich mir nicht die geringste Mühe gegeben habe, auf den Kurs zu merken, den wir gesteuert sind. Und später ist die verteufelte Bestie mit mir davongestrichen, daß mir Hören und Sehen vergangen ist. Was soll ich von eurem Wasser wissen? Laßt mich in Ruh damit!«

»Hihihihi,« lachte der herbeigetretene kleine Bill Potter in seiner gewöhnlichen Weise, »reitet der große Mensch draußen in der Prairie herum und weiß nicht, wo er gewesen ist! Nun werden wir erst seiner Fährte folgen müssen, ehe wir die Spuren der Redmen finden. Ist das nicht lustig, he?«

»Willst du wohl den Schnabel halten, du winziges Kreaturchen du?« donnerte ihm der, ob dieser Beleidigung ergrimmte Steuermann entgegen. »Wenn ich an Bord eines guten Schiffes stehe, so weiß ich auf die Linie, wo ich mich befinde; aber hier in der Savanne und noch dazu auf dem Rücken eines solchen Pestilenzviehzeuges ist es einem ja so fürchterlich schlimm zu Mute, daß man sich vor Herzeleid nicht einmal auf den eigenen Verstand besinnen kann.

Willst du deine Redmen haben, die Halunken, so suche sie dir selber! Ich habe nichts dagegen.«

»Ich denke, wir brauchen weder der Spur des Steuermannes zu folgen, noch die Fährte der Indianer zu suchen,« unterbrach Fire-gun den komischen Streit. »Die jungen Leute der Ogellallah sind in kriegerischem Thatendurste den erfahrenen Männern entgegen geritten, haben deren Leichen gefunden, und dürsten nun nach Rache. Ganz sicher haben sie sich einen verborgenen Lagerplatz aufgesucht, zu welchem man die beiden Gefangenen schleppt. Dort wird man sie nach unsrem *Hide-spot* ausforschen; aber Hammerdull und Holbers sterben lieber, als daß sie uns verraten. Darum würde es den Indsmen schwer werden, ihn zu entdecken; aber ich meine, daß ihre entkommenen Genossen zu ihnen gestoßen sind, und da diese die Gegend unsers Verstecks so ziemlich wissen, so wird man einen Ueberfall beschließen und zwar einen baldigen, damit uns der ihnen entflohene Steuermann nicht zeitig genug zu warnen vermag. Aus diesem letzteren Grunde sind sie sicher schon unterwegs und wir haben sie zu erwarten, ohne sie erst aufsuchen zu müssen. Der Posten mag daher wieder an seinen Platz gehen und wird verdoppelt. Wir andern halten uns schlagfertig. Also, das Feuer aus vor der Höhle, Kinder; die Kienfackeln im Innern können weiter brennen. Ich werde einmal nach unsern beiden Gefangenen sehen.«

»Ich gehe mit, Onkel,« meinte Wallerstein; »ich habe die meiste Veranlassung, mich zu überzeugen, daß wir sie festhaben.«

Er ergriff einen der brennenden Kienäste und leuchtete dem voranschreitenden Colonel.

Bei den Gefangenen angekommen, warf der letztere einen forschenden Blick auf sie. Sein Auge fiel dabei auf den feuchten und infolgedessen etwas weichen Kalkboden der Grotte. Ueber sein Gesicht zuckte ein gedankenschneller Blitz der Ueberraschung, der allerdings kaum zu bemerken war, da die düster rote Flamme nur von seitwärts auf ihn fiel.

»Alles sicher; komm!« meinte er ruhig und verließ mit seinem Begleiter den Platz. Aber zu den Seinigen zurückgekehrt, genügte ein halblauter Ruf, sie schleunigst um sich zu versammeln.

»Hört, Leute, ich habe recht geraten. Die Indsmen sind nicht nur unterwegs, sondern sogar schon im *Hide-spot* gewesen! Sie haben es entdeckt!«

Eine dem Schrecken nahe Verwunderung zeigte sich auf den Gesichtern der sofort nach Messer und Revolver greifenden Leute. Der Colonel fuhr fort:

»Ich muß euch ein Geheimnis mitteilen, von dem ich bisher aus Rücksicht auf die allgemeine Sicherheit kein Wort verlauten ließ. Die Höhle hat nämlich einen verborgenen Ausgang.«

»Ah!« klang es leise rundum.

»Ich fand ihn an demselben Tage, an welchem ich die Höhle entdeckte. Das Wasser des Baches fällt hinten in die Tiefe und hat sich da einen Kessel gegraben, aus welchem es durch das Innere des Berges seinen Ausweg findet. Ich befestigte damals an der Seite des Falles ein festgedrehtes Doppelseil, ließ mich hinab und fand, daß die Passage dem Wasser entlang und hinaus in das Freie ganz gut zu ermöglichen ist. Das Seil hängt noch und befindet sich in gutem Zustande. Als ich nun jetzt nach unsern Gefangenen sah, bemerkte ich fremde Fußstapfen im Boden; ein rascher Blick auf die beiden Männer überzeugte mich, daß ihre Banden gelockert sind.«

»Wie geht das zu?« fragte ich. »Ich habe sie selbst gefesselt und zwar so, daß sie nur mit Hilfe andrer gelöst werden können.«

»Die Indianer haben einige Kundschafter ausgeschickt, welchen die Entdeckung des Ausganges gelungen ist. Sie sind in denselben eingedrungen, an dem Seile emporgestiegen, haben die Gefangenen gefunden, ihnen die Banden gelockert und sie jedenfalls auch mit einigen Waffen versehen. Dann sind sie zurückgekehrt, um die Ihrigen zu holen.«

»Warum haben sie da Sanders und Jean Letrier nicht mitgenommen?« fragte Wallerstein.

»Weil dann alles verraten war, wenn wir die Abwesenheit derselben vor der Zeit entdeckten. Vor allen Dingen müssen wir die zwei gefährlichen Bursche unschädlich machen, indem wir sie wieder binden. Vorwärts, Neffe; wir gehen voran; die andern folgen leise nach, um sich, sobald der Widerstand, den sie leisten werden, beginnt, auf sie zu werfen. Wir müssen alles Blutvergießen zu vermeiden suchen!« –

Während dieser Unterredung war in der Grotte auch ein leises Gespräch geführt worden.

»Jean, hast du den Blick gesehen?« fragte Sanders flüsternd, als sich Sam Fire-gun und Wallerstein entfernt hatten.

»Welchen Blick?«

»Den der Colonel auf den Boden warf.«

»Nein; ich habe den Kerl gar nicht angesehen.«

»Er hat alles entdeckt.«

»Nicht möglich! Er ging ja vollständig beruhigt fort.«

»Nichts als schlaue Verstellung! Er sah die Fußspuren des Jägers und Indianers; ich habe es ihm trotz des halben Lichtes augenblicklich angemerkt. Es zuckte ganz verdächtig über sein Gesicht. Dann warf er einen kurzen, aber dolchscharfen Blick auf unsre Fesseln, und der Klang, den sein ›Alles sicher‹ hatte, vervollständigte mir nur den Beweis, daß er alles durchschaut hat.«

»Teufel! Wenn er nun fort wäre, um die Leute zu holen und uns wieder binden zu lassen. Es wäre zum verrückt werden!«

»Er bringt sie sicher.«

»So wehre ich mich bis auf den letzten Blutstropfen. Denn wenn sie uns wieder fesseln, ist alles verloren. Sie werden uns in einen andern Raum stecken und die Indsmen an unsrer Stelle empfangen.«

»Sicher! Aber eine Gegenwehr ist gar nicht notwendig.«

»Wie so?«

»Sie wäre sogar vollständig zwecklos, da wir doch nur bezwungen würden. Der einfachste und zugleich der einzige Weg zu unsrer Rettung ist der, daß wir sofort fliehen.«

»Aber wenn Ihr Euch irrt, Kapitän, wenn der Alte gar nichts bemerkt hätte?«

»So wäre es ganz gleich. Sie kämen dann vor der Ankunft der Indianer ganz gewiß nicht wieder hierher, so daß unsre Flucht entdeckt und der Plan des Ueberfalles verraten würde. Ich mache mich davon; wir haben ja gehört, welcher Weg zu nehmen ist. Rasch, Jean, ehe es zu spät ist!«

Sie standen von der Erde auf und befreiten sich von den Riemen; dann folgten sie dem Rauschen des Falles und fanden, allerdings erst nach einem längeren und hastigen Suchen, das Seil, an welchem sie sich hinunterließen. An der wallenden und brausenden Oberfläche des Beckens angelangt, untersuchte der vorangekletterte Sanders, sich mit den Händen fest am Seile haltend, die engen Felsenwände mit den Füßen und fand die niedere Seitenöffnung, durch welche sich die abfließenden Wellen drängten. Ein Schwung brachte ihn in dieselbe hinein; er zog das Seil fest an sich, um seinem Begleiter die Richtung zu geben. Es war ein gefährlicher Augenblick für die beiden Flüchtlinge, welche sich wegen des Tobens des Falles keine hörbare Mitteilung machen konnten; aber das mutige Unternehmen gelang, und in tief gebückter Stellung im Wasser fortwatend, gelangten sie in einigen Minuten zwar vollständig durchnäßt, aber sonst ganz wohlbehalten in das Freie.

Hier reckten sie sich in die Höhe und blieben, von der Anstrengung einen Moment ausruhend, mit keuchendem Atem halten.

»Hier müssen wir warten, bis die Indsmen kommen,« meinte Letrier.

»Das geht nicht. Der Colonel würde uns verfolgen lassen, sobald er ja unsre Flucht entdeckte. Wir müssen weiter fort.«

»Aber wir wissen das Lager der Indianer nicht!«

»Thut nichts! Wir brauchen uns ja nicht weit zu entfernen, sondern suchen ein Versteck hier in der Nähe und warten das Weitere ruhig ab.«

»Das Richtige ist es eigentlich, Kapitän; denn wenn wir

jetzt auf die Roten treffen, so müssen wir wieder zurück, und dazu habe ich verteufelt wenig Lust. Jedenfalls ist es geratener, wir schicken die guten Leute für uns in das Feuer und sehen dann zu, wie wir auf eine praktische Weise zu den Kastanien gelangen.«

»Ganz meine Meinung! Komm!«

Sie drangen einige Schritte weit in das Gesträuch ein und verbargen sich in dem wirren Dickicht desselben. Hier verhielten sie sich so regungslos wie möglich und lauschten mit angestrengter Aufmerksamkeit in die Nacht hinaus.

Da klang ein leises Geräusch, ähnlich dem Rascheln eines kleinen Insektes, an ihr Ohr.

»Die Indianer!« flüsterte Sanders.

Er hatte sich nicht getäuscht. Mit dem weißen Jäger und dem Sohne des Häuptlings Matto-Sih an der Spitze, nahten sie sich, einer hinter dem andern, in einer langen, mit außerordentlicher Behutsamkeit sich vorwärts bewegenden Linie. An dem verborgenen Ausgange Halt machend, hielten sie eine kurze Beratung; dann verschwand einer nach dem andern in der kleinen Oeffnung des Wasserlaufes. Zwei aber blieben zurück, um Wache zu halten.

Es verging eine lange, lange Zeit. Der Himmel, den man in der Finsternis vorher nicht von dem Laubdache des Waldes zu unterscheiden vermochte, begann, von demselben abzustechen; die einzelnen Stämme erst, sodann auch die Aeste und Zweige ließen sich erkennen; hier und da erhob ein erwachender Vogel seinen noch schläfrigen Morgenruf - die Nacht begann dem Tage zu weichen, und die Dämmerung brach herein.

Die zwei wachhaltenden Indianer standen regungslos am Ufer des Baches, da wo derselbe aus dem Berge trat. Sie erlitten gewiß nicht geringe Ungeduld über das unerwartet lange Verbleiben der Ihrigen, aber kein Zug ihrer jugendlichen, bronzenen Gesichter verriet dies. Sie waren schon als Knaben an die unbedingteste Selbstbeherrschung und die Ueberwältigung selbst der gewaltigsten Gefühle gewöhnt worden. Sie hatten ganz das Aussehen zweier auf den Lauf ihrer

Büchsen gestützten und mit allen indianischen Waffen versehenen Statuen.

Da krachten plötzlich zwei Schüsse zu gleicher Zeit, so daß sie wie ein einziger Schuß erklangen; die beiden Wachen stürzten, durch die Köpfe getroffen, zur Erde. Im nächsten Augenblick hoben sich neben ihnen zwei Gestalten empor, welche von ihnen unbemerkt die enge Wasserpforte passiert hatten. Es war Sam Fire-gun und der kleine Bill Potter.

»Hihihihi!« lachte der letztere, »sind zu früh flügge geworden, die kleinen Jungens; haben noch nicht gelernt, die Augen und Ohren aufzuthun. Seht Ihr's, Colonel, daß ich recht hatte? Sie haben vergessen, ihre Spuren zu verwischen, und nun können wir den Lagerplatz suchen, wo der Dicke mit dem Dünnen angehobbelt liegt.«

»Getraust du dich allein wieder zur Höhle emporzuarbeiten, Bill?«

»Warum nicht? Glaubt Ihr etwa, Bill Potter fürchtet sich vor den zwei Tropfen Wassers, die er zu schlucken bekommt?«

»So kehre zurück, während ich inzwischen diesen Spuren folge, und bringe die andern um den Berg herum zu dieser Stelle. Es braucht nur die gewöhnliche Wache zurückzubleiben, denn der Platz ist vollständig gesäubert. Ich gehe euch voran und ihr kommt mir nach. Sputet euch aber, mich bald einzuholen!«

Der kleine Trapper verschwand nach einer zustimmenden Gebärde in der Oeffnung, und Sam Fire-gun begann, die Fährte aufzunehmen. Diese war so deutlich, daß er, wenigstens für den Beginn ihrer Verfolgung, keine übermäßige Aufmerksamkeit auf sie zu verwenden brauchte und sie nur flüchtig nebst dem umherliegenden Terrain überblickte. Daher entgingen dem sonst so scharfsinnigen Manne die Spuren, welche die beiden Flüchtlinge wegen des nächtlichen Dunkels notwendigerweise zurückgelassen hatten, und er verschwand, den Fußstapfen der Indianer folgend, gar bald zwischen den Bäumen des Waldes.

Wieder verging eine längere Zeit, dann flüsterte Sanders:

»Das ist Pech, außerordentliches Pech! Diese braven, kleinen Indianer sind glücklich an dem gefährlichen Seile hinauf in die Höhle gekommen, aber sofort alle niedergemacht worden. Es ist jammerschade um sie! Nun stehen wir wieder allein gegen Fire-gun und seine Leute!«

»Wäre es nicht besser, Kapitän, wenn wir ihm heimlich folgten?« fragte Jean Letrier. »Wenn wir glücklich entkommen wollen, müssen wir unbedingt Pferde haben und können uns nur an die Tiere der Roten halten.«

»Das geht unmöglich. Die Jäger kommen nach und würden unsre Spur sofort entdecken.«

»Was hindert uns, den Alten für immer unschädlich zu machen? Wir haben ein Messer.«

»Jean, wir haben gar Vieles und Schweres möglich gemacht, aber Westmänner sind wir nicht. Der Colonel hat ein feines Gehör und ist uns mit seinen Waffen überlegen. Selbst wenn es uns gelänge, einen guten Stich anzubringen und zu den Pferden zu gelangen, so hätten wir kaum einige Minuten später die ganze wütende Horde im Rücken.«

»Wenn der Alte weg ist, brauchen wir die übrigen nicht zu fürchten. Der unsinnige Steuermann, Wallerstein, der veritable Polizeispion, sie verstehen von der Prairie nichts und sind – –«

»Und Winnetou, der Apatsche?« fiel ihm Sanders in die Rede.

»Teufel, ja, an den habe ich gar nicht gedacht. *Chez dieu,* der wäre ganz allein im stande, uns einzuholen und mit seinem verdammten Tomahawk zu zerschmettern. Aber, was thun? In Ewigkeit hier liegen bleiben können wir doch nicht.«

»Du bist ein Schwachkopf, Jean. Im *Hide-spot* liegt ein ganzer Reichtum an Gold aufgestapelt.«

»Nun?«

»Gold brauchen wir.«

»Wollen wir Sam Fire-gun schön bitten, es uns zu verehren?«

»Pah! Wir haben es.«

»Wann?«

»Wenn die Trapper jetzt fort sind.«

»Und wie?«

»Das ist leicht. Oder fällt dir gar nichts ein, Jean?«

»Mir fällt jetzt weiter nichts ein, als daß wir in eine ganz armselige Klemme geraten sind.«

»Aus welcher wir bald heraus sein werden.«

»Inwiefern?«

»Wir warten, bis die Jäger fort sind.«

»Und dann?«

»Dann,« flüsterte Sanders, obgleich kein Lauscher in der Nähe war, »dann kehren wir auf demselben Wege zurück, den wir gekommen sind.«

»Teufel! Nach der Höhle?«

»Versteht sich!«

»Und lassen uns drin abschlachten!«

»Oder auch nicht. Du hast ja gehört, daß bloß ein einziger Jäger als Wache zurückbleiben soll. Er wird eine ganze Strecke von der Höhle am Bache stehen und uns gar nicht bemerken.«

»Ah - richtig! Der Colonel hat einen gewaltigen Fehler begangen, daß er hier am Wasser keinen Posten aufstellte.«

»Natürlich. Also wir kehren in die Höhle zurück.«

»In die Höhle zurück,« wiederholte der andre eifrig, dem das neue Abenteuer zu gefallen begann.

»Suchen nach dem Golde -«

»Nach dem Golde -?«

»Nehmen es fort und -«

»Und?«

»Bewaffnen uns, denn im *Hide-spot* giebt es allerlei Schieß- und Stechzeug.«

»Das ist wahr, eine ganze Rüstkammer voll.«

»Dann stechen wir den Posten nieder.«

»Das ist notwendig.«

»Nehmen uns jeder ein gutes Pferd.«

»Wo stecken die Tiere, Kapitän?«

»Ich weiß es allerdings noch nicht; sie werden aber schon

zu finden sein. Die Jäger reiten stets im Bache empor; es muß in der Nähe desselben irgend ein Platz sein, wo man die Tiere anhobbelt. Wenn wir die Ufer aufmerksam untersuchen, so finden wir ihn ganz gewiß.«

»Und dann?« frug Jean Letrier.

»Dann geht es fort. Wohin, das wird sich finden, jedenfalls aber westlich, denn nach dem Osten dürfen wir nicht zurück. Wir haben da, nicht bloß in letzter Zeit, sondern schon von früher her, so viel auf dem Kerbholz, daß wir uns in den Oststaaten nicht sehen lassen dürfen. Wenn wir Geld oder Gold bekommen, sehen wir, daß wir nach San Francisco ----«

Er hielt mitten in seiner Rede inne. Ein knisterndes Geräusch, welches von der Seite her an ihre Ohren drang, hatte ihn verstummen lassen.

Leise Schritte erklangen. Bill Potter drang durch die Büsche, hinter ihm außer dem zurückgelassenen Posten die sämtlichen Bewohner des *Hide-spot*. Auch Winnetou war dabei. Ohne Aufenthalt folgten sie den Spuren, welche Sam Fire-gun ihnen mit Vorbedacht deutlich zurückgelassen hatte. Die beiden Versteckten hielten den Atem an; ein einziger Blick aus dem scharfen, geübten Auge des Apatschen konnte die allerdings jetzt kaum mehr bemerkbaren Eindrücke wahrnehmen, welche sie zurückgelassen hatten. Die Gefahr ging glücklich vorüber, da Winnetou sich auf den vorangehenden Trapper verließ und den Boden nicht im mindesten beachtete.

»*Grace à dieu!*« meinte Letrier, als das Knistern der Zweige in der Ferne verklungen war. »Jetzt stand wahrhaftig alles auf dem Spiele, und trotzdem ich naß bin bis auf die Haut, habe ich geschwitzt, als stäke ich im Bade.«

»Jetzt ist es Zeit; aber wir müssen nun vorsichtig sein und jede Spur hinter uns verwischen.«

Dieses letztere machte ihren ungeübten Händen so viel Mühe, daß eine bedeutende Weile verging, ehe sie in dem Bette des Baches verschwanden. Sie kannten den Weg, den sie schon einmal gemacht hatten, und gelangten trotz der Beschwerlichkeit desselben glücklich oben an. Der hinter seinem Herrn emporkletternde Letrier hatte eben das Seil verlassen und festen Fuß gefaßt, als er sich von Sanders zurückgehalten fühlte. Sie standen vor einer ganzen Menge herumliegender menschlicher Körper. Durch Betasten überzeugten sie sich, daß es die getöteten jungen Indianer seien. Sie stiegen über die Leichen hinweg und kamen so in die Grotte, wo sie vorher gefesselt gelegen hatten. Hier konnten sie wieder miteinander sprechen.

Letrier schüttelte sich.

»Brrr, Kapitän, die armen Burschen sind einer nach dem andern ruhig abgefangen und ausgelöscht worden, sobald sie in der Höhle ankamen. Ein Glück, daß wir uns verborgen hielten, sonst hätten wir mitgemußt und ganz dasselbe Schicksal erlitten!«

»Wir haben jetzt keine Zeit zu solchen Betrachtungen. Vorwärts, und zwar zunächst zu den Waffen!«

Sie kehrten mit Hilfe des Seiles wieder in den *Hide-spot* zurück, der von den Trappern verlassen war. Nur ein einziger Mann stand als Wächter draußen auf der anderen Seite desselben.

In den Hauptraum der Höhle mündeten mehrere kleine Kammern. Eine derselben war ringsum mit allen möglichen Kriegswerkzeugen, welche das Leben in der Prairie erfordert, behängt. Auch Pulver, Blei und Kugelformen waren in Menge vorhanden. Lebensmittel, wenn auch nicht in einem großen Vorrate, zeigten sich im Nebenraume. In der Haupthöhle brannte eine Talglampe, welche ihnen zur Beleuchtung diente.

Die beiden Männer versahen sich zunächst mit allem Nötigen; dann begannen sie, nach den verborgenen Reichtümern zu suchen.

Alle ihre Bemühungen waren vergebens. Die kostbare Zeit verging und ihr Forschen wurde von Minute zu Minute hastiger, ohne daß sie etwas fanden.

»Es ist zu sorgfältig versteckt, Jean,« meinte endlich Sanders, als sie vor der letzten Kammer anlangten, die ihnen noch übrig blieb. »Und selbst wenn wir es entdeckten, wie wollen wir es fortbringen? Das Gold ist schwer, und ich wüßte mir keinen Rat.«

»Wir packen es auf Reservepferde.«

»Das wäre das Einzige, würde aber unsre Flucht bedeutend verzögern und unsern Marsch sehr verlangsamen. Aber sieh, das muß die Extrawohnung des Colonels sein!«

Der Raum war an seinen Wänden mit ungegerbten Fellen behangen, um die Feuchtigkeit der Wände abzuhalten, und enthielt einige roh gearbeitete Sessel und Kästen, über welch letztere die Suchenden sofort begierig herfielen. Auch sie enthielten nichts von dem gehofften Golde, sondern nur einen Vorrat von Kleidungsstücken und allerlei sonstigen Gegenständen. Die Sachen wurden in der Eile rings auf dem Boden umhergestreut. Da stieß Sanders einen halblauten Ruf der Freude aus. Er hatte eine alte, abgegriffene Brieftasche gefunden, welche als letzter Gegenstand, sorgfältig eingewickelt, auf dem Boden eines der Kästen gelegen hatte.

»Kein Gold, aber vielleicht doch von Wert!« sagte er.

Er trat in die Haupthöhle zurück, weil es da lichter war, und öffnete das Portefeuille.

»Was ist d'rin, Kapitän?« frug Letrier mit Spannung.

»Nichts, gar nichts; ich habe mich auch hier getäuscht,« antwortete der Gefragte ruhig; aber in seinem Innern wogte es gewaltig auf und nieder. Der Inhalt bestand in höchst wertvollen Depositenscheinen. Sam Fire-gun hatte bedeutende Mengen Gold bei verschiedenen Bankhäusern des Ostens abgeliefert und sich über die umgerechneten Summen diese Scheine ausstellen lassen. Der gegenwärtige Besitzer konnte sie bei jeder Bank augenblicklich in courante Münze umsetzen. Doch, das brauchte Letrier ja nicht zu wissen.

Die Summen, welche auf diese Scheine lauteten, gehörten nicht dem Colonel allein, sondern der ganzen Gesellschaft; darum waren sie so hoch. Jedenfalls gab es noch eine Menge von Goldstaub und Nuggets, konnte aber nicht gefunden werden. Eben als sie darüber ihre unmutigen Bemerkungen austauschten, hörten sie ein Geräusch. Es war der Posten, der in die Höhle kam. Sanders, der einen der vorgefundenen Revolver geladen hatte, schoß ihn nieder.

»Nun aber fort!« sagte er dann. »Wir müssen Pferde haben. Hoffentlich finden wir welche!«

Sie nahmen alles an sich, was sie für sich ausgesucht hatten, und gingen nach dem vordern gewöhnlichen Eingang der Höhle. Draußen vor derselben angekommen, folgten sie dem Bache und kamen bald an einen schmalen Weg, der auf eine grasbewachsene Lichtung führte, wo sich die Pferde der Gesellschaft befanden.

Sie verloren nicht die mindeste Zeit, sattelten schnell zwei Tiere, denn Sättel und Zäume hingen da an den Bäumen, stiegen auf und ritten davon. – –

Inzwischen waren die Jäger alle, mit Ausnahme dieses Postens, den sie zu seinem Verderben allein zurückgelassen hatten, den Spuren der jungen Indianer gefolgt, um Dick Hammerdull und Pitt Holbers zu befreien. Sam Fire-gun, der vorausgegangen war, wurde sehr bald eingeholt. Er hatte alle mitgenommen, weil man nicht wissen konnte, mit wieviel Roten man es zu thun bekam. Er ging, die Fährte lesend, mit Winnetou voran. Sie war, weil die Roten ihren Marsch des Nachts gemacht hatten, sehr deutlich ausgetreten, und es machte also keine Mühe, sie nicht zu verlieren. Dennoch sahen sie erst nach Stunden den Wald vor sich liegen, wo die Roten gelagert hatten und wohin Hammerdull und Holbers von dem Häuptlingssohne gestern geschafft worden waren. Sie durften nicht in direkter Linie hin, weil sie da von dort aus gesehen werden mußten; darum wichen sie jetzt von der Fährte ab und hielten sich mehr seitwärts, so daß sie den Wald an einer Stelle erreichten, welche wohl eine englische Meile von derjenigen entfernt war, wo die Spur in ihm verlief.

Unter den Bäumen angekommen, wurde in einem Winkel dann wieder in die beabsichtigte Richtung eingelenkt, so daß man sich nun dem Lagerorte nicht von vorn, sondern von der Seite näherte. Mit jedem Schritte, der jetzt weiter gemacht wurde, mußte man vorsichtiger sein. Die Männer huschten, immer gute Deckung suchend, von Busch zu Busch, von Baum zu Baum, bis Winnetou, stehen bleibend, den ihm Folgenden ein Zeichen gab. Er hatte Stimmen gehört. Er schlich sich mit Sam Fire-gun allein weiter, und bald sahen sie den Ort, den sie suchten, vor sich liegen. Zugleich bemerkte der Colonel, daß er zu vorsichtig gewesen war, als er alle seine Leute mitnahm, denn bei den zwei Gefangenen, welche gefesselt an der Erde lagen, befanden sich nur drei Personen, nämlich zwei Indianer und der Weiße, welcher gestern die Roten zum Ueberfallen des *Hide-spot* aufgefordert hatte. Es bedurfte nur einiger Minuten, so war die Stelle umringt. Die drei Leute hätten sich ohne Gegenwehr ergeben müssen, sie wurden aber, freilich gegen den Willen Winnetous und des Colonels, niedergeschossen, dann schnitt man den Gefangenen die Riemen durch.

»Aber müßt Ihr unvorsichtig gewesen sein, Dick Hammerdull, daß Ihr Euch von solchen Knaben habt fangen lassen?« sagte Fire-gun.

»Ob vorsichtig oder nicht, das bleibt sich gleich,« antwortete der Dicke, indem er seine Glieder reckte; »sie haben uns eben erwischt. Dagegen war nichts zu machen. Was meinst du dazu, Pitt Holbers, altes Coon?«

»Hm!« antwortete der Lange. »Wenn du meinst, Dick, daß nichts dagegen zu machen war, so hast du recht, denn wir haben eben nichts dagegen gemacht.«

»Und ein Weißer war dabei!« wunderte sich der Colonel. »Es ist also außer Sanders und Letrier uns doch noch einer entkommen!«

»Ja,« nickte Hammerdull; »und grad dieser Kerl hat unser *Hide-spot* entdeckt. Er führte den jungen Häuptling hin, um es ihm zu zeigen, ist aber dann, als es überfallen werden sollte, nicht mitgegangen, sondern hier geblieben. Wie steht es dort? Die Roten kamen nicht zurück.«

»Sie sind alle ausgelöscht worden, auf welche Weise, das laß dir unterwegs erzählen; wir wollen jetzt gleich fort, denn wir haben nur einen Mann daheim gelassen.«

Was für einen Fehler er damit begangen hatte, das sah er

nur zu deutlich, als sie wieder im *Hide-spot* ankamen. Da fanden sie die Leiche des Postens und sahen sofort, daß alle Abteilungen der Höhle durchsucht worden waren, von wem, darüber konnte es natürlich keinen Zweifel geben. Zu seiner Beruhigung überzeugte sich der Colonel zunächst, daß der höchst wertvolle Vorrat von Goldstaub und Nuggets nicht entdeckt worden war; um so mehr aber erschrak er, als er sah, daß die Brieftasche mit den Depositenscheinen fehlte. Der Grimm, den er darüber empfand, teilte sich natürlich allen andern mit, und es gab nun nur eine einzige Stimme, nämlich die, daß Sanders und sein Genosse sofort zu verfolgen seien. Ganz abgesehen davon, daß wir ihre Personen wieder haben mußten, war es ein bedeutendes Vermögen, welches sich in der Brieftasche befand.

Aber grad dieses Geld mußte ihnen das Entkommen erleichtern, wenn sie nur erst einen bewohnten Ort erreichten. Darum galt es, mit der Verfolgung keinen Augenblick zu säumen; aber wir mußten uns auch mit den nötigen Mitteln versehen, um nicht ohne Geld zu sein, wenn es zu unsrem schnellen Fortkommen nötig sein sollte. Es war also bei allem Unglück noch ein Glück, ein wahres Glück, daß die Entflohenen die Nuggets nicht auch gefunden hatten! – – –

Wenn ich in meiner Geschichte vorhin einen großen Sprung von San Francisco nach dem wilden Westen gethan habe, so bitte ich euch, Mesch'schurs, diesen Sprung mit mir wieder zurückzuthun. Wir befinden uns also wieder in ›Frisco‹ oder vielmehr zunächst in dem ihm an der Bai gegenüberliegenden Oakland, denn wer zu Pferde, so wie wir, aus dem Osten kommt, der muß in Oakland halten, weil sich ihm die hier elf Kilometer breite San Francisco-Bai in den Weg legt. Das ist aber kein Hindernis, denn für Gelegenheiten, hinüberzukommen, auch mit den Pferden, ist mehr als reichlich gesorgt. Reiter setzten damals auf den breiten Oakland-Trajektbooten über.

Mit einem dieser Boote landeten zwei Berittene, die selbst während der Ueberfahrt nicht aus dem Sattel gestiegen waren. Ihre Pferde schienen von guter Rasse zu sein, obgleich sie fürchterlich abgetrieben aussahen. Auch die Reiter hatten ganz das Aeußere von Leuten, die eine geraume Zeit lang nichts mit den Segnungen der Civilisation zu thun gehabt haben. Der Bart hing ihnen lang und wirr bis auf die Brust herab; die breitrandigen Jägerhüte, weit und formlos geworden, ließen ihre Krempen bis tief in das Gesicht herunterschlappen; die ledernen Gewänder schienen aus vertrockneter, rissiger Baumrinde zusammengesetzt zu sein, und die ganze übrige Ausrüstung ließ auf fürchterliche Strapazen schließen, welche die Männer überstanden haben mochten.

»Endlich - *grace à dieu!*« atmete der eine hoch auf. »Da sind wir, Jean, und ich denke, daß die Not nun nichts mehr mit uns zu schaffen haben wird.«

Der andre schüttelte fast trübselig den Kopf.

»Verzeiht, Kapitän, daß ich nicht so zuversichtlich bin. Ich werde mich nur dann erst vollständig sicher fühlen, wenn ich auf einem festen Deck stehe, welches einige Meilen von hier da draußen auf dem Wasser schwimmt. Der Teufel soll mich holen, wenn der Colonel mit seinem Volke uns nicht jetzt noch an den Fersen hängt!«

»Möglich, aber nicht wahrscheinlich. Wir haben ihn ja so in die Irre geführt, daß er glauben muß, wir haben uns nach dem Gebirgsübergange hinauf nach Britisch Columbien geschlagen. Wir haben diesen ungeheuren Umweg jedenfalls nicht umsonst gemacht.«

»Ich will wünschen, daß Ihr Euch nicht irrt, aber ich traue diesem verteufelten Trappervolke nicht zehn Schritte weit und halte es für das beste, uns möglichst bald an Bord eines Schiffes zu begeben, welches von diesem unglückseligen Lande nichts mehr wissen will.«

»Vor allen Dingen ist es nötig, uns wieder ein menschliches Aussehen zu geben.«

»Dazu gehört wieder Geld.«

»So viel muß werden, und zwar sofort. Schau da hinüber!«

Er deutete mit der Rechten nach einer Baracke, über deren niederem Dache ein Brett mit der Inschrift »Jonathan Livingstone, Horse-haggler« angebracht war.

»Ein Pferdehändler?« meinte Jean. »Wird für unsre halb verhungerten Tiere auch viel bieten!«

»Müssen eben zusehen!«

Sie lenkten ihre Pferde dem angegebenen Orte zu. Ein Mann, dem der Pferdejude auf tausend Schritte Entfernung anzusehen war, trat aus der Thür, als sie abstiegen.

»Zu wem wollt ihr, Gentlemen?« fragte er.

»Zu dem ehrenwerten Master Livingstone, Sir.«

»Der bin ich selbst.«

»Ihr kauft Pferde?«

»Hm - ja - solche aber nicht,« antwortete er mit einem geringschätzigen, aber doch aufmerksamen Blicke auf die angebotene Ware.

»*Well,* dann *god bye*, Sir!«

Im Augenblicke saß Sanders wieder auf und machte Miene, sich zu entfernen.

»*Slow,* Master, langsam, langsam; man wird sich die Tiere doch wohl einmal ansehen können!«

»Wenn Ihr ›solche‹ nicht kauft, so sind wir fertig. Ihr habt kein Greenhorn vor Euch!«

»So, so! Da steigt einmal wieder herunter! Hm, elend, ungeheuer elend! Ihr kommt wohl aus der Savanne?«

»*Yes!* «

»Kann kaum etwas bieten; muß gewärtig sein, sie gehen mir noch drauf,« meinte er, die Tiere eingehend musternd. »Wie viel wollt Ihr haben?«

»Was bietet Ihr?«

»Für alle zwei?«

»Für beide!«

»Hm, dreißig Dollars, nicht mehr und auch nicht weniger.«

Sofort saß Sanders wieder auf und ritt ohne Antwort davon.

»*Stop,* Sir, wo wollt Ihr denn hin? Ich denke, Ihr wollt die Pferde verkaufen!«

»Ja, aber nicht an Euch.«

»So kommt doch zurück! Ich gebe vierzig.«

»Sechzig!«

»Fünfundvierzig.«

»Sechzig!«

»Fünfzig!«

»Sechzig!«

»Unmöglich! Fünfundfünfzig und keinen Cent mehr.«

»Sechzig und keinen Cent weniger. Adieu!«

»Sechzig? Nein, fällt mir gar nicht ein - doch halt, so wartet doch nur, he; bleibt doch da; Ihr sollt sie haben, die Sechzig, obgleich das Viehzeug so ein Geld gar nicht wert ist!«

Lächelnd kehrte Sanders zurück und stieg wieder vom Pferde.

»Da nehmt sie, und zwar mit Zaum und Zeug!«

»Kommt herein, Master; der andre mag sie einstweilen halten.«

Der Händler führte ihn in einen kleinen Verschlag, welcher durch einen alten, kattunenen Vorhang in zwei Teile geschieden war. Er verschwand hinter dem letzteren und trat dann mit dem Gelde wieder hervor.

»Hier sind die sechzig Dollars. Ihr habt ein Sündengeld bekommen!«

»Pah, macht Euch nicht lächerlich! Doch - hm - Ihr seid hier in der City bekannt?«

»Besser als mancher andre.«

»So könnt Ihr mir wohl eine Auskunft geben -«

»Nach einem Boardinghouse wohl?«

»Nein, nach einem coulanten Bank- oder Lombardgeschäft.«

»Lombard - hm, was für einen Antrag habt Ihr dort?«

»Ist Nebensache!«

»Ist Hauptsache, Sir, wenn Ihr richtige Auskunft wünscht.«

»Will eine Deposite verkaufen.«

»Worüber?«

»Ueber Goldstaub und Nuggets.«

»Donnerwetter! Wie hoch lautet der Schein?«

»Ich habe deren mehrere.«

»So seid Ihr verdammt glücklich gewesen. Zeigt einmal her!«

»Hat keinen Zweck!«

»Warum nicht? Wenn das Papier gut ist, kaufe ich es selbst. Mache zuweilen auch diese Art von Geschäften, notabene, wenn etwas dabei zu verdienen ist.«

»Das ist's!«

Er zog die im *Hide-spot* gefundene Brieftasche hervor und wählte einen der Scheine aus, den er dem Händler überreichte. Dieser machte ein erstauntes Gesicht und warf einen höchst respektvollen Blick auf den zerrissenen und zerfetzten Mann, welcher sich im Besitze eines solchen Reichtums zeigte.

»Zwanzigtausend Dollars, auf den Inhaber lautend, deponiert bei Charles Brockmann, Omaha! Der Schein ist gut. Was wollt Ihr haben?«

»Wie viel gebt Ihr?«

»Die Hälfte.«

Sanders nahm ihm das Papier aus der Hand und schritt nach dem Eingange.

»Adieu, Master Livingstone!«

»Halt! Wieviel wollt Ihr haben?«

»Achtzehntausend zahlt mir jeder Bankier sofort und bar; aber ich bin einmal hier bei Euch und habe Eile. Gebt sechzehn, und Ihr bekommt den Schein.«

»Unmöglich. Ich weiß nicht, ob Ihr der rechtmäßige – –«

»*Well*, Sir, Ihr wollt nicht, und damit gut!«

Der Mann hielt ihn am Arme zurück; er stieg mit einem Gebote höher und höher und brachte endlich die verlangte Summe hinter dem Vorhange hervor. Er gehörte zu jener Art von Geschäftsleuten für alles, denen es trotz ihres unscheinbaren Aussehens und ihrer absichtlich ärmlichen Einrichtung an den nötigen Barbeständen doch niemals mangelt.

»Hier habt Ihr das Geld; ich habe heut einmal meinen schwachen Tag. Verkauft Ihr die andern Scheine auch?«

»Nein. Adieu!«

Er ging. Livingstone begleitete ihn hinaus und nahm die

Pferde in Empfang. Die beiden Fremden entfernten sich. Ein Gehilfe kam herbei, um die Tiere von Sattel und Zaum zu befreien.

»Gutes Geschäft gemacht,« brummte der Pferdehändler Livingstone; »prächtige Rasse, famos gebaut; haben viel ausgehalten und werden bei guter Pflege sich bald wieder erholen.«

Noch war er um die eingehandelten Pferde beschäftigt, so ertönte lauter Hufschlag die enge Straße herauf. Zwei Reiter erschienen im Galopp, die mit dem nächsten Fährboote gekommen waren. Der eine war ein Indianer, dessen aufgebundenes und mit Adlerfedern geschmücktes Haar ihn als Häuptling bezeichnete. Der andre war ein Weißer von herkulischer Gestalt und weit über dem Nacken herabwallendem, weißem Haupthaar. Auch ihnen war eine ungewöhnliche Strapaze sehr wohl anzusehen, doch zeigten sie in ihrer Haltung ebenso wie ihre prachtvollen Tiere nicht die geringste Ermüdung.

Im Galopp vorübersprengend, warf der Indianer unwillkürlich einen Blick herüber nach dem Händler und riß in demselben Moment sein Pferd herum.

»Mein weißer Bruder blicke diese Pferde an!« sagte er.

Der andre war ihm ebenso schnell bis an die Baracke gefolgt. Ein kurzer Blick genügte, er sah das Schild, ritt bis hart an den Händler heran und grüßte:

»*Good day,* Sir! Ihr habt soeben diese Pferde gekauft?«

»*Yes,* Master,« antwortete der Händler.

»Von zwei Männern, welche folgendermaßen aussahen?«

Er gab eine sehr genaue Beschreibung von Sanders und Letrier.

»Das stimmt, Master.«

»Sind die Männer noch hier?«

»Nein.«

»Wo sind sie hin?«

»Weiß nicht; geht mich auch gar nichts an!«

»Ihr müßt aber doch die Richtung wissen, in welcher sie davongegangen sind?«

»Sie bogen um die Ecke dort. Weiter kann ich nichts sagen.«

Der Frager besann sich einen Augenblick, warf einen scharfen, forschenden Blick auf den Händler und fuhr dann fort:

»Ihr kauft nur Pferde?«

»Pferde und manches andre.«

»Auch Nuggets?«

»Auch. Habt Ihr welche?«

»Nicht hier; sie kommen nach. Darf ich sie Euch anbieten?«

»Wenn es nicht gleich ist, ja. Habe soeben all mein Geld ausgegeben.«

»Den beiden Männern?«

»Dem einen.«

»Er verkaufte Euch etwa Depositen?«

»Ja.«

»Wie hoch?«

»Zu zwanzigtausend Dollars.«

»Wollt Ihr so gut sein, Sir, und mir den Schein einmal zeigen?«

»Warum?«

»Um zu sehen, ob es der Gentleman gewesen ist, mit dem wir gern zusammentreffen wollen.«

»Hm, so! Den Schein sollt Ihr sehen; aber in die Hand bekommt Ihr ihn nicht.«

Er trat in die Baracke und kam nach kurzer Zeit mit dem Papiere zurück. Der Fremde betrachtete es genau und nickte dann vor sich hin.

»Ihr habt bloß dies eine von ihm erhalten?«

»Nur dieses.«

»Danke, Sir! Die Männer werden nicht wiederkommen, sollte es aber dennoch geschehen, so kauft ihnen nichts mehr ab, sondern laßt sie festnehmen. Die Depositen gehören mir und sind mir von ihnen gestohlen worden. Ich werde vielleicht wieder bei Euch vorsprechen!«

Er zog sein Pferd herum, der Indianer that desgleichen,

dann sprengten beide wie vorher im Galopp die Straße entlang.

Es wurde kein Wort zwischen ihnen gewechselt, bis sie am Quai des Hafens anlangten. Dort fragte der Colonel, denn dieses und kein andrer war der Weiße:

»Mein roter Bruder ist mir auf der Fährte der Räuber gefolgt über die weiten Länder der Savanne. Wird er bei mir bleiben, wenn ich gezwungen bin, ein Schiff zu besteigen?«

»Winnetou, der Häuptling der Apatschen, geht mit Sam Fire-gun über die ganze Erde und auch auf das große Wasser. Howgh!«

»Die Räuber wollen wahrscheinlich über das Meer entfliehen; sie werden sich nach den abgehenden Schiffen erkundigen. Das thun wir auch und bewachen die Fahrzeuge; da erwischen wir sie.«

»Mein Bruder thue das und halte sich immer hier am Wasser auf, damit ich ihn wiederfinde. Winnetou aber wird zurückkehren vor die Häuser der großen Stadt da drüben, um zu erwarten und herzuführen die Jäger, welche zurückgeblieben sind, weil ihre Pferde müde waren.«

Sam Fire-gun neigte zustimmend den Kopf und sagte:

»Mein Bruder ist klug; er thue, wie er gesagt hat!«

Er stieg vom Pferde, welches er dem Hausknechte eines in der Nähe sich befindenden Gasthauses übergab. Der Apatsche aber kehrte allein den Weg zurück, welchen sie miteinander gekommen waren. –

Während dieses geschah, hatten Sanders und Jean Letrier ihren Weg fortgesetzt. Langsam dahinschlendernd, bemerkten sie einen Mann, welcher aus einem engen Seitengäßchen hervortrat und, ihrer nicht achtend, in einiger Entfernung quer über die Straße schritt. Von kaum mittlerer Statur, und dabei schlank gebaut, trug er die Kleidung eines Diggers, der aus den Minen kommt, um von der anstrengenden Arbeit auszuruhen und dabei sich ein weniges in der Stadt umzusehen. Ein breitkrempiger und vielfach zerknitterter Strohhut hing ihm in das Gesicht hernieder, doch vermochte er nicht, das große, häßliche Feuermal zu verdecken, welches sich von dem einen Ohre quer über die ganze Wange bis über die Nase zog.

Ueberrascht blieb Sanders stehen und faßte seinen Begleiter am Arme.

»Jean, kennst du den?« fragte er hastig.

»Den? Nein, Kapitän.«

»Wirklich nicht?«

»Nein.«

»Ich habe falsch gefragt. Es sollte heißen: kennst du die?«

»Die? Alle Wetter, die Gestalt, die Haltung, der Gang, Kapitän, es ist doch wohl kaum möglich!«

»Sie ist's, sage ich dir, sie und keine andre! Wir sind vollständig verwildert; aus dieser Entfernung erkennt sie uns nicht. Ein glücklicher Zufall führt sie uns vor die Augen; wir müssen ihr folgen!«

Sie schritten hinter dem Manne her, welcher nach kurzer Zeit in eine Bretterbude trat, über deren Thür mit einfachen Kreidezügen die Inschrift ›*Taverne of fine brandy*‹ angebracht war. Vor und hinter diesen Buchstaben hatte man auch mit Kreide je eine Schnapsflasche auf das rissige Holz gemalt.

»Was thut sie in dieser Butike? Sie hat genug Geld und wohnt jedenfalls anständig. Ihr jetziges Habit ist also eine Verkleidung, und ihr gegenwärtiger Gang hat irgend einen geheimnisvollen Zweck.«

»Wir müssen ihr hineinfolgen, Kapitän.«

»Das geht nicht, Jean. Sie würde uns trotz unsers verwilderten Zustandes doch sofort erkennen, zumal sie uns in der Prairie als Jäger gesehen hat. Die Bude besteht aus einfachen Brettern; von vorn dürfen wir uns nicht nahen; vielleicht finde ich an ihrer Rückseite ein Astloch oder irgend eine Ritze oder Spalte, durch welche es mir möglich ist, das Innere zu überblicken. Du bleibst zurück und beobachtest den Ausgang. Sollte sie den Ort verlassen, ehe ich zurückkehre, so kommst du schleunigst, um mich zu benachrichtigen.«

Er wandte sich zur Seite. Die Gelegenheit war günstig. Die Hütte hatte keinen Ausgang nach hinten und wurde da durch einen kaum drei Fuß breiten Zwischenraum von einem ganz ähnlichen Bauwerke getrennt. Sanders schob sich hinein und fand bald ein Astloch, durch welches er einen großen Teil des Schankraumes, in welchem zahlreiche Gäste saßen, zu überblicken vermochte.

Der Mann mit dem Feuermale hatte in der Nähe eines breiten Ofens Platz genommen, war dann aber plötzlich nach rückwärts verschwunden. Weiter nach dieser Seite hin, schloß Sanders, befand sich vielleicht ein abgeschlossener Raum, der für private Zwecke dienen konnte. Er schob sich leise in dieser Richtung weiter, bis er hart hinter der dünnen Wand, an welcher er lehnte, mehrere Stimmen erklingen hörte. Er legte das Ohr an das Brett und lauschte.

»Wo treffen wir uns, Sir?« hörte er fragen.

»Nicht hier, das wäre unvorsichtig, auch nicht am Quai, sondern in der kleinen Bucht oberhalb der letzten Fischerhütte.«

»Und wann?«

»Wann ich kommen kann, ist noch unbestimmt, aber um elf müßt ihr versammelt sein, dürft jedoch vor meiner Anwesenheit nichts unternehmen.«

»Schön. Es wird einen tüchtigen Kampf geben, ehe das Fahrzeug unser ist.«

»Nicht so sehr, als ihr denkt. Die Offiziere und Subalternen sind heut abend an das Land geladen, und an Bord selbst wird ein Festgelage stattfinden, welches uns bestimmt in die Hand arbeiten muß.«

»Das läßt sich hören. Giebt es keinen Freund an Bord?«

»Der lange Tom ist da mit noch einigen, die uns erwarten.«

»Alle Teufel, Ihr habt das Ding fein eingeleitet! Also der schwarze Kapitän wird wirklich mit dabei sein?«

»Sicher. Es werden die Anker sofort gelichtet; der Wind ist gut; die Ebbe fällt passend, und wenn nicht ein ganz und gar unvorhergesehenes Hindernis eintritt, so wird man von dem ›l'Horrible‹ bald dieselben Geschichten wie früher erzählen.«

»Auf uns könnt Ihr rechnen, Sir. Wir werden gegen dreißig Mann sein, und mit tüchtigen Offizieren und einem solchen Segler braucht man die ganze Marine der Welt nicht zu fürchten.«

»Das meine ich auch. Hier habt ihr euer Draufgeld und noch einiges darüber, um zu trinken. Aber haltet euch nüchtern, damit der Handstreich uns nicht etwa mißlingt!«

Ein Stuhl wurde gerückt; der letzte Sprecher entfernte sich. Sanders hatte ihn auch an der Stimme erkannt, obgleich sie eine verstellte und in die tieferen Tonlagen hinabgedrückte war. Das Gehörte war so außerordentlich, daß er eine ganze Weile vollständig bewegungslos stand und auch wohl noch länger so verblieben wäre, wenn ihn nicht ein leises »Pst!« aus seiner halben Erstarrung aufgeschreckt hätte. Jean Letrier stand vor dem Zwischenraume und winkte.

»Sie ist fort, wieder zurück; schnell, schnell!«

Der Kapitän drängte sich aus der Enge hinaus, gerade noch zur rechten Zeit, um den Gegenstand seiner Beobachtung hinter der nächsten Ecke verschwinden zu sehen. Die beiden Männer eilten ihm nach und verfolgten ihn durch die schmutzigen Gäßchen der Vorstadt und die breiten Straßen der besseren Stadtteile bis an das Gitter eines einsam gelegenen Gartens. Hier blickte er sich prüfend um und schwang sich, als er nichts Verdächtiges bemerkte, mit einem katzenartigen Sprunge hinüber. Hier hielten sie wohl gegen eine Stunde Wacht, aber vergebens; er kehrte nicht zurück.

»Sie muß hier wohnen, Jean. Laß uns das Haus suchen, zu welchem dieser Garten gehört!«

Um dies zu thun, mußten sie eine Seitengasse durchschreiten. Als sie aus derselben traten, bemerkten sie eine glänzende Equipage, welche vor der Thür eines Hauses hielt, welches kein andres als das gesuchte sein konnte. Eine Dame war soeben eingestiegen und gab dem Kutscher das Zeichen. Sanders trat in die Gasse zurück; das elegante Fahrzeug rollte vorüber, so daß die Gesichtszüge der Inhaberin zweifellos zu erkennen waren.

»Sie ist's!« rief Jean.

»Ja, sie ist's; hier ist eine Täuschung ganz unmöglich. Ich

bleibe hier; du aber gehst in das Haus und suchst ihren jetzigen Namen zu erfahren.«

Jean gehorchte dem Gebote und kehrte schon in kurzer Zeit mit der gewünschten Auskunft zurück.

»Nun?«

»Frau de Voulettre.«

»Ah! Wo wohnt sie?«

»Sie hat die vollständige erste Etage inne.«

»Komm nach dem Hafen; dort werde ich dir weitere Mitteilungen machen!«

Sie schritten der genannten Gegend zu und kehrten auf diesem Wege in einem ›Store of dressing‹ ein, den sie in Beziehung auf Wäsche, Kleidung und sonstige Ausstattung vollständig verändert verließen. Langsam durch das Menschengewühl des Quais schreitend, zuckte es plötzlich wie ein heftiger Schreck über das Gesicht Letriers; er faßte Sanders und zog ihn hinter einen großen Haufen aufgestapelter Warenballen.

»Was giebt's?« fragte Sanders.

»Blickt gradaus, Kapitän, und seht, ob Ihr den Mann kennt, der unter dem großen Krahne steht!«

»Ah – alle Teufel, der Colonel, Sam Fire-gun! Sie haben sich also nicht irre führen lassen und sind uns auf dem Fuße gefolgt. Wo mögen die andern stecken?«

»Die hat der verdammte deutsche Polizist ganz sicher in der Stadt verteilt, um uns aufzulauern und unsern Aufenthalt zu erforschen.«

»Jedenfalls. Hat uns der Alte schon bemerkt?«

»Ich glaube nicht. Sein Gesicht war seitwärts gerichtet, als ich ihn sah, und bei unsrem jetzigen Habitus sollte es ihm auch schwer werden, uns zu erkennen, wenn wir ihm nicht allzuweit zu nahe kommen.«

»Richtig. Jetzt blicke einmal da hinüber auf die Reede. Kennst du das Schiff, welches in der Nähe des Panzerschiffes liegt?«

»Hm – ja – das – das ist – Donner und Wetter, das ist kein andres als unser ›l'Horrible‹, den kenne ich sofort, und wenn sie noch so sehr an seinen Segeln und Stangen herumgemodelt haben!«

»So komm!«

Sie nahmen ihren Weg durch das dichteste Gewühl und suchten sich ein entfernt liegendes Schankhaus, wo sie sich ein separates Zimmer geben ließen. Hier konnten sie ungestört verhandeln.

»Also du hast unsern ›l'Horrible‹ erkannt?« fragte Sanders.

»Sofort, Kapitän.«

»Weißt du, wer ihn jetzt befehligt?«

»Nein.«

»Und weißt du, wer ihn morgen um diese Zeit befehligen wird?«

»Jedenfalls derselbe wie heut.«

»Nein.«

»So tritt ein Dienstwechsel ein?«

»Allerdings. Der heutige muß ›aus der großen Tasse trinken‹[1] und an seine Stelle wird ein gewisser Sanders treten oder, wenn du lieber willst, der schwarze Kapitän.«

»Hm, das ist kein übles Luftschloß, Kapitän.«

»Luftschloß? Ich sage dir, daß es in Wirklichkeit so sein wird.«

Jean Letrier lächelte.

»Dann wird die Miß Admiral natürlich wieder Segelmeister?« meinte er, auf den mutmaßlichen Scherz eingehend.

»Gewiß.«

»Und fegt mit der neunschwänzigen Katze das Verdeck wie vor alten Zeiten?«

»Oder auch nicht. Dieser Panther wird gezähmt; darauf kannst du dich verlassen!«

»Und der treue Jean Letrier, welche Stelle wird der haben?«

»Wird sich schon etwas Passendes finden lassen.«

»Schade um das hübsche Kartenhaus!«

[1] Wird ersäuft.

»Und wenn es nun kein Kartenhaus, sondern ein festes, sichres und unumstößliches Gebäude wäre?«

Letrier war wirklich betroffen von dem ernsten, zuversichtlichen Tone seines Herrn. Er blickte demselben forschend in das Gesicht und brummte:

»Hm, in der Welt ist manches Unmögliche möglich, wenigstens für unsereinen.«

»Allerdings. - Höre, Jean, was ich dir sagen werde!«

Er erzählte ihm, was er an den Brettern der Branntweinbude erlauscht hatte, und fügte die Vermutungen und Schlüsse bei, zu welchen ihn das gehörte Gespräch berechtigte. Jean staunte.

»Teufel! Diesem Frauenzimmer ist wahrhaftig so etwas zuzutrauen.«

»Sie wird es ausführen, darauf kannst du dich verlassen.«

»Und wir?«

»Sagte ich dir nicht, daß ich heut abend den ›l'Horrible‹ befehligen werde?«

»Gut! Sie wird sich aber wehren.«

»Pah! Ich bin früher ihr Vorgesetzter gewesen und werde es auch jetzt sein. Sie ist noch immer die Alte. Ein Schiff zu stehlen! Mitten aus dem Hafen von San Francisco heraus! Es ist kolossal! Aber uns kommt es vortrefflich zu statten. Welch ein Glück, daß wir sie gesehen und trotz ihrer Verkleidung erkannt haben!«

Während sie in eifrigem Gespräche bei einander saßen, wurden in der Wohnung der Frau de Voulettre Anstalten zu einer glänzenden Soiree getroffen. Die Delikatessen aller Länder, die Weine aller Zonen waren vertreten, und die Dame des Hauses, welche von ihrer Spazierfahrt schon längst zurückgekehrt war, machte sich mit den letzteren persönlich sehr viel zu schaffen. Sie öffnete eine Anzahl der Flaschen, schüttete in jede derselben ein feines, weißes Pulver und versiegelte sie dann sorgfältig wieder.

Der Abend nahte heran; es wurde dunkel, und aus den Fenstern ihrer Wohnung glänzte eine Lichtflut, welche den Schein der Straßenlaterne weit überstrahlte.

Die Gäste, auch der Kommandeur des Panzerschiffes nebst den geladenen Offizieren der andern Fahrzeuge hatten sich bei ihr eingefunden und schwelgten in den gebotenen Genüssen. Eine ganze Menge nobler Flaneurs und gewöhnlicher Leute belagerte das Portal, um einen kleinen Blick in das geschmückte Innere zu werfen oder den Geruchssinn an den ausströmenden Wohlgerüchen zu weiden.

Unter ihnen befanden sich zwei Männer in Matrosentracht. Sie standen schweigend nebeneinander und warfen höchst gleichgültige Blicke auf die andern. Ihr Augenmerk schien vorzugsweise auf eines der erleuchteten Fenster gerichtet zu sein. Lange, lange harrten sie. Da endlich wurde der Vorhang herabgelassen, der Schatten einer erhobenen Hand strich einigemal hinter demselben auf und nieder; dann verlöschte das Licht.

»Das ist das Zeichen,« flüsterte der eine.

»Komm!« antwortete der andre.

Sie schritten fort und bogen in das Gäßchen, welches am Tage Sanders und Jean betreten hatten. An der Gartenpforte stand ein Koffer, neben ihm eine männliche Gestalt. Es war hier so dunkel, daß man die Einzelheiten nicht genau zu erkennen vermochte, doch war so viel zu sehen, daß der Mann kaum die Mittelgröße erreichte und einen mächtigen, dunklen Vollbart trug. Es war die Frau von Voulettre, die sich wieder verkleidet hatte. Der Koffer enthielt ihre kostbaren nautischen Instrumente.

»Ist der Wagen bestellt?« fragte der Mann mit dem dunklen Vollbarte kurz.

»Ja,« lautete die Antwort.

»Vorwärts!«

Seine Stimme klang befehlend, als sei er das Kommandieren von Jugend auf gewöhnt. Die Männer faßten den Koffer und schritten voran. Er folgte ihnen. An der Ecke einer Straße stand ein Wagen. Der Koffer wurde auf den Bock desselben gehoben; die drei stiegen ein, und das Gefährte rollte im Trabe zur Stadt hinaus. Im Freien angekommen, hielt es an. Die Fahrgäste stiegen aus, ergriffen den Koffer wieder und wandten sich, während der Wagen zurückkehrte, dem Strande zu.

Sie hatten denselben noch nicht erreicht, so ertönte hinter einem Busche eine Stimme.

»Halt, wer da!«

»Der schwarze Kapitän.«

»Willkommen!«

Eine Schar dunkler Gesellen eilte herbei und umringte ehrfurchtsvoll den bärtigen Mann.

»Die Boote in Ordnung?« fragte er.

»Ja.«

»Die Waffen?«

»Alles recht.«

»Fehlt jemand?«

»Keiner.«

»Dann *come on*; ich nehme den ersten Kahn!«

Der Koffer wurde eingehoben, die mit Lappen sorgfältig umwickelten Ruder eingelegt, und die Fahrzeuge setzten sich in eine vollständig geräuschlose Bewegung.

Zunächst strebten sie grad auf die Höhe hinaus, dann legten sie scharf nach Steuerbord über und näherten sich auf diese Weise von der Seeseite aus mit außerordentlicher Vorsicht dem mitten in tiefer Dunkelheit liegenden ›l'Horrible‹, an dessen Spriet und Stern nur je eine einsame Schiffslaterne brannte.

Sie waren jetzt so nahe an das Fahrzeug herangekommen, daß man sie bei der gewöhnlichen Aufmerksamkeit ganz sicher bemerken mußte. Der, welcher sich Kapitän genannt hatte, stand aufrecht am Steuer und hielt sein scharfes Auge forschend auf die dunkle Gestalt des Schiffes gerichtet. Es war ein Moment, in dem sich alles entscheiden mußte und der seine ganze Aufmerksamkeit in Anspruch nahm.

Da ertönte der halblaute, heisere Schrei einer Möwe.

Die Leute in den Booten atmeten auf; es war das mit dem langen Tom verabredete Zeichen, daß an Bord alles gut gehe. Einige Taue hingen am Hinterteile herab.

»Legt an, und dann hinauf!« ertönte das leise Kommando.

Einige Augenblicke später standen sämtliche Männer am Deck. Tom hatte sie erwartet.

»Wie steht es?« fragte der Bärtige.

»Gut. Ich und die Unsrigen haben die Wache. Die andern schmausen unten in der Vormarskoje oder liegen schon betrunken am Boden.«

»Hinunter! Doch schont sie. Sie werden gefesselt und in den Raum geschlossen; später müssen sie zu uns schwören. Je mehr Arme wir bekommen, desto besser für uns.«

Dieser Befehl wurde schnell und ohne allen Lärm ausgeführt. Die nichts ahnende und vom Grog berauschte Mannschaft wurde leicht überwältigt, gebunden und in dem Kielraum geborgen. Dann zog man den Koffer empor, welcher in die Kapitänskajüte getragen wurde, und löste die Boote, die man mitgebracht hatte, von den Tauen. Sie konnten schwimmen – das Schiff befand sich vollständig in der Gewalt der Korsaren.

Jetzt versammelte der Schwarzbärtige seine Leute um sich und wies jedem seine Stelle an.

»Wir stechen in See. Schmiert die Ankerwinde und die Takelrollen mit Oel, damit kein unnötiges Geräusch entsteht. Kommandieren darf ich nicht, sonst hört man mich da drüben auf dem Panzerschiffe; aber ich hoffe, daß jeder weiß, was er zu thun hat!«

Die Mannschaft verteilte sich. Der Kommandeur eilte von Ort zu Ort, um seine Befehle leise auszusprechen; der Anker hob sich, die Segel rollten empor und der günstige Wind begann, sie zu blähen. Das prachtvolle Schiff gehorchte dem Steuer; es legte sich langsam herum, teilte die widerstrebenden Wogen und schoß der offenen See entgegen.

Da erst erscholl von dem Decke des Panzerschiffes ein Schuß – ein zweiter – ein dritter. Man wußte dort, daß die Offiziere des ›l'Horrible‹ an das Land gegangen waren, hatte, allerdings zu spät, die Bewegung des Schiffes bemerkt, mußte natürlich sofort etwas Ungewöhnliches oder gar Gesetzwidriges vermuten und gab nun durch die drei Alarmschüsse das Zeichen zur allgemeinen Aufmerksamkeit.

Der neue Befehlshaber des ›l'Horrible‹ hatte sich auf das Quarterdeck begeben. Der lange Tom stand an seiner Seite.

»Horch, Tom, sie haben bemerkt, daß wir uns davonmachen!« sagte er.

Der Angeredete warf einen forschenden Blick empor zu den sich von dem Himmel hervorhebenden Segeltüchern.

»Wird ihnen nichts helfen. Sie haben die Augen zu spät aufgethan. Aber - Ihr kennt meinen Namen, Sir?«

»Ich dächte, der schwarze Kapitän müßte ihn doch kennen; bist ja mit mir genugsam herumgesegelt.«

»Der schwarze Kapitän - mit Euch? Nichts für ungut, Sir, ein tüchtiger Offizier seid Ihr, das habe ich schon in der kurzen Zeit bemerkt, aber der Schwarze, der seid Ihr nicht, den kenne ich.«

»Pah, ich werde es aber sein.«

»Wird nicht gut gehen. Die Leute wollen nur unter ihm dienen, und der Rotmalige, ich meine den Agenten, der uns angeworben hat, versprach uns ja, daß er noch lebe und heut abend am Deck sein werde.«

»Der Rotmalige? Hast du ihn wirklich nicht erkannt?«

»Erkannt -? ihn -? Habe den Kerl in meinem ganzen Leben noch nicht gesehen!«

»Tausendmal schon, Tom; tausendmal, sage ich, hast du ihn oder vielmehr sie gesehen. Besinne dich!«

»Ihn -? Sie -? Donnerwetter, sie - sie -? Sollte - sollte es die Miß Admiral gewesen sein!«

»Sie war es. Und glaubst du nicht, daß sie ganz das Zeug hat, den schwarzen Kapitän zu spielen?«

Der Lange trat überrascht einige Schritte zurück.

»Alle Wetter, Sir - Miß, wollte ich sagen, das ist ja eine ganz außerordentliche Geschichte. Ich denke, Ihr seid aufgehangen worden, als die Rotjacken den ›l'Horrible‹ nahmen!«

»Nicht ganz. Aber höre: du bist an Bord der einzige, der den Kapitän wirklich kennt; du verschweigst, daß ich und der Agent einer und derselbe sind, und läßt sie dabei, daß ich der Schwarze bin. Verstehst du?«

»Vollständig!«

»Nun? Du sollst dich nicht schlecht dabei stehen.«

»Hm, mir ist es sehr egal, ob ein Sir oder eine Miß das Kommando führt, wenn es nur immer eine gute Prise giebt. Ihr könnt Euch auf mich verlassen.«

»Gut. Doch schau, die Lichter im Hafen und auf der Reede werden lebendig. Man schickt sich zur Verfolgung an. Pah, in zwei Stunden sind wir ihnen, selbst bei hellem Tage, aus den Augen.«

Er ließ alle Leinwand aufziehen, so daß das auf der Seite liegende Schiff mit verdoppelter Geschwindigkeit die Wogen teilte, und hing sich mit dem Arme in die Wantensprossen, um die lange entbehrte Genugthuung, den famosen Segler unter den Füßen zu haben, in vollen Zügen zu genießen.

Erst als der Tag zu grauen begann und seine Anwesenheit an Deck nicht mehr notwendig war, stieg er herab und schritt zur Kajüte. Dort stand sein Koffer. Eine Lampe brannte.

»Hm,« machte er, sich mit sichtlicher Befriedigung in dem netten Raume umsehend, »der Jenner ist so übel nicht, wie ich dachte; er hat sich hier ganz prächtig eingerichtet. Doch, ich muß vor allen Dingen sehen, ob mein geheimes Fach noch vorhanden ist, von dem selbst Sanders nichts wußte.«

Er schob einen Spiegel beiseite und drückte auf ein dahinter befindliches und kaum sichtbares Knöpfchen. Ein Doppelthürchen sprang auf und ließ eine Vertiefung bemerken, in welcher allerlei Papiere aufgeschichtet lagen. Er griff nach ihnen.

»Wahrhaftig alles unberührt! Das Versteck ist gut; ich werde es sofort wieder benutzen.«

Er zog einen Schlüssel hervor und öffnete den Koffer. Ein Fach desselben enthielt nichts als Geldrollen und Pakete Banknoten.

Er barg es in das Versteck, verschloß dieses dann und schob den Spiegel wieder vor. Dann entnahm er dem Koffer allerlei Wäsche und Kleidungsstücke, welche in dem Kajütenschranke Platz fanden, und zog dann dieselben kostbaren nautischen Instrumente hervor, welche Lieutenant Jenner bei der Frau de Voulettre gefunden hatte.

»Wenn dieser Lieutenant gewußt hätte, weshalb seine schöne Dame sich mit diesen ›langweiligen‹ Dingen befaßte! Bei allen Heiligen, es ist der beste Coup meines Lebens, den ich heut ausgeführt habe, und ich möchte nur wissen, was Sanders dazu sagte, wenn er hier stände und - - «

»Er sagt Bravo,« ertönte es hinter ihr, während sich eine Hand auf seine Schulter legte.

Entsetzt fuhr sie herum und starrte mit weit aufgerissenen Augen in das Gesicht des soeben Genannten.

»Sa - Sa - Sanders!« stammelte sie beinahe kreischend.

»Sanders!« nickte dieser mit ruhigem, überlegenem Lächeln.

»Nicht möglich! Sein Geist - sein - sein - - «

»Papperlapapp! Glaubt der Segelmeister des ›l'Horrible‹ an Geister?«

»Aber wie - wo - wann - wie kommst du nach Francisco und wie hier an Bord?«

»Das Wie werde ich dir später erklären; das Warum aber weißt du wohl?«

»Nichts, gar nichts weiß ich!«

»Auch von meiner Kasse weißt du nichts, die verschwunden war, als du es vorzogst, mich als elendes Wrack in New-York liegen zu lassen?«

»Nichts.«

»So! Leider bin ich in der glücklichen Lage, mit vollständigen Beweisen vor dir zu stehen. Aber zunächst wollen wir dem Augenblicke Rechnung tragen. Du hast den ›l'Horrible‹ entführt.«

Sie schwieg.

»Und dir dazu Leute angeworben - «

Sie schwieg auch jetzt.

»Denen du versprachst, daß der schwarze Kapitän die Führung übernehmen werde.«

Sie rang sichtlich noch unter dem Schrecke, den ihr sein Erscheinen verursacht hatte.

»Um dir Gelegenheit zu geben, dein Wort zu halten, bin ich schon vor euch an das Schiff geschwommen und habe mich an den Sorglienen und Puttingen versteckt, bis ich es an der Zeit fand, mich dir vorzustellen. Du bist wahrhaftig ein ganz verteufeltes Frauenzimmer, wenn auch der rote Agent ein wenig häßlicher sah, als Frau de Voulettre; und weil du deine Sache so gut gemacht hast, werde ich dir, allerdings nur für einstweilen und bis wir abgerechnet haben, deine frühere Stellung als Segelmeister wieder einräumen. Thu' also immerhin den Bart herab; er ist dir lästig und den ›Schwarzen‹ kannst du ja doch nicht imitieren.«

Er hatte in einem ruhigen, überlegenen Tone gesprochen, der ihr das Blut in die Wangen trieb und ihre Augen katzenartig erfunkeln ließ.

»Segelmeister, ich? Und wenn ich dich nun nicht kenne?« zischte sie.

»So kennt mich der lange Tom und Jean Letrier. Sie hängen beide mehr an mir, als an dem grausamen Panther, der sich Miß Admiral nannte.«

»Jean Letrier? Wo ist er?«

»Hier an Bord. Er kam mit mir und spricht oben mit dem langen Tom, um ihm zu sagen, daß ich wirklich anwesend bin.«

»Es wird dir und ihm nichts helfen,« raunte sie ihm grimmig entgegen. »Der ›l'Horrible‹ ist ein Piratenschiff und ich bin sein Kapitän. Wer ohne meine Erlaubnis seine Planken betritt, der büßt es mit dem Tode!«

Sie riß den Revolver von der Seite und schlug auf ihn an. Ein blitzschneller Schlag seines Armes schleuderte ihr die Waffe aus der Hand; dann faßte er sie bei den Schultern und drückte ihre schlanke, geschmeidige Gestalt an die Wand, als sei sie daran angenagelt.

»Miß Admiral, hör', was ich dir ein für allemal sage! Ich werde mit dir abrechnen und hätte dich trotzdem bis auf weiteres in deiner einstigen Stellung als zweiter Offizier gelassen. Doch du hast meinen Tod gewollt, und mein Leben stand in Gefahr, so lang ich dir vertraute. Ich bin Kapitän meines Schiffes, und du – du wirst unschädlich gemacht!«

Ein fürchterlicher Schlag seiner geballten Faust traf ihren

Schädel, so daß sie, wie vom Blitze erschlagen, augenblicklich leblos zusammenbrach. Er fesselte sie mit denselben Stricken, mit denen ihr Koffer eingeschnürt gewesen war, und stieg dann nach oben.

Der Morgen war jetzt vollständig hereingebrochen, so daß man mit einem Blicke die Situation zu übersehen vermochte. Die Mannen hatten sich alle am Deck versammelt und einen Kreis um den langen Tom und Letrier gebildet, welche ihnen zu erzählen schienen. Da fiel der Blick des letzteren auf Sanders. Er sprang vor, schwenkte den Südwester und schrie:

»Das ist er, ihr Leute. Vivat, der schwarze Kapitän!«

Die Hüte flogen in die Luft; der Ruf wurde von jeder Kehle wiederholt.

Sanders winkte ihnen gnädig zu und trat mit stolzem Schritt in ihre Mitte. In kurzer Zeit war allen der Eid abgenommen und jeder erhielt ein hoch bemessenes Segelgeld. Die Waffen und Wachen wurden verteilt, die Schiffsordnung einstweilen mündlich bestimmt, und als das alles in Ordnung war, begab sich der Kapitän mit Letrier wieder in seine Kajüte, um nach der Miß Admiral zu sehen.

Die Besinnung war ihr wiedergekehrt, doch schloß sie sofort die Augen, als sie ihn eintreten sah. Er bog sich über sie und fragte:

»Wo ist das Geld, welches du mir raubtest?«

Ihre Lider öffneten sich; ein haßerfüllter Strahl schoß zwischen ihnen hervor auf den Fragenden.

Er wiederholte seine Frage.

»Frag', so oft du willst; eine Antwort bekommst du nicht,« erklärte sie.

»Ganz nach Belieben!« lächelte er. »Ein großer Teil ist natürlich fort; die Frau de Voulettre hat jedenfalls kostspielige Bedürfnisse gehabt; das übrige aber ist hier an Bord, ich kenne dich.«

»Suche es!«

»Das werde ich thun. Und finde ich nichts, so giebt es Mittel, dich zum Sprechen zu bringen. Jean!«

»Kapitän?«

»Das Frauenzimmer bleibt gefesselt wie bisher und erhält ihren Platz in meiner eignen Koje. Ihr Wärter bin nur ich; kein andrer hat bei ihr Zutritt, auch du nicht, und wer den kleinsten Versuch macht, mit ihr zu verkehren, bekommt die Kugel. Uebrigens darf außer dir kein andrer wissen, wo sie sich befindet. - Jetzt bring die frühere Mannschaft des ›l'Horrible‹ einzeln an Deck. Ich werde sehen, was aus den Leuten zu machen ist!«

Jean ging. Sanders zog seine Gefangene in die Nebenkoje und verdoppelte hier ihre Fesseln. Er wußte, daß er die Wahrheit gesagt habe: sie hatte keine Macht mehr über ihn. - - -

Sam Fire-gun hatte sich nach den abgehenden Passagierschiffen erkundigt; es ging heute keins in See, auch morgen nicht. Bei dieser Gelegenheit hörte er den Namen des ›l'Horrible‹ nennen. Er wußte, daß dies das Schiff des schwarzen Kapitäns gewesen war, und nahm an, daß dieser, also Sanders, wohl auch erfahren habe, daß der ›l'Horrible‹ hier im Hafen liege. Gewiß übte das eine Anziehungskraft auf ihn aus, und so stellte sich Sam Fire-gun so auf, daß er jeden Menschen, welcher nach diesem Schiffe ging oder von ihm kam, sehen konnte.

Es war Abend geworden; es wurde zehn Uhr und noch später. Sam Fire-gun ging immer noch am Quai auf und ab, um sich keines der abstoßenden Boote entgehen zu lassen. Diese Aufgabe war für eine einzelne Person eine schwierige, wo nicht unmögliche, und in Wirklichkeit wurde auch gar mancher Kahn vom Lande gerudert, ohne daß der aufmerksame Trapper die rechte Zeit fand, den oder die Insassen desselben zu mustern. Es herrschte ringsum tiefe Dunkelheit, welche die Straßenlaternen und Schiffslichter nur spärlich zu durchdringen vermochten, und Fire-gun stand am Ufer, um von dem anhaltenden Patrouillengang ein wenig zu verschnaufen, als grad zu seinen Füßen der Führer eines unbesetzten Bootes bei den zu dem Wasser führenden Stufen anlangte.

»*Good evening*, Mann, wo kommt Ihr her?« fragte er ihn.

»Von draußen.«

»Von welchem Schiff?«

»Von keinem.«

»Von keinem? Waret Ihr allein spazieren?«

»Fällt mir nicht ein!« antwortete der Schiffer, neben ihm stehen bleibend und seine vom Rudern angegriffenen Arme dehnend.

Der Trapper wurde aufmerksam.

»So habt Ihr jemand gefahren?«

»Wird wohl nicht anders sein, Master.«

»Aber bei keinem Schiffe angelegt und kommt leer zurück. Habt Ihr ihn ersäuft?«

Der Schiffer lachte.

»So ähnlich. Aber wartet noch einige Stunden mit Euren Fragen, dann will ich sie Euch beantworten.«

»Warum nicht eher?«

»Weil ich nicht darf.«

»Und warum dürft Ihr nicht?«

»Weil ich's versprochen hab'.«

Der Mann schien Wohlgefallen daran zu finden, sich nach etwas fragen zu lassen, worüber er nicht bereit war, Auskunft zu erteilen. Der Jäger aber wurde von einem unbestimmten Gefühle getrieben, weiter zu forschen:

»Und warum habt Ihr dies versprochen?«

»Weil, weil - hört, Mann, Ihr fragt verteufelt dringlich - weil sich ein jeder gern ein Trinkgeld geben läßt.«

»Ah so! Also eines Trinkgeldes wegen dürft Ihr nicht sagen, wen Ihr gefahren habt?«

»So ist's.«

»Und Ihr werdet es dennoch sagen, wenn ich Euch ein besseres Trinkgeld gebe?«

Der Schiffer warf einen ungläubigen Blick auf das zerfetzte, lederne Habit des andern.

»Ein besseres? Wird Euch schwer werden!«

»Wie viel bekamt Ihr?«

»Meinen Lohn und einen Dollar obendrein.«

»Bloß?«

»Was, bloß? Euch fallen wohl die Dollars durch den zerrissenen Jagdrock in die Tasche?«

»Dollars? Nein. Geld habe ich nicht, aber Gold.«

»Wirklich? Das ist ja noch besser als Geld!«

Der Fischer wußte aus Erfahrung, daß mancher abgerissene Mineur mehr bei sich trug, als hundert Stutzer miteinander besitzen.

»Meint Ihr? Da seht Euch einmal dies Nugget an!«

Sam Fire-gun trat unter eine Laterne und zeigte dem Fischer ein Stück Waschgold, welches er aus der Tasche gezogen hatte.

»Alle Teufel, Master, das Stück ist ja seine fünf Dollars unter Brüdern wert!« rief der Mann.

»Richtig! Und Ihr sollt es haben, wenn Ihr mir sagt, was Ihr verschweigen sollt.«

»Ist's wahr?«

»Gewiß. Also, wen habt Ihr gefahren?«

»Zwei Männer.«

»Ah! Wie waren sie gekleidet? Jäger?«

»Nein. Mehr wie Seeleute, ganz neues Habit.«

»Auch möglich. Wie sahen sie aus?«

Der Schiffer gab eine Beschreibung, welche ganz auf Sanders und Letrier paßte, für den Fall, daß beide ihr Aeußeres verbessert hatten.

»Wo wollten sie hin?«

»Da hinaus, in die Nähe des ›l'Horrible‹, der dort auf den Ankern reitet.«

»Des ›l'Horrible‹?« Sam Fire-gun wurde aufmerksamer. »Was sprachen sie unter sich?«

»Konnte es nicht verstehen!«

»Warum?«

»Sie frugen mich, ob ich gelernt hätte, französisch zu reden, und als ich nein sagte, parlierten sie ein Mischmasch, daß mir davon die Ohren klangen.«

»Sie sind's! Wo stiegen sie aus?«

»Draußen im Wasser.«

»Unmöglich!«

»Grad so und nicht anders. Sie sagten, sie gehörten zum Schiff und wären ein wenig durchgekniffen, um sich zu

Lande einen Spaß zu machen. Nun wollten sie ihre Rückkehr nicht merken lassen und sind deshalb bis an Bord geschwommen.«

»Und vorher mußtet Ihr ihnen versprechen –«

»Bis einige Stunden nichts davon zu erzählen.«

Ehe Fire-gun eine weitere Frage thun konnte, fühlte er eine Hand auf seiner Schulter.

»Mein Bruder komme mit mir!«

Winnetou war's. Er führte ihn einige Schritte abseits und fragte dann:

»Wie heißt das große Kanoe, welches da drüben im Wasser liegt?«

»›l'Horrible‹.«

»Und wie heißt das Kanoe, auf welchem der Weiße, der sich Sanders nannte, Häuptling gewesen ist?«

»›l'Horrible‹. Es ist ganz dasselbe.«

»Wird der Weiße nicht hinausrudern, um sein Kanoe wieder zu besitzen?«

Sam Fire-gun stutzte und fragte:

»Wie kommt denn mein roter Bruder auf den Gedanken?«

»Winnetou verließ einmal seinen Posten, um nach dir zu sehen. Er kam mit der Fähre herüber, auf welcher weiße Männer waren, welche von dem Kanoe sprachen. Als sie die Fähre verlassen hatten, warteten sie kurze Zeit und stiegen mit andern Männern und einem Koffer in mehrere Boote.«

»Hat mein Bruder alles gehört, was sie sprachen?«

»Sie wollten auf das große Kanoe und die Männer desselben töten, weil der schwarze Häuptling kommen werde.«

»Der schwarze Kapitän?«

»Mein Bruder sagt das Wort; es ist zu schwer für die Zunge des Apatschen.«

»Und sie sind hinaus auf das Wasser?«

»Ja. Sie hatten Messer und Beile im Gürtel.«

Sam Fire-gun überlegte.

»Mein Bruder gehe zurück an seinen Posten; die Jäger müssen kommen, noch ehe der Morgen hereinbricht.«

Der Apatsche folgte der Weisung. Auch der Schiffer hatte

sich mit seinem Nugget entfernt, und so blieb der Colonel allein zurück.

Sollte wirklich etwas Ungewöhnliches auf dem ›l'Horrible‹ vorgehen? Winnetou hatte sich jedenfalls nicht geirrt; aber wenn das Schiff wirklich überfallen werden sollte, wie konnten diese Leute von der Ankunft des verfolgten Sanders so genau unterrichtet sein?

Während er noch sann, ertönten draußen auf der Reede drei Schüsse nacheinander, und trotz der späten Stunde belebte sich der Quai innerhalb kurzer Zeit mit einer ganz beträchtlichen Menschenmenge, welche begierig war, die Ursache der Alarmschüsse zu erfahren. Die Dunkelheit gestattete nicht, alle im Hafen und auf der Reede liegenden Schiffe zu unterscheiden, aber die Beweglichkeit der auf ihnen herumgetragenen Laternen war ein sicheres Zeichen, daß irgend etwas Unerwartetes geschehen sei.

Ein von sechs Ruderern bemanntes und von einem Midshipman befehligtes Kriegsboot landete ganz in der Nähe des Jägers. Ein zufällig sich am Lande befindender Steuermann, dem der Midshipman Rede und Antwort zu stehen verpflichtet war, trat auf ihn zu und fragte ihn:

»Was giebt's da draußen, Sir?«

»Der ›l'Horrible‹ sticht mit vollen Segeln in See.«

»Nun, was ist's weiter?«

»Was weiter? Seine sämtlichen Offiziere befinden sich am Lande; es ist jedenfalls irgend ein Schurkenstreich geschehen, und ich habe Ordre, sie sofort zu benachrichtigen.«

»Wer hat die Schüsse abgefeuert?«

»Wir, auf dem Panzermonitor. Unser Kapitän ist bei den Herren vom ›l'Horrible‹. *Good night,* Sir!«

Er eilte davon, zu Frau von Voulettre.

Sam Fire-gun hatte die Worte verstanden, folgte ihm unwillkürlich und gelangte so an das von der Frau de Voulettre bewohnte Haus. Auch hier herrschte eine ganz bedeutende Aufregung. Die Herrin war seit längerer Zeit spurlos verschwunden und fast sämtliche Gäste lagen betäubt und besinnungslos im Salon infolge eines in den Wein gemischten

Giftes, wie die schleunigst herbeigeholten Aerzte aussagten. Mit der Frau de Voulettre war eine wertvolle Sammlung von Seekarten und nautischen Instrumenten verschwunden.

Dies alles hörte der Trapper erzählen. Aerzte, Polizisten und Seeleute flogen aus und ein, und ein riesiges Gedränge war vor dem Hause entstanden. Jetzt befand er sich selbst in Aufregung. Er konnte sich nicht erklären, in welcher Verbindung Sanders mit dieser Frau de Voulettre stehe, aber daß der erstere mit Hilfe der letzteren den ›l'Horrible‹ entführt habe, wurde ihm zur unumstößlichen Gewißheit, obgleich es ihm unmöglich war, die Einzelheiten klar zu durchschauen.

Sollte er die Beobachtung des Apatschen der Polizei mitteilen? Das hätte zu Vernehmungen und Weitläufigkeiten geführt, die seinem Zwecke nur schaden konnten. Es gab nur einen einzigen schnellen und sicheren Weg, den die Polizei jedenfalls ganz von selbst einschlug: Der ›l'Horrible‹ mußte verfolgt werden. Sam Fire-gun beschloß, dies auch auf seine eigene Faust zu thun. Dazu gehörte aber vor allen Dingen Geld zur Miete eines Schnelldampfers, und um dies zu bekommen, mußte er das Eintreffen seiner zurückgebliebenen Leute abwarten, welche den sämtlichen im *Hide-spot* verborgen gewesenen Goldreichtum mit sich führten. Seine Aufgabe am Quai hatte sich erledigt; er konnte zu Winnetou zurückkehren und sah sich gezwungen, seine Ungeduld zu bemeistern.

Er fuhr nach Oakland über, suchte Winnetou auf und legte sich bei ihm nieder. Winnetou schlief; er aber wachte. Der Gedanke, daß Sanders sich auf der See vielleicht in Sicherheit befinde, während er selbst, der ihm durch die weite Savanne Schritt für Schritt und unter unsäglichen Anstrengungen und Entbehrungen bis hierher gefolgt war, an das Land gebannt blieb und ihn sich entwischen lassen mußte, folterte ihn, so daß er sich ruhelos hin und her wälzte und die Minuten zählte, die ihn noch von den Seinigen trennten.

Die Habe, welche sie mit sich führten, hatte sie aufgehalten und darum war er mit dem Apatschen ihnen vorausgeeilt, um die Verfolgten nicht aus den Augen zu verlieren. Nach seiner Berechnung konnten sie am Morgen eintreffen, und so erwartete er mit fieberhafter Ungeduld den Anbruch des Tages.

Die Sterne kehren sich nicht an die Wünsche des Menschenherzens; sie gehen ruhig ihren ihnen seit Jahrmillionen vorgeschriebenen Lauf; aber endlich gehen sie doch unter, und das siegreiche Licht des Tages wirft seine Strahlenflut über die weite Erde hin. Der Morgen war da. Sam Fire-gun beneidete den Apatschen um seinen festen, ruhigen Schlaf, und überlegte eben, ob es Zeit sei, ihn zu wecken, als Winnetou plötzlich ganz von selbst in die Höhe sprang, mit munteren, scharfen Augen um sich blickte und dann sich wieder lauschend auf die Erde legte. Dann richtete er sich wieder empor.

»Mein Bruder lege sein Ohr an den Boden!« sagte er.

Der Trapper that es und vernahm ein allerdings kaum zu empfindendes Geräusch, welches sich der Stadt näherte. Der Sohn der Savanne hatte es sogar im Schlafe gemerkt. Winnetou horchte nochmals.

»Es nahen Reiter auf müden Pferden. Vernimmt mein Bruder das Wiehern eines Tieres? Es ist das böse Pferd des fremden Mannes, der auf dem großen Wasser gefahren ist.«

Er meinte mit dieser Umschreibung den Dakotatraber, welchen der Steuermann Peter Polter ritt. Sam Fire-gun wunderte sich nicht über den außerordentlichen Scharfsinn des Indianers; er war ähnliches und noch erstaunlicheres längst von ihm gewohnt. Er sprang erwartungsvoll von der Erde auf und beobachtete die Ecke eines Gesträuches, welches die Nahenden noch verbarg.

Nach einiger Zeit kamen sie zum Vorschein. Das war ich mit dem Neffen des Colonels. Hinter uns ritt der Steuermann, welcher wie gewöhnlich außerordentlich viel mit seinem Pferde zu schaffen hatte. Dann kamen die Jäger, Dick Hammerdull, Pitt Holbers, Bill Potter und einige andre. Jeder von ihnen hatte ein oder mehrere Pferde oder Maultiere, welche schwer beladen zu sein schienen, am Leitzügel.

»Seht ihr das Nest da vorn?« rief Peter Polter. »Ich glaube, es ist endlich dieses San Francisco, welches ich von hier aus nicht kenne, weil ich es nur von der See aus gesehen habe.«

»Ob wir es sehen oder nicht, das bleibt sich gleich,« meinte Hammerdull; »aber, Pitt Holbers, altes Coon, was meinst denn du dazu?«

»Wenn du denkst, daß es Francisco ist, Dick, so habe ich nichts dagegen,« antwortete dieser in seiner gewohnten Weise. »Als uns dort am Wasser die Roten überrumpelten und in ihr Lager schleppten, hätte ich nicht gedacht, daß ich diese Gegend einmal zu sehen bekäme.«

»Ja, alte Segelstange,« bemerkte der Steuermann, »wenn damals Peter Polter aus Langendorf nicht gewesen wäre, so hätten sie Euch die Haut heruntergeschunden und Ihr lägt jetzt ohne Fell in Abrahams Schoß. Doch, schaut einmal da nach Luv hinüber! Ich lasse mich kielholen und dann mit Teer und Werg kalfatern, wenn das nicht der Colonel ist und –«

»Und Winnetou, der Apatsche,« fiel ich ein, mein Pferd zu rascherem Laufe antreibend, so daß ich bald neben den beiden Genannten hielt.

»Gott sei Dank, daß ihr endlich kommt!« rief Sam Firegun. »Wir haben auf euch gewartet, wie der Büffel auf den Regen.«

»Es ging nicht schneller, Onkel,« antwortete Wallerstein. »Wir sind die ganze Nacht geritten. Sieh unsre armen Tiere an; sie können kaum noch stehen.«

»Wie ist's, Colonel,« fragte ich; »habt ihr sie erreicht?«

»Nur einen Augenblick kamen wir zu spät. Sie sind entwischt.«

»Entwischt? Wann, wie und wohin?«

Sam Fire-gun erzählte das Geschehene. Ein ärgerlicher Fluch entfuhr den Lippen der Trapper.

»Wart ihr auf der Polizei?« erkundigte ich mich.

»Nein; das hätte uns nur Zeit geraubt.«

»Ganz richtig. Es giebt nur einen Weg. Wir mieten sofort einen guten Dampfer und gehen hinter ihnen her.«

»Das war auch meine Ansicht, und darum erwartete ich euch mit Ungeduld. Wir sind ja nicht im Besitz von couranter Münze und müssen schleunigst unser Gold umsetzen.«

»Wird nicht viel helfen!« meinte der Steuermann, im höchsten Grade verdrießlich.

»Warum?«

»Ich mag keinen Dampfer; diese Art von Fahrzeugen sind die miserabelsten, die es giebt. Ein guter Segler findet stets Wind; so eine Rauchschaluppe aber braucht Kohlen und findet sie nicht überall. Dann liegt man vor Anker oder gar faul auf offener See und kann weder vor- noch rückwärts gehen.«

»So laden wir ein hinreichendes Quantum.«

»Mit Verlaub, Colonel, ein guter Jäger seid Ihr, das muß man sagen, aber zum Seemann taugt Ihr nichts. Erst müssen wir den Dampfer haben, und es fragt sich, ob gleich so ein Ding zur Hand liegt. Und, paßt auf, diese Yankees handeln und feilschen einen Tag lang mit Euch, ehe Ihr das Fahrzeug bekommt.«

»Ich gebe, was man verlangt.«

»Meinetwegen! Dann wird Proviant, Munition und Kohle geladen, um eine lange Fahrt aushalten zu können. Das Schiff wird endlich besichtigt, ob es seetüchtig ist, und darüber vergehen Stunden und Tage, so daß der ›l'Horrible‹ das Kap doupliert, ehe wir nur zum Auslaufen kommen. Der Teufel hole ihn!«

Die andern schwiegen. Sie mußten sich gestehen, daß die Worte des braven Seemannes nur zu wohl begründet seien.

»Ich kann das Gesagte wohl kaum bezweifeln,« meinte ich endlich; »aber hier halten und das Meer angucken, das führt zu nichts. Jedenfalls hat er schon genug Verfolger auf der Ferse; das ist ein Trost für uns. Und nach müssen wir auf jeden Fall.«

»Aber wohin?«

Die übrigen sahen den Steuermann fragend an.

»Das ist nicht so leicht gesagt,« entschied dieser. »War der ›l'Horrible‹ gut mit Proviant versehen, so haben sie jedenfalls die Route nach Japan oder Australien eingeschlagen.

Dahinzu ist die See frei und ein Entkommen leicht. War er aber schlecht verproviantiert, so sind sie nach dem Süden, um sich an irgend einem Orte der Westküste mit dem Nötigen zu versehen.«

Die Wahrheit dieser Ansicht leuchtete allen ein.

»So werden wir die darauf bezügliche Erkundigung einziehen. Vorwärts!« ermunterte ich die Leute.

Wir ritten durch Oakland und fuhren über. Drüben angekommen, fragte ich Sam Fire-gun:

»Kennt Ihr ein Haus, welches Nuggets kauft, Colonel?«

Dieser antwortete:

»Bellhourst und Compagnie. Habe schon früher mit diesen Leuten zu thun gehabt, die mich wohl noch kennen werden.«

»Ist's weit zu ihnen?«

»Nein. Ihre Office liegt an unsrem Wege nach dem Hafen.«

Wir erreichten das Gebäude. Der Colonel stieg ab und trat hinein. Nach einiger Zeit kam er zurück. Die ganze Gesellschaft verließ die Pferde und brachte den Goldvorrat, welcher ein bedeutender war, in das Comptoir. Er wurde untersucht und gewogen, und bald befand sich Sam Fire-gun im Besitze einer Summe, welche einen wahren Reichtum repräsentierte.

»Das wäre abgemacht,« meinte er. »Nun soll zunächst ein jeder den ihm gehörigen Anteil erhalten!«

Da trat Hammerdull hervor.

»Ob wir ihn erhalten oder nicht, das bleibt sich gleich, Colonel; aber was soll ich mit den alten Papieren thun? Ich brauche sie nicht, Ihr aber habt sie jetzt nötig. Pitt Holbers, altes Coon, was meinst du dazu?«

»Wenn du denkst, Dick, daß wir dem Colonel die Wische lassen, so habe ich nichts dagegen; ich mag sie nicht. Eine fette Bärentatze oder ein Stück saftige Büffellende ist mir lieber. Dir nicht auch, Bill Potter?«

»Bin einverstanden,« nickte dieser. »Ich esse kein Papier und mein Pferd auch nicht, hihihihi. Der Colonel wird es uns schon wiedergeben, wenn er es nicht mehr braucht.«

»Ich danke euch für euer aufopferndes Vertrauen,« antwortete der Genannte; »doch weiß man ja nicht, wie sich die Verhältnisse gestalten werden. Ich zahle euch aus, was ihr zu bekommen habt; mir bleibt mehr als genug übrig. Brauche ich dennoch mehr, so seid ihr ja immer noch da, wenigstens einige von euch, denn allen werde ich nicht zumuten, mir auf die See zu folgen.«

»Ob ihr es uns zumutet oder nicht, das bleibt sich gleich, Colonel; ich gehe mit!«

»Ich auch!« fiel Holbers ein.

»Und ich!« rief der kleine Potter.

»Und ich - und ich!« schlossen sich die übrigen an.

»Das wird sich ja entscheiden,« drängte Sam Fire-gun die treuen Leute zurück. »Jetzt laßt uns zunächst teilen!«

Gleich noch im Comptoir erhielt ein jeder das ihm Gehörige; dann verließen sie das Haus, stiegen wieder auf und ritten dem Hafen zu.

Außer den hier vor Anker liegenden Segelschiffen waren nur einige schwerfällige Schlepp- oder Güterdampfer zu sehen. Alle leichter gebauten Steamer hatten den Hafen verlassen, um die von den anwesenden Kriegsfahrzeugen auf den ›l'Horrible‹ unternommene Jagd ein Stück weit zu verfolgen. Von den letzteren war nur das Panzerschiff zurückgeblieben, dessen Befehlshaber sich noch immer betäubt am Lande befand.

Es war der rührigen Polizei bereits gelungen, einiges Licht in das Dunkel des nächtlichen Ereignisses zu bringen. Ein Bewohner des Parterre jenes Hauses, dessen erste Etage die Frau de Voulettre inne hatte, war zufälligerweise im Garten gewesen, als drei Männer mit einem Koffer denselben passiert hatten. Auch der Kutscher war ermittelt worden, welcher die drei bis vor die Stadt gefahren hatte. Der Besitzer der am weitesten abgelegenen Schifferhütte hatte sich freiwillig gemeldet, um auszusagen, daß in voriger Nacht mehrere Kähne in seiner Nähe gehalten hätten. Er hatte sie beobachtet und gegen vierzig Männer einsteigen sehen, deren Anführer, von noch zweien begleitet, mit einem Koffer eingetroffen war und auf den Zuruf der ausgestellten Wache mit ›der schwarze Kapitän‹ geantwortet hatte. Der Schiffer oder Fischer war natürlich vorsichtig genug gewesen, seine Anwesenheit nicht kund zu geben.

Diese Aussagen, verbunden mit der allgemeinen Sage, daß der Segelmeister des schwarzen Kapitäns ein Frauenzimmer gewesen sei, und endlich verschiedene in der Wohnung der Frau de Voulettre vorgefundene Papiere und sonstige Anzeichen gestatteten einen beinahe sichern Einblick in den Zusammenhang des erst so undurchsichtigen Ereignisses. Dies alles erfuhren die Jäger von der am Quai auf und ab wogenden Menschenmenge, die sich über die Nachricht, daß der einst so furchtbare Seeräuber mitten aus einem sichern und außerordentlich belebten Hafen ein wohlbesetztes Kriegsfahrzeug geraubt habe, in außerordentlicher Aufregung befand.

Der Steuermann musterte die anwesenden Schiffe.

»Nun?« fragte der Colonel ungeduldig.

»Keins, was für uns paßt; lauter Salztonnen und Heringsfässer, die in zehn Monaten kaum zwei Knoten zurücklegen. Und da draußen –«

Er hielt inne. Jedenfalls hatte er sagen wollen, daß weiter draußen auch kein passendes Fahrzeug zu bemerken sei, aber sein scharfes Auge mußte bei dem Blicke, den er hinauswarf, auf etwas gefallen sein, was ihm die begonnene Rede abschnitt.

»Da draußen – – was ist da draußen?« fragte der Colonel.

»Hm, ich will nicht Peter Polter heißen, wenn ganz da hinten nicht ein kleiner, weißer Punkt zu sehen ist, der nichts andres als ein Segel sein kann.«

»Also hier im Hafen finden wir wirklich kein passendes Fahrzeug?«

»Keins. Diese Holztröge schleichen wie die Schnecken und sind selbst für Geld nicht zu haben. Seht Ihr nicht, daß sie ihre Ladung löschen?«

»Und das da draußen?«

»Müssen es ruhig abwarten. Vielleicht geht es vorüber,

vielleicht kommt es herein. Macht Euch keine Hoffnung. Auf ein Kriegsschiff kommen dreißig Kauffahrer, und diese Dinger taugen den Teufel zur Verfolgung eines Kapers, selbst wenn der Patron bereit wäre, uns das Fahrzeug zu vermieten. Der Punkt, daß es in den Grund gebohrt werden kann, wiegt schwer, macht viele Umstände und kostet ungeheures Geld.«

»Und dennoch wird's versucht; es ist das einzige, was uns übrig bleibt. Wie viel Zeit kann vergehen, ehe das Schiff einläuft?«

»Eine Stunde und noch mehr, vielleicht gar zwei oder drei, je nachdem es gebaut ist und befehligt wird.«

»So haben wir Zeit. Finden wir ein Fahrzeug, so gehen wir in See; finden wir keins, so müssen wir allerdings das Resultat der Verfolgung ruhig abwarten, ehe wir uns entschließen können über das, was ferner zu thun ist. Wären wir nur zehn Minuten eher eingetroffen, so hätten wir die Halunken festgehabt. Jetzt laßt uns vor allen Dingen unsre Pferde einstellen und ein Store aufsuchen, um unsre abgerissenen Fetzen mit etwas Besserem zu vertauschen!«

Allerdings sahen sie alle mehr Strauchdieben als ehrlichen Männern ähnlich. Sie begaben sich in ein Gasthaus, wo sie ihre Tiere versorgten und ihren eignen Durst und Hunger stillten; dann traten sie in ein Store, wo sie alles fanden, was ihnen notwendig war.

Darüber war einige Zeit vergangen, so daß sie nach dem Hafen zurückkehrten, um nach dem Segel auszuschauen, welches vorhin zu sehen gewesen war.

Der Steuermann schritt voran. Als er an eine Stelle gelangte, welche einen freien Blick auf den Hafen und die Reede bot, blieb er mit einem lauten Ausrufe der Ueberraschung stehen.

»*Behold,* welch ein Segler! Da schießt er eben in den Hafen herein wie ein - *mille tonnerre, sacre bleu,* heiliger Schiffsrumpf, ein Klipper mit Schonertakelage, es ist die ›Swallow‹, die ›Swallow‹, hurrrrrrjeh, juchheisassassassa!«

Er schlug vor Freude die sehnigen Hände zusammen, daß es wie ein Böllerschuß knallte, packte mit dem einen Arme

Hammerdull, den Dicken, mit dem andern Pitt Holbers, den Dünnen, und tanzte mit ihnen im Kreise herum, daß die Menge aufmerksam wurde und die Gruppe der Jäger neugierig umringte.

»Ob juchheisassassassa oder nicht, das bleibt sich gleich,« brüllte der sich gegen den unfreiwilligen Tanz sträubende Hammerdull; »laß mich los, du unsinniges Seeungeheuer. Was haben wir mit deiner ›Swallow‹ zu schaffen!«

»Was ihr damit zu schaffen habt? Alles, alles sage ich,« erklärte Peter Polter, die beiden Bedrängten frei gebend. »Die ›Swallow‹ ist ein Kriegsschiff und noch dazu das einzige, welches im Segeln dem ›l'Horrible‹ überlegen ist. Und wer ist sein Kommandeur? Lieutenant Parker, den ich kenne. Ich sage euch, jetzt können uns die beiden Halunken nicht mehr entgehen; jetzt sind sie unser!«

Die Freude des Steuermannes teilte sich allerdings auch den andern mit. Es war ja gar kein Irrtum möglich, denn unter dem Spriete des nahenden schmucken Fahrzeuges breitete eine aus Holz geschnitzte blaue Schwalbe ihre spitzen, vergoldeten Flügel aus. Lieutenant Parker mußte ein kühner, außerordentlich gewandter Seemann sein und sich vollständig auf jeden einzelnen seiner gut geschulten Leute verlassen können, denn er hatte noch nicht ein einziges Reff geschlagen, obgleich er sich schon am Eingange des Hafens befand. Tief auf der Seite liegend, flog das scharf gebaute Fahrzeug unter der schweren Last seiner Segel, wie vom Dampf getrieben, herbei. Ein leichter Rauch stieg an seinem Vorderkastell empor; die üblichen Salutschüsse ertönten; vom Hafen aus wurde die Antwort. Dann hörte man die laute, klangvolle Stimme des Befehlhabers:

»Mann am Steuer, nach Back fall ab!«

Das Schiff beschrieb einen kurzen, graziösen Bogen.

»Die Reffs, Jungens. Laßt los!«

Die Leinwand ließ den Wind fahren und fiel laut schwappend an die Masten. Das Schiff stieg vorn, dann hinten in die Höhe, legte sich tief auf die andre Seite, stand wieder auf und lag dann ruhig auf den breiten Ringen, welche die hereingebrochene Flut gegen die mächtigen Quadern des Quais spülte.

»Hurra, die ›Swallow‹, hurra!« klang es aus tausend Kehlen. Man kannte das prächtige Schiff, oder hatte wenigstens von ihm gehört und wußte, daß es die Jagd aufnehmen werde, auf welche sich die Aufmerksamkeit von ganz San Francisco richtete.

Zwei Männer in Seemannsuniform drängten sich durch die Menge. Sie sahen außerordentlich erregt und angegriffen aus. Der eine trug die Attribute eines Marinelieutenants, der andre die Steuermannsabzeichnung.

Ohne erst zu fragen, sprangen sie in ein leeres Boot, lösten es von der Kette, legten die Ruder ein und schossen auf die ›Swallow‹ zu. Der Befehlshaber derselben stand am Regeling und blickte den Nahenden entgegen.

»Ahoi, Lieutenant Jenner, seid Ihr es? Wo habt Ihr den ›l'Horrible‹?« rief er herab.

»Schnell ein Tau oder das Fallreep, Sir,« antwortete dieser; »ich muß zu Euch an Bord!«

Die Treppe fiel nieder; die beiden Männer legten an und stiegen empor.

»Perkins, mein Maate,« stellte Jenner seinen Begleiter vor. »Herr, Ihr müßt mir augenblicklich Euer Schiff geben,« setzte er atemlos und in höchster Aufregung hinzu.

»Mein Schiff geben? Wieso – warum?«

»Ich muß dem ›l'Horrible‹ nach.«

»Ihr müßt – – ich verstehe Euch nicht.«

»Er ist mir gestohlen, geraubt, entführt worden.«

Parker blickte ihm in das Gesicht, wie man einen Wahnsinnigen beobachtet.

»Ihr treibt sonderbaren Scherz, Lieutenant!«

»Scherz? Der Teufel hole Euern Scherz! Mir ist es nicht wie Spaß. Vergiftet, vom Arzte gequält, von der Polizei gemartert und von der Hafenbehörde coujoniert, ist es einem nicht wie Fastnacht spielen.«

»Ihr sprecht in Rätseln.«

»Laßt Euch erzählen!«

Mit fürchterlicher Wut, die ihm die Glieder erbeben machte, trug er das Geschehene vor; er befand sich in einer Verfassung, die ihn zu der blutigsten That befähigt hätte, und schloß mit der Wiederholung:

»Wie gesagt, Ihr müßt mir Euer Schiff geben!«

»Das ist nicht möglich, Sir.«

»Was, nicht möglich,« rief Jenner mit funkelnden Augen. »Warum?«

»Die ›Swallow‹ ist mir, dem Lieutenant Parker, anvertraut; ich kann sie nur auf höhern Befehl einem andern überlassen.«

»Das ist schändlich, das ist feig, das ist –«

»Herr Lieutenant – –!«

Jenner fuhr bei dem drohenden Klange dieser Stimme zurück. Er gab sich Mühe, seine Erregung zu bemeistern. Parker fuhr in ruhigerem Tone fort:

»Ich will die Beleidigung als ungeschehen betrachten; der Zorn überlegt nicht, was er spricht. Ihr kennt die Gesetze und die Instruktion ebenso gut wie ich und wißt ganz genau, daß ich das Kommando meines Schiffes aus eigner Macht niemand anvertrauen darf. Doch will ich Euch beruhigen. Ich werde die Verfolgung des ›l'Horrible‹ schleunigst aufnehmen. Wollt Ihr mich begleiten?«

»Ob ich will? Ich muß ja mit, und wenn es durch tausend Höllen geht!«

»Gut! War der ›l'Horrible‹ wohl verproviantiert?«

»Auf höchstens noch eine Woche.«

»So ist ihm nichts andres übrig geblieben, als Acapulco anzulaufen; schon Guayaquil oder gar Lima kann er unmöglich erreichen.«

»So werden wir ihn bald haben. Ihr habt ja mir selbst den Beweis geliefert, daß die ›Swallow‹ dem ›l'Horrible‹ überlegen ist. Zieht die Anker wieder auf, Sir; vorwärts, fort, fort!«

»Nicht so hastig, Kamerad! Allzuviel Eile ist oft schlimmer als allzu langsam sein. Zunächst habe ich hier einige Geschäfte zu erledigen.«

»Geschäfte? Mein Gott, wer kann in solcher Lage an Geschäfte denken? Wir müssen augenblicklich in See stechen.«

»Nein, ich muß augenblicklich an das Land, um meine Instruktionen in Einklang mit unsrer Aufgabe zu bringen. Sodann habe ich nicht den nötigen Proviant; auch Wasser und Munition fehlt; ein Dampfer muß besorgt werden, der mich gegen die Flut aus dem Hafen bugsiert und - - wie viel Kanonen hat der ›l'Horrible‹?«

»Acht auf jeder Seite, zwei im Stern und eine Drehbasse vorn.«

»So ist er mir im Gefecht überlegen. - Forster!«

»Ay, Sir!« antwortete, näher tretend, der Steuermann, dem von seinem bisherigen Platze aus kein Wort der Unterredung entgangen war.

»Ich gehe zur Meldung an Land und werde bis auf das Quai besorgen, was wir brauchen. Schickt einen Mann dort nach dem Schlepper; er scheint Zeit zu haben und soll sich in einer Stunde vor uns legen. Länger werde ich nicht abwesend sein.«

»*Well*, Sir!«

»Fällt Euch vielleicht etwas ein, was nötig wäre?«

»Wüßte nicht, Kapt'n. Weiß ganz genau, daß Ihr selbst an alles denkt!«

Parker wollte sich jetzt wieder an Jenner wenden, als einer der Leute meldete:

»Ein Boot am Fallreep, Sir!«

»Was für eins?«

»Civil, acht Personen, auch ein Indianer dabei, wie es scheint.«

Der Lieutenant trat an den Regeling und blickte hinab und fragte:

»Was soll's, Leute?«

Ich bat in unser aller Namen, an Bord kommen zu dürfen. Es wurde uns gewährt. Als wir uns an Deck befanden, erklärte ich ihm unser Anliegen. Obgleich er eigentlich keine Zeit hatte, hörte er mich ruhig an und gewährte uns dann die Bitte, die Jagd mitmachen zu dürfen. Wir waren acht Personen: der Colonel, sein Neffe, der Steuermann, Holbers, Hammerdull, Potter, Winnetou und ich.

»Laßt euch vom Maate Plätze anweisen!« sagte Parker. »Ich

gehe zwar jetzt von Bord, aber in einer Stunde lichten wir die Anker.«

»Nehmt mich mit,« bat Lieutenant Jenner. »Ich kann Euch bei Euren Besorgungen unterstützen und würde hier vor Ungeduld vergehen!«

»So kommt!«

Beide stiegen in dasselbe Boot, welches Jenner zum Schiff gebracht hatte, und ruderten dem Lande zu. Sie waren kaum von dem Fahrzeuge abgestoßen, als sich auf demselben eine possierlich rührende Scene abspielte.

Peter Polter war vor- und auf den Maate zugetreten.

»Forster, John Forster, alter Swalker, ich glaube gar, du bist Maate geworden!« rief er aus.

Der Angeredete sah dem schwarzgebrannten und jetzt vollbärtigen Mann verwundert in die Augen.

»John Forster –? Alter Swalker –? Du –? Der nennt mich du und weiß meinen Namen, obgleich ich ihn nicht kenne. Wer bist du, he?«

»*Heigh-day*, kennt der Kerl seinen alten Steuermann nicht mehr, von dem er doch so manchen guten Hieb auf die Nase bekommen hat und – was der Teufel!«

Er trat auf Perkins zu, den er erst jetzt von Angesicht zu sehen bekam.

»Da ist ja auch Master Perkins, oder wie der Mann hieß, den ich damals in Hoboken auf der ›Swallow‹ herumgeführt habe, und der mich dann zum Lohn dafür bei Mutter Thick fast unter den Tisch getrunken hat!«

Auch dieser sah ihn staunend an. Es war kein Wunder, daß sie ihn nicht erkannten. Die ganze Schiffsmannschaft stand um die Gruppe, und Peter fuhr voll Freude von einem zum andern.

»Da ist der Plowis, der Miller, der Oldstone, der krumme Baldings, der – –«

»Steuermann Polter!« rief da einer, der es endlich herausgebracht hatte, wer der riesenhafte Fremde sei.

»Polter – Polter, – Hurra, Peter Polter – juch, in die Höhe mit dem alten Kerl, hoch, hoch, hurra!«

So rief, schrie und brüllte es durcheinander; sechzig Arme streckten sich aus; er wurde gefaßt und emporgehoben.

»Hol-la, hol-la, hol-la,« begann einer mit kräftiger Baßstimme; »hol-la, hol-la,« fielen die andern im Marschtakte ein; der Zug setzte sich in Bewegung und »hol-la, hol-la« wurde der beliebte Mann mehrere Male rund um das Deck getragen.

Er fluchte, wetterte und schimpfte; er bat, ihn doch herabzulassen; es half nichts, bis endlich der Maate sich unter herzlichem Lachen in das Mittel legte und ihm zum freien Gebrauche seiner Arme und Beine verhalf.

»Steig herab vom Throne, Peter Polter, und komm vor nach dem Kastell. Du mußt erzählen, wo du herumgesegelt bist, du alter Haifisch, du!«

»Ja, ja, ich will, ich will ja erzählen; so gebt mich doch nur endlich frei, Ihr verteufelten Jungens!« rief er und schlug mit den gewaltigen Armen um sich, daß die Leute wie schwache Kinder zur Seite flogen.

Unter lautem Lachen und Jubeln ward er von der lustigen Rotte Korah, Dathan und Abiram nach dem Vorderdeck gestoßen, geschoben und gezogen und mußte dort wohl oder übel wenigstens in kurzen Umrissen seine Erlebnisse zum besten geben.

Dabei wurde natürlich der Dienst nicht im geringsten versäumt. Der Maate erfüllte den ihm gewordenen Auftrag, und die für die laufenden Arbeiten nötigen Männer sonderten sich von der fröhlichen Gruppe ab, obgleich sie gern bei dem fröhlichen »Tau« gewesen wären, welches Polter abzuwickeln hatte.

Die Jäger waren stille Zeugen dieser Scene gewesen. Sie gönnten dem braven Seemann, den alle liebgewonnen hatten, den Triumph und machten es sich auf dem Deck so bequem, wie es die ihnen ungewohnten Umstände und Verhältnisse gestatteten.

Der Indianer war noch nie auf einem Schiffe gewesen. Er hatte sich auf die Büchse gestützt und ließ sein Auge langsam und gleichgültig über die ihm fremde Umgebung gleiten. Aber wer ihn kannte, der wußte, daß diese Gleichgültigkeit ein tiefes Interesse verbergen sollte, dem selbst der kleinste Gegenstand nicht entgehen konnte.

Es war noch nicht die Hälfte der anberaumten Stunde vergangen, so wurden drüben am Quai die Proviant- und Munitionsvorräte aufgestapelt, welche der Lieutenant bestellt hatte. Sie wurden in Booten abgeholt und an Bord gewunden. Als Parker zurückkehrte, war man mit dieser Arbeit fertig und der Dampfer rauschte auch bereits heran, um die »Swallow« in das Schlepptau zu nehmen.

Jetzt war Kapitän und Mannschaft vollständig in Anspruch genommen, doch als die hohe Reede erreicht war, der Dampfer sich verabschiedet hatte und die Segel gehißt und gestellt worden waren, konnte man sich einer ungestörteren Unterhaltung hingeben.

Was die beiden Lieutenants miteinander zu besprechen hatten, war schon während ihrer Abwesenheit vom Schiffe erledigt worden. Jetzt trat Parker zum Steuer, an welchem Peter Polter neben Forster stand.

»Ihr seid Peter Polter?« fragte er ihn.

»Peter Polter aus Langendorf, Kapt'n,« salutierte der Gefragte in strammer, dienstlicher Haltung, »Hochbootsmannsmaat auf Ihrer englischen Majestät Kriegsschiffe Nelson, dann Steuermann auf dem Vereinigten-Staaten Klipper ›Swallow‹ – «

»Und jetzt Steuermann *par honneur* auf demselben Schiffe,« fügte der Lieutenant hinzu.

»Kapt'n!« rief Polter erfreut und schickte sich an, eine Dankesrede zu halten, der Kommandeur aber winkte ihm abwehrend zu.

»Schon gut, Steuermann! Was meint Ihr zu dem Kurs, den der ›l'Horrible‹ eingeschlagen haben wird?«

Peter Polter merkte recht gut, daß der Lieutenant diese Frage nur aussprach, um seine seemännische Umsicht einer kleinen Prüfung zu unterwerfen. Er fühlte sich vollständig in seinem Elemente und antwortete daher kurz, wie es sich einem Offizier gegenüber schickt:

»Wegen Mangel an Proviant nach Acapulco.«

»Werden wir ihn bis dahin erreichen?«

»Ja, der Wind ist günstig, und wir segeln mehr Knoten als er.«

»Wollt Ihr Euch mit Forster in das Steuer teilen?«

»Gern.«

»So seht gut nach Kompaß und Karte, damit wir strikte Richtung haben!«

Er wollte sich abwenden, wurde aber durch eine ganz unerwartete Frage Peters davon abgehalten:

»Nach Acapulco oder Guayaquil, Sir?«

»Warum Guayaquil?«

»Um ihn zu überholen und von vorn zu nehmen. Er ist uns dann sicherer, weil er die Verfolger nur hinter sich vermuten kann.«

Parkers Augen blitzten auf.

»Steuermann, Ihr seid kein übler Maate. Ihr habt recht, und ich werde Euch ohne Zögern folgen, obgleich er auf den Gedanken kommen kann, von Acapulco aus uns auf der Sandwich-Route zu entgehen.«

»So müssen wir zwischen dem Süd- und Westkurs kreuzen, bis wir ihn haben.«

»Richtig! Legt zwei Strich nach West hinüber, Forster. Ich werde alle Tücher hissen. Meine Instruktion lautet ungesäumt nach New York zurück, und der Handel mit dem ›l'Horrible‹ kann nur als kurzes Intermezzo gelten.«

Er sprach das so gelassen, als sei der Weg um Kap Horn bis New York und die Wegnahme eines Piraten eine ganz alltägliche Kleinigkeit. Dann trat er zu der Gruppe der Jäger, welchen er sein Willkommen aussprach und dann ihre Plätze anweisen ließ. Der Indianer schien ihn sehr zu interessieren.

»Hat Winnetou nicht Sehnsucht nach der Heimat der Apatschen?« fragte er ihn.

»Die Heimat des Apatschen ist der Kampf,« lautete die stolze Antwort.

»Der Kampf zur See ist schlimmer, als der Streit zu Lande.«

»Der Häuptling des großen Kanoe wird Winnetou nicht zittern sehen!«

Parker nickte; er wußte, daß der Indianer die Wahrheit gesprochen habe.

Die Aufregung, welche der Tag mit sich gebracht hatte, legte sich allmählich, und das Leben am Bord kam gar bald wieder in das gewöhnliche, ruhige Gleis. Tag verging um Tag; einer glich so vollständig dem andern, daß die an die unbeschränkte Freiheit der Prairie gewöhnten Jäger nach und nach an der Langeweile zu leiden begannen.

Die Breite von Acapulco lag schon seit gestern hinter ihnen und Parker befahl, herumzulegen, um beide Kurse, nach Guayaquil und den Sandwichsinseln, im Auge behalten zu können.

Eine sehr stramme Brise hatte sich erhoben und die Sonne sank zwischen kleinen, aber dunklen Wölkchen im Westen.

»Werden morgen eine ganze Handvoll Wind haben, Kapt'n,« meinte Peter Polter zu Parker, als dieser auf einem Spaziergange über das Deck am Steuer vorbeikam.

»Wäre gut für uns, wenn uns dabei der Kaper in die Hände liefe. Er vermag im Sturm nicht zu manövrieren wie wir.«

»Segel in Sicht!« ertönte es da vom Masthead herab, wo einer auf dem Ausguck saß.

»Wo?«

»Nordost bei Nord.«

Im Nu war der Lieutenant oben und nahm dem Manne das Glas aus der Hand, um das gemeldete Segel zu beobachten. Dann kletterte er in sichtbarer Hast herab und trat auf das Quarterdeck, wo Jenner ihn erwartete.

»Hand an die Brassen!« ertönte sein Befehl.

»Was ist's?« fragte Jenner.

»Ist nicht genau zu sehen, jedenfalls aber ein Dreimastenschiff wie der ›l'Horrible‹. Wir sind kleiner und unter dem Blendstrahle der Sonne; er hat uns also noch nicht gesehen. Ich werde die Segel tauschen.«

»Wie?«

Parker lächelte.

»Eine kleine Einrichtung, die ganz geeignet ist, einen auf größere Entfernung hin unsichtbar zu machen. Hinauf zu den Raaen!«

Wie die Katzen waren die wohlgeschulten Matrosen sofort oben.

»Weg mit Klüver-, Stangen- und Vorstangensegel. Refft und beschlagt!«

Im Nu wurde das Kommando ausgeführt. Das Schiff lief nun mit halber Geschwindigkeit.

»Das schwarze Tuch. Gebt acht!«

Einige dunkle Segel wurden auf dem Deck parat gehalten.

»Tauscht um das Haupt-, Fock- und Bugsegel!«

In wenigen Minuten befand sich dunkle Leinwand an Stelle der lichten. Die ›Swallow‹ war jetzt für das nahende Schiff unsichtbar.

»Maate, leg um nach Südwest bei Süd!«

Die ›Swallow‹ ging jetzt langsam vor dem andern Fahrzeuge her. Ihre sämtliche Besatzung hatte sich auf dem Deck versammelt. Parker aber stieg wieder empor, um zu beobachten. Es war über eine halbe Stunde vergangen und die Dunkelheit brach herein, als er wieder herabkam. Sein Gesicht drückte innige Befriedigung aus.

»Alle Mann an Deck!«

Dieses Kommando war eigentlich gar nicht nötig; die Leute standen schon alle um ihn herum.

»Jungens, es ist der ›l'Horrible‹. Paßt auf, was ich euch sage!«

Mit gespannter Erwartung drängten sie sich näher.

»Ich will den Kampf Bord gegen Bord vermeiden. Ich weiß, daß keiner von euch sich fürchtet, aber ich muß ihn unbeschädigt haben. Er hat sich außer Völkerrecht gestellt und soll als Räuber behandelt werden. Wir werden ihn mit List nehmen.«

»Ay, ay, Kapt'n, so ist's recht!«

»Wir haben Neumond und die See ist schwarz. Wir treiben bloß mit dem Hauptsegel vor ihm her; er muß uns für notleidend halten, wird beidrehen und uns als gute Prise betrachten.«

»So ist's!« klang es zustimmend.

»Ehe er uns ansegelt, setzen wir die Boote aus. Der Maate behält die ›Swallow‹ mit nur sechs Mann. Wir andern gehen fertig zum Entern in die Boote, und während er vom Back sich mit dem Schiff beschäftigt, steigen wir vom Steuer auf sein Deck. Jetzt macht euch fertig!«

Es war ein gewagter Plan, den der kühne Mann entworfen hatte, aber er traute den Umständen und seinem guten Glücke, welches ihn bisher noch nie verlassen hatte.

Während die ›Swallow‹ in langsamer Fahrt durch die Wogen strich, schoß der ›l'Horrible‹ mit seiner gewöhnlichen Geschwindigkeit vorwärts. Es war Nacht geworden, kein Segel zu erblicken gewesen und die Besatzung fühlte sich vollständig sicher. Sanders hatte soeben eine Unterredung mit seiner Gefangenen gehabt, resultatlos wie immer, und schickte sich nun an, die Ruhe zu suchen, als plötzlich aus ziemlicher Entfernung ein matter Schuß ertönte.

Schnell war er an Deck. Ein zweiter Schuß ließ sich hören; ein dritter folgte.

»Notschüsse, Kapt'n,« meinte der lange Tom, der in seiner Nähe stand.

»Wäre es hinter uns, so könnte es eine Kriegslist sein, vor uns aber ist das ganz unmöglich. Jedenfalls ist es ein verunglücktes Fahrzeug ohne Masten, sonst hätten wir vor Abend seine Segel sehen müssen. Constabel, eine Rakete und drei Schüsse!«

Die Rakete stieg empor und die Schüsse krachten. Die Notzeichen des andern Fahrzeugs wiederholten sich.

»Wir kommen näher, Tom; es wird eine Prise, nichts weiter.« Er zog das Nachtrohr an das Auge. »Schau, dort liegt es; es trägt nur ein altes Hauptsegel. Die Luft ist etwas steif, aber ich werde beidrehen, um mit ihm zu sprechen!«

Er gab die nötigen Befehle; die Segel fielen; das Schiff drehte sich herum und trieb dann in geringer Entfernung neben der ›Swallow‹ her.

»Ahoi, welch ein Schiff?« tönte es herüber.

Fast die ganze Besatzung des ›l'Horrible‹ hatte sich nach Backbord gedrängt.

»Vereinigte-Staaten-Kreuzer. Was drüben für eins?«

»Vereinigte-Staaten-Klipper ›Swallow‹, Lieutenant Parker,« ertönte es statt von drüben an der Steuerbordseite des ›l'Horrible‹.

Eine wohlgezielte Salve krachte mitten unter die Briganten hinein, und dann stürzte sich eine Schar dunkler Gestalten auf sie, die einen Ueberfall für unmöglich gehalten hatten und nicht einmal notdürftig bewaffnet waren. Parker hatte seinen Plan ausgeführt, die Boote ausgesetzt und war von der unbeobachteten Seite an den ›l'Horrible‹ gekommen, den er enterte.

Nur eine einzige Person hatte das Nahen der Kähne bemerkt - die Miß Admiral. Kaum hatte der Kapitän die Thür hinter ihr verschlossen, so richtete sie sich trotz ihrer Fesseln unter unsäglicher Mühe empor und trat an die Wand der Koje, in welcher sie einen langen, scharfkantigen Nagel entdeckt hatte. Schon mehrere Nächte lang hatte sie gearbeitet, um an demselben ihre Banden zu durchreiben, und heut, so weit war es bereits gediehen, mußte sie frei von ihnen sein. Schon befand sie sich in voller Thätigkeit, als die drei Schüsse ertönten; dann vernahm sie das Rauschen nahender Ruderschläge.

Was gab es? Einen Ueberfall? Einen Kampf? Die Rettung Notleidender? Jeder dieser Fälle war geeignet, ihr Vorhaben zu unterstützen. Fünf Minuten fürchterlicher Anstrengung machten ihr die Hände frei und schon fielen die Bande auch von ihren Füßen, als droben auf dem Verdeck Revolverschüsse krachten und sich das Getrampe eines entsetzlichen Faustkampfes erhob. Sie fragte sich nicht nach der Ursache desselben; sie wußte, daß Sanders noch oben sei. Mit einem kräftigen Tritte sprengte sie die Thür zur Kajüte auf und riß von den an der Wand hängenden Waffen so viele herunter, als sie brauchte, um für alle Fälle gerüstet zu sein. Dann warf sie einen forschenden Blick durch die Steuerbordluke hinaus auf das Wasser. Drei Boote hingen an einem Tau, welches man unvorsichtigerweise bei Einbruch der Nacht nicht eingezogen hatte.

»Ueberfallen,« murmelte sie. »Von wem? Ha, das ist die Strafe! Der ›l'Horrible‹ ist wieder verloren, und ich werde diesen Sanders selbst an das Messer liefern. Noch sind die Gefangenen nicht übergetreten! Ich werde sie befreien und dann fliehen. Wir befinden uns unter der Breite von Acapulco. Komme ich unbemerkt in ein Boot, so bin ich in zwei Tagen am Lande!«

In einer Ecke der Kajüte stand ein kleiner Handkoffer. Sie nahm einen Teller voll Biskuits und zwei Flaschen Limonade auf, die auf dem Tische standen; dann öffnete sie das geheime Fach und entnahm ihm seinen Schatz, den sie auch im Koffer verbarg. Nun schlich sie sich nach oben bis zur Luke, um zu rekognoszieren. Die Räuber waren überfallen und auf das Hinterdeck gedrängt; sie mußten unterliegen.

Rasch tauchte sie wieder unter das Deck, begab sich nach dem Kielraum und riß den Riegel von der Luke, die ihn verschloß.

»Seid ihr wach?« fragte sie die gefangene vorige Bemannung des ›l'Horrible‹.

»Ja, ja. Was ist oben los?«

»Die Piraten sind überfallen. Seid ihr gefesselt?«

»Nein.«

»So eilt nach oben, und thut eure Schuldigkeit! Doch, halt, wenn der schwarze Kapitän diesen Abend überlebt, so sagt ihm, die Miß Admiral läßt ihn grüßen!«

Sie sprang voraus, eilte in die Kajüte zurück, ergriff den Koffer und stieg an Deck. Sie erreichte unbemerkt den Regeling. Die eine Hand zwischen die Angriffe des Koffers stekkend, wollte sie sich an dem Tau zu den Booten hinabturnen; da wurde sie gefaßt. Peter Polter hatte sie gesehen, sprang herbei und packte sie von hinten.

»Halt, Bursche!« rief er. »Wohin willst du mit diesem Koffer segeln? Bleib noch ein wenig da!«

Sie antwortete nicht, gab sich aber alle Mühe, sich ihm zu

entreißen, vergeblich. Gegen seine Riesenkraft konnte sie nicht aufkommen. Er hielt sie so fest, daß sie sich nicht rühren konnte, und rief einige Kameraden herbei, von denen sie gebunden wurde. Freilich ahnten sie noch nicht, was für einen Fang sie da gemacht hatten.

Sanders war durch den Ueberfall in eine fürchterliche Ueberraschung versetzt worden, hatte sich jedoch rasch gesammelt.

»Herbei zu mir!« schrie er, zum Hauptmaste springend, um für sich und die Seinen eine feste Position zu gewinnen.

Die Untergebenen folgten seinem Rufe.

»Wer Waffen trägt, hält stand; die andern durch die Hinterluke nach den Enterbeilen!«

Es war der einzige Rettungsweg, den diese Worte vorschrieben. Während die wenigen, welche zufälligerweise mit Waffen versehen waren, sich dem andringenden Feinde entgegenwarfen, eilten die übrigen nach unten und kehrten im Handumdrehen zurück, mit Dolch und Enterbeil bewaffnet.

Obgleich der erste Angriff seine Opfer gefordert hatte, waren die Räuber der Besatzung der ›Swallow‹ an Zahl noch weit überlegen, und es entspann sich ein Kampf, der um so fürchterlicher war, als seine Einzelheiten und das Terrain nicht zu überblicken waren.

»Fackeln herbei!« brüllte Sanders.

Auch dieser Befehl wurde ausgeführt. Kaum aber verbreitete sich der Schein des Lichtes über die blutige Scene, so fuhr der Kapitän zurück, als habe er ein Gespenst erblickt. War's möglich? Grad vor ihm, den Tomahawk in der Rechten, das Skalpmesser in der Linken, stand Winnetou, der Häuptling der Apatschen, und an seiner Seite wehte das weiße, mähnenartige Haar von Sam Fire-gun.

»Die weiße Schlange wird ihr Gift hergeben!« rief der erstere, warf die im Wege Stehenden auf die Seite und faßte Sanders an der Kehle. Dieser wollte den Feind abschütteln; es gelang ihm nicht; auch der Colonel hatte ihn ergriffen; er fühlte sich emporgehoben und zu Boden geschmettert, dann vergingen ihm die Sinne.

Die Ueberrumpelung war über die Räuber gekommen wie ein wirrer, angstvoller Traum; die Ueberraschung hielt ihre Kräfte gefangen, und der Fall ihres Anführers raubte ihnen sowohl den Zusammenhalt als auch den letzten Rest von Mut.

In diesem Augenblicke öffnete sich die Luke und spie die gefangene Mannschaft des ›l'Horrible‹ aus. Der erste, den der vorderste von diesen Leuten erblickte, war Lieutenant Jenner.

»Hurra, Lieutenant Jenner, hurra, drauf auf die Halunken!« schrie er.

Ein jeder raffte von den umherliegenden Waffen auf, was ihm in die Hand kam; die Räuber gerieten zwischen zwei Treffen; sie waren verloren.

Zwei standen, Rücken an Rücken, mitten unter ihnen; wer ihnen zu nahe kam, büßte mit dem Tode. Es waren Hammerdull und Holbers. Da drehte der letztere den Kopf zur Seite, damit er von dem Gefährten verstanden werde.

»Dick, wenn du denkst, daß dort der Schuft, der Peter Wolf steht, so habe ich nichts dagegen.«

»Der Peter - verdammter Name, ich bringe ihn niemals fertig. Wo denn?«

»Dort an dem Hickorybaum, den diese wunderlichen Leute Mast nennen.«

»Ob Mast oder nicht, das bleibt sich gleich. Komm, altes Coon, wir fangen ihn lebendig!«

Noch ein andrer hatte Letrier bemerkt, nämlich Peter Polter, der Steuermann. Dieser hatte Messer, Revolver und Enterbeil zur Seite gethan und eine Handspeiche ergriffen, die ihm geläufiger war. Jeder Hieb mit derselben streckte einen Mann nieder. So hatte er sich eine Strecke in den dicht zusammengedrängten Haufen der Räuber hineingekämpft, als er Letrier erblickte. Im nächsten Augenblicke stand er vor ihm.

»*Mille tonnerre*, der Jean! Kennst du mich, Spitzbube?« fragte er.

Der Gefragte ließ den erhobenen Arm sinken und wurde

leichenblaß, er hatte einen Gegner erkannt, dem er nicht zur Hälfte gewachsen war.

»Komm her, mein Junge, ich will dir sagen, was die Glocke geschlagen hat!«

Er faßte ihn beim Schopf und bei den Hüften, riß ihn empor und schleuderte ihn mit solcher Macht an den Besan, um welchen das Handgemenge jetzt tobte, daß es laut krachte und er wie zerschmettert und zermalmt zur Erde stürzte. Die beiden Jäger kamen zu spät.

Nun endlich sahen die Piraten ein, daß nicht die leiseste Hoffnung mehr für sie vorhanden sei, und streckten die Waffen, obgleich sie auch dadurch ein Anrecht auf Gnade nicht erlangen konnten.

Ein vielstimmiges Hurra scholl über das Deck; die ›Swallow‹ antwortete mit drei Kanonenschüssen; sie hatte ihren Ruf gerechtfertigt und ihren bisherigen Ehren eine neue, größere hinzugefügt. – – –

Und jetzt, Gentlemen, machen wir einen dritten Sprung; es ist der letzte, aber dafür auch der größeste, denn er führt uns aus dem Stillen Meere nach dem Atlantischen Ocean, nämlich nach Hoboken, der Schwesterstadt von New York. Dort giebt es, grad so wie hier, auch eine liebe, gute Mutter Thick, die von den bei ihr verkehrenden Seeleuten hoch verehrt wird und das Gesicht eines jeden kennt, der einmal bei ihr gewesen ist. Die Gleichheit der Namen ist nichts Auffälliges, denn der amerikanische Seemann pflegt jede wohlbeleibte Wirtin gern ›Mutter Thick‹ zu nennen. Von dieser Hobokener Wirtin war der Steuermann Peter Polter stets ein besonderer Lieblingsgast gewesen.

An dem Tage, den ich meine, beschäftigte sich die allgemeine Unterhaltung in ihrem Lokale mit den politischen und kriegerischen Neuigkeiten des Tages. Der Aufstand der Südstaaten hatte von Tag zu Tag an Ausdehnung gewonnen, und das Glück war den Sklavenbaronen bis jetzt in auffälliger Weise treu und günstig gewesen. Nur sehr vereinzelte kleine Episoden von geringer Tragweite ließen ahnen, daß der Norden sich die Zuneigung der wetterwendischen Göttin wohl noch erobern werde, und je seltener diese Ereignisse waren, mit desto größerem Jubel wurde die Kunde von ihnen von denjenigen aufgenommen, deren Ansichten mit der ebenso humanen, wie thatkräftigen Politik des Präsidenten Abraham Lincoln übereinstimmten.

Da öffnete sich die Thür; einige Seeleute traten ein, welche sich ganz augenscheinlich in einer angenehmen Aufregung befanden.

»Holla, ihr Mannen, wollt ihr hören, was es für eine Neuigkeit giebt?« fragte einer von ihnen, indem er um die Aufmerksamkeit auf sich zu lenken, mit der gewichtigen Faust auf den ihm am nächsten stehenden Tisch schlug, daß es krachte.

»Was ist's –? Was soll es sein –? Was giebt's –? Heraus damit; erzähle!« rief es von allen Seiten.

»Was es giebt, oder vielmehr, was es gegeben hat? Nun, was denn anders als ein Seegefecht, ein Treffen, welches seinesgleichen sucht.«

»Ein Seegefecht – ein Treffen –? Wo – wie – wann – zwischen wem?«

»Wo? – auf der Höhe von Charlestown. Wie? – verteufelt wacker. Wann? – den Tag weiß ich nicht, vor ganz kurzem jedenfalls. Und zwischen wem? – ratet einmal!«

»Zwischen uns und den Rebellen!« rief einer.

Alles lachte. Der Angekommene lachte mit und rief:

»Schau, was du für ein kluger und gescheiter Junge bist, so etwas Schwieriges sofort zu erraten! Daß es zwischen uns und dem Süden sein muß, das ist ja so flüssig wie Seewasser; aber wie die Schiffe heißen, he, das wird deine Weisheit wohl nicht so schnell finden!«

»Welche sind es? Wie heißen sie, und wer hat gesiegt?« klang rund umher die stürmische Aufforderung.

»Was das Widderschiff ›Florida‹ ist – – –«

»Die ›Florida‹ ist's gewesen?« unterbrach ihn Mutter Thick, indem sie sich mit ihren dicken Armen durch die Gäste Bahn brach, um in die unmittelbare Nähe des Berichterstatters zu gelangen. »Die ›Florida‹ ist das neueste, größte und stärkste Fahrzeug des Südens und soll mit seinem Teufelssporn vollständig unwiderstehlich sein. Es ist aus lauter Eisen gebaut. Wer hat es gewagt, diesen Leviathan anzugreifen?«

»Hm, wer? Ein kleiner Lieutenant mit einem ebenso kleinen Schiffe, der noch dazu nur ein Klipper ist und sich um Kap Horn herum müd gesegelt hat. Ich meine die ›Swallow‹, Lieutenant Parker.«

»Die ›Swallow‹ - Lieutenant Parker -? Unmöglich! Gegen die Florida können zehn Linienschiffe nichts ausrichten, wie soll es da einem Klipper in den Sinn kommen, ein solches Ungeheuer - -«

»Stopp!« fiel da Mutter Thick dem Sprecher in die Rede. »Sei still mit deinem Klipper, von dem du nichts verstehst. Ich kenne die ›Swallow‹ und auch den Parker, der mehr wert ist als alle deine zehn Linienschiffe zusammengenommen. Ein guter Seemann weiß, daß die Größe allein keinen Ausschlag giebt; es kommen vielmehr eine Menge andrer Umstände in Betracht, die es dem kleinen David möglich machen, den großen Goliath zu Fall zu bringen, wie es ja auch sogar in der Bibel zu lesen ist. Aber die ›Swallow‹ ist ja in den Gewässern von Kalifornien, he?«

»Gewesen - gewesen, hat aber Ordre erhalten, um das Kap nach New York zu gehen. Sie muß ein ganz vertracktes Fahrzeug sein; ihr habt ja doch alle die Geschichte von dem ›l'Horrible‹ gehört, den der schwarze Kapitän von der Reede von San Francisco weggenommen hatte und den der Parker so prachtvoll wieder holte. Beide, die ›Swallow‹ und der ›l'Horrible‹, haben von da an zusammengehalten, sind vom Süden herauf, an Brasilien vorüber und bis auf die Höhe von Charlestown gesegelt und da auf die ›Florida‹ gestoßen, die sofort die Jagd auf sie begonnen hat. Parker hat das Kommando der beiden Segler gehabt, den ›l'Horrible‹ scheinbar zur Flucht auf die hohe See hinaus dirigiert und der ›Swallow‹ die Stangen und Spieren nebst dem Segelwerke heruntergenommen, so daß es geschienen hat, als sei sie von Sturm und Wetter so fürchterlich mitgenommen, daß sie lahm gehe und der ›Florida‹ in die Hände fallen müsse.«

»Ja, ein Teufelskerl dieser Parker!« meinte Mutter Thick. »Weiter, weiter!«

»Das Widderschiff hat sich wirklich täuschen lassen und ist der ›Swallow‹ bis in die Untiefen von Blackfoll gefolgt, wo es sich festgeritten hat. Nun erst hebt Parker die Stangen und Spieren, zieht die Leinwand auf, ruft den ›l'Horrible‹ herbei und beginnt ein Bombardement auf den hilflosen Koloß, welches ihm den Rest gegeben hat. Einer der ersten Schüsse hat ihm das Steuer fortgenommen; es ist sogar zum Entern gekommen und dabei teufelsmäßig blutig hergegangen; aber die ›Florida‹ liegt auf dem Grund, und die beiden andern sind bereits unterwegs und können jeden Augenblick hier Anker werfen.«

»Beinahe unglaublich! Wo hast du es her?«

»Hab's auf der Admiralität gehört, wo man es sicher schon seit längerer Zeit wüßte, wenn die Telegraphen nicht von den Rebellen zerstört worden wären.«

»Auf der Admiralität? Dann ist's auch wahr, und ich will es dem armen Jenner vom ›l'Horrible‹ gönnen, daß es ihm auf diese Weise gelungen ist, die Scharte wegen des schwarzen Kapitäns so leidlich auszuwetzen.«

»Ja, das ist nun endlich einmal eine Kunde, die das Herz erfreut und die Seele erhebt,« meinte die Wirtin. »Hört, Jungens, ich werde euch ein Gratisfäßchen anstecken lassen; trinkt, so lange es euch schmeckt, auf das Wohl der Vereinigten Staaten, des Präsidenten, der ›Swallow‹ und – und – und – –«

»Und auf das Wohl von Mutter Thick!« rief einer, das Glas erhebend.

»Hoch, vivat Mutter Thick!« antwortete es von allen Ekken und Enden.

»Hoch, Mutter Thick, vivat, alte Schaluppe!« rief auch eine dröhnende Baßstimme unter der geöffneten Thür.

Alle wandten sich nach dem Manne um, welcher eine so außerordentlich kräftige Kehle besaß. Kaum aber hatte die

Wirtin ihn erblickt, so eilte sie mit einem Ausrufe der freudigsten Ueberraschung auf ihn zu.

»Peter, Peter Polter, tausendmal willkommen in Hoboken! Wo kommst du denn her, alter Junge? Aus dem Westen?«

»Ja, tausendmal willkommen in Hoboken,« antwortete er. »Komm, ich muß dich wieder einmal in meine Arme quetschen; gieb mir einen Kuß! *Halte-là, heigh day*, - heda, ihr Leute, laßt mich doch einmal hindurch. Komm her an meine Weste, mein Bijou!«

Er warf die im Wege Stehenden wie Spreu auseinander, faßte die Wirtin bei der umfangreichen Taille, hob sie trotz ihrer Schwere zu sich empor und drückte ihr einen schallenden Schmatz auf die Lippen.

Sie litt diese Liebkosung trotz der vielen Zeugen so ruhig, als sei dieselbe etwas ganz Alltägliches und Selbstverständliches, dann wiederholte sie die schon einmal ausgesprochene Frage nach dem Woher.

»Woher? Na, woher denn anders als auf der ›Swallow‹ um Kap Horn herum!«

»Auf der ›Swallow‹?« rief es aus aller Lippen.

»Ja, wenn es euch recht ist, ihr Leute.«

»So wart Ihr auch mit gegen die ›Florida‹?«

»Versteht sich! Oder meint ihr etwa, daß der Peter Polter aus Langendorf sich vor der ›Florida‹ fürchtet?«

»Erzählt, Master, erzählt! Was seid Ihr auf dem Schiffe? Ist es schon hier oder - -«

»Stopp! Euch fahren ja die Fragen aus dem Munde, wie die Jodler dem Schiffsjungen, wenn er Prügel bekommt. Ich werde euch meine Leine ganz nach der richtigen Ordnung abwickeln. Ich bin der Peter Polter aus Langendorf, Hochbootsmannsmaat auf ihrer englischen Majestät Kriegsschiff ›Nelson‹, dann Steuermann auf dem Vereinigten-Staaten-Klipper ›Swallow‹, dann deutscher Polizeilieutenant in der Prairie, nachher wieder Steuermann und zwar *par honneur* auf der ›Swallow‹, und bin nun jetzt - - -«

»Gut, gut, Peter,« fuhr ihm Mutter Thick dazwischen,

»das hat nachher auch noch Zeit; vor allen Dingen aber komme ich mit meinen Fragen; die sind notwendiger als alles andre. Du hast mir von Valparaiso aus einen Brief geschrieben, in dem so viele Namen und Geschichten und Schreibfehler vorkamen, daß ich es mir anfänglich gar nicht zurechtlegen konnte. Wie steht es mit all den Leuten, die bei dir waren? Wo sind sie jetzt? Wie war es mit dem Wallerstein, dem Heinrich Sanders und Peter Wolf? Was ist's mit dem ›l'Horrible‹ und dem schwarzen Kapitän? Ich denke, ihr suchtet ihn im Westen, und doch hörte ich, daß ihn die ›Swallow‹ zur See gefangen hat! Habt ihr den Sam Fire-gun, oder wie er hieß, getroffen und war es auch der richtige Onkel? Wie steht es mit dem deutschen Polizisten? Und in welcher Gegend habt ihr denn eigentlich – – –«

»Bist du bald fertig, Alte,« rief lachend der Steuermann, »oder hast du noch genug Atem, um in dieser Weise noch einige Stunden fort zu schwadronieren? Heilige Flattuse, hat dieses Frauenzimmer ein Schnatter- und Plapperwerk! Gieb einen vollen Krug her; eher bekommst du keine Antwort! Vorher aber will ich diesen Gentlemen die Geschichte mit der ›Florida‹ erzählen. Das andre ist nicht für jedermann; das sollst du drin in der andern Stube hören.«

»Nicht einen Tropfen bekommst du, bis ich wenigstens nur ein klein wenig weiß, woran ich bin!«

»Neugierde, die du bist! So frage noch einmal, aber einzeln und kurz!«

»Der Wallerstein? wo ist er?«

»Auf der ›Swallow‹.«

»Der Polizist?«

»Auf der ›Swallow‹.«

»Der schwarze Kapitän?«

»Auf der ›Swallow‹ gefangen.«

»Der böse Jean?«

»Auch.«

»Der Onkel Sam Fire-gun?«

»Ist auch da.«

»Lieutenant Parker?«

»Natürlich auch, aber verwundet.«

»Verwundet? Mein Gott, ich hoffe doch nicht, daß –«

»Papperlapapp! Ein paar Schrammen, weiter nichts; er wird für einige Zeit Urlaub nehmen müssen. Es ging ein wenig heiß her auf der ›Florida‹, aber wir haben da drinnen in der verdammten Prairie noch ganz andre Dinge durchmachen müssen. Zum Beispiel mein Pferd, der Racker, war ein wahrer Dämon von einem satanischen Drachen und ich kann heut noch nicht sagen, ob ich mir nicht einige Schock Knochen aus dem Leibe herausgeritten habe. Doch, du wolltest ja fragen!«

»Wo ist die ›Swallow‹?«

»Sie kreuzt bei widrigem Winde draußen vor dem Lande; der Forster steht am Steuer. Unterdessen ging der Kapt'n auf einem Dampfboote mit mir herein, um seine Meldung zu machen, während ich hier auf ihn warte.«

»Du wartest auf ihn? Hier bei mir? So wird er hier vorsprechen?«

»Versteht sich! Ein braver Seegaste kehrt zu allererst bei Mutter Thick ein, wenn er in New York vor Anker geht. Und in einer Stunde ist die ›Swallow‹ im Hafen, da kommen noch andre auch herbei, der Pitt Holbers –«

»Pitt Holb – –«

»Der Dick Hammerdull –«

»Dick Hammerd – –«

»Der Colonel Fire-gun –«

»Colonel Fire-gun –«

»Der Wallerstein, Treskow, der kleine Bill Potter, Winnetou, der Häuptling der Apatschen und –«

»Winnetou, der Häupt – –«

Die Namen blieben der guten Mutter Thick im Munde stecken, so überrascht war sie, eine so interessante Gesellschaft von Männern bei sich zu sehen. Plötzlich aber besann sie sich glücklicherweise auf ihre Pflicht als Wirtin.

»– ling der Apatschen,« fuhr sie daher in ihrem Ausrufe fort. »Aber, da stehe ich und faulenze, und in einer Stunde habe ich die Sirs zu bedienen! Ich eile, ich fliege, ich gehe,

Peter, um mich auf sie vorzubereiten. Erzähle einstweilen diesen Leuten hier die Geschichte von der ›Florida‹, die ihr auf den Grund gebohrt habt!«

»Ja, das werde ich, aber sorge dafür, daß ich immer etwas im Kruge habe, denn ein Seegefecht muß auch in der Erzählung feucht gehalten werden!«

»Keine Angst, Steuermann,« wurde er von den andern getröstet; »wir werden Euch schon mit begießen helfen!«

»Schön, gut! Also hört, ihr Mannen, wie es mit der ›Florida‹ zuging: Wir hatten den Aequator und nachher die Antillen längst hinter uns, doublierten den Finger vor Florida und näherten uns dann Charlestown. Natürlich hielten wir uns so weit wie möglich in die See hinaus, denn Charlestown gehört den Südstaaten, die ihre Kaper und Kreuzer weit hinausschicken, um jeden ehrlichen Nordländer wegzufangen.«

»War der ›l'Horrible‹ mit?«

»Versteht sich. Er war von Anfang an uns stets in unserm Kielwasser gefolgt, weshalb wir immer nur halbe Segel nehmen durften, da wir besser fuhren. So kamen wir glücklich und ungesehen vorwärts und hatten endlich auch Charlestown hinter uns, weshalb wir wieder mehr auf das Land zuhielten.«

»Da traft ihr nun auf die ›Florida‹?«

»Wart's ab, Grünschnabel! Da stehe ich eines Morgens am Steuer - ihr müßt nämlich wissen, daß ich vom Kapt'n die Stelle eines Steuermanns *par honneur* bekam, wie ich euch schon vorhin sagte - und denke eben an Mutter Thick und was für Freude sie haben werde, wenn ich wieder einmal bei ihr sein darf; wir segeln ein weniges voraus, während der ›l'Horrible‹ uns mit voller Leinwand folgt, da ruft der Mann vom Ausguck:

»Rauch Nordost bei Ost!«

Ihr könnt euch denken, daß wir sofort alle Mann auf Deck waren, denn mit einem Dampfer, wenn er die feindliche Flagge trägt, ist nicht gut spaßen. Der Kapt'n ist auch sofort oben am Masthead und zieht das Rohr; dann schüttelt er den Kopf, steigt wieder herab und läßt ein Reff legen, damit der

›l'Horrible‹ in Sprachweite an uns komme. Als dies geschehen ist, ruft er hinüber:

»Dampfer gesehen, Lieutenant?«

»Ay, Sir!«

»Was wird's für einer sein?«

»Weiß nicht,« antwortete Lieutenant Jenner; »das Fahrzeug hat weder Mast noch Rumpf; es geht tief, sehr tief, Sir.«

»Wird eins von den südstaatlichen Widderschiffen sein. Wollt Ihr ihm aus dem Wege gehen?«

»Ich thue, was Ihr thut.«

»Gut; sehen wir uns den Mann ein wenig an!«

»*Well*, Sir; aber wir sind um das Zehnfache zu schwach.«

»Schwächer, aber schneller. Wer kommandiert?«

»Ihr.«

»Danke! Wir lassen ihn heran; zieht er die feindliche Flagge, so flieht Ihr langsam vor ihm in die Lee; ich sorge dafür, daß er sich an mich hält und führe ihn auf den Sand. Dann kommt Ihr und laßt ihn Eure Kugeln schmecken!«

»*Well, well!* Noch etwas?«

»Nein!«

Darauf ziehen wir die großen Segel auf, nehmen das kleine Werk samt Stangen und Spieren herab, so daß es aussieht, als hätten wir im Sturm Havarie erlitten und könnten nicht von der Stelle, und lassen den Mann auf Schußweite an uns herankommen. Er giebt das Signal zum Hissen der Flagge; wir ziehen die Sterne und Streifen, er aber läßt die südstaatlichen Fetzen sehen. Es war das neue Widderschiff ›Florida‹, mit Doppelpanzer und einem Spießhorne, mit welchem es die beste Fregatte in Grund und Boden rennen kann.«

»Und an den habt Ihr Euch gewagt?«

»Pah, ich bin der Peter Polter aus Langendorf und habe mich mit den schuftigen Ogellallahs herumgehauen. Weshalb sollte ich mich da vor so einer Blechkanne fürchten? Ein gutes Holzschiff ist besser als so ein Eisenkasten, von dem man sich nicht einmal einen elenden Zahnstocher herunterschlitzen kann. Unser Admiral Farragut sagt auch so.

Also er fordert uns auf, uns zu ergeben, wir aber lachen und schießen unter seinen Kugeln vorüber. Er wendet, um uns nachzukommen und uns den Sporen in das Holz zu rennen; ich werfe das Steuer herum und weiche ihm aus; er wendet abermals; ich halte von ihm ab; so geht es unter Wenden und Ausweichen fort, bis er in die Hitze kommt und die Klugheit vergißt. Seine Kugeln haben uns nichts gethan; sie gehen über uns hinweg; er aber ist uns unbesonnen bis in die Nähe der Küste gefolgt und läuft dort auf eine Sandbank, an der wir vorüberschlüpfen, weil wir nicht so tief in Wasser gehen.«

»Bravo, hallo; die ›Swallow‹ soll leben!«

»Ja, sie soll leben, Jungens, trinkt!«

Nachdem er selbst einen unvergleichlichen Zug gethan hatte, der den Boden des Kruges zum Vorschein brachte, fuhr er fort:

»Jetzt gehen wir an seinen Stern, und während seine Mannen sich alle im Raume unter dem Wasserspiegel befinden, schießen wir ihm das Steuer weg, so daß er vollständig verloren ist. Der ›l'Horrible‹ kommt auch herbei; die ›Florida‹ kann sich nicht verteidigen; sie scheuert sich im Sande wund; das Wasser dringt ein; wir helfen nach – dann streicht sie die Flagge. Sie muß sich ergeben; wir nehmen ihre Leute an Bord, und kaum ist dies geschehen, so legt sie sich auf die Seite: die Wogen haben sie gefressen.«

»Holla, so ist's recht. Dreimal hoch die ›Swallow‹!«

»Danke euch, Jungens, aber vergeßt auch den ›l'Horrible‹ nicht; er hat das Seinige auch gethan.«

»Schön. Ein Hoch dem ›l'Horrible‹. Stoßt an!«

Die Krüge klirrten zusammen. Da ertönten draußen einige Salutschüsse, ein Zeichen, daß ein Schiff in den Hafen laufe, und gleich darauf vernahm man ein vieltöniges Stimmengewirr und ein Rennen durch die Straße, als ob ein außerordentliches Ereignis bevorstehe. Peter Polter erhob sich, trat an das Fenster und öffnete dasselbe.

»Holla, Mann, was giebt's hier zu laufen?« fragte er, indem er einen Vorübereilenden beim Arme erfaßte.

»Eine frohe Botschaft, Master: Die ›Swallow‹ läuft soeben in den Hafen, welche das famose Rencontre mit der ›Florida‹ gehabt hat. Alle Schiffe haben augenblicklich gewimpelt und geflaggt, um den tapfern Kapitän zu ehren, und jedermann eilt, die Landung zu betrachten.«

»Danke, Master!«

Er schlug das Fenster zu und bemerkte im Umdrehen, daß sämtliche Gäste auf die erhaltene Auskunft hin sofort ihre Plätze verlassen hatten und sogar das Freibier vergaßen, um der Landung des berühmten Schuners beizuwohnen.

»Immer lauft,« lachte er; »werdet nicht gar viel zu sehen bekommen. Der Kapt'n ist schon am Lande, und die vom Bord gehen, das sind keine echten Seegasten, obgleich sie mitgemacht haben, daß es gewettert hat. Ich bleib bei meiner Mutter Thick, wo ich den Mr. Parker erwarten muß.«

Es verging doch eine geraume Zeit, ehe der Genannte kam, und noch hatte er die Thür nicht verschlossen, so nahte sich ein lärmendes Rufen und Jauchzen dem Hause. Eine Menge Volkes kam vom Hafen her, voran diejenigen Männer, welche von der ›Swallow‹ an das Land gegangen waren. Sie traten gleich hinter Parker in die Stube, und das Volk drängte hinter den Helden des verwegenen Seegefechtes her, daß der Raum die Gäste gar nicht zu fassen vermochte. Die resolute Wirtin, welche unterdessen mit ihren Vorbereitungen zu Ende gekommen war, wußte sich schnell zu helfen. Sie öffnete das Ehrenzimmer, schob sich mit den Erwarteten hinein und verschloß dann die Thür, die Bedienung der andern ihrem Personale überlassend.

»*Welcome*, Sir!« lautete ihre freudige Anrede zu Parker, der ihr als alter Bekannter freundlich die Hand reichte.

Auch die andern wurden mit einem herzlichen Handschlag begrüßt. Sie mußten Platz nehmen und brauchten bloß zuzugreifen, so umsichtig war in der kurzen Zeit für alles Wünschenswerte gesorgt worden.

»Mutter Thick, du bist doch die trefflichste Brigantine, der ich jemals in die Arme gesegelt bin!« rief der Steuermann. »In dieser armseligen Prairie gab's nichts als Fleisch, Pulver und Rothäute; auf der See ging es auch knapp her, da wir zu viel hungrige Magen geladen hatten, bei dir aber ißt und trinkt sich's wie beim großen Mogul oder wie der Kerl heißen mag, und wenn ich nur eine Woche hier vor Anker liege, so lasse ich mich hängen, wenn ich nicht einen Schmeerbauch habe, wie da dieser fette Master Hammerdull.«

»Ob fett oder nicht, das bleibt sich gleich,« meinte dieser, wacker zulangend, »wenn man nur einen guten Bissen zwischen die Zähne bekommt. Ich hab's nötiger wie ihr andern alle, denn seit ich meine alte, gute Stute in Francisco lassen mußte, bin ich vor Sehnsucht nach dem lieben Viehzeug ganz vom Fleisch gefallen. Ist's nicht wahr, Pitt Holbers, altes Coon?«

»Wenn du denkst, Dick, daß dich die Stute dauert, so habe ich nichts dagegen. Es geht mir ja mit meinem Tier ganz ebenso. Wie ist's bei dir, Bill Potter?«

»Bei mir? Wo mein Pferd steckt, ist mir sehr gleichgültig, hihihihi; die Hauptsache ist, daß mir's bei Mutter Thick gefällt.«

»So ist's recht,« stimmte die Wirtin bei; »greift zu, so viel und lang es euch beliebt. Aber vergiß dabei auch dein Versprechen nicht, Peter!«

»Welches?«

»Daß du erzählen wolltest.«

»Ach so! Na, wenn du tüchtig einschenkst, so soll es mir auf einige Worte mehr nicht ankommen, die ich zu reden habe.«

Während er kauend von den erlebten Abenteuern berichtete, saß Winnetou an seinem Platze und sprach den ihm ungewohnten Speisen der Bleichgesichter mit höchster Mäßigkeit zu. Den Wein rührte er gar nicht an. Er wußte, daß das ›Feuerwasser‹ der schlimmste Feind seines Volkes gewesen war; darum haßte und verschmähte er es. Seine Aufmerksamkeit war auf die lebhafte Unterhaltung gerichtet, welche die andern in jenem halblauten Tone führten, der stets ein Zeichen von der Wichtigkeit des Gegenstandes ist.

»Wie war es auf der Admiralität?« fragte Sam Fire-gun den Lieutenant.

»Ganz nach Erwartung,« antwortete dieser, der den einen Arm in der Binde trug, wie auch die andern verschiedene Zeichen der Verwundung aufzuweisen hatten. »Ernennung zum Kapitän und Beurlaubung bis nach vollendeter Genesung.«

»Was wird mit der ›Swallow‹?«

»Sie hat gelitten und geht zur Reparatur in die Trockendocks.«

»Und unsre Gefangenen?«

»Auch wie ich dachte.«

»Das heißt?«

»Sie werden gehängt, wie es Korsaren nicht anders zu erwarten haben.«

»Korsaren? Sanders behauptet doch, den ›l'Horrible‹ nur deshalb genommen zu haben, um für die Südstaaten Kaperei zu treiben. Kommt er damit nicht durch?«

»Nein, denn er hat keinen Kaperbrief. Und wenn er einen hätte, so ist er eben der schwarze Kapitän, welcher wegen seines früheren Sklavenhandels und der dabei betriebenen Piraterie aufgehangen wird.«

»Und die ›Miß Admiral‹?«

»Wird auch gehängt. Auch alle Gefangenen, welche Sanders behilflich waren, den ›l'Horrible‹ zu nehmen, und dann, als wir ihn enterten, nicht getötet wurden, sondern mit dem Leben davon kamen, werden höchst wahrscheinlich denselben Tod erleiden, denn sie sind als Seeräuber zu betrachten. Sie werden mit ihrem Schicksale wohl nicht so zufrieden sein wie ihr mit der Nachricht, welche ich euch von der Admiralität bringe.«

»Also eine gute?«

»Eine sehr gute. Erstens wird die große Summe, die wir bei der ›Miß Admiral‹ fanden und mit der sie fliehen wollte, als unsre Prise betrachtet, die uns gehört. Zweitens soll eine sehr hohe Belohnung dafür ausgesetzt werden, daß wir den ›l'Horrible‹ dem schwarzen Kapitän wieder abgenommen haben. Und drittens haben wir ganz bedeutende Prisengelder für unsern Sieg über die ›Florida‹. Sie liegt zwar jetzt auf dem Grunde, wird aber später gehoben werden. Dieses Geld teilen wir unter uns, und es wird dabei auf jede Person so viel kommen, daß –«

»Auf mich nicht,« unterbrach ihn Sam Fire-gun.

»Warum nicht?«

»Weil ich natürlich kein Geld nehme, was mir nicht gehört.«

»Ihr habt es aber verdient!«

»Nein. Ich bin nur Gast auf Euerm Schiffe gewesen; die Prisengelder gehören der Bemannung.«

»Ihr waret nicht Gast, sondern Kombattant, und habt also Teil daran.«

»Mag sein; aber ich nehme nichts. Ich habe Sanders die Anweisungen wieder abgenommen, die er mir im *Hide-spot* stahl. Die eine hatte er zwar schon verkauft, aber nur wenig davon ausgegeben; ich bin also vollständig zufriedengestellt. Winnetou nimmt erst recht nichts, und was meine braven Trapper betrifft, so wird es ihnen auch nicht einfallen, Eure Seegasten um ihre Prisengelder zu bringen. Wir haben es im Gegenteile nur Euch und ihnen zu verdanken, daß wir wieder zu unserm Gelde gekommen sind. Sag einmal, Dick Hammerdull, willst du das Geld haben?«

»Ob ich es haben will oder nicht, das bleibt sich gleich, das ist sogar ganz egal; aber ich nehme es nicht,« antwortete der Dicke. »Was sagst denn du dazu, Pitt Holbers, altes Coon?«

Der Lange erwiderte gleichmütig:

»Wenn du denkst, daß ich es nicht nehme, Dick, so habe ich nichts dagegen. Es wird's überhaupt keiner von uns nehmen. Und wenn man es uns etwa mit Gewalt aufnötigen will, so bekommt Peter Polter meinen Anteil, und wenn es auch nur wäre, um ihm Lust zu machen, wieder einmal zu uns nach dem Westen zu kommen. Ich sehe ihn gar zu gern zu Pferde sitzen.«

»Laßt mich in Ruhe mit euern Pferden!« rief da der Steuermann. »Lieber laß ich mich zerstampfen und Schiffszwieback aus mir machen, als daß ich mich noch einmal auf so eine Bestie setze, wie der Traber war, auf welchem ich dieses letzte Mal zu euch gesäuselt kam. Weiter will ich euch nichts sagen, denn was ich noch sagen könnte, mag lieber unausgesprochen bleiben, so übel ist mir dabei zu Mute gewesen!«

»Hast's auch nicht nötig, wieder den Westmann zu imitieren,« sagte Parker. »Ich habe auf der Admiralität erwähnt, was wir dir verdanken und wie brav du dich gehalten hast. Man wird bei der nächsten Vakanz an dich denken und dir einen Posten anvertrauen, auf den du stolz sein kannst.«

»Ist's wahr? Wirklich? Ihr habt bei den hohen Gentlemen an mich gedacht?«

»Ja.«

»Und man will mir einen solchen Posten geben?«

»Es wurde mir ganz bestimmt versprochen.«

»Ich danke, Sir, ich danke Euch! Ich werde also Karriere machen! Heisa hurra, hurra! Der Peter Polter – – –«

»Was hast du denn so gewaltig zu schreien, alter Seelöwe?« unterbrach ihn die Wirtin, welche soeben zur Thür hereintrat.

»Das fragst du noch?« antwortete er. »Wenn ich ein Seelöwe bin, muß ich doch brüllen! Und ich habe auch allen Grund dazu. Weißt du, alte Mutter Thick, ich soll nämlich für meine großen Verdienste Admiral werden!«

»Admiral?« lachte sie, »das glaube ich wohl, denn du hast das Zeug dazu, und ich gönne es dir. Wie steht es denn aber mit deinem neuen Berufe, auf den du so stolz bist und an dem du von ganzer Seele hängst?«

»Neuer Beruf? Welcher denn?«

»Westmann, Waldläufer, Biberjäger – – –«

»Schweig! Kein Wort weiter, wenn du es nicht ganz und gar mit mir verderben willst! Wenn ich mich auf ein Pferd setze, weiß ich nie, wohin es laufen wird. Stehe ich aber auf den Planken eines guten Schiffes, so kenne ich den Kurs genau und kann nicht aus dem Sattel fallen. Also Westmann hin, Westmann her; ich habe ein Haar drin gefunden und bleibe der alte Seebär, der ich stets gewesen bin!« – – –

VIERTES KAPITEL

Die verkehrten Toasts

Als Treskow seinen Bericht beendet hatte, gab es von seiten seiner Zuhörer eine ganze Menge von Fragen, die er ihnen beantworten sollte. Die Geschichte, besonders das Ende derselben, war ihnen nicht ausführlich genug, und jeder wollte etwas wissen, was er vermißte. Am sonderbarsten kam es ihnen vor, daß Winnetou eine Seereise mitgemacht hatte. Ein Roter und noch dazu dieser Indianer, und eine Reise zur See, das war ihnen unbegreiflich, mir aber nicht, denn ich kannte diese Geschichte längst und wußte auch, daß er nicht nur dieses eine Mal zur See gewesen war.

Während sie noch hin und her sprachen, kamen neue Gäste. Es waren sechs Personen, welche lärmend eintraten und etwas mehr Spiritus genossen zu haben schienen, als ihnen zuträglich war. Sie sahen sich nach Plätzen um, und obgleich genug andre leer waren, zogen sie es vor, sich an meinen Tisch zu setzen.

Am liebsten wäre ich aufgestanden, was sie aber gewiß als eine Beleidigung betrachtet hätten, und da ich keine Veranlassung zu rohen Streitigkeiten geben wollte, so blieb ich sitzen. Sie verlangten Brandy und bekamen welchen, doch wurden sie von Mutter Thick in einer Weise bedient, welche erkennen ließ, daß sie diese Leute lieber gehen als kommen sah.

Bewohner der Stadt konnten sie nicht sein, denn sie hatten außer ihren Messern und Revolvern auch Gewehre mit. Wie echte Rowdies aussehend, stanken sie förmlich nach Schnaps, und es kostete mich wirklich Ueberwindung, mit ihnen an demselben Tische auszuhalten. Sie führten das große Wort und sprachen so laut und so unausgesetzt, daß von der Unterhaltung der andern Gäste fast nichts zu hören war. Die Ruhe und Gemütlichkeit, welche vorher geherrscht hatten, waren verschwunden.

Der lauteste von ihnen war ein stark und ungeschickt gebauter Kerl mit einem wahren Bullenbeißergesicht. Es war, als ob seine Glieder und seine Gesichtszüge aus Holz roh zugehackt worden seien. Er spielte sich als den Anführer der andern auf, und es war allerdings zu bemerken, daß sie ihn nach ihrer Weise mit einer Art Respekt behandelten.

Sie sprachen von Heldenthaten, die sie begangen hatten und wieder begehen wollten, von Vermögen, welche sie besessen und verjubelt hatten und jedenfalls bald wieder erwerben würden; sie gossen ein Glas nach dem andern hinunter, und als Mutter Thick sie mahnte, langsamer zu trinken, wurden sie grob und drohten, vom Büffett Besitz zu nehmen und sich selbst zu bedienen.

»Das würde ich mir verbitten,« antwortete die mutige Wirtin. »Da liegt der Revolver; der erste, der sich an meinem Eigentum vergriffe, würde eine Kugel bekommen!«

»Von dir etwa?« lachte der Bullenbeißer.

»Ja, von mir!«

»Mach dich nicht lächerlich! In solche Hände gehört eine Nähnadel, aber kein Revolver. Glaubst du wirklich, uns zum Fürchten zu bringen?«

»Was ich glaube oder nicht, das geht Euch nichts an. Jedenfalls bin ich es nicht, die sich fürchtet, und wenn es an einer Hilfe fehlen sollte, so sind Gentlemen genug da, welche sich einer wehrlosen Witfrau annehmen würden!«

»Gentlemen genug?« wiederholte er ihre Worte höhnisch lachend, indem er von seinem Stuhle aufstand und seinen Blick herausfordernd rundum laufen ließ. »Sie mögen herkommen und probieren, wer den Kürzeren zieht, sie oder ich!«

Es antwortete ihm kein Mensch, ich natürlich auch nicht. Auf einen Widerstand meinerseits schien er überhaupt gar nicht gerechnet zu haben, denn er hatte sie alle angesehen, mich aber nicht. Vielleicht kam ihm mein ruhiges Gesicht so zahm vor, daß er es nicht der Mühe wert hielt, mich überhaupt zu addieren. Ich gehöre nämlich zu denjenigen Menschen, deren Züge grad dann einen recht bescheidenen Ausdruck annehmen können, wenn es in ihrem Innern arbeitet. Einer, der sich für einen großen Psychologen hielt, erklärte mir das einmal mit den Worten: Wenn der Geist sich nach innen zieht, muß außen das Gesicht dumm aussehen; das ist doch selbstverständlich.

Als der Bulldogge sah, daß niemand seiner Aufforderung folgte, wurde er noch kühner als vorher.

»Dachte es mir; es wagt sich keiner her!« lachte er. »Möchte auch den sehen, der es wagte, einen Gang mit Toby Spencer zu machen! Ich drehte dem Kerl das Gesicht auf den Rücken! Toby Spencer ist nämlich mein Name, und wer wissen will, was für ein Kerl dieser Toby ist, der mag kommen!«

Er streckte die geballten Fäuste aus und ließ den Blick noch einmal herausfordernd um die Runde schweifen. War es wirklich Furcht vor ihm oder nur der Ekel vor einem solchen Menschen, es rührte sich auch jetzt niemand. Da lachte er noch lauter als vorher und rief:

»Seht ihr es, Boys, wie ihnen die Herzen in die Schuhe und Stiefel fallen, wenn Toby Spencer nur ein Wort von sich hören läßt. Es ist wirklich keiner, aber auch kein einziger unter ihnen, der es wagt, nur einen Mucks zu thun. Und das wollen Gentlemen sein!«

Da stand doch einer auf, nämlich derjenige, der die erste Geschichte erzählt und sich für Tim Kroner, den Colorado-Mann ausgegeben hatte. Es war jedenfalls nicht eigentlicher Mut, sondern nur die Absicht, sich als einen tüchtigen Kerl aufzuspielen, was ihn veranlaßte, das Wort zu ergreifen. Er kam einige Schritte näher und sagte:

»Ihr irrt Euch sehr, Toby Spencer, wenn Ihr glaubt, es gebe niemand, der sich an Euch wagt. Das mag bei allen Anwesenden stimmen, aber nicht bei mir.«

»Bei Euch also nicht? So, so!« antwortete der Rowdy in verächtlichem Tone. »Warum bleibt Ihr denn stehen, wenn Ihr solchen Mut habt? Warum kommt Ihr nicht näher?«

»Ich komme ja schon!« sprach der andre, indem er noch einige langsame, zögernde Schritte machte und dann wieder halten blieb. Seine Stimme klang aber gar nicht so zuversichtlich wie vorhin, als er an meinen Tisch gekommen war, um mit mir anzubinden. Da Toby Spencer auch etwas vorgetreten war, standen sie nun in ganz geringer Entfernung voneinander.

»*Well!* Also Ihr seid der Mann, der sich nicht fürchtet?« fragte der letztere. »So ein Kerlchen, welches ich mit einem einzigen Finger aus der Balance hebe! Da möchte ich wahrhaftig, ehe ich Euch auffresse, wissen, wie Ihr heißt!«

»Das könnt Ihr erfahren. Ich heiße Tim Kroner.«

»Tim Kroner? Da habt Ihr Euch ja einen recht berühmten Namen zugelegt!«

»Zugelegt? Es ist der meinige!«

»Das mögt Ihr andern weiß machen, aber nur nicht mir!«

»Es ist mein Name, sage ich Euch!«

»Hm! Vielleicht ist's möglich, daß Ihr so heißt, aber Ihr wollt doch nicht etwa behaupten, der Colorado-Mann zu sein?«

»Grad das behaupte ich!«

»Alle Wetter, wie kommt denn so ein Karnickel, wie Ihr seid, dazu, sich mit dem Namen eines Löwen zu schmücken! Ich sage Euch, daß dieser Name Euch nicht gehört, daß Ihr ein Betrüger seid!«

»Oho! Ein Betrüger? Wahrt Eure Zunge, Sir! Man weiß, daß der Colorado-Mann nicht in dieser Weise mit sich sprechen läßt! Soll ich Euch das beweisen?«

»Knirps, beweise es!«

Bei dieser Aufforderung trat Spencer drohend zwei Schritte auf ihn zu; er wich vorsichtig ebenso weit zurück und antwortete:

»Das habe ich gar nicht nötig. Was alle Welt weiß, das brauche ich nicht zu beweisen!«

»Eigentlich richtig, denn der wirkliche Tim Kroner ist ein Kerl, der Haare auf den Zähnen hat; da du aber dieser echte nicht bist, hast du zu zeigen, ob dein Mut wirklich bis her zu mir reicht. Also, *go on!*«

Er machte wieder zwei Schritte vorwärts.

»Ja, *come on!*« rief der andre, indem er aber zwei Schritte rückwärts machte.

»So bleib doch stehn, du großer Held mit dem Maule! Warum retirierst du denn? Giebt sich dieser Mensch für den Colorado-Mann aus, den ich so gut kenne wie mich selbst! Diesem Uebermute muß ein Dämpfer aufgesetzt werden. Also halte stand, und faß an, sonst nagele ich dich an die Wand, daß du daran kleben bleibst.«

Er ging abermals vorwärts; der falsche Tim Kroner wich auch jetzt wieder zurück, indem er sich auf die Verteidigung durch das Mundwerk legte:

»Ich bin der echte Colorado-Mann! Wenn ein andrer sich für mich ausgiebt, ist er ein Lügner!«

»*Pshaw!* Möchte den vernünftigen Mann sehen, dem es einfallen könnte, sich für dich auszugeben! Wenn du geglaubt hast, es bedürfe nur dieses Namens, mich zurückzuschrecken, so hast du dich nicht nur geirrt, sondern dich so verrechnet, daß das ganz entgegengesetzte Resultat herauskommt: Ich werde dich ein wenig höher hängen, damit die Leute sehen, was für ein berühmter und mutiger Colorado-Tim du bist. Komm also her, mein Bürschchen, nur her zu mir!«

Er gab ihm zwei blitzschnelle, gewaltige Hiebe auf die Achseln, nahm ihn dann bei den Oberarmen, drückte sie ihm an den Leib, schob ihn an die Wand und hob ihn so empor, daß er mit dem Kragen an einem Kleiderhaken hängen blieb. Das war kein ganz gewöhnliches Kraftstück, und er führte es aus, ohne daß man ihm dabei eine Anstrengung anmerkte. Der andre begann, als er an der Wand hing, zu schreien und zu zappeln, was bei seiner langen, dürren Gestalt sehr wunderlich aussah, bis der Kragen seines Büffellederrockes zerriß und er zu Boden fiel. Spencer lachte aus vollem Halse; seine Gefährten stimmten ein, und auch die andern konnten nicht ganz ernst dabei bleiben, obgleich der Rowdy gar nicht ihren Beifall hatte. Dieser schickte dem still auf seinen Platz zurückkehrenden »Colorado-Mann« sein Gelächter nach und schien dadurch in friedliche Stimmung zu geraten, denn er sah von einer weiteren Herausforderung ab und setzte sich wieder nieder, um mit seinen Kameraden die lärmende Unterhaltung fortzusetzen. Dabei hatte ich das große Glück, daß er mich nun endlich seiner Aufmerksamkeit würdigte. Er fixierte mich mit neugierigem Blicke und richtete dann die etwas sonderbare Frage an mich:

»Seid wohl auch so ein Colorado-Mann wie der da drüben, he?«

»Glaube nicht, Sir,« antwortete ich ruhig.

Man war an allen Tischen still, um zu hören, was nun kommen werde. Vielleicht gab es wieder etwas zum Lachen.

»Also nicht?« fuhr er fort. »Ihr scheint mir aber auch kein Held zu sein!«

»Gebe ich mich etwa für einen aus? Ich schmücke mich nicht mit falschen Federn.«

»Das ist Euer Glück, sonst würde ich Euch auch an den Nagel hängen!«

Da ich hierauf schwieg, fuhr er mich an:

»Glaubt Ihr es etwa nicht?«

»Hm! Ich glaube es ganz gern.«

»Im Ernste? Toby Spencer ist nämlich nicht der Mann, mit dem man Späße treibt!«

Es war klar, daß er nun mit mir Streit suchte. Ich sah den besorgten Blick, den Mutter Thick auf mich warf, und that ihr den Gefallen, sehr höflich zu antworten:

»Davon bin ich überzeugt, Sir. Wer die Körperstärke besitzt, einen so langen Menschen wie den da drüben an den Nagel zu hängen, der hat es gar nicht nötig, sich von andern Leuten foppen zu lassen.«

Sein boshaft auf mich gerichteter Blick wurde milder, und sein Gesicht nahm einen fast freundlichen Ausdruck an, als er jetzt in befriedigtem Tone sagte:

»Habt recht, Sir. Ihr scheint kein ganz unrechter Kerl zu sein. Wollt Ihr mir sagen, was für eine Art von Metier Ihr habt?«

»Hm! Eigentlich keins.«

»Wie meint Ihr das?«

»Weil ich grad jetzt gar nichts betreibe.«

»So habt Ihr wohl Ferien?«

»*Yes.*«

»Und viel Zeit übrig?«

»Sehr viel.«

»Was thut Ihr denn aber, wenn Ihr keine Ferien habt? Ihr müßt doch irgend etwas sein oder irgend etwas machen. Oder nicht?«

»Freilich wohl.«

»Nun, was?«

»Ich habe mich schon in verschiedenen Branchen versucht.«

»Es aber zu nichts gebracht?«

»Leider!«

»Was waret Ihr zuletzt?«

»Zuletzt bin ich in der Prairie gewesen.«

»In der Prairie? Also Jäger?«

»So ähnlich.«

»Könnt Ihr denn schießen?«

»So leidlich.«

»Und reiten?«

»So, daß ich nicht grad herunterfalle.«

»Ihr scheint mir aber von etwas ängstlicher Natur zu sein!«

»Wirklich?«

»Ja.«

»Hm! Es kommt auf die Verhältnisse an. Mut soll man nur zeigen, wenn es nötig ist, sonst ist es Prahlerei.«

»Das ist sehr richtig! Hört, Ihr beginnt, mir zu gefallen. Ihr seid ein bescheidener Boy, der zu brauchen ist. Ein großer Westmann seid Ihr freilich nicht; das sieht man Euch mit jedem Blicke an; aber wenn ich wüßte, daß Ihr nicht grad ein ausgemachtes Greenhorn wäret, so – – –«

»So – – –?« fragte ich, weil er den Satz nicht ganz aussprach.

»So würde ich fragen, ob Ihr Lust habt, mit uns zu gehen.«

»Wohin?«

»Nach dem Westen.«

»Der ist groß. Es wäre mir lieber, eine bestimmte Gegend zu hören.«

»Die kann ich Euch sagen. Also Ihr habt Zeit, und es hält Euch nichts hier zurück?«

»Gar nichts.«

»So sagt, ob Ihr mit wollt!«

»Ehe ich das sagen kann, muß ich doch erst wissen, wohin Ihr gehen und was Ihr dort treiben wollt.«

»*Well*, auch das ist richtig und vernünftig. Wir wollen ein wenig ins Colorado hinauf, nach dem Parke von San Louis so ungefähr. Seid Ihr vielleicht schon einmal da oben gewesen?«

»Ja.«

»Was? So weit? Das hätte ich Euch nicht zugetraut! Ist Euch die Gegend der *foam-cascade*[1] bekannt?«

»Nein.«

»So! Dahin wollen wir. Dort oben in den Parks wird in neuerer Zeit wieder eine solche Menge von Gold gefunden, daß man die Gelegenheit nicht versäumen darf.«

»Ihr wollt graben?«

»Hm - - - jaaa - aaa!« dehnte er.

»Und wenn Ihr nichts findet?«

»So finden andre etwas,« antwortete er mit einem bezeichnenden Achselzucken. »Man braucht nicht grad Digger zu sein, um in den Diggins etwas zu verdienen.«

Es konnte ihm nicht einfallen, sich deutlich auszudrükken; ich wußte trotzdem, was er meinte. Er wollte ernten, wo er nicht gesäet hatte.

»Daß wir nichts finden, darüber braucht Ihr Euch nicht zu sorgen,« fuhr er fort, um mir Lust zu machen. Es war ihm Ernst damit, mich mitzunehmen, denn je zahlreicher seine Gesellschaft war, desto bessere Geschäfte mußte sie machen, und mich hielt er für einen Mann, den man ausnutzen und dann fortjagen, wenn nicht noch schlimmeres, konnte. »Wir

[1] Schaumfall.

sind alle überzeugt, daß wir gute Ausbeute machen werden, denn wir haben einen Mann bei uns, der sich darauf versteht.«

»Einen Geologen?«

»Er ist noch mehr als Geolog; er besitzt alle Kenntnisse und Erfahrungen, die in den Diggins nötig sind. Ihr werdet nicht daran zweifeln, wenn ich Euch sage, daß er ein Offizier von höchstem Range ist, nämlich General.«

»General?« fragte ich, indem mir ein Gedanke kam. »Wie heißt der Gentleman?«

»Douglas. Er hat eine Menge Schlachten mitgemacht und dann in den Bergen sehr eingehende wissenschaftliche Forschungen angestellt, deren Ergebnis die Ueberzeugung ist, daß wir Gold, sehr viel Gold finden werden. Nun, habt Ihr Lust?«

Wenn es wirklich seine Absicht gewesen wäre, nach Gold zu graben, so hätte er sich sehr gehütet, hier, vor so vielen Zeugen, davon zu sprechen; er hatte also etwas ganz andres vor, und daß dies nichts Gutes war, erhellte daraus, daß der Quasi-General zu der Gesellschaft gehörte. Daß dieser sich noch Douglas nannte und keinen andern Namen angenommen hatte, war von ihm eine Unvorsichtigkeit, die ich kaum begreifen konnte.

»Nein, Sir, ich habe keine Lust,« antwortete ich.

»Warum nicht?«

»Sehr einfach, weil mir die Sache nicht gefällt.«

»Und warum gefällt sie Euch nicht?«

Seine vorher freundlichen Züge verfinsterten sich mehr und mehr und wurden schließlich drohend.

»Weil sie nicht nach meinem Geschmacke ist.«

»Und was für eine Art von Geschmack habt Ihr, Sir?«

»Die Art, welche es mit der Ehrlichkeit hält.«

Dann sprang er auf und schrie mich an:

»Alle Teufel! Wollt Ihr etwa sagen, daß ich nicht ehrlich bin?«

Auch einige von den andern Gästen standen auf. Sie wollten die Scene genau sehen, welche jetzt unbedingt erfolgen mußte.

»Ich habe mich um Eure Ehrlichkeit ebensowenig zu bekümmern wie Ihr Euch um meinen Geschmack,« antwortete ich, indem ich ruhig sitzen blieb, ihn aber scharf im Auge behielt. »Wir gehen einander nichts an und werden uns in Ruhe lassen!«

»In Ruhe lassen? Das bildet Euch nur ja nicht ein! Ihr habt mich beleidigt, und zwar in einer Weise, daß ich Euch zeigen muß, wer Toby Spencer eigentlich ist.«

»Das braucht Ihr mir nicht erst zu zeigen.«

»So? Ihr wißt es wohl schon?«

»Ja.«

»Nun, was bin ich denn?«

»Grad das, was ich auch bin, nämlich Gast bei Mutter Thick, und als Gast hat man sich anständig zu betragen, wenn man anständig behandelt sein will.«

»Ah! Und wie wollt Ihr mich denn behandeln?«

»So, wie Ihr es verdient. Ich habe Euch nicht aufgefordert, Euch zu mir zu setzen; es waren genug andre Plätze da. Ich habe auch nicht von Euch verlangt, mit mir zu sprechen. Und nachdem ich von Euch ins Gespräch gezogen worden bin, habe ich höflich und sachgemäß geantwortet. Eure Pläne und Absichten sind mir vollständig gleichgültig; da Ihr mich aber fragtet, ob ich mit Euch nach Colorado wolle, habe ich Euch ruhig gesagt, daß ich keine Lust habe. Wie Euch das in Zorn versetzen kann, begreife ich nicht!«

»Ihr habt von Ehrlichkeit gesprochen, Boy! Das dulde ich nicht!«

»Nicht? Hm! Ich denke, ein ehrlicher Mann kann ruhig von Ehrlichkeit sprechen hören, ohne darüber in solchen Grimm zu geraten.«

»Mann, nehmt Euch in acht! Das ist wieder eine Beleidigung, die ich mir sehr stark – – –«

Er wurde von der Wirtin unterbrochen, welche ihn aufforderte, Ruhe zu halten; er hob den Arm gegen sie.

»Begebt Euch nicht in Gefahr, Mutter Thick!« bat ich sie. »Ich bin gewöhnt, für mich selbst zu sorgen, und pflege stets mein eigner Schutz zu sein.«

Das brachte den Rowdy in noch größere Wut. Er schrie mich an:

»Dein eigner Schutz? Nun, so schütze dich! Hier, das ist für die Beleidigung!«

Er holte mit der Faust zum Schlage aus; darauf war ich gefaßt. Ich hatte im Nu das Bierglas ergriffen und parierte mit ihm den Hieb. Anstatt daß dieser mich traf, wurde er von dem Glase aufgefangen, welches sogleich in Stücke ging. Zugleich sprang ich auf und stieß dem Kerl die Faust mit solcher Gewalt von unten herauf unter das Kinn, daß seine Gestalt, so stark und schwer sie war, hintenüberflog und, einen Tisch und mehrere Stühle umreißend, zur Erde stürzte.

Der war besorgt, und ich hatte zunächst meine Augen auf seine Genossen zu richten, denn daß diese seinen Fall rächen würden, das war sicher. Sie drangen auch sofort mit wildem Geschrei auf mich ein. Zwei Fausthiebe von mir, und zwei von ihnen flogen, der eine nach rechts und der andre nach links auseinander; dem dritten fuhr ich mit beiden Fäusten gegen die Magengrube, daß er mit einem überschnappenden Schrei zusammenknickte; die beiden letzten wichen bestürzt zurück.

Jetzt aber hatte sich Spencer wieder aufgerafft; seine Hand blutete vom Glase, und noch mehr Blut floß ihm aus dem Munde; er hatte sich bei meinem Fausthiebe unter das Kinn in die Zunge gebissen. Mir das Blut entgegenspuckend, brüllte er:

»Hund, das ist dein Tod! So ein Kerl, der nicht einmal weiß, was für ein Metier er hat, wagt es, sich an Toby Spencer zu vergreifen! Ich werde – – –«

»Halt! Augenblicklich die Hand vom Gürtel!« unterbrach ich ihn, denn er griff nach dem Revolver; zugleich zog ich den meinigen und richtete den Lauf auf ihn.

»Nein, sondern die Hand in den Gürtel!« schäumte er. »Meine Kugel soll dich – – –«

»Noch einmal, fort mit der Waffe, sonst schieße ich!« fiel ich ihm wieder in die Rede.

Er zog sie dennoch. Ich zielte auf seine Hand; er stieß

einen Schrei aus, ließ sie sinken, und der Revolver fiel zu Boden.

»Hände hoch! Augenblicklich ihr alle, Hände hoch! Wer nicht gehorcht, bekommt die Kugel!« befahl ich nun.

»Hände hoch!« ist im Westen ein gefährliches Wort. Wer zuerst die Waffe in der Hand hat, der befindet sich im Vorteile. Um sich selbst zu retten, darf er den Gegner nicht schonen. Wenn er ›Hände hoch!‹ gebietet und es wird nicht augenblicklich gehorcht, so schießt er unbedingt; das weiß jedermann. Auch diese sechs Personen wußten es; ich hatte zu dem ersten schnell noch einen zweiten Revolver gespannt, und sie mußten überzeugt sein, daß ich meine Drohung wahr machen würde. Ich befand mich in Notwehr und konnte sie nach allem Rechte erschießen; darum fuhren, als ich den Befehl kaum ausgesprochen hatte, zehn Arme in die Höhe, diejenigen von Toby Spencer auch. Sie vor den Läufen der Revolver behaltend, warnte ich sie:

»Behaltet ja die Hände oben, bis wir miteinander fertig sind; ich habe noch elf Kugeln! Wie steht nun Toby Spencer da, der berühmte, große Held? Jetzt hat er es mit keinem falschen Coloradomann zu thun und wird wohl einsehen, daß ich mich auf mein Metier verstehe. Mutter Thick, nehmt den Kerls die Gewehre, Revolver und Messer weg, und schließt sie ein! Morgen früh mögen sie schicken oder selber kommen, um sie abzuholen. Und untersucht ihre Taschen nach dem Gelde! Ihr zieht ihnen die Zeche ab, die sie gemacht haben und den Preis des Glases, welches Spencer zerschlagen hat; dann mögen sie sich trollen.«

Mutter Thick war schnell bei der Hand, diese Weisungen auszuführen, und es sah sich eigentlich komisch an, wie die sechs Menschen mit hoch erhobenen Armen um den Tisch standen und nicht wagten, sich zu bewegen. Zu welcher Sorte von Leuten sie gehörten, zeigte sich durch die Reichtümer, welche sie besaßen. Sie hatten zusammen nur wenige Cents über den Betrag der Zeche. Als die Wirtin dieses Geld eingesteckt hatte, sagte ich:

»Nun macht die Thür auf, Mutter Thick; sie mögen hinausmarschieren. Draußen können sie die Arme sinken lassen, eher aber nicht, sonst schieße ich noch im letzten Augenblicke.«

Die Thür wurde geöffnet.

»Hinaus mit euch! Jetzt wißt ihr nun, ob ich ängstlicher Natur bin oder nicht!«

Sie marschierten mit hoch erhobenen Händen einer hinter dem andern hinaus. Der letzte war Spencer. Ehe er den letzten Schritt that, drehte er sich um und drohte, halb brüllend und halb zischend:

»Auf Wiedersehen! Dann aber hebst du die Arme in die Höhe, Hund!«

Als die Wirtin die Thür hinter ihnen zugemacht hatte, steckte ich die Revolver wieder ein, setzte mich nieder und bat um ein andres Glas. Die allgemeine Spannung löste sich in einem Hauche, der hörbar durch den Gastraum ging. So hatten sich die guten Gentlemen das Ende nicht gedacht! Als Mutter Thick mir das Bier brachte, gab sie mir die Hand und sagte:

»Ich muß mich wieder bei Euch bedanken, Sir. Ihr habt mich von diesen Menschen befreit, die wer weiß was noch angefangen hätten. Und wie habt Ihr das fertig gebracht! Ich hatte wirklich Angst um Euch, als es losging; jetzt freilich weiß ich, daß Ihr keine Frau zu Eurem Schutze braucht. Ihr sollt das beste Zimmer bekommen, welches ich habe. Aber nehmt Euch ja vor diesen Leuten in acht! Sie fallen ganz gewiß bei der ersten Begegnung über Euch her.«

»*Pshaw!* Ich fürchte mich nicht.«

»Nehmt es nicht zu leicht! Derartige Halunken kommen nicht von vorn, sondern hinterrücks.«

Ich sah dann, daß sie nach mir gefragt wurde, doch konnte sie keine Auskunft geben. Man hätte wahrscheinlich gern gewußt, wer ich war, doch hatte ich keine Gründe, Bekanntschaften anzuknüpfen, die nur die Dauer von höchstens zwei oder drei Tagen haben konnten; länger wollte ich nicht in Jefferson bleiben.

Als ich mir dann meine Stube anweisen ließ, sah ich, daß Mutter Thick Wort gehalten hatte; ich wohnte so gut und sauber, wie ich es nur wünschen konnte, und schlief weit besser, als ich vorher vermutet hatte; denn wenn der Westmann zum erstenmal in einem geschlossenen Raum schläft, pflegt er gewöhnlich kein Auge zuzuthun.

Am nächsten Morgen sorgte ich dafür, daß mein äußerer Mensch ein besseres Aussehen erhielt, und dann suchte ich das Bankhaus Wallace und Co. auf, um mich nach Old Surehand zu erkundigen. Ich war höchst neugierig auf das Verhältnis, in welchem Old Surehand zu diesem Hause stand, und auf den Bescheid, den man mir geben würde.

Ich hatte von Mutter Thick aus nicht weit zu gehen, denn das Geschäft lag in derselben Straße. Als ich in der Office nach Mr. Wallace fragte, sollte ich meinen Namen nennen; aber weil ich nicht wußte, wie die Verhältnisse standen, verschwieg ich ihn lieber. Es ist oft gut, wenn man nicht gekannt wird, und ich hatte viele Vorteile, die ich auf meinen Wanderungen errang, nur dem Umstande zu verdanken, daß man nicht wußte, wer ich war.

»Sagt Mr. Wallace, ich sei ein Bekannter von Old Surehand,« sagte ich.

Kaum hatte ich diesen Namen ausgesprochen, so fuhren die Köpfe sämtlicher Clercs nach mir herum. Ich wurde in der erbetenen Weise angemeldet und dann in ein Zimmer geführt, in welchem ein einzelner Herr am Schreibtische saß und sich bei meinem Eintritte schnell erhob. Er war ein Yankee mit einem recht sympathischen Gesichte und stand in den mittleren Lebensjahren. Den Blick forschend und erwartungsvoll auf mich gerichtet, stellte er sich vor:

»Ich heiße Wallace, Sir.«

»Und mich nennt man Old Shatterhand. Ich weiß nicht, ob Ihr diesen Namen schon einmal gehört habt.«

»Oft, sehr oft, und zwar in einer Weise, die es mir zur Ehre macht, Euch bei mir zu sehen. Seid mir herzlich willkommen und nehmt hier nahe Platz, Mr. Shatterhand! Ihr seid natürlich soeben erst in Jefferson-City angekommen?«

»Nein, ich bin seit gestern hier.«

»Was? Ohne mich sofort aufzusuchen? Wo habt Ihr gewohnt, Sir?«

»Bei Mutter Thick, hier in derselben Straße.«

»Kenne sie; eine brave, ehrliche Frau, aber keine Wirtin für einen Gentleman wie Old Shatterhand!«

»O, ich wohne da vortrefflich und bin ganz zufrieden.«

»Ja, weil Ihr das Lagern im Freien bei jeder Witterung gewöhnt seid; darum sind Eure Ansprüche so bescheiden. Aber wenn Ihr Euch einmal an einem civilisierten Orte befindet, müßt Ihr Euch erholen und Euch bieten, was Ihr Euch bieten könnt; das seid Ihr Eurer körperlichen und auch geistigen Gesundheit schuldig.«

»Grad dieser Gesundheit wegen will ich keine großen Unterschiede, Sir.«

»Mag sein! Aber ich hoffe, daß Ihr meine Einladung annehmt und während Eures hiesigen Aufenthaltes bei mir wohnt!«

»Verzeiht es mir, daß ich mit bestem Danke ablehnen muß! Ich gehe wahrscheinlich schon morgen von hier fort; ferner liebe ich es, vollständig unabhängig zu sein und unabhängig handeln zu können, was aber nicht der Fall sein würde, wenn ich bei Euch wohnte. Und sodann bin ich es Mr. Surehand schuldig, Euch nicht zu belästigen.«

»Wie so?«

»Ihr kennt ihn gut?«

»Ja.«

»Vielleicht sogar genau?«

»Genauer als jeder andre Mensch; ich will Euch sogar aufrichtig sagen, daß wir verwandt miteinander sind.«

»*Well!* Er hat mich gebeten, nicht nach seinen Verhältnissen zu forschen. Wenn ich bei Euch wohnte, würde mir wahrscheinlich manches nicht entgehen oder ich würde manches erraten, was ich nicht zu wissen brauche.«

»Hm!« nickte er nachdenklich. »Diesen Grund und auch den von Eurer Selbständigkeit muß ich freilich gelten lassen; ich will also nicht in Euch dringen; aber willkommen, höchst willkommen würdet Ihr mir sein; das will ich Euch aufrichtig sagen.«

»Danke, Mr. Wallace! Der Grund meines Besuches ist nur der, zu fragen, ob Ihr wißt, wo er sich jetzt ungefähr befindet.«

»Er ist hinauf in die Parks.«

»Nach welchem?«

»Zunächst nach dem von San Louis.«

»Ah! Wann ist er fort von hier?«

»Vor drei Tagen erst.«

»Da kann ich ihn ja einholen.«

»Ihr wollt hinauf? Ihr wollt zu ihm?«

»Ja. Winnetou reitet mit.«

»Auch Winnetou? Das freut mich; das freut mich ungemein! Wir stehen immerfort so große Sorge um ihn aus; die Gründe kann ich nicht sagen. Wenn wir da zwei solche Männer bei ihm wissen, können wir viel ruhiger sein. Ihr habt ihm schon einmal das Leben gerettet; darum denke ich, daß – – –«

»O bitte!« schnitt ich ihm das Lob ab. »Ich will, wie gesagt, nicht in seine Geheimnisse dringen; aber kann ich vielleicht erfahren, ob er damals in Fort Terrel den gesuchten Dan Etters gefunden hat?«

»Nein. Etters ist gar nicht da gewesen.«

»Also war es eine Lüge des Generals?«

»Ja.«

In diesem Augenblicke kam ein Clerc herein und zeigte ein Papier mit der Frage vor, ob es honoriert werden solle.

»Ein Check über fünftausend Dollars von Grey und Wood in Little Rock,« las Wallace. »Ist gut und wird ausgezahlt.«

Der Clerc entfernte sich. Nach einiger Zeit ging ein Mann an unserm Fenster vorüber; ich sah ihn und der Bankier auch.

»Himmel!« rief ich aus. »Das war der General!«

»Wie? Meint Ihr den General, der Old Surehand so unnötigerweise nach Fort Terrel geschickt hat?«

»Ja.«

»Er ging hier vorbei, muß also in meiner Office gewesen sein. Erlaubt mir, einmal nachzufragen, was er gewollt hat!«

»Und ich muß sehen, wohin er geht!«

Ich eilte hinaus, aber er war verschwunden. Ich ging bis zur nächsten Straßenkreuzung, sah ihn aber auch da nicht. Das konnte mich freilich nicht enttäuschen, denn ich hatte ja nichts mehr mit ihm zu thun. Nur hatte ich mich, falls er mich sah, vor einem hinterlistigen Angriffe zu hüten. Als ich zu Wallace zurückkehrte, erfuhr ich, daß der General es gewesen war, der den Check präsentiert hatte. Natürlich hatte ihn niemand gekannt.

Wallace lud mich, da ich nicht bei ihm logieren wollte, wenigstens zum Frühstück ein. Ich wurde von den Seinen so aufgenommen, daß ich mich bewegen ließ, bis zum Diner zu bleiben, und als dies vorüber war, wurde ich noch so lange festgehalten, daß das Souper beinahe schon serviert wurde. Es war also fast neun Uhr, als ich den Rückzug zu Mutter Thick antrat. Vorher mußte ich Wallace versprechen, ihn, wenn es mir möglich sei, vor meiner Abreise noch einmal zu besuchen.

Die Wirtin hatte Lust, mit mir zu schmollen, weil ich so lange weggeblieben war. Sie gestand mir, heut 'was ganz Besonderes für mich gebraten zu haben, was aber, weil ich nicht gekommen sei, Mr. Treskow gegessen habe. Die gestrigen Gäste waren wieder da, und es gab da eine Unterhaltung, welche der gestrigen ähnlich war.

Auf mein Befragen erfuhr ich, daß Toby Spencer gleich nach meinem Fortgange die konfiszierten Waffen hatte holen lassen. Ich hatte mich so gesetzt, daß ich den Eingang sehen konnte; darum war ich einer der ersten, welcher zwei Männer eintreten sah, auf die sich bald die Blicke aller Anwesenden richteten. Ihre äußere Erscheinung war freilich ganz geeignet, die größte Aufmerksamkeit zu erregen.

Der eine war kurz und dick, der andre lang und dünn. Der Dicke hatte ein bartloses, sonnverbranntes Gesicht; dasjenige des Langen war ebenso von der Sonne gefärbt, welche ihm aber fast die ganze Fruchtbarkeit entzogen zu haben schien, denn der Bart, den er trug, bestand aus nur wenigen Haaren, die von den Wangen, dem Kinn und der Oberlippe fast bis auf die Brust herniederhingen und ihm ganz das Aussehen gaben, als ob er von den Motten zerfressen und gelichtet worden sei. Sah man es diesen beiden Männern schon in Beziehung auf ihre Persönlichkeiten an, daß sie keine gewöhnlichen Leute waren, so mußten sie durch die Art, wie sie sich gekleidet hatten, doppelt auffällig werden. Sie trugen sich nämlich von den Köpfen bis zu den Füßen herunter zeisiggrün. Kurze, weite, zeisiggrüne Jacken, kurze, weite, zeisiggrüne Hosen, zeisiggrüne Gamaschen, zeisiggrüne Schlipse, zeisiggrüne Handschuhe und zeisiggrüne Mützen mit zwei Schirmen, hinten einen und vorn einen, ganz nach Art der Orienthelme. Es fehlte ihnen nur noch das Monocle in das Auge, so hätten sie für die Erfinder oder ersten Repräsentanten des heutigen Gigerltums erklärt werden können, zumal sie auch sehr dicke und unförmliche zeisiggrüne Regenschirme in den Händen hatten.

Es lenkten sich natürlich aller Augen auf sie. Ich erkannte sie trotz ihrer Kleidung, die man besser eine Maskerade hätte nennen können, sofort, und da ich mir den Spaß machen wollte, sie zu überraschen, so drehte ich mich mit meinem Stuhle so um, daß sie mein Gesicht nicht sehen konnten. Es fiel ihnen nicht ein, zu grüßen; sie fühlten sich als Leute, die es nicht nötig hatten, sich dazu herabzulassen. Auch hielten sie es nicht für notwendig, leise zu sprechen. Sie sahen sich kurz um, dann blieb der Dicke vor einem leeren Tische stehen und fragte den Dünnen, der ihm langsam und bedächtig gefolgt war:

»Was meinst du, Pitt, altes Coon, ob wir hier an diesem vierbeinigen Dinge Lager machen?«

»Wenn du denkst, daß es da für uns passend ist, so habe ich nichts dagegen, alter Dick,« antwortete der Lange.

»*Well!* Setzen wir uns also her!«

Sie nahmen Platz. Die Wirtin kam zu ihnen und fragte nach ihren Wünschen.

»Seid Ihr die Wirtin dieses Trink- und Logierpalastes, Ma'am?« erkundigte sich Dick Hammerdull.

»*Yes.* Wollt Ihr vielleicht bei mir logieren, Sir?«

»Ob wir da logieren wollen oder nicht, das bleibt sich gleich; wir haben schon eine Hütte, in der wir wohnen. Was habt Ihr zu trinken?«

»Alle Sorten von Brandy. Besonders kann ich euch meinen Mint- und Carawayjulep empfehlen, der ganz vorzüglich ist.«

»Julep hin und Julep her, wir trinken keinen Schnaps. Habt Ihr denn kein Bier?«

»Sehr gutes sogar.«

»So bringt zwei Töpfe voll; aber groß müssen sie sein!«

Sie bekamen das Verlangte. Hammerdull setzte das Glas an und trank es in einem Zuge aus. Als Pitt Holbers dies sah, leerte er das seinige auch bis auf die Nagelprobe.

»Was meinst du, Pitt, wollen wir nochmals eingießen lassen?«

»Wenn du denkst, Dick, daß wir nicht daran ersaufen, so habe ich nichts dagegen. Es schmeckt besser als Savannenwasser.«

Sie bekamen ihre Krüge wieder gefüllt und nahmen sich erst nun die Zeit, das Lokal und die darin befindlichen Gäste in Augenschein zu nehmen. Dabei fiel das Auge des Dicken zunächst auf den früheren Indianeragenten, der ebenso wie der auch anwesende Treskow die beiden mit überraschten und erwartungsvollen Augen betrachtet hatte.

»Alle Donner!« rief er aus. »Pitt, altes Coon, schau doch einmal hinter nach der langen Tafel! Kennst du den Gentleman, der dort rechts in der Ecke sitzt und uns anlacht, als ob wir Schwiegerväter oder sonstige Verwandte von ihm wären?«

»Wenn du denkst, daß ich ihn kenne, lieber Dick, so will ich nichts dagegen haben.«

»Ist's nicht der Agent, der damals - - - - Himmel!« unterbrach er sich selbst, denn sein Auge war nun auch auf Treskow gefallen - - - »Pitt Holbers, schau einmal mehr nach rechts! Dort sitzt noch einer, den du schon einmal gesehen hast. Gehe in dein Inneres und besinne dich!«

»Hm! Wenn du denkst, daß es der Polizist ist, der es damals so auf Sanders abgesehen hatte, so ist's richtig. Was meinst du dazu, wollen wir ihnen die Vorderfüße schütteln?«

»Ob ich es meine oder nicht, das ist ganz egal, aber geschüttelt werden sie. Komm, altes Coon!«

Sie gingen nach der Tafel, von welcher ihnen die beiden Genannten nun hoch erfreut entgegen kamen; sie hatten die zwei Westmänner nicht zuerst begrüßen wollen, um zu sehen, ob sie von ihnen erkannt würden. Dick Hammerdull und Pitt Holbers, von denen gestern zweimal erzählt worden war, hier bei Mutter Thick! Das war natürlich ein großes, ein freudiges Ereignis. Es wurden ihnen von allen, die an der Tafel saßen, die Hände geschüttelt, und es verstand sich ganz von selbst, daß sie ihre jetzigen Plätze aufgeben und sich zu ihren alten und neuen Bekannten setzen mußten.

»Wir haben erst gestern von euch gesprochen,« sagte Treskow. »Wir erzählten unsre damaligen Erlebnisse, und ihr dürft euch also nicht darüber wundern, daß ihr den Gentlemen hier sehr liebe Bekannte seid. Dürfen wir wissen, wie es euch dann später ergangen ist? Ich mußte mich in New York von euch trennen, nachdem wir der Hinrichtung von Sanders, der ›Miß Admiral‹ und ihrer Genossen beigewohnt hatten.«

»Wie es uns ergangen ist? Sehr gut,« antwortete Hammerdull. »Wir sind direkt nach dem Westen, wo wir natürlich sogleich unser *hide-spot* aufsuchten.«

»Bestand das noch?«

»*Yes.* Warum sollte es nicht mehr bestanden haben?«

»Der Ogellallahs wegen, die es entdeckt hatten.«

»Das schadete nichts, denn wir hatten sie ja alle ausgelöscht, und von den Kameraden, die wir dort zurückließen, als der Ritt nach San Francisco begann, waren alle Spuren vernichtet worden. Wißt Ihr noch, daß damals in San Francisco, als wir an Bord gingen, einige von uns am Lande blieben?«

»Ja, ich besinne mich.«

»Ob Ihr Euch besinnt oder nicht, das bleibt sich gleich, das ist sogar ganz egal; aber diese Männer sind nicht in San Francisco geblieben, um dort auf uns zu warten, sondern nach dem *hide-spot* zurückgekehrt, so daß wir unsre Pferde vorfanden, als wir dort ankamen.«

»Eure Stute auch?«

»Natürlich. Hei, das hat eine Freude gegeben! Das alte, gute Viehzeug ist vor Entzücken fast verrückt geworden, als sie ihren lieben Dick Hammerdull wieder sah. Auch Winnetou bekam seinen Rappen.«

»Er ist also mit Euch hinauf zum *hide-spot?*«

»*Yes.*«

»Habt Ihr ihn denn vielleicht wieder einmal getroffen?«

»*Yes*. Er kam mit Old Shatterhand zu uns.«

»Old Shatterhand! Ah, den möchte ich auch gern einmal sehen. Ich beneide Euch darum, daß Ihr ihn kennt.«

»Ob Ihr mich beneidet oder nicht, das bleibt sich gleich; ich beneide mich ja selber drum. Ich sage euch, Mesch'schurs, das ist ein Kerl! Ich habe mich stets für einen tüchtigen Westmann gehalten, und du doch auch, Pitt Holbers, altes Coon?«

»Hm, wenn du es denkst, lieber Dick, so kann ich nichts dagegen haben.«

»Ja, es ist wahrhaftig so. Wir haben uns immer eingebildet, daß wir ganz vortreffliche Kerle seien, aber dieser Old Shatterhand hat uns eines ganz andern belehrt. Alles, was wir machten, war falsch und dumm; er hatte in allem eine ganz andre Art und Weise, und wie und wo er ein Ding anfing, da hatte es Erfolg. Er war mit Winnetou fast drei Monate bei uns, und ich sage Euch, daß wir in dieser Zeit zehnmal mehr Häute und Felle erbeutet haben als sonst in einem halben Jahre. Das gab dann später beim Verkaufe einen ganzen Klumpen Gold. Kurze Zeit, nachdem sie fort waren, lernten wir einen andern Westmann kennen, der fast auch so berühmt ist wie sie. Nicht wahr, Pitt Holbers, altes Coon?«

»Wenn du Old Surehand meinst, so kann es mir nicht einfallen, dir unrecht zu geben, lieber Dick.«

»Ja, Old Surehand, den meine ich. Habt ihr von ihm schon gehört, Mesch'schurs?«

Sie bejahten alle diese Frage, und er fuhr fort:

»Das ist auch ein Mann, vor dem man Respekt haben muß. Leider hat er die Eigenheit, an keinem Orte lange zu bleiben. Er schießt nur so viel, wie er zum Leben braucht; darum ist er nicht eigentlich ein Jäger zu nennen, obgleich es aus seiner Büchse nie einen Fehlschuß giebt; er stellt keine Fallen; er sucht nicht nach Gold; man weiß gar nicht, weshalb und wozu er im wilden Westen lebt. Kaum hat man ihn gesehen, so ist er wieder verschwunden. Es ist, als ob er nach etwas suche, was er nicht finden kann. - Also, Mr. Treskow, es ist uns immer gut ergangen; wir haben einträgliche Jagden gehabt und unsern Beutel so gefüllt, daß wir mit dem Gelde nicht wissen, wohin.«

»Da seid Ihr ja zu beneiden, Mr. Hammerdull!«

»Zu beneiden? Schwatzt keine Dummheit! Was soll man mit dem vielen Gelde thun, wenn man nichts damit thun kann? Was kann ich mit meinen Goldstücken, mit meinen Checks und Anweisungen im wilden Westen machen, he?«

»Geht nach dem Osten und genießt da Euer Leben!«

»Danke! Was giebt's da zu genießen? Soll ich mich in ein Hotel setzen und eine Speisekarte herunteressen, von der nichts draußen am Lagerfeuer, sondern alles in der Ofenröhre gebraten ist? Soll ich mich im Menschengewühle eines Konzertsaales halb zerdrücken lassen, die schlechteste Luft des ganzen Erdballes verschlingen und meine guten Ohren in die Gefahr bringen, von Pauken und Trompeten vollständig ruiniert zu werden, während unser Herrgott da draußen im Rauschen des Urwaldes und in den geheimnisvollen Stimmen der Wildnis jedem, der einen Sinn dafür hat, ein Konzert bietet, gegen welches Eure Geigen und Trommeln nicht aufkommen können? Soll ich mich in ein Theater setzen, meine Nase in die dort herrschenden Moschus- und Patschulidüfte stecken und mir ein Stück vorspielen lassen, welches meine Gesundheit untergräbt, weil ich mich darüber entweder krank lachen oder krank ärgern muß? Soll ich mir eine Wohnung mieten, in welcher kein Wind wehen und kein Regentropfen fallen darf? Soll ich mich in ein Bett legen, über welchem es keinen freien Himmel, keine Sterne und keine Wolken giebt, und wo ich mich so in die Federn wickle, daß ich mir selbst wie ein halb gerupfter Vogel vorkomme? Nein! Geht mir mit Eurem Osten und seinen Genüssen! Die einzigen und wahren Genüsse finde ich im wilden Westen, und für die hat man nichts zu bezahlen. Darum braucht man dort weder Gold noch Geld, und Ihr könnt Euch denken, wie ärgerlich es ist, ein reicher Kerl zu sein, dem sein Reichtum aber nicht den geringsten Genuß oder Nutzen bringt. Da haben wir denn nachgedacht, was wir mit unsrem Gelde, welches wir nicht brauchen, machen sollen. Wir haben uns darüber monatelang den Kopf zerbrochen, bis Pitt Holbers endlich auf einen sehr guten, auf einen vortrefflichen Gedanken gekommen ist. Nicht wahr, Pitt, altes Coon?«

»Hm, wenn du wirklich denkst, daß er vortrefflich ist, so will ich dir beistimmen. Du meinst doch meine alte Tante?«

»Ob sie eine Tante ist oder nicht, das bleibt sich gleich; aber dieser Gedanke wird ausgeführt. Pitt Holbers hat nämlich schon als Kind seine Eltern verloren und wurde von einer alten Tante erzogen, der er aber davongelaufen ist, weil die Methode, mit der sie ihn erzog, für ihn sehr schmerzlich war. Es giebt, wie ihr alle zugeben werdet, Mesch'schurs, Gefühle, die man sich nicht abgewöhnen kann, besonders wenn sie von Tag zu Tag mit Hilfe von Stockhieben und Backpfeifen immer wieder von neuem aufgefrischt werden. Solche schmerzliche Gefühle waren es, denen sich Pitt Holbers durch die Flucht entzog. Er hielt nämlich in seiner jugendlichen Weisheit die Erziehungsmethode der alten Tante für zudringlicher, als sie in Beziehung auf gewisse, sehr empfindliche Körperteile eigentlich zu sein brauchte. Jetzt aber ist ihm der Verstand gekommen, und er hat eingesehen, daß er eigentlich noch viel mehr Hiebe hätte bekommen sollen. Die gute Tante erscheint ihm jetzt nicht mehr in der Gestalt eines alten Drachen, sondern als eine liebevolle Fee, die seinen äußern Menschen mit dem Stocke frottierte, um seinen innern glücklich zu machen. Diese Ueberzeugung hat in ihm das Gefühl der Dankbarkeit hervorgerufen und zugleich die Idee erweckt, nachzuforschen, ob die Tante noch am Leben ist. Ist sie tot, so leben wahrscheinlich Nachkommen von ihr, denn sie hatte neben dem Neffen selbst auch Kinder, welche ganz nach derselben Methode erzogen wurden und darum ganz gewiß verdienen, jetzt glückliche Menschen geworden zu sein. Zu diesem Glücke wollen wir ihnen verhelfen. Die Tante soll, wenn wir sie finden, unser Geld bekommen, auch das meinige, denn ich brauche es nicht, und es ist ganz egal, ob sie meine Tante oder seine Tante ist. Nun wißt ihr also, Mesch'schurs, warum ihr uns hier an der Grenze des Ostens seht. Wir wollen die gute Fee von Pitt Holbers aufsuchen, und weil man vor den Augen eines solchen Wesens unmöglich so erscheinen darf, wie wir im Urwalde herumlaufen, haben wir unsre geflickten Leggins und Jagdröcke abgeworfen und uns diese schönen grünen Anzüge zugelegt, weil sie uns an die Farbe der Prairie und der grünenden Buschwoods erinnern.«

»Und wenn Ihr nun die Tante nicht findet, Sir?« fragte Treskow.

»So suchen wir ihre Kinder und geben ihnen das Geld.«

»Und wenn nun die auch tot sind?«

»Tot? Unsinn! Die leben noch! Kinder, welche nach einer solchen Methode erzogen werden, die haben ein zähes Leben und sterben nicht so leicht.«

»So habt Ihr wohl Euer Geld mit?«

»*Yes.*«

»Aber doch wohl gut verwahrt, Mr. Hammerdull? Ich frage das nämlich, weil ich weiß, daß es Westmänner giebt, welche in Beziehung auf das Geld eine oft geradezu naive Arglosigkeit zeigen.«

»Ob arglos oder nicht, das bleibt sich gleich; wir haben es so gut verwahrt, daß es auch dem pfiffigsten Spitzbuben unmöglich ist, es zu bekommen.«

Er hatte ebenso wie Pitt Holbers eine auch zeisiggrüne Tasche umhängen, schlug mit der Hand an sie und sagte:

»Wir tragen es stets bei uns; hier in dieser Tasche steckt's, und des Nachts legen wir es unter den Kopf. Wir haben unser Vermögen in schöne, gute Anweisungen und Checks verwandelt, ausgestellt von Gray und Wood in Little Rock; jedes Bankhaus zahlt die volle Summe aus. Da, seht her; ich will's Euch zeigen!«

Als er die Firma Gray und Wood in Little Rock nannte, dachte ich sogleich an den ›General‹, welcher heut bei Wallace und Co. einen Check von diesem Bankhause präsentiert hatte. Dick Hammerdull schnallte die Tasche auf, griff hinein und nahm eine lederne Brieftasche heraus, die er mit einem kleinen Schlüssel öffnete.

»Hier steckt das Geld, Mesch'schurs,« sagte er; »also in zwei Taschen doppelt verwahrt, so daß kein Mensch dazukommen kann. Wenn ihr diese Checks - - - -«

Er hielt inne. Die Rede schien ihm nicht bloß im Munde, sondern hinten im Halse stecken zu bleiben. Er hatte Checks aus der Tasche nehmen und vorzeigen wollen; ich sah von weitem, daß er ein kleines, helles Päckchen in der Hand hielt; sein Gesicht hatte den Ausdruck des Erstaunens, ja der Bestürzung.

»Was ist das?« fragte er. »Habe ich die Checks dann in eine Zeitung gewickelt, als ich sie gestern in den Händen hatte? Weißt du das, Pitt Holbers?«

»Ich weiß nichts von einer Zeitung,« antwortete Pitt.

»Ich auch nicht, und doch ist das ein Zeitungspapier, in welches sie eingeschlagen sind. Sonderbar, höchst sonderbar!«

Er faltete das Papier auseinander und rief, indem sein Gesicht erbleichte, erschrocken aus:

»Alle Teufel! Die Checks sind nicht da! Die Zeitung ist leer!« Er griff in die andern Fächer der Brieftasche; sie waren leer. »Die Checks sind fort! Sie sind nicht hier - nicht hier - und auch nicht hier. Sieh gleich einmal nach, wo die deinigen sind, Pitt Holbers, altes Coon! Hoffentlich hast du sie noch!«

Holbers schnallte seine Tasche auf und antwortete:

»Wenn du etwa meinst, daß sie verschwunden sind, lieber

Dick, so wüßte ich nicht, auf welche Weise das geschehen sein sollte.«

Es zeigte sich bald, daß sie auch fort waren. Die beiden Westmänner waren aufgesprungen und starrten einander rat- und fassungslos an. Das schon so sehr schmale und lange Gesicht von Pitt Holbers war um die Hälfte länger geworden, und Dick Hammerdull hatte vergessen, nach seinen letzten Worten den Mund zu schließen; er stand ihm weit offen.

Nicht nur die um die Tafel sitzenden, sondern auch alle andern Gäste nahmen teil an dem Schrecke der Bestohlenen, denn daß ein Diebstahl vorlag, das war allen und auch mir sofort klar; speziell ich glaubte sogar, den Dieb zu erraten. Man sprach von allen Seiten auf Hammerdull und Holbers ein, welche die an sie gerichteten Fragen gar nicht beantworten konnten, bis Treskow mit lauter Stimme in diesen Wirrwarr hineinrief:

»Still, Gents! Mit diesem Lärm erreichen wir nichts. Die Sache muß anders angefaßt werden; sie schlägt in mein Fach, und so bitte ich Euch, Mr. Hammerdull, mir einige Fragen ruhig und mit Ueberlegung zu beantworten. Seid Ihr fest überzeugt, daß die Wertpapiere sich in dieser Brieftasche befunden haben?«

»Genau so fest, wie ich überzeugt bin, daß ich Dick Hammerdull heiße!«

»Und diese Zeitung war nicht drin?«

»Nein.«

»So hat der Dieb die Papiere herausgenommen und die zusammengefaltete Zeitung an ihre Stelle gelegt, um Euch möglichst lange in der Meinung zu halten, daß die ersteren noch da seien. Die Brieftasche war so dick wie vorher, und wenn Ihr sie in die Hand nahmt, so mußtet Ihr denken, sie sei nicht geöffnet worden. Wer aber ist der Dieb?«

»Ja, wer - - ist - - der - - Dieb?« dehnte Hammerdull in großer Aufregung.

»Habt Ihr keine Ahnung?«

»Nicht die geringste! Und du, Pitt?«

»Ich auch nicht, lieber Dick,« antwortete Holbers.

»So müssen wir nach ihm forschen,« meinte Treskow. »Giebt es irgend wen, der es wußte, daß Ihr Geld oder Geldeswert hier in der Tasche hattet?«

»Nein,« antwortete der Dicke.

»Wirklich nicht?«

»Keinen Menschen!«

»Seit wann steckten die Papiere drin?«

»Seit vorgestern.«

»Wann habt Ihr die Brieftasche zum letztenmal geöffnet?«

»Gestern, als wir uns schlafen legten.«

»Da waren sie noch drin?«

»Ja.«

»Wo habt ihr logiert?«

»Im Boardinghouse von Hilley, Waterstreet.«

»Dieser Wirt ist ein ehrlicher Mann; auf ihn kann kein Verdacht fallen. Aber er hat keine einzelnen Zimmer, sondern nur einen großen, gemeinschaftlichen Schlafraum?«

»Ja; da standen unsre Betten.«

»Ah! Und in diesem Raume habt ihr die Taschen aufgemacht?«

»Nein, sondern unten in der Gaststube.«

»Man hat euch dabei beobachtet?«

»Nein. Wir waren in dem betreffenden Augenblicke die einzigen Gäste, und es gab kein Auge, welches uns zusehen konnte. Dann sind wir schlafen gegangen und haben die Taschen unter die Kopfkissen gelegt.«

»So! Hm! Das giebt keinen Anhalt. Wir müssen schnell zu Hilley gehen, damit ich mir die Räumlichkeiten betrachte und nach andern Momenten suche. Kommt, Mr. Hammerdull, Mr. Holbers! Wir wollen eilen!«

Da sagte ich, noch immer auf meinem Platze sitzend, während alle andern Gäste aufgestanden waren und die Tafel umdrängten:

»Bleibt in Gottes Namen hier, Mr. Treskow! Ihr findet den Dieb dort nicht.«

Die Augen richteten sich alle auf mich, und Treskow ließ die schnelle Frage hören:

»Wer sagt das? Ah, Ihr! Wie kommt Ihr zu dieser Behauptung?«

»Infolge meiner Vermutungen.«

»Seid Ihr Jurist?«

»Nein.«

»Polizist?«

»Auch nicht; aber ich denke, man braucht keins von beiden zu sein, um irgend eine Sache richtig anfassen zu können. Erlaubt, daß nun einmal ich einige Fragen an Mr. Hammerdull und Mr. Holbers richte!«

Ich stand von meinem Stuhle auf und ging auf die Tafel zu. Dadurch wurde es den beiden Genannten trotz der vielen Personen, die sie umstanden, möglich, mich zu sehen. Was ich erwartet hatte, das geschah. Dick Hammerdull streckte beide Arme aus, wies mit beiden Zeigefingern auf mich und schrie:

»*Heavens!* Wen sehe ich da? Ist das die Möglichkeit, oder täuschen mich meine Augen? Pitt Holbers, altes Coon, siehst du diesen Gentleman?«

»Hm, wenn du denkst, daß ich ihn sehe, so scheinst du das Richtige getroffen zu haben, lieber Dick,« antwortete der Lange freudestrahlend.

»Und kennst du ihn aber auch?«

»Und ob! Das ist der Mann, den wir grad jetzt hier brauchen können! Der wird Klarheit in diese Teufelei bringen; das bin ich überzeugt.«

»Ich auch, ich auch! *Welcome, welcome,* Mr. Shatterhand! Ist das eine Ueberraschung und eine Freude, Euch hier zu sehen! Ihr seid eben erst gekommen?«

»Nein. Ich war schon bei eurer Ankunft da.«

»Und wir haben Euch nicht gesehen!«

»Ich drehte mich mit Absicht um, denn ihr solltet mich nicht gleich erkennen.«

»So habt Ihr alles gehört, was gesprochen worden ist, und wißt, daß wir bestohlen worden sind?«

»Ja.«

»Wollt Ihr uns helfen?«

»Eigentlich eine sonderbare Frage, Sir!« lächelte ich.

»Mag sein! Aber man ist gewohnt, zu glauben, daß es keine Lage giebt, aus welcher Old Shatterhand nicht den richtigen Ausweg weiß.«

Seit mein Name genannt worden war, herrschte in dem großen Raume tiefe Stille. Man war von der Tafel zurückgetreten, um mir Platz zu machen, und ich sah um mich einen Kreis von Menschen, deren Augen mich neugierig betrachteten. Da drängte sich die Wirtin durch den Kreis, streckte mir beide Hände hin und rief:

»Old Shatterhand seid Ihr, Old Shatterhand? Willkommen, Sir, tausendmal willkommen! Das ist für mein Haus ein Ehrentag, den ich mir anmerken werde! Old Shatterhand wohnt bei mir! Hört ihr es alle, ihr Leute? Er wohnt schon seit gestern hier, und ich habe es nicht gewußt! Freilich, als er gestern abend die sechs Rowdies hinausmarschieren ließ, da konnten wir es uns eigentlich denken! Nun habe ich aber von – – –«

»Davon später, Mutter Thick!« bat ich, sie unterbrechend. »Ich will Euch vorläufig sagen, daß es mir hier gefällt und daß ich mit Euch zufrieden bin; später sollt Ihr alles von mir hören, was Ihr wollt. Jetzt aber haben wir es mit dem Diebstahle zu thun. Wollt Ihr mir erlauben, Mr. Treskow, einige Fragen an die Eurigen anzuschließen?«

Er war bescheiden zurückgetreten und antwortete:

»Erlaubnis, Sir? Ich möchte wissen, wen Old Shatterhand um die Erlaubnis zu fragen hätte!«

»*Well!* Also, Dick Hammerdull, ihr habt die gestohlenen Papiere vorgestern in die Brieftasche gethan?«

»Ja,« antwortete er.

»Warum nicht eher?«

»Weil wir die Taschen nicht eher besaßen. Wir haben sie erst vorgestern hier gekauft.«

»Und wann die Papiere hineingethan?«

»Gleich in dem betreffenden Laden.«

»Waret ihr die einzigen Käufer dort?«

»Nein. Es kam ein Mann dazu, welcher, ich weiß nicht was kaufen wollte. Dem gefielen die Taschen so, daß er von ganz derselben Sorte auch zwei kaufte.«

»Sah er, daß ihr die Papiere in die eurigen stecktet?«

»Ja.«

»Wußte oder ahnte er, was für Papiere es waren?«

»Gewußt hat er es nicht. Ob er es aber ahnte, das kann man doch nicht wissen, nicht wahr, Pitt Holbers, altes Coon?«

»Wenn du denkst, daß man es nicht wissen konnte, so hast du unrecht, lieber Dick,« antwortete Pitt, ihm dieses Mal nicht beistimmend.

»Geirrt? Wie so?«

»Weil du es gesagt hast.«

»Ich?«

»Ja.«

»Das ist ja nicht wahr! Ich habe mit diesem Manne kein einziges Wort gesprochen.«

»Aber mit dem Verkäufer. Zu dem sagtest du, als du die Papiere hineinstecktest, daß diese Art von Taschen sich sehr gut zur Aufbewahrung von solchen hohen Checks eigne.«

»Das war eine große Unvorsichtigkeit!« nahm ich wieder das Wort. »Hat der Mann die Taschen gekauft, ehe er das hörte?«

»Nein, sondern nachher,« antwortete Holbers.

»Wer ging dann eher fort, er oder ihr?«

»Wir.«

»Habt ihr nicht etwa bemerkt, daß er euch nachgegangen ist?«

»Nein.«

»Ich nehme trotzdem an, daß er euch gefolgt ist, natürlich heimlich; er hat sehen wollen, wo ihr wohnt.«

Da fiel Hammerdull schnell und eifrig ein:

»Ob wir gewohnt haben oder nicht, das bleibt sich gleich; aber er war dann auch da.«

»In eurem Boardinghouse?«

»Ja.«

»Logierte er da?«

»Ja.«

»Er schlief auch da?«

»Ja.«

»In demselben Raume mit euch?«

»Natürlich, denn es gab keinen andern Platz.«

»So ist er der Dieb!«

»Alle Wetter! Wie bestimmt Ihr das sagt, Sir! Freilich, wenn Old Shatterhand es sagt, so ist es richtig. Aber wie soll er in unsre Brieftaschen gekommen sein?«

»Gar nicht.«

»Wie? Gar nicht? Er muß doch hineingekommen sein, denn er hat die Papiere herausgenommen!«

»Nein.«

»Nicht? Da begreife ich Euch nicht, Sir!«

»Die Papiere liegen noch drin, mit Ausnahme eines einzigen, welches er versilbert hat.«

»Sie liegen noch drin? Ich habe sie ja nicht!«

»Seid Ihr denn wirklich so kurzsichtig, Dick Hammerdull? Die Brieftaschen, welche ihr hier habt, sind gar nicht die eurigen.«

»Nicht – – –?« fragte er, indem seine sonst so listigen Züge einen ganz entgegengesetzten Ausdruck annahmen.

»Nein; es sind die, welche er gekauft hat. Er hat Zeitungen hineingelegt und sie dann, wahrscheinlich als ihr schliefet, ganz einfach mit den eurigen umgetauscht.«

»Ah – – –! Das hätte der Halunke ja außerordentlich schlau angefangen!«

»Allerdings. Er muß eine bedeutende Fertigkeit als Taschendieb besitzen, denn es gehört etwas dazu, zwei Westmännern, welche doch gewohnt sind, außerordentlich leise zu schlafen, die Brieftaschen unter den Kopfkissen wegzuziehen.«

»Was das betrifft, Sir, so haben wir gar nicht leise, sondern wie die Ratten geschlafen. Die schlechte Luft in diesem Raume und der Oeldunst, das war schrecklich. Wir haben gelegen wie betäubt.«

»Nun, so ist ihm der Diebstahl leicht geworden. Ist Euch sein Name bekannt?«

»Nein.«

»Den werden wir im Boardinghouse erfahren,« fiel da Treskow ein.

»Wahrscheinlich nicht,« antwortete ich. »Er hat doch jedenfalls einen falschen Namen gesagt, wie Ihr als Polizist ja besser wißt als ich. Zu wissen, wie er sich genannt hat, bringt uns also gar keinen Nutzen.«

»Aber es giebt uns einen Anhalt, ihn aufzusuchen.«

»Glaubt Ihr etwa, daß er noch hier in Jefferson-City ist, Mr. Treskow?«

»Nein. Ich werde augenblicklich gehen, um die Polizei zu benachrichtigen und – – –«

»Denkt nicht an die Polizei,« unterbrach ich ihn. »Von ihr haben die Bestohlenen gar nichts zu erwarten.«

»Ich denke doch!«

»Nein, gar nichts! Wenn wir nicht selbst das Richtige treffen, so trifft es die Polizei noch viel weniger als wir. Wollen es überlegen! Aber nicht hier, wo es so laut hergeht. Kommt heraus in die kleine Stube! Mutter Thick mag uns die Gläser nachbringen.«

Wir gingen in das separate Zimmer, aus welchem gestern Treskow gekommen war. Mit dem ›wir‹ sind Treskow, Hammerdull, Holbers und ich gemeint. Es lag nicht in meiner Absicht, noch andere hören zu lassen, was wir besprachen, denn es konnte leicht eine zweifelhafte Person dabei sein, die uns die Sache verdarb. Es hatte aber auch keiner Miene gemacht, uns zu folgen.

Als wir nun unbelauscht und unbelästigt beisammen saßen, sagte ich rund heraus:

»Ich kenne den Dieb, Mesch'schurs, und da ich ihn euch nennen will, habe ich euch hier hereingeführt. Es braucht da draußen niemand seinen Namen zu hören, denn es könnte möglicherweise jemand da sein, der ihn warnt.«

»Ihr kennt den Dieb, Mr. Shatterhand?« fragte Dick Hammerdull erfreut. »Oh, nun ist es mir um das Geld gar nicht mehr bange! Wir fassen den Kerl! Wenn Old Shatterhand auf seiner Fährte ist, kann er uns gar nicht entwischen!«

»Ja, Ihr seid wirklich ein außerordentlicher Mann, Mr. Shatterhand!« stimmte Treskow bei.

»Denkt das ja nicht! Es ist der reine Zufall, daß ich ihn gesehen habe.«

»Sogar gesehen habt Ihr ihn?«

»Ja, als er einen der Checks zu Geld machte; es waren fünftausend Dollars.«

»Was? Schon fünftausend Dollars?« zürnte Dick Hammerdull. »Der Kuckuck soll den Halunken reiten, wenn er uns diese Summe verkrümelt, ehe wir ihn fangen! Wie heißt der Mensch?«

»Er wird sich wohl schon verschiedene Namen beigelegt haben. Ich habe ihn unter dem Namen Douglas kennen gelernt.«

»Douglas? Unter unsern Bekannten befindet sich keiner, welcher Douglas heißt. Was sagst du dazu, Pitt Holbers, altes Coon?«

»Hm, wenn du denkst, daß wir es noch mit keinem Douglas zu thun gehabt haben, so ist das richtig, lieber Dick.«

»Aber ich, ich habe mit einem zu thun!« sagte Treskow. »Ha, wenn dieser Douglas der wäre, den ich suche!«

»Ihr sucht einen Menschen dieses Namens?« fragte ich.

»Ja. Das heißt, dieser Name ist nur einer von den vielen, die er sich schon beigelegt hat. Da Ihr ihn gesehen habt, könnt Ihr mir wohl eine Beschreibung seiner Person geben, Sir?«

»Sogar eine sehr genaue. Ich bin zwei Tage mit ihm zusammen gewesen.«

Ich gab ihm das Signalement des ›Generales‹; als ich damit fertig war, sagte er:

»Es stimmt; es stimmt genau. Um aber ganz überzeugt zu sein, bedarf es für mich der Beantwortung noch einer Frage. Wenn Ihr zwei Tage bei ihm gewesen seid, Mr. Shatterhand, so wird Euch an ihm eine Eigentümlichkeit aufgefallen sein?«

»Eine persönliche?«

»Nein, ich meine seinen Stand.«

»Ah, wohl daß er sich für einen General ausgiebt?«

»Hat er das bei Euch auch gethan?«

»Ja.«

»So ist er es; so ist er's ganz gewiß! Ich will Euch im Vertrauen mitteilen, daß ich hier nach Jefferson-City gekommen bin, um ihn zu fangen. Wir erfuhren, daß er sich wahrscheinlich hierher wenden werde. Wo habt Ihr ihn kennen gelernt, Mr. Shatterhand?«

»Im Llano estaccado.«

»Ah! Also in der Wüste?«

»Ja; er trat auch dort sofort als Dieb auf.«

»Wie? Bitte, laßt mich's wissen!«

Ich erzählte die Geschichte kurz.

»Fünfzig Hiebe hat er nur erhalten!« bedauerte er dann. »Das war zu wenig, viel zu wenig. Er hat noch mehr, noch viel mehr Werg am Rocken, als Ihr glauben werdet. Und wenn Ihr ihn hättet totprügeln lassen, so wäre es nicht schade um ihn gewesen. Ich muß ihn fangen; er darf mir nicht entgehen! Ich werde mir alle Mühe geben, eine Spur von ihm zu entdecken, und dann lasse ich nicht eher von seiner Fährte, als bis ich ihn habe.«

»Ihr braucht Euch keine Mühe zu geben, Sir; die Spur ist schon gefunden.«

»Von wem?«

»Von mir.«

»Wo führt sie hin?«

»Weit fort von hier, sehr weit! So weit, daß Ihr vielleicht davon absehen werdet, ihr zu folgen.«

»Das denke ich nicht. Ich bin damals Sanders quer durch den ganzen Kontinent gefolgt; um den ›General‹ zu fangen, werde ich nicht weniger thun. Also sagt, wohin er will!«

»Hinauf nach den Rocky-Mountains.«

»Wirklich? Mit so viel Geld in der Tasche?«

»Trotzdem! Dieser Mann ist zu klug, als daß er im Osten bleibt, um es zu verjubeln und sich dabei fangen zu lassen.«

»Aber die Felsenberge ziehen sich durch die ganzen Vereinigten Staaten. Kennt Ihr den Ort, nach welchem er will, ganz genau?«

»Ja.«

»Welcher ist es?«

»Soll ich es Euch sagen? Ihr wißt es ja auch.«

»Ich?« fragte er verwundert.

»Ja.«

»Von wem sollte ich was erfahren haben?«

»Von demselben Manne, der es mir sagte, nämlich von Toby Spencer.«

»Spencer - - Spencer - - wer heißt denn - - ah, Ihr meint den gestrigen Grobian, der von Euch so vortrefflich hinausgeleuchtet wurde?«

»Ja. Ihr habt doch gehört, was er mit mir sprach?«

»Ja.«

»Er machte mir einen Antrag.«

»Mit ihm nach dem San Luis-Park zu gehen?«

»Ja. Dorthin geht der ›General‹ auch.«

»Hat Spencer das gesagt?«

»Ist Euch das entgangen?«

»Daß er den General erwähnt hat, weiß ich nicht. Meine Aufmerksamkeit für Euer Gespräch muß in dem betreffenden Augenblicke durch irgend etwas abgelenkt worden sein. Also, der ›General‹ will auch hinauf?«

»Natürlich! Er ist ja der Anführer dieser Kerls, welche die Absicht zu haben scheinen, eine Räuberbande zu bilden. Wollt Ihr solchen Leuten folgen und Euch in ihre Nähe wagen, Mr. Treskow?«

»Um ihn zu fangen, schrecke ich vor keinem Wagnisse zurück. Ich habe die Weisung, ihn, wenn ich ihn sehe, ja nicht entkommen zu lassen.«

»So muß er ja ein ganz bedeutender Verbrecher sein, auch das abgerechnet, was ich von ihm weiß?«

»Das ist er allerdings. Ich könnte von ihm Geschichten erzählen, die aber nicht hierher gehören; wir haben auch keine Zeit dazu.«

»Aber bedenkt, was das heißt, einen Ritt hinauf in den Park zu machen! Ihr müßt durch das Gebiet der Osagen!«

»Sie werden mir wohl nichts thun!«

»Meint Ihr? Sie rebellieren in neuester Zeit. Sie sind ein Stamm der Sioux, und was das heißt, das haben Euch damals die Ogellallahs gezeigt. Und noch eine Frage: Habt Ihr Begleiter?«

»Hm! Ich bin allein, denke aber, daß ich auf Mr. Hammerdull und auf Mr. Holbers rechnen kann.«

»Warum auf uns?« fragte Dick, der Dicke.

»Weil er euer Geld bei sich hat. Oder wollt ihr es ihm lassen, Sir?«

»Fällt uns gar nicht ein! Wenn es unser wäre, könnten wir es noch eher schwinden lassen; aber wir haben es der schlagfertigen Fee zugedacht; es gehört also ihr, und darum müssen wir es für sie wieder holen.«

»So müßt ihr ihm aber nach!«

»Das versteht sich ganz von selber.«

»So haben wir also gleichen Zweck und gleiches Ziel, und ich denke doch nicht, daß ihr für euch allein handeln und mich allein reiten lassen werdet.«

»Zweck hin und Zweck her, wir reiten mit Euch.«

»Schön! So sind wir also zu dreien; das verdreifacht meine Hoffnung, den ›General‹ zu fangen.«

»Ob dreifach oder nicht, das ist ganz egal; aber wenn er mir zwischen die Hände kommt, so kommt er nicht wieder heraus. Meinst du nicht, Pitt Holbers, altes Coon?«

»Wenn du denkst, lieber Dick, so reiten wir mit, nehmen ihm das Geld ab und prügeln ihn tüchtig durch; dann übergeben wir ihn an Mr. Treskow, der einen schönen Galgen für ihn aussuchen kann. Also wir drei reiten zusammen, aber wann?«

»Das muß erst noch überlegt werden. Vielleicht wird uns Mr. Shatterhand einen guten Rat geben,« sagte Treskow.

»Das will ich gern thun,« antwortete ich, »und ich denke, daß Ihr ihn befolgen werdet.«

»Ganz gewiß! Wie heißt er?«

»Er heißt: Reitet nicht zu dreien, sondern nehmt noch jemand mit, Mr. Treskow.«

»Wer ist dieser jemand?«

»Der bin ich.«

»Ihr?« fragte er, schnell aufblickend.

»Ja.«

»Wirklich? Ihr wollt mit?«

»Gewiß!«

»Halloh! Das ist ja alles, was wir nur wünschen können! Wenn Ihr bei uns seid, so ist das genau so viel, als ob wir den ›General‹ schon hätten!«

»Bitte, nicht so hitzig, Sir! Ihr haltet mich für einen viel vortrefflicheren Kerl, als ich bin. Wenn Ihr wüßtet, wie viel mir schon mißglückt ist, würdet Ihr Eure Erwartungen viel tiefer spannen. Ihr könnt zwar auf mich rechnen und überzeugt sein, daß ich thue, was ich kann, aber es wird noch einer dabei sein, der mir sehr weit vorzuziehen ist.«

»Euch vorzuziehen? Wer könnte das sein?«

»Erratet ihr das nicht?«

»Nein.«

»Winnetou.«

»Ah, Winnetou! Ist der auch hier in Jefferson?«

»Nein, aber in der Nähe.«

»Und Ihr denkt, daß er sich uns anschließt?«

»Ganz gewiß. Wohin ich gehe, dahin geht er auch.«

»Aber war es denn eure Absicht, hinauf nach dem San Luis-Park zu reiten?«

»Nein. Unsre Absicht war, uns hier nach jemandem zu erkundigen und ihn dann aufzusuchen, wenn er nicht zu weit von hier sein sollte. Wir haben erfahren, daß er hinauf nach Colorado ist, und werden ihm folgen. Das giebt denselben Weg wie den eurigen. Ihr dürft euch also nicht darüber Vorwürfe machen, daß wir euch ein Opfer bringen.«

»Wenn wir auch nicht von einem Opfer sprechen wollen, so ist es doch ein Dienst, ein so großer Dienst, den ihr uns leistet, daß wir euch gar nicht genug danken können. Nun sind wir also fünf Personen.«

»Und werden später sechs sein.«

»Sechs? Wer ist die sechste?«

»Der, nach dem ich mich hier erkundigt habe. Und wenn ihr dessen Namen hört, wird euch seine Gesellschaft auch sehr willkommen sein.«

»Sagt diesen Namen, Sir!«

»Old Surehand.«

»Was? Ihr werdet Old Surehand finden?«

»Ich hoffe es.«

»Und ihn zu uns bringen?«

»Ja.«

»Nun, da mag dieser ›General‹ dahin laufen, wohin er will, wir finden ihn! Freut Ihr Euch denn nicht darüber, Dick Hammerdull, daß wir drei solche Männer bei uns haben werden?«

»Ob ich mich freue oder nicht, das bleibt sich gleich; aber ich bin ganz entzückt darüber, mich in solcher Gesellschaft befinden zu dürfen; das ist doch eine Ehre, die man gar nicht hoch genug schätzen kann. Was sagst du dazu, Pitt Holbers, altes Coon?«

»Wenn du denkst, daß es eine Ehre ist, so stimme ich dir bei, lieber Dick, und schlage vor, daß wir uns nicht überflüssig lang in diesem Neste, welches sie Jefferson-City nennen, herumtreiben.«

Der gute Pitt Holbers pflegte nur zu sprechen, wenn sein ›lieber Dick‹ ihn fragte, und dann auch nichts andres zu thun, als ihm beizustimmen; jetzt schwang er sich so weit auf, einen Vorschlag zu machen. Ich antwortete:

»Wir werden allerdings hier keine Zeit versäumen, aber auch nichts unterlassen, was zu machen ist. Vor allen Dingen handelt es sich um die Pferde. Ihr wolltet nach dem Osten, habt also wahrscheinlich keine Pferde mit?«

»Keine Pferde mit? Da kennt Ihr Dick Hammerdull schlecht, Mr. Shatterhand! Wenn er sich ja von seiner alten, guten Stute trennen muß, dann aber nur im letzten Augenblicke. Ich habe sie mitgebracht und Pitt Holbers sein Pferd auch. Wir wollten sie hier in Pension geben und dann bei unsrer Rückkehr abholen. Das ist nun unnötig.«

»Gut! So seid ihr beide also beritten. Aber eure Trapperanzüge?«

»Denen haben wir freilich den Abschied gegeben. Wir gehen so, wie wir hier sitzen.«

»Und die Regenschirme?« fragte ich scherzhaft.

»Die nehmen wir auch mit, sie sind bezahlt; was ich bezahlt habe, das ist mein, und was mein ist, das kann ich mitnehmen, ohne daß die Polizei das Recht hat, sich darum zu bekümmern.«

»*Well!* Und Waffen?«

»Die haben wir im Boardinghouse.«

»Also alles gut. Aber Ihr, Mr. Treskow?«

»Ich habe einen Revolver bei mir; alles andre muß ich mir kaufen. Wollt Ihr mir dabei behilflich sein?«

»Gern. Gewehr und Munition kauft Ihr Euch hier, das Pferd aber erst in Kansas-City oder Topeka.«

»Kommen wir dorthin?«

»Ja. Wir reiten nicht von hier aus, sondern fahren mit dem Steamer. Erstens geht das schneller, und zweitens schonen wir dadurch die Pferde. Wenn Old Surehand klug handelt, so ist er am Republican-River hinauf, dem auch wir folgen werden. Das giebt einen Ritt, bei welchem man gute Pferde braucht.«

»Wißt Ihr, wann der Steamer von hier abgeht?«

»Ich glaube, morgen kurz nach Mittag. Wir haben also den ganzen Vormittag für die Vorbereitungen, welche noch zu treffen sind. Aber es giebt Erkundigungen einzuziehen, mit denen wir nicht bis morgen warten dürfen.«

»Welche?«

»Der ›General‹ ist ganz gewiß schon fort; wir brauchen uns also gar nicht die Mühe zu geben, nach ihm zu suchen; aber gut wäre es, zu erfahren, wann und auf welchem Wege er die Stadt verlassen hat.«

»Das werde ich besorgen, Sir. Ich gehe auf die Polizei.«

»Ist unnötig!«

»Warum unnötig?«

»Weil es keinen Erfolg haben wird.«

»Denkt Ihr?«

»Ja, ich denke es. Ihr seid doch hier, um nach ihm zu suchen, nicht wahr?«

»Ja.«

»Habt Ihr die Polizei davon unterrichtet?«

»Natürlich!«

»Aber weder habt Ihr noch hat die Polizei ihn gefunden, obgleich er dagewesen ist. Denkt Ihr, daß sie ihn nun grade im letzten Augenblicke bemerkt?«

»Wäre das nicht möglich?«

»Möglich wohl, aber es ist nicht geschehen.«

»Wie könnt Ihr das wissen?«

»Sehr einfach. Die Polizei weiß doch, daß Ihr hier bei Mutter Thick logiert?«

»Ja.«

»Sie würde, falls sie ihn sähe oder ihn gar festnähme, Euch sofort benachrichtigen?«

»Ja.«

»So müßtet Ihr es jetzt schon wissen, denn es ist spät am Abende, und er ist wahrscheinlich schon um die Mittagszeit fort. Gebt Ihr mir recht?«

»Sehr sogar, Sir, sehr! Auf diese Berechnungen hätte ich als Detektive doch schnell kommen müssen; aber es scheint, daß man, wenn man bei Euch ist, ganz unwillkürlich Euch das Denken überläßt.«

»*Well!* Wir werden also die Polizei nicht belästigen. Es gilt auch, zu erfahren, wo Toby Spencer mit seinen fünf Kerlen gewohnt hat, und ob er schon fort ist.«

»Das kann ich Euch sagen, Sir, nämlich ob er schon fort ist. Wissen wir das, so wird es wohl gleichgültig sein, wo er logiert hat. Nicht?«

»Ja. Also er ist fort?«

»Ja.«

»Wann?«

»Mit dem Zweiuhr-Zuge.«

»Ah! Also mit der Bahn? Sie sind nach St. Louis gefahren; das ist sicher.«

»Können sie nicht unterwegs aussteigen?«

»Nein.«

»Es bleibt sich auch gleich, ob sie ausgestiegen sind oder nicht. Sie sind mit der Missouribahn nach St. Louis, also in die entgegengesetzte Richtung; Ihr habt gedacht, daß sie mit dem ›General‹ gehen?«

»Das thun sie auch!«

»Aber, Sir, das stimmt doch nicht!«

»Wieso?«

»Er will nach dem Parke hinauf, also nach Westen, sie aber sind ostwärts fortgefahren!«

»Stimmt ganz genau. Sie fahren rückwärts, um dann desto schneller vorwärts zu kommen. Es ist doch klar, daß sie von St. Louis aus mit der Bahn nach Kansas wollen.«

»Alle Teufel! Wo beabsichtigen sie denn da mit dem ›General‹ zusammenzutreffen?«

»Das beabsichtigen sie gar nicht.«

»Nicht? Das scheint wieder nicht zu stimmen!«

»Stimmt aber ebenso genau, denn sie brauchen diese Absicht gar nicht zu hegen, weil sie schon mit ihm zusammen sind.«

»Wie? Ihr denkt also, daß --- daß --- daß ---« fragte er ganz betreten.

»Sprecht nur weiter! Es ist ganz richtig.«

»Daß er mit ihnen gefahren ist?«

»Ja.«

»Alle Teufel!«

»Wo habt Ihr denn Toby Spencer gesehen?«

»Auf dem Bahnhofe. Er saß mit seinen fünf Kerlen schon im Coupé.«

»Sahen sie Euch?«

»Ja, und sie schienen mich von gestern abend her zu kennen, denn sie grinsten mich aus dem Fenster höhnisch lachend an.«

»Aber Einer hat Euch nicht angelacht, sondern sich gehütet, zum Fenster herauszusehen.«

»Den ›General‹ meint Ihr?«

»Ja. Es steht bei mir fest, daß er mit ihnen gefahren ist, Mr. Treskow.«

»Wenn das so wäre!«

»Es ist so. Ihr könnt Euch darauf verlassen.«

»Dann hätte ich den Kerl hier ganz vergeblich gesucht und, als er fortfuhr, kaum fünf Schritte weit von dem Wagen gestanden, in welchem er saß!«

»Gewiß!«

»Wie ärgerlich! Ich möchte mich ohrfeigen!«

»Thut das nicht, denn es hat keinen Zweck. Und Ohrfeigen, die man sich selber giebt, fallen nie so kräftig aus wie solche, die man von andern Leuten bekommt.«

»Ihr scherzt auch noch darüber! Aber der Fehler ist noch gut zu machen, wenn wir unsern Plan ändern.«

»Wie?«

»Wir fahren nicht mit dem Schiffe, sondern noch in dieser Nacht mit dem nächsten Zuge nach St. Louis.«

»Dazu würde ich nicht raten.«

»Warum nicht?«

»Wir müssen schon der Pferde wegen auf die Eisenbahn verzichten. Ferner ist Winnetou nicht da; ich muß einen Boten zu ihm schicken, der ihn holt, und drittens ist es sehr leicht möglich, daß die Kerls nicht gleich von St. Louis fortfahren, sondern sich aus irgend einem Grunde dort aufhalten. Dann kämen wir ihnen voraus und wüßten nicht, wohin.«

»Das ist richtig!«

»Nicht wahr, Ihr seht das ein? Wir könnten uns den ganzen Fang verderben. Nein, wir müssen die, die wir erwischen wollen, vor uns haben, aber nicht hinter uns. Dann folgen wir ihrer Spur und können uns nicht irren. Seid ihr mit dem, was ich bestimmt habe, einverstanden, Mesch'schurs?«

»Ja,« antwortete Treskow.

»Ob einverstanden oder nicht, das bleibt sich gleich, ja das ist sogar ganz egal,« erklärte Dick Hammerdull; »es wird aber so gemacht, ganz genau so, wie Ihr gesagt habt. Es ist besser, wir folgen Euch als unsern dummen Köpfen. Was sagst du dazu, Pitt Holbers, altes Coon?«

Dieser antwortete in seiner trockenen Weise:

»Wenn du denkst, daß du ein Dummkopf bist, so habe ich nichts dagegen, lieber Dick.«

»Unsinn! Ich habe von unsern Köpfen, aber nicht von dem meinigen gesprochen.«

»Daran hast du sehr unrecht gethan! Wie kannst du von einem Kopfe sprechen, der gar nicht dir gehört, sondern mir? Ich werde mir nie erlauben, von deinem Kopfe zu sagen, daß er dumm ist, denn du sagst es selber und mußt es besser wissen als ich, lieber Dick.«

»Ob ich dein lieber Dick bin oder nicht, das bleibt sich gleich, aber wenn du mich beleidigst, so werde ich es nicht lange mehr bleiben. Sagt jetzt, Mr. Shatterhand, ob es für uns beide heut noch etwas zu thun giebt!«

»Ich wüßte nicht, was. Kommt morgen mit euern Pferden an den Landeplatz des Steamers; das ist alles, was ich euch noch zu sagen habe. Aber, fast hätte ich ein Wichtiges vergessen: Ihr seid bestohlen worden und habt also kein Geld?«

»Wollt Ihr uns borgen, Sir?«

»Gern.«

»Danke! Wir borgen Euch auch, wenn Ihr etwas braucht. Ich stelle Euch sogar diesen ganzen Beutel zur Verfügung und würde es als große Ehre schätzen, wenn Ihr die Güte hättet, ihn als Geschenk von mir anzunehmen.«

Er zog bei diesen Worten einen großen, ganz vollen Lederbeutel aus der Tasche und warf ihn auf den Tisch, daß es nur so klirrte; es klang nach lauter Gold.

»Wenn ich ihn nähme, hättet Ihr dann selbst nichts mehr,« antwortete ich.

»Das schadete nichts, denn Pitt Holbers hat einen grad so großen und grad so vollen Ledersack. Wir sind nämlich so gescheit gewesen, nur die Papiere in die Brieftasche zu thun. Einige Tausend Dollars haben wir uns in Goldstücke umwandeln lassen und sie hier in diese Taschen gesteckt. Wir können also alles bezahlen, was wir brauchen. Nun aber wird es klug sein, zu schlafen, denn von hier bis Kansas-City werden wir wohl wenig schlafen können. Man weiß, daß es auf dem Steamer kaum möglich ist, ein Auge zuzuthun.«

»Wenn ihr das wollt, so könnt ihr gehen, es giebt nichts mehr zu besprechen.«

»*Well!* So komm, Pitt Holbers, altes Coon! Oder hast du noch Lust, zu bleiben?«

»Hm! Wenn ich es mir richtig überlege, so ist das Bier, welches bei Mutter Thick aus dem Fasse läuft, eine Flüssigkeit, in welcher man sich da oben in den Felsenbergen wohl nicht wird baden können. Oder schmeckt es dir nicht, lieber Dick?«

»Ob es mir schmeckt oder nicht, das ist ganz egal; aber es ist ein großartiges Getränk, und wenn du Lust hast, noch länger hier zu bleiben, so werde ich dich nicht im Stiche lassen, zumal ich nur deshalb vom Schlafengehen sprach, damit du nicht mitgehen solltest. Ich habe nämlich auch noch Durst.«

Sie blieben also sitzen, und ich war ebenso wie Treskow nicht so unmenschlich, sie in dem traulichen Stübchen allein zu lassen. Es entspann sich also noch eine recht animierte Unterhaltung, während welcher mir die originelle Art und Weise der beiden Trapper viel Vergnügen bereitete. Sowohl Treskow, als auch der frühere Indianeragent hatten von ihnen erzählt, dabei aber vergessen, den Namen zu nennen, den man ihnen gegeben hatte. Sie wurden nämlich die ›verkehrten Toasts‹ genannt. Toasts sind bekanntlich geröstete Butterschnitte oder zusammengelegte Butterbrote. Diese werden natürlich mit den Butterseiten zusammengelegt; Hammerdull und Holbers pflegten aber während des Kampfes Rücken an Rücken zu stehen, um sich gegenseitig zu dekken; sie kehrten sich also die verkehrten Seiten zu und hatten darum den Beinamen ›verkehrte Toasts‹ bekommen.

Wenn ich sie nicht getroffen hätte, wäre ich allein nach

den Felsenbergen geritten, und so war es mir recht lieb, daß ich sie hier gefunden hatte. Der heitere Dick und der trokkene Pitt waren zwei Begleiter, in deren Gesellschaft ich auf keine Langeweile zu rechnen hatte, und da sie viel, viel bessere Westmänner waren, als zum Beispiel Old Wabble, Sam Parker und Jos Hawley, so brauchte ich auch nicht zu befürchten, daß sie mir durch fehlerhaftes Verhalten die gute Laune verderben würden. Treskow war kein Westmann, aber ein Gentleman, für den ich mich interessierte, von Erfahrung, kenntnisvoll und doch dabei bescheiden. Es stand also zu erwarten, daß wir recht gut zusammenhalten würden.

Mutter Thick besorgte mir einen zuverlässigen Boten, den ich zu Winnetou schickte. Dieser Mann hatte sich sehr beeilt, denn der Häuptling der Apatschen traf vor dem Boardinghouse ein, als ich am andern Morgen oben beim Kaffee saß. Natürlich brachte er mein Pferd mit. Ich freute mich innerlich über die ehrerbietigen und bewundernden Blicke, mit denen die Anwesenden ihn betrachteten, und über die Art und Weise, mit welcher ihn Mutter Thick bediente, obgleich er nur um ein Glas Wasser gebeten hatte; es war, als ob ein König bei ihr eingekehrt sei.

Ich erzählte ihm, was geschehen war und weshalb ich ihn hatte holen lassen, und er war, wie gewöhnlich, mit allem einverstanden, was ich bestimmt hatte. Er erkannte Treskow sofort wieder, schien aber an die Fehler zu denken, welche damals gemacht worden waren, denn er sagte:

»Sam Fire-gun war der gebietende Häuptling seiner Bleichgesichter; darum hat Winnetou von dem Augenblicke an, in welchem er das *Hide-spot* betrat, keinen Befehl mehr gegeben, sondern sich nach ihm gerichtet. Auch war mein Bruder Shatterhand nicht dabei. Jetzt, wenn wir Old Surehand suchen, wird es anders sein; wir werden weniger Blut vergießen und jeden Fehler vermeiden. Welchen Weg hat Old Surehand eingeschlagen?«

»Das weiß ich nicht; ich werde es aber erfahren, denn ich gehe noch einmal zu Mr. Wallace, um mich von ihm zu verabschieden.«

Vorher ging ich mit Treskow fort, um ihn bei seinen Einkäufen zu unterstützen. Von Gewehren verstand er nichts und wäre gewiß mit einer sehr blanken, aber ebenso untauglichen Rifle über das Ohr gehauen worden. Wurde es doch sogar mir nicht leicht, dem Pulver, welches man uns erst vorsetzte, anzusehen, daß es wenigstens zwanzig Prozent zerstoßene Holzasche enthielt.

Als diese geschäftlichen Angelegenheiten erledigt waren, begab ich mich zu dem Bankier, um ihm zu sagen, daß ich jetzt im Begriffe stehe, die Stadt zu verlassen. Von dem ›General‹ und den Vorkommnissen des letzten Abends sagte ich nichts; es gab ja nichts, was mich drängte, es ihm mitzuteilen, und es ist immer besser, zu schweigen, als etwas zu sagen, was man nicht grad sagen muß oder nicht zu sagen braucht. Da fiel mir eine Frage ein, die ich noch an ihn richten mußte:

»Ihr wißt, Sir, daß Old Surehand auf seinem Ritte nach Fort Terrel von Apanatschka, dem jungen Häuptling der Comantschen, begleitet wurde?«

»Ja, er hat es mir erzählt,« antwortete Wallace.

»Wo ist dieser Indianer hin? Wo hat er sich von Old Surehand getrennt?«

»Sie sind von Fort Terrel miteinander nach dem Rio Pecos geritten, wo sich Apanatschka von ihm verabschiedet hat, um zu seinem Stamme zurückzukehren.«

»Schön! Und wißt Ihr vielleicht, welche Route Old Surehand jetzt eingeschlagen hat?«

»Er ist mit dem Schiffe bis Topeka und wollte dann zu Pferde an dem Republican-River hinauf.«

»Dachte es mir. Was hat er für ein Pferd?«

»Das, welches Ihr ihm geschenkt habt, Sir.«

»So ist er vorzüglich beritten. Ich hoffe, sehr bald seine Spur zu finden.«

»Was das betrifft, so kann ich Euch vielleicht einen Fingerzeig geben. Sucht, wenn Ihr nach Topeka kommt, Peter Lebruns Weinstube auf! Dort ist er jedenfalls eingekehrt. Er kennt den Wirt. Und dann giebt es zwei Tagesritte am Republican-River hinauf am rechten Ufer desselben eine große Farm, zu welcher bedeutende Ländereien gehören. Der Besitzer hat große Pferde- und Rinderherden. Er heißt Fenner, und so oft Old Surehand in jene Gegend gekommen ist, hat er diesen Farmer besucht. Weiter kann ich Euch leider keine Andeutung geben, Mr. Shatterhand.«

»Ist auch nicht nötig. Das, was Ihr gesagt habt, genügt mehr als vollständig, um mich später zu unterrichten. Ihr werdet dann erfahren, daß ich Freund Surehand so sicher getroffen habe, als wenn Ihr mir seinen Weg von Schritt zu Schritt beschrieben hättet.«

Ich ging.

Als die Zeit gekommen war, den Landeplatz der Steamer aufzusuchen, fragte ich Mutter Thick nach der Rechnung; da hatte ich aber einen Pudel geschossen, über den sie sich so gekränkt fühlte, daß sie beinahe Thränen vergoß. Sie erklärte, daß es eine großartige Beleidigung sei, ihr Geld dafür anzubieten, daß sie den unvergeßlichen Vorzug gehabt habe, Old Shatterhand bei sich zu sehen. Ich meinerseits bemerkte ihr dagegen, daß ich mich nur dann als Gast betrachten könne, wenn ich eingeladen worden sei, und daß mein Charakter es mir nicht erlaube, mir etwas schenken zu lassen, was ich bestellt und genossen habe, weil ich annahm, daß ich es bezahlen müsse. Sie sah ein, daß ich auch nicht unrecht hatte, und bot mir den höchst überraschenden Ausgleich an:

»Nun wohl, Ihr wollt partout geben und ich lasse mich partout nicht bezahlen; so gebt mir etwas, was kein Geld ist!«

»Was?«

»Etwas, was mir höher steht als alles Geld und was ich als ein Andenken an Old Shatterhand heilig halten werde, so lange ich lebe, nämlich eine Locke von Euerm Haare.«

Ich fuhr förmlich einige Schritte zurück.

»Eine L - - - eine Lo - - - eine Locke - - - von mir - - - von mir? Habe ich recht gehört? Habe ich Euch richtig verstanden, Mutter Thick?«

»Ja, ja, Sir. Ich bitte Euch um eine Locke Eures Haars.«

Trotz dieser Versicherung war es mir schwer, es zu glauben. Mein Haar, und eine Locke! Wirklich zum Lachen! Ich besitze nämlich einen wahren, dichten Urwald von Haaren; man kann mich, was ich oft geschehen ließ, an denselben packen und in die Höhe ziehen, ohne daß es mich im geringsten schmerzt. Und so dicht wie dieses Haar ist, so dick und stark ist jedes einzelne. Als ich während meiner Schülerzeit mich einmal dem Schermesser eines Leipziger Friseurs anvertraute, rief er nach dem ersten Schnitte, den er that, ganz erschrocken aus: »Dunner und Sachsen, so was hab ich noch nich erlebt! Das sin schon keene Haare mehr; das sin die reene Borsten!« Und jetzt bat mich die gute Mutter Thick um eine ›Locke‹! Wenn sie noch Strähne gesagt hätte! Sie hielt mein Staunen für Einwilligung und lief fort, um eine Schere zu holen.

»Also, ich darf?« fragte sie dann, mit dem Blicke schon diejenige Stelle des Kopfes suchend, welcher die Locke entlockt werden sollte.

»Na, wenn es wirklich Euer Ernst ist, Mutter Thick, so nehmt Euch, was Ihr wollt!«

Ich neigte mein Haupt, und die lockenhungrige Alte – denn sie war über sechzig Jahre – ließ ihre Finger prüfend darüber gleiten. Sie entdeckte den Punkt, wo der Wald am dichtesten war, fuhr mit der Schere in das Unterholz – – schrrrrrr! Es klang, als ob Glasfäden zerschnitten würden, und sie hatte die gewünschte ›Locke‹. Sie hielt sie mir triumphierend vor das Gesicht und sagte:

»Ich danke Euch herzlich, Mr. Shatterhand! Diese Locke von Euch kommt in ein Medaillon und wird jedem Gaste gezeigt, der sie sehen will.«

Ihr Gesicht strahlte vor Vergnügen, das meinige aber nicht, denn das, was sie in der Hand hatte, war keine Locke, auch keine Strähne, sondern ein so dicker Pack von Haaren, daß man zwei dicke Maurerpinsel davon hätte binden können. Ein Medaillon! Sehr niedlich ausgedrückt! Wenn sie diese Haare in eine große Konservenbüchse steckte anstatt in ein Medaillon, so war sie so voll, daß nichts mehr hineinging! Ich fuhr mit der Hand erschrocken nach der Stelle, wo die Schere gewütet hatte; sie war kahl, vollständig kahl; ich fühlte eine Platte, die so groß wie ein silbernes Fünfmarkstück war. Diese schreckliche Mutter Thick! Ich stülpte mir schleunigst den Hut auf den Kopf und habe mir seitdem nie wieder eine Locke vom Haupte schneiden lassen, weder von einer Mutter, noch von einer Tochter!

Nach diesem Verluste wurde mir der Abschied von der braven Wirtin und Medailloneuse leichter, als ich ihn mir vorgestellt hatte, und ich suchte mir, auf dem Steamer angekommen, eine einsame Stelle aus, wo ich ungestört und unbemerkt eine planimetrische Untersuchung anstellen konnte, wie viele oder wie wenige solche Scherenschnitte dazu gehörten, das Haupt eines kriegerischen Westmannes in einen friedlichen Kahlkopf zu verwandeln.

Das Schiff, welches uns an Bord genommen hatte, war nicht einer jener schwimmenden Paläste, an welche man denkt, wenn von einer Missisippi- oder Missourifahrt die Rede ist, sondern ein schweres, plumpes Paketboot, welches von der keuchenden Maschine nur langsam fortgeschleppt werden konnte. Wir brauchten volle fünf Tage bis nach Topeka, wo ich mich in Peter Lebruns Weinstube nach Old Surehand erkundigte. Er war vor drei Tagen hier gewesen. Wir fanden ein gutes Pferd für Treskow und kauften es. Dann ging es fort, hinaus auf die ›rollende‹ Prairie, den Republican-River entlang. Der Osten von Kansas ist nämlich sehr hügelig; Bodenwellen, soweit das Auge reicht; das bietet einen Anblick, als ob ein ›rollendes‹ Meer plötzlich mitten in der Bewegung erstarrt sei; daher die Bezeichnung ›Rolling-Prairie‹.

Gegen Abend des zweiten Tages erreichten wir Fenners Farm. Wir hatten uns nach ihr erkundigt, denn es gab auf dem Weidelande, über welches wir kamen, eine Menge Cowboys, welche die Herden beaufsichtigten. Fenner war ein freundlicher Mann, der uns zwar erst mißtrauisch betrachtete, dann aber, als ich Old Surehands Namen nannte, uns einlud, seine Gäste zu sein.

»Ihr dürft euch nicht wundern, Mesch'schurs,« sagte er,

»daß ich euch nicht gleich willkommen hieß; es kommen gar verschiedene Leute hier ins Land. Erst vorgestern lagerten bei mir sieben Kerls, die ich gastfreundlich aufnahm; aber als sie früh fort waren, fehlten mir sieben Stück meiner besten Pferde. Ich ließ sie verfolgen, doch konnten sie nicht eingeholt werden, weil ihr Vorsprung zu groß war und weil sie mir eben grad die besten Pferde genommen hatten.«

Er mußte sie mir beschreiben, und wir überzeugten uns, daß es der ›General‹, Toby Spencer und die fünf andern gewesen waren. Old Surehand hatte eine Nacht auf der Farm zugebracht. Wir beschlossen, dasselbe zu thun.

Da wir es vorzogen, im Freien anstatt in der Stube zu sein, wurden Stühle und ein Tisch herausgebracht. Da saßen wir essend und uns unterhaltend vor dem Hause; seitwärts von demselben grasten unsre Pferde, die wir abgesattelt hatten, und weiter draußen jagten Cow-boys hin und her, um die Herden für die Nacht zusammen zu treiben. Von links her kam auf galoppierendem Pferde ein Reiter gesprengt, gerade auf das Farmhaus zu; etwas Weißes wehte wie eine Mähne hinter ihm her; ich mußte sogleich an Old Wabble denken.

»Ah, da kommt der!« sagte Fenner. »Ihr werdet jetzt einen höchst interessanten Mann kennen lernen, der in früheren Jahren berühmt war und der ›*King of the cow-boys*‹ genannt wurde.«

»Uff!« ließ sich Winnetou hören.

»Habt Ihr den Mann auf Eurer Farm angestellt, Mr. Fenner?« fragte ich.

»Nein. Er kam heute mittag mit einer kleinen Gesellschaft von Westmännern hier an, mit denen er da draußen am Busche Lager macht, um morgen wieder fortzureiten. Er ist weit über neunzig Jahre alt und sitzt noch wie ein Jüngling im Sattel. Seht, jetzt ist er da!«

Ja, er war da. Er kam, ohne uns schärfer anzusehen, fast bis ganz zu uns herangejagt, hielt sein Pferd an und wollte abspringen; da erst richtete er das Auge voll auf uns, fuhr sofort mit dem rechten Fuß in den Bügel und rief:

»*All thousand devils!* Old Shatterhand und Winnetou! Mr. Fenner, bleiben diese Kerls heut hier?«

»*Yes*,« antwortete erstaunt der Farmer.

»So reiten wir fort. Wo solche Halunken sind, haben ehrliche Menschen keinen Platz. Lebt wohl!«

Er riß sein Pferd herum und galoppierte wieder fort. Der Farmer war nicht bloß über das Verhalten des Alten überrascht, sondern auch über die Namen, welche dieser genannt hatte.

»Sir, Ihr seid Old Shatterhand? Und dieser rote Gentleman ist Winnetou, der Häuptling der Apatschen?«

»Ja, Mr. Fenner.«

»Warum habt Ihr mir das nicht eher gesagt? Ich hätte Euch noch ganz anders aufgenommen!«

»Wir sind Menschen wie alle Menschen und haben nicht mehr und nichts Besseres zu beanspruchen als andre Leute!«

»Mag sein; aber wie ich euch bewirten will, das ist nicht eure, sondern meine Sache. Werde meiner Frau sagen, für was für Gäste sie zu sorgen hat.«

Er ging in das Haus. Winnetou hielt sein Auge dorthin gerichtet, wo die weiße Mähne Old Wabbles noch wehte.

»Sein Blick war Haß und Rache,« sagte er. »Old Wabble hat gesagt, er gehe fort; aber er kommt in dieser Nacht zurück. Winnetou und seine weißen Brüder werden sehr vorsichtig sein.«

Wir waren mit dem Essen noch nicht fertig, als Fenner wieder herauskam. Er schob Fleisch, Brot, die Teller, kurz alles, was vor uns lag, zusammen und sagte:

»Bitte, Mesch'schurs, macht eine Pause! Meine Frau deckt drin einen andern Tisch. Redet nicht dagegen, sondern gönnt mir die Freude, euch zeigen zu dürfen, wie willkommen ihr mir seid!«

Dagegen war nichts zu machen; er meinte es gut, und wir fügten uns in seinen Willen. Als uns die Frau dann hineinholte, sahen wir alle Delikatessen aufgetragen, welche eine Farm zu bieten vermag, die zwei Tagereisen von der nächsten

Stadt entfernt liegt. Das Essen begann also von neuem, in zweiter, verbesserter Auflage. Dabei erklärten wir unsrem Wirte das für ihn sonderbare Betragen des alten Wabble, indem wir ihm den Diebstahl der Gewehre und dessen Bestrafung erzählten. Er konnte aber trotzdem den Grimm des alten ›Königs der Cow-boys‹ nicht begreifen. Old Wabble hatte allen Grund, uns dankbar zu sein, denn wir waren eigentlich sehr gnädig mit ihm verfahren; er hatte keine Strafe bekommen, obgleich er bei dem Diebstahle beteiligt gewesen war, indem er den ›General‹ in das Haus des Bloody-Fox geführt hatte.

Während des Essens wurde es dunkel. Wir waren um unsre Pferde besorgt und stellten das dem Farmer vor. Er machte uns den Vorschlag:

»Wenn ihr sie wegen Old Wabble und der Gesellschaft, die er bei sich hat, nicht im Freien lassen wollt, so habe ich hinter dem Hause einen Schuppen, in dem wir sie anbinden können. Für Wasser und gutes Futter werde ich da sorgen. Der Schuppen ist zwar unverschlossen, weil von einer Seite offen, aber ich werde einen zuverlässigen Mann als Wächter hinstellen.«

»Was das betrifft, so verlassen wir uns lieber auf uns selbst. Wir werden also selber der Reihe nach wachen, erst Pitt Holbers, dann Dick Hammerdull, hierauf ich und nachher Winnetou,« sagte ich, »jeder zwei Stunden lang.«

»*Well!* Und schlafen werdet ihr nebenan in der andern Stube, wo ich euch gute Lager machen lasse, da seid ihr vor einem hinterlistigen Ueberfalle sicher. Außerdem habe ich ja genug Cow-boys draußen auf den Weiden, die auch mit achtgeben können.«

Diese Maßregeln wurden getroffen, nur weil wir gewohnt waren, selbst da und dann vorsichtig zu sein, wo und wenn andre sich vollständig sicher gefühlt hätten. Recht überlegt, war ein Ueberfall von seiten des alten Wabble gar nicht zu erwarten, zumal uns bald darauf ein Cow-boy meldete, daß er mit seinen Leuten fortgeritten sei.

Die Pferde wurden also in dem Schuppen untergebracht,

und Pitt Holbers ging hinaus, um seine Wache anzutreten. Wir andern saßen in der Stube um den Tisch und unterhielten uns. Wir waren noch nicht müde, und Fenner trieb uns von einer Erzählung zu der andern; er wollte von unsern Erlebnissen gern so viel wie möglich hören. Ihm und seiner Frau machte besonders die witzige Art und Weise Spaß, in welcher der wohlbeleibte Dick einzelne Episoden seines abwechslungsreichen Lebens schilderte.

Nach Verlauf von zwei Stunden ging er hinaus, um Pitt Holbers abzulösen. Dieser meldete uns, daß alles ruhig sei und nichts Verdächtiges sich habe hören oder sehen lassen. Es verging wieder eine Stunde. Ich erzählte eben ein humoristisches Erlebnis unter dem Zeltdache eines Lappländers und hatte nur auf die lachenden Gesichter meiner Zuhörer acht, als mich Winnetou plötzlich beim Kragen faßte und mit solcher Gewalt auf die Seite riß, daß ich fast vom Stuhle stürzte.

»Uff! Ein Gewehr!« rief er, indem er nach dem Fenster zeigte.

Zugleich mit seinen Worten fiel draußen ein Schuß; die Kugel zertrümmerte eine Fensterscheibe und drang hinter mir in den Säulenbalken, welcher die Decke stützte. Sie hatte mir gegolten und wäre mir in den Kopf gegangen, wenn Winnetou mich nicht weggerissen hätte. Im Nu hatte ich meinen Stutzen in der Hand und sprang nach der Thür; die andern folgten mir.

Die Vorsicht gebot mir, die Thür nicht ganz zu öffnen, um nicht einem zweiten Schusse als Ziel zu dienen. Ich machte sie also nur eine Lücke weit auf und blickte hinaus. Es war nichts zu sehen. Jetzt stieß ich sie ganz auf und trat hinaus ins Freie; Fenner und meine Gefährten schoben sich hinter mir her. Wir lauschten.

Da hörten wir hinter dem Hause das Stampfen und Schnauben von Pferden, und zu gleicher Zeit rief Dick Hammerdulls Stimme:

»Zu Hilfe! Die Pferde, die Pferde!«

Wir sprangen um die erste und um die zweite Ecke des

Hauses. Da sahen wir Gestalten, welche mit Pferden kämpften, die sich nicht fortführen lassen wollten; zwei Reiter wollten an uns vorüber, um zu fliehen.

»Halt! Herunter mit euch!« rief Fenner.

Er hatte, als der Schuß auf mich gefallen war, seine Doppelbüchse von der Wand gerissen und richtete sie jetzt auf diese Reiter; zwei Schüsse von ihm, und sie stürzten von den Pferden. Die Kerls, welche sich mit unsern Pferden vergeblich abgemüht hatten, gaben den mißglückten Versuch auf und rannten davon. Wir sandten ihnen einige Schüsse nach.

»Recht so, recht so!« hörten wir Dicks Stimme wieder. »Gebt ihnen gutes Blei in die Köpfe! Dann aber kommt hierher! Der Schuft will nicht still liegen bleiben.«

Wir folgten dem Rufe und sahen ihn auf einem Menschen knieen, der sich gegen ihn sträubte und den er mit Aufbietung aller seiner Kräfte niederhielt. Dieser Mensch war - - der alte Wabble! Er wurde natürlich sofort festgenommen.

»Sagt mir doch, wie das gekommen ist!« forderte ich den Dicken auf, der jetzt vor mir stand und von der gehabten Anstrengung tief Atem holte. Er antwortete:

»Wie es gekommen ist, das bleibt sich gleich; aber ich lag im Schuppen bei den Pferden; da war es mir, als hätte ich hinter demselben leise sprechen hören. Ich ging hinaus und lauschte. Da fiel vor dem Hause ein Schuß, und gleich darauf kam jemand, der ein Gewehr in der Hand hatte, um die Ecke gerannt. Das weiße Haar war trotz der Dunkelheit deutlich zu sehen; ich erkannte Old Wabble, sprang auf ihn zu, riß ihn nieder und rief um Hilfe. Seine Kumpane hatten hinter dem Schuppen gesteckt und sprangen jetzt hinein, um unsere Pferde fortzuschaffen. Euer und Winnetous Hengst und meine alte, pfiffige Stute wollten nicht mit fort; Pitt Holbers' und Mr. Treskows Pferd aber waren nicht so gescheit; zwei von den Spitzbuben stiegen auf und wollten sich eben davonmachen, als Ihr kamt und sie mit Euern Kugeln herunter holtet. So ist die Sache. Was soll mit dem alten ›*King of the cow-boys*‹ geschehen, den man lieber König der Spitzbuben heißen möchte?«

»Schafft ihn hinein in die Stube! Ich komme gleich nach!«

Durch unsere Schüsse waren mehrere von Fenners Cowboys herbeigerufen worden, mit denen ich unsere Pferde wieder in den Schuppen brachte. Sie mußten als Wächter bei ihnen bleiben. Wir suchten die Umgebung desselben ab; die Diebe waren fort. Die zwei von ihnen aber, welche Fenner von den Pferden geschossen hatte, waren tot.

Als ich in die Stube kam, lehnte Old Wabble an dem Säulenpfosten, in welchen seine Kugel gedrungen war; man hatte ihn da fest angebunden. Er schlug nicht etwa die Augen nieder, sondern sah mir mit offenem, frechem Blicke in das Gesicht. Wie gut und nachsichtig war ich früher mit ihm gewesen! Ich hatte Achtung vor seinem hohen Alter, jetzt widerte er mich an. Man hatte über die Strafe gesprochen, die er bekommen sollte, denn eben, als ich eintrat, sagte Pitt Holbers:

»Er ist nicht nur ein Dieb, sondern ein ganz gefährlicher Meuchelmörder; er muß aufgehängt werden!«

»Er hat auf Old Shatterhand geschossen,« erwiderte Winnetou, »folglich wird dieser sagen, was mit ihm geschehen soll.«

»Ja, er ist mein; ich nehme ihn für mich in Anspruch,« stimmte ich bei. »Er mag die Nacht hier am Balken hängen; morgen früh werde ich sein Urteil fällen.«

»Fäll' es doch gleich!« zischte mich der Meuchler an. »Gieb mir eine Kugel in den Kopf, daß du als frommer Hirte dann für meine arme, verlorene Seele etwas zu wimmern und zu beten hast!«

Ich wendete mich, ohne ihm zu antworten, von ihm ab. Fenner entfernte sich, um seine Cow-boys auf die Suche nach den entflohenen Dieben zu schicken. Sie ritten die ganze Nacht durch die Umgegend, konnten aber niemand finden. Es läßt sich denken, daß wir nur sehr wenig schliefen; es war kaum Tag, so hatten wir die Lager schon verlassen. Old Wabble zeigte sich ganz munter; die Nacht am Balken schien ihm ganz gut bekommen zu sein. Als wir frühstückten, sah er so unbefangen zu, als ob gegen ihn gar nichts vorliege und er der beste unserer Freunde sei. Das empörte Fenner so, daß er zornig ausrief:

»So eine Frechheit ist mir in meinem ganzen Leben noch nicht vorgekommen! Ich habe diesen Menschen stets, wenn er zu mir kam, mit Achtung behandelt, schon seines Alters wegen; nun aber bin auch ich dafür, daß er nach den Gesetzen der Prairie behandelt wird. Pferdediebe und Mörder werden gehängt. Mag er in das Grab stürzen, in dem er ja doch schon längst mit einem Fuße steht!«

Da knurrte ihn der Alte höhnisch an:

»Bekümmert Euch doch ja nicht um mein Grab! Es ist doch nicht für Euch! Ob mein Kadaver noch einige Jahre leben bleibt, oder ob er im Grabe verfault, das macht gar keinen Unterschied; ich pfeife darauf!«

Wir waren alle empört über diese Worte.

»Welch ein Mensch!« rief Treskow aus. »Er verdient den Strick und weiter nichts. Sprecht ihm sein Urteil, Mr. Shatterhand! Wir werden es unbedenklich vollziehen.«

»Ja, ich werde es sprechen; zu vollziehen braucht ihr es nicht,« antwortete ich. »Ob lebendig oder tot, das ist ihm gleich; ich werde ihm aber Gelegenheit geben, zu erfahren, daß jede Sekunde des Lebens einen Wert hat, an den alle Reichtümer der Erde nicht reichen. Er soll um eine einzige Minute der Verlängerung seines Lebens zu Gott wimmern; wenn er sich nicht bekehrt, soll seine Seele zetern aus Angst vor der göttlichen Gerechtigkeit, die er verlacht, und wenn die Faust des Todes seinen Körper krümmt, soll er nach der Vergebung seiner Sünden heulen!«

Ich band ihn vom Balken los. Er blieb stehen, dehnte und reckte seine eingeschlafenen Arme und sah mich fragend an.

»Ihr könnt gehen,« sagte ich.

»Ah! Ich bin frei?«

»Ja.«

Da schlug er ein höhnisches Gelächter auf und rief:

»Ganz wie es in der Bibel steht: Glühende Kohlen auf das Haupt des Feindes sammeln. Ihr seid ein Musterchrist,

Mr. Shatterhand! Aber das fruchtet bei mir nichts, denn solche Kohlen brennen mich nicht. Es mag zwar außerordentlich rührend sein, den großmütigen Hirten spielen zu können, der seine bösen Lämmlein laufen läßt, mich aber rührt es nicht. Lebt wohl, Mesch'schurs! Wenn wir uns wiedersehen, wird es in einer ganz andern Weise sein als jetzt!«

Er ging hocherhobenen Hauptes fort. Wie bald sollte dieses sein letztes Wort in Erfüllung gehen! Wir sahen ihn wieder, ja, und wie anders, wie ganz anders stand es da um ihn! – – –

KLASSIKER IM HAFFMANS VERLAG

neu übersetzt, neu ediert, neu illustriert

AMBROSE BIERCE
Werke in 4 Bänden
Herausgegeben
von Gisbert Haefs

G.K. CHESTERTON
Alle Geschichten um Father Brown in 5 Bänden
Herausgegeben und erstmals
vollständig übersetzt
von Hanswilhelm Haefs

JOSEPH CONRAD
Werke in Einzelbänden
Neu übersetzt von Urs Widmer,
Klaus Hoffer, Eike Schönfeld,
Wolfgang Krege und
Nikolaus Hansen

ARTHUR CONAN DOYLE
Sämtliche Sherlock-Holmes-Romane und -Geschichten in 9 Bänden
Neu übersetzt von Gisbert Haefs,
Leslie Giger, Hans Wolf u. a.

RUDYARD KIPLING
Werke in Einzelbänden
Neu übersetzt und herausgegeben von Gisbert Haefs

EDGAR ALLAN POE
Gesammelte Werke in 5 Bänden
Übersetzt von Arno Schmidt, Hans
Wollschläger, Ursula Wernicke,
Friedrich Polakovics und
Kuno Schuhmann

SAKI
Gesammelte Geschichten in 5 Bänden
Neu übersetzt von Claus Sprick
und Werner Schmitz
Mit Zeichnungen von
Tatjana Hauptmann
Herausgegeben von Fritz Senn

ARTHUR SCHOPENHAUER
Werke in 5 Bänden
Herausgegeben
von Ludger Lütkehaus
Briefwechsel mit Goethe
Herausgegeben und mit einem
Essay von Ludger Lütkehaus

DIE SCHOPENHAUERS
Der Familien-Briefwechsel
Herausgegeben
von Ludger Lütkehaus

WILLIAM SHAKESPEARE
Theatralische Werke nach Christoph Martin Wielands Übertragung
Zweite Zürcher Ausgabe
in 21 Einzelbänden
Herausgegeben von Hans und
Johanna Radspieler

LAURENCE STERNE
Leben und Ansichten von Tristram Shandy, Gentleman
Roman in 9 Einzelbänden
Neu übersetzt von Michael Walter

VOLTAIRE
Der Briefwechsel mit Friedrich dem Großen
Herausgegeben, vorgestellt und
übersetzt von Hans Pleschinski

CHRISTOPH MARTIN WIELAND
Werke in Einzelausgaben
Herausgegeben von Jan Philipp
Reemtsma, Hans und
Johanna Radspieler